ROXANNE ST. CLAIRE
Barfuß im Sonnenschein

Zu diesem Buch:
Als Oliver Bradbury seine Arztpraxis an der sonnigen Küste der Barefoot Bay eröffnet, ist sich der alleinerziehende Vater sicher, dass ihm nun endlich der Neuanfang gelingen wird, nach dem er sich seit so vielen Jahren sehnt. Doch als er dort unverhofft auf Zoe Tamarin trifft, steht sein Gefühlsleben erneut Kopf. Vor neun Jahren verband ihn eine tiefe und intensive Liebe mit Zoe, bis sie eines Tages ohne ein Wort des Abschieds aus seinem Leben verschwand. Oliver kann noch immer nicht verstehen, warum Zoe damals jede Verbindung zu ihm abbrach und untertauchte, doch als sie ihn nun verzweifelt um Hilfe bittet, kann er nicht Nein sagen: Zoes Tante ist schwer an Krebs erkrankt, und Zoe vertraut keinem anderen Arzt außer Oliver. Er schwört sich, Zoe nicht noch einmal in sein Leben – und in sein Herz – zu lassen, doch je mehr er versucht, auf Abstand zu ihr zu bleiben, desto glühender flammt die vertraute Leidenschaft zwischen ihnen wieder auf. Oliver will liebend gern glauben, dass ihre zweite Chance endlich gekommen ist. Doch er spürt deutlich, dass Zoe nach wie vor Geheimnisse vor ihm hat. Und er ist sich nicht sicher, ob ihre Liebe noch mehr davon verkraften kann …

Über die Autorin:
Roxanne St. Claire ist in Pittsburgh aufgewachsen und hat an der Universität von Kalifornien studiert. Nach einer Karriere in der Werbeabteilung einer Firma veröffentlichte sie 2002 ihren ersten Liebesroman. Sie lebt mit ihrem Mann und ihren Kindern in Florida.

Die Romane von Roxanne St. Claire bei LYX:

Die Barfuß-Reihe:
1. Barfuß ins Glück
2. Barfuß durch den Regen
3. Barfuß im Sonnenschein
4. Barfuß am Meer (*erscheint Januar 2016*)

Bullet Catcher:
1. Bullet Catcher. Alex
2. Bullet Catcher. Max
3. Bullet Catcher. Johnny
4. Bullet Catcher. Adrien
5. Bullet Catcher. Wade
6. Bullet Catcher. Jack
7. Bullet Catcher. Dan
8. Bullet Catcher. Constantine

Guardian Angelinos:
1. Die zweite Chance
2. Tödliche Vergangenheit
3. Sekunden der Angst

Weitere Romane der Autorin sind bei LYX in Vorbereitung.

ROXANNE ST. CLAIRE

Barfuß im Sonnenschein

Roman

Ins Deutsche übertragen von
Sonja Häußler

Die Originalausgabe erschien 2013
unter dem Titel *Barefoot in the Sun* bei Forever,
an imprint of Grand Central Publishing, New York, NY, USA.

Deutschsprachige Erstausgabe Juli 2015 bei LYX
verlegt durch EGMONT Verlagsgesellschaften mbH,
Gertrudenstraße 30–36, 50667 Köln
Copyright © 2013 by Roxanne St. Claire
This edition published by arrangement
with Grand Central Publishing, New York, NY, USA.
All rights reserved.
Dieses Werk wurde vermittelt durch die Literarische Agentur
Thomas Schlück GmbH, 30827 Garbsen.
Copyright © der deutschsprachigen Ausgabe 2015
bei EGMONT Verlagsgesellschaften mbH
Alle Rechte vorbehalten

1. Auflage
Redaktion: Birgit Sarrafian
Umschlaggestaltung und Artwork: © Birgit Gitschier,
Augsburg unter Verwendung mehrerer Motive
von Shutterstock (Miramiska)
Satz: Greiner & Reichel, Köln
Printed in Germany (670421)
ISBN 978-3-8025-9755-8

www.egmont-lyx.de

Die EGMONT Verlagsgesellschaften gehören als Teil der EGMONT-Gruppe zur
EGMONT Foundation – einer gemeinnützigen Stiftung, deren Ziel es ist, die sozialen,
kulturellen und gesundheitlichen Lebensumstände von Kindern und Jugendlichen zu
verbessern. Weitere ausführliche Informationen zur EGMONT Foundation unter:
www.egmont.com

*Für Barbie Furtado, meine Erstleserin,
meine Cybertochter, meinen größten Zoe-Fan –
dieses Buch ist für dich.*

Prolog

Zoe griff zum Rücksitz und zog ein ausgeblichenes schwarzes Bandana aus ihrer Handtasche; dann ließ sie es wie die Peitsche eines Löwenbändigers vor Olivers Gesicht schnalzen.

»Zeit, die Augen zu verbinden«, verkündete sie. Ihre Augen glitzerten wie Tau auf frisch gemähtem Gras.

Er schluckte. »Dann werde ich aber nichts sehen können.«

»Was du nicht sagst.« Sie boxte ihm zum Spaß gegen den Arm und verweilte an seinem Muskel, den er einzig und allein für sie anspannte. »Wissen Sie, Dr. Oliver Bradbury, für einen Mensa-IQ-summa-cum-laude-Oberarzt des Mount Mercy Hospitals, der schon mit sechzehn zum College zugelassen wurde ...«, sie stieß ihn an, »... sind Sie nicht gerade das schärfste Skalpell auf dem Sterilisationstablett. Umdrehen und zubinden, so lauten meine Regeln.«

»Als hätte es je eine Regel gegeben, auf die du nicht in den höchsten Tönen pfeifen würdest.«

Das brachte sie zum Lachen. »Wir steigen nicht aus und gehen an diesen Bäumen vorbei, ehe ich nicht hundertprozentig sicher bin, dass du blind bist.«

»Das bin ich.« Er beugte sich näher zu ihrem Mund. »Ich bin absolut geblendet von dir.«

»Süß.« Sie entsprach seinem Wunsch, aber der Kuss war flüchtig. »Lass mich das jetzt zubinden.«

»Du glaubst, ich mache Witze?« Er warf ihr einen letzten Blick zu und fügte sich dann ihrem Befehl. »Du hast mein Leben ruiniert, Zoe.«

»Och, vielen Dank auch.«

»Alles war geordnet und einfach und geradlinig und …«
»Langweilig.«
»Höllisch«, stimmte er zu. »Und jetzt lasse ich zu, dass du mir die Augen verbindest und mich im Morgengrauen in den Wald führst, um … um Gott weiß was zu tun, aber ich glaube, es wird mir gefallen.«
Sie war mucksmäuschenstill, während sie das Bandana verknotete.
»Es wird mir doch gefallen, oder?«
Noch mehr Schweigen.
»Zoe?« Er zog beide Silben ihres Namens in die Länge, seine Stimme hob sich auf dem langen *E* zu einer spielerischen Frage.
Während sie den Stoff zurechtzupfte, strichen ihre Finger zärtlich über sein Gesicht, berührten die Schatten, die die Vierundzwanzig-Stunden-Schicht hinterlassen hatten. »Es wird dir gefallen, wenn du bereit bist, deinen Ängsten ins Auge zu sehen.«
Er wandte sich zu ihr um, und obwohl er sie nicht sehen konnte, stellte er sich ihr Lächeln vor, das er jetzt schon seit einem Monat bewunderte und erforschte, die vereinzelten Sommersprossen auf der leichten Himmelsfahrtsnase und diese seidigen, honigfarbenen Locken, die über ihre Wangen strichen und nur darauf warteten, in seinen Fingern gedreht zu werden. Gott, er liebte sie, auch wenn er sie nicht sehen konnte. Und das, gestand er sich selbst, war das Einzige, was ihm Angst einjagte.
»Ich habe vor gar nichts Angst«, log er und kehrte den Macho heraus. Jedenfalls vor nichts, was in diesen Wäldern lauern könnte.
»Vor überhaupt nichts?«
Ein Bild, das so alt und dunkel war, dass er sich kaum an Einzelheiten erinnern konnte, flackerte durch sein Gehirn, aber er löschte es augenblicklich. »Meine einzige Angst besteht da-

rin, dich zu verlieren«, sagte er zu ihr, was absolut der Wahrheit entsprach.

»Ach, du machst heute also einen auf Shakespeare. Und du lügst. Du hast Höhenangst, und ich weiß es.«

Er mochte keine Höhen, aber ... Angst? »Was veranlasst dich zu dieser Annahme?«

»Ähem – unser erstes Date? Das Skydeck auf dem Sears Tower? Deine Ausreden, nicht nach da oben fahren zu wollen, waren mehr als fadenscheinig.«

»Das waren keine Ausreden. Ich wollte dich nach Hause in mein Bett kriegen.«

»Mmm.« Sie beugte sich so nahe zu ihm, dass er die Wärme ihrer Lippen spürte, bevor sie seine berührten. »Das hat ja wohl geklappt.«

Er überbrückte den Abstand zwischen ihnen und küsste sie. »Könnte wieder klappen. Lass uns von hier abhauen, wenn du ein paar Ängsten ins Auge sehen willst. Ich werde dir solche Angst einjagen, dass es dir die Klamotten vom Leib reißt.«

Sie lachte. »Das können wir später machen, aber zuerst ...« Sie verstummte.

»Aber zuerst was? Zuerst müssen wir deine neuesten Verrücktheiten überleben?«

»Ja, so könnte man das sagen.«

Er versuchte sich vorzustellen, was in der ländlichen Gegend außerhalb Chicagos lebensbedrohlich sein konnte. »Willst du mich auf einen Baum klettern lassen oder so?«

»Ähm ... oder so.«

»Was für eine Art von ›oder so‹?«

»Ich will dir etwas sagen.«

Etwas machte einen kleinen Freudensprung in seiner Brust und veranlasste ihn, das Bandana auf einer Seite ein wenig zu lüften, sodass er mit einem Auge hervorspähen konnte. »Au ja!«

Sie zog die Augenbinde wieder über seine Augen. »Du weißt nicht, was ich dir sagen will.«

Oh doch, das wusste er. Drei kleine Worte, die er bereits gesagt hatte und die sie nicht bereit gewesen war zu erwidern.

»Ich werde dir etwas ... sehr Wichtiges, sehr Geheimes und sehr ...«, sie zögerte einen Augenblick und er hörte, wie sie bebend einatmete, »... etwas sehr Aufschlussreiches über mich erzählen.«

Dieses Mal brachte ihn ihre vage Antwort zum Grinsen. »Wird aber auch mal Zeit.«

»Ich hoffe, du wirst immer noch so lächeln, nachdem ich es dir gesagt habe.«

Natürlich würde er das. *Sie liebte ihn.* Er wäre der glücklichste Mann auf Erden. Vielleicht würde er ihr gleich an Ort und Stelle einen Heiratsantrag machen. Wen kümmerte es schon, wenn sie sich erst seit einem Monat kannten? Zum ersten Mal in seinem Leben folgte er nicht dem von ihm erwarteten Kurs, und nichts hatte sich je besser angefühlt.

»Sag es einfach, Zoe. Bewege deine Lippen und sag *Ich* ...« Er küsste sie auf den Mund. »*Liebe.*« Er knabberte an ihrer Unterlippe. »*Dich.*« Er saugte sanft daran und gab ein kleines schmatzendes Geräusch von sich. »Jetzt du.« *Komm schon, Zoe.*

»Oder du lässt einfach das Vorgeplänkel weg.« Sie saugte ebenfalls an seinen Lippen, sehr viel geräuschvoller und mit mehr Genuss; dann schob sie ihn zur Tür. »Los.«

Er ließ sich von ihr durch den Wald führen, über einen Pfad, den er am unteren Rand seiner Augenbinde erkennen konnte, aber er spielte das Spiel mit und schummelte nicht. Etwa zehn Minuten lang überquerten sie Hand in Hand ein grasbewachsenes Feld. Bei jedem Schritt atmete er den Duft von Kiefer und Geißblatt ein und dachte darüber nach, was er zu ihr sagen würde, wenn sie ihm endlich ihre Liebe gestand.

Zoe, willst du mich heiraten? Nein, zu direkt.

Zoe, mach mich zum glücklichsten Mann der Welt und heirate mich. Sie wird johlen über dieses Klischee.

Seit dem Moment, als ich dich zum ersten Mal gesehen habe, wusste ich, dass es unvermeid...

»Halt.« Sie brachte sie beide zum Stehen. In der Ferne hörte er Stimmen, einen Ruf, der wie eine Mischung aus Angst und Freude klang. Wo waren sie?

Sie drückte sich an seine Brust und stellte sich auf Zehenspitzen, um seine Lippen mit ihren zu erreichen. »Wirst du das für mich tun?«

Was tun? Es spielte keine Rolle. Wenn das ihr Test war, dann würde er ihn bestehen. »Liebling, ich würde für dich durchs Feuer gehen, und das weißt du.«

»Dann sollte das hier ein Kinderspiel sein. Oliver Bradbury, du bist kurz davor, deine Ängste zu überwinden.« Sie zog ihm die Augenbinde ab. »Und ich werde mich den meinen stellen.«

Gelb. Das Einzige, was er sehen konnte, war eine riesige, gummiartige, blendende Masse Gelb, die wie ein Meer aus Sonnenblumen auf dem Boden ausgebreitet war; er brauchte volle fünf Sekunden, um das alles zu verarbeiten. »Keine Chance, verdammt.«

»Nun, das ist genau die richtige Einstellung.« Sie schnappte sich seine Hand und zog ihn näher.

»Ein Heißluftballon, Zoe? Bist du wahnsinnig? Ich steige auf gar keinen Fall in dieses Ding ein.« Nicht in einer Million Jahre.

Sie umrundete den Korb, stellte sich auf Zehenspitzen und schaute hinein. »Oh, die Crew hat alles so gemacht, wie ich es mir gewünscht habe. Wir brauchen ihn nur aufzublasen und nach oben zu bringen.« Sie winkte ein paar Leuten zu, die sich um einen anderen Ballon versammelt hatten; dieser war bereits von einem riesigen Ventilator, der davorstand, teilweise aufgeblasen worden. »Steig ein, dann stelle ich dir die Boden-Crew vor.«

»Die Boden-Crew? Wie wäre es mit dem Piloten?« Als er ihr selbstzufriedenes Lächeln sah, schloss er die Augen. Nein. Oh, Gott, nein.

»Ich bringe dich nach oben«, sagte sie und bestätigte damit seine Befürchtung.

»Tatsächlich.« Er warf dem schlaffen Ballon und dem winzigen Korb einen zweifelnden Blick zu; der Korb war kaum groß genug für zwei Leute, ganz zu schweigen von genug zusätzlichen Kanistern, damit das, was immer man brauchte, um dieses Ding in der Luft zu halten, nicht ausging.

»Willst du meine Lizenz sehen? Ich habe sie letzte Woche erworben.«

Letzte Woche?

Ihr Lachen flog mit dem Wind davon, so wie sie es auch gleich tun würden. Außer, dass sie das *nicht* tun würden.

»Willst du einen Vortrag darüber hören, wie es funktioniert?«, fragte sie. »Würdest du dich dann besser fühlen? Diese Sandsäcke sind ...«

»Ich frage mich, ob es nicht vielleicht Regen gibt.« Er trat zurück und schaute zu einem Morgenhimmel hinauf, der keinerlei Regen verhieß, der als praktische Ausrede hätte herhalten können. Ein bunt gestreifter Ballon stieg auf und befand sich bereits auf fast dreihundert Metern Höhe. Oh, zum Teufel damit. »Das kommt nicht infrage, Zoe.«

Sie legte ihren Kopf schief und blickte zu ihm auf. »Und vor dreißig Sekunden wolltest du noch für mich durchs Feuer gehen.«

»Das würde ich auch immer noch. *Am Boden.*«

Für einen langen, stillen, scheinbar endlosen Moment blickten sie sich an.

»Wie kommt es, dass du eine menschliche Brust aufschneiden, das Herz herausnehmen und eine verdammte *Arterie* auswechseln kannst, als wärst du ein Automechaniker, aber nicht in einem Ballon aufsteigen kannst, der so brillant konstruiert ist, dass er sicher fliegt?«

Er atmete langsam ein. »Erstens habe ich das nur während meines Einsatzes in der Kardiologie gemacht, zweitens habe ich bei einer Operation die Kontrolle.« Er hielt beide Hände hoch. »Ich operiere mit diesen hier.«

»Nun, und ich operiere damit.«

»Nein, Zoe, das hier wird vom Wind angetrieben – und vom Zufall.«

Sie trat näher, schlang ihm die Arme um die Taille und schenkte ihm ein unwiderstehliches Lächeln. »In gewisser Weise wie ich, was?«

Er ließ seine Hand in ihr Haar gleiten und hielt sie fest. »Du bist zwar auch erhebend, aber nicht so flüchtig. Das ist ein Unterschied.«

Sie wich zurück, ihr Blick war ungewöhnlich ernst und vielleicht auch ein wenig ängstlich. Wovor sollte *sie* Angst haben? »Ich möchte dir etwas sagen, Oliver, und dazu möchte ich dort oben sein« – sie deutete zum Himmel.

»Du kannst es mir gleich hier sagen, gleich jetzt. Nicht sechshundert Meter weit oben.«

»Neunhundert.«

Mist.

»Ich muss sicher sein, dass du nicht wegläufst.«

Fast hätte er sich verschluckt. »Weglaufen? Ich würde dich nie verlassen. Ich hänge an dir. Ich habe mein Leben für dich geändert, hast du das etwa schon vergessen?«

Sie zuckte mit den Schultern. »Ja, du hast gleich am folgenden Tag, nachdem wir uns kennengelernt haben, mit deiner Freundin Schluss gemacht. Aber« – sie zeigte mit dem Finger auf ihn – »du hast selbst gesagt, dass du sie eigentlich gar nicht liebst.«

War das ein Test, ob er Zoe liebte oder nicht? Denn wenn

es so war, würde Oliver nicht durchfallen. Aber verdammt, er wollte diese Ballonfahrt nicht machen. »Das ist doch verrückt.«

»*Ich* bin verrückt«, versicherte sie ihm mit einem geradezu absurden Stolz. »Ich bin eine Verrückte, die gern abhebt und völlig ungebunden ist. Und genau das möchte ich sein, wenn ich dir ... etwas sage.«

Dieses Etwas musste er unbedingt hören.

Er sah sie forschend an, und es widerstrebte ihm, dass er bereits merkte, wie er einknickte. Wie machte sie das? Zu ihr konnte er einfach nicht Nein sagen. Ein Kuss, eine Berührung, ein Lachen, ein Mal, und schon war es um ihn geschehen. »Gott, ich liebe dich.«

»Ist das ein Ja?« Ihr Griff wurde fester. »Bitte, sag Ja.«

»Ich weiß, was du da gerade tust.«

Sie legte den Kopf schief, und wieder verdunkelte dieser ernste Blick ihre Augen. »Eigentlich glaube ich nicht, dass du das weißt.«

»Du testest mich. Und du weißt verdammt gut, dass ich noch nie schlechter als mit einer Eins in einem Test abgeschnitten habe.«

»Ich teste nicht dich, Oliver. Ich teste mich.« Sie legte ihm den Finger auf die Lippen und sah ihm in die Augen. »Und ich möchte das auf meinem Terrain tun.«

»Das sich zufälligerweise neunhundert Meter über dem Erdboden befindet.«

»Denk dir doch dabei, dass du damit neunhundert Meter näher an der Sonne bist. Bitte!«

Das reichte, um ihn vollends über die Kante zu schubsen, über die er ohnehin getaumelt wäre.

Er gab den Kampf auf, als ein paar Typen – die alle so jung und unerfahren wie Zoe aussahen – herüberkamen, um sie zu begrüßen. Während der nächsten halben Stunde war Zoe ganz in ihrem Element – und Oliver wollte noch immer die Augen vor der Wirklichkeit verschließen.

Der Ventilator blies den riesigen Nylonballon zu der Höhe eines vierstöckigen Hauses auf, bis sie sich daneben total winzig vorkamen. Als er groß genug war, befestigten sie Brenner daran, die wirklich gebrechlich aussahen und genug Hitze ausstrahlten, dass das ganze Ding ein wenig tanzte – so wie Zoe in ihren Riemchensandalen und ihrem gerüschten Rock, der ihr dabei um die Fußknöchel schwang.

»Los geht's!« Sie ergriff seine Hand und sie stiegen in den Korb. Sie klatschte ein paar aus ihrer Crew ab und dann ging die Choreografie aus Brennern und Sandsäcken sowie Winken und »Viel-Glück«-Rufen weiter. Glück würden sie hoffentlich nicht brauchen, dachte er.

Und dann fuhren sie los, der Boden glitt immer weiter von ihnen weg, die Gondel – wie sie den Korb nannte – schwang wie ein Pendel hin und her, dass einem das Herz stehen bleiben konnte, und die Luft wurde von Sekunde zu Sekunde dünner.

Vielleicht lag das aber auch nur daran, dass Oliver Mühe hatte zu atmen.

Er klammerte sich am Korbrand fest und weigerte sich, nach unten zu blicken. Stattdessen schaute er zu, wie Zoe die Feineinstellung der Brenner vornahm und mit dem Wind tanzte, während er tat, als würde er aufmerksam zusehen und nicht im Geiste seinen letzten Willen und sein Testament aufsetzen.

»Hör mal«, flüsterte sie, während sie an einem Ventil drehte. »Hör dir das an.«

Stille. Absolute, totale Stille.

»Schön«, musste er zugeben; er entspannte sich ein wenig, als eine leichte Brise sie über einen Golfplatz auf einen See zu trug. Die Wohnsiedlungen der Chicagoer Vororte gingen etwa fünfhundert Meter unter ihnen in ein Patchwork aus Farmflächen im ländlichen Illinois über.

Wortlos schlossen Zoe und Oliver einander in die Arme, als wäre dies so natürlich wie atmen.

»Alles okay?«, fragte sie.

Er nickte und senkte sein Gesicht zu einem Kuss. »Kommt jetzt der Teil, in dem wir den Champagner dort trinken?«, fragte er und machte eine Kopfbewegung zu der Flasche hin, die eines der Crewmitglieder in letzter Minute hereingeworfen hatte.

»Oh, die ist nicht für uns«, sagte sie zu ihm. »Das ist nur für den Fall, dass wir auf jemandes Eigentum landen. Unter Ballonfahrern ist es Usus, den Leuten dann Champagner anzubieten, um ihnen dafür zu danken, dass man dort landen durfte.«

»Mit anderen Worten – du hast keine Ahnung, wo wir landen werden.«

»So läuft das immer in meinem Leben, mein Schatz.« Sie holte ganz tief Luft und schloss die Augen. »Bist du bereit?«

»Für alles. Solange ich nicht springen muss.«

»Nun, das wirst du vielleicht wollen, wenn ich es dir sage.«

Er sah sie forschend an und nahm sich Zeit, die feinen Wangenknochen und die zarte Haut zu betrachten, den steilen Bogen ihrer Oberlippe, die flaschengrünen Augen, die ein wenig schräg standen und funkelten, wenn sie lächelte. Aber es war nicht Zoes äußerliche Schönheit, die sein Herz ergriffen und sein Leben erobert hatte. Es war ihr Esprit, ihr Lachen, ihre Bereitschaft, in jeder Situation alles zu geben.

»Nichts, was du mir sagen könntest, könnte in mir den Wunsch erwecken zu springen«, sagte er.

»Also gut.« Ihre Brust hob und senkte sich mit jedem angestrengten Atemzug. Sie löste sich aus seinen Armen und suchte an dem geflochtenen Rand des Korbes Halt, während ihre Silhouette sich vor der aufgehenden Sonne abhob. »Ich heiße eigentlich gar nicht Zoe Tamarin.«

Er dachte eine Nanosekunde lang darüber nach. »Okay, wie dann?«

»Bridget.«

Bridget? »Der Name gefällt mir, aber Zoe passt sehr viel besser zu dir. Er klingt viel lebendiger und ungestümer als Bridget.«

»Zoe heißt so viel wie neues Leben«, sagte sie leise; ihre Worte klangen fast, als hätte sie sie auswendig gelernt oder als würde sie jemanden zitieren.

»Hast du deshalb den Namen geändert?«

Ihre Fingerknöchel auf dem Korbrand wurden weiß. »Ich habe ihn nicht geändert. Pasha war es.«

Ihre Tante war noch verrückter als Zoe, so viel war mal sicher. »Sag mir jetzt nicht: Ein Schmetterling ist auf ihrer Teetasse gelandet und hat mit den Flügeln einen neuen Namen gemorst?«

Sie lachte nicht. Stattdessen biss sie sich auf die Unterlippe und schlug die Augen nieder. »Ich war als Kind in einer Pflegefamilie in Texas.«

»Echt?« Er versuchte zu begreifen. Warum hätte sie so etwas Wichtiges vor ihm geheim halten sollen? »Das hast du mir nie erzählt.«

»Weil ich es nie jemandem erzähle.«

Das Handy an seiner Gürtelschlaufe, das er verpflichtet war, bei sich zu haben, klingelte und irritierte sie beide.

»Oops, ich habe vergessen, dir zu sagen, dass du es hier oben abschalten solltest«, sagte sie. »FCC-Bestimmungen.«

Er warf einen Blick auf sein Handy. »Es ist kein Anruf, nur eine dieser SMS-Nachrichten, die uns das Krankenhaus schickt, anstatt uns über Pager zu benachrichtigen.«

»Hast du heute Bereitschaftsdienst?«

»Nein, aber es gibt da einen Patienten, der gestern mit einer neuen Behandlung angefangen hat, und ich habe die Krankenschwester, die ihn in ihrer Schicht übernommen hat, darum gebeten, mir eine Nachricht über seinen Zustand zu schicken.«

Sie nickte zum Handy hin, als es wieder klingelte. »Dann schaust du wohl besser mal nach.«

»Merk dir, wo du stehen geblieben bist.« Er zog das neue, vom Krankenhaus bereitgestellte Handy heraus und klappte es auf.

Müssen reden. Sehr wichtig!

Er blickte auf die Nachricht, dann auf die Nummer, die er sofort erkannte. Natürlich hatte Adele Zugang zu den Telefonnummern aller Ärzte. Und nutzte das aus, um ihm nachzustellen. So schnell würde sie ihn wohl noch nicht loslassen, was? Seit vier Wochen stellte sie ihm nun schon nach, obwohl er so behutsam wie möglich mit ihr Schluss gemacht und aufgehört hatte, ihre Anrufe anzunehmen.

Er schüttelte den Kopf. »Nicht so wichtig.« Er konzentrierte sich auf Zoe und dieses Gespräch, weil alles, was die Frau sagte, die er liebte, weit wichtiger war als Nachrichten von der, die er nicht liebte. »Warum warst du in einer Pflegefamilie, wenn du deine Tante Pasha hattest?«

»Sie ist nicht meine Tante.«

»Großtante«, korrigierte er sich.

»Auch das nicht. Sie war meine Nachbarin.«

Jetzt runzelte er die Stirn. »Und sie hat dich adoptiert?«

»Sie hat mich ... aufgenommen.« Sie nagte an ihrer Lippe und zwang sich, ihn anzusehen, auch wenn er merkte, dass ihr das nicht leichtfiel. »Sie hat mich gerettet. Ich steckte in Schwierigkeiten, als ich zehn war, ich ...« Sie suchte nach einem Wort und schüttelte dann frustriert den Kopf. »Schwierigkeiten eben. Und ich musste verschwinden. Da hat mich Pasha, die Nachbarin, genommen und ...«

»Moment.« Er verstand das nicht. »Die Nachbarin hat dich genommen? Wie?«

»Sie ist mit mir durchgebrannt. Ich brauchte Hilfe und sie ...« Zoe griff nach seinem Arm. »Pasha hat mir das Leben gerettet, Oliver. Sie hat mich bei sich behalten und unsere Namen geändert. Wir sind andauernd umgezogen, sie hat uns falsche Ausweise machen lassen, damit wir zurechtkamen, und wir blieben für uns und hielten den Ball flach.« Die Worte sprudelten nur so aus ihr heraus, eines schwerer zu glauben als das andere. »Wenn man es genau nehmen möchte, kann man wohl sagen, dass sie mich gekidnappt hat.«

Der Korb wurde von einem Windstoß geschüttelt und der Ballon sackte mindestens anderthalb Meter abrupt ab, während sich Olivers Magen anfühlte, als würde er weitere sechzig Meter in die Tiefe stürzen.

Zoe fuhr herum, um das Ventil zu justieren.

»Sie hat dich *gekidnappt?*« Wie sollte so etwas überhaupt möglich sein? »Und niemand hat sie je gefasst?«

»Noch nicht.«

Das Telefon, das er noch immer in der Hand hielt, klingelte erneut. Während Zoe die Ventile betätigte und der Ballon hüpfte, las Oliver die nächste Nachricht.

Ich meine es ernst, Oliver! Das ist ein NOTFALL!

Er starrte die Worte an, sah sie aber nicht wirklich; alles in ihm wartete darauf, dass Zoe zu Ende erzählte, sein Gehirn versuchte, diese neue Information mit dem, was er über sie wusste, in Einklang zu bringen – und scheiterte. Sie war *gekidnappt* worden?

»Deshalb ziehen wir so oft um«, sagte sie, als sie sich ihm endlich wieder mit vom Wind geröteten Wangen zuwandte. Oder schämte sie sich und war deshalb rot geworden? Was Unsinn war, denn sie hatte ja nichts falsch gemacht.

Außer dass sie bei diesem Wahnsinn mitgemacht hatte und mit ihrer verrückten Nachbarin/Tante durch ein Leben gehüpft war, das ungefähr so wenig Stabilität wie dieser Ballon hatte.

»Zoe, du musst dieses Problem lösen. Das ist jetzt, wie viel? Vierzehn Jahre her?«

»Für Kidnapping gibt es keine Verjährung«, sagte sie; aus ihrer Stimme klang die volle Autorität desjenigen, der seine Hausaufgaben gemacht hatte. »Sie kann immer noch ins Gefängnis kommen.«

»Was ist mit dir?«

»Mit mir? Ich habe nichts getan, aber ich muss sie beschützen.«

»Was du tun musst, ist … das in Ordnung zu bringen.« Wie konnte sie das nicht einsehen?

»Oliver, hast du nicht gehört? Sie kann ins Gefängnis kommen. Da gibt es nichts *in Ordnung zu bringen*.«

Natürlich gab es das. »Was ist mit deinem Leben und deiner Zukunft?« Sah sie das denn nicht? Er griff nach ihr, um seinen Standpunkt zu unterstreichen, er sah die einzelnen Schritte schon klar vor sich, auch wenn er noch keinen Überblick über das Problem hatte. »Zoe, du nimmst dir einen guten Anwalt und handelst einen Deal aus, vielleicht müsst ihr eine Strafe zahlen oder …«

»Nein!«

Ihre Heftigkeit schockierte ihn. »Was hast du denn vor, willst du dich dein ganzes Leben lang verstecken?«

Für einen langen, schweigsamen Moment stand sie ungewöhnlich reglos da. Während die Sekunden verstrichen, füllten sich ihre Augen mit Tränen. »Ich weiß nicht, aber ich werde nichts tun, was ein Risiko für sie darstellt. Ich werde nichts Offizielles unternehmen.«

Wieder klingelte das Handy. »Verdammt«, murmelte er. »Lass es mich ausschalten.« Er klappte es auf, um die entsprechende Taste zu finden, aber die Worte auf dem Display sprangen ihm förmlich entgegen.

OLIVER, ICH BIN SCHWANGER!

Krachend schlug er das Handy zu und Zoe zuckte zusammen.

»Du bist böse«, sagte sie.

»Nicht auf dich.«

Adele war schwanger? Im Ernst? Er konnte nicht mal klar genug denken, um nachzurechnen, aber das brauchte er auch nicht. Sie hatten sich vor vier Wochen getrennt. Es konnte gut sein, dass Adele schwanger war.

Genauso gut konnte es aber auch sein, dass sie log.

Zoe wich zurück, ihre Augen standen bereits voller Tränen. »Ich wusste, dass ich es dir nicht sagen sollte. Ich habe es nie jemandem erzählt, und jetzt weiß ich auch, warum.«

»Nein, nein, Zoe. Das ist nicht ...« Sein Denkvermögen fühlte sich an, als hätte es einen Kurzschluss erlitten. »Eins nach dem anderen«, sagte er mehr zu sich selbst als zu ihr. »Wir nehmen uns einen Rechtsanwalt und sorgen dafür, dass sie freigesprochen wird.«

Ihr Kiefer klappte herunter. »So leicht ist das nicht, Oliver.«

»Du kannst so nicht leben, Zoe. Du musst zu den Behörden gehen und ...«

»Bist du *übergeschnappt?*«

»Bist du es?«, schoss er zurück.

Einen kurzen Augenblick erstarrte sie und stierte ihn an. Dann wandte sie sich wieder den Ventilen zu. »Ich bringe uns nach unten.«

»Gut«, sagte er; er holte das Handy hervor, um nachzuschauen, ob er Adeles Nachricht richtig gelesen hatte. Was würde er tun, wenn sie wirklich schwanger war? Er würde sie nicht im Stich lassen, aber er würde sie ganz bestimmt nicht hei...

»Mist«, murmelte sie und drehte grunzend an einem Knopf.

»Was? Gibt es ein Problem?«

Sie fuhr zu ihm herum, der Ballon sank ein wenig zu schnell. »Ja, Oliver. Es gibt ein Problem.«

»Legen wir eine Bruchlandung hin?«

»Das haben wir gerade schon gemacht«, sagte sie.

»Zoe, komm schon. Denk doch mal richtig nach. Wenn Pasha ...«

»Nein«, sagte sie scharf. »Denk doch selbst mal richtig nach. Hast du irgendeine Ahnung, was es mich gekostet hat, dir das zu erzählen? Irgendeine Ahnung, wie sorgsam ich dieses Geheimnis hüte? Ich habe es nicht mal meinen besten Freundinnen, meinen Zimmergenossinnen am College erzählt. Ich habe es niemals irgendjemandem erzählt, nur dir.«

»Das weiß ich zu schätzen, aber ...«

»Kein aber!« Jetzt flossen die Tränen, jede einzelne davon war wie ein kleiner Schlag in die Magengrube für ihn.

»Zoe, was hattest du denn erwartet, was ich dazu sagen würde?«

»Ich dachte, du würdest es verstehen. Ich dachte, du würdest dich hinstellen und sagen, dass du mich trotzdem liebst, trotz meiner Vergangenheit. Ich dachte wirklich, du wärst der eine Mensch, dem ich vertrauen könnte.«

»Glaubtest du, ich würde sagen ›Oh, alles klar, kein großes Ding – wir werden den Rest unseres Lebens auf der Flucht verbringen, das ist schon okay?‹« Er hasste sich dafür, dass er seine Wut auf Adele an Zoe ausließ, aber wie konnte er ein Baby im Stich lassen? Das würde er natürlich nicht, er würde ...

»Ich weiß nicht, was ich geglaubt habe. Es war verrückt zu glauben, ich könnte jemals irgendwo ... bleiben.«

Er griff nach ihr, doch sie riss sich los.

»Zoe, du kannst bleiben. Du kannst tun, was immer du willst. Aber du musst dieses Problem lösen.« Und er auch.

»Klar.« Sie nickte und wischte sich über die Augen. »Es tut mir leid.«

»Was deine Tante getan hat, als du noch ein Kind warst? Wie kann dir das leidtun?«

»Das tut mir auch nicht leid. Sie hat mich gerettet, Oliver. Ich hätte diese Situation nicht lebend überstanden, und das wusste sie. Sie griff ein und riskierte *alles* für mich. Sie hat ihr Leben für mich aufgegeben.«

Er verstand nicht, wie es in Ordnung sein konnte, dass sie Zoe hatte verschwinden lassen und sie gezwungen hatte, wie ein Fähnchen im Wind zu leben, aber das war jetzt nicht der richtige Augenblick, um darüber zu streiten. Sein eigenes Leben fiel gerade schneller in sich zusammen, als dieser Ballon auf den Boden zuraste. »Was tut dir dann leid?«

Zoe steuerte den Ballon, das Haar wehte ihr ins Gesicht. »Dass ich es dir gesagt habe. Dass ich ehrlich gewesen bin. Dass ich mich in dich ... dass ich mit dir geschlafen habe.«

»Du wolltest sagen, dass du dich in mich verliebt hast, nicht wahr?« Wieder klingelte das Handy und er machte sich nicht einmal die Mühe, auf die Nachricht zu schauen. »Nicht wahr, Zoe?«

Sie wischte sich die Haare aus dem Gesicht und machte etwas mit den Ventilen, wodurch der Korb absackte und ein wenig schwankte.

»Ooops!« Sie lachte leichthin; es war dieses Lachen, das wie ein Windspiel klang und das er so liebte. Außer dass es dieses Mal nicht ganz so melodisch klang wie sonst. Irgendetwas fehlte.

Und dann zog sie mir nichts, dir nichts die Schutzmauern wieder hoch. Es hatte vier Wochen gedauert, bis er sie Stein für Stein abgebaut hatte, und jetzt war sie wieder die spaßige, Witze reißende, sorglose Zoe, die alle auf Distanz hielt. Fuck. Noch schlechter hätte er es kaum machen können.

»Wir bringen dich mal besser nach Hause, damit du dich um denjenigen kümmern kannst, der dich so verzweifelt versucht zu erreichen, Doktor.«

Das war die falsche Zeit, der falsche Ort. Er würde das später regeln. Zuerst würde er sich um Adele kümmern, danach um Zoe. »In ein paar Wochen habe ich das alles in Ordnung gebracht.«

Sie warf ihm einen finsteren Blick zu. »Dann ist das, was du tust, richtig?«

Richtig. »Ich fahre mal besser ... ins Krankenhaus.« Oder zu Adele nach Hause. »Und dann reden wir, Zoe.«

»Jetzt gibt es eigentlich nichts mehr zu bereden.«

Und ob es noch etwas zu bereden gab! »Zoe, du musst das Problem logisch angehen. Du musst das Richtige tun, auch wenn ...« Er blickte auf sein Handy, seine Brust fühlte sich auf einmal leer und kalt an. »Das Richtige ist nicht immer einfach.«

Sie nickte und schwieg, während sie die Landung vorbereitete. »Ich rufe die Boden-Crew an, wenn wir gelandet sind, dann werden wir abgeholt«, sagte sie; all die Freude und die Lebendigkeit, die sie in den Himmel getragen hatte, war aus ihrer inzwischen ausdruckslosen Stimme verschwunden.

Er schob seine Gewissensbisse von sich. Ein Problem nach dem anderen.

»Unterhalten wir uns später?«, fragte er wieder.

»Oh, natürlich. Wir werden uns unterhalten. Bis dahin werde ich mit meiner Tante plaudern und ihr erzählen, was wir deiner Meinung nach tun sollen. Danach können wir uns unterhalten so viel wir wollen.«

Ihre Stimme hatte einen seltsamen Unterton, fast als würde sie ihn necken. Aber damit konnte er sich jetzt nicht näher befassen. Nicht wenn sein Handy vor schlechten Nachrichten geradezu überquoll. »Versprochen?«, fragte er wieder.

Doch sie antwortete nicht, sie war zu sehr mit den Instrumenten des Ballons beschäftigt.

»Halt dich fest«, sagte sie schließlich. »Wir setzen gleich auf. Mach dich auf eine Bruchlandung gefasst.« Sie zwinkerte ihn an. »War nur ein Scherz.« Sie setzten mit einem soliden, dumpfen Geräusch auf, das ausreichte, um ihn aus dem Gleichgewicht zu bringen, und sie beide gegeneinander taumeln ließ; er hielt sie so fest, wie er nur konnte.

»Versprichst du mir, dass wir später darüber reden?«, drängte er.

Sie kreuzte die Finger hinter dem Rücken. »Versprochen.«

Weniger als zwölf Stunden später stand er vor einem verlassenen Haus im Süden Chicagos, jede Spur, die verriet, dass Zoe und Pasha Tamarin es je gemietet hatten, war so gut es ging beseitigt. Sie hatte ihr Versprechen gebrochen – und ihm das Herz. Und er hatte keine Ahnung, wie das je wieder gut werden sollte.

1

Neun Jahre später

Lauf, Zoe, lauf.

Pfeif drauf, schoss Zoe zurück, als die Stimme in ihrem Kopf erklang. Weglaufen stand dieses Mal nicht zur Debatte.

Es wäre so viel einfacher.

Und weiß Gott, sie machte es sich gern einfach. Und nichts war so einfach, wie kopflos davonzustürmen, wenn es unübersichtlich wurde.

Nun, die Dinge waren schon weit über *unübersichtlich* hinaus und steuerten geradewegs auf absolut *bescheuert zu*. Oder überaus clever. Das hing davon ab, wie er reagierte.

Zoe ließ ihren Blick über den breiten Boulevard schweifen, der eine Schneise durch den exklusiven Geschäftsbezirk von Naples bildete, und musterte das zweistöckige Gebäude im spanischen H*azienda*-Stil, das sie vor etwa sechs Monaten bei ihrem letzten Besuch in Florida entdeckt hatte. Zwischen ihr und ihrem Ziel flimmerte die Hitze wie glühende Kohlen auf der Straße.

Ich würde für dich durchs Feuer gehen.

Die Erinnerung tat weh und ihre Finger verweilten auf dem Zündschlüssel, der im Zündschloss steckte. *Dreh ihn einfach um und verschwinde von hier.*

Dieser Gedanke lastete so schwer auf ihr wie die Sommersonne in dieser Stadt am Meer, die auf ihr gemietetes Allradfahrzeug herunterbrannte und sie auf den glühend heißen Ledersitzen zum Schmelzen brachte.

Nein! Sie. Würde. Nicht. Weglaufen. Dieses Mal nicht.

Zoe war damit aufgewachsen, auf die »Zeichen des Universums« zu achten, und gestern Abend hatte ihr das Universum einen ganzen Gartenzaun über den Schädel gezogen.

Während all ihre besten Freundinnen die Geburt eines Kindes gefeiert hatten, das so dramatisch während der großen Eröffnungsfeier des Casa Blanca Resort & Spa auf die Welt gekommen war, war Zoe Teil eines ganz anderen Dramas.

Anders als alle anderen im Raum hatte Zoe den Arzt erkannt, der zu dem Notfall hinzugezogen worden war, um Lacey und Clay Walkers Baby zu entbinden. Für sie war er nicht einfach nur irgendein Gast auf dieser Feier gewesen.

Ruhig und souverän war Oliver Bradbury in die Rolle des Lebensretters und Geburtshelfers geschlüpft, völlig unberührt von dem Chaos um ihn herum – bis er Zoe erblickt hatte, die in diesem Moment wahrscheinlich ausgesehen hatte wie eine Irre mit aufgesperrtem Mund. Aber hatten seine dunklen Augen nicht aufgeleuchtet? Hatte er sich nicht fast bei dem Befehl an die anderen, den Raum zu verlassen, verhaspelt?

Vielleicht hatte sie sich das auch nur eingebildet. Wie dem auch sei – sie hatte seinem Befehl gehorcht und war draußen schwankend durch den Flur gestürzt. Als die Sanitäter dann Mutter, Kind und den stolzen Papa ins Krankenhaus brachten, war der Arzt schon verschwunden. Von der Bahre aus, auf der sie ihr kleines Bündel hielt, hatte Lacey ihn einen »Engel« genannt und wollte wissen, wie er hieß.

Zoe war natürlich mucksmäuschenstill geblieben und hatte niemandem gestanden, dass sie weit mehr als nur seinen Namen kannte. Früher hatte sie sein Herz gekannt.

Sie hatte daraufhin die ganze Nacht nicht geschlafen. Sie konnte nicht aufhören, über ihn nachzudenken, und darüber, was er für sie tun konnte. Es war wirklich ein Zeichen des Universums, wie ihre Großtante Pasha jetzt sagen würde.

Alles, was Zoe zu tun hatte, war, ihren Stolz hinunterzuschlucken und zu betteln. Vielleicht hatte sie ja ein Angebot für ihn, dem er nicht widerstehen konnte.

Außer dass zu den wenigen Dingen, die Zoe über Dr. Oliver Bradbury wusste, die Tatsache gehörte, dass er seit neun Jahren verheiratet war. Was bedeutete, dass er im Grunde von ihrem letzten Date geradewegs zu seiner Exfreundin zurückgekehrt sein musste. Wer wollte ihm das verübeln, nachdem er das über Zoe und Pasha erfahren hatte? Welche Frau war anziehender: die Tochter des Klinikleiters, die blaues Blut mitbrachte und die Verheißung auf eine Zukunft in Reichtum, oder das Mädchen, das gekidnappt worden war, im Verborgenen gelebt hatte und nie lange genug an einem Ort geblieben war, um eine Bindung zu riskieren?

Aber du hast ihn verlassen, Zoe, bevor du je herausgefunden hast, welche Frau anziehender war. Du bist davongelaufen. So wie immer.

Weil er Pasha verpfiffen hätte!

Der kleine Krieg der Stimmen in ihrem Kopf erinnerte sie wieder daran, weshalb sie hier war und weshalb Oliver Bradbury der einzige Mensch war, der ihr jetzt helfen konnte, so sehr sie ihn auch hasste.

Sie riss den Schlüssel aus dem Zündschloss und sprang aus dem großen Jeep Rubicon. Als ihre Füße das Pflaster berührten, drang die Hitze sofort durch ihre Sandalen, deren Sohlen dünn wie Oblaten waren. Sie straffte die Schultern, heftete ihren Blick auf die kohlrabenschwarze Glastür und überquerte verkehrswidrig die Straße, um ihr Ziel zu erreichen.

Würde er oder würde er nicht ...

Er *musste*. Er war der Typ, der stets das Richtige tat. Das Logische. So viel konnte sich in den letzten neun Jahren ja wohl nicht daran geändert haben.

An der Tür atmete sie flach ein und fuhr mit den Fingern

über die eleganten Goldbuchstaben, die Auskunft darüber gaben, was sich in diesem bescheidenen Gebäude befand, das zwischen einer Kunstgalerie und einem Frozen-Yogurt-Laden im stinkvornehmen Medizinerviertel einer der reichsten Städte der Welt lag.

Dr. Oliver Bradbury
Onkologe

Nun war genau da dieses eine hässliche Wort, eines das ...

Beide Flügel der Tür schwangen von innen her auf und Zoe war gezwungen, auszuweichen, um nicht von der Glasscheibe getroffen zu werden. Eine Frau kam heraus, sie blieb stehen, um in die Sonne zu blinzeln und eine riesige Tasche aufzureißen, die über und über mit den Initialen eines Modedesigners bedeckt war. Sie zog eine Sonnenbrille heraus, auf der seitlich dieselben Initialen zu sehen waren.

Doch bevor sie sie aufsetzte, sah Zoe ihr Gesicht. Es war ein Gesicht, das sie am Abend zuvor gesehen hatte, zwischen den anderen Gästen auf der großen Eröffnungsfeier: Olivers Frau.

Der Brille folgte ein Handy, das unter seidiges schwarzes Haar geschoben wurde, das ihre Schultern streifte. »Gott sei Dank«, sagte sie; ihre Stimme triefte vor Sarkasmus, klang jedoch trotzdem erstaunlich sexy. »Endlich bin ich frei, Liebling. Was ich jetzt unbedingt brauche, sind ein Martini und eine Massage.«

Zoe schnaubte. »Wer braucht das nicht?«

Die Frau wandte sich zu Zoe um, ihre Augen waren hinter der Sonnenbrille verborgen, ihr Blick war dennoch durchdringend. Durch die kräftigen Wangenknochen wirkte das kantige Gesicht hohl, die Aura des Reichtums und ihre herablassende Haltung hafteten an ihr wie ein Spritzer Chanel No. 5.

Zoe kannte das Gesicht bereits; sie hatte Adele zusammen mit Oliver aus der Lobby des Casa Blanca kommen sehen, nachdem das Baby geboren war. Und schon davor hatte sie Adele Townshend Bradbury gesehen, dank einer Suchmaschine und ein paar Gläsern Wein, die sie getrunken hatte, als sie sich in Selbstmitleid gesuhlt hatte. Die Tatsache, dass Olivers Frau ohne die Vorzüge von Photoshop nicht ganz so perfekt aussah, tröstete Zoe ein wenig. Auch wenn sie der Perfektion verdammt nahekam.

Zoe bedachte sie mit einem schmallippigen Lächeln, weil sie wusste, dass Adele sie am Abend vorher gar nicht bemerkt und bestimmt keine Ahnung hatte, wer sie war. »Entschuldigen Sie«, sagte Zoe und griff nach der Türklinke.

»Natürlich.« Adele trat beiseite und klemmte das Handy an das andere Ohr. »Nein«, sagte sie in das Telefon, während Zoe in das Gebäude ging. »Das war niemand. Ich höre dir zu.«

Niemand? Die Tür fiel zu und schloss Gott sei Dank die Sonne und die Stimme der Frau aus, die den einzigen Mann geheiratet hatte, den Zoe je ... Nein, das war keine Liebe. Aber woher sollte Zoe das auch wissen? Sie hatte ganz bestimmt keine Maßstäbe, wenn es darum ging, was Liebe war beziehungsweise nicht war. Aber zwischen ihnen war etwas gewesen, und sie würde sich zunutze machen, was immer notwendig wäre, um zu bekommen, was sie brauchte.

Drinnen legte sich kühle Luft auf Zoe, während sie die schneeweißen Wände und den eisigen Marmorfußboden auf sich wirken ließ. Hier sah es ganz anders aus als in sämtlichen Arztpraxen, die sie bisher gesehen hatte. Keine unordentlich herumliegenden Zeitschriften auf einem billigen Couchtisch bei Dr. Bradbury. Und auch keine unpersönliche Glasscheibe, die sich öffnete und schloss wie ein Beichtstuhl. Keine abgewetzten Lederstühle, geschmacklose Kunst oder Nullachtfünfzehn-Videopräsentationen.

Nichts, nur altes Geld und elegante Raffinesse.

Also hatte wohl *Mrs* Bradbury die Praxis ausgestattet.

»Kann ich Ihnen helfen?« Die Frage kam von einer aparten Rothaarigen mit einem winzigen Headset im Ohr, die an einem

Glastisch saß, der abgesehen von einem eleganten Tablet und einem futuristisch aussehenden Telefon leer war. Ihr Lächeln passte zu ihrer Umgebung – es war kalt und unpersönlich, genau wie ihre arktisch blauen Augen.

»Ich bin hier ...« Zoes Stimme brach. Großartig. Jetzt klang sie auch noch wie ein Teenager im Stimmbruch. Sie räusperte sich. »Ich würde gern zu Dr. Bradbury.«

Die Rothaarige runzelte fast unmerklich die Stirn. »Wann haben Sie denn Ihren Termin?«

»Er wird mich empfangen.« Vor allem jetzt, wo seine *Frau* gerade weggegangen ist.

»Es tut mir leid.« Die Frau legte den Kopf schräg, eine einstudierte Mischung aus Mitleid und Macht breitete sich auf ihrem Gesicht aus. »Sie müssen einen Termin abmachen, und dafür brauchen Sie eine Überweisung. Und um ganz ehrlich zu sein, kann Dr. Bradbury gerade keine neuen Patienten mehr aufnehmen. Wir können Ihnen die Adressen von ...«

»Er wird mich empfangen«, sagte Zoe und nickte zum Telefon hin. »Probieren Sie es aus. Ich heiße Zoe. Ohne *y*, nur Z-o-e.«

»Ich weiß, wie man es schreibt.«

»Wissen Sie auch, wie man eine Nummer wählt?«

Die junge Frau hob die Hand. »Wenn Sie keinen Termin haben, wird er Sie *nicht* empfangen. Es gibt absolut keine Ausnahmen von dieser Regel.«

»Ich bin die Ausnahme. Zoe Tamarin.«

Die Frau rührte sich nicht, sondern bereitete sich mit eisblauem Blick auf den Showdown vor. »Hätten Sie gern die Liste der Ärzte, die ich gerade erwähnt habe?«

»Nur wenn einer davon Oliver ist.« Als die Frau sie überrascht ansah, fügte Zoe hinzu: »Ich bin eine persönliche Bekannte.«

Die Frau musterte das dünne Tanktop, das an Zoes verschwitzter Haut klebte. Das weiße Baumwollshirt, das so neckisch gewirkt hatte, als sie es bei Old Navy ausgesucht hatte, fühlte sich plötzlich wie ein billiger Fetzen an im Vergleich zu der Seide und den Perlen der Dame an der Rezeption.

Die Rothaarige lächelte freudlos, schüttelte den Kopf und stand auf; sie war auf ihren Zehn-Zentimeter-Absätzen locker einen Meter achtzig groß. »Es tut mir sehr leid, dass Sie in dieser Situation sind, aber Sie müssen jetzt gehen.«

»Diese Situation?« Sie *kannte* Zoes Situation nicht mal, verdammt. »Bitte rufen Sie seinen Assistenten an oder wen auch immer, und sagen Sie ihm, dass Zoe Tamarin ihn sehen möchte.«

Die Frau kniff die Augen zusammen, fasste aber an ihr Headset. »Beth?«

Zoe seufzte leise vor Erleichterung. Sobald Oliver ...

»Wir brauchen Sicherheitspersonal in der Lobby.«

Zoe hustete krächzend. »Wie bitte?«

Die andere Frau ignorierte sie vollkommen. »Sofort«, sagte sie ins Leere. Dann, zu Zoe gewandt: »Wir haben hier oft verzweifelte Leute, die zu Dr. Bradbury wollen, und ...«

»Nun, zu denen gehöre ich nicht.« Was glatt gelogen war, aber sie trat trotzdem vor. »Geben Sie ihm einfach meinen verdammten Namen.«

»Ich fürchte, das geht nicht.« Sie blickte auf ihr Tablet hinunter, als würde dort gerade etwas viel Wichtigeres zu sehen sein.

Zoe fasste die einzige Tür hinten im Raum ins Auge, eine nahezu unsichtbare Platte aus poliertem Rosenholz, die geradezu mit der Wand verschmolz. Aber da war diese schmale silberne Klinke, und vielleicht war ja nicht abgeschlossen. Was zum Teufel hatte sie schon zu verlieren? Mit einem kurzen Blick auf den Rotschopf, der sie jetzt demonstrativ ignorierte, machte Zoe einen Satz in Richtung Tür.

»Hey!«, schrie die Frau, doch Zoe drückte die Klinke herunter und schob die Tür auf.

Da erwischte sie der Rotschopf und packte sie am Arm, um sie zurück in die Lobby zu zerren. »Sie werden das Gebäude jetzt verlassen, Ma'am. Und. Zwar. Sofort.«

Zoe wehrte sich gegen den Zugriff und riss ihren Körper mit der ganzen Kraft, die sie aufbringen konnte, von ihr weg; plötzlich ließ die Frau los und Zoe taumelte auf das Behandlungszimmer zu und stolperte über die Schwelle; die Haare fielen ihr über das Gesicht, als ihre Knie auf dem Boden aufschlugen.

»Was zum Teufel ist hier draußen los?«

Oliver. Sie sah nicht auf, sondern schloss die Augen und ließ seine Stimme in sie eindringen und sie berühren.

»*Zoe?*«

»Sie kennen sie, Dr. Bradbury?«

»Ja, stell dir mal vor«, murmelte Zoe und war nur wenig beschwichtigt durch das leichte Entsetzen in der Stimme der Rothaarigen. Schließlich hob sie den Kopf und sah ihn an.

Doch der Anblick dieser bodenlosen Espresso-Augen hätte sie fast erneut umgehauen.

»Gütiger Gott«, sagte er, während er sich auf ein Knie fallen ließ und die Hand ausstreckte. »Was machst du ... hier, steh auf.« Seine Hand umhüllte die ihre, diese starke, maskuline, geschickte Hand, die heilte und Zoe mit einer einzigen Berührung der Finger heiß machte. »Was machst du ...«

Sie zog eine Augenbraue nach oben, während sie sich zu ihrer vollen Größe aufrichtete, was knapp unter eins fünfundsechzig war, also nicht ganz so beeindruckend wie ihre Widersacherin und nur auf Brusthöhe mit Oliver. Aber, ach, was für eine Brust. Bedeckt von einem astronomisch teuren weißen Hemd, das so weich und kostbar war, dass sie sich vorstellte, es wäre handgewebt und eigens auf diese unglaublichen Schultern zugeschnitten.

»Offenbar ist es einfacher, ohne Termin ins Oval Office zu kommen.«

Er lächelte beinahe, und Funken aus poliertem Gold tanzten in seinen Augen. »Du brauchst keinen Termin, um mich zu sehen.«

Am liebsten hätte Zoe der Rezeptionistin ein »Hast du gehört, du Schlampe?« zugeworfen, doch Oliver hielt noch immer ihre Hand; er zog sie ein wenig zu sich, und sie wurde ganz benommen von diesem sauberen, gepflegten, frischen Duft nach Tüchtigkeit – und Oliver. »Du *willst* mich doch sehen?«

Dieses winzige bisschen Unsicherheit hätte sie fast zum Dahinschmelzen gebracht.

»Ja.«

Ja. Ja. Gott, wie sie sich damals danach gesehnt hatte, dieses Wort zu ihm zu sagen.

Stattdessen hatte sie andere Worte gesagt, und die hatten ihr Schicksal auf ganz andere Weise besiegelt.

Doch jemand hatte »Ja« zu ihm gesagt. Jemand mit dunklen Haaren und Designertaschen und dem Geruch nach Reichtum – und Familie. Einer großen, mächtigen, vorzeigbaren, *echten* Familie. Die eine Sache, die Zoe ihm niemals bieten konnte.

Verdammt sei Google mit seinen endlosen Eintragungen, die mehr Informationen enthalten als für beschwipste Exfreundinnen verfügbar sein sollten.

Sie reckte das Kinn und sein Gesichtsausdruck flackerte, schwankte irgendwo zwischen Belustigung und Erstaunen hin und her, während er sie musterte.

»Komm in mein Büro«, befahl er – die Worte eines Mannes, der die hohe Kunst der *Subtilität* nicht beherrschte. Das hatte sie am Abend zuvor an ihm bemerkt, als er den Raum mit einem einzigen gebellten Befehl leer gefegt hatte. Autorität machte sich gut auf diesen breiten Schultern.

»Möchtest du einen Kaffee? Wasser?«, fragte er, bereit, seiner Sprechstundenhilfe entsprechende Anweisungen zu erteilen.

»Nachdem was ich durchgemacht habe, um hier reinzukommen? Einen doppelten Wodka, ohne Eis.«

Er nickte der Rezeptionistin nur zu. »Mr Carlson ist in Zimmer zwei. Sagen Sie Beth, sie soll ihm ausrichten, dass es noch ein paar Minuten dauern wird.«

Zoe blendete Rotschopf mit einem falschen Lächeln. »Vielen herzlichen Dank für Ihre Hilfe. Attila, nicht wahr?«

Die andere Frau blickte Oliver an, der sich auf die Lippe biss. »Komm, Zoe. Hier entlang.«

Er führte sie durch einen gedämpften Flur und blieb einen Schritt hinter ihr, als sie schweigend um eine Ecke bogen. Ihre Sandalen gaben auf dem plüschigen Teppich kein Geräusch von sich, doch ihr Herz klopfte so laut gegen ihre Rippen, dass es nur so durch die Flure von Dr. Bradburys super-feudaler, mega-exklusiver Praxis hallte, in der man nur einen Termin bekam, wenn man von Gott höchstpersönlich eine Überweisung hatte.

Sein Büro war natürlich riesig, es wurde von einer Fensterfront erhellt und wirkte sehr viel wärmer als der Rezeptionsbereich. Zoe roch Kirschbaum, Leder und diesen Hauch von Erfolg. Es roch nach Mann in diesem Raum, einem starken, vermögenden Mann, der noch immer so verdammt heiß war, dass es wehtat.

Es kribbelte ihr förmlich in den Füßen, als sie sich vorstellte, sie würde an ihm vorbei zur Tür hinausstürzen, obwohl sie so heftig dafür gekämpft hatte, durch eben diese Tür hereinzukommen. *Tut mir leid! War alles nur ein Missverständnis!*

Doch sie rührte sich nicht, ein Beweis dafür, wie sehr sie zumindest einen Menschen auf dieser Welt liebte. Sie hatte ihm den Rücken zugewandt und atmete ein letztes Mal tief durch, um ihren Schlachtplan noch mal durchzugehen.

Der eigentlich gar nicht existierte, weil sie Barefoot Bay heute Morgen aus einer Laune heraus völlig planlos verlassen hatte.

Also, was jetzt? Sollte sie betteln? Forderungen stellen? Feilschen? Was auch immer, sie musste stark und unnachgiebig sein. Sie würde ein Nein nicht als Antwort gelten lassen. Sie würde nicht …

»Dreh dich um.«

Dahinschmelzen.

Oh, nein. Sich in seine Arme zu werfen wäre weitaus schlimmer, als so schnell sie konnte – und hoffentlich mit mehr Würde als bei ihrem Eintreten – zur Tür hinauszurennen. Denn wenn sie erst mal diese Arme um sich spürte, war alles möglich.

Langsam drehte sie sich um und blickte in das Gesicht eines Mannes, der sie ansah, als hätte er seit Tagen nichts gegessen und sie selbst wäre ein menschlicher Windbeutel mit Sahne.

Während er seinen Blick Zentimeter für Zentimeter über sie schweifen ließ, unternahm sie ihre eigene visuelle Erholungsreise und ließ ihren Blick auf den Dingen verweilen, die sie so viele, viele Nächte wach gehalten hatten. Es war nicht sein klassisch schönes Gesicht mit all den markanten Zügen, auch nicht seine kräftigen Schultern oder sein seidig schwarzes Haar. Zoe war nicht schwach geworden, weil er »der Mann mit den Zähnen« war, wie ihre Tante Pasha einmal sein Filmstar-Lächeln beschrieben hatte, auch nicht seine auffällige Nase, die auf römische oder griechische Vorfahren hinwies, womöglich sogar auf Julius Cäsar höchstpersönlich.

Nein, Zoe liebte die unerwarteten Überraschungen an Oliver. Schwarze Wimpern, dicht wie Flaschenbürsten, die seitlich abstanden, wenn er über etwas lachte, was sie gesagt hatte. Der Muskel an seinem Hals, der sich bewegte und anspannte, wenn er sich vorbeugte, um sie zu küssen. Der tiefe Tenor seiner Stimme, wenn er ihr ins Ohr flüsterte, der melodische Klang, wenn er ihren Namen sagte, die Art und Weise, wie er die Augen vor einem Kuss schloss, als würde er gleich einen herrlichen französischen Wein probieren.

Jetzt waren seine Augen jedoch geöffnet und sahen sie eindringlich an. »Wie geht es dem Baby?«

Einen Moment lang hatte sie keinen blassen Schimmer, wovon er redete. Das war so eine Sache an Oliver. Er brachte Zoe dazu, ihre Gedankengänge, ihre Geheimhaltungsschwüre, ihren gesunden Menschenverstand zu vergessen. Er brachte sie dazu, von Dingen zu träumen, die nicht sein konnten, und sich an Dinge zu erinnern, die sie besser vergessen hätte.

Dinge, die so unbeschreiblich gut waren. Wie damals, als sie es auf dem Küchenboden seiner Wohnung getrieben hatten. Und die Zeit, als er …

»Ich gehe davon aus, dass es Mutter und Kind hervorragend geht?«

Oh, *das* Baby. Das, das er gestern Abend entbunden hatte. »Es geht ihm hervorragend. Wirklich, ja. Du warst so schnell weg, und Lacey wollte sich eigentlich noch bei dir bedanken.«

»Bist du deshalb hergekommen?« Ein Anflug von Enttäuschung verdunkelte seinen Blick und war bereits verschwunden, noch bevor sie ihn richtig gesehen hatte.

Oder du könntest das als Ausrede aufgreifen und losrennen, Zoe. Ganz schnell, ganz weit weg laufen.

Verdammt, warum musste der einzige Mensch, der ihr Geheimnis kannte, ein Arzt sein, der sich der Rettung von Menschenleben verschrieben hatte und es ihr absolut unmöglich machte, wegzulaufen, sich zu verstecken, so zu tun, als wäre alles in Ordnung?

Weil *nicht* alles in Ordnung war und weil er die Antwort auf das Problem war, das sie in den allermeisten Nächten wach und in einem unterschwelligen Panikzustand hielt.

»Bist du deshalb hergekommen?«, fragte er wieder. »Als das einköpfige Dankeskomitee der jungen Familie?«

Er versuchte, höflich zu sein oder sogar nett, und das gab ihr ein wenig Hoffnung. Vielleicht reichte ihre gemeinsame Vergangenheit ja aus, um das zu bekommen, weshalb sie hergekommen war. Vielleicht musste sie ja gar keinen Pakt mit dem Teufel schließen – auch wenn sie bereit dazu gewesen wäre. Im Moment würde sie *alles* tun.

»Das war wirklich keine große Sache«, sagte er, nachdem ein paar Sekunden zu viel verstrichen waren. »Ich habe in meiner Laufbahn schon etliche Notfallentbindungen durchgeführt.« Dann trat er einen Schritt näher, senkte fast unmerklich den Kopf und sah sie forschend an. »Zoe?«

»Oliver, du bist einer von zwei Menschen auf der Welt, die die Wahrheit über mich wissen.«

Jetzt war er an der Reihe, stumm zu blinzeln.

»Und du hast einmal zu mir gesagt, dass du alles für mich tun würdest.«

Er erwiderte immer noch nichts.

»Weißt du noch, dass du das gesagt hast, Oliver?«

»Natürlich.« Er verschränkte die Arme – eine klassische Machtpose. »Was willst du, Zoe?«

Sie holte langsam und gleichmäßig Luft. »Meine Großtante Pasha ist krank. Sehr, sehr krank. Du weißt, dass sie ... Sie kann keine großen Sprünge machen in Bezug auf das Gesundheitssystem, weil sie ...« *Eine Kidnapperin ist.* »Weil sie es nicht kann.«

Er starrte sie an.

»Ich will, dass du sie behandelst. Und es niemals jemandem erzählst.«

Seine Augen wurden schmal, als diese Forderung richtig bei ihm ankam. »Du bittest mich darum, etwas ...«

»Etwas Illegales zu tun, ja. Ich weiß, dass du ein großer, bedeutender, erfolgreicher Arzt bist, der keine rechtlichen Risiken eingehen sollte, weil das möglicherweise seiner boomenden Praxis schaden würde, aber das ist mir egal, Oliver, denn ...«

»Stopp.« Mit einem Schritt stand er vor ihr; er legte ihr die

Hand auf die Schulter, versengte damit ihre nackte Haut, war ihr bereits zu nah.

»Wirst du es tun?«, fragte sie.

Er war so nah, dass sie seine Wärme und den Duft nach frischer Luft und Wäldern wahrnehmen konnte, der sie daran erinnerte, wie sie sich das letzte Mal geküsst hatten.

Mach schon, küsse ihn.

Er neigte den Kopf ein klein wenig und kam dabei nicht mehr als einen Millimeter näher, als wäre die Stimme in ihrem Kopf so laut, dass er sie hören konnte. »Wie könnte ich das tun?«

»In aller Stille«, sagte sie rasch. »Heimlich. Unter dem Tisch, ohne es zu verbuchen, verborgen vor den neugierigen Blicken deines hexenartigen Personals.« Sie hob ihr Kinn und verfluchte sich dafür, dass er mitbekam, wie sie zitterte. Hoffentlich glaubte er, es läge daran, dass sie seine Hilfe brauchte, und nicht daran, dass jede Zelle ihres Körpers *küss mich, küss mich, küss mich* schrie.

Mann, das könnte eine schlechte Idee gewesen sein. Aber sie machte energisch weiter. »So könntest du es machen«, schloss sie. »Und das wirst du auch. Weil du …« *Mich einst geliebt hast.* »Weil du stets das Richtige tust.«

»Ich kann nicht …«

»Du *kannst.*«

»Ich kann dir nicht so nah sein und nicht …

»Ich glaube, für diese Dinge hast du eine Frau«, sagte sie und entwand sich seinem Griff. »Ich brauche einen Arzt, und du bist zufälligerweise in der Gegend, in der richtigen Art von Praxis und praktischerweise der einzige Arzt, der sich einverstanden erklären wird, meine Tante zu behandeln, ohne sie den Behörden zu melden.«

Er sah sie forschend und mit undurchdringlichem Gesichtsausdruck an. Aber das hielt sie nicht davon ab, es zu versuchen. Und ihn anzustarren.

»Damit würde ich meine Praxis aufs Spiel setzen«, sagte er schließlich.

»Und ansonsten würdest du ihr Leben aufs Spiel setzen. Bedeutet dir das denn gar nichts mehr? Du hast dich früher um Menschen gekümmert, die sonst gestorben wären, Oliver.«

Er zuckte so leicht zusammen, dass sie es fast nicht gemerkt hätte. »Das tue ich immer noch.«

»Dann hilf mir!« Sie stieß ihm frustriert gegen die Brust. Er packte sie am Handgelenk und hielt sie fest.

»Ich werde tun, was ich kann«, sagte er.

»Was heißt das?« Sie schüttelte seine Finger ab; er trat zurück und schob seine Hände in die Hosentaschen, als wollte er sich selbst in Ketten legen.

Sein Blick wanderte an ihr hinunter, glühend, so wie seine Hände sich anfühlen würden, und sandte kleine Schauer über ihre Haut. »Es bedeutet, dass ich innerhalb eines gewissen Rahmens tun werde, was ich kann.«

»*Innerhalb eines gewissen Rahmens?* So viel zum Thema Hippokratischer Eid.«

Er ließ seinen Blick noch tiefer wandern, an ihrer Brust verweilen, und der Bernstein in seinen Augen verwandelte sich in Ebenholz, während er zusah, wie sich ihre Brust hob und senkte.

»Ganz zu schweigen von deinem Ehegelübde.«

Er schüttelte kaum merklich den Kopf. »Das ist gebrochen.«

»Nun, schön für dich, Sahneschnitte. Aber ich brauche einen Arzt, keinen Quickie.«

Er zog ganz leicht eine Augenbraue nach oben. »Das mit uns war nie ein Quickie, Zoe.«

Sie kniff die Augen zusammen. »Du bist verheiratet.«

»Ich bin geschieden. Seit letzter Woche endgültig.«

»Du warst gestern mit ihr auf der Eröffnungsfeier.«

Er zuckte mit den Schultern. »Ich habe ihr nur einen Gefallen getan. Sie ist von irgendeiner lokalen Größe eingeladen worden, die in letzter Minute abgesagt hat, und wollte nicht allein hingehen.«

Oh. *Oh.* »Aber ich habe sie gerade draußen gesehen.«

»Sie hat ...« Er wich ein wenig zurück und senkte kurz den Blick. »Etwas vorbeigebracht.«

Eine seltsame weiße Hitze spülte über Zoe hinweg, zusammen mit dem unbestimmten und Furcht einflößenden Gefühl, dass sich das Blatt gerade gewendet hatte. Oliver war nicht verheiratet. Was bedeutete, sie könnte ... nein, das *würde* sie nicht. Niemals. Nie, nie, *niemals*.

Außer dass ... Was genau war Zoe Pashas Leben wert? Alles. Alles, sogar *das.*

Sie biss sich auf die Lippen und trat einen Schritt näher. »Ich brauche Hilfe, Oliver. Und ich kann sie sonst nirgendwo kriegen. Ich werde tun, *was immer* du willst.«

»Was willst du damit andeuten, Zoe?«

»Soll ich es buchstabieren? Drei einfache Buchstaben: S-e...«

Er hob die Hand, um ihr Einhalt zu gebieten, dann holte er tief und langsam Luft und warf wieder einen langen, hungrigen Blick über ihren Körper. Jedes Haar in ihrem Nacken stellte sich wie elektrisiert auf. Als er ihre Brüste ansah, stellten sich ihre Brustwarzen unter dem dünnen Stoff auf. Als er auf ihre Hüften starrte, wurde es zwischen ihren Beinen heiß und schmerzhaft.

Wenn er bei ihren Knien anlangte, würden die beiden Mistkerle glatt vergessen, was ihre Aufgabe war, und sie würde auf dem Fußboden landen, genau wie in jener Nacht in der Küche. Aber so weit kam er nicht.

»Nein.« Er ging um seinen Schreibtisch herum und setzte sich auf seinen übergroßen Stuhl. »Warum erzählst du mir nicht erst mal, was mit ihr los ist.«

Himmel, Arsch und Zwirn. Da brachte man ihm ein menschliches Opfer dar und dieser Hurensohn erteilte ihr einfach eine Abfuhr.

2

Die Zurückweisung schmerzte. Oliver merkte es daran, dass Zoe die Schultern sinken ließ und dagegen ankämpfte, dass ihr Mund vor Überraschung aufklappte. Und daran, dass sie gekränkt zusammenzuckte, wodurch ihre smaragdgrünen Augen eher jadegrün wurden.

Sie war immer noch hübsch – Gott, sie war umwerfend –, aber als er ihr Angebot ablehnte, verschwand das Leuchten aus ihrem Gesicht.

Er hatte sie verletzt. Gut. Dann waren sie auf dem besten Weg, irgendwann quitt zu sein. Wenn sie auf dem leeren Fußboden eines verlassenen Hauses säße und wie eine verdammte Dreijährige weinte, dann würden sie vielleicht in die Nähe von *quitt* kommen.

»Was sind ihre Symptome, Zoe?«, fragte er und zog einen Block heraus, um seine Hände zu beschäftigen, in denen es juckte. Damit er nicht mehr daran dachte, wie viel lieber er sich jetzt vorbeugen und seine Finger in dieses Durcheinander aus karamellfarbenen Locken schlingen würde, die auf eine drollige Art seidig und frech waren, die sich irgendwie nie änderte.

Sie nahm ihre ganze Coolheit zusammen, ließ sich auf die Kante eines Besucherstuhls fallen und zeigte auf den Block. »Keine Notizen. Das ist privat. Völlig inoffiziell. Du darfst keine Akte über sie anlegen.

Er legte den Kopf schief. »Du magst vielleicht das Schlimmste über mich denken, aber ich nehme es mit meiner ärztlichen Schweigepflicht sehr genau. Sag mir, wo das Problem liegt.«

»Dann kann sie also deine Patientin sein?«

»Sag mir, wo das Problem liegt.«

Mit einem leisen Seufzen machte sie es sich auf dem Stuhl bequem; sie zog die Beine unter sich, sodass der fließende Rock wie eine Lotusblüte über ihre Beine fiel und ihre Füße verbarg.

»Erstens denke ich nicht das Schlimmste über dich, okay? Mit uns hat es schlimm geendet, ich weiß, aber ...«

»Schlimm?« Er feuerte das Wort förmlich auf sie ab, sodass sie zusammenzuckte. »Du nennst dieses Ende schlimm?«

Sie starrte zurück. »Ja, es war schlimm.«

»War es schlimm für dich, Zoe?« Er musste jetzt wirklich aufhören. Sie brauchte nicht zu wissen, was er all die Jahre danach durchgemacht hatte.

»Schlimm genug«, sagte sie viel zu lässig für seinen Geschmack.

War es das wirklich gewesen? Hatte sie solche Sehnsucht gehabt wie er? Hatte sie sich gefragt, was zum Teufel mit ihm geschehen war? Hatte sie Zeitungen durchforstet, Postmitarbeiter bestochen und jeden Heißluftballonstartplatz im Staat Illinois aufgesucht?

»Es war ziemlich schlimm für mich«, gab er zu; die Worte fühlten sich wie Steine in seinem Mund an.

»Das habe ich gemerkt«, sagte sie trocken. »So schlimm, dass du fünf Wochen später verheiratet warst.«

Das hätte er kommen sehen sollen. »Deshalb waren meine ersten Worte ›es tut mir leid‹, als wir uns vor ein paar Jahren in der Lobby des Ritz begegnet sind. Erinnerst du dich daran?«

»Ich erinnere mich.«

»Du hast Kondome gekauft«, rief er ihr ins Gedächtnis, eine Tatsache, die ihm noch tagelang gegen den Strich gegangen war.

»Für eine Freundin. Können wir jetzt über meine Tante sprechen?«

Er sah sie für einen langen Moment an, wobei es ihm fast sein Innerstes zerriss. Hier war die einzige Frau, die er nie vergessen hatte – nicht einen verdammten Tag in neun Jahren –, und bat ihn darum, etwas zu tun, von dem sie wissen musste, dass er es nicht tun konnte.

»Klar«, sagte er. »Warum fangen wir dann nicht einfach mit der Frage an, weshalb du ihren Namen nicht hast reinwaschen lassen.«

»Warum lassen wir das nicht einfach, denn wenn ich dabei Hilfe bräuchte, würde ich mich an einen Rechtsanwalt wenden. Als ich das letzte Mal nachgeschaut habe, warst du noch Arzt. Onkologe. Und das ist genau das, was ich brauche.«

Als er merkte, dass ihre Stimme ein wenig stockte, ließ er die Vergangenheit sofort auf sich beruhen. »Sie hat Krebs?«

»Wir wissen nicht genau, ob es Krebs ist, aber ich habe im Internet recherchiert ...«

»Ihr habt nicht mit einem Arzt gesprochen?«

Sie stieß den Atem aus. »Verdammt, Oliver, du kennst die Situation. Ich kann nicht. Aber wir haben diesen Kerl aufgesucht, den man mit sehr viel gutem Willen als Arzt bezeichnen könnte.«

Er verdrehte die Augen. »Ich kenne deine Tante, wahrscheinlich ist er Hellseher.«

»Tatsächlich hat er in Sedona als Heiler gearbeitet.« Sie seufzte und lächelte entschuldigend. »Er war das Beste, was ich kriegen konnte. Aus Gründen, die offensichtlich sind, wollte sie keinen Arzt aufsuchen, außerdem legt sie noch immer eine Menge Wert auf diese Zeichen, die ihr das Universum sendet.«

»Schlechte Idee, wenn einem das Universum einen Tumor sendet.«

Ihre Miene wurde ernst. »Genau deshalb bin ich hergekommen, Oliver.«

Natürlich. Nicht weil sie sich dafür entschuldigen wollte, dass sie ihm das Herz gebrochen hatte, dass er sie jeden Tag vermisst hatte und dass er immer, wenn er sich einen runterholte, daran dachte, wie sie ...

Nein, *damit* hatte er schon vor Jahren aufgehört. Na ja, Monaten.

»Jedenfalls«, fuhr sie fort, »ließ dieser Heiler-Typ sie etwas Schreckliches schlucken ...«

»Bariumsulfat.«

»Ja, und dann kam auch noch dieses Endo... Dingsda.«

»Eine Endoskopie.«

»Dann schlug er noch vor, eine ...« Sie schloss die Augen. »Eine Biopsie zu machen, aber da hat sich Tante Pasha geweigert, weil sie dazu in ein Krankenhaus oder zu einem Chirurgen hätte gehen müssen. Das war vor ein paar Wochen. Und dann haben wir beschlossen, hierherzukommen, damit wir in Barefoot Bay wären, wenn Laceys Kind geboren wurde.«

»Und dann hast du beschlossen, mich aufzusuchen.«

»Nun ja, ehrlich gesagt hätte ich nie an dich gedacht.«

»Überhaupt nie?« Verdammt, klang er armselig.

»Na ja, außer damals, als ich dich im Ritz gesehen habe, und dann vor etwa sechs Monaten, als ich mit meiner Freundin Jocelyn durch diese Straße fuhr und dein Schild an der Tür sah.«

Die Worte trafen ihn tief und hart. Sie war *hier* gewesen. War durch seine Straße gefahren. »Aber du bist nicht hereingekommen.«

»Damals war sie noch nicht krank«, sagte sie, als wäre jeder andere Grund, ihn zu besuchen, abwegig. »Aber gestern Abend, als du eingesprungen bist, um Lacey von ihrem Baby zu entbinden, fiel mir wieder ein, dass du Onkologe bist, und ich dachte mir, ich sollte es ... versuchen.« Ihre Stimme brach, als sie sich von ihrem Stuhl hochstemmte.

Zoe saß nie lange still; das hatte sich so wenig geändert wie ihr Haar, ihre Kleidung oder ihre anziehende Aura. Alles war noch da und quälte ihn. »Deshalb beschloss ich, dass ich dich brauchte.«

Einfach so. Sie brauchte ihn. Tatsächlich wäre sie bereit, sich ihm *hinzugeben,* nur nicht aus den richtigen Gründen. Die Vorstellung war zwar unglaublich reizvoll, nicht aber ihre Motivation. Er hatte genug bedeutungslosen Sex in seiner Ehe gehabt – nein danke.

»Erzähl mir von ihren Symptomen«, forderte er sie auf.

Sie rieb die Hände aneinander und ging auf und ab, als wäre das Behandlungszimmer zu klein für sie, es machte sie bereits kribbelig, zehn Minuten in ein und demselben Raum mit ihm zu sein. »Es fing mit Sodbrennen an, wirklich schlimmem Sodbrennen, dann bekam sie Schwierigkeiten beim Schlucken.« Als sie verstummte und Licht auf ihr Gesicht fiel, bemerkte er die Schatten unter ihren Augen und die leicht angeschwollene Unterlippe, auf der sie wohl zu viel herumgekaut hatte. »Manchmal ist sie ganz heiser und kann kaum sprechen. Dann fing sie an, Gewicht zu verlieren. Ziemlich viel.«

Es bedurfte keiner jahrelangen Erfahrung als Onkologe, um eine Diagnose zu stellen, dachte er niedergeschlagen. Vor allem nicht, wenn schon ein ganzheitlicher Arzt nach einer Endoskopie eine Biopsie angeordnet hatte. »Hat sie geraucht?«

»Lungenkrebs hat sie nicht, das hat er uns schon gesagt. Aber ja, sie hat geraucht und vor Jahren damit aufgehört, aber ...«

»Wie alt ist sie?«

»Ich hab genauso wenig Ahnung wie du, aber ich würde sagen, um die achtzig.«

Er machte große Augen. »Du weißt nicht, wie alt deine Tante ist?«

»Großtante.« Sie schluckte sichtlich und starrte ihn an. »Und wir wissen beide, dass sie auch das eigentlich gar nicht ist. Gehen wir mal rein hypothetisch davon aus, dass sie achtzig ist.«

Also hatte Zoe wahrscheinlich auch keinen Zugriff auf die medizinische Vorgeschichte der Familie. Er stand auf, kam um den Schreibtisch herum und ging zur Tür.

»Wohin gehst du?«

»Ich hole dir etwas Informationsmaterial über Speiseröhrenkrebs, worauf ich tippe. Und ein paar Namen von Spezialisten, die ...«

Sie griff nach seinem Arm. »Ich gehe nicht zu einem Spezialisten, Oliver.«

Er schloss seine Hand um ihre Finger und drückte sie leicht, wobei er gegen das Bedürfnis ankämpfte, sie an sich zu ziehen und all seine Verzweiflung wegzuküssen. »Ich bin nicht der richtige Arzt für jemanden, dem noch keine einzige Diagnose gestellt wurde. Du musst eines verstehen: Ich behandle Krebs nicht mit den Standardverfahren. Meine Behandlungen sind innovativ und unorthodox, und viele meiner Patienten unterziehen sich experimentellen Behandlungsformen. Einige nehmen als Freiwillige an Forschungsprogrammen teil, die von einer Klinik durchgeführt werden, mit der ich zusammenarbeite. Glaub mir, Krebspatienten kommen nicht zuerst zu mir. Ich bin eher ihr letzter Ausweg.«

»Nun, du bist mein *einziger* Ausweg.« Sie trat zurück. »Und ich war schon immer ein großer Fan des Unorthodoxen. Ich melde mich als Freiwillige für alles. Wo fangen wir an? Was brauchst du?«

Fast hätte er gelacht über die Bandbreite dieser unbeantwortbaren Frage. Er sah sie forschend an und hatte sich noch immer nicht ganz an Zoes Wirkung gewöhnt, die in Wirklichkeit so viel strahlender, kühner und besser war als in seiner Vorstellung. Sein Blick senkte sich auf ihren Mund, die geschwungene Oberlippe über dem Hauch eines Überbisses, die schmollende Unterlippe, die einem Mann geradewegs seinen gesunden Menschenverstand aus dem Kopf saugen konnte.

Himmel, allein schon, wenn er sie ansah, spürte er, wie alles unterhalb seines Gürtels stramm stand und Aufmerksamkeit zu fordern schien.

»Ich kann deinen Gesichtsausdruck lesen, Oliver.«
Das wollte er nicht hoffen. »Und was sagt er?«
»Etwas Pornografisches.«
»Das ist alles nur in deinem Kopf, Zoe.«

Unbeeindruckt zuckte sie mit den Schultern. »Was immer es braucht, um etwas von dieser unorthodoxen, experimentellen Magie abzubekommen.«

Ein paar Sekunden lang hätte er es fast in Erwägung gezogen. In dieser kurzen Zeit strömte genug Blut gen Süden – eine Reaktion, die er vom ersten Tag an auf Zoe erlebt hatte. Vielleicht hätte er ihr einfach nicht widerstehen können, wenn er dreißig Jahre alt und bereit gewesen wäre, jeden Preis für den Genuss ihres Körpers zu zahlen, aber jetzt war er alt genug, um zu wissen, dass der Preis zu hoch für ihn war.

»Es ist keine Magie«, sagte er gelassen, »sondern Medizin, und sie birgt ebenso viele Risiken wie Erfolgserlebnisse. Viele Dinge sind zu berücksichtigen, Zoe. Ich kann keine Patientin aufnehmen, die nicht von einem konventionellen Arzt an mich überwiesen …«

»Sie kann nicht zu einem anderen Arzt gehen, und das weißt du.«

»Gibt es keine andere Möglichkeit, nicht einmal eine Klinik oder eine Notfalleinrichtung?«

Fassungslos starrte sie ihn an. »Sie existiert eigentlich gar nicht, verdammt noch mal!«

Gefühle schüttelten ihren ganzen Körper, und am liebsten hätte er die Hand ausgestreckt, um sie zu halten, aber das tat er nicht. Stattdessen atmete er leise aus. »Es wäre in medizinischer Hinsicht kein korrektes Vorgehen, wenn ich sie behandeln würde und …«

»Pfeif auf korrektes medizinisches Vorgehen!« Sie ergriff seine beiden Arme und drückte sie, Verzweiflung ging von ihr aus. »Schlaf mit mir, wenn es das ist, was du willst. Ist mir egal.«

Und genau das war das Problem. Es war ihr egal.

»Würde das funktionieren?« Sie drückte sich an ihn, bestimmt spürte sie die Wölbung in seiner Hose.

Er legte ihr die Hand auf die Schulter, bereit, sie von sich zu stoßen, doch ihre Brüste fühlten sich so gut an seiner Brust an, dass er zögerte. »Nein«, brachte er heraus. »Es würde nicht funktionieren.«

Sie ließ die Hände um seinen Nacken gleiten und erregte damit die Aufmerksamkeit jedes einzelnen Haares dort. »Bist du sicher? Irgendwie fühlt es sich nämlich an, als könnte es funktionieren.«

Er senkte den Kopf und gab dem Bedürfnis nach, seine Lippen auf ihr Haar, ihre Schläfe, ihr Ohr zu pressen. Er wollte sie eigentlich nur küssen, aber die Worte purzelten aus ihm heraus, als hätten sie ihren eigenen Willen. »Warum bist du verschwunden?«, fragte er in einem rauen Flüstern.

Ganz langsam wich sie zurück und schüttelte den Kopf. »Du weißt, warum ich weggehen musste.«

Den Teufel wusste er. »Weggehen? Du *hast dich in Luft aufgelöst.* Es war, als wärst du von Aliens entführt worden. Kleider, Möbel; in eurem Kühlschrank war noch was zu essen ...«

»Du wolltest, dass ich etwas tue, was ich nicht konnte, und da du der Typ bist, der immer die Regeln befolgt und das Richtige tut, hatte ich Angst, du würdest uns verraten und ...«

»Wie konntest du das glauben? Du kanntest mich, Zoe. Du ...« *Liebtest mich.* Oder etwa nicht?

»Ich musste gehen«, sagte sie leise. »Pasha und ich beschlossen, dass es nicht wert wäre, dieses Risiko einzugehen.«

Liebe war das Risiko nicht wert. *Er* war das Risiko nicht wert.

War das nicht die Lektion, die er an jenem dunklen Tag gelernt hatte, als er noch ein Kind war? Als er die Treppe hinauf getrottet und auf den Dachboden geklettert war? An diesem

Tag hatte er gelernt, dass Liebe – selbst *bedingungslose* Liebe – vielleicht nicht genug war in diesem Leben. Vor allem nicht für eine Frau, die lieber wegging, anstatt zu kämpfen.

»Hör mal.« Er berührte ihr Gesicht, umfasste ihre Wangen, die Form ihres Kiefers fühlte sich so vertraut und angenehm an in seinen Händen. »Zoe, das ...«

»Dr. Bradbury.«

Beim Anblick seiner Rezeptionistin, die im Türrahmen stand, stoben sie auseinander. »Entschuldigen Sie bitte, aber Beth ist am Telefon, sie konnte nicht herkommen, um es Ihnen zu sagen, aber Mr. Carlson ist ziemlich außer sich.«

»Ich bin gleich da, Johanna.«

Ihr Blick huschte zu Zoe. »Möchten Sie, dass ich Miss, ähm, Tamarin hinausbegleite?«

»Ich möchte, dass Sie jetzt gehen.«

Die Rezeptionistin sah ihn schockiert an, dann wich sie zurück und schloss die Tür hinter sich. Oliver wandte sich wieder an Zoe. »Aber ich will nicht, dass du gehst. Wir müssen über so vieles reden.«

»Zum Beispiel über die Behandlung meiner Tante.«

Würde ein Versprechen, mit ihr darüber zu reden, sie dazu veranlassen zu bleiben? Bei Zoe konnte man nie wissen.

»Bleib hier und wir reden darüber, wenn ich mit diesem Patienten fertig bin.« Er trat zurück und hoffte, das würde ausreichen. »Es wird nur ein paar Minuten dauern.«

Er ging zur Tür und wünschte sich inständig, er könnte sie von außen verriegeln. Das war genau das Problem mit Zoe, dieser archaische Fluchtreflex. Er konnte sie nicht festhalten. Niemand konnte das. Das durfte er niemals vergessen.

Zoe wäre beinahe nach hinten auf den Schreibtisch gefallen, als Oliver hinausging. Sie fühlte sich, als hätte sie keine Knochen im Leib, und war völlig erschöpft, weil sie einem Mann, von dem sie wirklich gehofft hatte, über ihn hinweggekommen zu sein, so lange so nah gewesen war.

Sie war absolut nicht über ihn hinweggekommen.

Aber würde er Pasha nun helfen oder würde er versuchen, sie an einen anderen Arzt abzuschieben? Seufzend ging sie um den Schreibtisch herum und faltete sich in dem großen Arztsessel zusammen, wobei sie sich vorstellte, sein großer, starker Körper würde ihn wieder ausfüllen.

Er ist nicht verheiratet.

Die Worte pumpten ihr Herz auf wie Propan, das sie in hoffnungsvolle Höhen trug. *Hoffnungsvolle Höhen?*

Lächerlich. Und die einzige Hoffnung, die sie jetzt brauchte, war die auf Hilfe für Pasha. Es gab keine hoffnungsvollen Höhen in einer Welt ohne ihre Tante. Und es gab nichts als Blitz und Donner am Himmel, wenn man mit Oliver zu tun hatte. Wie konnte sie das nur vergessen?

Er hatte sein wahres Gesicht gezeigt, als er innerhalb von *Wochen,* nachdem Zoe weggegangen war, seine Exfreundin geheiratet hatte. Andererseits hatte Adele auch kein Problem damit gehabt, eine Heiratslizenz zu erhalten. Wohingegen Zoe? Himmel, Pasha hatte fast ihre Seele verkaufen müssen, um die gefälschten Papiere zu bekommen, mit denen Zoe zum College zugelassen wurde.

Sie hätte alles für Zoe getan, und deshalb musste Zoe medizinische Hilfe für Pasha beschaffen. Unorthodox und experimentell? Perfekt. Zoe wusste nicht viel über Medizin, aber Pasha war alt und gebrechlich. Eine Chemotherapie oder Bestrahlungen würde sie nicht überleben, ganz zu schweigen von dem Stress, den es bedeuten würde, durch die Hölle einer Gesundheitsbehörde zu gehen, in der Patienten ohne *Versicherung* nicht aufgenommen wurden, und schon gar keine ohne richtige Identität.

Zoe stieß den Atem aus, als sie an dieses vertraute Hamsterrad aus Sorgen dachte, in dem sie sich schon so lange abstrampelte. Dann ließ sie ihren Blick über das deckenhohe Bücherregal hinter sich schweifen, über die dicken medizinischen Schinken, bis er an dem gerahmten Foto eines kleinen Jungen hängen blieb. War das Oliver?

Sie schoss nach vorne und nahm den Rahmen in die Hand. Ihr Arm wurde seltsam schwer, als sie das Bild näher zu sich zog und das Gesicht eines Jungen betrachtete, der nur Olivers Sohn sein konnte.

Bei keiner Internetrecherche wurde je ein Kind erwähnt. Andererseits war er genau die Art von Mann, der großen Wert darauf legen würde, sein Kind aus dem Rampenlicht herauszuhalten, oder?

Sie versuchte zu schlucken, doch ein Klumpen aus Sehnsucht und Bestürzung schnürte ihr die Kehle zu. *Oliver hatte einen Sohn.* Sie hätte alles darum gegeben, die Frau zu sein, die ihm einen Sohn geschenkt hatte.

Sie schätzte, dass der Junge auf dem Bild fünf oder sechs Jahre alt sein musste; die Schneidezähne fehlten ihm, und am Kinn sah man noch die letzten Reste von Babyspeck. Aber es stand außer Frage, welchen Genpool dieses Kind angezapft hatte.

In seinen mahagonifarbenen Augen schimmerte dieselbe ausgeprägte Intelligenz wie bei Oliver; er hatte die gleichen geraden Augenbrauen, und seine leicht sommersprossigen Wangen deuteten eine Knochenstruktur an, die kräftig und markant sein würde, wenn die entsprechenden Hormone einsetzten und ein gewisses Alter erreicht wäre.

Das Bild war in der Schule aufgenommen worden, er trug ein marineblaues Poloshirt mit einem Wappen, auf dem Cumberland Academy stand. Eine Privatschule natürlich.

Zoe war von Pasha zu Hause unterrichtet worden.

Die Tür ging auf und Zoe erschrak; sie wollte nicht dabei erwischt werden, wie sie Olivers Kind anstarrte, wenn er zurückkäme, um ihre Unterhaltung fortzusetzen. Da sie wusste, dass ihr Kopf nicht über die Rückenlehne hinausragte, wartete sie vollkommen reglos ab.

Vielleicht würde Oliver glauben, sie wäre gegangen, und wenn er hinausginge, um sie zu suchen, würde sie das Bild wieder zurückstellen und er würde nicht ...

Ein Schniefen unterbrach die Stille. Dann noch eins, gefolgt von einem ausgewachsenen Schluchzen.

Zoe biss sich auf die Lippen, um nicht zu reagieren.

Das war nicht Oliver. Wahrscheinlich jemand von seinem Personal, der in Tränen ausgebrochen war, weil Oliver ihn angeschrien hatte. Vielleicht war es die große Rothaarige. Vor Genugtuung wurde ihr ganz warm ums Herz. Die Schlampe hatte bekommen, was sie ...

»Ich hasse das!« Die Stimme klang dünn, gebrochen und schwach. »Ich hasse *ihn*.« Ein Schlag gegen das Ledersofa unterstrich das Gefühl noch.

Das war nicht die Rezeptionistin oder die Sekretärin.

»Das ist nicht fair.«

Das war ein Kind. Langsam drehte Zoe den Stuhl, sodass er quietschte und ein lautes Keuchen als Reaktion hervorrief. Als sie den Blick von dem Bild hob, blickte sie in genau dasselbe Antlitz, nur dass es dreidimensional war. Vielleicht war es ein, zwei Jahre älter, in den Augen schimmerten Tränen und über den mageren Schultern hing ein Tanktop der Chicago Bulls, das erschauerte, weil sich der Junge so anstrengte, nicht zu weinen.

»Wer sind Sie?«, fragte er mit vor Überraschung aufgerissenen Augen.

»Die gute Fee.«

Einen Moment lang versuchte er, etwas zu sagen, aber ein weiteres bebendes Schluchzen kam teils als Schluckauf, teils als Rülpser aus ihm heraus.

»Warum weinst du, mein Junge?«

Er wischte sich die Augen und wurde ein wenig rot. »Wer sind Sie wirklich?«

»Eine Freundin deines ... deines Vaters?«, was wohl keine allzu wilde Vermutung war.

»Sind Sie noch eine neue Nanny?«

Ihr Herz machte einen kleinen Sprung wegen der Mischung aus Hoffnung und böser Vorahnung in seiner Stimme. »Gab es denn schon mehrere?«

»Um die neunzehn in den letzten zwei Wochen.«

Sie verzog den Mund zu einem Lächeln. »Ganz schön viel.«

»Okay, es waren vier. Aber seit wir hier sind und ich in diesem dummen, hässlichen Hotel wohnen muss, kommt ungefähr jeden Tag eine andere.«

»In was für einem dummen, hässlichen Hotel wohnst du?«

»Im Ritz-Carlton.«

»Oh, ja, das ist das dümmste und hässlichste von allen.« Warum wohnte Oliver in einem Hotel?

»Das weiß ich schon.« Wieder schniefte er. »Ich war froh, dass all ihre doofen Babysitter beschäftigt waren und mich meine Mom für den ganzen Tag hierherbringen musste.«

Sie hat ... etwas vorbeigebracht. Sein Sohn war ein etwas? »Ja, was gibt es Besseres, als einen Tag auf der Krebsstation herumzulungern?«

Er verschluckte sich fast vor Lachen, obwohl er gar nicht lachen wollte, aber er konnte nicht anders. »Sie reden also mit meinem Dad über diese Aufgabe?«

Über *eine* Aufgabe, aber nicht *diese* Aufgabe. »Mehr oder weniger. Suchst du ihn?«

Er zuckte mit den Schultern, dann schüttelte er den Kopf. »Ich bin sauer auf ihn.«

»Das habe ich mitbekommen.« Sie stellte das Bild auf den Tisch und beugte sich gespannt vor. »Was hat er denn getan?«

Er schniefte ein letztes Mal und wischte sich die Nase ab; sein Gesicht glänzte vor Rotz und Tränen. »Ich will einen Hund.«

»Was im Ritz wahrscheinlich nicht gern gesehen wird.«

Er warf ihr einen Blick zu, der »ach nee« aussagte und den nur Kinder in seinem Alter in dieser Vollkommenheit zustandebringen. »Keine Hunde im Shitz-Carlton.«

Sie versuchte, nicht über den Namen zu lachen, der auf seinen kleinen Lippen so fehl am Platz war. »Darfst du so etwas überhaupt sagen?«

»Es weiß ja keiner.«

»Ich schon.«

»Wer sind Sie?«

»Ich habe dir doch gesagt …«

»Es gibt keine guten Feen.«

Sie stützte den Ellbogen auf den Schreibtisch und zeigte auf ihn. »Und genau da, mein Junge, irrst du dich. Ich habe eine, und sie ist einfach toll.«

»Und wahrscheinlich hat sie auch einen Zauberstab?« Die Frage triefte vor kindlichem Sarkasmus.

»Mehrere. Und eine Kristallkugel. Und« – sie beugte sich vor und ließ den Blick von einer Seite zur anderen schweifen, als könnte jeden Augenblick eine neugierige Krankenschwester auftauchen – »und eine menschenfressende Pflanze.«

Seine Augen weiteten sich, dann schnaubte er ungläubig. »Spielen Sie Karten?«

Sie lächelte über diese aus dem Zusammenhang gerissene Frage. »Wie der Teufel. Magst du Egyptian Rat Screws?«

»Nie gehört, aber ich kann Canasta und Binokel.«

»Ooooh, was für ein Riesenspaß.« *Gähn.* »Wo hast du das gelernt, von der Meute am Shuffleboard im Shitz-Carlton?«

Er unterdrückte ein Lächeln. »Meine Oma hat es mir beigebracht.«

»Ah, verstehe.« Olivers Mutter war gestorben, als er noch

sehr jung war, und über seinen Vater hat er nie besonders viel erzählt. Deshalb nahm Zoe an, dass er von der Großmutter mütterlicherseits sprach. Ja, Leute die so reich waren, wären auf jeden Fall der Bridge-und-Binokel-Typ.

»Können Sie mir dieses ägyptische Spiel beibringen?«

»Ich weiß nicht. Das ist echt kompliziert.«

»Ich bin klug und weiß eine Menge über die Ägypter. Sie haben die Pyramiden gebaut.«

»Tut mir leid, aber in Egyptian Rat Screws kommen gar keine Ägypter vor.« Sie lächelte. »Es werden aber viele Schimpfwörter benutzt, und offenbar hast du das ja drauf.«

Er grinste, und das stellte unglaublich dumme Sachen mit ihrem armen Herzen an. *Olivers Sohn.* Eine schwere Mischung aus Neid, Sehnsucht und Reue wälzte sich durch ihren Bauch.

»Wie alt bist du überhaupt?«

»Acht. Wie alt sind Sie?«

»Hundert.«

Er verdrehte die Augen. »Ich gehöre nicht zu diesen Kindern.«

»Was du nicht sagst. Ich bin vierunddreißig. Fünfunddreißig.« *Acht?* Im Ernst? Wow, Oliver hatte wohl nichts anbrennen lassen, oder?

»Ich habe einen IQ von einhundertzweiundsechzig.«

»Autsch, das muss wehtun, wenn man so viel Klugheit mit sich herumschleppt.«

Er tippte sich an den Kopf, als könnte er mit dieser Last umgehen. »Kein Problem. Soll ich Karten holen? Die Dame an der Rezeption hat ein Kartenspiel.«

»Cruella?«

Er lachte. »Ich habe den Film gesehen.« Dann wurde seine Miene ernst. »All diese *Hunde.*«

Etwas in ihrer Brust zerbrach. »Gefleckte, die sprechen können. Die haben dir wohl gefallen.«

»Ja.« Er stemmte sich hoch und stand auf. »Bleiben Sie noch eine Weile hier?«

Tat sie das? *Lauf, Zoe, lauf.* »Vielleicht.«

»Wie heißen Sie eigentlich?«

Sag es ihm nicht. Lass ihn nicht an dich ran. Verlieb dich nicht in Olivers Sohn. »Zoe. Und du?«

»Evan Townshend Bradbury.«

»Wow, das ist ja fast so beeindruckend wie dein IQ. Was möchtest du werden, wenn du groß bist, Evan Townshend Bradbury? Arzt wie dein Dad?«

Er verzog das Gesicht und schüttelte den Kopf. »Krebskranke machen mich traurig.«

»Das stimmt. Also, kein Arzt, sondern? Rechtsanwalt? Investment Banker? Präsident? Ich nehme an, dir schwebt etwas Großes vor?«

»Meteorologe.«

Sie lehnte sich zurück. »Damit hätte ich nicht gerechnet. Du willst also im Fernsehen auftreten und in Bezug auf das Wetter am nächsten Tag die Leute anlügen?«

»Nein, ich will Wissenschaftler werden und mitten in einen Orkan gehen.«

»Interessantes Karriereziel. Orkane können schlimm sein. Meine Freundin hat ihr Haus in einem verloren.«

Er zog die Augenbrauen nach oben und formte mit dem Mund ein »O«. »Das ist cool. Was ist mit ihr passiert? Ist sie gestorben?«

Sie lachte über seinen Ansturm aus Fragen. »Nein, aber ihr Haus wurde vollkommen zerstört, während sie darin war.«

Da war er nicht mehr zu bremsen. »Nun sagen Sie schon! Was hat sie gemacht?«

»Überlebt. Es besser gemacht. Das hier gebaut.« Sie schnappte sich ihre Handtasche, öffnete sie und zog den Casa-Blanca-Prospekt heraus, den sie am Abend zuvor mitgenommen hatte.

»Schau mal.« Sie drehte ihn um und zeigte ihn ihm. »Das war einmal dieses miese alte Haus am Strand, und jetzt sieh dir das an. Es ist ein Urlaubsresort. Ich wohne gerade dort.«

»In diesem Haus?« Er zeigte auf das größte der Ferienhäuser, Bay Laurel.

»Schön wäre es. Nein, meine Freundin hat mich in einem nicht ganz so schicken Personaltrakt untergebracht.«

Er blickte auf. »Arbeiten Sie dort?«

»Nee, das, was ich mache, brauchen die dort nicht.«

»Was machen Sie denn?«

»Ich fliege Heißluftballons.«

Sein Kiefer klappte praktisch bis zum Boden herunter, und er kletterte aus seinem Sessel. »Sie sind ...« Sprachlos schüttelte er den Kopf.

Sie biss sich auf die Lippe, um nicht zu lachen. »Was?«

»Sie sind so ziemlich die coolste Person, der ich je begegnet bin.«

Da haben wir es, Zoe. Ganz toll. Soeben wurde dir dein eigenes Herz von Olivers achtjährigem Sohn auf dem Servierteller präsentiert.

»Danke.«

»Wann haben Sie Geburtstag?«, fragte er plötzlich.

Nun, das war eine Frage, die sie nie beantwortete, ohne ihren neuesten falschen Ausweis konsultiert zu haben. »Warum willst du das wissen?«

»Ich will Ihr Sternzeichen wissen.«

»Sag mir zuerst deins«, sagte sie.

»Oh, mein Geburtstag ist am achtundzwanzigsten Oktober. Ich bin Skorpion. Und was sind Sie?«

Sie legte den Kopf schief und dachte über so viele Möglichkeiten nach. »Dubios. Weißt du, was das bedeutet?«

»Zweifelhaft. Vom lateinischen *dubitare*, was so viel wie ›zweifeln‹ heißt. Was bezweifeln Sie?«

Sie schmiss sich beinahe weg vor Lachen. Er hätte kaum hinreißender sein können, dieser kleine Einstein. »Ich bezweifle, dass du echt bist.«

»Nun, ich habe einen …«

»IQ von hundertzweiundsechzig. Ich hab's gehört.«

Er grinste. »Soll ich die Karten holen, und Sie bringen mir dann dieses Spiel bei?«

Sie hob beide Hände und zuckte mit den Schultern. »Was zum …«

»Was zum Teufel soll's«, vollendete er den Satz, während er zur Tür flitzte. Was für ein Stück Arbeit dieses Kind war. Verlassen von seiner Mutter, ignoriert von seinem Vater. Das konnte sie nachempfinden. Und er schien so viel älter zu sein als …

Achtundzwanzigster Oktober. Acht Jahre alt.

Sie ließ sich in den Sessel zurückfallen und beschwor das Bild eines ungewöhnlich warmen Tages Ende März vor neun Jahren herauf, als …

Mit den Fingern zählte sie die Monate zwischen März und Oktober.

Sieben Monate.

Eiswasser floss durch ihre Venen und lähmte sie bis in die Fingerspitzen, während es ihr dämmerte.

Evan war an dem Tag, als Zoe und Oliver diese Ballonfahrt machten, bereits gezeugt gewesen.

Oder vielleicht war Oliver auch gar nicht … nein. Ein Blick auf Evan bestätigte ihr, dass er Olivers Sohn war. Empfangen in der Zeit, in der sie zusammen gewesen waren?

Zeit zu fliehen, Zoe.

Aber sie konnte jetzt nicht weglaufen; sie musste an Pasha denken. Sie presste die Finger an die Schläfen und versuchte nachzudenken.

Er würde Pasha nicht helfen. Oliver würde tun, was er immer tat: den Regeln folgen, vorschriftsmäßig handeln und das vermeintlich Richtige tun. Er würde Pasha zu einem anderen Arzt schicken; oder zu einem Rechtsanwalt; oder zur Polizei.

Warum also saß sie noch hier herum, bereit, einen alten Schmerz erneut zu durchleben? Oder noch schlimmer: einen neuen hervorzurufen?

Lauf, Zoe, lauf.

Sie schnappte sich ihre Tasche und eilte um den Schreibtisch herum; sie betete darum, dass sie hinausgelangte, ohne dass er sie sah. Sie schaffte es durch den Flur, ignorierte die Sekretärin und schoss dann durch die Tür in die Lobby hinaus – und direkt auf Evan Townshend Bradbury zu.

»Ich habe die Karten. Können wir jetzt dieses Screw-Spiel spielen?«

Hinter ihm klappte dem rothaarigen Miststück die Kinnlade herunter; sie stand auf, und Funken sprühten aus ihren Augen.

»Die Dame wollte gerade gehen, Evan.«

Das Gesicht des kleinen Jungen verfinsterte sich, aber Zoe weigerte sich, sich davon aufhalten zu lassen. Die letzte Person, der sie verfallen wollte, war Olivers Sohn. Okay, die zweitletzte Person. »Ja, wollte ich.«

»Warum?«, fragte er, seine Stimme verzog sich zu einem Heulen.

»Weil ich das immer mache.«

Sie stürzte zur Tür und rannte über die Straße auf ihr Fluchtauto zu – in Sicherheit.

3

Oliver hörte Schritte auf dem Gang, sie waren zu schnell, zu laut, zu … jung, um Zoe zu sein. Dann war es Evan, der in der Praxis Amok lief. Er grunzte verhalten, während er die letzte Seite von Eugene Carlsons Akte umblätterte.

»Was?«, fragte der ältere Mann. »Gibt es da etwas, was sie mir nicht sagen wollen, Dr. Bradbury? Sehen Sie etwas?«

»Absolut nicht.« Er schüttelte den Kopf, um wieder klare Gedanken zu fassen, und zwang seine Konzentration dorthin, wo sie hingehörte. »Ihre Untersuchungsergebnisse sind hervorragend, Gene. Sie gehören zu den erstaunlichsten Erfolgsgeschichten von IDEA.«

Als der alte Mann ihn ansah, füllten sich seine Augen mit Tränen. »Sie haben Ihrer Klinik wirklich den richtigen Namen gegeben. Das ist bestimmt ein Akronym für integriertes Etwas …«

»Integrierte Diagnostik durch experimentelle Analyse«, half Oliver weiter.

»Wie auch immer. Die Idee zu IDEA ist großartig. Ich weiß nicht, wie ich Ihnen danken soll, Dr. Bradbury. Und natürlich Dr. Mahesh. Noch vor einem Jahr konnte ich nicht von meinem Bett aufstehen und war mir sicher, dass ich dem Tod geweiht war. Gestern habe ich neunundsiebzig erreicht. Das ist bemerkenswert, junger Mann, egal, wie Sie das nennen wollen.«

»Ich nenne es eine Remission, Gene.« Keine vollkommene Heilung, aber verdammt nah dran. »Und das ist, was das Forschungs- und Ärzteteam dort als unser Ziel bezeichnet.« Er fügte ein leichtes Lächeln hinzu. »Und Sie wissen ja – Raj ist erst glücklich, wenn Sie fünfundsiebzig erreichen.«

Eugene lachte. »Ich bin einfach nur begeistert, dass ich Golf spielen kann. Er ist ein würdiger Gegner, Ihr Partner, so viel ist mal sicher.«

»Das sind wir beide, und Ihre Fortschritte sind für uns beide ein Sieg«, sagte Oliver zu ihm. »Das Beste, was wir je bei einem Leukämiepatienten erlebt haben.« Oliver streckte die Hand aus, um Eugene dieselbe zu schütteln, erpicht darauf, zu Zoe zurückzukehren und das Gespräch fortzusetzen, aber nicht gewillt, seinen Patienten zu hetzen, vor allem nachdem er Eugene hatte warten lassen.

Sofort trat der andere Mann einen Schritt vor und breitete die Arme aus. »Hey, schenken Sie mir doch eine dieser kumpelhaften Umarmungen.«

Oliver gab nach; er kämpfte gegen ein Lächeln an und dieses warme, willkommene Gefühl der Zufriedenheit in seiner Brust. Er hatte die richtige Entscheidung getroffen, als er die Krankenhausverwaltung zugunsten der weit weniger sicheren Welt der medizinischen Forschung aufgegeben hatte; er hatte sich mit Raj Mahesh zusammengetan, arbeitete mit einem unglaublich talentierten Forscherteam und war zurückgekehrt in das dankbare Geschäft, das das Retten von Leben darstellte.

Der Schachzug mochte ihn seine Ehe, seine erhabene Stellung in der Chicagoer Gesellschaft und sein regelmäßiges – und gigantisches – Gehalt gekostet haben, aber Gene Carlsons Umarmung wog das alles wieder auf.

Wieder waren Schritte auf dem Flur zu hören, sie waren fast so schnell wie Evans und stammten von jemandem, der Sandalen trug.

»Wir sehen uns in drei Monaten, Gene«, sagte er, während er versuchte, nicht aus dem Zimmer zu eilen, auch wenn sich sein ganzes Wesen wie verrückt auf Zoe stürzen wollte, bevor sie verschwände.

Aber das wäre so, als wollte man die Sonne am Aufgehen hindern, nach den Wellen auf dem Sand greifen oder einen Sturm aufhalten, der vom Golf von Mexiko her aufzieht. Nichts konnte das Unvermeidliche aufhalten.

»Bis dahin werde ich eine neue Enkelin haben«, sagte Eugene und holte Oliver damit wieder zurück in die Gegenwart.

»Dann erwarte ich Fotos.« Höflich wartete er einen Moment ab, dann öffnete er die Tür und ging in den Flur hinaus. In diesem Moment rastete die Tür zum Rezeptionsbereich ein. Er legte einen Zahn zu, riss die Tür auf und hätte beinahe seinen Sohn umgerannt.

»Evan, was machst du hier draußen? Ich habe dir doch gesagt, du sollst im Pausenraum auf mich warten.« Er blickte über die Schulter des Kindes durch das dunkel getönte Glas und sah gerade noch, wie ein großer weißer Jeep aus dem Parkplatz schoss, blonde Locken hinter dem Lenkrad.

Nicht dass ihn das überrascht hätte. Aber das änderte nichts an den Nadelstichen der Enttäuschung, die er in seiner Brust verspürte. »Verdammt«, murmelte er – das Echo einer Wunde, die vor langer Zeit aufgehört hatte zu schwären. Zumindest hatte er das geglaubt.

Evans Gesicht spiegelte das wider, was Oliver auf seinem eigenen zu fühlen glaubte. Ernüchterung. »Du hättest sie als meine Babysitterin anheuern sollen, Dad.«

Hinter ihm zog Johanna zweifelnd die Augenbraue nach oben. »Ich glaube kaum, dass sie eine angemessene Nanny abgegeben hätte, Dr. Bradbury.«

Oliver warf ihr einen kalten Blick zu. »Wenn ich Ihre Meinung hören will, dann frage ich Sie danach.«

»Willst du *meine* Meinung hören?«, fragte Evan. »Ich mochte sie. Ich fand sie witzig.«

»Du hast mit ihr gesprochen?«

»Ja. Hübsch ist sie auch.«

Ach nee. »Hast du ihr erzählt, dass du mein Sohn bist?«

»Natürlich. Wird sie wiederkommen?«

War das nicht die Eine-Million-Dollar-Frage? »Ich weiß nicht. Sie ist ... enigmatisch.« Er öffnete die Tür zu den Behandlungszimmern und hielt sie seinem Sohn auf. »Das bedeutet ...«

»Ich weiß, was das bedeutet.« Evan schlüpfte unter Olivers Arm durch.

»Aus dem Lateinunterricht?«

»Nee. Computerspiele. Dann ist sie also für immer weg? Sie wollte mir nämlich gerade ein Kartenspiel beibringen.« Er stieß einen Seufzer aus und murmelte »Verdammt«.

»*Evan.*«

»Das hast du gerade auch gesagt.«

»Ich bin neununddreißig Jahre alt. Und sag jetzt nicht, dass sie Egyptian Rat Screws mit dir spielen wollte.«

Er strahlte über das ganze Gesicht. »Doch! Woher weißt du das?«

Er kannte sie. Sie hatten eines Abends ihr wildes Lieblingskartenspiel in *Strip* Egyptian Rat Screws umgewandelt – mit einer Flasche Tequila und einem Beutel Limetten.

»Das macht bestimmt Spaß«, sagte Evan.

An jenem Abend schon. »Woher willst du das wissen?«

»Weil du lächelst, Dad. Und das passiert nicht oft.«

Er führte Evan in sein Büro. »Nun, Evan. Ich bin mitten in der Arbeit.«

»Du bist immer mitten in der Arbeit.«

»Außer wenn ich wegen deiner Mutter auf dem Schuldgefühle-Trip bin.« Die beschlossen hatte, Evan in der Praxis abzusetzen, bevor sie für einen Monat nach Südfrankreich verschwand. »Wir haben heute keine andere Wahl. Kein Babysitter, keine Nanny, kein freier Tag für mich.«

»Na, diese blonde Lady hätte doch mit mir abhängen können. Außer dass sie gesagt hat, es gäbe nicht besonders viel Spaß auf der Krebsstation.«

»Klingt nach etwas, was diese blonde Lady sagen würde.« Mit diesem sexy Klugscheißer-Mund, der ihn nun für den Rest des Tages verfolgen würde.

»Sie flucht auch gern.«

»Schön, dass ihr etwas gemeinsam habt.«

»Fand ich auch.«

Er lachte leise. »Evan, willst du vielleicht Computerspiele oder so etwas machen, ich muss nämlich ...« *Hier herumsitzen und über Zoe nachdenken. Und über ihren Mund.* »Ein paar Berichte schreiben.«

Evan seufzte, seine schmale Brust sackte in sich zusammen. »Nein, Dad, ich will keine Computerspiele machen. Und ich will nicht im Pausenraum sitzen. Und ich will nicht allein schwimmen gehen im Shitz-Carlton ...«

»Evan.« Verdammt, warum musste er ausgerechnet einen Achtjährigen haben, der auf sechzehn zuging? An sechzehn wollte er gar nicht erst *denken*. Wenn er schon jetzt kein Verhältnis zu dem Jungen aufbauen konnte – Gott allein weiß, wie schlimm das erst in acht Jahren wäre.

»Ich bin überhaupt nicht gern hier.«

»Das hast du bereits unmissverständlich klargemacht, mein Sohn.«

»Nenn mich nicht *mein Sohn*.« Er schoss herum und ging zur Tür.

»Evan!«

Er blieb stehen, und für den Bruchteil einer Sekunde befürchtete Oliver fast, er würde gleich von einem Drittklässler den Mittelfinger gezeigt bekommen. Doch Evan rührte sich nicht; er kehrte Oliver den Rücken zu.

Der suchte nach den richtigen Worten und fand nichts. Warum war es einfacher, mit einem Krebspatienten zu reden als mit seinem eigenen vorpubertären Kind?

»Hör mal«, sagte Oliver; er durchforstete sein Gehirn nach

den richtigen Worten, um so etwas wie ein Gleichgewicht zwischen Mitgefühl und Disziplin wahren zu können. »Ich weiß, dass du nicht glücklich darüber bist, dass deine Mom und ich uns getrennt haben.«

Evan rührte sich immer noch nicht, es sei denn Oliver zählte das Heben und Senken seiner Schulter dazu.

»Und ich weiß, dass du lieber in Chicago wärst, weil du dort Freunde hast.«

»Und Grandma.«

»Und deine Großmutter. Aber du kannst diesen Sommer nicht dort verbringen, Evan. Ich wohne und arbeite hier, und deine Mutter fliegt morgen nach Europa, deshalb musst du heute das Beste daraus machen.« Und jeden Tag für den Rest des Sommers.

Langsam drehte sich Evan um. »Kann ich einfach nur auf dem Sofa sitzen, während du arbeitest, Dad? Ich hasse den Pausenraum.«

Shit. Was konnte er dazu schon sagen? Vor ein paar Wochen, als Adele angekündigt hatte, sie würde mit Evan nach Naples kommen und ihn bei ihm lassen, während sie auf Reisen war, hatte Oliver sich gefreut – und sich gefürchtet. Vielleicht weil sein eigener Vater so distanziert und beschäftigt gewesen war. Oliver hatte noch nie so recht gewusst, wie er mit einem Kind umgehen sollte. Adele war auch nicht gerade der mütterliche Typ und brachte Nannys und ihre eigene Mutter großzügig zum Einsatz; Letztere konnte wahrscheinlich tatsächlich Anspruch darauf erheben, den Jungen großzuziehen.

Aber dies war seine Chance, eine Beziehung aufzubauen. Wie immer man das anstellte. »Klar. Nur bitte stell den Ton an deinem Spiel … Dings ab.«

»Ich werde es gar nicht einschalten«, versprach er. »Ich lese etwas.«

Als Oliver um seinen Schreibtisch herumging, runzelte er die

Stirn, weil er sofort merkte, dass etwas anders war. Evans Bild war entfernt worden. »Hast du an meinem Schreibtisch gesessen?«

Evan blickte von einer bunten Broschüre auf. »Nein, sie.«

Was hatte Zoe wohl gedacht, als sie erfahren hatte, dass er einen Sohn hatte? Konnte sie womöglich herausbekommen haben, dass … »Worüber habt ihr gesprochen?«

Evan blätterte eine Seite um, irgendetwas schien seine Aufmerksamkeit zu fesseln.

»Irgendwelches Zeug eben.« Er runzelte die Stirn und sah genauer hin. »Wow, sieh dir das an.«

»Was für Zeug?« Zum Beispiel Evans Alter? »Hast du ihr gesagt, dass du den Sommer hier verbringst?«

»Ich glaube schon.«

»Was noch?«

Er hielt ihm die Broschüre hin. »Das sieht wirklich cool aus.«

»Worüber habt ihr noch gesprochen?«, hakte Oliver nach.

»Oh, über Dinge wie ihre gute Fee, die eine menschenfressende Pflanze besitzt. Wow, sieh mal.« Evan streckte ihm die Broschüre hin. »Sie hat dieses Flyer-Dings von einem Hotel dagelassen, aber eigentlich ist das gar kein Hotel. Schau.« Evan fuchtelte mit einem Prospekt vor Olivers Nase herum. »Casa Blanca. Klingt gut, was?«

Oliver nahm die Broschüre und schaute sie an. »Ich habe dort gestern Abend geholfen, ein Baby auf die Welt zu bringen.« Er sah sich die Seite an, betrachtete den makellosen Strand und die dezente Eleganz der Architektur.

»Ich würde viel lieber dort wohnen als im Shitz…« Evan verstummte, als er Olivers strengen Blick sah. »Aber sie haben Häuser, Dad, nicht nur Zimmer.« Er deutete auf ein hübsch ausgestattetes Ferienhaus mit Blick auf die Bucht, die Barefoot Bay genannt wurde. »Das würde sich dann fast normal anfühlen, weißt du?«

Oliver unterdrückte sein schlechtes Gewissen. »Es ist einfach nur ein anderes Hotel, mein Sohn. Was wir brauchen, ist ein Haus, das uns gehört.« Wenn er jemals Zeit hätte, eines zu kaufen, oder auch nur die Lust dazu. In den Monaten, die er bereits in Naples verbracht hatte, war das exklusive Hotel einfacher gewesen. Natürlich hatte er vorgehabt, etwas zu kaufen, worin er einziehen konnte, wenn Evan für die zwei Wochen im Sommer käme, die ihm das Sorgerecht zugestand. Dann hatte Adele ihre Pläne verkündet, und Evan war sechs Wochen früher gekommen als angekündigt.

Evan sah immer noch sehnsüchtig die Broschüre an. »Das sieht gar nicht so schick aus.«

»Schick schon, aber nicht protzig.« Auch wenn er am Abend zuvor ehrlich gesagt nicht so viel vom Casa Blanca gesehen hatte. Nachdem er das Baby entbunden – und Zoe gesehen – hatte, wollte er nur noch weg von dort. Sehr zu Adeles Verdruss hatte er darauf bestanden zu gehen; seine Bemühungen, ihre Trennung einvernehmlich zu gestalten, waren nicht mehr länger wichtig.

»Na ja, protzig mag ich ohnehin nicht«, sagte Evan. »Und dieser Strand sieht echt cool aus.«

Wenn er gestern Abend nicht dorthin gegangen wäre, hätte er Zoe nicht gesehen, und sie wäre heute wahrscheinlich nicht hier aufgetaucht. Aber warum war sie so plötzlich verschwunden?

Er blickte Evan an und hatte den Verdacht, dass es keinen Zweifel gab, warum. Verdammt, er hätte es ihr lieber selbst gesagt – damals und heute. Aber beide Male war sie abgehauen.

»Findest du nicht auch, Dad?«

Er blickte auf und fragte zerstreut: »Finde ich auch was?«

»Dass wir in einem von diesen Häusern wohnen könnten statt in diesem blöden Hotel?«

Oliver konzentrierte sich wieder auf das Hier und Jetzt und

betrachtete Evans Gesicht, die ernsten Augen, die ganz genauso aussahen wie die, die ihm jeden Morgen aus dem Spiegel entgegenblickten, und die heruntergezogenen Mundwinkel, die ihn so ernst aussehen ließen.

»Oh, ich weiß nicht.«

»Dann könnten wir sie die ganze Zeit sehen.«

Das war es also.

»Und ich könnte herausfinden, warum sie einfach so davongelaufen ist«, fügte Evan hinzu. »Glaubst du, das lag an mir?«

Evans verletzte Stimme traf genau ins Schwarze. Oliver hatte sich auch eine Zeit lang selbst die Schuld gegeben. Dann war ihm klar geworden, dass Zoe eben ... Zoe war. »Nein, Evan, sie ist nicht weggelaufen wegen ...« Die Wahrheit war aber, dass sie *doch* wegen Evan weggelaufen war, zumindest indirekt. »Wegen irgendetwas, was du gesagt hast.«

»Ich habe ihr überhaupt nichts gesagt – außer meinem IQ und wie alt ich bin.« Er senkte den Blick und trat gegen den Boden. »Ich weiß, dass ich nicht ›mit meiner Intelligenz protzen‹ soll.«

Aber sein IQ war nicht die Zahl, die Zoe in die Flucht getrieben hatte. Sie hatte nachgerechnet und alles herausgefunden.

Oliver seufzte; er wusste, dass er tun musste, was er letztes Mal nicht getan hatte: ihr hinterhergehen. Und dieses Mal wusste er, wo sie zu finden war.

Am nächsten Tag schlief Zoe fast bis zur Mittagszeit und wachte in einem unheimlich leeren Bungalow auf.

Wo war Pasha? Sie verließ das kleine Haus normalerweise nicht, ohne eine Nachricht zu hinterlassen, aber vielleicht war sie ins Gewächshaus gegangen, um mit Tessa zu reden. Zoe schnappte sich auf dem Weg dorthin eine Tasse Kaffee und trat auf die kleine Terrasse hinten am Bungalow hinaus. Er war eine von einem halben Dutzend Einheiten, die für das Personal gebaut worden waren, das hier einziehen würde, wenn das Casa Blanca voll in Betrieb und – wie sie hofften – schon in den nächsten paar Monaten ausgebucht wäre. Die kleine Sackgasse mit den Cottages befand sich hinter all den Ferienhäusern und gewährte einen Blick auf den Garten, den Tessa Galloway angelegt hatte und, seit sie den Job als Gärtnerin des Casa Blanca angenommen hatte, liebevoll pflegte.

Doch Zoe entdeckte Pasha nicht zwischen den Reihen der Gemüsepflanzen und Blattsalate. Oder auf einem der Pfade, die sich durch den Garten schlängelten und von Palmen gesäumt waren, die sich dunkel vor dem mittäglichen Himmel abhoben. Jenseits der Gärten waren überall Farbtupfer – violette und rote Hibiskusblüten bis hin zu den Flammenbäumen, die vor orangefarbenen Knospen nur so strotzten. Aber keine Spur von Pasha.

Trotz des Wirbelsturms, der vor etwa zwei Jahren in der nördlichen Bucht von Mimosa Key gewütet hatte, herrschte an der Barefoot Bay wieder das blühende Leben – sowohl was die Pflanzen als auch die Menschen betraf. Jetzt im Juni hatte das Casa Blanca ein paar »Beta«-Gäste – Reiseagenten und freundliche Blogger –, und Lacey hatte damit begonnen, Leute einzustellen, weil sie einen kleinen Ansturm von Sommergästen erwartete. In ein paar Monaten wäre die erste echte Saison für die Leute aus dem Norden, die den Winter im Süden verbringen wollten und hoffentlich von dem kleinen, eleganten Resort angelockt würden.

Zoe lehnte sich an das Geländer und genoss die salzige Brise, die von der Bucht, die sie von hier aus nicht sehen konnte, herüberwehte.

Gott, sie liebte Barefoot Bay. Natürlich hatte sie das vor niemandem zugegeben, auch wenn ihre drei besten Freundinnen vom College – Lacey, Tessa und Jocelyn – jetzt alle auf dieser Insel lebten. Tessa wohnte im Personal-Bungalow gleich neben ihr und Jocelyn war mit Will ans südliche Ende von Mimosa Key gezogen; sie lebten jetzt neben Jocelyns alterndem Vater.

Wenn die Mädels auch nur eine Ahnung hätten, wie gern Zoe hierbleiben würde, würden sie allen Druck ausüben, der notwendig war, um die Furchtlosen Vier von Tolbert Hall auf Dauer wiederzuvereinen.

Diese verlockende Idee reizte sie schon seit Wochen, und sie war auch bereit gewesen, Pasha diese Möglichkeit schmackhaft zu machen. Sie wollte damit beginnen, indem sie ihr ins Gedächtnis rief, dass sie schon seit drei Jahren in Arizona lebten; so lange hatten sie noch nie an ein und demselben Ort gewohnt, außer in den Jahren, in denen Zoe in Gainesville ins College gegangen war. Sie hatte gehofft, dass es Pasha wieder besser ginge, und war inzwischen nicht mehr so wild entschlossen, jederzeit, von heute auf morgen und so weit es eben ging wegzulaufen.

Aber diese Hoffnung hatte sich nun zerschlagen, und zwar nicht durch Tante Pasha. Durch Oliver.

Ehrlich gesagt konnte sie nicht an einem Ort leben, der nur eine Fahrt über den Damm von Oliver entfernt war. Und seinem Sohn.

Der Sohn, der gezeugt worden war, noch bevor sie sich überhaupt kennengelernt hatten.

Sie stieß den Atem aus und ließ zu, dass sich die ganze Enttäuschung, die seit gestern Morgen in ihr gärte, tief in ihrem Inneren einnistete. Pasha brauchte einen Arzt, und Zoe hatte zugelassen, dass ihre Tante durch Zoes Stolz und Eifersucht um die bestmögliche Lösung betrogen worden war.

Irgendwie musste sie wieder zu Oliver zurückkehren und es noch mal versuchen.

Oder nicht?

Seit vierundzwanzig Stunden dauerte diese Debatte nun schon an. Würde er Pasha heimlich behandeln? Der Mann, der sich offenbar verpflichtet gefühlt hatte, die Frau zu heiraten, die er geschwängert hatte – ob er sie liebte oder nicht? Denn Zoe mochte vielleicht eine Menge Dinge in ihrem Leben bezweifeln, aber das nicht. Oliver hatte sie geliebt; das glaubte sie ganz fest. Aber er würde immer das tun, was richtig war, in jeder Situation – so tickte er eben.

Was also war in dieser Situation richtig?

Und musste es denn sein, dass er immer noch so verdammt heiß war, selbst nach neun Jahren noch? Musste er unbedingt noch immer diese verrückten, sündigen, unvernünftigen Pheromone aussenden, die Zoes Gehirn, das auf Sex-Entzug war, wie kleine Hormon-Ninjas attackierten? Würde Oliver ihre weiblichen Organe auch dann so in Glut versetzen, wenn sie nicht nach einer Serie scheußlicher Affären vor fast vier Jahren dem Sex endgültig abgeschworen hätte? Vermutlich.

Komm schon, Zoe. Du hast den Typen an dem Abend, an dem ihr euch kennengelernt habt, praktisch inhaliert.

Aber wir hatten gewartet, widersprach sie ihrem mentalen Widersacher, auch bekannt als die Stimme. Sie hatten gewartet – fast ganze vierundzwanzig Stunden. Und in dieser Zeit, hatte Oliver gesagt, war er geradewegs zu seiner Freundin gegangen, der Tochter des Leiters des Mount Mercy Hospitals, und hatte mit ihr Schluss gemacht.

Aber offenbar nicht endgültig.

Du hast ihn verlassen!

Was hätte sie sonst tun sollen, nachdem er darauf bestanden hatte, Pasha zu verraten? Pasha hatte damals diese Notfalltasche gepackt und blitzschnell ins Auto geworfen. Sie hatte Zoe angeboten, dazubleiben, aber eigentlich war das keine richtige Option. Sie liebte Pasha. Und Oliver? Nun, sie hätte wahre Liebe auch dann nicht erkannt, wenn sie mit der Nase darauf gestoßen worden wäre. Woher auch? Sie hatte nie mit einem glücklich verheirateten Paar gelebt. Sie kannte die Regeln und Verhaltensweisen nicht, sie wusste nicht, wo die Grenzen verliefen, wenn zwei Menschen ineinander verliebt waren – sagte man seiner wahren Liebe nicht alles?

Zoe hatte es getan, und was war dabei herausgekommen? Oliver war an jenem Tag förmlich aus dem Ballon gesprungen. Deshalb war sie weggelaufen. Ehrlich gesagt waren sie beide, sie und Oliver, für den Niedergang ihrer Romanze verantwortlich.

Ein Rinnsal Schweiß schlängelte sich über ihren Rücken, die mittägliche Sonne brannte bereits heftig auf sie herunter. Sie ging nach drinnen und zog die einzige Kleidung an, die für einen so heißen Tag geeignet war: einen Bikini und ein dünnes durchsichtiges Kleid aus Baumwolle, was ausreichte, um Pasha zu suchen, wo immer sie auch steckte.

Sorge streckte ihre Krallen nach Zoes Kehle aus. Wo *war* Pasha?

Sie hatte den Besuch in Olivers Praxis ihrer Tante gegenüber nicht erwähnt, weil, nun ja, sie war nicht bereit, Barefoot Bay zu verlassen, und wusste, wie Pasha auf Zoes Idee reagieren würde. Abgang von der Bühne nach rechts.

Und Zoe würde mitgehen, weil sie und Pasha ein Team waren, Partner, für immer verbunden.

Sie spülte ihre Tasse ab und blickte wieder in den Garten hinaus.

So etwas wie ›für immer‹ gab es nicht. Pasha war krank und dieses Team würde unweigerlich aufgelöst. Und das Komische daran war – wenn das passierte, wäre Zoe endlich frei. Es wäre nicht mehr nötig, »abgekoppelt« vom Rest der Welt zu leben, wenn Pasha tot wäre.

Warum kämpfte sie dann so verzweifelt darum, sie am Leben zu halten? Weil die einzige »Liebe«, die Zoe – abgesehen von ihren drei besten Freundinnen – je erfahren hatte, von Tante Pasha gegeben und empfangen wurde. Zoe mochte zwar keine echten Eltern haben, die ihr als Vorbild dafür dienen könnten, wie man als gutes Paar durchs Leben ging, aber sie hatte Pasha gehabt, die sie mit Aufmerksamkeit und Zuneigung überhäuft hatte, und zwar fast ihr ganzes Leben lang, seit Bridget Lessington verschwunden und Zoe Tamarin geboren worden war.

Wir werden dich Zoe nennen ... Zoe bedeutet »neues Leben«.

Und vierundzwanzig Jahre später war sie immer noch Zoe, und sie waren immer noch auf der Flucht. Gott, sie war das Weglaufen so unsagbar leid. Sie hatte die Nase voll davon, alle und jeden im Dunkeln tappen zu lassen und auf Distanz zu halten. Mauern aus Sarkasmus und Apathie zu errichten. In Bezug auf Männer immer oberflächlich zu bleiben, weil alles andere bedeuten würde, dass sich das, was mit Oliver passiert war, wiederholen könnte.

Erschöpft, wenngleich voller Angst, die einzige Person zu verlieren, von der sie je wirklich geliebt worden war, ging Zoe wieder nach draußen, um Pasha zu suchen.

Sie spazierte durch den Garten, bewunderte Tessas stark duftende Kräuter und roch würziges Basilikum und süße Tomaten, während sie zum Gewächshaus ging, in dem ihre Freundin jede freie Stunde verbrachte.

Aber das Gewächshaus war abgeschlossen.

Ihre Sorge wuchs, während Zoe das Gelände absuchte und ihr Blick an dem mit Mönch-Nonnen-Ziegeln gedeckten Dach von Clays und Laceys Zuhause hängen blieb, das auf einer Erhebung zwischen dem Garten und dem Golf stand.

Aber wo war Pasha? War sie irgendwo zusammengebrochen? Draußen auf dem westlichen Feld, verborgen zwischen Maispflanzen? Zoe erstarrte, hin- und hergerissen zwischen gesundem Menschenverstand und ihrer wilden Fantasie. Vielleicht ...

»Hey, Tante Zoe! Komm und sieh dir meinen neuen Bruder an!« Laceys halbwüchsige Tochter Ashley stand oben auf dem Balkon und winkte. »Sie haben ihn gerade aus dem Krankenhaus abgeholt! Alle sind hier!«

»Pasha auch?«

»Gerade im Moment liest sie ihm aus der Hand!«

Zoe sandte ein dankbares Stoßgebet gen Himmel und machte sich auf den Weg zum Haus; es überraschte sie nicht, dass ihr die Erleichterung trotz der Hitze wie ein Kälteschauer über die Haut lief. In einer Gruppe aus Pampasgrasbüschen blieb sie stehen, um wieder einen klaren Kopf zu bekommen und all diese Hirngespinste über Bleiben, Reue und Flucht zu verdrängen. Pasha war nicht in Gefahr, und momentan war das alles, worauf es ankam.

Aber verdammt, sie wollte dieses Mal wirklich nicht weggehen. »Sieh dir diesen Ort an«, murmelte sie vor sich hin. Warum mussten sie *immer* weiterziehen?

Weil Pasha durchdrehte, sobald die Leute Fragen stellten, ihr zu nahe kamen oder irgendwelche offiziellen Papiere sehen wollten. Aber das würde hier nicht passieren, oder? Zoe blickte sich auf dem nahezu fertigen Resort um. Das Casa Blanca war wirklich himmlisch. Clay Walker, Laceys Mann, hatte es auf beeindruckende Weise geschafft, mit den Traditionen des typischen Florida-Resorts zu brechen und etwas zu bauen, das klar und natürlich war und sich so gut in seine Umgebung einfügte, dass man meinen konnte, Mutter Natur hätte bei seiner Architektur selbst mit Hand angelegt.

Hör auf, damit zu liebäugeln. Du kannst hier nicht leben.

Zoe ging über den Pfad zur privaten Einfahrt von Laceys und Clays zweistöckiger Hacienda, die bereits von leuchtenden Bougainvillea-Ranken umgeben war, die sich über den Eingangsbogen schlängelten.

Etwas, was wohl nur als das grüne Neid-Monster bezeichnet werden konnte, wand sich in Zoes Innerem wie diese Blumenranken. Tessa mochte eifersüchtig auf Laceys Baby sein, aber Zoe sehnte sich nach etwas anderem.

Wie war es, wenn man einen Ort wie diesen sein Zuhause nennen konnte? Eine Familie zu gründen. Wurzeln zu schla-

gen. Jeden Abend nach Hause zu kommen, Jahr für Jahr für Jahr, nach … *Hause?*
Nicht in deinem Leben, Mädel. Na ja, solange Pasha lebte ganz bestimmt nicht mehr.
Noch bevor sie die Haustür erreichte, ging diese auf; im Türrahmen stand Jocelyn Bloom mit einem sehr untypischen nassen Fleck an der Schulter ihrer stets perfekt gebügelten Bluse.
Zoe deutete auf den Fleck. »Will sollte wirklich seinen Sabber wegwischen.«
»Sehr witzig.« Jocelyn wischte flüchtig über die Stelle und war bemerkenswert unbekümmert in Bezug auf den Fleck. Noch vor einem Jahr hätte sie sich bereits umgezogen und das Hemd in ihrem Schrank unter C wie chemische Reinigung abgelegt. »Das ist Babykotze.«
Zoe schnüffelte. »Tessa würde das wahrscheinlich am liebsten in eine Flasche abfüllen und trinken.«
Jocelyn sah sie böse an. »Fang bloß nicht damit an.«
»Was? Können wir jetzt schon keine Witze mehr über die geheimen Sehnsüchte in uns allen mehr machen?«
»Tessas Fruchtbarkeitsprobleme sollten nicht Zielscheibe deiner derben Witze sein.«
Zoe verdrehte die Augen. »Alles ist die Zielscheibe meiner derben Witze. Auch Baby-kotz-mich-voll. Wo ist es überhaupt?« Sie beugte sich um Jocelyn herum und sah ins Haus. »Ich habe gehört, Pasha macht eine Lesung.«
»Ja.« Jocelyn lachte. »Ach, Zoe. Er ist so winzig und perfekt. Am liebsten würde man …« Sie rang die Hände und gab ein miauendes Geräusch von sich, das nur hormongesteuert sein konnte.
»Frau, du hast dich vorgestern verlobt.« Zoe stieß sie an. »Da explodieren nicht gleich die Eierstöcke.«
Will Palmer betrat den Flur, er war hochgewachsen und gebräunt und sah Jocelyn an, als wäre er durch die Wüste getrot-

tet und hätte eine Oase gefunden. »Wer explodiert?«, fragte er und strahlte immer noch so wie in der Nacht, in der das Baby geboren wurde und er ein »Ja« aus Jocelyn herausgepresst hatte.

»Du darfst sie nicht hetzen, Will«, sagte Zoe. »Sie wird Monate brauchen, bis sie nur die Listen aufgestellt hat.«

»Stimmt gar nicht«, konterte Jocelyn. »Ich habe ihm bereits eine rasche und einfache Zeremonie ohne Stress versprochen.«

»Und ohne Warten«, fügte Will hinzu und legte den Arm um Jocelyns Schulter.

»Ihr zwei macht mich fix und fertig.« Zoe rempelte sie mit der Schulter an, um zwischen ihnen hindurchzukommen. »Lasst mich jetzt bitte zu diesem Kind.«

»Hinten anstellen«, sagte Will. »Pasha und Tessa sind noch nicht bereit, ihn aus den Fingern zu geben. Lacey hat sich hingelegt, und Clay ist bei ihr.«

»Geht es Pasha gut?«, fragte sie.

Jocelyn zuckte mit den Schultern. »Sie scheint heute müde zu sein. Die ganze Aufregung, nehme ich an.«

»Sicher«, stimmte Zoe zu. Sie hatte ihren Freundinnen nichts von dieser ersten Diagnose erzählt, die sie noch bekommen hatten, bevor sie aus Arizona weggegangen waren. Pasha hatte Zoe beschworen, es geheim zu halten – sie wollte niemanden schockieren –, und die anderen kannten Pasha nicht gut genug, um die kleinen Zeichen des Verfalls, den Gewichtsverlust und die allzu rasche Erschöpfung zu bemerken.

Wenn Zoe es ihnen erzählen würde, bräuchte sie eine verdammt gute Erklärung dafür, weshalb sie nicht einfach zu einem Arzt gingen. Und es würde mehr erfordern als ihre üblichen Witze und ihren üblichen Sarkasmus. Sie mochten Pasha auch. Vor allem Tessa, die nach ihrer Scheidung ein paar Monate bei Pasha und Zoe gewohnt hatte und der älteren Dame inzwischen recht nahe stand.

Aber nicht so nah, dass sie die Wahrheit kennen würde.

Wie lange konnte sie ihre besten Freundinnen noch im Dunkeln tappen lassen? Nicht genug damit, dass Pashas Krankheit Zoe dazu zwang, medizinische Hilfe zu finden – eine entmutigende Herausforderung ohne Krankenversicherung, ganz zu schweigen davon, dass sie keinen legalen Ausweis hatte – es lag auch vollkommen im Bereich des Möglichen, dass für Zoe ebenfalls das Spiel aus war. Zumindest würde sie eventuell Lacey, Jocelyn und Tessa gegenübertreten und offenbaren müssen, dass sie noch nicht einmal ihren Namen kannten.

Ein heißer, dunkler Schrecken fuhr ihr bei diesem Gedanken in die Glieder.

»Wir sind im Wohnzimmer«, rief Tessa Zoe zu. »Komm, und schau dir dein Patenkind an.«

»Aufgepasst, Elijah!«, rief Zoe in einem Singsang. »Hier kommt die lustige Tante!«

Zoe betrat das große Zimmer mit der hohen Decke und fand dort Pasha in einem dick gepolsterten Sessel vor, in ihren Armen das Baby. Es sah aus, als hätte ein Künstler versucht, die Vergänglichkeit darzustellen: Pasha mit ihrem silbrigen Haar, das in alle Richtungen stand, ihre Haut, die wie Krepppapier auf ihren knochigen Wangen hing, ihre Arme, die das vollkommene rosa Baby hielten – die Knospe eines neuen Lebens.

Einer war am Ende der Reise angekommen, der andere hatte sie gerade erst begonnen.

»Zoe!«, schimpfte Pasha, ihre Stimme krächzte noch mehr als sonst, ihre braunen Augen waren umflort. »Weißt du nicht, dass es unglaublich viel Pech bringt zu weinen, wenn man ein Baby zum ersten Mal sieht?«

Zoe hatte darauf keinen Witz parat, sie ließ sich vor Pasha auf die Knie sinken und schluckte den unerwarteten Kloß im Hals hinunter.

»Das ist nicht das erste Mal, dass ich ihn sehe«, sagte sie und streckte die Arme aus, um das winzige Bündel entgegenzunehmen; die Bewegung enthüllte seinen rötlich blonden Haarschopf, die perfekte Mischung aus Laceys rotblondem und Clays goldenem Haar. »Ich war vorgestern Abend dabei, als Lacey die Beine breit gemacht hat und dem Begriff ›Eröffnungsparty‹ eine ganz neue Bedeutung verlieh.« Er war unglaublich leicht. »Hey, kleiner Mann. Das hast du gut gemacht, als du dein Mittagessen auf Joss gespuckt hast. Hat dir niemand gesagt, dass sie sich nicht gern schmutzig machen lässt?«

Sie strich mit dem Finger über seine hauchzarte Wange und das Grübchen in seinem winzigen Kinn und war beinahe sprachlos angesichts der Vollkommenheit seiner geschwungenen Lippen und seiner winzigen Stupsnase.

Tessa hockte auf der Armlehne des Sofas. »Er übergibt sich oft«, sagte sie. »Lacey sollte vielleicht auf die Nitrate in ihrer Ernährung achten.«

Zoe beugte sich vor und inhalierte den Duft von Puder und warmem Baby. »Das ist Tessa, die Gesundheitstante, die nicht zulässt, dass du fiese Froot Loops und Pop-Tarts isst. Mach dir keine Sorgen, ich erlaube das.« Sie sah Pasha an. »Was sagen seine Handflächen?«

Pasha hob ihre schmalen Schultern zu einem lässigen Zucken. »Langes Leben, Gesundheit, Glück, drei Kinder und eine Schwäche für Brünette.«

»Brünette? Daran arbeiten wir besser noch.« Zoe runzelte die Stirn und bohrte ihren Finger in seine Faust, bis er seine Hand spreizte, damit sie diese informationshaltige Handfläche sehen konnte. Er drückte fester. »Bedeutet das, dass er sein Geld festhalten wird oder so?«

Tessa rückte näher. »Es bedeutet, dass du keine Brünette bist. Los, gib mir das Kind.«

Lächelnd blickten sie sich an. »Du hast ihn schon den ganzen Tag.«

»Woher weißt du das?«

»Habe ich recht?«

»Na und?« Tessa hob nonchalant die Schulter, keine Spur von der Traurigkeit, die Zoe erwartet hatte, als sie ihr in die Augen geblickt hatte, während Tessa gierig die Hände ausgestreckt hatte. »Komm zu Tante Tess, Eli.«

»Geh nicht, Baby.« Zoe drehte sich weg und weigerte sich, ihn abzugeben. »Sie wird dich dazu zwingen, Hanfwindeln zu tragen. Nennen wir ihn Eli oder Elijah?«

»Ich weiß nicht, wie wir ihn nennen«, sagte Jocelyn, die von der anderen Seite hinzukam, sodass sie das Baby jetzt alle drei umringten.

»Hat sie ihre Meinung in Bezug auf den Namen geändert?« Zoe konnte es nicht glauben. »Er heißt Elijah seit dem Tag, an dem wir herausgefunden haben, in welchem Team er spielt.«

Jocelyn schüttelte den Kopf. »Lacey ist dabei, den Namen des Arztes herauszufinden. *Du* weißt wohl nicht zufällig, wie er heißt, oder Zoe?«

»Ich?« Sie spürte, wie ihre Wangen heiß wurden, und lenkte ihre ganze Aufmerksamkeit auf das Baby; sie hob seinen kleinen Körper an ihr Gesicht, in der Hoffnung, er würde ihr unerwünschtes Erröten verdecken. »Oh, du liebe Güte. Nichts riecht wie ein Baby, was?«

Niemand antwortete.

Natürlich waren sie alle im Raum gewesen, als Oliver hereingefegt war; alle hatten gesehen, wie Zoe und Oliver aufeinander reagiert hatten. Hatte sie seinen Namen gesagt? Hatte er ihren gesagt? Nicht einmal daran erinnerte sie sich mehr. Der Moment war wie die Zeitlupe eines Autounfalls gewesen – hinterher ist es immer unmöglich, sich an Einzelheiten zu erinnern. Das Einzige, was blieb, war die Wucht des Aufpralls.

Als sie aufblickte, sah Jocelyn ihr geradewegs in die Augen, und Zoe bedachte sie mit einem Blick, von dem sie hoffte, dass Jocelyn ihn nach fünfzehn Jahren Freundschaft richtig interpretieren würde: *Halt verdammt noch mal die Klappe oder fall auf der Stelle tot um.*

Wenn Jocelyn im Beisein von Pasha auch nur den Namen des einzigen Menschen *erwähnte*, der ihr Geheimnis kannte, würde Zoe anfangen zu schreien. Sie musste es Pasha selbst und auf ihre eigene Art und Weise sagen, dass Oliver wieder in ihr Leben getreten war.

»Wir nennen ihn *nicht* nach dem Arzt.« Alle waren überrascht, als Lacey plötzlich in der Küche stand; von allen Seiten stürmten freudige Begrüßungen und Fragen nach ihrem Befinden auf sie ein, woraufhin Elijah in Zoes Armen zusammenzuckte und sich regte.

Als Lacey ins Zimmer kam, um Zoe zu umarmen, fragte Pasha: »Warum solltest du das Baby nicht nach dem Arzt nennen? Ich finde, das wäre eine wunderbare Hommage an den Helden, der es gerettet hat.«

Oh, mein Gott. »Ich würde nicht so weit gehen zu sagen, er hätte das Baby *gerettet*«, sagte Zoe rasch.

»Zoe, das Köpfchen des Babys kam schon heraus. Gott weiß, was passiert wäre, wenn er nicht zur Stelle gewesen wäre.«

»Die Notärzte waren schon auf dem Weg«, entgegnete Zoe.

»Nicht schnell genug. Ich möchte mir nicht vorstellen, was hätte passieren können, wenn dieser Arzt nicht da gewesen wäre«, beharrte Lacey. »Ich hätte fast durchgedreht.«

»Du hattest Wehen«, sagte Zoe. »Soweit ich das beurteilen kann, hätte da jede durchgedreht.«

»Du irrst dich, Zoe«, sagte Pasha; ihre Stimme war hauchdünn, hatte aber trotzdem die Autorität des Alters an sich. »Es wäre ein extrem gutes Karma, wenn das Kind nach ihm benannt würde.«

»Ich weiß nicht.« Zoe bemühte sich, absolut ruhig zu bleiben und die Gefühle, die in ihr hochstiegen, aus ihrer Stimme herauszuhalten. »Es gab keine Komplikationen, und er ist nicht

Superman, nur irgendein Typ, der mal Medizin studiert hat. Jeder kann ein Kind entbinden; dafür muss man kein Gott sein oder ...« Sie verstummte, als sie merkte, dass alle sie schweigend anstarrten.

»Jedenfalls«, murmelte sie und blickte auf das Baby hinunter, »ist Elijah Clay ein schöner Name, und genauso soll er heißen. Stimmt's, kleiner Mann?«

»Stimmt«, antwortete Clay, der hinter Lacey das Zimmer betrat und ebenfalls Flecken auf seinem T-Shirt hatte. Elijah hatte wieder zugeschlagen. »Außerdem habe ich mit dem Arzt gesprochen, und er ist der Ansicht, wir sollten bei Elijah bleiben.«

Zoe erstarrte. »Du hast mit ihm gesprochen?« Glücklicherweise stellten drei Leute gleichzeitig diese Frage, deshalb bekam niemand mit, dass Zoes Stimme brach.

»Gerade eben«, sagte Clay und hielt sein Handy hoch, als würde das irgendetwas beweisen.

»Wie heißt er?«, fragte Tessa.

»Wie hast du ihn ausfindig gemacht?«, wunderte sich Jocelyn.

»Wetten, dass er das Baby sehen will?«, sagte Pasha.

Zoe presste den Mund zusammen, während Clay nach seinem Sohn griff und ihn Zoe mit mehr Selbstsicherheit, als sie von einem frischgebackenen Papa erwartet hätte, aus den Armen nahm. »Er will tatsächlich das Baby sehen. Er und sein Sohn sind bereits auf dem Weg hierher.«

Was? »Jetzt?«, fragte Zoe.

»Ja, und da wir nicht wollen, dass dieser Junge später mal Ollie als Spitznamen abbekommt, bleiben wir bei Elijah.«

»Der Arzt hieß Oliver?«, fragte Pasha.

Bitte sag seinen Nachnamen nicht. Bitte sag ...

»Dr. Oliver Bradbury.« Clay knuddelte seinen Sohn, das winzige Baby verlor sich geradezu an der breiten Brust seines Daddys.

Pasha sog ein wenig die Luft ein, so leise, dass es außer Zoe niemand bemerkte, aber diese handelte sofort: »Du siehst so erschöpft aus, Tante P. Lass uns nach Hause gehen und ein Mittagsschläfchen machen, bevor ... Fremde hier einfallen.«

Doch alle Farbe wich aus Pashas Gesicht, sodass sie ganz bleich wurde. *Er ist kein Fremder.* Zoe konnte die Gedanken ihrer Tante förmlich hören.

»Ich bringe sie nach Hause«, bot Will rasch an. »Ich habe den Wagen dabei, sie sollte nicht den ganzen Weg zu den Bungalows zu Fuß gehen.«

»Ich komme mit«, sagte Zoe.

»Nein.« Pashas Widerspruch kam so barsch heraus, dass die anderen aufhorchten. Schnell riss sie sich wieder zusammen. »Ich will ein Nickerchen machen, Zoe. Du bleibst hier. Bitte, bleib hier.«

Verunsichert versuchte Zoe, abzuschätzen, was Pasha sich dabei dachte. »Bist du sicher?«

Pasha stand auf, als Will ihr die Hand reichte. »Ich war noch nie sicherer«, sagte sie; sie sah Zoe aus ihren dunklen Augen scharf an, als wollte sie ihr eine unverständliche Botschaft übermitteln.

Auf keinen Fall würde Zoe hierbleiben und Oliver in Gegenwart ihrer Freundinnen wiedersehen. »Ich komme mit«, sagte sie und stand auf, während sich Pasha bei Will unterhakte und nach draußen ging.

Tessa griff nach dem Träger von Zoes Shirt. »Moment mal, Miss Z. Dieses Mal läufst du nicht wieder weg.«

»Tessa, ich will mit ihr gehen.«

»Es geht ihr gut.« Sie hielt Zoe so lange fest, bis Pasha weg war. »Hältst du mich für blind und blöd?«, flüsterte Tessa so leise, dass nur Zoe sie hören konnte. »So wie es gestern Abend in diesem Raum gefunkt hat, hättet ihr das ganze Resort mit Elektrizität versorgen können. Du musst diesem Kerl entgegentreten und etwas dagegen tun, dass er dich so in der Hand hat.«

Kurz bevor Pasha um die Ecke bog, drehte sie sich um und warf Zoe einen langen, undurchschaubaren Blick zu. Dann war sie verschwunden.

»Er hat mich nicht in der Hand«, sagte Zoe leise.

Außer dass er ihr dunkelstes Geheimnis kannte und der einzige Mann war, den sie je geliebt hatte. Aber alles, worauf es jetzt ankam, war, dass er den Schlüssel hatte für das, was sie auf der ganzen Welt am meisten wollte: dass Pasha am Leben blieb.

»Beweise es«, sagte Tessa herausfordernd.

»Das werde ich.« Sie war sich nicht sicher, wie, aber sie musste es tun. Pashas Leben hing davon ab.

4

»Das macht Spaß, Dad.«

»Wirklich?« Oliver versuchte, Mimosa Key durch die Augen seines Sohnes zu sehen. Mit seinem tropischen Pflanzenwuchs, der nur von farbenfrohen, nicht zueinanderpassenden Cottages und altmodischen Tante-Emma-Läden unterbrochen wurde, bestand das Zentrum der Insel lediglich aus einem kleinen Städtchen, das sich um eine Hauptkreuzung herum anordnete, dessen Hauptattraktion ein Mini-Markt darstellte. Für einen Achtjährigen hatte dieser schlichte Ort wohl mehr Charme als die geleckte Perfektion von Naples, dachte Oliver.

Er war auch für einen Neununddreißigjährigen anziehender, aber das mochte wohl mehr mit einer seiner derzeitigen Einwohnerinnen zu tun haben als mit dem Städtchen selbst.

»Und Mom behauptet immer, du wärst eine Spaßbremse.«

Oliver hätte fast gelächelt. »Das habe ich gehört.« Aber wenn das wahr wäre, hätte er sich erst gar nicht in Zoe verliebt, die menschliche Verkörperung von Spaß. »Aber ich habe mir den Tag freigenommen und dich …« Er sah mit zusammengekniffenen Augen zu der einstöckigen Absteige gegenüber der Shell-Tankstelle hinüber. »Und dich in ein Städtchen gebracht, in dem es ein Motel mit dem Namen Fourway gibt.«

»Es ist bestimmt nach der Kreuzung benannt«, überlegte Evan.

»Wollen wir's hoffen.«

Evan lachte, aber es klang so unsicher, dass sich Oliver sicher war, dass sein Sohn *doch nicht* so frühreif war und wusste, was es mit einem »Vierer« auf sich hatte.

»Wollen wir noch mehr Spaß haben, Dad?«
»Wenn ich das verkraften kann.«
»Lass uns in den Super Min dort gehen und Slurpees kaufen. Ich bin völlig ausgedörrt.«

Oliver lächelte über die Formulierung, die wohl kaum ein Achtjähriger je verwenden würde. »Na schön. Lass uns auf den Putz hauen und ein wenig Lokalkolorit aufsaugen.«

Sobald sie vor dem Laden geparkt hatten, sprang Evan aus dem Porsche und war so begeistert und aufgeregt über dieses bescheidene Abenteuer, dass Oliver von Gewissensbissen geplagt wurde. Er hatte viel gearbeitet und viel verpasst, und jetzt war er auch noch weggezogen und hatte einen Schlussstrich unter seine Ehe gezogen. Evan mochte vielleicht so tun, als wäre er verständig und hart im Nehmen, aber keine von Olivers Entscheidungen war leicht für das Kind gewesen.

Und wer wusste besser als Oliver selbst, was für eine bleibende Wirkung die Handlungen der Eltern auf ein Kind seines Alters hatten? Er schwor sich, dies den Sommer über im Gedächtnis zu behalten. Nein, er würde Evan nicht total verhätscheln, aber ihn ein wenig zu verwöhnen konnte auch nicht schaden.

Mit diesem Versprechen in seinem Herzen beobachtete er, wie der Junge die Tür aufriss und innehielt, um der altmodischen Glocke zu lauschen, die ihr Eintreten ankündigte. Drinnen trafen sie auf den scharfen Blick der über sechzigjährigen Eigentümerin, die auf einem Hocker hinter der Ladentheke saß.

»Sagen Sie jetzt nichts«, sagte sie. »Sie sind bestimmt auf dem Weg zum Casa Blanca.«

Oliver und Evan wechselten einen Blick. »Woher wissen Sie das?«, fragte Evan.

»Das Auto ist ein untrügliches Zeichen.« Sie verengte die Augen und musterte Oliver von oben bis unten. »Und die Designer-Stöffchen. Wie heißen Sie?«

Oliver sträubte sich ein wenig gegen die Frage, zwang sich jedoch zu berücksichtigen, wo er war. In einem Städtchen dieser Größe wusste jeder alles über jeden. »Dr. Bradbury«, sagte er, während er sich der Theke näherte. »Oliver Bradbury.«

Sie richtete sich ein wenig auf und musterte ihn erneut von Kopf bis Fuß – ein peinlicher Augenblick, wenn man bedachte, dass sie schon deutlich jenseits der sechzig sein musste. Dann zeigte sie auf Evan. »Ihr Sohn?«

»Ja.« Aber Evan hatte sich schon durch den Gang auf und davon gemacht und suchte sich einen Becher und eine Slurpee-Geschmacksrichtung aus, um der Neugier der Einheimischen zu entgehen.

»Wo ist seine Mutter?«

Oliver hingegen war offenbar direkt auf ihrem Radar gelandet. »Auf dem Weg nach Europa.«

Sie schnitt eine Grimasse und wackelte mit den Schultern. »Na dann, hei-ti-tei.«

Das Ritz sah immer besser aus. »Was kostet ein Slurpee?«

Sie tippte mit ihrem neonorangefarbenen Nagel auf die Theke und betrachtete ihn. »Verheiratet oder geschieden?«

»Ist das Ihr Ernst?« Er lachte leise.

»Sehe ich so aus, als würde ich scherzen?« Sie streckte die Hand aus. »Ich bin Charity Grambling, mein Lieber, und ich wäre nicht der Umschlagplatz sämtlicher Informationen auf dieser Insel, wenn ich nicht Fragen stellen würde.«

Das musste er sich merken.

»Verheiratet mit oder geschieden von Miss Europareise?«

Er hatte keine andere Wahl, als der alten Tratschtante die Hand zu schütteln. »Geschieden.«

Beide aufgemalten Augenbrauen schossen weit über die Lesebrille hinaus, die tief unten auf ihrer Nase thronte. »Sieh an.«

»Ich nehme an, Sie wollen auch über die Modalitäten Bescheid wissen.«

»Offenbar haben Sie das Sorgerecht.«

»Den Sommer über. Was kostet das Getränk?«, fragte er, als die Maschine hinten im Laden ein lautes, saugendes Geräusch von sich gab.

»Einen Dollar fünfzig, es sei denn ...« Sie beugte sich über die Theke und hob den Hintern ein wenig von ihrem Hocker. »Es sei denn, sie würden mit mir ein Date arrangieren.«

Er gluckste. »Da muss ich leider passen, auch wenn Sie eine, ähm, unwiderstehliche Ladenbesitzerin sind, Miss Grambling.«

»Oh, ich bin nicht an Ihnen interessiert.« Sie fuchtelte mit den eklig lackierten Fingernägeln nach ihm. »Ich denke da an meine ausgesprochen attraktive Nichte Gloria.«

»Gloria.« Er lächelte. »Ich bin mir sicher, dass sie ganz reizend ist, aber ...«

»Verabreden Sie sich mit meiner Nichte auf ein Date, und Sie bekommen den ganzen Sommer lang kostenlose Slurpees.«

»Kostenlose Slurpees?« Evan trat von hinten zu ihnen, mit einem Becher, der ein wenig größer war als sein Kopf. »Diese Halbliterbecher?«, fragte er.

»Danke, aber wir bezahlen gern«, sagte Oliver und nahm ein paar Dollarscheine aus seiner Geldbörse. »Ich bin mir sicher, dass Gloria ein wunderbares Mädchen ist ...«

»Oh, sie ist kein Mädchen, glauben Sie mir. Aber sie hat ein paar ordentliche – oh, ich weiß nicht, wie ich es ausdrücken soll, ohne unverblümt zu sein, aber ihr Geschmack in Bezug auf Männer ist mehr als zweifelhaft.« Sie schüttelte den Kopf. »Dazu gehört auch dieser Möchtegern-Deputy.«

»Sie wollen, dass ich mich mit einer Frau treffe, die mit dem Sheriff ausgeht?«

»Nicht dass er die Sie-wissen-schon-was hätte, um seine Waffe zu benutzen.«

Er warf Evan einen Blick zu, der wahrscheinlich genau wusste, was mit Sie-wissen-schon-was gemeint war, aber er war damit beschäftigt, sein Getränk zu schlürfen und die Süßigkeitenangebote zu studieren. »Ich passe.«

»Warum? Sie arbeitet im Schönheitssalon des Casa Blanca. Außer dass sie das jetzt Wellnessbereich nennen, damit sie dreimal so viel verlangen können, aber ...« Sie warf einen Blick über ihre Schulter auf das Auto. »Sie können sich bestimmt einen Vierzig-Dollar-Haarschnitt leisten.«

»Tatsache ist, dass ich sehr viel zu tun habe. Danke.« Er schob Evan in Richtung Tür.

»Sie werden auf der ganzen Insel keine Hübschere finden«, rief sie ihm nach.

Oliver ging weiter, aber Evan blickte über die Schulter und dann zu Oliver hinauf, während sich die Tür schloss. »Ach nein?«, sagte er. »Dann hat sie wohl noch nie Zoe gesehen.«

Oliver wäre fast über den Bordstein gestolpert. Eine einzige Unterhaltung mit Zoe und schon war es um den armen Evan geschehen.

Aber das war Zoes Gabe. Auch das musste er sich ins Gedächtnis rufen.

Ein paar Minuten später parkte er den Porsche an derselben Stelle wie vor ein paar Tagen und war überrascht, dass er von unerwarteter Vorfreude gepackt wurde. Nur weil er vielleicht Zoe begegnen würde? *Vielleicht?* Er hatte keine Garantie, dass sie hier war. Und doch: Als er angerufen hatte und mit dem Besitzer des Casa Blanca und Vater des Neugeborenen gesprochen hatte, hatte er Clay Walkers lockere Einladung, vorbeizukommen und nach dem Baby zu sehen, angenommen.

Zoe würde nicht lange hierbleiben, ganz gleich wie die Situation ihrer Tante wäre. Und bevor sie von hier wegginge, musste Oliver ihr erklären, was in Chicago passiert war. Jetzt wo sie Evan kennengelernt hatte, stand ihr eine Erklärung zu. Wenn sie nicht schon zwei und zwei zusammengezählt hatte und ... wohl eher nicht.

Ja, er musste die Sache richtigstellen. Deshalb würde er heute ein paar subtile Nachforschungen anstellen, um sie zu finden.

Ein Mann trat aus dem Hauptgebäude des Casa Blanca, selbstbewusst stieß er die Tür auf. Oliver erkannte ihn sofort an seinen langen hellen Haaren und dem muskulösen Körperbau. Er hatte neulich abends nicht besonders viel mit Clay gesprochen; Oliver war mit dem Baby beschäftigt gewesen, und Clay hatte sich wie der typische überwältigte frischgebackene Vater benommen.

Heute Morgen sah der Mann sehr viel entspannter aus; er streckte die Hand aus und klopfte Oliver gerührt auf die Schulter.

»Dr. Bradbury, wie schön, Sie wieder hier zu sehen. Und das ist wohl Ihr Sohn?«

»Ja, das ist Evan.« Oliver stieß Evan ein wenig an, damit er Clay die Hand schüttelte. »Das ist der Besitzer dieser Anlage – Mr Walker.«

»Eigentlich nicht der Besitzer«, korrigierte Clay, als sie sich die Hände schüttelten. »Ich bin mit der Besitzerin verheiratet. Aber ich bin der Architekt.«

»Umso mehr muss man Ihnen gratulieren«, sagte Oliver und deutete auf das beigefarbene Gebäude, das so ganz anders aussah als die typischen stuckverzierten Kolosse im spanischen Stil, die Floridas Küste verunstalteten. »Das Resort ist fantastisch. Gute Arbeit.«

»Danke. Wir freuen uns wirklich über das Ergebnis.« Er strich sich die langen Haare aus dem Gesicht und enthüllte dabei einen winzigen goldenen Ring an seinem Ohr. »Wir haben noch nicht offiziell geöffnet, aber wir haben schon ein paar Gäste aufgenommen, während wir die letzten Macken ausbügeln und alle Serviceangebote einrichten und den Betrieb zum Laufen bringen.«

»Und das alles mit einem neugeborenen Kind«, sinnierte Oliver.

Clay lachte. »Was soll ich dazu sagen? Meine Frau und ich lieben Herausforderungen. Es ist sehr nett von dir, dass du extra hergekommen bist, um Elijah zu sehen«, sagte Clay zu Evan.

»Und Zoe«, sagte Evan. »Ist sie hier?«

So viel zum Thema subtile Nachforschungen. Clay reagierte mit einem leichten Stirnrunzeln, er hatte die Hand an sein Kinn gelegt, das schon seit etlichen Tagen keine Rasierklinge mehr gesehen hatte. »Stimmt, Sie beide haben sich neulich abends ja begrüßt. Ich hatte ganz vergessen, dass Sie sie kennen.«

»Sie waren abgelenkt«, sagte Oliver. »Und wie geht es dem kleinen Kerlchen? Ich fühle mich irgendwie dazugehörig, jetzt wo ich ihn auf die Welt geholt habe.«

Clay strahlte; wenn sein neugeborenes Baby zur Sprache kam, brachte ihn das ganz aus dem Konzept. »Das sollten sie auch. Vielleicht wäre er gar nicht bei uns, wenn Sie nicht gewesen wären.«

»Nein, er wäre auch dann bei Ihnen. Ihre Frau scheint sehr stark zu sein.«

»Sie machen sich ja keine Vorstellung.« Clay bedeutete ihnen, auf einen wartenden Golfwagen zu klettern. »Möchtest du zu unserem Haus hochfahren, Evan?«

Evan fielen fast die Augen aus dem Kopf. »Ich kann nicht fahren.«

»Klar kannst du.« Clay warf Oliver einen Blick zu, der lässig nickte. Besser seine Aufmerksamkeit wurde auf neue Abenteuer gelenkt, als dass er Zoe noch öfter erwähnte. Er wurde mit dem breitesten Lächeln belohnt, das Evan ihm seit Jahren geschenkt hatte.

Ein paar Sekunden und einige rasche Anweisungen später ließ Evan den Golfwagen langsam unter einem Dach aus exotischen Bäumen und Palmwedeln hindurchrumpeln. Sie folgten dem Pfad, der durch das Resort führte und so hoch gelegen war, dass man zur Linken einen atemberaubenden Ausblick auf den Golf von Mexiko hatte.

»Die Bucht heißt Barefoot Bay, so wird auch der gesamte Nordzipfel von Mimosa Key genannt«, erklärte Clay. »Die Gegend ist nicht gerade dicht bevölkert. Die meisten Inselbewohner leben am Südende bis ganz hinunter nach Pleasure Point.«

Oliver nahm dieses Tropenparadies in sich auf, es war elegant, und dabei so viel weniger pompös als das Ritz.

»Uns gehört das Gelände am Wasser«, fuhr Clay fort. »Von hier bis hinauf zu unserem Haus und die vielen Morgen Garten im Osten. Langfristig würden wir gern selbst anbauen, aber ein Schritt nach dem anderen, Sie wissen schon.«

»Sieht aus, als hätten Sie einen ziemlich ambitionierten ersten Schritt gewagt.«

»Es hat Spaß gemacht«, sagte Clay leichthin.

»Sieh mal, Dad. Da ist das Haus, das wir auf diesem Flyer gesehen haben.« Evan deutete auf ein Ferienhaus am Wasser, das sie in der Broschüre gesehen hatten, ein wirklich prachtvolles Gebäude, das mit seinen Bogenfenstern, den Mehrfachbögen und den herrlichen Akzenten aus Holz an nordafrikanische Architektur erinnerte.

»Wohnen Sie dort?«, fragte Evan.

»Nein, das ist eines von unseren sechs Ferienhäusern, das wir an Gäste vermieten.«

Evan wandte sich an Clay. »Wir könnten doch da wohnen.«

»Evan, immer auf den Weg achten«, warnte Oliver.

»Natürlich könntet ihr das«, stimmte Clay zu. »Das ist Bay Laurel, unser größtes Ferienhaus, und zufälligerweise ist es frei und wartet nur darauf, gemietet zu werden. Habt ihr Interesse?«

»Ja!«, piepste Evan. »Wir wohnen im Shitz-Carlton, und dort gefällt es mir überhaupt nicht.«

Clay sah unsicher aus. »Trete ich da gerade auf eine Landmine?«

Oliver schüttelte den Kopf. »Eigentlich nicht. Ich bin kürzlich von Chicago hierhergezogen, habe eine Praxis eröffnet und arbeite mit einer Klinik in Naples zusammen. Ich bin noch nicht dazu gekommen, mich damit zu beschäftigen, ein Haus zu kaufen, und Evan ist nicht gerade ein Fan von unserem Hotel.«

»Nun, wir könnten Ihnen wahrscheinlich einen günstigeren Preis machen als das Ritz, und Sie hätten ein Zweihundertachtzig-Quadratmeter-Haus mit Swimmingpool und Garten.«

Evan stieg auf die Bremse und sie schossen alle in ihren Sitzen nach vorne. »Ein Garten für einen Hund?«

»Boah, Evan.« Oliver legte seinem Sohn die Hand auf die Schulter. »Langsam mit den Bremsen und mit dem Hund.«

Clay zuckte mit den Schultern. »Wir haben nichts gegen Tiere in den Ferienhäusern. Eigentlich sind sie uns sogar sehr willkommen.«

»Nun, darüber lässt sich bestimmt nachdenken«, sagte Oliver vage. »Jetzt solltest du dich allerdings aufs Fahren konzentrieren, mein Junge.«

»Ich kann Ihnen Bay Laurel später zeigen, wenn Sie wollen«, sagte Clay, der offenbar spürte, dass Olivers Begeisterung nicht ganz so groß war wie die seines Sohnes.

Natürlich. Schließlich lebte Zoe auf diesem Anwesen. Noch so eine Sache, die man bedenken musste.

Sie erreichten das Ende der Straße und fuhren in die kreisrunde Einfahrt eines weiteren schönen Hauses. Man merkte gleich, dass es bewohnt war und von seinen Bewohnern geliebt wurde und sich von den Ferienhäusern unterschied. Offenbar war es nicht Teil des Casa Blanca.

Evan brachte den Golfwagen stotternd zum Stehen, dann wandte er sich um und sah seinen Dad an. »Ich möchte hier wohnen, Dad. Den ganzen Sommer lang.« Seine Stimme brach fast bei dieser sehnlichen Bitte. »Ich möchte hier wohnen.«

In diesem Augenblick öffnete sich die Doppeltür und Zoe trat in den Sonnenschein heraus, in ihren Armen ein winziges Baby, auf ihrem Gesicht ein strahlendes Lächeln. Sonnenlicht ergoss sich über ihr Haar und drang geradewegs durch das weiße, gazeartige Dings, das ihren Körper gerade so verhüllte.

»Können wir diesen Sommer hier wohnen, Dad?«

Olivers Mund wurde knochentrocken, sein Puls schlug doppelt so schnell und sein Gehirn wurde leer, sodass er alles vergaß, was er sich geschworen hatte, im Gedächtnis zu behalten. »Ja.«

»Juhuuuu!«, brüllte Evan so laut, dass das Baby in Zoes Armen zusammenzuckte und den Mund öffnete, um zu schreien. In der Zeit, die es brauchte, seinen nächsten Atemzug zu holen, waren schon Tessa auf der einen Seite und Jocelyn auf der anderen zur Stelle, bereit, den heiß begehrten Elijah zu übernehmen.

Doch dann wandten sie ihre Aufmerksamkeit den Neuankömmlingen zu und vergaßen das Baby.

»Wow«, sagte Jocelyn und stieß einen leisen Pfiff aus. »In dem ganzen Chaos bei der großen Eröffnungsfeier ist mir total entgangen, wie toll unser Arzt in der schimmernden Rüstung wirklich ist.«

»Ähm, du warst zu sehr damit beschäftigt, dich zu *verloben*«, rief ihr Zoe ins Gedächtnis.

»Er erinnert mich an George Clooney in den alten Folgen von *Emergency Room*«, stimmte Tessa zu.

»Eher an McDreamy«, fand Jocelyn.

»Und tatsächlich kann Dr. Hottie seinen Blick nicht von Zoe abwenden«, flüsterte Tessa so dezent wie ein Bauchredner.

Oh, *Mann*. »Glaubt ihr nicht, dass das zu viel Sonne für Elijah ist?«

»Eigentlich gibt es nichts Besseres für ihn als Vitamin D.«

»Halt die Klappe, Tessa, und bring ihn nach drinnen.« Zoe überreichte ihn ihr rasch, vor allem weil sie bereits ein wenig zitterte.

Oliver ist hier.

Bestimmt war er nicht nur ins Casa Blanca gekommen, um das Baby zu sehen, oder? Sicherlich war er hier, weil er seine Antwort noch einmal überdacht hatte und ihr helfen wollte. *Oder?*

Es gab nur einen Weg, das herauszufinden. Sie ging auf den Golfwagen zu, wobei sie sich um einen lässigen Gang bemühte.

»Hi, Zoe! Erinnerst du dich noch an mich?« Evan kletterte aus dem Golfwagen und rannte zu ihr.

»Mr Potty Mouth?«, neckte sie ihn und verwuschelte seine Haare. »Natürlich erinnere ich mich an dich.«

»Wir ziehen hierhin!«

Abrupt erstarrte sie. »Was?«

»Dad hat gesagt, wir könnten aus dem Hotel ausziehen und eines dieser Häuser am Strand mieten. Ist das nicht cool?« Er kam näher und senkte die Stimme. »Nie wieder Shitz-Carlton.«

Sie erhaschte einen Blick auf Oliver, der langsam näher kam, als wüsste er nicht so recht, wie er ihr … oder den Neuigkeiten begegnen sollte.

In Freizeitklamotten sah er noch sexyer aus, wenn das überhaupt möglich war. Ein Polohemd spannte sich über seinen breiten Schultern und hing über eine locker sitzende Leinenhose. Er lächelte nicht, sondern musterte sie mit derselben Eindringlichkeit, mit der sie wahrscheinlich ihn begutachtete.

»Das war leicht«, sagte er so leise, dass nur sie ihn hören konnte.

»Was war leicht?«

»Dich zu finden.«

Hitze, die nichts mit dem tropischen Klima zu tun hatte, rollte über sie hinweg.

»Evan, geh doch schon mal mit Mr Walker ins Haus und schau dir das Baby an, dem ich gestern Abend auf die Welt geholfen habe«, schlug Oliver vor. »Ich muss noch kurz mit Zoe sprechen.«

Nach kurzer Diskussion gehorchte Evan und ließ die beiden in der glühenden Sonne zurück. Sie starrten einander an.

»Du bist zu früh weggegangen«, sagte er schließlich.

»So ist das eben in unserer Beziehung, nicht wahr?«

Er trat einen Schritt näher und bot ihr so die Gelegenheit, zu entdecken, dass sich auf seiner Oberlippe ein paar Schweißperlen gebildet hatten. Sie würden ... salzig schmecken. Und süß. »Aber dieses Mal habe ich dich gefunden, als ich dir nachgegangen bin.«

Sie hätte auf der Stelle nachgeben können. Sie hätte die Arme ausstrecken, ihn an sich ziehen, zu ihm aufblicken und zulassen können, dass er sie über und über mit Küssen bedeckt. Denn das war alles, was sie wollte.

Aber nicht das, was sie *brauchte*.

Durch diesen Gedanken bestärkt blickte sie zu ihm auf, aber nicht, damit er sie küsste. »Ich hoffe, du bist gekommen, um über meine Tante zu sprechen und darüber, was du für sie tun kannst.«

»Ich bin gekommen, um über Evan zu sprechen und darüber, wie und wann er gezeugt wurde.«

War das sein Ernst? »Ich gehe davon aus, dass er auf die übliche Weise gezeugt wurde. Und was das Wann angeht, ich kann eins und eins zusammenzählen. Wie auch immer, Oliver. Das ist Gesch...«

»Ich habe es an jenem Tag in diesem Ballon erfahren.«

Es dauerte ein paar Sekunden, bis sie diese Information verarbeitet hatte. Sie klappte den Mund auf, um etwas zu sagen, aber nichts kam heraus. Nur die Welt entglitt ihr, als wäre sie mit ihrem Ballon in einen gefährlichen Luftstrom geraten.

»Deshalb bin ich so schnell abgehauen«, sagte er. »Deshalb habe ich nicht so richtig über deine Situation gesprochen. Ich war zu sehr mit meiner eigenen beschäftigt.«

Immer noch keine Worte. *Damals im Ballon?*

»Und dann hatte ich nicht mal eine Möglichkeit, dich zu finden und dir mitzuteilen, dass ich beschlossen hatte …«

»Dr. Bradbury!«, rief Lacey von der Haustür her, und die beiden drehten sich zu ihr um.

Laceys Locken bildeten einen wilden erdbeerblonden Heiligenschein und sie sah aus, als würde sie sich gleich die Treppe herunterstürzen und über die Einfahrt auf sie zugelaufen kommen, und das trotz ihres »postnatalen Aufzugs«, bestehend aus nackten Füßen, Schlafanzughose und Umstands-T-Shirt.

Och, Lace. *Ausgerechnet jetzt?*

Doch Oliver ging gleich auf sie zu und ließ Zoe einfach hängen.

Lacey umarmte ihn, bedankte sich bei ihm und zog ihn nach drinnen. Alles, was er tun konnte, war, Zoe einen entschuldigenden Blick über die Schulter zuzuwerfen.

Zoe seufzte frustriert. Lacey wusste natürlich nicht Bescheid. Wahrscheinlich erinnerte sie sich auch nicht mehr daran, dass sie Oliver früher schon mal gesehen hatte – in einem Laden in der Lobby des Ritz Hotels, vor fast zwei Jahren. Zoe hatte diese zufällige Begegnung damals heruntergespielt, und sie bezweifelte, dass sich Lacey je daran erinnern würde – vor allem nicht jetzt, wo ihr von Schlafmangel geprägtes Frisch-gebackene-Mom-Gehirn auf Wolke sieben schwebte.

Sie blieb noch ein paar Minuten draußen stehen, um Olivers Neuigkeiten sacken zu lassen.

Er hat es damals im Ballon erfahren.

Seitdem sie Evan kennengelernt und die Monate gezählt hatte, war ihr diese Möglichkeit nicht in den Sinn gekommen. Himmel, in den neun Jahren, die seitdem vergangen waren, hatte sie nicht einmal mehr an diese SMS gedacht, die er dort oben empfangen hatte, lange bevor Handynachrichten Teil des täglichen Lebens geworden waren. Sie war immer davon ausgegangen, dass es sich um einen Patienten gehandelt hatte.

Nein, eigentlich war sie von gar nichts ausgegangen, weil sie immer nur über seine Reaktion auf ihre Offenbarung und über seine darauffolgende Aufforderung, »das Richtige zu tun« und sich an einen Anwalt oder die Polizei zu wenden, nachgedacht hatte.

Was wäre geschehen, wenn sie gewartet hätte? Hätte er trotzdem Adele geheiratet? Hätte er sie gezwungen, die Sache mit dem Gesetz und mit Pasha zu »lösen«? Hätte er sie als inakzeptabel betrachtet – zu riskant, zu unkonventionell, zu kapriziös für einen Typen, der mit beiden Beinen auf der Erde stand und das Potenzial für eine steile Karriere hatte?

Sie war sich nicht sicher, ob sie die Antwort auf diese Frage wissen wollte. Und selbst wenn er sie beantworten würde, konnte sie ihm dann glauben? Das spielte keine Rolle. Eigentlich wollte sie ja nur, dass er Pasha wieder *hinkriegte. Sie* hatte nämlich ein Problem, nicht Zoe.

Sie ging zum Haus, öffnete die Tür und fand dort Clay, Lacey und Oliver vor, die sich im Flur unterhielten.

Oliver hielt das winzige Baby in seinen Armen und – Teufel noch mal – wenn das mal nicht verdammt sexy war. Wenn nicht das, was dann?

Clay lachte und legte Oliver freundschaftlich die Hand auf den Arm. »Vielleicht sollten wir Ihrem kleinen Jungen die Verantwortung für das Marketing übertragen. Warum schauen wir uns Bay Laurel nicht gleich mal an? Sie können noch diese Woche einziehen.«

Große Güte.

»Vielleicht sollte Zoe Oliver hinbringen«, sagte Lacey rasch.

»Schon gut«, sagte Clay. »Ich übernehme das gerne.«

Lacey schüttelte den Kopf und warf ihrem Mann heimlich einen Blick zu, der Oliver wohl entging, Zoe aber nicht. Vielleicht erinnerte sich Lacey *doch* an die Begegnung in dem Hotelladen. Und natürlich würde ihre Freundin ihr dann helfen wollen. Und mit »Helfen« meinte sie dann, dass sie ihre kleinen kupferfarbenen Löckchen hineinstecken würde, wo sie nicht hingehörten.

»Du würdest doch ohnehin nur über Baustahl und I-Träger reden«, beharrte Lacey. »Zoe kann ihm das alles in einfacheren Worten erklären. Er kann mit ihr hinunter zum Strand gehen und sich so von der Atmosphäre des Ortes einfangen lassen.«

»Das wäre großartig«, sagte Oliver und legte seine Hand besitzergreifend auf Zoes Schulter. »Würde es dir etwas ausmachen?«

Noch bevor sie antworten konnte, reichte Clay Zoe einen Kartenschlüssel. »Damit kommt ihr in jedes Ferienhaus auf dem Anwesen. Wir kümmern uns solange um Evan, Oliver. Auf diese Weise können Sie eine Entscheidung treffen, ohne unter Druck zu stehen.«

»Gute Idee«, fügte Lacey hinzu. »Darf er mit meiner Tochter schwimmen gehen? Sie ist eine hervorragende Babysitterin.«

»Das würde ihm bestimmt gefallen.«

Lacey bedachte Zoe mit einem warmen Lächeln, in ihren bernsteinfarbenen Augen tanzten Funken. »Dann lass dir Zeit und sorg dafür, dass er sich verliebt ... in das Ferienhaus.«

Teufel noch mal, deutlicher hätte sie wohl nicht mehr werden können?

»Ich sage Evan Bescheid«, sagte Oliver und reichte Lacey das Baby. Dann verschwand er im Wohnzimmer.

Sofort riss Lacey die Augen auf. »Es macht dir doch nichts

aus, oder, Zoe?«, fragte sie, während sie Elijah an ihre Brust drückte. »Er mag dich offenbar.«

»Ich glaube, es stimmt, dass der IQ sinkt, sobald man ein Baby hat.«

»Komm schon, Zoe. Er ist total heiß.«

Clay lächelte und legte seiner Frau den Arm um die Schulter. »Sie will, dass ihr alle heiratet und Kinder bekommt so wie sie.«

»Ja, hab schon gehört – geteiltes Leid ist halbes Leid.«

Lacey zuckte unverdrossen mit den Schultern. »Lass dir Zeit und bring es unter Dach und Fach.«

Widerspruch war sinnlos. Und ehrlich gesagt, wollte Zoe ohnehin Zeit mit ihm verbringen. Pashas wegen, natürlich. Nur für Pasha, aus keinem anderen Grund.

5

Während sie über die Einfahrt auf den Strand zugingen, blieb Oliver an einem mit Blüten überladenen Hibiskusstrauch stehen und pflückte eine der roten Blüten ab.

»Friedensangebot«, verkündete er und hielt sie Zoe hin.

Sie bedachte ihn mit diesem Blick, dieser neckischen Melange aus Sarkasmus und Goldigkeit, nahm die Blüte und steckte sie sich ins Haar. »Ich werde Lacey sagen, wie wirkungsvoll ihre Werbebroschüren sind.«

»Es war nicht die Broschüre, die mich hierhergelockt hat.«

Sie reagierte nicht darauf, sondern kickte einfach ihre Plastikflipflops von den Füßen, als sie den Sand erreichten. »Du ziehst besser deine Schuhe aus.«

Er löste die Schnürsenkel seiner Docksides und riss sich spontan auch noch sein Hemd vom Leib; er warf es zu Boden und erntete einen Seitenblick von ihr. »Du spielst nicht fair, Doc.«

»Hier ist es tausend Grad heiß.«

Sie unterdrückte ein Lächeln. »Das bist du auch.«

»Dann bist du also nicht mehr böse auf mich?«

»Ich war nie böse.«

»Ach, stimmt ja. Manchmal verschwindest du nur einfach mittendrin, ohne einen wirklichen Grund zu haben.«

»Was verstehst du unter ›wirklich‹, Oliver.« Sie stieß ihn mit der Schulter an, was sie beide näher ans Wasser zwang. »Schauen wir mal – ich habe herausgefunden, dass du einen Sohn gezeugt hast, bevor wir überhaupt miteinander ausgegangen sind, du bist geschieden und lebst ein paar Meilen von meinen besten Freundinnen entfernt, du hast vor, dich auf dem Anwesen niederzulassen, auf dem ich gerade lebe, und du hast mir nicht gesagt, dass du in dem Moment, in dem ich dir mein größtes Geheimnis anvertraute, eine Nachricht erhalten hast, die dein Leben verändern sollte.« Sie stieß einen Seufzer aus. »Habe ich irgendetwas vergessen?«

Er blieb stehen, um sich die Hose hochzukrempeln und sich das warme, schaumige Wasser um die Knöchel spülen zu lassen.

»Mein Sohn möchte, dass du seine Nanny wirst.«

Sie grummelte ungläubig.

»Du hast gefragt, ob irgendetwas vergessen wurde, deshalb dachte ich mir, ich rücke besser gleich damit heraus.«

»Gute Entscheidung.« Wieder stieß sie ihn mit der Schulter an, aber nicht so stark, dass er ins Wasser fiel. Eher so, als wollte sie einfach nur Körperkontakt. Genau wie er. »Hast du ihm gesagt, dass ich die schlechteste Nanny aller Zeiten bin?«

»Er lässt sich da nichts sagen«, sagte er und unterdrückte das Bedürfnis, den Arm um sie zu legen. »Er ist ganz verrückt nach dir.«

Sie lächelte. »Ich mag ihn auch.«

»Ich nehme nicht an, dass du für den Sommer einen Job suchst?« Verdammt, waren diese Worte gerade aus seinem Mund gekommen? Wie kam es, dass sie ihn dazu brachte, Dinge zu tun und zu sagen, als hätte er überhaupt keine Selbstkontrolle?

»Kommt darauf an.«

Warum verliehen ihm diese Worte Hoffnung? Hatte er den Verstand verloren?

»Worauf?«

»Ähm …« Wieder schenkte sie ihm ein keckes Lächeln. »Die Bezahlung.«

»Was ist deine Honorarvorstellung?«

Alles Scherzhafte wich aus ihrem Blick. »Ich verlange eine

Gegenleistung: Du kümmerst dich um Pasha, ich kümmere mich um Evan.«

Seufzend schloss er die Augen. »So einfach ist das nicht, Zoe.«

»Zu viel Ironie im Spiel? Ich meine, das sind die beiden Personen, die dafür verantwortlich sind, dass wir uns getrennt haben.«

Er blieb stehen, wandte sich dem Wasser zu und starrte zum Horizont. »Ich werfe Evan sein Timing nicht vor. Das habe ich vielleicht getan, bevor er geboren wurde, aber danach nicht.«

»Darüber bin ich froh«, sagte sie. »Es wäre schrecklich, wenn man ihm das anlasten würde. Nimmst du Pasha übel, dass sie beschlossen hatte zu verschwinden?«

»Nein«, sagte er. »In all den Jahren habe ich das immer nur ...«

»Mir vorgeworfen«, vollendete sie den Satz.

»So ziemlich, ja.«

Sie erwiderte nichts. Während sie dastand und auf das Wasser hinausblickte, wehte ein Windstoß ihren durchsichtigen Rock hoch und Sonnenschein ergoss sich wie flüssiges Gold über sie. »Es ist schön hier.«

»Schön genug, um zu bleiben?« Die Frage war heraus, bevor er noch überhaupt in Erwägung ziehen konnte, sie nicht zu stellen.

Sie zuckte vollkommen sorglos mit den Schultern. Typisch Zoe. »Wer weiß? Willst du jetzt das Ferienhaus sehen? Es ist gleich da oben.«

Ohne seine Antwort abzuwarten, rannte sie den Strand hinauf und ließ ihn allein zurück; er war nass und starrte der unbezähmbarsten, unglaublichsten, begehrenswertesten Frau nach, die er je kennengelernt hatte. Natürlich rannte sie gerade davon. Und natürlich lief er hinter ihr her.

Er holte sie ein, als er den Pfad erreichte, und sie gingen zusammen zum Ferienhaus.

»Ich bin mir nicht sicher, ob ich dir das Haus anpreisen oder dir lieber all seine Nachteile schildern soll«, sagte sie, während sie den Schlüssel ins Schloss steckte.

»Warum? Willst du mich nicht hier haben?«

»Es würde alles kompliziert machen.«

»Du stehst auf komplizierte Dinge, soweit ich mich erinnere.«

Sie schob die Tür auf, und sie gelangten in einen großen, einladenden Wohnbereich, der ebenfalls in diesem warmen, marokkanischen Stil gehalten war. Dunkles Holz schimmerte, und ein schmiedeeisernes Geländer schlängelte sich die Treppe hinauf. Jenseits des Wohnbereichs glitzerte das Sonnenlicht im blaugrünen Wasser eines abgeschirmten, nierenförmigen Pools, um den ein paar Liegen und ein Tisch gruppiert waren.

Evan würde es hier gefallen. Und Oliver auch.

»Schön«, sagte er und warf ihr einen raschen Blick zu. »Oder doch nicht?«

Sie lachte. »Positiv ist, dass es toll und brandneu ist und aus handverarbeitetem Holz besteht. Du hast neulich Will kennengelernt. Er ist der Schreiner und Jocelyns Verlobter.« Sie führte ihn durch einen kleinen Essbereich.

»Und was ist negativ?«, fragte er.

Sie deutete auf die Küche. »Es gibt noch keinen Zimmerservice, weil Lacey keine Gelegenheit mehr hatte, Vorstellungsgespräche mit Köchen zu führen, bevor das Baby kam, und die Küche deshalb noch nicht offiziell eröffnet werden konnte. Das heißt, du musst selbst kochen.« Sie schnitt eine Grimasse. »Es sei denn, du erwartest, dass Evans Nanny kocht, aber in diesem Fall hoffen wir lieber, dass es irgendwo einen Lieferservice gibt.«

Er lachte und fühlte sich so von ihr angezogen, dass er sich mit Gewalt davon abhalten musste, sie nicht an sich zu ziehen und in das nächstbeste Schlafzimmer zu schleifen. Aus diesem

Kampf würde er sicherlich nicht als Sieger hervorgehen. »Nein, aber vielleicht würde die Nanny lang aufbleiben müssen.«

»Weil du lang arbeiten musst?«

Das war nicht das, was er gemeint hatte, aber er nickte. »An manchen Tagen.«

»Das ließe sich arrangieren«, sagte sie und bedeutete ihm, durch den Flur zu gehen. »Komm, schau dir den Rest an.«

Unterwegs zeigte sie ihm die Besonderheiten der Anlage, aber er hatte nur Augen für den hellgrünen Bikini unter ihrem Kleid. Sie redete ununterbrochen über die Holzarbeiten, aber seine Aufmerksamkeit galt nur ihrer gebräunten, glatten Haut, die ihn an Butter erinnerte. Als sie die Tür der Master-Suite erreichten, hätte er das Haus gekauft, wenn er sie dafür hätte haben können … gleich hier auf diesem Bett.

»Alles, was zum Luxus dazugehört: Whirlpool, Marmor, ein Bett, das groß genug ist für drei oder vier oder neun.« Sie grinste.

»Was immer dich anturnt.«

Sie turnte ihn an. »Nicht drei oder neun«, sagte er. Nur eine. Und zwar genau die, die er gerade ansah.

»Oben gibt es noch zwei Schlafzimmer und zwei Bäder. Außerdem ein Spielzimmer mit großem Fernseher, das wird Evan bestimmt gefallen. Willst du dir die Räume ansehen oder lieber diese herrliche Aussicht hier?« Damit schob sie sich an ihm vorbei und öffnete eine weitere Glastür zur Terrasse. »Hier kannst du dich morgens einfach aus dem Bett fallen lassen und sofort in den Swimmingpool steigen.«

»Zusammen mit der Nanny.«

Sie warf ihm einen Blick über die Schulter zu. »Steht das auch in der Jobbeschreibung?«

Teufel, ja. »Das muss noch ausgehandelt werden.« Er lächelte sie kleinlaut an, während er neben sie in den Türrahmen trat. Er stand so dicht neben ihr, dass er jede einzelne Wimper erkennen konnte, deren Spitzen golden schimmerten, als sie ihn aus schmalen Augen ansah.

»Was halten Sie von dem Ferienhaus, Dr. Bradbury?«

»Mir gefällt die Leiterin der Besichtigungstour.« Er beugte sich etwas vor, sodass sie an den Holzrahmen der Tür zurückweichen musste.

Sie hatten es früher mal an einem Türrahmen getrieben.

Er verdrängte diesen Gedanken und steckte die Hände wieder in die Hosentaschen, was der einzige Weg schien, in ihrer Gegenwart nicht in Versuchung zu geraten.

Ein Kuss. Das war alles, was er wollte. Einen einzigen Kuss. Einen langen, feuchten, heißen Kuss, um das Ziehen zu lindern, das bereits tief unten in seinem Bauch entstanden war. Sehr tief unten. Jede Faser in ihm wollte sie berühren, sich an das seidige Gefühl ihrer Haut erinnern, an den Druck ihres Mundes, an die Wärme ihrer Zunge.

Genau diese Zunge schoss gerade heraus, um ihre Lippen zu befeuchten, ihre Blicke trafen sich, die Botschaft in ihren Augen mehr als klar.

Küss mich, Oliver.

Seine Antwort erfolgte ebenfalls schweigend. Nur ein Hauch warmen Atems an ihrem Mund, aus dem beinahe auf der Stelle mehr wurde. Der warme, zögernde Funke eines Kusses, durch den sich jeder Muskel in seinem Körper anspannte und das Gegenteil dessen tat, was ihm sein gesunder Menschenverstand gebot.

Sie rührte sich nicht, atmete nicht mal, während sich ihre Lippen lediglich berührten.

Langsam vertiefte er den Kuss, öffnete den Mund, ließ seine Zunge über ihre Zähne gleiten. Ihre Münder verschmolzen zu einem, und gegen seinen Willen zog er die Hände aus den Taschen, um sie auf ihre Wangen zu legen und ihr hübsches Gesicht in seinen Händen zu halten.

»Sieht das Vorstellungsgespräch mit deinen Nannys immer so aus?«, murmelte sie in seinen Kuss.

»Nur mit denen, die ein große Klappe haben. Steckst du allen Mietern gleich die Zunge in den Hals?«

»Nur den heißen.«

Er presste seinen Körper an ihren, sein Penis erhob sich an ihrem Bauch und entlockte ihr ein leises Wimmern, das in ihrer Kehle gefangen gewesen war.

»Oliver.«

Er küsste ihre Wange, ihr Ohr. »Mmm?«

»Du weißt, wohin das führt, oder?«

»Wir sind im Hauptschlafzimmer, deshalb führt es hoffentlich nicht allzu weit weg.«

Sie unterbrach den Kuss, entzog sich seinem Griff und ging auf die Terrasse hinaus, wobei sie ihn mit sich zog. Sonnenlicht, das durch Palmwedel fiel, sprenkelte sie mit Lichttupfen, in ihren Augen tanzte der Schalk. »Als würde ich jedes Klischee bedienen und gleich mit dir ins Bett hüpfen, Oliver.«

»Einen Versuch war es wert.«

»Und das, wo es doch einen *Pool* gibt.« Durchsichtiger schneeweißer Stoff, lindgrüne Seide und goldbraune Haut blitzten auf, als sie sich das Kleid über den Kopf zog und in die Luft warf. Dann sprang sie in den Pool und bespritzte Oliver dabei von oben bis unten mit Wasser.

Einmal, vor etwa acht Jahren, hatte Pasha einen Mondregenbogen gesehen.

Seltsam, dass sie sich selbst jetzt mitten im Sonnenschein daran erinnern konnte, wie er am Nachthimmel von Colorado geschimmert hatte. Der Mondregenbogen war ungewöhnlich und geheimnisvoll gewesen, mit einem Hauch von Rot und Orange, der zu einem Streifen verblasste, der so hellgelb war, dass es wie Weiß aussah, und dann in tiefes Azurblau überging.

Aber es war mehr als nur ein erstaunlicher Anblick in den Bergen gewesen, der sich in Pashas Herz eingraviert hatte. Der Mondregenbogen war eine deutliche Botschaft von Mutter Natur gewesen: Eine wahre Liebe – von der Art wie man sie einmal im Leben erfuhr, wenn man Glück hatte – würde zurückkehren.

Aber – auch das war ihr in dieser Nacht klar geworden – nicht zu Pasha. Ihre wahre Liebe würde nie zurückkehren. Deshalb war der Mondbogen kein Zeichen für sie, sondern für Zoe gewesen.

Dieses Wissen hatte immer schwer auf ihrem Herzen gelastet, aber heute schmerzte ihr davon die ganze Brust. Zoes wahre Liebe war zurückgekehrt ... wie der Mondregenbogen vorausgesagt hatte.

Sie hatte immer gewusst, dass Oliver Bradbury eines Tages zu Zoe zurückkehren würde. Zumindest hatte sie versucht, sich auf diese Weise Zoes Entscheidung zu erklären, Chicago zu verlassen, als Pasha wusste, dass es Zeit war, zu packen und zu verschwinden. Das war der Zeitpunkt gewesen, an dem sie ihre gemeinsame Flucht hätten beenden sollen. Pasha hatte das angeboten! Vielleicht hatte sie nicht darauf *bestanden,* aber sie hätte es überlebt. Pasha hatte zu Zoe gesagt, dass sie bei Oliver in Chicago bleiben konnte.

Aber Zoe hatte beschlossen, mit Pasha zu gehen.

Und dann hatte Pasha den Mondregenbogen gesehen und gewusst, dass Oliver irgendwann, irgendwie zu Zoe zurückkehren würde. Oder vielleicht hoffte sie, dass er das würde, um ihr schlechtes Gewissen zu beruhigen.

Oh, das hatte sie ihrer lieben Zoe natürlich nicht erzählt, sonst würde sie schimpfen und sagen, dass er gar nicht ihre wahre Liebe wäre. Das war etwas, woran Zoe ohnehin nicht glaubte. Aber das lag nicht daran, dass Zoe nicht an die Liebe glaubte. Sie hatte nur nie Liebe erfahren, nicht einmal – so wie die meisten Kinder – als Außenstehende.

Pasha hatte immer gehofft und zu jeder erdenklichen Macht des Universums gebetet, dass sich Zoe und Pasha nicht mehr verstecken müssten, wenn Oliver zurückkehrte. Dass Pasha nicht mehr vor der langen Hand davonlaufen müsste, die einen Schatten auf ihre Leben warf.

Aber das war nicht der Fall, oder? Noch immer lag die Macht in dieser Hand, und Pasha lebte ihr Leben noch immer starr vor Angst.

Bei diesem letzten Gedanken brannten ihre Augen ein wenig, und er verursachte mehr Druck auf ihrer Brust als das bösartige Ding, das dort wuchs. Niemand wusste, was diese Krankheit verursachte. Vielleicht war es die ganze Angst, das Wissen, die Schuld, die Reue und die Unentschlossenheit ihres armseligen Lebens, die sich zu einer schwarzen Kugel zusammengeballt hatten, aus der der *Krebs* entstanden war.

Sie schloss die Augen und ließ ihren Kopf nach hinten an die Lehne des Schaukelstuhls sinken. Tatsache war, je länger sie lebte, desto mehr schwand für Zoe die Chance, ihr Glück zu finden.

Pasha *schuldete* ihr diese Chance.

Pasha hatte nur zwei Möglichkeiten: sterben oder verschwinden. Das eine konnte sie nicht steuern, und beim anderen war sie sich nicht sicher, ob sie dazu noch in der Lage wäre. Sie stemmte sich hoch und ging zur Küchentür. Die Hitze überwältigte sie bereits. Ebenso wie die Wahrheit.

Der Tod war so endgültig. Wer wusste das besser als Pasha?

Ein alter Schmerz brannte in ihrem Herzen. Ein Schmerz, der niemals verschwand. Ganz egal, was sie tat, um ihn durch etwas anderes zu ersetzen – weglaufen, sich verstecken, ihr Herz mit einem Kind erfüllen, das noch nicht mal ihr eigenes war –, das Loch in ihrem Inneren war immer da, immer schwarz, immer leer.

Erschöpft ging sie in das winzige Schlafzimmer, das vorübergehend zu ihrem Zuhause geworden war, und ließ die Jalousien herunter, um die sengende Sonne auszusperren. Zoe wäre nicht glücklich, wenn sie jetzt nach Hause käme und feststellen würde, dass Pasha hier herumschlich, anstatt ein Mittagsschläfchen zu halten.

Aber was, wenn Zoe zurückkäme und Pasha wäre weg? Verschwunden, auf die eine oder andere Weise?

Sie schlüpfte aus ihren Schuhen und ließ sich aufs Bett sinken, ihre knorrigen Finger spielten mit einem Faden der seidigen Decke. Würde sie das schaffen? Konnte sie das tun? Der Gedanke, Zoe zu verlassen, war ihr unerträglich. Aber der Gedanke, dass Zoe die Chance auf ihre wahre Liebe verwehrt bliebe, war ebenso unerträglich.

Und dann war da noch dieser unerträglichste aller Gedanken – die Bedrohung, vor der sie all diese Jahre weggelaufen war.

Ihre Brust pulsierte, nur dass es nicht ihr Herz war, das vor Hoffnung und Angst tanzte. Eher, als würde dort etwas wachsen.

Denn irgendetwas wuchs dort – und zwar nicht nur dieser verhasste Tumor.

Auch Hoffnung wuchs dort. Hoffnung, dass die Natur ihre Aufgabe erfüllen und diesen Körper zerstören würde, damit Zoe ein richtiges Leben, ein richtiges Zuhause bekommen konnte. Sie wünschte, es würde einen anderen Weg geben, der für sie beide weniger schmerzhaft wäre, aber so diktierte es das Universum.

Oder sie konnte davonlaufen, bis sie sterben würde. Eigentlich war das das einzig Kluge, was sie tun konnte. Sie musste sich nur den perfekten Zeitpunkt überlegen, dann konnte sie all ihre Probleme lösen.

6

Zoe blieb so lange unter Wasser, bis sich ihre glühende Haut und ihre verrückten Gedanken abgekühlt hatten und …

Komm schon, sei ehrlich.

Lang genug, damit Oliver sich ausziehen und ins Wasser kommen konnte.

Bei allem, was Zoe heiß fand und was ihr heilig war, hatte sie sich genau danach gesehnt. Sie sehnte sich nach mehr Küssen, nach mehr Berührungen, nach mehr von Oliver. Sie musste ihn einfach haben. Es *musste* sein.

Als ihre Lungen beinahe explodierten, tauchte sie auf und sah, dass er am Rand des Pools saß, die Hose bis zum Knie hinaufgekrempelt, die Füße im Wasser.

Sie musste über ihre albernen Fantasien und seine vermaledeite Selbstbeherrschung lachen. »Das war es schon? Draufgängerischer wirst du nicht, Doc?«

Er lehnte sich zurück auf seine Hände und beobachtete sie. »Genau wie du.«

Alles, aber auch wirklich alles an dieser Bemerkung nervte sie, kühlte sie mehr ab als das Wasser es vermocht hatte. »Was zum Teufel soll das heißen?«

»Es heißt, dass du dasselbe tust.« Er deutete auf den Pool.

»Schwimmen?«

»Sobald die Situation brenzlig wird, unternimmst du etwas Ungestümes und Wildes. Man kann dir nicht über den Weg trauen.«

Zum Teufel mit ihm. Sie tauchte unter und wieder auf und spuckte Wasser in einem perfekten Bogen aus. »Seit wann ist es eine *brenzlige* Situation, wenn man in einem Türrahmen herumfummelt?«

»Seitdem du festgestellt hast, wie sehr du in diesem Türrahmen herumfummeln möchtest. Warum also ins Wasser springen? Warum nicht einfach stillstehen und ...«

»Ich kann nicht stillstehen. Versuch mich nicht dazu zu zwingen.« Sie unterstrich dieses Geständnis dadurch, dass sie erneut untertauchte. Sie tauchte hinunter bis zum Grund und berührte ihn. Dann stieß sie ein wenig Luft aus und stieß sich von dort ab, um wieder an die Oberfläche zu gelangen.

»Warum kannst du nicht stillstehen, Zoe?«

Sie zuckte mit den Schultern. »Du kennst meine Geschichte. Ständig in Bewegung zu sein ist tief in mir verwurzelt.«

»Du nennst es ständig in Bewegung sein. Ich finde, es ist, als wollte man Quecksilber mit den bloßen Händen fangen.«

»Du versuchst ja gar nicht, etwas zu fangen, sonst wärst du jetzt hier drin.« Wieder glitt sie unter Wasser, bereit, bis dreißig zu zählen, bevor sie wieder nach oben schoss.

Als sie bei vierzehn angelangt war, wühlte ein Platschen den ganzen Pool auf und brachte ihr Herz zum Hämmern. Er ergriff sie von hinten, die Kraft in seinen Armen war so schockierend, dass sie Wasser schluckte.

Sofort zog er sie an die Oberfläche.

»Du hast vierzehn Sekunden gebraucht, um die Hose auszuziehen«, platzte es aus ihr heraus.

»Zwölf davon habe ich damit zugebracht, darüber nachzudenken.«

Sie blinzelte sich Wasser aus den Augen und war sich vage bewusst, dass er noch sehr nasse Boxershorts trug. Sie ließ das Gummiband schnalzen. »Denk dir nur, was passiert wäre, wenn du zwei weitere Sekunden zum Nachdenken gehabt hättest.«

»Du hast auch noch etwas an.«

»Momentan noch. Worüber hast du zwölf Sekunden lang nachgedacht?«

»Darüber.« Er zog sie an sich und sie schlang automatisch die Beine um ihn, während er im schulterhohen Wasser Halt fand. »Oliver Bradbury, der Mann, der jede Situation unter Kontrolle hat, hat seine Unterwäsche nass gemacht.«

Sein Mund verzog sich zu einem halben Lächeln. »Ich wohne jetzt hier. Ich kann sie in den Trockner werfen oder einfach keine Unterwäsche tragen.«

Sie holte tief Luft, unfähig, einen Seufzer zu unterdrücken, als sich der Gedanke an ihn ohne Unterwäsche in ihrem Gehirn festsetzte. »Wäre das denn angenehm? Du hast ordentlich was in der Hose, wenn ich mich noch recht erinnere.«

»Da erinnerst du dich ganz recht.« Als wollte er seine Aussage unter Beweis stellen, drückte er sich noch ein wenig härter und größer an ihren Bauch. Unwillkürlich rieb sie sich an seiner Erektion, ließ das Unterteil ihres Bikinis über seine Wölbung streichen und stieß unbeabsichtigt ein wohliges Wimmern aus.

»So hast du es immer geliebt«, sagte er, während er ihren nackten Rücken streichelte und mit der Hand über die Wölbung ihres Hinterns fuhr, wobei er den Finger oben in ihr Bikinihöschen gleiten ließ.

»Was könnte man daran auch nicht lieben. Das ist sündhaft sexy.«

Er hob sie ein wenig hoch und ließ sie dann wieder an sich hinuntergleiten. »Genau wie du.«

Sie schloss die Augen und bog ihren Kopf nach hinten, als würde sie ihm ihre Kehle feilbieten, in Wahrheit wollte sie aber nur nicht seinen Gesichtsausdruck sehen, wenn sie ihm sagte, was sie ihm sagen *musste*.

Er nahm die Einladung an, presste seine Lippen auf ihre Haut und beschleunigte durch seinen Mund ihren Puls.

»Ich muss dir etwas sagen, Oliver.«

Er hob den Kopf. »Lass mich raten. Du kannst nicht schwimmen? Das wäre ein Problem, darauf achte ich nämlich bei einer Nanny.«

»Sind wir immer noch beim Vorstellungsgespräch?«

Wieder ließ er sie nach oben und wieder nach unten über seine Erektion gleiten. »Du bist eingestellt. Gibt es sonst noch etwas, das du mir sagen möchtest?«

»Ich habe seit vier Jahren keinen Sex mehr gehabt.« Sie presste die Augen zu, damit sie sein Gesicht nicht sehen musste. Kurz darauf linste sie durch ihre Wimpern. Er war nicht schockiert, lachte sie nicht aus, sondern zog nur eine Augenbraue nach oben.

»Das ist eine lange Zeit.«

»Dafür bin ich aber umso besser mit meinem Vibrator befreundet.«

Er schluckte leise. »Was für eine Verschwendung.«

»Nee, er ist spitze und funktioniert wie von Zauberhand.«

Er schmiegte sich mit der vollen Länge seiner Erektion an sie, sodass sie ein wenig die Luft einsog. »Von Zauberhand wie das hier?«

»Nicht ganz so zauberhaft.« Sein Haar war glatt und geschmeidig, als sie ihre Finger in seine Locken schlang und seinen Kopf genau vor sich hielt, damit ihre Lippen genau wie der ganze Rest auf gleicher Höhe waren.

Er drückte sie wieder an sich, ihre Blicke trafen sich. »Alles, was dein Vibrator kann, Zoe Tamarin, kann ich besser.«

»Du warst schon immer auf Konkurrenzkampf aus. Klassenbester, Oberarzt und all so was.« Sie wiegte sich jetzt rhythmisch an ihm, Hitze wallte durch ihren ganzen Körper. »Aber ich habe neunzig Dollar für ihn bezahlt.«

»Für ihn?«

»Für Billy.«

Er schluckte leise. »Er hat einen Namen?«

»Wild Bill Hickcock.« Sie grinste. »Aber so wild ist er gar nicht.«

Lachend beugte er sich vor, um sie zu küssen. Er zog sie an sich und fing ihren nächsten Atemzug mit dem Mund ein. Er küsste sie heiß, feucht und gründlich – einfach perfekt, so wie alles, was er tat. Eine perfekte Vernichtung ihrer Lippen, die versüßt wurde durch Hände, die an intime Stellen glitten, und den absoluten Kick, sich an seinen starken, breiten Schultern festzuhalten und auf seiner mächtigen Erektion zu reiten.

Natürlich wollte sie mehr.

Allein die Erinnerung daran, wie Oliver in sie eindrang, ließ Zoe vor tiefem, schmerzhaftem Verlangen aufstöhnen.

»Besser als Bill?«, murmelte er, während er sie küsste.

»Welcher Bill?«

Seine Hand wanderte nach oben zum Knoten ihres Neckholder-Tops. »Kann dir Bill das Oberteil ausziehen?«

»Hängt davon ab, wie fest der Knoten ist.«

»Nicht fest genug.« Er zog den Stoff durch den Knoten und sie spürte, wie der Druck in ihrem Nacken verschwand.

Er rollte das Oberteil nach unten und entblößte ihre Brüste, dann lehnte er sich ein wenig zurück, um den Anblick zu genießen. »Was für ein Jammer, dass er das hier nicht sehen kann.«

»Ja, was für ein Jammer«, stimmte sie zu und wölbte ihren Rücken nach hinten, um ihm Zugang zu gewähren. Das Blut pulsierte in ihrem Kopf und übertönte praktischerweise diese dumme Stimme, die vielleicht gerade Sachen sagte wie *Stopp*. Oder: *Mach dich aus dem Staub*. Oder: *Wow, das ist jetzt vermutlich nicht unbedingt das Klügste, was du je getan hast*.

Momentan gab es nichts außer dem Geräusch ihres angestrengten Atems, das Plätschern des Wassers und hin und wieder ein Stöhnen schierer Lust.

Er schob sie in seinen Armen ein wenig nach oben, damit er an einer ihrer Brustwarzen saugen konnte. Der Druck zwischen ihren Beinen erhöhte sich, als er sich mit einem pulsierenden, gleichmäßigen, aufreizenden Rhythmus noch enger an sie drängte.

Er hob den Kopf und blickte sie an. Sein Gesicht war nass, seine Augen beinahe schwarz und sein Kiefer zusammengepresst, während er sich weiter an ihr rieb. »Wetten, dass dein verdammter Bill *dazu* nicht in der Lage ist?«

»Nein.« Ihr Atem stockte und sie rang ein wenig nach Luft. »Er ist nicht in dieser Verfassung.«

Er lächelte entspannt. »Was zum Teufel *kann* er denn überhaupt?«

»Er bringt mich zum Kommen.«

Er zog sie so dicht an sich, dass kein Wasser mehr zwischen ihnen Platz hatte, presste seine Erektion an sie und entfesselte das Feuer zwischen ihren Beinen.

»Los, Zoe, komm gleich hier … auf der Stelle.« Er legte Tempo zu, wobei er keine Sekunde seinen Blick von ihr löste. Sein Blick war herausfordernd, der arrogante, fesselnde Blick eines Mannes, der über Macht verfügte und genau wusste, wie er sie einsetzen konnte.

Schon beim ersten Stoß gab sie sich hin, sie zuckte vor Lust, ihr Inneres strömte ein himmlisches Gefühl aus, das hinauf in ihren Bauch und hinunter zu ihren Schenkeln wanderte, danach tief in sie hinein, bis sie die Beherrschung verlor, hilflos gegen ihn prallte und auf einen Orgasmus zusteuerte, der beschämend wenig Anstrengung erforderte.

»Gütiger Himmel«, murmelte sie, während sie an seine Schulter sank. Ihr Herz hämmerte so sehr, dass sie den Puls bis in ihre Zehen spürte.

Er küsste ihr Ohr. »Und das ganz ohne lästige Batterien.«

»Ich kann nicht fassen, dass wir das gerade getan haben.«

Er wich ein wenig zurück und sah sie seltsam an. »Du hast damit angefangen.«

»Und du hast es zu Ende geführt.«

Er presste seine Erektion an sie. »Noch nicht.«

»Ich ... fühle mich so erleichtert.«

»Du hast seit vier Jahren keinen Sex mehr gehabt. Du bist nicht erleichtert. Du bist ...«

Sie legte ihm die Hand auf den Mund. »Sag jetzt nicht, ich sei verzweifelt gewesen.«

»Das würde mir nie im Traum einfallen. Sagen wir mal, du warst unterernährt.«

»Ich hatte Gelegenheiten.«

Er fuhr ihr mit den Händen über die Hüfte und legte sie dann um ihren Hintern. »Das bezweifle ich nicht. Jeder Mann, der dich sieht, möchte das hier.«

Die Worte schossen ihr ein Loch ins Herz. »Nicht jeder Mann.« Sie ließ sich unters Wasser gleiten und zog ihr Oberteil wieder nach oben. Hastig verknotete sie die Träger wieder hinten im Nacken, bevor sie auftauchte. »Du hast mich aufgegeben.«

»Was? Tut mir leid, aber du bist abgetaucht und mit einer veränderten Geschichte wieder aufgetaucht, Zoe.«

»Du hättest es trotzdem getan«, beharrte sie. »Du hättest so oder so das Richtige getan. Du hättest Adele geheiratet. Und was wäre dann aus mir geworden?«

Fassungslos klappte er den Mund auf. »Wohin zum Teufel du auch immer geflüchtet bist, Zoe. Ich weiß immer noch nicht, wohin du verschwunden bist, als du dich einfach so in Luft aufgelöst hast.«

»In sehr dünne Luft«, sagte sie leise. »Die Berge von Colorado waren in jenem Jahr mein einziger Trost.«

»Dein Trost?« Seine Stimme hob sich dermaßen, dass sie merkte, dass sie einen wunden Punkt erwischt hatte. »Ich hatte keinen Trost, nur leere Versprechungen, dass du warten würdest, dass wir reden würden und dass du bleiben würdest.«

Fast wäre sie zusammengeklappt. »Hast du versucht, mich zu finden?«

Er stieß ein trockenes, ironisches Lachen aus. »So könnte man es wohl sagen.«

»Was hast du unternommen?« Und warum war das so wichtig? Sie wusste nicht, warum, aber es war wichtig. Sehr wichtig.

Er strich ihr eine nasse Haarsträhne aus dem Gesicht, sein Blick ruhte auf der Strähne, nicht auf ihr. »Zuerst? Zuerst habe ich mit dem Vermieter gesprochen und bin zur Post gegangen, aber euer Postfach war ohne Nachsendeauftrag aufgelöst worden.«

Natürlich. Das hatte Pasha immer als Letztes erledigt, wenn sie schon auf dem Weg waren.

»Ich habe dort trotzdem einen Brief hinterlassen.«

»Echt?« Eine Sehnsucht erfasste sie, die so körperlich spürbar war, dass es wehtat, als würde jemand ihr gesamtes Inneres verdrehen. »Du hast mir einen Brief geschrieben?«

Er zuckte mit den Schultern. »Ich habe dem Mistkerl fünfzig Mäuse gegeben, aber ich habe gesehen, wie er den Brief in den Papierkorb geworfen hat, als ich wegging. Ich wollte dir sagen ...« Er verstummte.

»Dass ein Kind unterwegs war?« Sie wartete, sah die Qual in seinen Augen und hasste sich selbst dafür, dass sie sie verursacht hatte. »Hat das in dem Brief gestanden?«

»Was in dem Brief gestanden hat, ist jetzt irrelevant.«

Für ihn vielleicht. »Was hast du sonst noch unternommen?«

»Alle Orte, von denen ich wusste, dass du sie mochtest, abgesucht – jeden Laden, jede Bar, jeden Park, jede Heißluftballonfirma in einem Radius von zweihundert Meilen.«

Oh. »Ich hatte mich das immer gefragt. Dann habe ich gesehen, dass du geheiratet hast, und ich nahm an, dass du geradewegs zu ihr zurückgekehrt bist, weil ich ... weil ich bin, wer ich bin und was ich bin.«

Er legte ihr die Hand an die Wange und zwang sie, ihn anzuschauen. »Du bist die Frau, die ich liebte. Ich hatte vor, Adele und unser Kind voll und ganz zu unterstützen, aber heiraten wollte ich sie nicht. Ich wollte dich heiraten.«

»Wirklich?« Der bittere Geschmack der Reue füllte ihren Mund, und sie stieß ein leises, unglückliches Maunzen aus. Warum war sie damals mit Pasha gegangen? Sie hatte die Gelegenheit gehabt zu bleiben und ganz von vorne anzufangen, ohne Pasha, mit Oliver. Pasha hatte ihr diese Möglichkeit angeboten, doch Zoe hatte gewusst, dass dies das Ende für sie beide gewesen wäre. Sie hätte Pasha nie wieder gesehen. Und so, wie er sich im Ballon benommen hatte, war sie sich ganz sicher gewesen, dass sie ihn verloren hatte, und sie konnte sich nicht vorstellen, mit keinem von beiden zu leben.

Deshalb hatte sie getan, was sie den größten Teil ihres Lebens getan hatte, denn tief in ihrem Inneren glaubte sie nicht an die Art von Liebe, mit der Oliver sie in Versuchung geführt hatte. Die war für andere Leute bestimmt, aber nicht für Bridget Lessington.

Er trat zurück und ließ seine Hände mit einem leisen Platschen ins Wasser fallen. »Ich bin noch am selben Abend zu eurem Haus gegangen, aber ihr wart schon weg.«

Die Worte waren wie Pfeile in ihrem Herzen.

Zwölf Stunden. Wenn sie doch nur noch zwölf Stunden in Chicago geblieben wären.

»Warum hast du mir nicht gesagt, was in der Nachricht von Adele stand?«, fragte sie. Vielleicht hätte das ihre Entscheidung geändert … oder sie wäre noch schneller weggelaufen. Es gab absolut keine Möglichkeit, das jetzt noch herauszufinden.

»Ich konnte es dir nicht sagen, ohne zuvor mit Adele gesprochen zu haben«, sagte er. »Ich war mir nicht mal sicher, ob sie die Wahrheit sagte.« Er schloss die Augen, als wäre allein die Erinnerung daran noch immer schmerzlich. »Aber sie hat die

Wahrheit gesagt, und du warst weg, und ja, ich habe sie geheiratet. Und ich schlug eine Karriere ein, die von ihrem Vater protegiert wurde, und redete mir ein, du und ich hätten eine kurze verrückte Affäre gehabt statt einer echten Beziehung.«

Zwölf Stunden.

»Wenn ich geblieben wäre«, sagte Zoe leise, »wie wärst du dann mit dem Problem meiner falschen Identität umgegangen? Hättest du mit der Tatsache leben können, dass ich all die Jahre ›auf der Flucht‹ gelebt hatte und es vielleicht wieder tun müsste?«

»Ich habe das Problem nicht so gesehen wie du. Ich war absolut davon überzeugt, dass wir hätten Hilfe in Anspruch nehmen können und letztendlich erreicht hätten, dass Pasha freigesprochen und begnadigt würde. Das glaube ich immer noch. Wir hätten das in Ordnung bringen können.« Er hob eine Schulter. »Das können wir immer noch.«

»Sie würde das gar nicht in Erwägung ziehen wollen. Und jetzt, wo so viel Zeit verstrichen ist, scheint es irgendwie … ich weiß auch nicht.« Sie wippte ein wenig auf ihren Zehenspitzen; die Unterhaltung machte sie nervös. »Sie ist zu alt, um das noch in Angriff zu nehmen. Bis wir das in Ordnung gebracht haben, ist sie vielleicht schon …« *Tot.*

»Zoe.« Er griff nach ihren Schultern, sodass sie stillhielt. »Warum lösen wir nicht beide Probleme auf einmal?«

Sie starrte ihn an. Es gab so viele Probleme zu lösen: ihre gebrochenen Herzen, ihre dummen Fehler, Pashas Probleme mit dem Gesetz und – das größte von allem – ihr Krebs. »Wie?«, fragte sie, ganz erschüttert von der Liste, die sie soeben in Gedanken durchgegangen war.

»Während ich mit der Behandlung anfange, ziehst du einen Anwalt zurate. Lass uns die Probleme gleichzeitig angehen.« Ihn konnte nichts erschüttern. Er würde methodisch vorgehen, die Dinge durchziehen und alles in Ordnung bringen.

Ungeachtet der Konsequenzen. »Sie würde sich so verraten fühlen.«

»Verraten? Wenn sie gesund ist und frei?«, entgegnete er. »Vielleicht wäre sie erleichtert.«

Nein. Sie wäre außer sich, verletzt und fassungslos über Zoes Verrat. »Wir haben einen unausgesprochenen Pakt geschlossen.«

»Vielleicht ist er unausgesprochen, weil er total falsch ist.«

»Er war nicht falsch. Sie hat mir geholfen, mich gerettet. Und sie hat Angst.«

»Wovor?«

Sie stieß ein trockenes Lachen aus. »Vor dem Gefängnis?«

»Sie wandert nicht ins Gefängnis.«

»Das weißt du nicht. Außerdem hatten wir dieses Bündnis fürs Leben schon immer.«

Er schüttelte leicht den Kopf und ließ seine Hand unter ihre Haare gleiten, um ihren Kopf zu halten. »Ist das der einzige Bund fürs Leben, den du eingehen willst, Zoe?«

Die Worte überwältigten sie wie eine Schocktherapie für den ganzen Körper. »Was willst du damit sagen?«

Für einen langen Moment sagte er nichts, sondern fuhr einfach mit dem Finger über ihre Unterlippe, sodass weiß glühende Funken durch sie hindurchschossen. »Ich will damit sagen, dass ich nicht dein Ersatzvibrator sein will. Ich will etwas Richtiges mit dir wagen, Zoe.«

Eine ganz andere Art von Elektroschock durchzuckte sie jetzt. »Im Ernst?«

Er hielt ihren Blick fest. »Du nicht?«

Mehr als alles andere. Aber wollte sie es wirklich genug, um dem einen Menschen, der immer hinter ihr gestanden hatte, wehzutun? Der Frau, die ihr das Leben gerettet hatte, die dafür gesorgt hatte, dass sie eine Ausbildung erhielt, und die sie ohne Einschränkung geliebt hatte – ob das nun richtig war oder nicht.

»Du musst schrecklich lang darüber nachdenken.« Er wich so rasch von ihr zurück, dass sie im Wasser tanzte. »Vergiss, dass ich gefragt habe.«

»Als wäre das menschenmöglich.«

Er ging auf die Stufen zu, von seinem Körper tropfte Wasser. Die nassen Boxershorts klebten an seinem atemberaubend männlichen Körper. »Du verlangst von mir, mich zwischen dir und Pasha zu entscheiden.«

Als er herausgeklettert war, drehte er sich zu ihr um. »Und diese Entscheidung hast du bereits getroffen, nicht wahr?«

Ja, das hatte sie. Und seitdem war sie alles andere als glücklich gewesen.

»Zieh dich an, Zoe. Wir sollten zurückkehren, damit ich den Papierkram unterzeichnen kann. Und du kannst Evan die gute Nachricht überbringen.«

»Dass ihr hier einzieht?«

Er hob seine Hose von der Terrasse auf. »Dass du seine Babysitterin wirst.«

Hatten sie das so abgemacht? »Und du wirst Tante Pasha als Patientin aufnehmen?«

»Ja, natürlich.« Er sagte dies, als hätte er das von Anfang an vorgehabt, was sie irgendwie nervte, aber sie war klug genug, kein Wort darüber zu verlieren. Sie hatte bekommen, was sie wollte.

Und einen Orgasmus obendrein.

Zoe war erleichtert, Pasha schlafend vorzufinden, als sie am Bungalow vorbeiging, nachdem sie sich von Oliver verabschiedet hatte. Sie war noch nicht bereit für die unvermeidliche Diskussion, die, wäre Pasha nicht krank, leicht mit Packen und Verschwinden enden konnte – und wahrscheinlich auch würde.

Aber Pasha *war* krank, und dieses Mal war alles anders.

Und dann das, was Oliver ihr vorschlug. Pasha auszuliefern.

Diese Idee war noch immer undenkbar für sie. Deshalb dachte sie an andere Dinge.

Ich will etwas Richtiges mit dir wagen, Zoe.

Ja, darüber würde sie noch Stunden nachdenken. Aber Tessa hatte eine SMS geschrieben, in der stand, dass sie und Jocelyn noch immer bei Lacey waren, und das zog Zoe wie ein Magnet zu ihren drei besten Freundinnen. Wie immer würde sie einige Wahrheiten vor ihnen verbergen müssen, aber sie konnte auf ihre Freundschaft zählen, und allein dadurch würde sie sich besser fühlen.

Außerdem wollte sie dieses Baby noch mal halten. Gott, sie war ja mittlerweile schon genau so schlimm wie Tessa, wenn es um Babys ging.

Umfasste »etwas Richtiges« auch ein Baby? Ein gemeinsames Leben? Ein Zuhause? Sie wusste es nicht. Das Einzige, was sie wusste, war, dass es einen Verrat beinhalten würde, und sie wusste nicht, ob sie dazu in der Lage wäre.

Sie ging hinten herum an den Gärten entlang und landete auf Laceys Pool-Terrasse. Dort fand sie Jocelyn und Tessa, die an ihrem Wein nuckelten, sowie Lacey und das Baby, das an etwas anderem nuckelte.

»Und dann waren sie zu fünft«, scherzte sie, während sie die Glastür aufschob, um zu ihnen an den Pool zu gelangen.

»Entschuldige mal, das ist schon mein zweites Kind«, sagte Lacey. »Das macht also sechs.«

»Ja, aber Ashley trinkt nicht mit uns. Noch nicht.« Zoe schnappte sich ein Stielglas aus Plastik von der Außenbar und schenkte sich eine großzügige Portion Chardonnay ein. »Wo ist meine Patentochter. Bekommt sie noch genug Aufmerksamkeit, jetzt wo das Baby da ist?«

»Das hoffe ich doch. Sie ist mit Clay und Will losgezogen, um uns mexikanisches Essen aus dem South of the Border zu holen«, sagte Tessa. »Wo bist du den ganzen Tag gewesen?«

»Immobiliengeschäfte tätigen.« Sie ließ sich auf eine freie Liege fallen und hob ihr Glas auf Lacey, die sich ebenfalls auf einer Liege zusammengerollt hatte, ihre Brust und ihr Baby von einer blassblauen Decke bedeckt. »Nichts zu danken, Mrs Walker. Das Casa Blanca hat seinen ersten langfristigen Mieter für Bay Laurel gefunden.«

Lacey lächelte dankbar. »Über diese Vermietung sind wir überglücklich, Zoe. Das ist eine große Sache für uns.«

»Und wie fühlst *du* dich dabei?«, fragte Tessa und warf Jocelyn einen verstohlenen Blick zu, der praktisch hinausposaunte, dass sie alle über Zoe geredet hatten.

»Als sollte ich eine Provision dafür bekommen.« Zoe nahm einen großen Schluck. »Und als sollten meine besten Freundinnen mir die Höflichkeit erweisen, nicht hinter meinem Rücken über mich zu tratschen.«

»Wir tratschen nicht«, versicherte ihr Jocelyn. »Wir diskutieren nur deine Beziehung zum neuesten Gast.«

»Der zufälligerweise ziemlich gut aussieht«, sagte Lacey und zuckte ein wenig zusammen, als sie das Baby zurechtrückte. »Soweit ich mich erinnern kann, war das mit Ashley einfacher.«

»Da warst du auch zweiundzwanzig«, sagte Zoe. »In dem Alter ist alles einfacher. Habt ihr alle eure Wetten abgegeben, ob wir uns geküsst haben oder nicht?«

»Fünf zu eins, dass ihr geknutscht habt«, schoss Tessa zurück.

»Zehn zu eins, dass du deinen Bikini abgelegt hast«, fügte Jocelyn hinzu.

»Ich habe alles darauf gesetzt, dass ihr das ganze Menü hattet.« Lacey grinste. »Und damit meine ich nicht das, was ich aus dem South of the Border bestellt habe.«

Zoe verdrehte die Augen, stillte ihre jämmerliche Neugier jedoch nicht.

»Zoe«, sagte Tessa zutiefst frustriert. »Du weißt, dass wir Geheimnisse hassen.«

»Du hasst sie, Tessa. Wir übrigen akzeptieren sie als Teil des Lebens. Richtig?« Sie sah die anderen beiden Frauen an, doch Lacey linste gerade unter die Decke und Jocelyn war plötzlich sehr interessiert an ihrem Weinglas. »Also gut, bringen wir es hinter uns. Die Inquisition kann beginnen.«

Tessa ging natürlich gleich in die Vollen. »Du *kennst* Dr. Oliver Bradbury.«

»Definiere kennen.«

»Kennen wie erkennen im biblischen Sinne«, führte Tessa aus.

Zoe hätte fast ihren Wein wieder herausgeprustet. »Das hast du jetzt nicht wirklich gesagt.«

»Komm schon, Zoe, rede mit uns«, sagte Tessa. »Wir wissen, dass er der Kerl ist, der dich damals im Ritz so aus der Fassung gebracht hat.«

Lacey beugte sich vor und klappte den Mund auf. »Der, der hereinkam, als du und ich die Kondome gekauft haben.«

»Die du eindeutig vergessen hast zu benutzen.« Zoe deutete auf das Baby und hob dann ihr Glas. »Wir hatten früher dummerweise mal kurz etwas miteinander, okay. Ich bin vor Jahren in Chicago ein paar Wochen lang mit ihm gegangen. Er ist weniger ein Geheimnis als vielmehr ein Fehler, wie ihr ihn auch alle einmal gemacht habt.« Sie trank einen Schluck und blickte über ihr Glas hinweg in drei ungläubige Gesichter.

»Ach, ihr habt diese Fehler nicht begangen?«, fragte sie. »Jocelyn, ich sage nur: Alabama-Spiel.« Sie steckte sich den Finger in den Mund und tat, als würde sie sich übergeben. »Lacey, ich glaube er hieß David Fox und du hast eine reizende sechzehnjährige Tochter, die dich an ihn erinnert.«

Lacey zuckte mit den Achseln. »Der beste Fehler, den ich je begangen haben.«

»Und Tessa …« Sie durchforstete ihr Gedächtnis nach irgendwelchen Vergehen, aber Tessa hatte nicht viele vorzuweisen. »Bestimmt hast du dir in einem Augenblick nicht-biologischer Schwäche mal einen Burger reingezogen und dir Süßstoff gespritzt.«

»Nie.« Tessa lächelte. »Okay, einmal während der Abschlussprüfungen. Hör auf, durch Witze abzulenken, Zoe. Wir wollen alles über diese Doktorspiele hören.«

»Da gibt es nichts zu erzählen.« Als Tessa sie zornig und unerbittlich anblickte, seufzte Zoe. »Das alles ist vor langer Zeit und vor vielen anderen Männern passiert, okay? Er ist nicht wichtig, außer als zahlender Gast des Casa Blanca, was eine gute Sache ist. Nicht wahr, Lace?«

Lacey blickte von der Decke auf. »Jocelyn hat gesagt, dass er mit seiner Frau auf der Eröffnungsfeier war. Wusstest du, dass er verheiratet ist?«

»Nicht mehr. Er ist nicht mehr verheiratet.«

»War er verheiratet, als du ihn ›kanntest‹?«, fragte Lacey; ihre Stimme klang ein klitzekleines bisschen vorwurfsvoll. Ein klitzekleines bisschen, das aber scharf wie eine Glasscherbe war und das sie sich auf der Stelle zu Herzen nahm.

»Nein.« Zoe schloss die Augen und schluckte schwer. »Aber danke für das Vertrauensvotum, Freundin.«

Man merkte Lacey an, dass sie sich mies vorkam, überhaupt gefragt zu haben. »Tut mir leid. Babyhormone.«

»Wir versuchen nur herauszufinden, was passiert ist«, fügte Tessa hinzu.

»Warum?« Zoe wirbelte zu ihr herum, und all die Versöhnlichkeit, mit der sie gerade Lacey überschütten wollte, war verschwunden. »Warum kannst du dich nicht einfach mit ›wir sind miteinander ausgegangen, hatten Wahnsinns-Sex und haben uns dann getrennt‹ begnügen, Tessa? Warum musst du jedes niederschmetternde, herzzerreißende, Träume zerstörende Detail wissen?«

Lacey stemmte sich langsam hoch. »Ich bringe Elijah ins Haus.«

»Oh, Lace, es tut mir leid«, sagte Zoe und stellte ihr Glas auf dem Tisch ab, um aufzustehen. »Ich wollte nicht vor dem Baby die Beherrschung verlieren. Oder euch gegenüber.«

»Nur mir gegenüber«, sagte Tessa leise.

»Ja, dir gegenüber.« Zoe bedachte sie mit einem Lächeln, das sie nur mit Mühe zustande brachte. »Wir leben, um uns gegenseitig auf die Palme zu bringen, erinnerst du dich?«

Lacey, die noch immer das Baby auf einem Arm hielt, legte Zoe die freie Hand auf die Wange. »Liebes, wir bringen uns nicht gegenseitig auf die Palme. Wir streiten uns nicht. Und wir wollen nicht herumschnüffeln. Wir wollen nur helfen.«

Zoe schloss die Augen, während ein Wirbelwind aus Emotionen durch ihre Brust hindurchfegte. Liebe, Sehnsucht, Freundschaft und – verdammt noch mal – das Bedürfnis, hier herumzuhängen, ohne sich Sorgen machen zu müssen, alles preiszugeben. Aber vor allem wollte sie Lacey, ihrem Zuhause und dem Neugeborenen den angemessenen Respekt zollen.

Sie nickte und schwieg, während Lacey hineinging, dann ließ sie sich wieder auf ihre Liege fallen und wandte ihre Aufmerksamkeit Jocelyn zu. »Du hattest ein Geheimnis«, erinnerte sie sie. »Wir haben es auch nicht aus dir herausgepresst.«

»Es ging mir besser, nachdem ich es mit euch geteilt hatte«, sagte sie.

»Sie ist uns dadurch näher, und um ehrlich zu sein, ist sie dadurch auch glücklicher«, fügte Tessa hinzu, während sie sich aus ihrem Sessel erhob und zu Zoe auf die Liege setzte. »Bitte hasse mich nicht dafür, dass ich dir helfen will.«

Zoe kämpfte gegen den Impuls an, Tessas Arm abzuschütteln. »Was ist passiert, das du meinst, dass ich Hilfe brauche? Ich bin einem Ex über den Weg gelaufen. Er hat einen entzückenden Sohn, und jetzt wird er Gast hier im Resort sein. Was ist daran so Besonderes?«

»Dein Gesicht«, sagte Tessa. »Die Art und Weise, wie du ihn

ansiehst und wie er dich ansieht. Und Pasha hat sich auch seltsam benommen.«

Lacey kehrte zurück, dieses Mal ohne Baby, und knöpfte ihr Oberteil zu, während sie Zoe anblickte. »Er ist deinetwegen hierhergekommen, weißt du? Sein Sohn hat es Clay gegenüber erwähnt.«

»Er ist gekommen, um Elijah zu sehen.« Aber sie wusste, dass das nicht stimmte.

»Aber du warst nicht überrascht, ihn zu sehen«, hielt Tessa fest.

Zoe warf ihr einen tödlichen Blick zu. »Du hättest wirklich Anwältin werden sollen.«

Tessa ging nicht darauf ein, sondern strich Zoe liebevoll und geduldig über den Arm. »Er ist mehr als nur ein Ex, oder? Er war wichtig in deinem Leben.«

Wie konnte man gegen Tessa den Tsunami ankämpfen? »Mehr als ihr ahnt«, flüsterte Zoe schließlich. Die Sehnsucht, mehr zu erzählen, ballte sich in ihrem Inneren zusammen, das Bedürfnis, die Seligkeit absoluter, purer Ehrlichkeit zu erfahren, war so übermächtig wie alle anderen Bedürfnisse, gegen die sie schon seit ein paar Tagen ankämpfte. Aber dieses Privileg war ihr ihr ganzes Leben lang nicht vergönnt gewesen.

Während alle schwiegen, nippte Zoe an ihrem Wein und überlegte, wie viel sie ihnen erzählen konnte. Bestimmt würde es nicht schaden, wenn sie sie darin einweihte, dass Pasha krank war. Damit würde sie kein Versprechen brechen, oder?

»Tatsache ist, dass ich ihn an dem Morgen, nachdem das Baby geboren war, zuerst aufgesucht habe.« Sie rieb ein wenig Kondenswasser von ihrem Glas und blickte nicht auf. »Er ist Onkologe.«

Es dauerte einen Moment, bis die anderen das verarbeitet hatten, dann schnappten sie nach Luft und sagten wie aus einem Munde »Oh, mein Gott«.

»Es geht nicht um mich«, sagte sie schnell. »Nein, mir geht es gut. Es geht um Pasha.«

»Oh nein.« Tessas Oberkörper krümmte sich zusammen, als hätte sie einen Schlag erhalten. »Mir ist aufgefallen, wie schwach sie wirkt. Ich dachte, das läge am Alter.«

Zoe strich sich die Locken aus dem Gesicht, das Gefühl der Erleichterung in ihrer Brust war beinahe greifbar. Tat es immer so gut, Geheimnisse preiszugeben? »Sie ist wirklich krank. Wir haben in Arizona so etwas wie eine Diagnose erhalten, und ich habe mit Oliver gesprochen, der mehr oder weniger glaubt, dass es Speiseröhrenkrebs sein könnte.«

»Mehr oder weniger?«, fragte Jocelyn. »Was soll das heißen?«

»Ich weiß nicht. Wir werden es herausfinden. Er wird sie untersuchen«, sagte sie. »Wenn sie das zulässt.«

»Warum sollte sie nicht?«, fragten Lacey und Tessa gleichzeitig.

»Weil …« Sie hob das Glas an ihre Lippen, um Zeit zu gewinnen, dann wurde ihr klar, dass der Wein sie nur noch gesprächiger machen würde, deshalb stellte sie es wieder ab. Sie bewegte sich auf sehr dünnem Eis, wenn es darum ging, wie viel sie verraten konnte. »Er hat mir das Herz gebrochen, wie ihr euch inzwischen wahrscheinlich alle zusammengereimt habt, deshalb steht er auf ihrer Abschussliste.«

Und das stimmte erst noch.

»Wenn es mit ihm nicht funktioniert, werden wir einen anderen Onkologen finden«, sagte Lacey. »Tatsächlich könnte ich sofort ein paar Anrufe tätigen. Ich kenne ein paar Leute in der Stadt, die eine Chemotherapie hinter sich haben.«

»Nein, nein.« Mist, jetzt wurde es knifflig. »Sie … hat keine Versicherung.« Wieder keine Lüge.

Jocelyn winkte ab. »Wir legen zusammen, Zoe. Hatte sie einen Arzt, der sie überweisen könnte …«

»Sie will nicht zum Arzt.«

»Auch wenn sie *Krebs* hat?«, fragte Tessa ungläubig.

»Tessa, sie wird nicht zu einem Arzt gehen.« Zumindest nicht zu einem, bei dem sie Formulare ausfüllen muss und eine legale Sozialversicherungskarte braucht. »Sie ... hat Angst davor.«

»Was, wenn sie ein Zeichen erhält, dass sie einen Arzt besuchen muss?«, fragte Tessa. »Du weißt, dass sie auf Zeichen des Universums und der Natur reagiert.«

»Als wären Schmerzen in der Brust und der Arzt in Sedona, der das Wort Krebs verwendet hat, nicht Zeichen genug!« Trotzdem war Zoe dankbar für diese Idee.

»Wir müssen eine Lösung finden«, sagte Jocelyn.

»Das ist kein unüberwindliches Problem«, stimmte Lacey zu.

»Solange du absolut offen zu uns bist.« Tessa stach Zoe sanft in den Arm. »Das bist du doch, oder?«

Ein paar Herzschläge lang schwieg Zoe, während ihr ein Dutzend schlagfertiger Antworten drohten, über die Lippen zu kommen. Aber sie hielt sich zurück. Es wäre so einfach, Witze zu reißen. Ihre Freundinnen, die ihr nur helfen wollten, auf Armeslänge von sich fernzuhalten. Dafür zu sorgen, dass die Mauer, die sie im Alter von zehn Jahren errichtet hatte, hübsch hoch und undurchdringlich blieb.

Sie lächelte Tessa an – nur weil sich diese Frau, verdammt noch mal, schon seit Jahren bemühte, diese Mauer niederzureißen. Sie hatte sich wirklich Mühe gegeben. Und Zoe hatte immer nur ihre sarkastischen Giftpfeile auf sie abgefeuert.

Ihr Herz geriet ein wenig ins Wanken, als ihr klar wurde, dass Tessa sie so vollkommen liebhatte, dass sie diese Pfeile immer hingenommen hatte.

»Tess« sagte sie leise, mit brechender Stimme und lächerlich hohem Puls. »Wenn ich dir sagen würde, dass die Wahrheit Pasha mehr schaden kann als der Krebs und ihr Leben schneller beenden könnte als irgendeine Krankheit, würdest du mir dann dieses eine Geheimnis durchgehen lassen?«

Tessa schluckte schwer und war offenbar überrascht von Zoes Antwort. »Na schön, Zoe, du hast gewonnen.«

Als sich Tessa vorbeugte, um sie zu umarmen, verbarg Zoe ihr Gesicht an Tessas Schulter und kämpfte gegen völlig unerwartete Tränen an. Sie würde ein paar Dinge preisgeben und einen Hauch von Verletzlichkeit zeigen, aber verdammt, sie würde nicht anfangen zu weinen.

»*Hola!*«, erklang Ashleys Stimme aus der Küche. »Hier kommt die Lieferung aus dem South of the Border.« Laceys Tochter kam mit einer riesigen Plastiktüte auf die Terrasse, ihr frisches Gesicht und ihr breites Lächeln waren Balsam für Zoes Herz. »Tante Zoe! Wir dachten, du wärst mit dem heißen Doc ausgegangen.«

Zoe schüttelte lachend den Kopf. »*Auch du,* mein Sohn Brutus?«

Ashley schnitt eine Grimasse. »Kapier ich nicht.«

Tessa stand auf und schnappte sich die Tüte. »Es bedeutet, dass wir zu hart mit Tante Zoe umgesprungen sind. Und ihr habt hoffentlich an die Vollkorn-Tortilla gedacht und darauf geachtet, dass das Rindfleisch nichts von dem, was ich essen will, berührt.«

Zoe und Ashley verdrehten die Augen, aber Zoe freute sich darüber, dass Tessa sie verteidigt hatte.

Will und Clay kamen zu ihnen auf die Terrasse, jeder von ihnen von der Frau, die er liebte, angezogen. Sie begrüßten Zoe und gesellten sich dann ganz selbstverständlich zu ihrer jeweiligen Liebsten. Tessa verschwand mit Ashley in der Küche.

Clay drängte sich zu Lacey auf die Liege und flüsterte ihr etwas wegen des Babys zu, dann lächelte er sie an und sie kommunizierten geheimnisvoll und ohne Worte miteinander. Will zog Jocelyn aus ihrem Sessel, setzte sich dann hin und zog sie auf seinen Schoß, wobei er ihr einen nicht ganz so geheimnisvollen Kuss gab.

Einen Augenblick lang kam sich Zoe unendlich allein vor.
Ich will etwas Richtiges mit dir wagen.
In diesem Moment der Einsamkeit schien der Preis, den sie für dieses *Wagnis* würde bezahlen müssen – nämlich Pasha zu verlieren –, beinahe angemessen. Beinahe.
Wenn es doch nur einen anderen Weg gäbe.

7

Ein leises »Pling« riss Zoe aus einem Traum vom Fliegen. Sie fuhr in einem Heißluftballon über dem Ozean und blickte auf zwei Leute hinunter, die im Sand tanzten. Sie sangen und lachten ...

Nein, das war kein Lachen. Das war ihr Handy.

Verdammt, nur Tessa würde schon so früh am Morgen eine SMS schicken. Zoe streckte die Hand unter der Decke hervor und tastete auf dem Nachttisch nach dem Telefon. Wer sonst würde in der Morgendämmerung SMS verschicken. Wahrscheinlich brauchte sie an einem Samstagmorgen wie diesem jemanden, der ihr mit dem Kompost half, oder etwas ähnlich Spannendes.

Es gelang ihr, ein Auge zu öffnen, und sie war geblendet von der späten Morgensonne. Okay, vielleicht nicht mehr ganz Morgendämmerung. Eher kurz vor dem Elf-Uhr-Loch.

In der Küche klapperte Geschirr, und der Wasserhahn lief, was sie daran erinnerte, dass sie es Pasha heute sagen musste. Als Zoe gestern Abend von Lacey zurückgekommen war, war Pasha schläfrig und desinteressiert gewesen, aber jetzt konnte es nicht mehr länger aufgeschoben werden. Vielleicht sollte Zoe vorher die Notfalltasche verstecken, damit Pasha sie nicht dazu überreden konnte, das Weite zu suchen.

Sie berührte das Handydisplay und spähte auf den Namen des Absenders.

Oliver Bradbury.

Jede einzelne noch schlafende Zelle wurde mit einem unnatürlichen Kick schlagartig wach.

Ihre Finger schwebten über dem Display, sie war noch nicht ganz bereit zu lesen, was er ihr geschrieben hatte.

Ihr Abschied war verhalten gewesen, als würde keiner von ihnen darüber sprechen wollen, was als Nächstes passieren konnte. Aber sie musste es herausfinden. Würde er Pasha schon bald untersuchen? Erwartete er tatsächlich, dass Zoe einen Anwalt auftrieb, damit die Vergangenheit endlich ruhen konnte?

Wenn Zoe das täte – die Vorstellung war in ihrem Kopf für immer und ewig unter der Rubrik »unvorstellbar« abgelegt –, dann wäre es der hässlichste Verrat, den sie sich vorstellen konnte. Aber wenn sie es *nicht* täte – hätte Zoe dann je eine Chance auf ein relativ normales Leben?

»Normales Leben« war inzwischen zu einer Umschreibung für »Leben mit Oliver« geworden.

Aber er hatte eine Bedingung dafür gestellt. Er hatte Vorbehalte. Liebe mit Vorbehalten – nun, das war ein Widerspruch an sich. Was Zoe wollte war: *Bedingungslosigkeit,* dass man sich Hals über Kopf hineinstürzte, ohne Haken und Ösen, ohne Forderungen, ohne Kompromisse, ohne Verrat an geliebten Menschen, die alles für sie aufgegeben hatten.

Nicht dass sie eine Sekunde daran geglaubt hätte, dass es so jemanden überhaupt gab, zumindest niemanden, von dem sie wusste, wie sie ihn zur Strecke bringen und einsacken konnte.

»Bist du wach, Zoe?«, rief Pasha vom Flur aus.

»Bin gleich da, Tante P.« Sie tippte auf das Display, um die SMS zu lesen.

Ziehen heute ein. Treffen wir uns gegen Mittag am Haus?

Mit Pasha? Ohne? Musste sie eine Anwaltsrechnung vorlegen, bevor er ihr half? Oder wollte er, dass sie rüberkam und auf Evan aufpasste, während er sich einrichtete?

Sie warf die Decke zurück, kletterte aus dem Bett und wünschte, sie hätte einen Plan.

Du hasst Pläne, Zoe.

Ja, das tat sie. Denn es war so viel einfacher, im Hier und Jetzt zu leben, sich einfach treiben zu lassen, die Dinge zu nehmen, wie sie kamen, und nach bedeutungsleeren Klischees zu suchen, die ihre Unfähigkeit, sich auf eine Verpflichtung einzulassen, zum Ausdruck brachten.

Du würdest nicht mal wissen, wie du mit einer Verpflichtung umgehen solltest, wenn du mit der Nase auf eine gestoßen würdest.

»Ach, halt doch einfach mal die Klappe.«

Pasha klopfte leise an die Tür. »Bist du allein, Liebes?«

Zoe stieß den Atem aus und verwandelte ihn in ein Lachen. »Nur ich und diese männlichen Stripper, die ich im Toasted Pelican aufgelesen habe. Kommt schon Jungs, haut ab. Aus dem Fenster mit euch.« Sie öffnete die Tür. »Natürlich bin ich al…« Sie sprach den Satz nicht zu Ende, sondern blickte stirnrunzelnd das schäbige Hauskleid, das plattgedrückte Haar und das verbrauchte Gesicht an. »Was ist los?«

»Nichts.«

Nichts? Egal zu welcher Tageszeit – Pasha Tamarin zog sich immer die Augenbrauen nach, zeichnete sich mit Kajal einen Lidstrich und gelte ihre fünf Zentimeter langen silbernen Locken zu einer Igelfrisur, die der Schwerkraft trotzte. Die Frau verließ ihr Zimmer, nicht ohne ein paar Kilo Silber- und Türkisschmuck anzulegen sowie ein grellbuntes hawaiisches Kleid über ihren schmächtigen Körper zu ziehen.

Nicht so heute.

Zoe sah sie finster an. »Warum bist du …« Sie deutete auf Pashas Aufzug.

»Ich fühle mich ein wenig mies.«

Oh Gott. Zoe trat in den Flur und legte die Hand auf Pashas Schulter, um sie in die Küche zu führen. Es war höchste Zeit.

Aber sie brauchte einen Kaffee, um die Bombe platzen zu

lassen, und Pasha bereitete ihn jeden Morgen für Zoe zu. Dem Duft nach zu urteilen, war das auch heute nicht anders.

Außer dass in ein paar Minuten *alles* anders wäre, wenn Zoe mit ihren Neuigkeiten herausrückte.

Wir haben einen Arzt. Und wir werden uns einen Anwalt nehmen.

Ihr rutschte das Herz eine Etage tiefer und landete dort unsanft. Aber hier ging es nicht darum, wie Zoe sich fühlte, und daran musste sie denken.

»Ist es deine Brust?«, fragte Zoe. »Oder der Hals?«

Pasha winkte ab, als wollte sie sagen, dass gar nichts wäre, aber ihr gequälter Gesichtsausdruck schrie geradezu, dass alles andere als nichts war.

»Es geht dir schlechter, nicht wahr?«

»Ich werde alt«, erwiderte Pasha und ließ sich zu einem Stuhl mit gerader Rückenlehne führen, der an dem kleinen Tisch stand, auf dem noch immer die aufgeschlagene Tageszeitung neben einer leeren Teetasse lag. »Und es wird schlimmer«, gestand sie leise.

Zoe drehte sich um, um eine Tasse zu holen und sich Kaffee einzugießen. Dabei suchte sie nach den richtigen Worten, nach dem richtigen Einstieg in das Gespräch.

Oliver Bradbury also, was für ein Zufall, was? Er ist Onkologe, weißt du? Stell dir vor, Pasha, er hat sich einverstanden erklärt, dich zu untersuchen, und …

»Hattest du Sex mit ihm?«

Die Tasse glitt ihr aus der Hand und prallte auf der gefliesten Theke auf. »Große Güte, Pasha, warst du auch dabei, als meine Freundinnen gewettet haben? Offenbar stehen die Chancen gut für mich, wenn es darum geht, mich flachlegen zu lassen.«

Sie lachte nicht. »Ich weiß, dass es schon lange her ist, seit du mit einem Mann zusammen warst, Zoe, und dass einer es immer geschafft hat, dich in Fahrt zu bringen.«

Es hatte so seine Nachteile, wenn man einer anderen Person so nahestand. »Er bringt mich nicht mehr ›in Fahrt‹.«

Siehst du, Zoe, du kannst deine Tante Pasha doch anlügen.

Pasha schnaubte, als könnte sie diese innere Stimme, die sich bei Zoe zu Wort meldete, klar und deutlich hören. Das konnte sie oft.

»Pasha, ich hatte *keinen* Sex mit ihm.« Eigentlich ... nicht.

»Aber geküsst hast du ihn.«

Zoe schenkte sich vorsichtig Kaffee ein und nahm einen großen Löffel Zucker dazu. »Erstens weiß ich nicht, was das im Großen und Ganzen ändern würde, und ich verstehe absolut nicht, dass du diesen Schluss aus der Tatsache ziehst, dass er mit seinem Sohn vorbeigekommen ist, um Clay und Lacey zu besuchen.«

»Ich glaube, da ist noch ein bisschen mehr dran.«

Auf dem Weg zum Kühlschrank, um Milch zu holen, beugte sich Zoe über die leere Tasse vor Pasha. »Haben die Teeblätter heute Morgen schon zu dir gesprochen, Pasha?«

»Nein, aber Tessa. Sie ist vorbeigekommen, als du noch geschlafen hast.«

Zoe riss die Kühlschranktür mit sehr viel mehr Kraft auf, als erforderlich gewesen wäre. »Also hast du doch mit ihnen Wetten abgeschlossen.«

»Sie hat erwähnt, dass ihr zwei für ein paar Stunden verschwunden wart.«

War es so lang gewesen? Es hatte sich wie zehn Minuten angefühlt. »Ich habe ihm Bay Laurel gezeigt, weil er ...«

»Dort einzieht.« Pasha blätterte die Zeitung um, als würde sie darin lesen.

Zoe lachte. Was auch sonst hätte sie tun können? »Ich weiß nicht, weshalb du dich mit der *Mimosa Gazette* aufhältst, wo du doch die *Tessa Times* haben kannst.« Sie rührte den Kaffee, bis er ein wenig schäumte, dann klopfte sie mit dem Löffel an die Tasse, als wollte sie mit dem Geräusch die nächste Runde einleiten.

»Aber es gibt etwas, was du nicht weißt, Pasha, und du wirst so froh sein zu hören, dass ...«

»Dass er dich immer noch liebt.«

Sie ließ sich förmlich auf den anderen Stuhl sinken. »Und woher weiß das Tessa?«

»Oh, Tessa hat davon keine Ahnung.« Pasha bedachte sie mit einem zittrigen Lächeln, das so breit war, dass man sehen konnte, dass sie sich nicht nur nicht geschminkt und gekämmt, sondern auch ihre Zahnprothese nicht eingesetzt hatte, sodass klaffende Lücken zwischen ihren Backenzähnen zu erkennen waren. »*Das* habe ich tatsächlich den Teeblättern entnommen. Aber sie hat erwähnt, dass er geschieden ist.«

Zoe seufzte und wieder entfuhr ihr ein Lachen. »Und er hat einen Sohn.«

»Das habe ich gehört.«

Natürlich hatte sie das. »Hat Tessa dir auch erzählt, wie stockkonservativ und ernst er ist? Dass er noch nie auf eine Regel gestoßen ist, die er nicht befolgen würde, dass er jedes I-Tüpfelchen und jeden T-Strich macht und jeden ins Gebet nimmt, der auch nur das kleinste Detail übersehen hat?«

»Zoe, das sind Charaktereigenschaften, die er damals auch schon hatte, und du hast ihn *angebetet*.« Sie zog das Wort in die Länge, als wäre es überaus ... kostbar.

»Wer würde ihn *nicht* anbeten?«, fragte Zoe und hob die Tasse, um einen Schluck zu nehmen.

»Er hat einen knackigen Hintern, wenn ich mich noch recht erinnere.«

Fast hätte Zoe den Kaffee wieder herausgeprustet. »Mit dir habe ich ein Monster erschaffen.«

Pasha zuckte unbekümmert mit den Schultern und zog ihre unsichtbaren Augenbrauen nach oben. »Er tut dir gut.«

»Du meinst, ich sollte wieder zu ihm zurückkehren?« *Er war derjenige, der dich ausliefern wollte. Und das will er auch heute noch.*

Pasha blickte auf die Zeitung hinunter und tippte mit dem Finger darauf. »Ich dachte, dich würde vielleicht diese Anzeige für Sylver Sky interessieren.« Sie schob die Zeitung ein wenig in Richtung Zoe.

Zoe sah nicht hin. »Antworte mir, Pasha.«

»Das ist der Name eines Heißluftballonunternehmens in Fort Myers.«

Zoe blickte flüchtig auf die schwarzweiße Anzeige. »Schön.«

»Vielleicht wollen sie jemanden einstellen.« Pashas Augen funkelten, vielleicht nicht mehr so lebhaft wie in den letzten zwanzig Jahren, aber die Botschaft kam dennoch bei Zoe an.

»Du würdest hier leben?«

Pasha lehnte sich zurück und verschränkte die Arme. »Ich würde hier sterben.«

Die Worte trafen sie wie ein unerwarteter Schlag. »Du wirst nicht sterben.«

»Liebling, wenn ich sterbe, wärst du frei.«

»Du wirst nicht sterben, Pasha!« Zoe sprang auf die Füße und hätte dabei fast ihren Stuhl umgeworfen. »Und denk erst gar nicht daran, dass das eine Art Ticket wäre zu meinem … meinem …«

»Glück.«

»Pasha!« Sie ließ sich vor der alten Frau auf die Knie fallen, ließ den Kopf auf ihren knochigen Schoß sinken, den sie so sehr liebte, und schlang die Arme um Pashas schmale Taille. »Sag das nicht. Sag das nie, nie, nie wieder.« Allein bei dem Gedanken, Pasha könnte glauben, es würde Zoe glücklich machen, wenn sie stürbe, bildete sich ein Kloß in Zoes Hals.

»Ich fand schon immer, dass irgendein Zauber in der Luft liegt, wenn ihr zwei zusammen seid.« Sie schlang die Finger in

Zoes Haar und blickte mit einem Lächeln auf sie hinunter, das die tiefen, tiefen Falten ihrer papierdünnen Haut nur noch betonte.

Konnte es sein, dass sie vergessen hatte, dass Oliver ihr Geheimnis kannte? Nein, sie wusste es noch. Aber vielleicht glaubte sie, wenn sie so krank wäre, dass sie ...

»Und Tessa hat mir gesagt, dass dieser Zauber noch immer da ist«, fuhr Pasha fort.

»Was Tessa dir nicht alles erzählt hat.« Hatte sie erwähnt, dass Oliver Onkologe war?

Langsam wich Zoe zurück, stand wieder auf und wappnete sich für das Gespräch, das sie nicht mehr länger vor sich herschieben konnte.

»Sie hat mir erzählt, dass Olivers kleiner Junge süß ist und dass deine Haare nass waren, als du zurückgekommen bist. Bist du mit ihm schwimmen gegangen?«

Zoe lächelte und nahm am Küchentisch Platz. »Ja. Und wir haben uns geküsst. Und wir ...«

Pasha steckte sich die Finger in die Ohren und sang: »Ich kann dich nicht hören.«

Doch Zoe zog Pasha sanft die Finger aus den Ohren und nahm ihre Hände in ihre. »Du musst es hören.«

Etwas in Zoes Tonfall ließ Pasha aufblicken.

»Wir haben über dich gesprochen.«

Pasha schloss die Augen. »Natürlich habt ihr das.«

»Nicht ... darüber«, sagte Zoe. »Wir haben darüber gesprochen, wie er deine Krankheit behandeln kann, ohne deinen Namen einer Behörde, einer Versicherung oder sonst jemandem zu melden.« Nur dem Anwalt, den Zoe seiner Meinung nach aufsuchen sollte. Aber eigentlich hatte sie noch nicht zugestimmt, und da inzwischen alle Farbe aus Pashas Gesicht gewichen war, würde sie den Anwalt jetzt auch nicht erwähnen.

»Hast du verstanden, was ich gesagt habe, Tante Pasha?«

Sie blinzelte nicht einmal.

»Er ist Onkologe, das ist ein Arzt, der …«

»Ich weiß, was ein Onkologe ist«, sagte sie scharf und zog ihre Hände aus Zoes. »Und er wird mich nicht behandeln.«

»Pasha, er ist ein ausgezeichneter Arzt, er ist sehr gefragt und arbeitet mit einer Klinik zusammen, die auf innovative, experimentelle Behandlungen spezialisiert ist. Er kann herausfinden, was mit dir los ist, und dich wieder gesund machen.« Zoes Stimme brach unter der schieren Anstrengung, Pasha davon zu überzeugen, dass das klug war. »Er ist die Antwort auf unsere Gebete.«

»Das ist er«, stimmte sie zu. »Nur dass ich nicht um einen Arzt gebetet habe, sondern um dein Glück.«

»Es würde mich glücklich machen, wenn du gesund wärst.«

»Nicht so glücklich wie die Liebe.«

Zoe grummelte ungehalten. »Pasha! Wir sprechen hier von deinem *Leben*. Wir müssen wissen, was los ist und wie wir …«

»Ich *weiß*, was mit mir los ist. Ich habe Krebs.«

Sie hatte dieses Wort noch nie zuvor ausgesprochen. Nach dem einen Mal in Sedona, als der Arzt diese Diagnose gestellt hatte, hatte sich Pasha geweigert, das Wort *Krebs* in den Mund zu nehmen. Und jetzt kam es ihr über die Lippen wie ihr zweiter Vorname.

»Dann ist er genau der richtige Arzt für dich, denn das ist sein Fachgebiet.«

»Ich will zu keinem Arzt.«

»Hast du nicht eben zugegeben, dass du Krebs hast?« Es fühlte sich seltsam an, das K-Wort laut auszusprechen, denn sie war Pashas Vorbild gefolgt und hatte zugelassen, dass es zu einer Art stummem Elefanten in ihrem Wohnzimmer wurde. Jetzt hob der Elefant seinen Rüssel und spritzte sie nass.

»Ja, habe ich.« Sie legte den Kopf schief und lächelte, wobei sie schrecklich alt aussah ohne ihr Make-up, ihren Schmuck und ihr vollständiges Gebiss. »Das hat mir Mutter Natur gegeben, und so wird mich Mutter Natur wieder zu sich nehmen. Es sei denn, du hilfst ein wenig nach.«

»Pasha! Nur über meine Leiche!«

»Nein, Kind, über meine.« Sie schob ihr die Zeitung noch näher hin. »Vielleicht solltest du mit den Leuten von dieser Ballonfirma sprechen. Such dir hier in der Gegend einen Job.« Sie bekräftigte ihre Worte durch ein Nicken. »*Mach dich sesshaft.*«

»Ich mache mich nicht sesshaft«, sagte Zoe gereizt.

»Und wir wissen beide auch, warum.«

Was wollte sie damit sagen? »Du glaubst, mein Leben wird besser, wenn du stirbst, Pasha?«

Pasha beugte sich vor. »Du hast ihn schon einmal meinetwegen aufgegeben.«

»Ich habe ihn aus den falschen Gründen aufgegeben«, sagte sie. »Ich glaubte, er käme nicht klar damit, wie wir lebten, aber es waren die Neuigkeiten auf seinem Handy, mit denen er nicht klargekommen ist.«

Pasha hörte ihr gar nicht zu; sie schüttelte den Kopf und wartete auf die Gelegenheit, zu sprechen. »Ich werde euch beiden nicht wieder im Weg stehen. Dein Leben wird so viel besser sein, wenn ich tot bin.«

»Nun, da irrst du dich.« Zoe stand so rasch auf, dass ihr Kaffee auf die Zeitung spritzte und die Anzeige der Ballonfirma aufweichte. »Mein Leben würde *nicht* besser werden, wenn du stirbst. Tatsächlich wäre mein Leben beschissen, wenn du stirbst!«

»Zoe, du weißt so gut wie ich, dass meine bloße Existenz dich davon abhält, mit Oliver zusammen zu sein.«

»Bist du verrückt?« Sie schnappte sich ihre Tasse und ging zur Spüle, auf ihrer Zunge eine säuerliche Mischung aus Kaffee, Zorn und Angst. »An dieser Bemerkung ist so vieles falsch, dass ich gar nicht weiß, wo ich anfangen soll. Deine bloße Existenz ist der Grund, weshalb ich überhaupt noch lebe, Pasha. Wenn du mich nicht gerettet hättest, hätte ich mich früher oder später umgebracht.«

»Du hättest es überlebt.«

Zoe wirbelte herum, in ihrem Inneren loderte ein zorniges Feuer. »Ich wäre tausendmal vergewaltigt worden!«

Pasha zuckte zusammen.

»Und du hältst mich nicht davon ab, mit Oliver zusammen zu sein«, sagte Zoe. »Das tue ich schon ganz allein, vielen Dank.«

»Klingt nicht, als hättest du dich gestern in diesem Pool sehr zurückgehalten.«

»Tatsächlich habe ich mich zurückgehalten … ein wenig. Und weißt du auch, was mich zurückgehalten hat?«

»Ich hoffe, es war dein starker moralischer Kompass.«

Zoe schnaubte. »Nichts so Bewundernswertes.«

»Ihr hattet kein Kondom?«

»Pasha.« Zoe lachte leise. »Wie kannst du überhaupt ans Sterben denken? Ich brauche dich, damit du mich zum Lachen bringst. Und nein, das war nicht das Problem, auch wenn ich nicht mal daran gedacht hätte.«

»Nun, das hättest du besser mal. Was hat dich dann davon abgehalten?«

Zoe wusch die Tasse ab und stellte sie in den Geschirrkorb, wobei sie sich fragte, wie ehrlich sie sein sollte. Normalerweise sagte sie Pasha alles. Sie hatten keine Geheimnisse voreinander.

»Angst.«

»Wovor? Davor, dich zu verlieben? Du musst dich verlieben, Zoe. Es wird Zeit für dich. Du bist schon in den Dreißigern. Du brauchst ein Zuhause, ein Kind oder sechs und einen Mann.«

»Ich habe Angst.« Zoe sah aus dem Fenster über der Spüle, ihr Blick richtete sich auf den hellgrünen Wedel einer Königinpalme, der in der Golfbrise schwankte. »Ich habe Angst, dass ich nicht weiß, wie man irgendwo bleibt.«

»Noch so eine Sache, an der du mir die Schuld geben kannst.«
»Ich gebe dir an gar nichts die Schuld.« Zoe drehte sich um und kehrte zu Pasha zurück, wobei ihr das Herz vor Zuneigung überlief. »Du hast alles für mich geopfert. Alles.«
»Und deshalb hast du ihn verlassen und bist mit mir nach Colorado gekommen.«
»Das war der Grund für alles, was ich in den vergangenen fünfundzwanzig Jahren getan habe. Glaubst du, ich würde je vergessen, dass du dein Leben in einen Koffer geworfen hast und in die Nacht hinausgerannt bist, als ich dir erzählt habe, was passiert ist? Dass du alles für meine Sicherheit getan hast? Dass du mir eine Schulbildung ermöglicht, dass du mich liebgehabt und mich über alles andere gestellt hast?«

Die Worte schienen Pasha zu quälen und sie sog geräuschvoll die Luft ein; ihre Lippen verzogen sich dabei und ihre Hand wanderte unwillkürlich zu ihrer Brust – zu der Stelle, an der der Krebs saß.

Sag ihr, was er von dir verlangt.

Normalerweise kämpfte Zoe gegen diese Stimme in ihrem Kopf an. Aber dieses Mal machte etwas klick und die Anweisungen ergaben einen Sinn. »Pasha«, flüsterte Zoe. »Wenn wir uns hier niederlassen könnten und nie wieder weglaufen würden, dann wäre ich glücklich. Wir beide zusammen und du wieder gesund. So könnte ich glücklich sein.«

»Das ist ... unmöglich.«

Zoe kauerte sich wieder vor Pasha hin und nahm ihre verhutzelten Hände in ihre. »Nicht wenn wir deinen Namen reinwaschen.«

Pasha entzog ihre Hände blitzschnell Zoes Griff. »Nein!« Pasha schob ihren Stuhl zurück und blickte um sich wie ein Tier, das in der Falle saß und verzweifelt nach einem Fluchtweg suchte. »Schlag das nie wieder vor.«

Zoe stand auf und streckte die Hand nach Pasha aus, als diese versuchte, an ihr vorbeizukommen. »Es ist jetzt beinahe fünfundzwanzig Jahre her und ...«

Pashas dunkle Augen wurden schmal. »Du kennst das Gesetz.«

»Wir können es umgehen ...«

»Nein.« Pasha befreite sich von Zoe und marschierte auf den Flur zu.

»Pasha, bitte.« Zoe folgte ihr und hatte sie mit zwei Schritten eingeholt. »Sei doch vernünftig. Mit einem guten Anwalt könnten wir ...«

»Hör auf!« Pasha wirbelte herum, ihre Augen füllten sich mit Tränen und sie hatte trotz ihres fehlenden Make-ups Farbe im Gesicht. »Die Antwort lautet Nein. Nein. *Nein!*«

Zoe wurde von Enttäuschung erfasst, Frust schnürte ihr die Kehle zu. »Pasha, warum können wir es nicht wenigstens versuchen?«

»Du kannst so etwas nicht versuchen, Zoe. Die Polizei, die Zeitungen ...« Sie schüttelte den Kopf und legte sich die Hand auf die Brust. »Ich glaube nicht, dass ich das ertragen könnte.«

Natürlich konnte sie das nicht. Zoe verging fast vor Selbsthass. Wie konnte sie das Pasha antun? Um »etwas Richtiges« mit Oliver zu wagen? Sie konnte diese Frau, die sie gerettet, aufgezogen und geliebt hatte, nicht verletzen.

Pasha war der einzige Mensch, der Zoe stets *bedingungslos* geliebt hatte. Selbst Olivers Angebot hatte Bedingungen enthalten, oder?

»Okay.« Zoe wich zurück und hob kapitulierend die Hände. »Es tut mir leid, dass ich davon angefangen habe.«

»Mir auch.« Pasha ging in ihr Schlafzimmer und in diesem Augenblick wurde Zoe bewusst, dass sie die eine Sache, die sie heute Morgen hätte tun sollen, nicht getan hatte: Pasha davon zu überzeugen, sich von Oliver untersuchen zu lassen.

Sie fluchte vor sich hin, als eine weitere SMS ihr Handy summen ließ. Bestimmt Oliver. Was sollte sie ihm sagen? Würde sie heute zum Ferienhaus hinübergehen?

Natürlich würde sie das. Weil sie Pasha das Leben retten wollte – und nicht damit sie den Rest ihres Lebens im Gefängnis verbringen müsste. »Pasha?«

Pasha war gerade darin vertieft, in eine offene Schublade zu schauen, um sich ihre Unterwäsche für heute auszusuchen, und blickte nicht auf. »Hmm?«

»Kannst du heute mit mir wohin gehen?«

Sie seufzte. »Ich weiß nicht. Wohin willst du gehen?«

Wie konnte sie sie überzeugen? Sie würde niemals Ja sagen, nicht wenn sie in dieser Stimmung war. Nicht wenn sie entschlossen war zu sterben, anstatt sich rechtlichen Beistand zu holen. Pasha Tamarin konnte eine einen Meter fünfzig hohe, dreiundvierzig Kilo schwere Backsteinmauer sein, wenn sie das wollte.

Aber Zoe würde dieses Hindernis überwinden. »Ich dachte, wir könnten uns diesen Heißluftballonbetrieb ansehen. Vielleicht könnte ich mich dort vorstellen, weißt du?«

Pasha lächelte. »Das würde ich sehr gern.«

»Also gut. Aber ich muss unterwegs noch kurz etwas erledigen.«

»In Ordnung, Liebes.«

Nein, das wäre es nicht. Aber dieses Hindernis würde sie auch überwinden.

8

Oliver hörte den Jeep von der Küche aus, das tiefe Brummen des Motors rief ein ebenso starkes Prickeln der Vorfreude in seinem Inneren hervor. Es hatte gerade mal zwei Tage gedauert, wegen Zoe völlig den Verstand zu verlieren.

Und nicht nur wegen all der Hormone, dem Adrenalin und den Pheromonen. Man merkte es auch an anderen Sachen – unlogischen Sachen –, die ihn in Dinge hatten einwilligen lassen, die keinen Sinn ergaben, zum Beispiel auf dem gleichen Anwesen zu leben, sich mit Evan helfen zu lassen, sich um ihre Tante zu kümmern und beinahe nackt zu sein, als sie das erste Mal zusammen allein waren.

Letzteres war allerdings nicht dumm gewesen, sondern unvermeidlich.

Genau wie der Schmerz, die seelische Qual und ein paar Dellen, die er in die Wand geschlagen hatte. Immerhin ging es hier um Zoe Tamarin.

Oben waren Evans schnelle Schritte zu hören. »Dad!«

»Sei vorsichtig auf der ...«

»Sie ist da!« Er streckte den Kopf in die Küche, eine Hand auf dem Türrahmen; seine Augen leuchteten von innen heraus und seine Wangen waren gerötet.

Also hatte Zoe dieselbe unerklärliche, dumme Wirkung auf ihn. »Ich höre den Wagen«, sagte Oliver.

»Das ist ein Jeep Rubicon«, klärte ihn Evan auf und war offenbar stolz auf dieses Wissen. »Oben ohne.«

»Ein Cabrio.« Oben ohne war etwas ganz anderes. Wobei – in Zusammenhang mit Zoe ...

»Da sitzt noch eine alte Dame mit im Auto.«

»Das ist ihre Großtante.« Sie hatte es also geschafft, sie hierherzubringen. In den wenigen SMS, die sie heute Morgen gewechselt hatten, hatte sie ihn schon vorgewarnt, dass Pasha nicht gerade begeistert war von der Idee, ihn zu treffen. Er wusste nicht, ob das daran lag, dass Oliver ihre Geschichte kannte, oder daran, dass sie im Allgemeinen nicht erpicht darauf war, einen Arzt zu besuchen.

Wie auch immer – er hatte Zoe versprochen, den Besuch locker zu halten. Himmel, er hätte ihr den Mond versprochen, um sie wieder hierherzulocken. Und nicht nur deshalb, weil er das übergroße Fahrzeug brauchte, um ein paar Dinge zu holen, die er eingelagert hatte – er freute sich auch auf eine Fahrt mit ihr.

»Dann gehen wir mal unsere Gäste begrüßen«, sagte er; er faltete ein Geschirrtuch zusammen, legte es auf die Theke und bedeutete Evan, vorauszugehen.

Doch sein Sohn rührte sich nicht, was seltsam war, wenn man bedachte, dass er außer sich vor Freude war, sie zu sehen.

»Beweg dich«, sagte Oliver und stieß Evan an der Schulter an. »Womöglich ändert sie sonst ihre Meinung.«

Evan ignorierte den Stoß und blickte Oliver stattdessen eindringlich an.

»Was ist los, mein Junge?«

»Magst du sie, Dad?«

Oh, das war der Nachteil, wenn der eigene Sohn den IQ eines Genies hatte. Es war unmöglich, irgendetwas vor ihm zu verbergen. »Natürlich *mag* ich sie. Ich glaube, sie wird eine großartige Nanny für dich abgeben, wenn ich bei der Arbeit bin, und ...«

Evan machte ein finsteres Gesicht und erinnerte Oliver daran, dass sein Sohn nicht so leicht zufriedengestellt werden konnte wie andere Achtjährige. »Du weißt genau, wie ich das meine.«

»Ja, ich weiß, was du meinst.« Er sah seinen Sohn forschend an und wusste nicht so genau, wie er damit umgehen sollte – was für ihre Beziehung typisch zu sein schien. »Hast du damit ein Problem?«

Er hob die Schulter. »Na ja, jetzt wo Mom nach Frankreich gefahren ist mit …« – er verdrehte die Augen – »Mark *Ass*lowe.«

»Er heißt Bass…« Oliver lachte leise. »Ich tue mal so, als hätte ich das nicht gehört.«

Adele hatte ihr Verhältnis mit dem Vorstandsvorsitzenden der pharmazeutischen Abteilung unter Verschluss gehalten, bis die Scheidung offiziell war, deshalb hatte Oliver keine Ahnung, wie viel sein Sohn über den Mann wusste, mit dem seine Mutter ausging. Offenbar genug, um Mark Basslowe einen zutreffenden Spitznamen zu verpassen.

»Ist Zoe also *deine* neue Freundin?«

Er klappte den Mund auf, um Nein zu sagen, aber es wollte ihm nicht über die Lippen kommen. »Sie ist eine … Freundin.«

Evan nickte, sein kleines Gesicht war voller Skepsis. »Ich mag sie.«

»Nun, tut mir leid, dass sie nicht *deine* Freundin sein kann.«

Das brachte Oliver ein breites Grinsen ein. »Ich weiß. Ich meine, ich nehme an, dass du und Mom …«

Oliver spürte, wie seine Schultern unter dem Gewicht dieses Gesprächs herabsanken. »Wir werden nicht wieder zusammenkommen, Evan, aber wir lieben …«

»Ich habe die Rede gehört, Dad.« Er schluckte mühsam und Oliver wurde von Mitgefühl überwältigt. Evan hatte sich in dieser ganzen Sache als sehr reif erwiesen, reifer als ein Elternteil dies hätte erwarten können. »Ich … weißt du, ich möchte meine Hoffnungen nicht zu hoch schrauben und …«

»Wieder jemanden verlieren«, ergänzte Oliver den Satz.

Evan sah zu Boden, seine Wangen waren rosa.

»Glaub mir, mein Junge, ich weiß, wie du dich fühlst.« Und er nahm sich dieses stille Eingeständnis zu Herzen. Womöglich würde Zoe zwei gebrochene Herzen zurücklassen, wenn sie beim nächsten Mal wegliefe. »Wir gehen jetzt besser.« Wieder stieß er Evan an der Schulter an. »Das war kein Scherz, als ich sagte, sie würde es sich vielleicht anders überlegen.«

Der Jeep stand noch in der Einfahrt, als er die Tür öffnete, aber die beiden Frauen machten keine Anstalten, auszusteigen. Sie waren in ein Gespräch vertieft, und ein dunkler Schatten huschte über Zoes Gesicht, das oberhalb von Pashas schmalen Schultern zu sehen war.

Zoe blickte auf und sah ihn hilfesuchend an.

»Warte einen Moment hier«, flüsterte er Evan zu, während er ihn zurück in die Eingangstür schob. »Ich glaube, dieses Gespräch braucht ein wenig Privatsphäre.«

Evan gehorchte schweigend; Oliver trat in den Sonnenschein hinaus und näherte sich der Beifahrertür. »Hallo«, rief er.

Ganz langsam wandte ihm Pasha ihren grauhaarigen Schopf zu. »Hallo Oliver.«

Es war fast ein Jahrzehnt her, seit er die lebhafte kleine Dame gesehen hatte, die von sich behauptete, eine Zigeunerin zu sein und auf die verrücktesten Arten die Zukunft voraussagte. Ein Jahrzehnt, das sie weit mehr verändert hatte als Zoe oder Oliver.

»Pasha, wie schön dich zu sehen.« Er streckte die Hand aus, um ihr aus dem hohen Rubicon zu helfen, aber sie schüttelte schnell den Kopf.

»Ich bleibe nicht.«

»Tante Pasha«, sagte Zoe frustriert. »Bitte, komm mit rein, damit wir uns unterhalten können.«

Pasha schloss die Augen. »Ich fühle mich wirklich nicht dazu in der Lage.«

Das glaubte er ihr sogar. Ihr Haar, das einst geglänzt hatte und beinahe blauschwarz gewesen war, war inzwischen nur noch fünf Zentimeter lang, silbergrau und struppig. Sie trug immer noch zu viel Silberschmuck, aber anstatt ihr ein fröhliches und wildes Aussehen zu verleihen, schienen die Ketten und Ohrringe sie niederzudrücken, was nicht schwer war bei einer Frau, die selbst dann keine fünfundvierzig Kilo auf die Waage bringen würde, wenn sie klatschnass wäre.

Aber der Arzt in ihm sah weit mehr als das Offensichtliche.

Er bemerkte die fahle Haut, den verbrauchten Körper, die trüben Augen, die Krebspatienten kennzeichneten.

»Es ist ziemlich heiß, um ohne Klimaanlage herumzufahren«, sagte er.

»Sie liebt es normalerweise, mit heruntergelassenem Verdeck zu fahren«, sagte Zoe.

Doch Pasha hob die Hand, um sie beide zum Verstummen zu bringen. »Ich ... ich ...« Sie wandte sich wieder Oliver zu und sah ihn ebenso forschend an, wie er es bei ihr getan hatte. »Das ist peinlich«, sagte sie schließlich.

»Das muss es nicht sein«, sagte er rasch. »Kommt herein, trinkt etwas Kaltes und ...«

»Kann ich jetzt rauskommen?«, fragte Evan, der schon halb über die Einfahrt gekommen war.

Oliver ergriff die Gelegenheit. »Das ist mein Sohn«, sagte Oliver mit einem Lächeln. »Es fällt ihm schwer, genau das zu tun, was ich ihm sage.«

Pasha schaute an seiner Schulter vorbei, während Evan auf das Auto zugerannt kam. »Hi, Zoe!«, rief er.

»Hey, Kleiner. Wie gefällt dir euer neues Haus?«

»Es ist herrlich! Komm herein und sieh es dir an.«

Zoe zögerte einen Moment lang und sah prüfend ihre Tante an. Doch Pashas Blick war auf Evan geheftet, die Lippen zu einem kleinen Kreis geformt, der Schockiertheit ausdrückte. »Das ist dein Sohn?« Ihre erhobene Stimme brach auf seltsame Weise.

»Komm her, Evan.« Oliver winkte ihn näher. »Das ist Miss Tamarin, Zoes Großtante.«

»Hi.« Evan winkte Pasha ein wenig zu.

»Wie alt bist ... warte, warte, sag nichts. Acht.«

»Genau.«

Hatte Zoe es ihr schon gesagt? Oder wäre Pasha vor Abscheu überwältigt, wenn ihr klar würde, dass dieser Junge bereits in dem Monat gezeugt worden war, in dem Oliver ein regelmäßiger Besucher in ihrer kleinen Mietwohnung in Chicago gewesen war – in der Zeit, als er mit Zoe ausgegangen war?

»Ich wusste es«, sagte Pasha und starrte ihn an; dann überraschte sie die anderen, indem sie die Beine herumschwang, um aus dem Jeep zu steigen. »Gehst du in die dritte Klasse?«

Er hob die Schulter. »Der Schuldekan möchte, dass ich die dritte überspringe, aber ich weiß nicht so recht, ob ich das machen soll.«

»Er ist seinem Alter weit voraus«, erklärte Oliver und legte seinem Sohn stolz die Hand auf die Schulter. »Wir versuchen gerade zu entscheiden, ob es vom sozialen Aspekt her richtig wäre, ein Jahr zu überspringen.«

»Vom sozialen Aspekt her scheint er ganz in Ordnung zu sein«, verkündete Pasha; sie kletterte ganz ohne fremde Hilfe vom Jeep herunter und war immer noch ganz auf Evan konzentriert. »Gib mir deine Hand, Kleiner.«

Evan runzelte einen Augenblick die Stirn, dann streckte er Pasha die Hand hin. »Schön, Sie kennenzulernen.«

Sie drehte seine Hand um, sodass die Handfläche nach oben zeigte. »Ganz meinerseits«, sagte sie. »Schauen wir mal, was wir hier haben.«

Zoe kam vorne um den Jeep herum, verfolgte lächelnd die Begegnung und grinste dann Oliver an, als hätten sie zusammen einen heimlichen Sieg errungen. Sie trug ein knöchellanges, trägerloses sonnengelbes Kleid, das so leuchtend und sexy war wie ihr Gesicht und ihre von der Sonne gebleichten Locken.

Evan zog seine Hand weg. »Was machen Sie da?«

»Pasha bietet nur Leuten, die sie mag, an, ihnen aus der Hand zu lesen, Evan«, versicherte ihm Zoe und legte ihm beschwichtigend die Hand auf die Schulter. »Kein Grund zur Sorge.«

Oliver sah sich die Szene einen Augenblick an: Zoe, die sich seinem Sohn gegenüber so lieb und beschützend verhielt, und die alte Frau, die ihr Aus-der-Hand-lesen-Spiel machte, während die Sonne alle drei in wärmendes Licht tauchte.

Und da waren all die *dummen* Dinge wieder: Hirntod, Knoten im Magen, Herzschmerz. Symptome von etwas, worüber er in Zusammenhang mit Zoe wirklich nicht nachdenken sollte.

Sie hatte ihn angesehen, als wären ihm drei Köpfe gewachsen, als er etwas Ernsteres als Sex im Swimmingpool auch nur vorgeschlagen hatte. Sie würde sich niemals ändern. Sie würde sich niemals anpassen. Sie würde niemals *bleiben*. Warum sollte er sie überhaupt fragen?

»Oh, sieh dir das an«, sagte Pasha und zog den Jungen ein wenig näher.

»Was?«, fragte Evan verunsichert. »Ist es schlimm?«

»Nein, es ist alles gut«, versicherte Pasha und strich ihm über die Handfläche; vor allem schaute sie ihm allerdings mit ein wenig Verwunderung und viel Freude ins Gesicht. Ihre Stimmung hatte sich erheblich aufgehellt, seit sie Evan gesehen hatte. »Ich sehe hier jemanden, dessen Schicksalslinie an einem kritischen Punkt auf die Lebenslinie trifft. Das heißt, dass er ein großer Denker ist, der genau weiß, was er werden möchte.«

»Meteorologe«, sagten Evan und Zoe wie aus einem Munde.

Wollte er das? Wie kam es, dass Oliver nichts davon wusste? Zoe aber schon? In seiner Brust rangen Gewissensbisse und Neid, während Pasha fortfuhr.

»Ach du liebe Zeit!«, rief sie und schnappte übertrieben nach Luft.

»Was?« Evan sah besorgt aus. »Werde ich sterben?«

»Gütiger Himmel, nein. Deine Lebenslinie ist endlos und reicht sogar noch über deine Handfläche hinaus. Das bedeutet, dass du, wenn du jemanden erst mal kennst, ihm dein ganzes Herz schenkst.«

Das musste wohl erblich sein, dachte Oliver mit einem weiteren Blick auf die in Sonnenlicht getauchte Zoe.

»Jemand ... wie ein Hund?«, fragte Evan, was ihm allgemeines Gelächter einbrachte.

Pasha lachte am lautesten, aber das Lachen blieb ihr im Hals stecken und sie musste so heftig husten, dass sie ganz heiser und schroff wurde.

»Alles in Ordnung?«, fragte Zoe und verlagerte ihre Hand sofort von Evan zu Pasha, während sie Oliver einen raschen Blick zuwarf, um sicherzugehen, dass er es gehört hatte.

Er hatte es gehört, und dieser Husten hörte sich ganz und gar nicht gut an.

»Alles okay«, krächzte Pasha, doch es dauerte noch gut dreißig Sekunden, bis sich der Anfall wieder legte.

»Warum gehen wir nicht einfach ins Haus?«, schlug Oliver vor und erwartete fast, dass Pasha erstarren und wieder in den Jeep einsteigen würde.

Doch Pasha lächelte und hielt weiterhin Evans Hand. »Gerne«, sagte sie. »Ich möchte diese Lesung zu Ende bringen, denn ich habe etwas sehr Interessantes entdeckt.«

Sie gingen auf die Haustür zu; Evan führte die alte Dame ins Haus, mit Augen, die vor Faszination kugelrund geworden waren. »Was denn?«

»Das zentrale X.«

»Was heißt das?«

»Du bist ein sehr guter Spieler.«

»Ich bin ein hervorragender Schachspieler.«

»Oh, ich dachte da eigentlich an etwas, das für mein altes Hirn nicht ganz so anstrengend ist …«

Sie verschwanden im Haus und Oliver blieb mit Zoe zurück.

»Nun, das hat ja jetzt wie von Zauberhand funktioniert«, sagte Zoe, während sie zusah, wie die beiden im Haus verschwanden. »Auf kleine alte Damen wirkt er wie ein Rattenfänger.«

»Sie mag ihn, so viel ist mal sicher«, stimmte Oliver zu, unfähig, sich davon abzuhalten, ihr die Hand auf die nackte Schulter zu legen. Ihre Haut war so warm und glatt, dass er gegen das Bedürfnis ankämpfen musste, sich vorzubeugen, genau auf diese Stelle seine Lippen zu pressen und die Sonne auf ihr zu schmecken.

»Ich dachte wirklich, sie würde sich weigern hereinzukommen«, sagte sie.

»Das wollte sie auch, aber ich schätze mal, sie mag Kinder.«

Zoe schüttelte den Kopf. »Das wäre mir neu. Und glaub mir, es war nicht einfach, sie hierherzukriegen. Sie denkt, wir kommen hier nur für zwei Minuten vorbei, auf dem Weg woandershin.«

Er nickte. »Ich habe gemerkt, dass sie sehr krank ist.«

»Oh, ist es so offensichtlich?«

»Ich fürchte, ja, aber das bedeutet nicht, dass es Krebs sein muss.« Auch wenn er sein ganzes Geld darauf verwettet hätte.

»Dann musst du dich schnell an die Arbeit machen, Oliver.« Sie blickte zu ihm auf und blinzelte mit feuchten Augen ins Sonnenlicht. »Sie will sterben.«

»Was?«

»Sie glaubt, dass ich ohne sie besser dran wäre. Dass ich dann ein … Leben hätte.« Zoe zuckte mit den Schultern. »Ich glaube, das ist ihre Lösung für das Problem, das du lieber juristisch angehen würdest.«

»Hast du ihr gesagt, dass du dich an einen Anwalt wenden willst?«

Sie schüttelte den Kopf. »Das kommt nicht infrage. Sie ist völlig durchgedreht. Das kann ich ihr nicht antun. Mein Gott, Oliver, sie hofft praktisch, dass der Krebs sie dahinrafft.«

»So viel zum Thema ›völlig durchgedreht‹.«

»Ich meine es ernst. Wenn sie weiß, dass ich das in Erwägung ziehe, fürchte ich, dass sie sich das Leben nimmt, weil sie glaubt, dass es das Beste für mich wäre.«

Eine Sekunde lang starrte er sie an und alte, vertraute Übelkeit erregende Gefühle spülten über ihn hinweg. Taubheit. Schmerz. Ungläubigkeit. Zorn.

So viel Zorn.

Die Gefühle löschten alle die sehr viel angenehmeren Gefühle aus, die er den ganzen Morgen lang gehegt hatte. »Das dürfen wir nicht zulassen«, sagte er einfach, während er sie ins Haus führte. »Wir dürfen das nicht zulassen«, wiederholte er, was ihm einen seltsamen Blick von Zoe einbrachte. Natürlich wusste sie es nicht. In dem kurzen Monat, in dem sie zusammen gewesen waren, hatte er ihr auch ein paar Dinge aus seiner Vergangenheit verschwiegen.

»Was kannst du tun, Oliver?«, fragte sie und merkte offenbar, dass sich sein Tonfall ein wenig verändert hatte.

An der Tür zögerte er. »Ich habe dir noch nicht viel über meinen Behandlungsansatz erzählt, Zoe. Eines musst du wissen: Wir behandeln unsere Patienten nicht nach der herkömmlichen Methode, unsere Therapien sind nicht anerkannt und werden von der Arzneimittelzulassungsbehörde nur geduldet. Wie ich schon sagte, ist meine Klinik auf experimentelle Behandlungen spezialisiert. Und das birgt Risiken.«

Sie sah ihn skeptisch an. »Aber es ist legal?«

»Absolut. Wir arbeiten mit den nationalen Gesundheitsbehörden, Wissenschaftlern und einigen der führenden Krebsinstitute des Landes zusammen. Wie schon gesagt, wir sind die letzte Anlaufstelle der Hoffnungslosen.«

»Und was kommt für diese hoffnungslosen Patienten dabei heraus?«

Er verzog den Mund zu einem Lächeln, unfähig, seinen Stolz zu verbergen. »Wir haben ein paar Wunder bewirkt, und ich habe lebende, atmende, Golfschläger schwingende Patienten, die dies beweisen.«

Hoffnung leuchtete in ihren Augen auf. »Würdest du eine lebende, atmende, aus der Hand lesende Patientin aufnehmen?« Sie legte die Hand auf seinen Arm. »Auch wenn ich nicht zu einem Anwalt gehe?«

Er nickte bedächtig. »Lass mich mit ihr sprechen und dafür sorgen, dass sie sich mit dem Ganzen vertraut macht, dann sehen wir weiter. Bestimmt werde ich meinen Kollegen hinzuziehen wollen.«

Sie schlang die Arme um ihn und zog ihren Körper an seinen. »Danke.«

»Danke mir noch nicht. Lass uns zunächst den ersten Schritt machen.« Den Arm um sie gelegt gingen sie ins Haus. Das Wohnzimmer war leer, aber von der Terrasse klang Evans Lachen herüber. Die beiden saßen bereits draußen an einem Tisch und Pasha mischte ein Kartendeck.

»Zoe, sie bringt mir dieses ägyptische Spiel bei!«

Zoe legte die Hand aufs Herz und tat, als hätte sie Schmerzen. »Autsch, ich wurde ersetzt.«

»Nein!« Fast wäre Evan von seinem Stuhl aufgesprungen. »Du kannst auch mitspielen.«

»Zu zweit macht es mehr Spaß«, sagte Zoe. »Aber wir schauen zu. Dein Dad weiß, wie das geht.« Sie warf Oliver einen neckischen Blick zu – Erinnerungen an Spielkarten, Tequila und verschwindende Kleider hingen zwischen ihnen in der Luft und fühlten sich wie ein Tausend-Volt-Defibrilator auf seiner Brust an.

»*Dad spielt Karten?*« Evan hätte sich vor Ungläubigkeit fast verschluckt.

»Tatsächlich bin ich wirklich gut in diesem Spiel.«
Er spürte Zoes Blick.
»Manchmal«, fügte er hinzu und stieß sie dabei neckisch an.
»Du passt jetzt besser auf«, sagte Pasha und ließ das Kartendeck vor Evans Gesicht schnalzen. »Man braucht Köpfchen und Tempo, um das zu spielen.«
»Ich habe einen IQ von hundertzweiundsechzig.«
Oliver zuckte zusammen. »Das sollst du den Leuten doch nicht dauernd auf die Nase binden, Ev.«
Pasha fächerte die Karten auf. »Und wenn du einen IQ von vierhundertzweiundsechzig hättest – dieses Spiel erfordert Geschick.«
»Niemand hat einen so hohen IQ«, sagte er; der kleine Bursche schien alles wörtlich zu nehmen.
»Und noch nie hat mich jemand in diesem Spiel beim ersten Versuch geschlagen.«
»Ach ja?« Er rückte näher an den Tisch und sie legten los. Oliver sah zu, wie sie es ihm beibrachte, und beobachtete ein wenig ehrfürchtig, wie rasch sein Sohn lernte. Gleichzeitig versuchte er, so viel er konnte über die alte Frau herauszufinden.
Das war zwar jetzt keine medizinische Untersuchung – beileibe nicht –, aber ihr Husten saß nicht in den Lungen. Und unterbewusst berührte sie ihre Kehle öfter als ihre Brust. Würde man ihm die Pistole auf die Brust setzen, würde er auf Speiseröhre tippen. Aber er musste mit Raj reden, bevor sie etwas unternahmen. Und Zoe auch.
Er nahm sie mit in die Küche, um mit ihr unter vier Augen zu reden. »Ich will, dass wir uns mit meinem Kollegen treffen. Heute. Er ist in der Klinik und du kannst mit ihm über Pasha sprechen.«
»Sollten wir sie nicht mitnehmen?«
»Ich will, dass du genau weißt, wie wir arbeiten und was sich hinter IDEA verbirgt.«

Sie runzelte die Stirn, als sie das Akronym hörte.

»Integrierte Diagnostik durch experimentelle Analyse«, sagte er. »Wie gesagt verfügen wir über ein erstklassiges Forscherteam, das unermüdlich an der Entwicklung fortschrittlicher, bislang unerprobter Behandlungen arbeitet. Aber es ist nicht ungewöhnlich, dass unsere Patienten als Versuchskaninchen für Krebsbehandlungen herhalten oder auch als Fallgeschichten für Staatsbehörden, wenn diese eine neue Behandlung genehmigen. Das ist alles sehr innovativ.«

»Da sind wir ja ganz auf einer Wellenlänge, Doc.« Sie blickte hinaus auf die Terrasse. »Aber ich will die beiden nicht allein lassen. Lass mich Laceys Tochter Ashley zur Unterstützung anrufen, dann können wir gehen.«

»Ich gehe und sage ihnen, dass wir noch etwas erledigen müssen.« Er kehrte auf die Terrasse zurück und sah gerade noch, wie sich Evan mit Lichtgeschwindigkeit eine Karte schnappte.

»Ha ha!« Er deutete auf Pasha. »Geschnappt!«

Sie strahlte ihn an. »Du bist der … der … absolut süßeste Junge, den ich seit Jahren gesehen habe.«

Oliver unterbrach das Spiel, um ihnen ihre Pläne mitzuteilen.

»Bringt aber etwas zu essen mit, wenn ihr zurückkommt«, erwiderte Pasha. »Wir bekommen allmählich Appetit, nicht wahr, Ma…« Sie zögerte, als würde sie den Namen nicht mehr wissen, aber da fiel er ihr wieder ein. »Evan?«

»Richtig!«

Sie bedachte ihn mit einem Grinsen, in das sie ihr ganzes Herz legte. Das sah so gar nicht nach einer Frau aus, die den unvorstellbaren Akt des Selbstmords im Sinn hatte. Andererseits wäre sie nicht die erste nette Lady, die einen kleinen Kerl wie Evan an der Nase herumführte, oder?

9

»Du gehst großartig mit Evan um«, sagte Oliver, als sie in den Jeep stiegen. Er passte den Sitz an seine Größe von einem Meter fünfundachtzig an. Eine Sonnenbrille verbarg seine Augen, ließ ihn aber cool aussehen. Und heiß.

»Nicht so gut wie Pasha. Große Güte, ich habe noch nie gesehen, dass sie sich so schnell mit jemandem anfreundet.« Ehrlich gesagt, freundete sie sich nur mit sehr wenigen Menschen an. »Aber er ist ein fabelhafter Junge, Oliver, das ist dir sicher klar.«

»Ich weiß, dass er fabelhaft ist. Und er ist hart im Nehmen.«

Sie warf ihm einen Blick zu, während sie den Sicherheitsgurt anlegte, weil sie sich nicht sicher war, wie er das meinte. »Auf mich wirkt er sehr umgänglich.«

»Genau das meine ich damit. Bei dir wirkt er so umgänglich.«

»Vielleicht sind Evan und ich auf derselben Reifestufe«, scherzte sie. »Und damit will ich mich nicht selbst herabsetzen. Der Junge ist intelligent.«

»Vielleicht intelligenter, als gut für ihn ist.« Während sie vom Grundstück in den Ort fuhren, merkte Zoe, dass er weiterhin über Evan reden wollte, aber sie war ganz erpicht darauf, mehr über seine Klinik zu erfahren und die Möglichkeiten, die sie bot.

»Ich glaube, du machst dir zu viele Gedanken«, sagte sie. »Du weißt schon, wegen der Scheidung und alldem und weil du dich den ganzen Sommer um ihn kümmern musst. Entspann dich und amüsier dich mit ihm.«

Er warf ihr ein Lächeln zu. »Sich amüsieren ist dein Spezialgebiet.«

161

»Sei einfach du selber, wenn du mit ihm zusammen bist.« Sie legte die Hand auf sein Bein, sie liebte es, wie der Muskel sich unter ihrer Berührung anspannte. »Du brauchst keine Tipps, glaub mir, Oliver.«

»Ich werde es versuchen.« Er bog mit dem Jeep auf den Damm ein, der zum Festland führte, und nickte vor sich hin, als würde er diesen Rat abspeichern.

»Erzähl mir von deiner Klinik und deinem Kollegen.«

»Sicher doch. Ich habe Raj Mahesh vor ein paar Jahren auf der Onkologenkonferenz im Ritz kennengelernt. Damals, als ich dir in der Lobby über den Weg gelaufen bin.«

»Und auf dem Parkplatz.«

Er runzelte die Stirn. »Daran erinnere ich mich nicht.«

Sie stieß den Atem aus, es war ihr peinlich, aber sie wollte auch nicht lügen. Sie hatte damals durchgedreht, als sie ihn und seine Frau gesehen hatte, und war in einem Rubicon auf den Boden gehechtet, der diesem hier sehr ähnlich sah – sie mietete sich immer diese Art von Wagen, wenn sie nach Mimosa Key kam und ein robustes Cabrio für den Strand wollte. »Ich hatte mit Jocelyn und Tessa dort zu Mittag gegessen, und du und deine Frau, ihr seid auf dem Parkplatz aus eurem Wagen gestiegen.«

Er schüttelte nachdenklich den Kopf, wahrscheinlich stand ihm die Situation nicht mehr so glasklar vor Augen wie ihr. »Ich erinnere mich daran, Mike Genovese getroffen zu haben, einen unserer Investoren, aber ich glaube kaum, dass ich mich nicht mehr daran erinnern würde, dich gesehen zu haben.«

»Du hast mich nicht direkt gesehen«, gab sie zu. »Ich hatte mich auf dem Boden des Autos versteckt.«

»Was? Warum?«

»Warum wohl?« Sie stieß einen trockenen Laut aus. »Ich wollte weder dich sehen noch etwas erklären müssen …« Sie machte eine Handbewegung. »Du warst mit deiner Frau da.«

»Was meinst du mit ›erklären müssen‹?«

»Meinen Freundinnen gegenüber.«

»Sie wissen nicht, dass du Exfreunde hast?«

»Natürlich wissen sie das, aber sie hätten wissen wollen, warum wir Schluss gemacht haben und warum ich ...« *Die folgenden zwei Stunden ein Nervenbündel gewesen war.* »Wie bist du denn überhaupt an diese Klinik geraten?«

Sie merkte, dass ihm der Themenwechsel nicht entgangen war, aber er ließ es auf sich beruhen. »Na ja, Raj ist sehr überzeugend, wie du zweifellos sehen wirst«, sagte er mit einem Lachen. »Und er ist zufälligerweise einer der klügsten Ärzte, die ich je getroffen habe. Er selbst hat IDEA gegründet, weil er die Nase gestrichen voll hatte von der Bürokratie an Krankenhäusern, den Behörden, dem ganzen Papierkrieg und dem medizinischen Krempel, mit dem man sich notgedrungen auseinandersetzen muss, wenn es darum geht, Leben zu retten.«

Seine Stimme war ganz tief von aufgewühlten Emotionen, als er in den nächsten Gang schaltete.

»Deshalb hast du das Mount Mercy verlassen, um mit ihm zusammenzuarbeiten.«

»Ich konnte nicht widerstehen. Ich fühlte mich von allem, was die Klinik machte, angezogen, und wusste, dass diese Gelegenheit nie wieder kommen würde, wenn ich mich dagegen entschied. Gentherapie ist eine aufregende Sache, Zoe. Sie krempelt die Krebsforschung komplett um.«

»Was ist das genau?«

»Die Injektion von Virenüberträgern in Krebszellen, um das Immunsystem zu mobilisieren und die Gefäßbildung anzuregen. Dadurch kann ...« Er warf ihr einen Blick zu. »Ich habe dich abgehängt, was?«

»Ganz und gar nicht.«

»Du starrst mich an.«

Wie auch nicht? Als leidenschaftlicher Arzt war er noch sexyer, als wenn er der normale, sündhaft heiße Oliver war. »Nein, ich bin nur beeindruckt und freue mich für dich. Jeder sollte etwas haben, wofür er entflammt.«

Er warf ihr ein dankbares Lächeln zu. »Aber nicht jeder in meinem Leben war von der Entscheidung begeistert«, sagte er. »Von meiner Exfrau über ihren Vater bis hin zu meinem Sohn. Ich habe viel für meine Leidenschaft geopfert, aber das war es mir wert.«

Sie dachte darüber nach, blickte aus dem Fenster über das tiefblaue Wasser des Atlantic Intracoastal Waterway und schlang ihre Finger um seine Hand, um seine Stärke zu spüren.

Sein Schwiegervater war Vorstandsvorsitzender des Mount Mercy Hospital, und obwohl Zoe es nicht mit Sicherheit wusste, hätte sie ihren letzten Dollar verwettet, dass Oliver Anwärter auf diesen Job gewesen war. »Also hat die Entscheidung, die neue Stelle anzunehmen, deine Ehe zerstört?«

»Nicht direkt. Es war der sprichwörtliche Tropfen, der das Fass zum Überlaufen gebracht hat.« Er ließ ihre Hand los, um zurückzuschalten, ergriff sie aber danach sofort wieder, als könnte er es nicht eine Sekunde aushalten, sie nicht zu berühren. Zoe bemühte sich, diese kleine Geste nicht den Weg in ihr Herz finden zu lassen. Bemühte sich und scheiterte.

»Um ehrlich zu sein, ist das alles nicht über Nacht passiert«, fuhr er fort. »Ich hatte im Krankenhaus auf Veränderungen und ein Budget für modernste Forschung gedrängt, wobei ich versuchte, meine Verwaltungsposition auszunutzen. Aber ich prallte gegen die Backsteinmauer, die Adeles Vater darstellte. Währenddessen lebten sie und ich uns immer weiter auseinander.«

Sie schluckte, weil sie sich dafür hasste, dass sie ihm die nächste Frage stellen musste. Aber sie musste es einfach tun. »Wart ihr euch jemals … nahe?« *Mit anderen Worten – hast du die Frau geliebt, die du fünf Wochen, nachdem ich dich verlassen hatte, geheiratet hast?*

Die Frage hing in der Luft und wog mit jeder Sekunde, die er sie nicht beantwortete, schwerer. »Wir haben uns bemüht«, räumte er schließlich ein. »Wir haben geheiratet, weil es das Richtige zu sein schien, und ich habe mich ...«

Über die Enttäuschung hinweggetröstet? Sie hatte weder die Nerven noch das Herz, das zu fragen.

»Ich habe mich jedenfalls bemüht. Sie hat sich bemüht. Es hat nie ...« Er stieß den Atem aus. »Ich bin niemals über dich hinweggekommen.«

»Oh.« Das war alles, was sie unter der erdrückenden Last dieses Geständnisses herausbrachte.

»Sie wusste es. Sie wusste, dass ich mit dir zusammen war, als sie mir sagte, dass sie schwanger wäre, und sie hat geglaubt, ich würde dich verlassen, um sie zu heiraten.«

Aber er hatte Zoe nicht verlassen. Zoe war verschwunden, bevor sie irgendeine Chance gehabt hatten. »Du hast ihr nicht erzählt, dass ich die Stadt verlassen hatte und wir ... den Kontakt verloren hatten?« So viel zum Thema schlechte Umschreibungen.

»Nein, das habe ich ihr nicht gesagt«, sagte er. »Ich wollte nicht, dass sie schreckliche Zweifel an mir hätte. Es war schon schlimm genug, dass wir heiraten *mussten*. Ich wollte nicht, dass sie sich total elend fühlte.« Er bog in einen kleinen Parkplatz hinter einem dreistöckigen Gebäude aus Glas und Stahl ein, stellte den Schalthebel auf »Parken«, machte aber keine Anstalten, auszusteigen.

Sie dachte über dieses Geständnis nach. Er war nicht vollkommen ehrlich zu seiner Frau gewesen, aber das erinnerte sie daran, dass hinter all der Autorität, dem Selbstbewusstsein und dem Sexappeal ein Kerl steckte, der sich Gedanken um die Menschen machte.

»Wenn sie gedacht hätte, ich hätte sie nur geheiratet, weil ich dich nicht finden konnte, dann würde sie niemals an unsere Ehe glauben, das wusste ich.« Diese Feststellung ergab einen Sinn, und eine überraschende Welle des Mitgefühls für Adele Townshend spülte über Zoe hinweg. Keine Frau sollte einen Mann heiraten müssen, der in eine andere verliebt war, ganz egal wie reich und zickig sie war.

»Aber wir hatten keine wirkliche Chance«, fuhr er fort. »Ich habe sie nie wirklich geliebt, ich meine, nicht so wie ich …«

Dich geliebt habe.

Sie schluckte und nickte, weil sie verstand, warum er es nicht einmal aussprechen konnte.

»Jedenfalls haben wir um Evans willen so getan als ob«, sagte er. Die Worte waren so leise, dass sie sie über dem Geräusch des Motors, den er noch nicht abgestellt hatte, kaum hören konnte. »Zumindest bis es keiner von uns mehr aushalten konnte. Und gleichzeitig hatte ich mich schon so weit von dem Grund entfernt, weshalb ich in die Medizin im Allgemeinen und in die Onkologie im Besonderen gegangen war. Die Gelegenheit bot sich mir« – er deutete auf das Gebäude und das kleine Schild neben der Tür, auf dem IDEA stand – »und ich habe sie ergriffen. Es war die Chance, in einer neuen Stadt neu anzufangen, eine Chance, Medizin wieder praktisch auszuüben, eine Chance, neue Wege einzuschlagen. Und natürlich die Chance, Leben zu retten.«

»Und sie wollte nicht mit umziehen?«

Er zuckte die Schultern. »Es war damals schon mehr oder weniger vorbei. Getrennte Schlafzimmer, getrennte Leben. Evan war das Einzige, was uns auch nur im Entferntesten verband, deshalb haben wir uns auf eine Sorgerechtsregelung geeinigt, als ich vor acht Monaten auszog. Weihnachten, Frühlingsferien, zwei Wochen im Sommer.«

»Oh. Das ist nicht gerade viel Zeit. So viel zum Thema entspannen und sich amüsieren.«

Er bedachte sie mit einem angespannten Lächeln und einem

raschen Nicken. »Als ob ich das nicht wüsste. Aber sie überraschte mich diesen Sommer mit einer Reise nach Europa, deshalb habe ich nun die Gelegenheit, Zeit mit ihm zu verbringen.« Sein Lächeln entspannte sich zu einem aufrichtigen Grinsen. »Und von der Meisterin des Vergnügens zu lernen.«

Sie zwinkerte. »Man hat mir schon schlimmere Spitznamen verliehen, Großer.«

Er schaltete den Motor ab, und während er seinen Gurt löste, berührte sie seine Hand, weil es in ihr brodelte. Sie schuldete ihm eine Entschuldigung. Nicht nur dafür, dass sie ohne Erklärung verschwunden war, sondern für weiter reichende Konsequenzen.

»Es tut mir leid, dass ich deine Ehe ruiniert habe.«

Er lächelte, doch seine Augen waren von Traurigkeit umwölkt. »Das hast du nicht, Zoe. Aber du hast mir mein verdammtes Herz gebrochen.«

Sie unternahmen eine Besichtigungstour durch die Einrichtung, die überraschend groß war – mit mehreren Labors, mit Zimmern, in denen die Patienten gepflegt wurden, einer Rundum-die-Uhr-Betreuung durch das Pflegepersonal und einem Chirurgiezentrum, das auf dem neuesten Stand der Technik war. Dann führte Oliver Zoe in ein Konferenzzimmer, wo sie seinen Kollegen trafen.

Raj Mahesh war drahtig, energiegeladen und einer dieser Menschen mit messerscharfer Intelligenz, in deren Gegenwart man sich gleich wohlfühlte, aber auch ehrfürchtig wurde. Damit war er die perfekte Ergänzung zu Olivers rationaler Herangehensweise an die Dinge. Raj war ein Visionär; Oliver war ein Macher.

Und beide waren sie ausgezeichnete Ärzte.

Während Oliver seinem Kollegen den Fall schilderte, steigerte sich dessen anfänglich mäßiges Interesse ins Unermessliche. Sein abgehackter britisch-indischer Akzent konnte nicht verbergen, dass ihn der Fall faszinierte und genau die Gelegenheit war, auf die er gewartet hatte.

Auf eine Art und Weise, die nichts von der komplexen Geschichte preisgab, die Pashas Leben darstellte, ließ Oliver Raj wissen, dass dies eine Patientin war, die aus eigener Entscheidung absolut keine Behandlung erhalten hatte, sodass sie von allen anderen medizinischen Einflüssen frei und völlig unbeleckt war.

»Es tut mir zutiefst leid für Ihre Tante«, sagte Raj zu Zoe. »Bitte vergeben Sie mir, wenn ich meinen Eifer nicht verbergen kann, denn natürlich ist das sehr schmerzlich für Sie.«

Zoe nickte, weil sie die Aufrichtigkeit in seinen rabenschwarzen Augen erkannte. »Ich möchte etwas tun, um ihr zu helfen.«

»Gentherapie ist nicht irgendetwas«, sagte Raj. »Es ist alles.«

»Wie oft haben Sie die Art von Behandlung, die Sie für meine Tante vorschlagen, schon durchgeführt?«

»Wir schlagen noch gar nichts vor«, erwiderte Oliver rasch. »Wir glauben nur, dass sie eine hervorragende Kandidatin abgeben würde. Sie kommt mir nicht vor wie eine Patientin, die mit den Standardbehandlungen klarkäme.«

Zoe schloss die Augen in einer Mischung aus Erleichterung und Angst. »Genau das glaube ich auch.«

»Die Alternativen wären eine absurd teure Reise in die Schweiz, um dort mehr oder weniger die gleiche Behandlung zu bekommen, oder eine Peptid-Rezeptor-Radionuklid-Therapie«, sagte Raj.

Zoe sah ihn ratlos an, und er winkte ab, als sie die naheliegende Frage, was das ist, stellen wollte. »Es wäre nicht die richtige Behandlung für jemanden in ihrem Alter. Aber um Ihre Frage zu beantworten: Ich habe die Behandlung in Europa durchgeführt, nicht hier. Wir haben hier aber schon so viel Vorarbeit geleistet, wir haben die Überträger gezüchtet und überlegt, wie die Möglichkeiten stehen, einen geeigneten Kandidaten für die Behandlung zu finden.«

Er sah Oliver an, und Zoe hatte keine Mühe, das stumme Gespräch zwischen ihnen zu deuten. Pasha konnte diese Patientin sein. Eine *Test*-Patientin.

»Was genau wollt ihr tun?«, fragte sie.

Raj antwortete: »Im Grunde würden wir die deaktivierte Form eines sehr fiesen Virus nehmen, wahrscheinlich HIV, und ihn dazu benutzen, krebsbekämpfende Gene zu Pashas T-Zellen zu transportieren. Wir würden versuchen, ihr eigenes Immunsystem darauf zu trainieren, den Krebs zu töten.«

Zoe warf Oliver einen Blick zu. »Ich will sie beschützen«, sagte sie leise. »Wenn es funktioniert, kann sie nicht das Aushängeschild für eine neue Behandlung werden oder gezwungen werden, sich mit Vertretern der Arzneimittelzulassungsbehörde zu treffen.«

»Alles läuft hier vertraulich ab, Zoe«, versicherte ihr Oliver. »Gegenüber den Behörden wird die Identität unserer Patienten vertraulich behandelt. Auch sie interessieren sich nur für Ergebnisse und nicht für das Privatleben der Patienten.«

Und das war die perfekte, ideale Lösung für Pashas Situation. Hoffnung keimte in ihr auf. »Ich wäre bereit, alles zu versuchen«, sagte sie. »Vorausgesetzt es bringt sie nicht um.«

Oliver sah sie an und schwieg.

»Shit«, murmelte sie.

Er beugte sich zu ihr. »Ohne die Standarduntersuchungen weiß ich natürlich nicht, wie krank sie momentan wirklich ist, aber ich glaube, sie ist in sehr schlechter Verfassung. Und wir werden all ihre Anfangsuntersuchungen an unabhängige Onkologen schicken, um eine zweite und dritte Meinung einzuholen, das versichere ich dir.«

Sie ließ das Kinn in ihre Handflächen sinken und seufzte. »Erzähl mir von den Risiken.«

Das übernahm Oliver und nahm dazu ein paar rudimentäre Skizzen zur Hilfe, die er zu Beginn ihres Gesprächs angefertigt hatte. »Das größte Risiko besteht darin, dass diese veränderten T-Zellen aus irgendwelchen Gründen gesunde Zellen angreifen«, sagte er.

»Aber die Wahrscheinlichkeit ist gering«, beharrte Raj. »Sie ist nicht gleich null, aber sehr gering. Wir werden es innerhalb von Stunden nach dem Eingriff wissen, falls sie Fieber oder Schwellungen bekommt oder ihr Blutdruck sinkt.

Zoe schaute Oliver an. »Ist das das Einzige, was ihr empfehlt?«

»Um sie zu heilen? Ja. Um Zeit zu gewinnen? Natürlich gibt es Chemo, Bestrahlung, Operationen und eine Standardabfolge von Behandlungen, die Monate in Anspruch nehmen können.«

»Und wie viel Zeit ließe sich durch die Standardbehandlungen gewinnen?« Wie konnte Zoe überhaupt über ein Leben ohne sie nachdenken? Sie konnte es nicht.

»Die verbleibende Zeit lässt sich unmöglich voraussagen, ohne den Tumor zu vermessen und sich ein Bild davon zu machen, wie krank sie wirklich ist«, sagte Oliver. »Aber durch bestimmte Behandlungen lassen sich Monate gewinnen, vielleicht mehr.«

Monate? Oh, Gott. Pasha könnte in ein paar Monaten tot sein? Wenn sie die Behandlung überhaupt überlebte.

Sie lehnte sich zurück, um dies zu verarbeiten. Was ihr kaum gelang. »Sie ist nicht irgendeine namenlose Patientin. Sie ist … meine einzige …« Sie schloss die Augen und flüsterte: »Angehörige.«

»Ich weiß, Zoe.« Oliver legte seine Hand auf ihre und drückte sie.

»Was würdet ihr tun, wenn es eure Tante wäre?«, fragte sie die beiden Männer. »Was würdet ihr tun?«

»Für mich steht das außer Frage«, sagte Raj. »Chemo und Bestrahlung können ihr Leben verlängern. Das hier könnte es retten.«

Oliver nickte. »Das ist der Vorteil, der das Risiko überwiegt. Und: Wenn sie gegen den Krebs kämpft und die Krankheit abklingt, wird diese Behandlung ihrer Freigabe in den Vereinigten Staaten einen Schritt näherkommen und vielleicht vielen, vielen Menschen das Leben retten.«

Würde Pasha diese Rolle begeistert annehmen oder hätte sie Angst, dadurch traurige Berühmtheit zu erlangen? Das war schwer zu sagen. Wie stark war ihr Lebenswille?

Heute Morgen war er sehr schwach gewesen.

»Ich komme gleich wieder«, sagte Raj und schob seinen Stuhl zurück. »Ich hole ein paar Ergebnisse von Patienten aus dem Ausland, die sicherlich alle Zweifel zerstreuen werden.«

Als Raj das Zimmer verlassen hatte, saßen Oliver und Zoe einen Augenblick schweigend da. Sie griff nach einem der Schaubilder, deren Statistiken und Symbole ohne Olivers vereinfachte Erklärungen bedeutungslos wären. Das Wesentliche jedenfalls hatte sie verstanden. Dies konnte Pasha das Leben retten, aber es gab Risiken. Oder sie würden eine althergebrachte Behandlung durchführen, was ihr wahrscheinlich nicht das Leben retten und obendrein vielleicht sogar jegliche Lebensqualität, die sie noch hatte, zerstören würde.

Wortlos legte Oliver seine Hand auf Zoes; ihr Blick schweifte über seine langen, starken, geschickten Finger. Die Hände eines Heilers. Die Hände eines Geliebten. Ganz langsam hob sie den Blick und sah ihm in die Augen.

»Du glaubst wirklich, dass ich das tun sollte, nicht wahr?«

»Nachdem ich sie heute gesehen habe und nach diesem Gespräch, bin ich geneigt, Ja zu sagen. Ein paar Untersuchungen müssen noch durchgeführt werden, und wir können gleich morgen damit anfangen, aber wenn sie gut laufen, glaube ich, dass dies nicht nur deine beste Option ist, sondern eine ganz hervorragende.«

Sie lächelte. »So bescheiden.«

»Vertrau mir, ich bin nur der leitende Onkologe. Ihr werdet ein Team aus den besten, talentiertesten Experten der Welt bekommen.«

Die Worte wirkten wie kühlende Salbe auf einer offenen Wunde. Dies war die bestvorstellbare Lösung, besser als alles, was sie sich je hätte träumen lassen. Abgesehen von …

»Was ist mit deinen Bedingungen?«

Er runzelte die Stirn und schüttelte den Kopf. »Habe ich welche gestellt?«

»Du hast darauf bestanden, dass ich einen Anwalt aufsuche.«

»Das ist vollkommen unabhängig von dem hier. Ich sagte, ich würde sie medizinisch betreuen und dir dabei helfen, das Juristische in Ordnung zu bringen. Das war keine Bedingung für irgendetwas, Zoe.«

War es das nicht? »Aber du hast es so klingen lassen, als ob du, wenn ich nicht …«

»Wenn du es nicht tust, stehst du am Ende vielleicht mit einer gesunden Frau da, die noch immer auf der Flucht ist. Das hilft ihr nicht und das hilft … uns nicht.« Er unterstrich seine Worte, indem er ihre Hand ein wenig drückte, wodurch sich ihr Puls beschleunigte. »Hast du über das, was ich dir gestern gesagt habe, nachgedacht?«

Ich will etwas Richtiges mit dir wagen.

Sie zuckte mit den Schultern. »Mir geht eine Menge durch den Kopf.«

Er lächelte ein wenig. »Dann mach deinen Kopf frei davon. Das Erste, was du tun musst, ist, mir vertrauen.«

»Ich vertraue dir«, sagte sie. »Für gewöhnlich bin ich diejenige, die mich enttäuscht.«

Er hob ihre Hand und zog sie zu einem Kuss an seine Lippen, der so sanft war, dass er aus nichts als Luft und Verheißung zu bestehen schien. »Noch so etwas, was ich gern in Ordnung bringen würde.«

»Du kannst nicht alles in Ordnung bringen, Oliver.«

Er grinste und küsste noch einmal ihre Fingerknöchel. »Aber ich kann es verdammt noch mal versuchen.«

# 10

Kurz nach Ashleys Ankunft wurde Pasha schläfrig, das Spiel, die Sonne und der kleine Junge, der sie, ohne es zu wissen, in die Vergangenheit versetzt hatte, hatten sie ausgelaugt. Im Schatten ließ sie sich in einen bequemen Sessel fallen und schloss die Augen, um der Kinderstimme zu lauschen, die siebenundvierzig Jahre zum Verschwinden brachte. Die Zeit löste sich einfach in Luft auf, zusammen mit dem Kummer und Schmerz, dauernd wegzulaufen und sich zu verstecken. Und natürlich zusammen mit all der Angst.

Wenn Zoe es je herausfände … wenn Zoe je erführe, wovor sie wirklich davonliefen. Voller Trauer stieß sie langsam den Atem aus, was sie dazu zwang, die Hand auf ihre schmerzende Brust zu pressen.

Das war der wirkliche Grund dafür, dass dieser Tumor sie dahinraffte, und das auch noch so schnell. Auch wenn die finsteren Gedanken an den Tod angesichts des kleinen Jungen, der sie so an ihren eigenen erinnerte, verflogen waren. Ein kleiner Junge, der durch sein Lächeln und seinen Esprit ausdrückte, dass es sich vielleicht – und auch nur vielleicht – lohnen könnte, trotz der Risiken noch eine Weile zu leben.

Das lag wahrscheinlich daran, dass sich in den herrlichen Momenten des unbeschwerten Kartenspielens der Junge am Tisch sich in Matthew Hobarth, den siebeneinhalbjährigen, dunkelhaarigen Träumer verwandelt hatte, der Tiere in den Wolken sah und Pasha sein einziges vierblättriges Kleeblatt zum Geburtstag geschenkt hatte.

Das bringt Glück, Mama.

Woher willst du das wissen, Kleiner.
Weil es Botschaften im Gras und Verheißungen in der Luft gibt. Man braucht sie nur zu finden und dahinterzukommen, was sie bedeuten.

»Mann, tut mir leid, dass ich dieses Puzzle mitgebracht habe. Ich dachte, du wärst acht.« Ashleys Teenagerstimme riss Pasha aus ihren Träumen und ließ sie zusammenzucken.

»Ich bin acht.«

»Ein normaler Achtjähriger.«

»Er *ist* normal«, sagte Pasha. »Er ist nur sehr klug und außergewöhnlich.« Sie grinste ihn an. Wie auch nicht? Er war gleich groß, etwa gleich alt und hatte die gleiche süße Stimme, die sich noch nicht in einen Bariton verwandelt hatte – und er sah Matthew so ähnlich. Die gleichen wissbegierigen braunen Augen, die gleiche sommersprossige Himmelfahrtsnase. Sogar sein Haarschopf hatte den gleichen Ton dunkler Schokolade mit einem Hauch von Kastanienbraun in den Spitzen.

»Oh, Tante Pasha, es tut mir leid«, sagte Ashley. »Ich wollte dich nicht aufwecken.«

»Ich habe nicht geschlafen«, versicherte sie den beiden. »Ich habe nur Tagträumen nachgehangen. Tut ihr das nie?«

Evan schüttelte den Kopf. »Ich lese oder bin am Computer. Mein Computer gehört zu meinem Leben.«

Ashley lächelte, als würde sie das amüsieren, doch Pasha betrachtete seine ernste Miene.

Nun, das war nicht Matthew. 1966 gab es keine Computer, und ihr kleiner Junge war klug, aber nicht so ernst.

»Dann machst du bestimmt auch viele Puzzles«, sagte Ashley und wählte ein anderes Puzzle aus. »Ich weiß, das hier heißt ›Mein kleines Pony‹, was wahrscheinlich nicht deinen Geschmack trifft, aber es ist für Sieben- bis Neunjährige, und du wirst es in Nullkommanix zusammengesetzt haben.«

»Ich bin gut im Puzzlen«, sagte er und fügte ein Teilchen an der richtigen Stelle ein. »Ich schaffe fünfhundert Teile an einem Tag.«

»Wow!« Ashley sah Pasha mit großen Augen an. »Kannst du das glauben?«

»Das ist nicht gelogen«, sagte Evan zu seiner Verteidigung.

»Das weiß ich«, sagte Ashley. »Ich staune nur darüber. Ich glaube, ich habe nicht einmal ein Fünfhundert-Teile-Puzzle besessen, als ich so alt war wie du oder sogar älter. Vielleicht habe ich ja eins gehabt, aber wenn ja, dann liegt es jetzt bestimmt irgendwo in der Barefoot Bay.«

Evan fügte mühelos ein weiteres Teilchen ein und blickte auf. »Du hast es in den Ozean geworfen? Ich meine, in den Golf. Ich weiß, dass es nicht der Ozean ist.«

Pasha merkte sehr schnell, dass dieser Junge es nicht ausstehen konnte, wenn die Fakten nicht stimmten. Noch ein Charakterzug, der sie nicht an Matthew erinnerte, aber das machte nichts. Sie war bereits hin und weg von ihm.

»Ich habe alles, was ich besessen habe, vor zwei Jahren bei einem Hurrikan verloren«, erzählte ihm Ashley.

»Ach, du warst das! Zoe hat es mir erzählt. Ich dachte, sie hätte gesagt, es sei eine Freundin von ihr gewesen.«

»Damit hat sie meine Mom gemeint. Ich war vierzehn, und wir wohnten etwa eine halbe Meile von hier entfernt, unten, wo jetzt das Hauptgebäude des Resorts steht. Bei dem Sturm haben meine Mom und ich die Nacht in einer Badewanne verbracht, mit einer Matratze über unseren Köpfen.«

Evan sah einigermaßen beeindruckt aus. »Das ist cool.«

»Nein«, sagte Ashley und verdrehte sarkastisch die Augen. »Es war absolut *un*cool. Wir haben alles verloren, deshalb ist dies das einzige Puzzle, das von meiner Kindheit noch übrig ist. Es war damals im Haus meiner Großmutter.«

Evan setzte sich auf und zog die Füße unter seinen Körper. »War es ein echter Hurrikan, einer der Stufe fünf oder so?«

»Vier, und ja, glaub mir, er war ziemlich echt.«

»War er laut? Wie hat sich das angefühlt? Wurdest du verletzt? Gab es Blitze? Tornados? Hast du sie mit eigenen Augen gesehen?«

Ashley lachte, Pasha nicht. »Ähm, ja, er war so laut wie ein Zug. An Blitze oder Tornados kann ich mich nicht erinnern, aber ich war mir sicher, dass wir sterben würden. Warum willst du das denn alles wissen?«

»Weil ich Wetter liebe«, sagte Evan und wandte seine Aufmerksamkeit wieder dem Puzzle zu.

»Er will Meteorologe werden«, erklärte Pasha Ashley und wurde dafür von dem kleinen Jungen mit einem bezaubernden Lächeln bedacht. »Was gefällt dir denn so gut am Wetter, Kleiner?«, fragte sie.

»Alles. Aber so klein bin ich auch wieder nicht.«

»Natürlich nicht. Macht der Gewohnheit.« Sie erhob sich aus ihrem Sessel und schlenderte zu dem Glastisch hinüber. Dort setzte sie sich hin und stützte das Gesicht in die Hände, um ihn zu beobachten und sich zu *erinnern.*

Sie und Matthew hatten Puzzles gemacht und Spiele wie Hi Ho Cherry-O und Barrel of Monkeys gespielt. Sie hatten Karten gespielt und lange Spaziergänge zum See unternommen und dort ein Picknick gemacht. Und natürlich hatten sie die Zeichen von Mutter Natur gedeutet und sich zusammen alle möglichen Dinge ausgedacht. Jedes Mal, wenn sie jetzt eine »Prophezeiung« machte, war es eigentlich ein geheimes Flüstern gen Himmel.

Konnte Matthew sie hören – siebenundvierzig Jahre nach dieser schrecklichen Nacht?

»Die Sache mit dem Wetter ist die«, sage Evan, »dass es sich immer ändert.«

»Das tut es in der Tat«, stimmte Pasha zu.

»Und es gibt auch einen Grund, weshalb es mir gefällt.« Zögernd hielt Evan ein Puzzleteilchen hoch, aber nicht, weil er nicht wusste, wohin es gehörte. Es waren nur noch sechs Teile übrig und Pasha zweifelte nicht daran, dass er wusste, wohin jedes einzelne von ihnen gehörte.

»Wetter ist das Tollste, was es auf der Welt gibt.« Er blickte auf, seine Augen waren wie die seines Vaters scharfsinnig und ernst und von schwarzen Wimpern umrandet; wenn er über etwas redete, für das er entbrannte, leuchteten sie vor Leidenschaft.

»Es ist bestimmt eines der machtvollsten Dinge der Welt«, stimmte sie zu.

»Richtig!« Er ließ das Puzzleteilchen auf den Tisch fallen. »Niemand auf der ganzen Welt kann etwas dagegen ausrichten«, sagte er. »Das Wetter macht einfach, was es will. Und zwar eine ganze Menge toller Sachen. Wusstest du, dass ein Schmetterling, der in Hongkong mit den Flügeln schlägt, das Wetter in Kalifornien verändern kann?«

»Das ist nicht wahr!«, sagte Ashley, was ihr einen finsteren Blick von ihm einbrachte.

»Oh doch. Das kannst du unter weather.com und auf allen anderen richtig guten Wetter-Websites nachlesen.«

Wieder verdrehte Ashley die Augen. »Als wäre das genau meine Vorstellung von Spaß.«

»Nun, offenbar ist es seine«, sagte Pasha sanft. »Deshalb solltest du es respektieren, Ashley. Und, Evan, das ist mit das Interessanteste, was ich je gehört habe.«

»Oh, ich weiß alle möglichen derartigen Dinge«, erklärte er ihr. »Wusstest du, dass fünftausend Millionen Millionen Tonnen Regen pro Jahr auf die Erde fallen, wenn man alles zusammenrechnen würde? Das ist *zweimal* Millionen.«

»Ganz schön viel Regen«, sagte Pasha.

Ashley war aus dem Gespräch ausgestiegen und setzte die letzten Puzzleteilchen ein, aber Evan brannte vor Begeisterung. »Und weißt du was noch?«, fragte er.

»Sag es mir«, sagte Pasha und kämpfte gegen das Bedürfnis an, ihn in seine kleinen Wangen zu zwicken. »Was noch?«

»Wusstest du, dass die Temperatur eines Blitzes so hoch ist wie die der Oberfläche der Sonne?« Er stemmte sich hoch, sodass er praktisch kniete.

»Das wusste ich nicht«, sagte Pasha. »Wusstest du das, Ashley?«

»Das ist ja superheiß«, sagte sie total gelangweilt. »Willst du das letzte Teilchen einsetzen, Evan?«

»Nein.« Er war jetzt auf Pasha fixiert, zwischen den beiden war eine Verbindung entstanden. »Wusstest du, dass es so etwas wie einen Mondregenbogen gibt?«

Jede Zelle ihres Körpers – die kranken, die gesunden, die alten, die beinahe toten – erstarrten für einen Moment.

»Einen *Mondregenbogen?*« Ihre Stimme bebte ein wenig.

»Er ist wie ein Regenbogen, nur nachts, und er geht vom Mond aus. Ist das nicht cool?«

Sie versuchte zu schlucken, aber ihre elende Kehle spielte nicht mit.

»Tatsächlich ...« Gütiger Himmel, vielleicht sprach Mutter Natur tatsächlich zu ihr! »Tatsächlich habe ich schon mal einen Mondregenbogen gesehen.« Die Worte kamen heiser heraus und sie musste sich anstrengen, keinen Hustenanfall zu bekommen. Sie wollte diesen glückseligen Augenblick nicht ruinieren.

»Echt?«

»Weißt du, was ein Mondregenbogen bedeutet?«, fragte sie.

»Er bedeutet, dass es geregnet hat und das Mondlicht durch das Wasser reflektiert wird, sodass ein Prisma entsteht.«

Lächelnd schüttelte sie den Kopf. »Es bedeutet, dass deine wahre Liebe zurückkehren wird.«

Er verzog das Gesicht. »Bäh.«

Ashley kicherte. »Hast du in deiner Schule in Chicago keine

wahre Liebe? Eine kleine Drittklässlerin, auf die du ein Auge geworfen hast?«

Er schürzte die Lippen. »Nein, verdammt.«

Ashley schnappte nach Luft. »Pass auf, was du sagst.«

Er ignorierte den Tadel und wandte sich wieder Pasha zu. »Das ist nicht das, was ein Mondregenbogen bedeutet.«

»Doch.«

»Tante Pasha muss es wissen«, sagte Ashley. »Sie kann die Zukunft voraussagen, indem sie in die Wolken schaut oder in den Dreck oder selbst in den Schaum am Strand.«

Evan blickte von einer zur anderen und kaufte es ihnen eindeutig nicht ab. »Davon verstehe ich nichts. Ich verstehe nur etwas von Dingen, die real sind und wissenschaftlich, nicht so abstruses Zeug.«

»Endlich mal etwas, wovon du nichts verstehst«, schnappte Ashley, während sie ihr Handy herauszog und auf das Display tippte. »Oh, Tante Zoe hat geschrieben. Sie sind in zehn Minuten hier.«

»Gut, ich will nämlich an meinen Computer und nach Mondregenbogen schauen.«

»Das, was ich dir gesagt habe, wirst du nicht im Internet finden«, erklärte ihm Pasha.

»Dann ist es nicht wahr«, schoss er zurück. »Denn alles, was wahr ist auf der Welt, steht im Internet.«

Ashley prustete. »Wohl kaum.«

»Es ist wahr«, versicherte ihm Pasha. »Ich weiß solche Sachen.«

Verunsichert sah er sie an, doch dann lächelte er und entblößte dabei seine zu großen Zähne; seine Augen funkelten. »Okay«, gab er nach. »Ich lerne gern neue Dinge.«

»Dann sind wir ja ein großartiges Team.«

Sein Lächeln war so aufrichtig, kam so von Herzen und ähnelte so sehr Matthews, dass sich Pasha zum ersten Mal seit vielen Monaten beinahe wünschte, dass dieser bedrückende Schmerz in ihrer Brust nachließ. Fast wollte sie weiterleben.

»Hallo, wir sind wieder zu Hause!« Zoe kam auf die Terrasse geweht, ihre grünen Augen funkelten, als hätte sie ein Geheimnis.

Zu Hause? Betrachtete sie es schon als ihr Zuhause? Bei Zoes Leben konnte sie natürlich auch ein Zimmer in einem Motel an der Landstraße als Zuhause betrachten. Das war das traurige Vermächtnis, das Pasha ihr hinterließ.

Zoe trat an den Tisch, beugte sich vor und gab Pasha einen Kuss, ihre Wange war warm von der sommerlichen Luft. Oder hatte Oliver Bradburys Liebe sie zum Erröten gebracht?

Der Mondregenbogen hatte die Rückkehr der wahren Liebe verheißen. Aber wessen Liebe? Einen kleinen Jungen, der wie der war, den Pasha verloren hatte, oder einen Mann wie den, den Zoe verloren hatte?

Der, den Zoe *wegen Pasha* verloren hatte. »Wie war deine Fahrt, Liebes?«, fragte sie Zoe.

»Wunderbar.«

Unwillkürlich grinste Pasha. »Das höre ich gern.«

Zoe setzte sich auf einen der freien Stühle, und Pasha betrachtete eingehend ihr Gesicht. Ihre hübschen Wangen waren hochrot, ihr immerwährendes Lächeln war so breit wie eh und je. »Ich habe dir so viel zu erzählen.«

»Ist mein Dad auch da?«, wollte Evan wissen.

»Er holt noch Sachen aus dem Auto«, sagte sie. »Wir haben bei seiner Speichereinheit angehalten und Zeug für das Haus hier abgeholt.«

Evans Augen weiteten sich. »Ich hoffe, er hat an meine Xbox gedacht. Ich musste das System im Shitz-Carl...« Er warf Pasha einen schuldbewussten Blick zu. »Ich meine, ich musste das System im Ritz-Carlton benutzen. Bin gleich wieder da.«

Pasha beobachtete, wie er zurück ins Haus flitzte und Ashley stand auf, um ihm zu folgen. »Ich behalte den Jungen wohl besser im Auge«, sagte Ashley. »Er ist ein fluchender Computer, gefangen im Körper eines Achtjährigen.«

Zoe lachte, doch Pasha seufzte zufrieden.

»Er ist wundervoll«, sagte sie.

»Du magst ihn wirklich, nicht wahr?«, fragte Zoe und drehte abwesend das Puzzle, das auf dem Tisch ausgebreitet war.

»Ja. Er erinnert mich an …« Au Backe. *Vorsicht, Pasha.* »Er ist ein sehr liebenswerter und intelligenter junger Mann.«

»Genau wie sein Dad«, flüsterte Zoe und beugte sich vor.

»Ah, ich dachte mir bereits, dass du wie eine Frau aussiehst, die total verknallt ist.«

»Pasha, ich war in seiner Klinik.«

Und das hatte sie so zum Glühen gebracht? »Warum warst du dort?«

»Warum wohl? Oh, mein Gott, ich bin so aufgeregt. Sie können dich heilen.«

»Zoe, ich bezweifle …«

»Es gibt keinen Grund, zu zweifeln!« Zoe drückte Pashas Hand. »Möchtest du jetzt vielleicht mit Oliver darüber reden? Wir waren bei seinem Kollegen, einem anderen Arzt, und sie können eine Gentherapie durchführen, Pasha. Sie können wunderbare Dinge tun, die kein normales Krankenhaus vermag. Es handelt sich um diese neue …«

»Nein, nein.« Das Blut stieg Pasha in den Kopf und pulsierte und trommelte dort wie wild.

»Ich weiß, weshalb du dir Sorgen machst, Pasha«, fuhr Zoe unbeeindruckt von Pashas Protesten fort. »Sie werden es vollkommen vertraulich durchführen und niemand braucht etwas davon zu erfahren – weder deinen Namen noch deine Identität. Es ist perfekt!«

Nein, es war nicht perfekt. »Ich bin mir sicher, dass es gefährlich und riskant ist.«

»Nicht so riskant wie sterben!«

Pasha wich bei diesem Ausbruch zurück. »Ich finde nicht, dass du dich gegen die Natur auflehnen solltest, Liebes.«

Smaragdgrüne Augen funkelten voller Empörung. »Was meinst du damit? Du wirst diese Krankheit nicht behandeln lassen, auch wenn es gar nicht zu einer … Enthüllung kommt?«

Pasha wandte sich dem Pool zu. Der Tag war schön gewesen. Warme Sonne und herzerwärmende Erinnerungen. Aber sie hatte ihre Entscheidung getroffen, und solange sie am Leben war und die Bedrohung bestand, versperrte sie Zoe den Weg ins Glück.

»Ich bin müde und möchte nach Hause.« Sie legte die Hand auf Zoes Arm. »Wirklich nach Hause.«

»Zurück nach Arizona?«

»Nein, nein, in den Bungalow. Unser vorübergehendes Zuhause.«

Zoe ließ die Schultern hängen. »Sie sind alle vorübergehend, Pasha.«

»Genau.« Aber wenn sie tot wäre, würde Zoe Beständigkeit finden. »Bitte, bring mich zurück, damit ich mich ausruhen kann.«

»Er will dir nur ein paar Fragen stellen.« Sie beugte sich vor. »Pasha, er ist kein typischer Onkologe. Ich weiß, weshalb du dir Sorgen machst, aber es wird keine Chemo, keine Bestrahlung geben. Er arbeitet mit einem brillanten Arzt und dieser wirklich außergewöhnlichen Forschungseinrichtung zusammen, und sie machen so aufregende Sachen wie – oh Gott, ich kann die Worte nicht mal aussprechen, aber es ist ein ganz experimenteller Ansatz, den Kre…«

Pasha schlug Zoe die Hand auf den Mund. »Nicht.«

Zoe fuhr zurück, dieses Mal blitzten ihre Augen aus einem ganz anderen Grund auf. »Was ist los mit dir?«, fragte sie. »Ich habe eine Lösung gefunden!«

Doch Pasha hatte eine bessere.

Sie schüttelte den Kopf und beschwor ein paar Krokodilstränen herauf. »Bitte, bring mich nach Hause, Kleines. Ich verspreche, dass ich morgen wiederkomme. Oh, nein, morgen ist ja Sonntag. Dann vielleicht am Montag. Ein Tag macht keinen Unterschied. Und ich werde mitkommen, Zoe. Dieser kleine Junge macht mir viel Freude.«

Seufzend ließ sich Zoe auf den Stuhl zurückfallen und schüttelte den Kopf. »Du kannst dem Krebs nicht davonlaufen, Pasha.«

Pasha schluckte – Himmel, das tat weh – und blickte über Zoes Schulter.

»Hey.« Zoe nahm Pashas Kinn und neigte ihren Kopf so, dass sie sich in die Augen sehen mussten. »Wir sind ein Team, denk daran. Ich werde dich jeden Schritt auf deinem Weg begleiten.«

Tatsache war aber, dass sie das nicht tun würde. Nicht jeden Schritt. Nicht dieses Mal. »Okay.« Sie lächelte rasch und betete darum, dass Zoe ihr nicht anmerkte, dass sie log.

Um zehn schlief Pasha tief und fest, während Zoe ruhelos und gelangweilt auf der Suche nach Gesellschaft war. Nachdem sie kurz nach ihrer Tante gesehen hatte, schlüpfte Zoe in den Mondschein hinaus, froh, dass im Bungalow nebenan noch Licht brannte. Doch Tessa reagierte nicht, als Zoe leise an die Tür klopfte. Sie musste wohl eingeschlafen sein, und Zoe brachte es nicht übers Herz, sie aufzuwecken, deshalb ging sie wieder zurück und dachte darüber nach, zu Laceys Haus zu spazieren. *Sie* war bestimmt wach, immerhin hatte sie ein Neugeborenes.

Als sie die Grasfläche überquerte, die die einzelnen Cottages voneinander trennte, drang ein leises Geräusch aus den Gärten zu ihr herüber.

Ein Tier? Sie waren hier draußen. Opossums, riesige Kraniche ... und man konnte ihr nicht weismachen, dass nicht auch ein Alligator von den Kanälen im Osten der Insel hier heraufkommen konnte, um einen Mitternachtssnack zu finden.

Mit einem flüchtigen Schauder machte Zoe ein paar Schritte und verwarf die Idee, durch die Gärten zu gehen, so verlockend ein spätabendliches Frauengespräch auch war. Sie machte noch ein paar Schritte, da hörte sie das Geräusch schon wieder.

Das war kein Tier. Das war ein Mensch. Ein Mensch, der ... *schniefte.*

Zoe ging auf die Schatten im Garten zu, ihr Bauchgefühl sagte ihr haargenau, wer hier draußen war.

Sie fand Tessa zwischen zwei Reihen Laubwerk, die Arme um die Beine geschlungen, ihr Gesicht zwischen den Knien vergraben; ihre Schultern bebten unter leisen Schluchzern.

»Hey«, sagte Zoe leise, um Tessa nicht in Schrecken zu versetzen, aber so laut, dass sie das Schluchzen übertönte. »Und ich dachte, *ich* bräuchte ein kleines Gespräch von Frau zu Frau.«

Tessa hob den Kopf, der Mond schien hell genug, um ihre rot geränderten Augen zu beleuchten. »Ich will kein Gespräch«, sagte sie; ihre Lüge war so armselig, dass Zoe fast gelacht hätte.

»Oh, verstehe, du bist hier draußen, um Unkraut zu jäten.« Sie ließ sich auf die weiche Erde fallen und betete, dass hier keine lichtscheuen Kriechtiere unterwegs waren.

Tessa schniefte und wischte sich die Augen ab. »Ich sagte doch, dass ich kein Gespräch brauche.«

»Du sagtest, du willst kein Gespräch. Wollen und brauchen sind zwei Paar Stiefel.« Sie hob ein Blatt und untersuchte das Gemüse darunter. »Bestimmt kann ich dir besser Gesellschaft leisten als diese ...« Sie wusste es; Tessa hatte es ihr gesagt. »Diese chinesischen Flugerbsen.«

Das brachte ihr ein Lächeln ein. »Asiatische Flügelbohnen.«

»Knapp daneben. Sie sehen aus wie Raupen, die unter eine Dampfwalze geraten sind.« Sie ließ das Blatt wieder fallen und betrachtete ihre Freundin. »Sieht aus, als hätte dich auch etwas plattgemacht.«

»Billy«, sagte sie leise. »Er ist die Dampfwalze, die mich plattgemacht hat.«

»Oh, der Mistkerl von Exmann. Erzähl mir jetzt nicht, dass Baby Nummer zwei auf die Welt gekommen ist und Billy der Bastard dir direkt aus dem Kreißsaal eine SMS geschickt hat.«

»Woher weißt du das?«, krächzte Tessa ungläubig.

»Ach, Tess. Im Ernst? Warum macht er das?«

Sie nickte und wischte sich die Nase ab. »Das Baby ist fünf Wochen zu früh gekommen, und zu seiner Verteidigung – nicht dass es so etwas gäbe – muss ich sagen, dass er weiß, wie ich dazu stehe, wenn nicht über alles offen gesprochen wird. Deshalb dachte er, dass ich es sofort von ihm selbst erfahren müsste und nicht von gemeinsamen Freunden.«

»Wie umsichtig von ihm«, sagte Zoe ironisch. »Ich hasse ihn.«

»Zoe, du hast gesagt, dass du Billy liebst, als wir geheiratet haben.«

»*Hallo?* Das lag am Hochzeitschampagner. Haben wir außerdem nicht festgestellt, dass mein Männergeschmack nicht gerade die zuverlässigste Messlatte ist, Süße?«

»Oliver ist nett«, sagte Tessa.

»Reden wir nicht über Oliver. Lieber würde ich Billy eine Weile ans Kreuz nageln. Hat er die Babymaschine schon geheiratet?«

»Nein, aber sie leben zusammen, bis zur Nasenspitze unter Windeln vergraben.«

»Was bedeutet, dass sie bis zur Nasenspitze in Windeln voller ... oh, mein Gott, dieses grüne Zeug, das Elijah macht. Hast du dieses Zeug mal *gesehen?*«

Tessa seufzte. »Das würde mir nichts ausmachen.«

»Natürlich nicht. Für dich sieht das ja wie Bio-Spinat mit

dem ›Blubb‹ aus.« Aber Tessa lachte nicht, deshalb beugte sich Zoe näher zu ihr. »Warum adoptierst du kein Kind?«

Tessa lehnte sich seufzend zurück. »Wir haben uns vor Jahren mal die Sache mit der Adoption angeschaut, es ist nicht so einfach, wie du denkst, es sei denn man hat ein superstabiles Leben. Ich bin eine alleinstehende Frau, die die letzten zehn Jahre überwiegend damit verbracht hat, von Land zu Land zu reisen und Dinge anzubauen. Bis ich mit diesem ganzen juristischen Kram durch bin und mich qualifiziert habe, bin ich wahrscheinlich vierzig.«

»Na und?«

»Ich will jetzt ein Baby, das ist alles.« Sie pflückte ein Blatt. »Es gibt andere Möglichkeiten für mich, eine echte Mutter zu sein.«

»Eine *echte* Mutter?« Zoe konnte ihren Unwillen nicht aus ihrer Stimme heraushalten. »Was zum Teufel soll das überhaupt heißen? Glaubst du etwa, Pasha war mir keine echte Mutter?«

»Nein, Zoe, das soll es ganz und gar nicht heißen, und es tut mir leid, ich habe meine Worte schlecht gewählt. Aber sie ist deine Großtante, daher seid ihr immerhin Blutsverwandte.«

Zoe antwortete nicht – eine Woge aus Schuldgefühlen und Unbehagen spülte über sie hinweg.

Er weiß, wie ich dazu stehe, wenn nicht über alles offen gesprochen wird.

Himmel, sogar Tessas schrecklicher Exmann war zuvorkommender und respektierte, was Tessa wichtig war. Schweigend steckte Zoe ihre Hand in die Erde und ließ sie sich durch die Finger rieseln. Sie sollte es ihren besten Freundinnen wirklich sagen, aber jetzt hatte sie sie schon so lange angelogen, dass sie gar nicht wusste, wo sie anfangen sollte.

»Erinnerst du dich überhaupt an deine Mutter, Zoe?«, fragte Tessa leise.

Fang genau jetzt und hier an.

Nein, sie konnte es nicht. Die Lügen waren ihr so in Fleisch und Blut übergegangen, hatten sich so in ihr Herz eingegraben, dass sie zu Wahrheiten wurden, nachdem sie sie einige Dutzend Mal wiederholt hatte.

Meine Eltern sind bei einem Autounfall gestorben, als ich zehn war. Tante Pasha war meine einzige Verwandte. Sie hat mich aufgezogen. Wir ziehen dauernd um, weil die Tamarins Zigeunerblut in sich haben.

»Kaum«, sagte Zoe, anstatt ihre einstudierten Lügen zu wiederholen. »Pasha ist im Grunde meine Mutter. Und du könntest das für ein anderes Kind sein, das keine Eltern hat. Was du brauchst, ist ein Kind, das stubenrein ist.«

»Zum Beispiel ein Pflegekind?«, fragte Tessa. »Ich weiß nicht, ob ich ertragen würde, es wieder wegzugeben.«

Darauf konnte Zoe nicht mal antworten. Sie wandte sich ab, weil sie sich sicher war, dass Tessa sogar im Mondschein ihren Gesichtsausdruck deuten konnte.

Konnte sich die Tür noch weiter öffnen?

Die Wahrheit würde sich *so* gut anfühlen. Hier im Mondschein zu sitzen und Geschichten und Geheimnisse zu erzählen. Die Last eines Lebens voller Lügen einfach von ihrem Herzen zu nehmen würde sich so befreiend anfühlen. Natürlich würde Tessa fuchsteufelswild werden, aber sie wären sich dann näher und vertrauter, oder? Es wäre ein bahnbrechender Moment, und dann würden sie es Jocelyn und Lacey sagen, und alle würden sich um Zoe scharen. Am Ende würden sie begreifen, wie sie tickte und ihr ihre Täuschungsmanöver verzeihen; dann wären sie wieder ganz die *Furchtlosen Vier – eine für alle, alle für eine.* Oder?

Oder würden sie sie hassen, weil sie all die Jahre die Wahrheit vor ihnen verborgen hatte?

Und wenn sie die Wahrheit sagte, selbst wenn sie sie gleich hier im mondbeschienenen Garten einer Frau zuflüsterte, deren

Perspektive sich ändern würde, wenn sie Zoes Geschichte erführe, würde Zoe damit nicht ein Versprechen brechen, das sie jemandem gegeben hatte, der so viel mehr war als eine Freundin?

Was für ein elendes Dilemma.

»Jedenfalls bin ich mir nicht sicher, ob ich für ein Pflegekind gemacht bin«, fuhr Tessa fort. »Manche von ihnen wurden missbraucht und vernachlässigt und Gott weiß, was noch alles.«

Ja, Gott weiß, was noch alles – und er hat nichts dagegen unternommen, verdammt. Pasha aber schon.

»Du würdest das bestimmt schaffen, Tessa.« Zoes Hände zitterten ein wenig, als sie an den seltsamen Bohnenpflanzen herumfummelte. Sie pflückte eine der Schoten, brach sie auf und fand darin drei rot gefleckte Limabohnen.

»Ich will ein Baby, das ich behalten und aufziehen darf, kein Sozialprojekt, bei dem ich Angst haben muss, mich emotional zu stark daran zu binden«, sagte Tessa.

Würde sie Zoe *dafür* halten? Hatte Pasha das getan? Natürlich nicht. Pasha hatte Zoe einfach aus ihrem Dilemma befreit und ihr damit das Leben gerettet. Und deshalb schuldete Zoe Pasha absolute Loyalität – und nicht etwa Tessa, die ihr im Moment sogar noch mehr auf die Nerven ging als sonst.

»Ein solches Kind braucht Liebe wie jedes andere Kind auch.«

»Aber muss ich ein Pflegekind nicht irgendwann wieder abgeben?«

»Woher soll ich das wissen?«, sagte Zoe; sie klang dabei unangemessen defensiv, aber das war ihr in diesem Moment piepegal. Die irrigen Meinungen über Pflegekinder machten sie wahnsinnig, und diese Unterhaltung ebenso. »Ich glaube, nicht alle von ihnen sind wie Verbrecher oder irgendwelche Crack-Babys. Vielleicht lassen sich deine Mutterinstinkte ja für eine Weile befriedigen.«

»Nun, das ist aber nicht das, was ich will.«

»Was ist mit dem, was *sie* wollen?«, fragte Zoe. »Warum geht es dabei immer um dich, Tessa? Um dich und deine Gebärmutter. Denkst du niemals an diese armen Kinder und wie sehr sich eines davon verändern könnte, wenn es hier leben, von dir lernen, dich lieben und diese gebatikte Bohne essen könnte?«

Tessa bedachte sie mit einem schwachen Lächeln. »Das ist eine Christmas-Limabohne, Zoe. Und ehrlich gesagt geht es hier nicht um meine arme leere Gebärmutter. Es geht um die Sache, die ich mir schon mein ganzes Leben wünsche. Für immer eine Mutter sein. Gibt es nicht irgendetwas, das in dir brennt, ein lebenslanger Traum, eine Sache, die dich so glücklich machen würde, dass du einfach weißt, dass du sie eines Tages haben musst?«

Oh ja, die gab es. Eine dauerhafte, stabile, beständige Adresse an einem Ort, der von Geschichte und Glück nur so vollgestopft war. Aber nichts und niemand konnte Zoe dazu bringen, das ultimative Wort laut auszusprechen.

Zuhause.

»Hast du so etwas nicht?«, wollte Tessa wissen.

»Nein«, log Zoe. »Ich will einfach nur eine Heißluftballonfahrerin sein, die von Stadt zu Stadt schwebt, ohne die Gelegenheit zu bekommen, Wurzeln zu schlagen, die mich ohnehin nur strangulieren würden.«

Sogar sie selbst konnte den Sarkasmus in ihrer Stimme hören; verdammt, sie wollte, dass dieser Satz klang, als würde er die Wahrheit zum Ausdruck bringen.

»Wurzeln sind das, wofür ich lebe.« Tessa beugte sich vor, ihr Blick war eindringlich. »Wurzeln strangulieren nicht, wenn die Pflanze gut gepflegt ist, meine Liebe. Wurzeln nähren. Sie verleihen Stabilität. Sie sorgen dafür, dass die Pflanze nicht nur überlebt, sondern wächst und gedeiht und Früchte trägt.«

»Genug von diesen Gärtner-Metaphern. Du weißt, was ich damit meine.«

»Nein, das weiß ich nicht, Zoe. Dir gefällt doch dieses ... dieses armselige, unreife Leben, das du da führst, eigentlich gar nicht, oder?«

Zoe schnaubte. »Entschuldige mal, aber ich bin ja hier wohl nicht diejenige, die im Dreck sitzt und heult.«

»Du tust dauernd so, als wärst du jemand, von dem ich genau weiß, dass du es nicht bist.«

Zoe schnappte ein wenig nach Luft, weil sie schockiert darüber war, wie sich das Gespräch inzwischen gegen sie gewendet hatte. »So, tue ich das? Woher willst du das wissen?«

»Du tust immer so, als seist du irgendein sexbesessenes, trinkfestes, Witze reißendes Party-Girl, dabei bist du tief in deinem Inneren ein richtiger Engel, der alles für seine alte Tante tun würde und nach einem Gläschen Chardonnay schon beschwipst ist.«

Oh, Gott, Zoe, sag es ihr einfach.

»Du weißt verdammt gut, dass es dafür zwei Gläser braucht.« Der Scherz war wie Essig auf ihrer Zunge, aber sie machte ihn trotzdem. Weil sie der Wahrheit nicht ins Gesicht sehen konnte. »Und jetzt, wo wir über mich im Bilde sind, sollten wir mal über dich und deine Probleme sprechen.«

»Nee.« Tessa stand auf und wischte sich den Schmutz von der Jeans. »Ich fühlte mich schon viel besser. Und ich weiß, was du tun solltest, Zoe.«

»Aufhören zu tun als ob?«

»Ja, das auch. Und du solltest umziehen.«

»Oh, das werde ich ganz bestimmt. Mein Leben besteht aus nichts anderem.«

Tessa streckte die Hand aus, um Zoe aufzuhelfen. »Hierher.«

»Danke.«

»Nein, ich meine damit, du solltest *hierher* ziehen. Genau hierher, an die Barefoot Bay auf Mimosa Key. Ich glaube, das ist der einzige Ort, an dem du das haben kannst, wonach du dich sehnst, den Traum, der dich glücklich macht und deine Wunden heilt.«

»Jetzt hörst du dich schon wie Pasha die Wahrsagerin an.«

Tessa ignorierte den Kommentar. »Ein Zuhause, Zoe. Das hier kann für immer dein Zuhause sein. Und ist es nicht das, was du dir mehr als alles andere wünschst?«

So viel zum Thema *heimliche* Sehnsüchte. Woher wusste Tessa das?

»Das wirst du nicht abstreiten, oder?«, fragte Tessa.

»Ein Zuhause zu haben wird völlig überbewertet«, sagte Zoe und blickte zu den Sternen hinauf. Plötzlich stellte sie sich den tiefen Frieden und die Sicherheit einer nächtlichen Ballonfahrt vor – nur Schweigen und Himmel. »Ich ziehe es vor, ungebunden zu sein.«

Tessa seufzte. »Das ist dann wohl der Unterschied zwischen uns beiden. Ich würde alles für ein paar Bindungen geben, denen ich Windeln anziehen und die ich lieben kann.«

Zoe legte Tessa die Hand auf die Schulter und gab ihr die Limabohne. »Hier, in dieser Hülse sind zwei kleine Bohnen. Pasha würde jetzt sagen, dass das ein Zeichen dafür ist, dass du Zwillinge bekommen könntest.«

»Ich wünschte, Pasha hätte recht mit ihren Weissagungen.«

Überrascht legte Zoe den Kopf schief. »Das hat sie.«

Tessa sah ein wenig hoffnungsvoll aus, als sie die Bohne nahm und in ihren Bungalow ging; im Gegensatz zu Zoe schien es ihr inzwischen leichter ums Herz zu sein.

Was hielt Zoe zurück, die Wahrheit zu sagen? Gewohnheit? Angst? Der Zorn und die Enttäuschung, die sie in den Augen einer ihrer besten Freundinnen erkennen würde?

Und doch würde sie so gern darüber sprechen. Sie ging auf die Bungalows zu und spürte, wie ein solches Gewicht auf ihrem Herzen lastete, dass sie kaum atmen konnte. Was war das?

Das hier kann für immer dein Zuhause sein. Und ist es nicht das, was du dir mehr als alles andere wünschst?«

Angesichts der Tatsache, dass ihre Freundinnen sie so gut kannten, war es ein Wunder, dass sie noch nicht hinter die Wahrheit gekommen waren.

Sie trat gegen die Erde und spähte zum Mond hinauf, dann wandte sie sich plötzlich in die andere Richtung, zur anderen Seite des Resorts, und machte sich keine weiteren Sorgen mehr um lichtscheue Kriechtiere. Ihr Herz schmerzte vor nicht erzählten Geheimnissen. Ihr Körper spannte sich unter dem Bedürfnis an, die Mauer niederzureißen, die das *sexbesessene, trinkfeste, Witze reißende Party-Girl, das nie seine Gefühle zeigte*, umgab.

Sie bahnte sich ihren Weg hinten am Casa Blanca entlang und gelangte zu einer anderen Mauer – eigentlich einem Holzzaun. Auf der anderen Seite davon war ... das, was sie in diesem Augenblick am meisten wollte.

 11

Der Glenlivet brannte seine Kehle hinunter, aber Oliver machte sich nicht die Mühe, den Schnaps mit Wasser nachzuspülen. Stattdessen holte er langsam und tief Luft, damit der bittersüße Geschmack des Scotchs ihm zu Kopfe stieg und diesen freimachte.

Trotzdem starrte er auf den silberblauen Pool und stellte sich vor, Zoe darin zu sehen, wie sie dort nackt wie eine lachende, liebende Wassernymphe mit wallendem blonden Haar und sinnlich nasser Haut planschte.

Nun, das übertünchte die dunkleren Bilder, die ihn normalerweise heimsuchten, wenn er allein in einem Haus war. Bisher hatte das kleine Ferienhaus am Strand noch keine alten Erinnerungen heraufbeschworen, aber vielleicht lag das daran, dass Evan hier war. In Chicago war das Haus nie leer gewesen; selbst wenn Adele auf Reisen und Evan zu seiner Großmutter geschickt worden war, hatten sie Personal gehabt, das bei ihnen wohnte.

Er war nie in ein leeres Haus zurückgekehrt.

Er schob sein Glas zur Seite und wandte seine Aufmerksamkeit wieder dem Tablet auf dem Tisch zu und zwang sich, den Bericht für Raj und das Team zu Ende zu schreiben, um sie alle über ihren neuesten Fall und den Terminplan für Untersuchungen und Behandlungen auf dem Laufenden zu halten.

Die Worte verschwammen ihm vor den Augen und seine Gedanken wanderten wieder zu Zoe zurück.

Sie würde nicht versuchen, Pashas Probleme mit dem Gesetz zu lösen. Warum war Zoe so getrieben von ihrer Loyalität, ihren

Emotionen und ihrem Pflichtgefühl, wenn ihre Tante dadurch in eine ganz falsche Richtung gesteuert wurde?

Er ging ins Internet und öffnete eine Suchleiste in dem Versuch, an ein paar Fakten zu gelangen, die auf den wenigen Informationen basierten, die sie ihm je gegeben hatte.

Bridget. Corpus Christi. Pflegekind. Vermisst.

Er nippte an seinem Scotch, während ein paar Ergebnisse auf dem Bildschirm angezeigt wurden. Das meiste davon waren neuere Geschichten, die unmöglich mit etwas in Verbindung stehen konnten, das vor über fünfundzwanzig Jahren passiert war.

Er schenkte sich noch ein Glas ein und fing an, die Links zu sichten, aber ein Geräusch am Zaun erregte seine Aufmerksamkeit. Er blickte am Pool vorbei in die Dunkelheit, in der Erwartung, ein Tier zu entdecken.

Alle Lichter im Haus waren aus, die in Glasfaseroptik gehaltenen Poollichter waren zu gedämpft, um weit zu scheinen, deshalb lauschte er, wobei er eindeutig hörte, wie etwas gegen den Zaun prallte.

Danach sog jemand leise die Luft ein.

Ein Eindringling auf dem Resort? Ohne ein Geräusch zu machen, öffnete er die Fliegengittertür und trat auf den schmalen Streifen Rasen hinaus, der die Terrasse umgab. Mit gespitzten Ohren ging er an der Mauer entlang.

Wieder dieses Geräusch; dieses Mal tauchten oben am Zaun zwei Hände auf, gefolgt von einem dumpfen Schlag – jemand zog sich an der anderen Seite hoch und balancierte dabei wahrscheinlich auf dem Querbalken, der hinten an dem Zaun aus Holzlatten verlief.

Ein draufgängerischer Eindringling also.

Er versteckte sich hinter einem dichten Hibiskusstrauch, sodass er sich zwischen dem Eindringling und sämtlichen Eingängen zum Haus befand. Er hatte keine Waffe, nur seine bloßen

Hände, aber die würde er benutzen, bevor irgendjemand in die Nähe von ...

Blondes Haar tauchte über dem Zaun auf.

Was zum *Teufel* machte sie da?

Zoe stemmte sich höher und schwang einen Fuß, der in einem sonnengelben Flipflop steckte, über die Mauer. Ein kurzes schwarzes Kleid rutschte nach oben und entblößte ihren nackten Schenkel. Sie drehte den Kopf von einer Seite zur anderen, spähte in die Dunkelheit und hievte sich noch ein Stück höher.

Himmel, war sie furchtlos. Und verrückt. Und toll. Und sie war *hier*.

Es gelang ihm, kein Geräusch von sich zu geben oder sich zu bewegen; er schaute nur zu, wie sie sich über den Zaun manövrierte und umdrehte, damit sie ... sie würde doch wohl nicht herunterspringen, oder?

Natürlich würde sie das. Sie würde alles tun. Deshalb machte sie ihn ja so heiß und steif und absolut verrückt, dass er sie am liebsten gefangen, festgehalten und dazu gezwungen hätte, *stillzuhalten, ihm zu gehören* und *ihn nie wieder zu verlassen*.

Aber wenn sie das alles befolgen würde, wäre sie nicht Zoe. Dann wäre sie nicht die Frau, die auf Zäune kletterte und ...

Sprang. Er sog die Luft ein, während sie wie ein Vogel durch die Luft segelte, mit ausgebreiteten Armen, wehenden Haaren und einem Kleid, das jetzt so weit nach oben gerutscht war, dass er ihren splitternackten Hintern darunter sehen konnte.

Sie landete mit einem leisen Geräusch und ging dabei in die Knie, als wäre sie ein geborener Fassadenkletterer. Aber irgendetwas sagte ihm, dass sie nicht hergekommen war, um etwas zu rauben – abgesehen von seinem Verstand. Und seinem Atem. Und seinem Herzen.

Vielleicht wollte sie sich ja auch nur flachlegen lassen.

»Kann ich dir helfen?« Er trat hinter dem Busch vor und erntete ein lautes, schockiertes Aufkeuchen.

»Oh, mein Gott, hast du mich erschreckt!«

Er lächelte; die Ironie war zu eindeutig, als dass er sie kommentiert hätte. Er streckte ihr die Hand hin. »Lass mich raten ... du wolltest nicht klopfen, um Evan nicht zu wecken?«

Sie ließ zu, dass er ihr aufhalf. »Ich bin über das Resort spaziert, und auf einmal war ich da hinten.«

»Ganz zufällig?«

»Zu meinem Glück.« Sie grinste. »Dachtest du, ich wäre ein schwer bewaffneter Eindringling?«

»Nicht als das Kleid nach oben geweht ist. Keine Ahnung, wo du eine Waffe hättest verstecken können.« Er deutete auf die Fliegengittertür und ließ sie an ihm vorbeigehen. Sie hinterließ einen Hauch von etwas, das nach Geißblatt und Sünde duftete.

Und er ging ihr nach wie eine verdammte läufige Hündin.

Auf der verglasten Terrasse ging sie geradewegs zum Tisch, und ihm wäre fast das Herz stehen geblieben. Wenn sie sich das Fenster, das auf dem Tablet geöffnet war, ansehen würde ...

Was änderte das schon? Warum sollte er sie nicht genau wissen lassen, was er da tat? Er versuchte nur zu helfen.

Sie hob das Glas und schnüffelte daran. Dann verzog sie das Gesicht und nahm einen Schluck. »Bäh. Das schmeckt wie durch Sumpfwasser gesickertes Feuerzeugbenzin. Warum trinkt man so etwas?«

»Es ist männlich.«

Lachend ließ sie sich auf seinen leeren Sessel fallen und legte die Arme auf die Seitenlehnen. »Kann ich etwas Mädchenhaftes bekommen? So etwas wie Bier oder Wodka?«

»Warte hier.«

Er ging in die Küche und schnappte sich die Flasche Grey-Goose-Wodka, die er zusammen mit seinen Vorräten eingekauft hatte; dabei hatte er sich eingeredet, dass er die Flasche nicht kaufte, weil er wusste, dass Zoe Grey Goose mochte. Er goss etwas davon in ein Glas mit Eiswürfeln, riss eine Packung Saft auf und fügte einen Spritzer hinzu. Bevor er wieder nach draußen ging, schlüpfte er kurz ins Wohnzimmer und brach von einem Blumenstrauß eine leuchtend rosa Blüte ab, um das Getränk zu garnieren.

Fast hatte er damit gerechnet, dass sie sein Tablet überfliegen und seine letzte Internetrecherche nachverfolgen würde, aber sie saß am flachen Ende des Pools und ließ ihre Füße ins Wasser baumeln.

Er gesellte sich zu ihr und streckte ebenfalls seine Füße in den Pool, während er ihr den Drink reichte. »Mädchenhaft genug für dich?«

»Perfekt.« Sie hob ihr Glas. »Trinken wir auf …«

»Das, was immer dich veranlasst hat, herüberzukommen.«

»Leere Batterien.«

Er lachte. »Wenigstens bist du ehrlich.«

»Nein, eigentlich nicht.« Sie stieß sein Glas mit ihrem an und schlug die Augen nieder. »Es ist schwer, das Leben einer Lügnerin zu führen, wenn man so offen und ehrlich ist wie ich.«

»Das kann ich mir gut vorstellen.«

Sie nahm die Blüte heraus und legte sie weg, bevor sie an ihrem Getränk nippte. Dann schloss sie die Augen und seufzte glücklich auf. »Verdammt, das tut gut.« Sie kostete noch einmal. »Cranberrysaft?«

»Apfel-Himbeer-Saft.«

Sie lächelte. »Der Champion unter den Mixgetränken.«

»Zoe, warum hörst du nicht auf zu lügen, wenn es dir so schwerfällt?«

»Es gehört zu meiner Art, zu leben.« Die schonungslose Offenheit überraschte ihn. »Tatsächlich hat mir das Schicksal gerade die perfekte Gelegenheit geliefert, all meine Geheimnisse mit einer meiner allerbesten Freundinnen zu teilen, und was glaubst du wohl, was ich getan habe?«

Er antwortete nicht, weil er noch immer versuchte zu verarbeiten, dass ihre Freundinnen ihre Vergangenheit nicht kannten.

»Richtig«, antwortete sie an seiner Stelle. »Nichts. Nicht unbedingt eine Lüge, es sei denn, man zählt Verschweigen dazu.«

»Willst du damit sagen, dass Lacey, Tessa und Jocelyn nicht wissen, dass Pasha gar nicht deine richtige Großtante ist?«

»Sie wissen, dass sie krank ist«, sagte sie, als wäre das schon ein riesiger Fortschritt. »Aber den Rest meiner jämmerlichen Leidensgeschichte?« Wieder hob sie das Glas. »Den weißt nur du, Doc. Nur du.«

Er hätte sich gern an diesem versteckten Kompliment festgeklammert, aber er war immer noch zu perplex angesichts ihres Geständnisses. »Aber sie sind deine besten Freundinnen, Zoe. Sie können dir Ratschläge geben und ein offenes Ohr für dich haben.«

»Und ich könnte den Gefallen sogar erwidern, indem ich ihnen helfe. Zumindest könnte ich Tessa den Kopf in Bezug auf Pflegekinder zurechtrücken.« Sie planschte mit den Füßen im Wasser und verursachte kleine Wellen im blaugrünen Nass. »Aber es gibt auch einen Nachteil.«

»Aber du glaubst doch bestimmt nicht, dass sie Pasha verraten würden.«

»Nein. Aber vielleicht hassen sie mich dafür, dass ich ihnen nicht von Anfang an reinen Wein eingeschenkt habe.«

Er ließ seine Knöchel ihren nackten Schenkel streifen und bemühte sich, nicht darüber nachzudenken, was sie unter diesem dünnen Kleid *nicht* anhatte. Es würde nur eine Sekunde dauern, bis sie nackt in seinen Armen läge. Eine einzige Sekunde.

Er verweilte weit länger als eine Sekunde bei diesem Gedanken, während er beobachtete, wie sie trank und nachdachte.

»Ich glaube nicht, dass sie dich hassen würden«, sagte er

schließlich. »Du urteilst weit härter über dich, als sie es tun würden.«

»Hassen ist ein hartes Wort«, stimmte sie zu. »Aber wie glaubst du, würden sie sich fühlen, wenn ich ihnen sagte, dass ich nicht …« Sie schloss die Augen und flüsterte: »Dass ich nicht das Mädchen namens Zoe Tamarin bin?«

Er stellte sein Getränk ab und streckte die Hand nach ihr aus. Er schlang seine Hände um ihren schlanken Nacken und legte seine Daumen auf ihren Kiefer. »Niemanden kümmert es, wie du heißt, Zoe. Du bist *du*. Eine ungewöhnliche, humorvolle, schöne Frau. Du schuldest deinen Freundinnen die Wahrheit.«

Sie sah weg und weigerte sich, ihm in die Augen zu sehen.

»Was könnte schlimmstenfalls passieren?«, fragte er.

»Ich könnte sie verlieren, so wie ich … dich verloren habe.«

Er verstärkte seinen Griff. »Du hast mich nicht verloren. Das musst du doch mittlerweile verstanden haben.«

Endlich hob sie den Blick und sah ihn an. »Ich schäme mich«, sagte sie leise.

»Du warst noch ein Kind.«

»Aber ich habe zugelassen, dass ich diese Lüge jahrelang aufrechterhalten habe«, sagte sie und riss sich los, um ihren Standpunkt zu unterstreichen. »Jedes Mal, wenn ich eine Wahl hatte – zum Beispiel an dem Tag in Chicago, als Pasha gesagt hatte, ich könnte bleiben –, habe ich mich für den feigen, faulen, einfachen Weg der Versager entschieden.«

Und doch war sie nichts davon. »Du und Pasha habt euch einfach gegenseitig in die Klemme gebracht, Zoe. Sie hat dich beschützt und du hast sie beschützt, und keine von euch konnte …«

»Such nicht nach Ausreden für mich.« Sie nahm einen kräftigen Schluck und stellte das Glas so heftig ab, dass er glaubte, es würde auf den Steinplatten zerschellen. Gleich darauf sah sie ihn mit schimmernden Augen an.

»Such doch selbst nicht danach«, sagte er.

»Touché. Dir ist also aufgefallen, dass ich darunter nackt bin?« Verführerisch ließ sie den Saum ihres Kleides flattern.

Natürlich, sie wollte dieses ernste Thema durch Sex unter den Teppich kehren. Und so sehr auch er das wollte – er weigerte sich, da mitzuspielen.

»Warum erzählst du mir nicht, was passiert ist?«

Sie zog die Augenbrauen zusammen. »Wann?«

»Ich weiß, dass du gesagt hast, dass Pasha Gefahr läuft, wegen Kindesentführung angeklagt zu werden, aber was ist eigentlich passiert?«

Sie neigte den Kopf und ein Lächeln umspielte ihre Mundwinkel. »Du willst also keinen Sex mit mir haben?«

»Ich gehe mal davon aus, dass das eine rhetorische Frage ist. Ich will nur dieses Gespräch noch nicht abschreiben, das ist alles.«

Ohne Vorwarnung landete ihre Hand in seinem Schritt und drückte zu, sodass er das Gefühl hatte, ein heißer Blitz würde in seine Eier schießen. »Was machst du da?«

»Mich vergewissern, dass du ein Kerl bist.«

Er legte die Hand auf ihre und drückte, und mit jedem Herzschlag schwoll seine Erektion an. »Ich bin nicht *ein* Kerl, ich bin *der* Kerl. Ich bin derjenige, der dich kennt, Zoe.« Ganz langsam – denn es tat höllisch weh, auch nur daran zu denken, diese Bewegung zu machen – nahm er ihre Hand weg und legte sie auf ihren Schoß. »Erzähl mir jetzt diese Geschichte. Was ist passiert, als Pasha dich ›gekidnappt‹ hat? Ich nehme nicht an, dass sie dich in den Kofferraum geworfen hat und davongerast ist.« Er runzelte die Stirn, als sie nicht antwortete. »Oder doch?«

»Natürlich nicht.« Sie hob die Hand und betrachtete sie, als wäre sie von ihren eigenen Fingern im Stich gelassen worden. »Meine Fähigkeiten lassen wirklich nach.«

»Deine ... Fähigkeiten sind ...« *Der reine Wahnsinn.* »Völlig in Ordnung. Und da oben ist mein Sohn und schläft«, fügte er hinzu, mehr um ihre Demütigung zu lindern als sonst etwas. »Ich habe neun Jahre gewartet, Zoe.«

»Darauf, Sex mit mir zu haben?«

»Auf diese Geschichte.«

Sie stieß den Atem aus, lehnte sich zurück auf ihre Hände, löste ihren Kontakt, blieb aber so nahe bei ihm, dass er ihre seidigen Waden spüren konnte und das Spritzen des warmen Wassers zwischen ihnen. »Sie ist tatsächlich davongerast. Aber ich war auf dem Beifahrersitz, nicht im Kofferraum.«

»Und du warst zehn Jahre alt?« Er hatte die Geschichte all die Jahre in groben Zügen im Gedächtnis behalten, aber er konnte sich trotzdem kein rechtes Bild machen. Sie war in Schwierigkeiten gewesen, war weggelaufen, hatte bei Pasha Schutz gefunden und – das war alles, was er wusste. »Wie ist es dazu gekommen?«

Sie sagte eine Weile nichts, sondern trank stattdessen.

Er stieß ihr Bein an.

»Okay, okay. Ich muss mich nur stärken.« Ein weiterer großzügiger Schluck, dieses Mal mit geschlossenen Augen und nach hinten geneigtem Kopf. Es kostete ihn seine ganze Kraft, nicht den Kopf zu beugen und ihren nackten Hals zu küssen. »Ich habe diese Geschichte noch nie laut ausgesprochen«, verkündete sie, während sie ihr Glas neben sich abstellte. »Nicht ein einziges Mal, nicht einmal vor mir selbst. Also hab Geduld mit mir.«

»Ich habe die ganze Nacht Zeit und noch acht Packungen Saft. Sprich mit mir.«

Sie atmete mit einem leisen Pfeifen aus, blickte aufs Wasser und sammelte ihre Gedanken. »Ich bin bei Pflegefamilien aufgewachsen. Ich glaube, das habe ich dir auf unserer Ballonfahrt erzählt.«

Er nickte, aber sie sah ihn gar nicht an. »Ja, hast du. Aber als wir ausgingen, hast du mir erzählt, dass deine Eltern bei einem Autounfall ums Leben kamen und dass Pasha die Tante deines Vaters und deine einzige noch lebende Verwandte war. Und dass sie zu deinem gesetzlichen Vormund ernannt wurde. Aber ...« Er verstummte, weil ihm mit einem Schlag etwas klar wurde. Es fiel ihm wie Schuppen von den Augen.

Zoe hatte ihn von Tag eins an angelogen. Sie hatte ihm *nie* die Wahrheit gesagt.

Sie warf ihm einen Blick zu und wusste zweifellos seine Miene zu deuten. »Und ich kannte dich nur einen Monat. Kannst du dir jetzt vorstellen, wie sich meine Freundinnen fühlen werden, die ich schon mein Leben lang kenne?«

Ja, das konnte er tatsächlich. Sie würden sich verraten und verkauft vorkommen und verletzt sein. Diese Gefühle schnürten ihm so die Kehle zu, dass er kein Wort herausbrachte.

»Manchmal«, sagte Zoe, »erzählt man so lange eine Lüge, bis sie zu einer Wahrheit wird.«

»Nein«, stieß er hervor. »Sie wird niemals zu einer Wahrheit.«

»Tut mir leid, Oliver.« Sie neigte den Kopf zu ihm. »Ich war nicht glücklich damit, dich anzulügen. Deshalb habe ich dich mit auf diese Ballonfahrt genommen. Ich wollte dir da oben wirklich die Wahrheit sagen. Zumindest habe ich es versucht.«

»Sag sie mir jetzt, hier unten.«

»Okay. Vielleicht muss ich ganz von vorn erzählen, weißt du?« Sie nahm einen weiteren Schluck und fuhr fort: »Ich habe keine Ahnung, wer mein Vater ist. Ich glaube, meine Mutter wusste das auch nicht, aber ich glaube, sie starb an einer Überdosis, als ich vier war. Ich weiß es wirklich nicht. Ich war eine richtige Waise – sie war auch jemand, der dauernd weglief, und ...« Ihre Stimme brach.

»Sssh, Zoe, nicht weinen.« Er legte ihr die Hand auf die Schulter, aber sie schüttelte sie ab.

»Ich weine nicht. Meine Stimme bricht immer, wenn ich nervös bin.«

»Warum bist du nervös? Ich bin es doch nur.«

Sie sah ihn an, und für eine Frau, die gesagt hatte, dass sie nicht weinte, glänzten ihre Augen ganz schön. »Ich bin nervös, *weil* du es bist. Und weil du mir wichtig bist.«

Was vielleicht das Netteste war, was sie zu ihm gesagt hatte, seit sie in seiner Praxis aufgetaucht war. »Zoe, du kannst nichts dafür, wer oder was deine Mutter war.«

»Es ist ein Vermächtnis. Das Erbe einer langen Linie von Ausreißern. Nicht gerade die Blutlinie, in die du eingeheiratet hast.«

»Adele ist nicht hier und wird es auch niemals sein. Du schon. Bitte.« Er schaffte es, seine Hand auf ihren nackten Schenkel zu legen. »Ich urteile nicht über dich.«

»Also gut.« Sie griff nach ihrem Getränk, schüttelte den Kopf und stellte es wieder ab. »Jedenfalls haben sie mich in diese Pflegefamilie gesteckt, und ab da hatte der Staat Texas so ziemlich vergessen, dass ich überhaupt existierte, bis die betreffende Familie die Nase voll von mir hatte.«

»Wie kann irgendjemand die Nase voll von dir haben?«

Sie lachte trocken. »Ich war vorlaut, sarkastisch, respektlos, unhöflich und es gab so gut wie keine Regel, die ich nicht brechen konnte.«

»All die Dinge, die ich an dir liebe.«

Sie erschrak ein wenig, und ihm wurde klar, was er da gerade gesagt hatte. Er öffnete den Mund, um sich zu korrigieren, ließ es aber dabei bewenden.

Für einen langen, bedeutsamen Moment sagte niemand etwas, doch als er nach unten ins Wasser blickte, sah er, dass sich ihre Zehen zu festen kleinen Knoten zusammengeballt hatten.

»Jedenfalls«, fuhr sie fort, »war ich zuletzt in Corpus Christi, bei einer Familie, die drei Pflegekinder hatte. Ich weiß wirklich nicht, weshalb sie Pflegekinder bei sich aufnahmen, wahrscheinlich wegen der finanziellen Beihilfen und weil sie so über kostenlose Arbeitskräfte verfügen konnten. Und kostenlosen ...« Sie schüttelte den Gedanken ab. »Jedenfalls zog zwei Häuser weiter diese unglaublich liebe Frau ein. Ihr Name war Patricia Hobarth.«

»Pasha?«

Sie nickte. »Sie lebte allein und wir freundeten uns in jenem Sommer an. Ich besuchte sie fast jeden Tag. Sie hat mir Kartenspielen und Handarbeiten beigebracht und« – sie lachte leise – »wie man aus den Teeblättern liest. Sie war ... traurig. Einsam und verloren wie ich, deshalb schlossen wir eine seltsame Freundschaft.«

Sie schwieg einen Moment, vielleicht schoss ihr eine alte Erinnerung durch den Kopf, aber er ließ sie gewähren und wartete darauf, dass sie zu Ende erzählte.

»Ich habe also viel Zeit dort verbracht, weil ... der Vater in dem Haus, in dem ich lebte ...« Sie rang nach Atem und sein Herz verkrampfte sich.

»Gott, sag mir nicht, dass er dir wehgetan hat.« Glühendheiße Wut durchfuhr ihn, und dabei hatte sie ihm noch gar nichts erzählt.

Sie schluckte schwer und schüttelte den Kopf. »Nicht mir. Zumindest, na ja, nein. Er hat mit einem der anderen Mädchen geschlafen. Sie war vierzehn.«

»Fuck.«

Sie schloss die Augen und schwieg eine lange Zeit. »Jede Nacht. Im Bett nebenan.«

»Oh, Shit, Zoe. Wie geht man mit so etwas um?«

»Lauf, Zoe, lauf.« Die Worte waren nicht mehr als der Hauch eines traurigen Seufzers – kaum wahrnehmbar.

»Wie bitte?«

»Zu dieser Zeit fing das mit der Stimme an.« Als sie seinen

Blick sah, stieß sie ein trockenes Lachen aus. »Nein, ich höre keine Stimmen. Nun ja, eine. Und die gehört mir, aber sie ist ... laut. Normalerweise befiehlt sie mir, Dinge zu tun, die dem gesunden Menschenverstand zuwiderlaufen. Aber das hat in diesem Zimmer, in diesen Nächten angefangen, als ich meinen Kopf unter dem Kissen versteckte und versuchte, alles auszublenden. Die Stimme ... half.«

Er griff nach ihr, legte ihr den Arm um den Rücken, zog sie an sich, versuchte, das Frösteln zu besiegen, das wahrscheinlich gerade in ihr aufstieg. »Diese Stimme hat dir also befohlen wegzulaufen.«

»So schnell und so weit wie möglich. Ich wollte ... weg.«

»Dann liegt es also nicht an dem Leben auf der Flucht mit Tante Pasha, das es so unmöglich macht, dich festzuhalten.«

»Ich muss einen Fluchtweg haben«, gestand sie. »Tatsächlich raste ich irgendwie aus, wenn ich keine Fluchtmöglichkeit aus ... etwas sehe.«

Aus etwas wie einer Beziehung, einem dauerhaften Heimatort, selbst Freundschaften. Ganz langsam entstand aus den Puzzlestückchen, die Zoe zusammensetzte, ein Bild.

»Das Leben mit Pasha hat diesen Charakterzug nur verstärkt«, sagte sie. »Zuerst *war* Pasha mein Notausstieg, später fühlte sich dieser Lebensstil normal an. Ich weiß, dass jeder, der das hört – selbst enge Freunde –, Schwierigkeiten haben wird, das zu verstehen, aber so ist es.«

Er versuchte, sich dieses Leben vorzustellen – erfolglos. Nicht dass er sich nicht hätte vorstellen können, wie sie so leben konnte, aber warum hatte sie das getan? »Warum wolltest du nicht versuchen, die Situation zu ändern? Warum weglaufen? Warum nicht das Ganze in Ordnung bringen?«

»Ich bin nicht der Typ, der immer alles in Ordnung bringt so wie du, Oliver. Ich bin der Typ, der davonläuft, schon vergessen?«

»Aber warum hast du den Kerl nicht bei den Sozialarbeitern angezeigt, die für dich zuständig waren?«

Sie schüttelte den Kopf, als wäre das eine abwegige Frage. »Du verstehst das nicht. Das andere Mädchen hat mich bedroht.«

»*Sie* hat dich bedroht?«

Sie verlor den Kampf, nicht zu trinken, sie griff nach dem Glas und nahm einen Schluck. »Es war keine Vergewaltigung. Sie wollte Sex mit ihm haben, und als Gegenleistung erhielt sie Dinge: Kleider, Geld, Drogen. Sie war sein Liebling, und das war okay für sie. Ich musste die Klappe halten und mir die Ohren zuhalten, ich war andauernd unter diesem Kopfkissen.«

Er versuchte, sich vorzustellen, was für eine Wirkung das erstickende Gefühl des Bettzeugs, die Geräusche, das Entsetzen auf ein kleines Mädchen gehabt haben musste, und es drehte sich ihm der Magen um.

»Aber ich habe auf diese Stimme gehört«, sagte sie rasch, als würde sie sich mehr Sorgen darüber machen, was er empfand, als über diese Erinnerungen. »Die Stimme beruhigte mich. Die Stimme sagte mir, wie es sein würde, wenn ich wegliefe, wenn ich in Sicherheit wäre, wenn ich mich an schönen grünen Hügelhängen hinunterwälzen oder gar *fliegen* könnte.« Sie lächelte wehmütig. »Ich wollte so gerne fliegen. Und damit meine ich nicht Flugzeuge, obwohl ich darin auch Flugstunden nehmen musste. Ich wollte schweben«, sagte sie seufzend und schloss die Augen. »Einfach aufsteigen, wegfliegen und der Stille lauschen. Das war meine liebste Fantasievorstellung. Weit weg in einem Ballon, absolute Stille – das war der Ort meiner Sehnsucht.«

»Und Pasha hat dir geholfen?«, fragte er.

»In jenem Sommer hatte dieser Mistkerl von Pflegevater seinen Job verloren und war die ganze Zeit mit diesem Mädchen zu Hause.« Sie schloss die Augen. »Sie haben ... die ganze Zeit

Dinge getan. Tagsüber habe ich deshalb jeden nur möglichen Moment bei Pasha verbracht.«

»Hast du ihr erzählt, was bei euch zu Hause los war?«

»Nein, ich hatte zu viel Angst. Aber sie wusste, dass etwas nicht stimmte, denn sie las mir aus der Hand.«

»Und ist so dahintergekommen?« Er konnte nicht verhindern, dass seine Stimme ungläubig klang.

»Sie hat die Fingernagelabdrücke entdeckt, die ich mir selbst in die Handflächen gegraben hatte.« Sie lächelte schief. »Du kannst über ihre Weissagungen denken, was du willst, aber diese Frau ist höllisch intuitiv, sie merkt es, wenn es einem Kind von Tag zu Tag beschissener geht.«

»Hat sie dich deshalb bei sich aufgenommen?«

Zoe schüttelte den Kopf und stieß die Füße ins Wasser, um wieder Wellen zu machen. »Das Mädchen wurde der Familie weggenommen. Es hatte irgendwelchen Ärger gegeben oder so. Die zuständige Person von den Staatsbehörden war korrupt gewesen, glaube ich. Ich weiß es nicht. Ich war zu jung, um es zu verstehen, aber als sie weg war, wusste ich, dass ich die Nächste sein würde.«

Wieder durchzuckte ihn höllische Hitze. »Was ist passiert?«

Sie wandte sich zu ihm um, ihre dunklen Augen voller Schmerz. »Er schaffte es, mich in die Ecke zu drängen, und ... es zu versuchen. Er schob mir die Hand in die Hose und die Zunge in den Rachen.«

Er krümmte sich ein wenig zusammen, als hätte man ihm einen Schlag in die Magengrube verpasst. »Du warst damals *zehn?*«

»Er stand einfach auf junges Gemüse, Doc.«

Galle stieg ihm in der Kehle auf. »Was hast du gemacht?«

Der Anflug eines Lächelns huschte über ihr Gesicht. »Was glaubst du wohl?«

»Du bist davongelaufen?«

»Nachdem ich in seine verdammte Zunge gebissen hatte, bis sie blutete, und ihm das Knie in die Eier gerammt hatte, ja. Dann bin ich wie der Blitz zu Pash… Mrs Hobarth gerannt.« Sie trank ihr Glas fast leer, bevor sie zu Ende sprach. »Wie sich herausstellte, verfügte Pasha über eine Supergeschwindigkeit. Sie braucht weniger Zeit zum Packen und Verschwinden, als die meisten Leute zum Duschen brauchen. Sie wusste, dass es keinen Sinn hatte, den Kerl anzuzeigen, und dass es nur eine Frage der Zeit war, bis ich sein nächstes …« Sie schüttelte den Kopf. »Die Stimme schrie ›Lauf, Zoe, lauf‹, und dieses Mal tat ich es. Zusammen mit ihr.«

»Sie hat dich gerettet, Zoe.«

Sie sah ihn an und riss die Augen auf. »Ach nee. Warum glaubst du, bin ich so entschlossen, das Gleiche für sie zu tun?«

»Du deckst sie, indem du davonläufst und dich versteckst«, schoss er zurück. »Das bedeutet nicht, sie zu retten.«

Sie erwiderte nichts und wandte sich ab.

»Damit kommst du vor jedem Richter durch«, beharrte er. »Vor der Polizei, vor dem FBI, vor dem Sheriff …«

»Stopp. Ich werde niemals mit einem von diesen Menschen sprechen.«

»Oder einem Rechtsanwalt«, fuhr er unbeirrt fort. »Sie muss nicht mit diesem Damoklesschwert über ihrem Kopf weiterleben. Himmel, du könntest diesen Pflegevater finden und …«

»Er ist tot. Ich habe ihn im Auge behalten, er ist bei einem Brand gestorben. Ich hoffe, er brennt immer noch.« Sie schauderte ein wenig. »Du musst wissen, dass das, was Pasha getan hat, in jeder Hinsicht illegal war. Sie hat alle Gesetze gebrochen, die es zu brechen gab. Sie hat falsche Pässe verwendet und die Sozialversicherungsnummern von Toten benutzt. Sie hatte dieses große illegale Netzwerk aus Leuten, die bis zum Haaransatz in kriminellem Morast verwickelt sind.«

Er dachte einen Moment lang über Pasha nach; darüber, wie

wenig er über diese Frau wusste, deren Leben er so gern retten würde. »Wie hat sie das hingekriegt? Hat niemand nach dir gesucht? Wie konntest du an Schulen angemeldet werden, wie konntet ihr eine Wohnung mieten oder Geld verdienen?«

»Pasha hat Geld – Tausende von Dollars in bar, die sie an Orten wie dem Gefrierschrank aufbewahrt oder – Gott, was für ein Klischee – unter der Matratze.«

»Woher kommt dieses Geld?«

»Das weiß ich wirklich nicht, aber wir waren nie arm. Sie hat immer Gelegenheitsjobs gefunden, und ich später auch. Als Bedienung, Verkäuferin, Putzfrau, Näherin. Was auch immer. Bis die Leute anfingen, Fragen zu stellen, und dann – manchmal ohne einen für mich ersichtlichen Grund – zogen wir weiter und ließen uns woanders nieder.«

»Wie hast du es aufs College geschafft?«, fragte er.

»Durch Wunder. Durch Strippenziehen. Pashas unermüdliche Entschlossenheit, dass ich einen Abschluss haben müsste. Sie unterrichtete mich zu Hause und sorgte dafür, dass ich jeden Test bestand. Es gelang ihr, Leute zu finden, die falsche Pässe herstellten und dadurch aus dem Nichts reale Menschen ins Leben rufen konnten. Ich habe sogar eine Geburtsurkunde und eine Sozialversicherungskarte. Ich wurde an der University of Florida angenommen, verdammt noch mal. Sie hat das ermöglicht – es war ihr so wichtig, dass ich aufs College ging.«

Wieder trat sie ein paarmal mit den Füßen ins Wasser, das sanfte Platschen unterstrich den Stolz in ihrer Stimme. »Aber das ist nur die Geschichte dessen, was passiert ist, Oliver. Es ist nicht *die* Geschichte.«

Er sah sie fragend an, weil er nicht folgen konnte.

»Was ich damit sagen will – es kommt nicht darauf an, wer meine Tante Pasha ist oder aus welchem Holz sie geschnitzt ist. Sie hat mich gerettet, ja, und das, was sie getan hat, mag in den Augen des Gesetzes illegal und falsch sein, aber sie hat auch ihr ganzes Leben für mich geopfert. Sie ist meine Freundin, meine Vertraute, meine Mutter, meine Schwester, meine Seelenverwandte. Sie würde für mich sterben ...« Sie ließ den Kopf in die Hände sinken. »Aber das will ich nicht.«

Er zog sie an sich, ihr Schmerz ging ihm zu Herzen. »Wir werden alles tun, was möglich ist, und noch mehr«, versprach er.

»Kannst du ihr das Leben retten?«

Er schob sie ein wenig von sich weg, um sie anzusehen. »Zoe, ich werde alles tun, was in meiner Macht und in der meines Teams steht, um die Frau zu retten, die dich gerettet hat. Darauf gebe ich dir mein Wort.«

Sie wich zurück. »Gleich kommt ein ›aber‹.«

»Ja«, räumte er ein. »Ich werde sie retten, wenn ich kann, aber was wirst du mit diesem Leben anfangen, wenn wir sie retten?«

Sie antwortete nicht.

»Zoe, ich sehe den Schmerz in deinen Augen und ich kann diese Stimme in deinem Kopf praktisch hören.«

»Ja? Was sagt sie gerade?«

»Nimm den einfachen Weg. Lauf weg, versteck dich und geh Ärger aus dem Weg. Schütze dich selbst und Pasha und geh kein Risiko ein.«

Langsam breitete sich ein Lächeln auf ihrem Gesicht aus. »Du kannst die Stimme in meinem Kopf hören?«

»Laut und deutlich.«

»Warum tust du dann nicht, was sie dir zu tun befiehlt?«

Er beugte sich vor und schlang beide Arme um sie. »Das?«

»Du musst stocktaub sein.« Sie legte ihm die Hände auf die Wangen und zog seinen Mund an ihren. »*Küss mich, küss mich, küss mich.* Hörst du es jetzt?«

Er hörte es, und es war Musik in seinen Ohren.

12

Tief, tief in ihrem Inneren wallte eine Hitze auf, wie sie sie nie zuvor gespürt hatte; sie brannte ihr ein Loch in die Brust, und am liebsten hätte sie geschrien vor Verlangen, sie zu lindern. Und doch fröstelte Pasha am ganzen Körper.

Sie hatte Fieber.

Die Art von Fieber, bei der die Augäpfel schmerzen und die Arme taub werden.

Wieder drehte sie sich um, um ihre heiße Wange auf den kühlen Baumwollkissenbezug zu legen, doch der Stoff war beinahe sofort so erhitzt wie sie selbst.

Wenigstens hatte Pasha Zoe nicht angelogen. Jedenfalls nicht heute Abend. Sie fühlte sich tatsächlich so mies, dass sie sich den ganzen Nachmittag bis in den Abend hinein ausgeruht hatte. Pasha wäre fast eingenickt, als Zoe sich mit ihr hatte unterhalten wollen – als hätte sie nicht gewusst, worauf diese Unterhaltung hinauslaufen würde –, und sie war wirklich zu müde, sich an den Tisch zu setzen und zu Abend zu essen.

Und im Laufe des Abends hatte sich Pasha immer schlechter gefühlt und sich mit jeder Anstrengung Zoes, ihre Lage zu verbessern, immer mehr bemühen müssen, dies zu verbergen. Zoe war hereingekommen, um Pasha etwas zu essen zu bringen. Sie hatte sogar eine kleine Vase mit Blumen auf das Tablett gestellt, doch Pasha hatte nichts zu sich nehmen können.

Zoe hatte sich auf die Bettkante gesetzt und wieder versucht, ihr eine experimentelle Behandlung zu erklären, bei der Viren in ihren Körper injiziert würden, wobei sie es hatte klingen lassen, als wäre das etwas Gutes, aber Pasha war eingenickt.

Und selbst als Zoe versucht hatte, Small Talk zu machen und Pasha Fragen über den kleinen Jungen gestellt und gesagt hatte, wie süß er war, war es kaum möglich gewesen, ihr zu folgen. Aber Pasha hatte Zoe gesagt, wie sehr sie sie liebte. Und das war die Wahrheit; das Einzige, was in ihrer verkrebsten Brust noch heißer brannte als der Schmerz, war die Liebe zu Zoe Tamarin.

Die kleine Bridget, das verzweifelte, verstörte, mitteilsame Kind, das in Pashas Leben getreten war, als sie beide ganz tief unten waren, hatte Pasha den Grund geliefert, weiterzumachen. Jetzt war das kleine Mädchen groß und verdiente mehr als das. Sie verdiente etwas Besseres als ein Leben mit Pasha.

Sie verdiente *ihn*.

Mit jeder Stunde, die verstrich, wurde das Fieber ein wenig heftiger, als würde es den gesunden Menschenverstand geradewegs aus ihr herausbrennen. Eine Idee hatte sich bei ihr festgesetzt und ließ sie nicht mehr los. Wenn sie nur ein Zeichen bekäme, damit sie wüsste, ob diese Idee richtig war oder nicht.

Sie brauchte ein Zeichen.

Sie hatte darauf gewartet, seit Zoe weggegangen war; das war gegen zehn Uhr gewesen. Vielleicht war sie zu Lacey gegangen, doch Pasha hätte all ihr Hab und Gut darauf verwettet, dass Zoe sich für einen anderen heimeligen Ort entschieden hatte, um sich fallen zu lassen. Pasha wusste genau, wohin das Mädchen gegangen war. Direkt in seine Arme. Genau dahin, wohin sie gehörte.

Gut möglich, dass sie die ganze Nacht wegblieb.

Ganz langsam schlug sie die Decken zurück und eine Gänsehaut überlief ihre nackte Haut.

Zeit zu handeln, Tricia.

Es war schon eine Weile her, seit sie sich in Gedanken als Tricia bezeichnet hatte. Vielleicht war *dies* das Zeichen, dass es an der Zeit war zu gehen.

Sie zog eine kleine Reisetasche aus dem Schrank, die immer

gepackt war. Sie enthielt alles, was sie brauchte: Bargeld, Toilettenartikel, Kleider. Sie hochzuheben stellte eine Herausforderung dar, auch wenn sie leicht war, aber sie schaffte es, sie zum Bett zu tragen, und schaute sich um, was sie sonst noch mitnehmen sollte.

Sie ließ in ihrer Notfalltasche immer Platz für die wichtigsten Dinge. Ein Bild von Zoe. Ihre Lieblingsohrringe. Haargel. Ein paar Aspirin und etwas für den Magen. Sie stand vor dem Schreibtisch und versuchte zu entscheiden, was sie sonst noch mitnehmen sollte, als ihr Blick auf die Vase fiel, die Zoe mit Pashas Abendessen zusammen gebracht hatte. Die rosafarbene Blume war ungewöhnlich, sie sah eher wie ein Ball aus fuchsiafarbenen Nadeln aus.

Die Blüte der Mimose, hatte Zoe gesagt, die offizielle Blume von Mimosa Key.

Sie berührte die seidigen Nadeln, die gerade nach oben standen wie Pashas Haare, als sie es noch schaffte, sie perfekt zu frisieren. Als sie über die Blüte strich, fingen ihre Finger an zu beben. Mit einer plötzlichen Zuckung warf sie die Vase um, das Wasser wurde verschüttet, die Blüte flatterte zu Boden.

Sie stieß einen Schrei aus, der sie erst zum Husten und dann zum Würgen brachte. Noch mehr Feuer entflammte in ihrer Luftröhre, sodass sich ihre Lungen anfühlten, als würde jemand ein Dampfbügeleisen daraufdrücken.

Die Blume lag in einem kleinen Durcheinander auf dem Boden, Wasser tropfte vom Schreibtisch wie Tränen. Worin bestand die Botschaft der Natur in diesem Chaos? Sie ging in Gedanken alles durch, was sie wusste, jede mögliche Interpretation.

Rosa. Rosa. Rosa stand immer für Unschuld, Jugend, den rastlosen Geist eines Kindes.

Wer hatte davon mehr als Zoe? Und ein Fluss aus Wasser – dies führte immer zu etwas Besserem. Die Ewigkeit für Pasha, aber für Zoe – Glück. Vielleicht war das weit hergeholt, aber ihr Kopf hämmerte und ihr Körper fühlte sich an, als würde er bei tausend Grad verbrennen.

Das Zeichen würde genügen müssen. Sie wandte sich der Tasche zu und ging im Geiste ihre Liste der Dinge durch, ohne die sie nicht leben konnte. Sie hatte alles, oder?

Zoe würde es das Herz brechen.

Diese Erkenntnis traf sie schwerer als das Fieber. Wie so viele Dinge, die sie in ihrem Leben getan hatte, war das selbstsüchtig, die Handlungsweise eines Feiglings. Wie konnte sie Zoe das wissen lassen? Wie konnte sie sichergehen, dass ihr Zoe nicht nachtrauerte?

Sie wusste die Antwort.

Sie ging auf die Knie, um in die untere Schublade zu greifen, sie tastete nach den Kanten des Umschlags aus weichem, vertrautem, abgenutztem Papier. Ohne ihn auch nur anzuschauen, stellte sie ihn auf den Rand der Kommode.

Das würde funktionieren. Wenn Zoe das läse, würde sie verstehen, weshalb sie jemanden Besseres als Pasha verdient hatte.

Hitze prickelte an Pashas Hals, innere Hitze, die wie die heißen Blitze war, die sie verspürt hatte, als sie in ihren Fünfzigern war. Aber dies war kein heißer Blitz, sondern die Krankheit in ihrem Inneren, die danach schrie, herausgelassen zu werden. Irgendwie brachte sie die Kraft auf, in eine weite Hose, ein langärmliges T-Shirt und Turnschuhe zu schlüpfen. Laufsachen, würde Zoe jetzt sagen.

Weglaufsachen.

Bitte hab Verständnis, Zoe-Liebling. Bitte. Ich tue es dir zuliebe. Damit du das Leben – und die Liebe – bekommst, die du verdient hast.

Im Haus war es still, als sie es durchquerte und durch die Haustür in den Mondschein hinaustrat.

Sie ging los, den Pfad entlang aus dem Casa Blanca hinaus. Sie fand den Weg zur Küstenstraße. Vorhin, bevor Zoe weggegangen war, hatte es geregnet. Es war einer dieser Platzregen gewesen, die durch Florida zogen, zehn Minuten lang alles fortspülten und dann so plötzlich aufhörten, wie sie begonnen hatten.

Tat sie das Richtige? Hatte sie die richtigen Zeichen bekommen? Sie hob den Blick vom Boden; bisher hatte sie auf jeden ihrer Schritte geachtet, doch jetzt blickte sie in den Nachthimmel hinauf.

»Oh, mein Gott«, flüsterte sie und blieb abrupt stehen. »Ein Mondregenbogen!«

Ein Hauch von Rot und Orange verblasste zu einem Streifen sanften Gelbs und wurde dann zu einem tiefen Azurblau; das Ganze bildete einen Bogen um einen Dreiviertel-Mond.

Das Zeichen, dass die wahre Liebe zurückkehren würde.

Pasha schauderte, das Fieber pulsierte in ihrem Kopf, der Schmerz in ihrer Brust schrillte, der Druck jeder Entscheidung presste sie zu einem Häufchen Elend zusammen. Das spielte keine Rolle. Sie musste gehen. Sie musste davonlaufen. Wie sie es immer getan hatte seit dem Tag, an dem sie dieses Wort gehört hatte: *Fehlprozess.*

Sie war seit siebenundvierzig Jahren auf der Flucht. Was würden da schon die paar Wochen ausmachen, die sie noch hatte, bis sie starb?

Scotch schmeckte auf Olivers Zunge sehr viel besser, als er aus einem Glas schmecken würde. Rauchig und leidenschaftlich, ein feuriger Geschmack, der genauso war, wie er ihn beschrieben hatte: männlich. Genau wie seine Hände, die stark und sicher waren und sie genau da hielten, wo er sie haben wollte, um sie zu küssen.

Trunken von der Befreiung unterdrückter Gefühle und alter Geschichten und vielleicht auch ein kleines bisschen beschwipst vom Wodka ließ sich Zoe gegen Oliver sinken; sie hob die Beine aus dem Wasser, um sie quer über seinen Schoß zu legen und sich tiefer in den warmen, vertrauten Genuss seines Kusses sinken zu lassen.

Die Stimme in ihrem Kopf war zum Glück still, und alles, was sie hören konnte, war sein leiser Atem, das Rascheln von Kleidern, das leise Stöhnen in seiner Kehle, als ihr Kuss leidenschaftlicher wurde.

Jetzt wusste er alles. Und trotzdem fühlten sich seine Küsse so zärtlich und kostbar an ... und sexy. Der Gedanke wirkte auf sie wie eine ganze Flasche Wodka, ihr Blut geriet in Wallung, ihre Lungen pressten sich zusammen und ein glühendes Band der Lust flatterte durch ihre Körpermitte.

»Genau deshalb«, flüsterte sie in seinen Mund, »bin ich herübergekommen.«

Stirnrunzelnd unterbrach er den Kuss. »Echt?«

»Gelegenheitssex, sonst nichts«, sagte sie zu ihm. »Ich sagte doch schon, dass ich nackt unter dem Kleid bin.«

»Mir ist ein gewisser Mangel an Unterwäsche aufgefallen, als du, ähm, angeflogen kamst.«

»Was denkst du?«

»Wer kann schon denken, wenn *Zoe, nackt* und *Gelegenheitssex* in einem einzigen Satz vorkommen?«

Sie strich mit der Hand über seinen Schenkel. »Du hast dich als würdiger Gegner meines Vibrators erwiesen.«

»Du willst also Sex?«

Sie wich zurück, weil sie nicht wusste, wie sie das auffassen sollte. »Du nicht?«

Er antwortete nicht sofort und ihr Herz sank.

»Du nicht?«, hakte sie noch mal nach, leise Verlegenheit stieg in ihr auf.

»*Du* willst keinen Sex«, sagte er.

»Meine feuchten Schenkel sind da anderer Ansicht.«

Sein Blick flackerte interessiert bei diesem Gedanken. »Das ist eine physiologische Reaktion.«

Sie schluckte leise. »Echt jetzt, Doc?«

»Zoe.« Er streichelte ihre Wange viel zu zärtlich für die Art von Streicheln, die sie im Sinn hatte. »Du bist hierhergekommen, weil du geflohen bist.«

»Vielleicht bin ich das«, erwiderte sie und unterdrückte eine Verärgerung, die nicht gut zu ihrer Erregung passte. »Sex kann eine großartige Flucht sein. Und es schlägt Verschwinden um Längen. Findest du nicht?«

Er trank seinen Scotch aus, beim Schlucken hüpfte sein Adamsapfel.

»Oliver. Heißt das, du sagst Nein?«

»Ich bin … nicht …«, abrupt stand er auf und sie blieb frierend und allein zurück, »… nicht sicher«, vollendete er den Satz. »Ich bin gleich wieder da. Möchtest du noch ein Glas?«

»Wasser bitte.« Sie blieb, wo sie war, während das Geräusch seiner Schritte im Haus verklang.

Verdammt. Das lief nicht wie geplant. Zuerst hatte er ihr ein Geständnis abgerungen, das auf eine Art und Weise schmerzte, die … nun ja, eine Art von Schmerz, die sie schon lange nicht mehr empfunden hatte. Und dann erweckte er Sehnsüchte – die auf eine ganz andere Weise schmerzten – und schien nicht geneigt zu sein, sie zu stillen. Was *zum Teufel* sollte das?

Vielleicht ging er ein Kondom holen. Vielleicht wollte er nachsehen, ob Evan auch wirklich schlief. Das gab ihr Hoffnung, denn das brauchte sie. Dann war es eben eine Flucht, na und? Es wäre eine fabelhafte, wunderbare, köstliche Flucht.

Mir einer einzigen fließenden Bewegung zog sie sich das Strandkleid über den Kopf und ließ sich ins Wasser gleiten. Mit dem Bikini hatte das so gut funktioniert, und jetzt würde es …

»Was machst du?«

... vielleicht nicht so gut funktionieren. Mist. »Nacktbaden. Verstößt das gegen das Gesetz?«

»In manchen Staaten schon.« Er hatte zwei Flaschen Wasser dabei, die er auf den Steinfliesen abstellte. Dann setzte er sich auf den Rand des Pools. »Ich schaue dir zu.«

Zuschauen? »Nur zu.« Sie tauchte zum Boden hinunter, blieb dort, so lange es ging, und ließ sich vom Wasser abkühlen. Würde er zu ihr hereinspringen? Sie stieß sich in Richtung Oberfläche ab, mit jedem Schwimmzug war sie gespannter.

Er hatte sich nicht von der Stelle gerührt, sondern saß noch da und trank aus einer der Wasserflaschen.

Sie blieb bis über die Schultern im Wasser. »Was wird hier gespielt?«, fragte sie. »Schwer zu kriegen?«

Er schüttelte den Kopf und trank den letzten Rest Wasser aus.

»Willst du, dass ich bettle?«

Wieder ein Kopfschütteln.

»Angst, es nicht zu bringen?«

Er lachte. »Das war nie ein Problem.«

Sie stemmte die Hände in die Hüften und stellte sich aufrecht hin, sodass ihr ganzer Oberkörper zu sehen war. Er starrte sie an und sie rührte sich nicht, weil sie ganz genau wusste, dass er ihren Brüsten niemals widerstehen konnte. »Warum vögelst du mich dann nicht?«

Die Reaktion war kaum wahrnehmbar, aber ihr entging nicht, dass er ein wenig zusammenzuckte. »Ich will dich nicht vögeln. Ich will Liebe machen.« Er nahm die andere Flasche und hielt sie ihr hin. »Wenn du dazu bereit bist.«

Zum Liebe machen oder für die Flasche? »Du überraschst mich, Doc.«

»Steht dir gut«, schoss er zurück.

»Dann komm ins Wasser.«

»Nein.«

Sie schlug mit der gleichen Wucht, mit der dieses Wort sie getroffen hatte, auf das Wasser. »Nein?«

»Nein.«

»Auf die Gefahr hin, ein wenig dreist zu klingen – warum zum Teufel nicht?«

Er legte den Kopf ein wenig schief, als würde er über diese Frage nachdenken. Vielleicht wollte er sie auch einfach nur weiterhin anstarren. »Verdammt, bist du heiß.«

Ihr Kiefer lockerte sich ein wenig. »Warum springst du dann nicht hier rein und lässt dich ein wenig verbrennen?«

»Weil …«, wieder nahm er einen Schluck Wasser, »… das nicht das ist, was ich will.«

Was wollte er? Ein Ja-Wort? Eine Romanze? Einen verdammten Ring am Finger? Vielleicht wollte er sie jetzt nicht mehr.

»Liegt es an alldem, was ich dir erzählt habe?«

Er lachte leise, als hätte sie etwas Absurdes gesagt. »Zoe, ich strebe nach etwas Besserem als Swimmingpool-Sex mit dir.«

»Das Schlafzimmer ist gleich dort.«

Sie sah das Verlangen. Es blitzte in seinen Augen auf und ging schnell vorüber, aber nicht so schnell, als dass sie es nicht gesehen hätte und – ohne den geringsten Zweifel – wüsste, dass er sie in diesem Schlafzimmer haben wollte. Aber irgendetwas hielt ihn davon ab.

»Liegt es daran, dass Pasha jetzt deine Patientin ist?«

Wieder lachte er. »Du begreifst es nicht, oder?«

»Offensichtlich nicht.«

»Sex … ist nicht alles.« Die Worte waren leise, fast ein Flüstern, und liebevoller und zärtlicher als alles, was sie je gehört hatte.

»Was meinst du damit?« Ihr Herz klopfte leise, während Wasser über ihre nackten Brüste rann; sein Blick folgte jedem Tropfen.

»Es steckt viel mehr dahinter.« Er zeigte auf ihr abgelegtes Kleid. »Deine Klamotten vibrieren.«

»Mein Handy.« Sie kam auf ihn zu, Wasser floss in Rinnsalen an ihrem Körper hinunter. »Kannst du es herausziehen und nachsehen, wer es ist? Ich will nur sichergehen, dass es nicht Pasha ist.«

Er ließ sie nicht aus den Augen, während er nach dem Telefon tastete. Er schaute auf das Display und zuckte zurück.

»Wer ist es?« Ihre Nacktheit und ihr Verlangen waren vergessen. »Pasha?«

»Der Sheriff.«

»Sehr witz...« Sie blinzelte ihn an. Das war kein Witz. Sie schüttelte das Wasser von ihrer Hand, griff nach dem Handy und tippte auf das Display; ein dunkles Gefühl der Angst ergriff von ihr Besitz. »Hallo?«

»Ma'am, hier ist Deputy Slade Garrison vom Sheriffbüro Lee Country.«

Heilige Sch... Sie waren entdeckt worden. Das war der Anruf, den sie schon ihr ganzes Leben lang fürchtete. »Ja?«

»Ich stehe hier mit einer Frau namens Pasha Tamarin. Kennen Sie sie?«

Fast wäre sie unter Wasser gesunken. »Geht es ihr gut?«

»Nein, Ma'am. Es geht ihr ganz und gar nicht gut.«

13

In einer Krise war Doktor Oliver Bradbury ein Geschenk des Himmels. In den folgenden ein, zwei Stunden kümmerte sich Oliver um alles. Aber auch alles. Mit ruhiger, unbestrittener Autorität, nicht im Mindesten aus dem Konzept gebracht durch die Situation, in der es um Leben und Tod ging.

Er nahm das Handy und sprach mit dem Sheriff; er half Zoe, sich anzuziehen, rief Tessa an, damit sie kam, um bei Evan zu bleiben, sprach mit einem Arzt in der Notaufnahme des North Naples Hospitals und blieb bei alldem vollkommen ruhig, während sie über den Damm fuhren.

Zoe hingegen war ein Wrack – drei Worte brannten in ihren Gedanken, während Oliver eins nach dem anderen erledigte: Sie ist weggegangen. Sie ist weggegangen. Sie ist *weggegangen*.

Pasha hatte die verdammte Notfalltasche genommen und war *weggegangen,* nur um auf dem Parkplatz des Super Min zusammenzubrechen. Dort wurde sie von Gloria Vail, der Verkäuferin in der Nachtschicht, gefunden, die zufälligerweise tagsüber im Beauty-Salon des Casa Blanca arbeitete und ebenso zufällig mit Deputy Garrison zusammen war.

Gloria hatte Pasha erkannt, Tessa angerufen und so Zoes Handynummer erfahren.

Sonst hätte Zoe vielleicht erst erfahren, wo Pasha steckte, wenn sie nach Hause gekommen wäre, festgestellt hätte, dass sie nicht da war, und dann jedes Krankenhaus und sämtliche Polizeibehörden des Countys angerufen hätte.

Sie musste daran denken, sich bei Gloria dafür zu bedanken, dass sie den Sheriff gerufen hatte.

Wenn das mal keine Ironie war – jemandem für etwas zu danken, was Pasha und Zoe fünfundzwanzig Jahre lang mit allen Mitteln vermieden hatten.

Im Krankenhaus wollte man Zoe nicht zu Pasha lassen. Als der Mitarbeiter am Empfang nach Versicherung, Ausweis und anderen *normalen* Informationen fragte, die die *abnormale* Zoe nicht hatte, eilte wieder Oliver zu Hilfe, indem er versprach, das Ganze zu regeln – wie? – und von Zoe verlangte, sich ins Wartezimmer zu setzen und zu *warten*.

Und dort blieb sie; sie setzte sich in einen blauen Ledersessel, der an ihren nackten Beinen klebte, und starrte den Fernseher an, der ohne Ton lief. Nur unterbewusst nahm sie die Leute wahr, die vorbeigingen, während ihre Welt in eine Million Teile zerfiel.

»Hey.«

Zoe fuhr bei der Begrüßung zusammen, die sie aus ihren trübseligen Gedanken riss; Tessa und Jocelyn eilten durch den Gang auf sie zu. Selbst in T-Shirt und Jeans sah Jocelyn wahnsinnig adrett aus, ihr dunkles Haar war zu einem glatten Pferdeschwanz zusammengebunden. Tessa sah nicht ganz so adrett aus, aber immerhin hatten sie sie aus dem Tiefschlaf gerissen, um auf Olivers Sohn aufzupassen.

»Wo ist Evan?«, fragte Zoe, während sie aufstand, um sie zu begrüßen.

»Er ist aufgewacht und ich habe ihn zu Lacey und Clay gebracht. Lacey war ohnehin wach wegen des Babys, und eigentlich wollte sie mitkommen, um dir beizustehen.« Tessa reichte Zoe eine Supermarkt-Plastiktüte. »Zufällig ist mir aufgefallen, dass du fast nackt bist, und da dachte ich mir, du hättest vielleicht gern etwas zum Anziehen.«

Zoe nickte dankbar und umarmte die beiden rasch.

»Alles okay bei dir?«, fragte Jocelyn und legte Zoe sanft die Hand auf die Wange. »Du siehst ja furchtbar aus.«

»Ich fühle mich auch furchtbar. Sie ist weggelaufen!« Die Worte brachen mit einem Schluchzen aus ihr heraus.

»Warum hat sie das getan? Wollte sie dich suchen?«, fragte Tessa.

»Mein Vater ist auch mal weggelaufen«, warf Jocelyn ein.

»Aber er hat Demenz«, erwiderte Tessa. »Pasha hat …«

Alle drei schwiegen, als wollte keine von ihnen das Wort aussprechen.

»Krebs«, sagte Jocelyn schließlich. »Sie hat Krebs und jetzt wird ihr geholfen werden. Da kann sie sich dir nicht widersetzen, ganz gleich aus welchen Gründen.«

Tessa blickte Zoe scharf an, in ihrem Gesicht stand eine stumme Frage: *Wie lauten ihre Gründe?* »Warum, glaubst du, ist sie weggelaufen, Zoe?«, fragte sie stattdessen.

Zoe ließ sich in ihren Sessel zurückfallen, das Leder war noch warm. Die beiden anderen setzten sich in die Sessel rechts und links von Zoe und ergriffen sofort ihre Hände.

Zoe klammerte sich an den beiden fest, als hinge ihr Leben davon ab. »Ich …« Sie schluckte die Standardantwort – auch *Lüge* genannt – hinunter. »Sie ist weggelaufen, weil sie nicht wollte, dass …« Nein, das war eine weitere Lüge. Sie war nicht vor den Ärzten und der Möglichkeit, geheilt zu werden, davongelaufen; sie war weggelaufen vor der Realität. Sie war weggelaufen … »Sie ist weggelaufen, damit ich ein normales Leben führen kann.«

Beide starrten sie an.

Zoe schloss die Augen, ihre Lider brannten vor Erschöpfung, Stress und Angst. Und vor Tränen vermutlich.

Ihre Freundinnen würden so verletzt sein. So wütend. So gekränkt darüber, dass sie ihr nicht nah genug gewesen waren, dass sie ihnen vertraut hatte. Vor allem Tessa, die Geheimnisse nicht mochte.

»Wovon redest du, Zoe?«, fragte Tessa.

»Ich habe euch nicht ... alles gesagt.« Zoe konnte ihren Blick nicht von Tessa abwenden, in der Hoffnung, ihr dadurch die Tiefe und Aufrichtigkeit ihrer Entschuldigung übermitteln zu können. Doch dem Ausdruck abgrundtiefen Elends auf Tessas Gesicht nach zu urteilen, gelang Zoe das nicht.

»Zoe«, sagte Jocelyn wieder und drückte ihre Hand noch fester.

Zoe ignorierte sie und sah weiterhin Tessa an. Ehrlich gesagt war es nicht Jocelyn, um die sie sich Gedanken machte. Sie hatte ihnen so viel von ihrer eigenen Vergangenheit verheimlicht, dass sie die verständnisvollste von Zoes Freundinnen sein würde.

Aber Tessa, oh, *Tessa*. Sie hatte nur Ehrlichkeit gefordert, und Zoe hatte sie ihr all die Jahre vorenthalten.

Jetzt wurde es Zeit.

»Zoe, sieh doch mal.« Jocelyn zerrte an ihrer Hand, und endlich wandte sich Zoe um; ihr Blick fiel auf einen Mann in grüner Kleidung, der auf sie zukam. An seiner Hüfte hing eine verdammt dicke Knarre, an seiner ansehnlichen Brust das Sheriffabzeichen von Lee County. »Ich glaube, Deputy Garrison möchte dich sprechen.«

Zoe erkannte sofort den muskulösen Körperbau und das sandfarbene Haar des jungen Deputy-Sheriffs, der auf Mimosa Key ziemlich präsent war.

»Miss Tamarin.« Er nickte ihr zu.

Langsam stand Zoe auf, ihr Herz hämmerte gegen ihre Rippen. Da war er also – der Moment, vor dem sie sich, so lange sie denken konnte, gefürchtet hatte.

»Deputy Garrison.« Sie streckte die Hand aus, um die seine zu schütteln. »Vielen Dank, dass sie sich um meine ... um Pasha gekümmert haben.«

»Könnten Sie mir bitte ein wenig mit dem Papierkram helfen, Ma'am? Sie hatte keinen Ausweis dabei und ich muss ein paar Formulare ausfüllen. Haben Sie zufällig ihren Führerschein mitgebracht?«

»Sie fährt nicht.« Und hat auch kein Fitzelchen Papier, um ihre Identität nachzuweisen.

»Können Sie ihre Sozialversicherungsnummer und die Adresse ihres Wohnsitzes angeben?«

»Die kenne ich nicht.« Weil es sie nicht gibt.

»Wie steht es mit Geburtsdatum und Geburtsort? Die könnten wir auch ins System eingeben.«

Um nichts zu finden? Zoe schüttelte den Kopf. »Ich fürchte, damit kann ich nicht dienen, Deputy.«

Er runzelte ein wenig die Stirn. »Dann haben wir ein Problem, weil …«

»Worin genau besteht dieses Problem, Sheriff?«

Zoe fuhr herum, als sie den samtigen, kraftvollen Klang von Olivers Stimme vernahm; er hatte einen OP-Kittel an und Zoe hüpfte das Herz in die Kehle. Hatte er Pasha operiert? Sie behandelt?

»Wie geht es ihr?«, fragte Zoe und vergaß den Sheriff vorübergehend.

Er nickte und ergriff ihre Hand. »Das erzähle ich dir gleich. Ich bin Dr. Oliver Bradbury«, sagte er an den Sheriff gewandt. »Pasha Tamarin ist eine meiner Privatpatienten. Ich gehöre zum Personal dieses Krankenhauses. Wir lassen Ihnen den Papierkram morgen zukommen, Sheriff. Miss Tamarin muss jetzt zu ihrer Tante.«

Slade nickte. »Das verstehe ich, aber ich muss etwas ins System eingeben, wenigstens ihre Identität. Können Sie mir ihren vollen, gesetzlichen Namen mitteilen?«

Für einen langen Augenblick sagte keiner ein Wort. Zoe war sich bewusst, dass Jocelyn und Tessa nur ein kleines Stückchen von ihr entfernt waren, vor Unsicherheit wie erstarrt. Und Oliver erwartete von ihr, dass sie … aufhörte wegzulaufen.

»Sie heißt …« Zoe schluckte und sah Oliver an, erkannte das stumme Flehen in seinen Augen, hörte aber ein anderes Flehen in ihrem Kopf.

Tu es nicht, Zoe. Lauf weg. Lüge. Zieh dir dieses Kissen über den Kopf und denk an etwas Schönes. Schwebe einfach in Gedanken davon.

Dieses Mal nicht.

»Sie heißt Patricia Hobarth«, sagte sie leise. »Und sobald ich weiß, dass sie das überlebt, sage ich Ihnen alles andere, was Sie wissen müssen.«

Slade sah zufrieden aus, er trat beiseite, damit sie zu Oliver gelangen konnte, der sie zu einer Vollkörperumarmung an seine Brust zog. »Mein braves Mädchen.«

War sie sein Mädchen? Nun, sie waren dem sicherlich einen Schritt nähergekommen, oder? »Wie geht es Pasha?«

»Komm. Ich bringe dich zu ihr.«

Zoe stand minutenlang in der Tür von Pashas Zimmer, klammerte sich an Olivers Arm und sah zu, wie eine Krankenschwester einen Infusionsbeutel austauschte. Pasha sah winzig wie ein Kind aus, sie war blass und wirkte dem Tod beängstigend nah.

»Was genau ist passiert?«, fragte sie Oliver.

»Extrem hohes Fieber, schwere Erschöpfung und Verdauungsbeschwerden. Die Symptome haben wir unter Kontrolle, jetzt müssen wir die Ursache behandeln.«

»Krebs?«

»Untersuchungen müssen noch bestätigen, was ich bereits weiß, aber, ja. Speiseröhrenkrebs im fortgeschrittenen Stadium.« Stark und sicher legte er ihr die Hand auf den Rücken. »Wir sollten die Gentherapie durchführen, und zwar schnell, Zoe.«

Hoffnung. Hoffnung grub sich tief in Zoes Herz, und sie griff mit beiden Händen danach. Aber sie fühlte sich verdammt schlüpfrig an. »Okay.«

Die Krankenschwester beendete ihre Arbeit und nickte Zoe zu. »Sie ist jetzt wach«, sagte sie, »aber die Infusion enthält ein Beruhigungsmittel, deshalb wird sie bald wieder einschlafen. Es kann sein, dass sie nicht ganz klar im Kopf ist oder sich später nicht mehr an dieses Gespräch erinnert, aber sie können jetzt mit ihr reden.«

»Danke.« Zoe trat an Pashas Bett, sie sehnte sich danach, sie in die Arme zu schließen. »Hey, Tantchen«, flüsterte sie und legte die Hand auf Pashas schmale Schulter. »Jemand zu Hause?«

Ihre runzligen Augenlider flatterten.

»Ich bin es, deine Kleine«, sagte Zoe; sie benutzte ihren uralten Spitznamen.

Pasha lächelte gerade genug, um Zoes Herz einen Freudensprung machen zu lassen. »Wie geht es dem Kleinen?«, fragte Pasha.

»Es geht mir gut.«

Sie schlug die Augen auf, sie wirkten vernebelt und abwesend, aber offen. »Nein, meinem kleinen Jungen. Matthew.«

»Evan«, korrigierte sie. »Ihm geht es auch gut.« Zoe beugte sich vor und bemühte sich, die alte Frau nicht dafür, dass sie weggelaufen war, zu tadeln und zu schelten. »Und dir geht es auch bald wieder gut, Tante Pasha.«

Ihre braunen Augen suchten Blickkontakt mit Zoe. »Ich wurde verhaftet«, flüsterte sie.

»Nein, wurdest du nicht. Du bist auf dem Parkplatz eines Gemischtwarenladens zusammengebrochen, wo du übrigens gar nicht hättest sein sollen,« – sie konnte sich einen kleinen Tadel nicht verkneifen – »und der Sheriff hat dich ins Krankenhaus gebracht.«

»Ich habe ihm schon gesagt, dass ich unschuldig bin.«

»Mach dir deswegen jetzt keine Sorgen, Pasha. Oliver ist hier und wird sich um dich kümmern. Sobald du ein wenig zu Kräften gekommen bist, verlegt er dich in seine Klinik und fängt mit der Behandlung an. Dann bist du bald auf dem besten Weg, wieder gesund zu werden.«

»Zoe ...« Sie rang nach Atem. »Glaub nicht, was sie sagen.«

Was *wer* sagt? »Ich glaube überhaupt nichts«, beruhigte sie sie. »Werde einfach wieder gesund, okay?«

»Ich meine es ernst.« Ihr Blick wurde vorübergehend klar, als hätte sich ein Nebel gelichtet und sich dann gleich wieder auf sie gelegt. »Sie werden dir Dinge erzählen, und ich schwöre es dir, Zoe, ich schwöre dir, dass ich nichts getan habe, was irgendjemanden verletzt hat.«

»Natürlich hast du das nicht.« Pasha war wirklich benebelt, und da sie ein Beruhigungsmittel intus hatte und sich an das Gespräch nicht mehr erinnern würde, fügte Zoe hinzu: »Und ich habe alles in Gang gesetzt, um dafür zu sorgen, dass du dich für den Rest deines Lebens nicht mehr verstecken musst und frei sein kannst.«

Pashas dunkle Augen blitzten auf. »Was?«

»Mach dir keine Sorgen.« Die Worte klangen hohl, aber sie tat ihr Bestes, Hoffnung in sie hineinzulegen. Oliver hatte recht. Das war richtig so. »Ich verspreche dir, Pasha, kein Richter und keine Jury werden dich hinter Gitter bringen, weil du ein kleines Mädchen gerettet und aus einer bedrohlichen Situation befreit hast. Ich werde bis zum Ende mit dir kämpfen.« Sie drückte Pashas Schulter und versuchte, das Feuer in ihren Adern auf Pashas zu übertragen.

»Sie könnten es aber versuchen«, sagte Pasha. »Das haben sie schon einmal getan.«

»Nein, nein.« Sie war verwirrt. »Niemand hat das versucht.«

»Es war ein Fehlprozess, Zoe, das war schon richtig so«, krächzte sie.

»Ein was?«

Pasha schloss die Augen. »Ich bin unschuldig, Kleines. Ich bin unschuldig.«

»Ich weiß, dass du das bist, Tante Pasha. Du hast getan, was du für das Richtige gehalten hast, und es *war* richtig. Du hast mich gerettet. Bitte. Jetzt ist nicht die Zeit, um …«

»Wenn ich es nur beweisen könnte.«

»Ich kann es beweisen«, sagte Zoe. »Ich weiß noch, was passiert ist und was er getan hat.«

»Er auch.«

»Pasha, der Mann ist tot.«

Doch Pasha schüttelte den Kopf und stieß dann einen langen, langsamen Atemzug aus. Ihre Augenlider klappten zu, als wäre es zu viel für sie, sich länger dagegen zu wehren.

Zoe spürte, dass sich Oliver näherte. »Ich glaube, sie ist eingeschlafen«, flüsterte sie.

»Ich bin nicht eingeschlafen.«

Zoe zuckte zusammen und wandte sich wieder an Pasha. »Das solltest du aber«, sagte sie. »Du brauchst Ruhe.«

Pasha schlug die Augen auf und ihr Blick wanderte zu Oliver. »Ich habe dich immer gemocht«, sagte sie leise.

Er lächelte. »Ich mag dich auch, Pasha.«

»Weil du Zoe liebtest. Das habe ich gemerkt.«

Er nickte.

»Sie ist wirklich nicht ganz klar«, sagte Zoe schnell.

»Wenn ich nicht da wäre …« Pasha versuchte, die Schulter zu heben.

»Sssh«, beschwichtigte Zoe sie und rückte näher. »Du *bist* da und wirst auch noch lange Zeit da sein. Dafür wird Oliver sorgen.«

»Das werde ich«, versprach er.

Pasha stöhnte leise auf. »Ich habe versucht wegzugehen.«

»Das ist dir Gott sei Dank nicht gelungen«, sagte Zoe.

»Nein, ich habe damals in Corpus Christi versucht wegzugehen.«

»Das ist dir gelungen.« Zoe beugte sich vor und küsste sie auf die Wange. »Und dafür bin ich dir unendlich dankbar. Schlaf jetzt.«

Pasha schloss die Augen und sie warteten einen Moment; dann trat Zoe vom Bett weg. Als sie an der Tür waren, rief Pasha: »Zoe?«

»Ich gehe jetzt hinaus in den Flur, Tante Pasha. Und du kannst schlafen.«

»Du glaubst, dass ich unschuldig bin, oder? Ganz egal, was sie sagen?«

Sie warf Oliver einen Blick zu, der »starkes Beruhigungsmittel« mit den Lippen formte.

Zoe nickte. »Ich glaube dir, meine Liebe. Schlaf jetzt.«

»Es war nämlich ein Feh…«

Zoe wartete darauf, dass sie zu Ende sprach, aber da zeigten die Medikamente Wirkung und Pasha schlief ein.

14

»Gibt es etwas, das so sexy ist wie eine stillende Frau?«

Lacey verdrehte die Augen, setzte sich auf ihrem Kissen zurecht und warf ihrem Mann einen Blick zu. »Ja, eine schlafende Frau.«

»Im Ernst, Lace, ich dachte immer, bei deinen wundervollen Brüsten käme es auf die Form an, nicht auf die Funktion.«

Sie lächelte und strich ihm zärtlich über die Haare, wobei sie eine lange Strähne davon hinter sein Ohr klemmte. »Da spricht der Vollblutarchitekt aus dir, Clay.«

»Und der Vater.« Jedes seiner Worte war von Stolz geprägt, und selbst in ihrem abgedunkelten Schlafzimmer konnte Lacey sehen, dass er feuchte Augen bekommen hatte.

»Ein verdammt guter noch dazu«, sagte sie.

»Das wird sich noch zeigen.«

Sie stieß ihn sanft mit dem Ellbogen an, und er ließ sich ebenfalls auf das Kissen fallen. »Für Ashley gibst du einen großartigen Stiefvater ab.«

»Ich bemühe mich, aber …«

»Hey, sie ist ein sechzehnjähriges Mädchen, das noch nie einfach zu erziehen war. Sie hat dich total lieb und vertraut dir. Und …« Sie beugte sich vor, um ihn auf die Wange zu küssen. »Ich tue das auch.«

Er blickte auf, ein durchtriebenes Lächeln breitete sich auf seinem Gesicht aus, während er sich eine Locke ihres Haares um den Finger wickelte. »Ich vermisse dich, Erdbeere.«

»Nur noch ein paar Wochen.«

»Ach, zur Hölle, ich will mich nicht beschweren.« Er rutschte zum Baby hinüber. »Elijah ist jedes Opfer wert – jedes persönliche, körperliche, finanzielle, berufliche Opfer.«

»Deshalb sorgt Gott dafür, dass sie so süß sind – damit man alles für sie aufgeben würde.«

»Der hier ist auf jeden Fall süß.«

»Und er ist eingeschlafen«, flüsterte Lacey. »Kannst du ihn in seine Wiege legen, ohne dass er aufwacht?«

»Natürlich kann ich das. Stöpsel das kleine Monster ab, dann werfe ich es hinein.«

Sie lächelte, während sie den Mund des Babys von ihrer Brust wegzog und erleichtert und erschöpft ausatmete, als Clay übernahm. Geschickt hob er Elijah hoch und tätschelte seinen winzigen Rücken, bis er ein Bäuerchen machte.

»Braver Junge.« Clay glitt aus dem Bett, um das Kind in seine Wiege zu legen, die einen halben Meter entfernt stand.

Lacey ließ ihr Pyjamaoberteil offen, damit ihre wunden, rissigen Brustwarzen trocknen konnten, und kämpfte gegen die erste Welle Schlaf an, die sie zu erfassen drohte. Sie wollte noch fünf Minuten mit Clay sprechen. Nur fünf Minuten, damit sie sich küssen konnten und …

Clay richtete sich von der Wiege auf. »Was war das?«

»Sssh. Das ist der Klang der Stille. Genieße ihn.«

Er schüttelte den Kopf, sein ganzer Körper war in Alarmbereitschaft, während er zur geschlossenen Tür ging.

»Da läuft jemand herum.«

Lacey setzte sich auf. »Glaubst du, Evan ist aufgewacht?«

Ein leises Klopfen an der Tür beantwortete diese Frage. »Mrs Walker? Ich kann nicht schlafen.«

»Junge, Junge«, sagte Clay.

»Und gleich zwei von der Sorte«, erwiderte Lacey. »Kaum schläft der eine, wacht der andere auf. Lass ihn rein, Clay.«

Rasch zog Lacey ihr Oberteil zu und setzte sich auf – jede Aussicht auf Schlaf inzwischen nicht mehr als ein süßer Traum.

»Hey, Kumpel.« Clay öffnete die Tür und ging in die Hocke, um mit Evan auf Augenhöhe zu sein; Laceys Herz machte einen kleinen Sprung vor lauter Dankbarkeit und Liebe. Er würde wirklich ein wunderbarer Dad sein. »Musst du auf die Toilette? Willst du ein Glas Wasser? Einen Mitternachts-Snack?«

»Ich mache mir Sorgen um Tante Pasha.«

Lacey setzte sich jetzt ganz auf. »Das tun wir alle, mein Junge, aber sie ist in wirklich guten Händen. In den Händen deines Dads, was könnte ihr Besseres passieren?«

»Ich möchte gern nach Hause.«

»Nach Hause ...« Nach Chicago? Ins Ritz? Wo war sein Zuhause?

»In das Haus, in das wir eingezogen sind. Ich will zu meinem Dad. Und zu Zoe.«

Die Tatsache, dass er bereits an Zoe hing, ließ bei Lacey die Hoffnung aufflackern, dass tatsächlich etwas aus Zoe und dem alleinerziehenden Vater werden konnte.

Clay stand auf. »Wenn dein Dad zurück ist, bringe ich dich zu ihm. Kein Problem, Kumpel. Aber solange er noch immer im Krankenhaus ist, musst du hierbleiben, okay?«

»Wo ist mein Handy, mal sehen, ob ich Zoe erreichen kann«, sagte Lacey rasch, während sie aus dem Bett schlüpfte und nach ihrem Handy griff. »Ihr zwei bleibt hier, aber wenn ihr das Baby aufweckt, seid ihr des Todes.«

Clay warf Evan einen gespielt angstvollen Blick zu, was Evan zum Lachen brachte, und wieder schwoll Laceys Herz vor Liebe an. »Danke«, flüsterte sie beim Hinausgehen; auf Zehenspitzen ging sie durch den Flur, um Zoe eine SMS zu schicken. Ein paar Sekunden später vibrierte ihr Handy, weil die Antwort gekommen war.

Zoe Tamarin: Kommen ihn in 10 Min holen ... muss mit dir reden. Heute Abend. Wichtig.

Tessa hatte bereits eine SMS aus dem Krankenhaus geschickt, in der gestanden hatte, dass es Pasha besser ginge und dass man sie die Nacht über dort behalten würde. Was war denn so wichtig, dass ... Lacey seufzte. Schlaf war für sie inzwischen nichts weiter als eine schöne Erinnerung.

Zurück im Schlafzimmer fand sie Clay vor, der mit Evan am Fenster stand und eine kurze Lektion in Astronomie erhielt.

»Tatsächlich bewegt sich dieser Stern alle fünfundzwanzigtausend Jahre oder so«, sagte Evan, »aber nicht genug, als dass wir es sehen könnten.«

Clay blickte auf ihn hinunter und schüttelte den Kopf. »Du bist reif fürs College, weißt du das?«

»Meine Mom hat mich schon für ein paar Spezialkurse an der University of Chicago angemeldet«, sagte er, wobei er eher resigniert als stolz klang.

»Möchtest du nicht hingehen?«, fragte Clay.

Er zuckte mit den Schultern. »Ich möchte einfach nur normal sein.«

»Wer will das nicht«, scherzte Lacey.

Evan drehte sich um. »Sie haben wie Zoe geklungen, als Sie das gesagt haben. Ich mag Zoe«, fügte er sehnsüchtig hinzu.

»Dann habe ich gute Neuigkeiten«, unterbrach ihn Lacey leise. »Dein Dad und Zoe sind auf dem Weg. Pasha wird über Nacht im Krankenhaus bleiben, damit die Ärzte sie beobachten können, aber es geht ihr schon viel besser.«

Er nickte, dann runzelte er nachdenklich die Stirn. »Mein Dad und Zoe mögen sich sehr gern.«

»Nun, sie kennen einander ja auch schon lange.«

»Seit zwei oder drei Tagen.«

»Eher seit zehn Jahren, soweit ich weiß.«

»Zehn Jahre?« Evans Stimme war vor Schreck laut geworden.

»Pssst.« Lacey legte den Finger auf die Lippen, aber es war zu spät. Elijah regte sich und Lacey seufzte frustriert. Dennoch war sie ein wenig froh über die Ablenkung. Sie hatte eindeutig ein Terrain betreten, das für diesen Jungen noch nicht beackert war. »Lass uns draußen an der Haustür auf sie warten, okay? Clay kann beim Baby bleiben.«

Ein paar Minuten später durchschnitten das Brummen eines Sportwagenmotors und das grelle Licht von Halogenscheinwerfern die Dunkelheit der Barefoot Bay; Olivers Porsche bog in die Einfahrt. Noch bevor der Motor abgestellt wurde, war Zoe aus dem Wagen gesprungen und griff instinktiv nach Evan.

»Hey, Kleiner.«

Er lief nicht davon, machte sich aber ein wenig steif, während er wartete, bis sein Vater ausstieg und um den Wagen herum kam. »Jetzt bist du aber wirklich lange aufgeblieben, Ev.«

Er zuckte mit den Schultern und ging an Zoe vorbei, so steif, dass sie überrascht zurückwich. »Alles okay?«

»Ich bin müde«, sagte er; er klang quengelig und lieferte somit den Beweis, dass Achtjährige ungeachtet ihres IQs völlig unleidlich werden können.

Zoe wandte sich an Oliver. »Bring ihn nach Hause, ich bleibe hier.«

Seine Enttäuschung war geradezu greifbar. »Bist du sicher? Aber geh später nicht allein zu deinem Bungalow zurück.«

»Du kannst hier übernachten, Zoe«, sagte Lacey rasch, während sie vortrat, was ihr einen dankbaren Blick von Zoe und einen kurzen Blick von Oliver einbrachte. »Wie ihr wollt.«

Zoe legte Oliver die Hand auf die Brust. »Für Evan war das alles auch schwierig. Bring ihn nach Hause, und wir reden morgen über alles.«

Sein Blick flackerte über ihr Gesicht und war so intensiv, dass Lacey das Gefühl hatte, zurückweichen zu müssen, als wäre dies ein sehr privater Moment.

Oliver streckte die Hand aus und strich Zoe über die Wange, was das Ganze noch intimer machte. »Ich rufe dich morgen an. Sieh zu, dass du etwas Schlaf bekommst.«

Er nickte, und während er wegging, sahen sie sich noch lange in die Augen. »Danke«, formte Zoe mit den Lippen.

Lacey entging dieser letzte Blick nicht, aber sie sagte erst etwas, als sein Auto davonfuhr. Sie trat neben Zoe. »Man muss aufpassen, dass man sich nicht die Haare versengt bei all der Elektrizität hier draußen«, flüsterte sie.

Zoe hatte ihren Blick auf die sich entfernenden Lichter des Sportwagens geheftet und lächelte verstohlen. Lacey wartete auf eine schlagfertige Antwort, einen Witz über Sex oder ein wenig Sarkasmus.

Doch Zoe wandte sich zu ihr um, und ein Ausdruck von Schmerz und Angst verwandelte ihr normalerweise fröhliches Antlitz in etwas, das Lacey kaum wiedererkannte. Hinter ihnen wurde die Einfahrt erneut in Licht getaucht, und als sie sich umdrehten, entdeckten sie Tessa und Jocelyn, die aus dem Auto sprangen, kaum dass sie angehalten hatten.

»Ich habe deine SMS bekommen«, sagte Tessa zu Zoe, während sie ins Haus gingen. »Ich dachte, du wärst mit zu Oliver gegangen.«

»Ich habe es mir anders überlegt«, entgegnete Zoe und blickte von einer zur anderen. »Ich glaube, was ich jetzt wirklich will, ist ...«, sie nahm einen langsamen, tiefen Atemzug; die einzigen anderen Geräusche waren die der Brandung des Golfs und ein Chor aus Grillen, »... etwas zu tun, was ich schon vor langer, langer Zeit hätte tun sollen. Ich möchte euch die Geschichte eines Mädchens namens Bridget Lessington erzählen.«

»Wer zum Teufel ist das?«, fragte Tessa.

Zoe drehte sich zu ihr um, in ihren Augen standen Tränen; sie versuchte zu lächeln, aber ihre Lippen bebten. »Sie steht vor dir.«

Auf dem Heimweg schwieg Evan wie ein Grab. Ohne Gute Nacht zu sagen, trottete er die Treppe zu seinem Zimmer hinauf. Oliver schob das Ganze auf den Schlafmangel, der auch ihm zu schaffen machte.

Er ließ sich auf sein Bett fallen und wünschte sich wie verrückt, dass Zoe mit ihm gekommen wäre und jetzt neben ihm liegen würde. Unter ihm. Sich um ihn herumschlingen würde.

Aber er hatte seine Chance gehabt – Zoe war nackt im Swimmingpool geschwommen und hatte darum gebettelt, dass er sich zu ihr gesellte.

Was zum Teufel war los mit ihm? Er wollte ihren Körper, wollte sie …. Mehr als alles andere.

Aber er wollte nicht ihr menschlicher Vibrator sein. Er wollte nicht als ihre Flucht, ihre Ablenkung oder ihr *Fick des Tages* herhalten.

Sie war seit vier Jahren nicht mehr mit jemandem zusammen gewesen?

Nun, er hatte die letzten neun Jahre lang Sex mit einer Frau durchexerziert, die er kaum gemocht und erst recht nicht geliebt hatte. Darüber hinaus hatte es niemanden gegeben, nicht einen einzigen Fehltritt seit dem Tag, an dem er Zoes Haus verlassen und zu Adele gefahren war, nachdem er seine Entscheidung getroffen hatte.

Er hatte bereits so viel bedeutungslosen Sex gehabt, dass es für den Rest seines Lebens reichte, vielen Dank. Wenn er seinen Spaß haben wollte, würde er tun, was er tun müsste. Er war alt genug, klug genug und einsam genug, um zu wissen, was er wollte.

»Dad?«

Er schaltete das Licht ein und blinzelte in die plötzliche Helligkeit. »Was ist los, mein Junge?« Sein Herz fing an zu klopfen, als er sah, dass Evan geweint hatte. »Shit«, murmelte Oliver.

»Genau.«

Fast hätte er gelächelt. »Komm her.« Er klopfte auf das Bett. »Du kannst den Rest der Nacht bei mir schlafen.«

Ohne eine Sekunde zu zögern, kletterte Evan auf das übergroße Doppelbett und kroch geradewegs unter die Decke. »Ich vermisse Mom«, gestand er, seine Stimme klang sehr kleinlaut.

Evan mochte zwar ein Genie sein, aber er war immerhin ein kleiner Junge, den man in eine Situation geworfen hatte, die er nicht verstand, und zwischen ihm und seiner Mutter lag jetzt ein ganzer Ozean. Und wenn ausgerechnet Oliver das nicht verstand, dann hatte er nicht mal ein Teilzeit-Sorgerecht verdient.

»Das verstehe ich voll und ganz, Ev. Bald ist es Morgen in Europa. Willst du sie anrufen?«

Er dachte kurz darüber nach und krümmte sich dabei ein wenig, als würde der Schlafmangel seinem kleinen Körper zusetzen. »Ich dachte daran, sie einfach zu fragen ...«

»Sie was zu fragen?«

Er verzog das Gesicht und nahm eindeutig all seinen Mut zusammen; Oliver hatte keine Ahnung, weshalb.

»War Zoe dieses Mädchen, von dem Mom dauernd geredet hat?«

Verdammt. Warum hatte Adele Evan diesen Teil seiner Vergangenheit überhaupt erzählt? Wie konnte ein Kind das verstehen? »Welches Mädchen?«, fragte er, obwohl er es genau wusste.

»Sie sagte, du hättest vor ihr eine Freundin gehabt und du würdest sie noch immer mögen, obwohl du Mom geheiratet hast.«

Wie zum Teufel sollte er das beantworten? Er würde nicht lügen, aber er wollte Zoe auch nicht als jemanden hinstellen, der Ehen zerstört. Das Ganze war einfach zu viel für Evan, ganz egal, was für ein schlaues Köpfchen er war.

»Nun.« Oliver zog das Wort gut zwei Sekunden in die Länge. »Wenn du damit meinst, dass du wissen möchtest, ob ich

Zoe kannte, bevor ich deine Mom kennengelernt und geheiratet habe, ja. Aber ich musste eine Entscheidung treffen.«

»Wegen Großpapa.«

Oliver runzelte die Stirn. »Was hat dein Großvater damit zu tun?«

»Mom sagte, dass du sie geheiratet hast, weil Opa Walter dich dazu gezwungen hat.«

Tatsächlich war Adeles Vater nicht gerade begeistert darüber gewesen, dass seine Tochter schwanger zum Traualtar ging. Aber er hatte Oliver immer genug gemocht, um ihm diesen Fehler zu verzeihen und eine Hochzeit im Country-Club mit allem Drum und Dran zu bezahlen, trotz der Tatsache, dass alles übereilt vonstattengehen musste, um Adeles wachsendem Bauch Rechnung zu tragen.

Beim Empfang hatte Walter Oliver beiseitegenommen und ihm eine Position im Krankenhaus angeboten, die seine Karriere verändern sollte; er brachte ihn in der Verwaltung unter und krönte ihn zum nächsten Vorstandsvorsitzenden des Mount Mercy Hospitals.

Oliver hatte die Stelle akzeptiert, weil es das Richtige war, wenn ein Baby unterwegs war.

»Grandpa Walter hat mich zu gar nichts gezwungen.«

»Aber das hat sie mir gesagt. Sie sagte, Grandpa hätte versucht, dich umzubringen.«

Er unterdrückte ein Lachen. »Nein, Evan, er hat nie versucht, mich umzubringen.«

»Warum hat sie dann gesagt, er hätte bei eurer Hochzeit ein Gewehr dabeigehabt?«

Hatte er? Oh, natürlich. Jetzt dämmerte ihm, weshalb Evan das dachte. »Hat sie zufälligerweise den Begriff ›Schrotflintenhochzeit‹ verwendet?«

Er nickte. »Ich dachte, das hieße so, weil Grandpa dich töten würde, wenn du sie nicht heiratest.«

»Das bedeutet der Ausdruck auch mehr oder weniger, aber es ist nur eine Redewendung. Es bedeutet nicht, dass er tatsächlich ein Gewehr dabeihatte.«

»Ich glaubte nicht, dass Grandpa Walter überhaupt ein Gewehr besitzt.«

Oliver lächelte. »Ich bezweifle das auch.« Er tätschelte Evans Schulter. »Das gehört alles der Vergangenheit an und spielt jetzt keine Rolle mehr. Deine Mom und ich lieben dich, und das ist alles, worauf es …«

»Was bedeutet ›Schrotflintenhochzeit‹ denn dann?«

Oliver starrte ihn an. Er konnte nicht lügen. Er hätte etwas erfinden können, wie man es bei jedem anderen Achtjährigen tun würde, aber das hier war Evan. Er würde den Ausdruck ohnehin morgen früh googeln. »Es bedeutet, dass …«

Hatte er sich das nie ausgerechnet? Oder tickte ein so junges Gehirn trotz seiner hervorragenden Kapazitäten noch nicht so?

»Deine Mom war bereits mit dir schwanger, Evan. Und das ist eine alte Redewendung, die bedeutet, dass die Mutter schon vor der Ehe ein Baby erwartet.«

Er wartete die Reaktion ab, die bei Evan von naivem Schock bis hin zu einem Vortrag über die Trächtigkeitsdauer bei Säugetieren reichen konnte.

Doch Evan reagierte gar nicht. Er wandte sich ab, blickte zur Decke hinauf und sagte gar nichts.

»Du kannst also aufhören, dir darüber Sorgen zu machen, dass Grandpa Walter mich erschießen könnte.«

»Okay.«

Oliver tätschelte seinen Arm. »Dafür, dass es mitten in der Nacht ist, ist das ziemlich harter Tobak, mein Junge. Ich glaube, wir haben uns noch nie über etwas Ernsteres als das Wetter unterhalten.«

Evan warf ihm ein gewitztes Lächeln zu. »Was auch ziemlich harter Tobak ist.«

Oliver wurde von einer Welle der Zuneigung überrollt. Sein Sohn hatte Sinn für Humor, ein Herz aus Gold und den unstillbaren Hunger, alles wissen zu wollen. Zoe hatte recht. Alles, was er tun musste, war, sich zu entspannen, dann würde das mit der Erziehung sich ganz von selbst regeln.

Evan drehte sich um und umarmte sein Kissen, ein schläfriges Lächeln verzog seinen Mund. »Pasha hat recht. Du und Zoe solltet heiraten.«

Und gerade hatte er gedacht, er hätte alles unter Kontrolle. »Pasha hat das zu dir gesagt?«

»Als wir Rat Screws gespielt haben«, sagte er. »Ihr wart ja ziemlich lange weg, und da sagte sie etwas in diese Richtung. Ich glaube nicht, dass sie wusste, dass ich sie gehört habe, aber das habe ich.«

Oliver stieß den Atem aus und sah verstohlen auf die Uhr. »Hey, es ist fast halb vier. Können wir das vertagen, bis ich ein wenig Schlaf abbekommen habe? Ich muss morgen den Arzt spielen.«

»Wenn du mir eine Geschichte erzählst.«

Oliver war zum Heulen zumute. »Soll das ein Witz sein?«

Evan sah ihn an. »Eine gute Geschichte. Zum Beispiel aus der Zeit, in der du so alt warst wie ich.«

»Als ich so alt war wie du ...« Führte ich ein vollkommen normales Leben in Wilmington, Delaware. Ich hatte einen Vater, der jeden Tag als Ingenieur bei DuPont arbeitete, und eine Mutter, die viel lachte, viel spielte und eine verrückte Ader hatte, die sie impulsiv Dinge tun ließ. »Ich bin viel Fahrrad gefahren.«

»Wohin bist du gefahren?«

»Ach, weißt du, das Übliche. Zur Schule, zum Baseball-Park, in die Bücherei.«

Schockiert hob Evan den Kopf. »Du durftest mit dem Fahrrad zur Schule fahren, als du acht warst? Und ich darf das nicht?«

»Die Welt war damals noch anders. Wird das eine Geschichte oder ein Verhör?«

Evan lächelte. »Geschichte. Was war das Beste, was dir je passiert ist?«

»Du«, sagte Oliver, ohne zu zögern.

»Okay. Das Schlimmste?«

Das wusste er auch, ohne zu zögern. Aber das würde er seinem Sohn nicht sagen. Es war nicht gerade eine Gute-Nacht-Geschichte. Er griff nach dem Licht, knipste es aus und tauchte sie in Dunkelheit.

»Ich habe mir den Arm gebrochen, als ich in der Nähe des Friedhofs von einem Felsen gesprungen bin.«

Die Laken raschelten, als Evan sich wieder aufsetzte. »Nanu! Du? Du würdest doch nie etwas tun, das solchen Spaß macht.«

»Verdammt, Evan, von dieser Vorstellung werde ich dich kurieren, und wenn es mich das Leben kostet. Ich *liebe* Spaß.«

Die einzige Antwort war ein leises Kichern.

»Und das werde ich dir beweisen«, fügte er hinzu. »Ich bin nur noch nicht dahintergekommen, wie.« Er dachte einen Augenblick nach. »Jedenfalls – dieser Felsen. Ich kam mit ungefähr dreißig Sachen auf meinem Fahrrad angebrettert, da forderte mich dieser Junge heraus, über diesen Felsen zu schanzen und – Junge, Junge, wenn das mal keine Lektion darin war, dass man nie auf Idioten hören soll, dann weiß ich auch nicht. Rate mal, was passiert ist.«

Stille.

Er beugte sich vor und hörte den gleichmäßigen Atem eines erschöpften Kindes.

Oliver ließ sich auf sein Kissen sinken und starrte in die Dunkelheit, ein Mahlstrom aus Emotionen durchflutete ihn.

Warum war es fast immer so schwer, dies zu tun? Lag es daran, dass Adele immer da gewesen war und er nicht geglaubt hatte, dass Evan ihn brauchte? Lag es daran, dass er dieses komplexe Kind, das das Gehirn eines Erwachsenen und die Seele eines Achtjährigen hatte, eigentlich gar nicht verstand?

Oder lag es daran, dass Evan Oliver an sich selbst erinnerte? Die Wahrheit pulsierte in seiner Brust.

Und nächstes Jahr, wenn Evan neun wurde, wäre er im selben Alter wie Oliver damals, als sein vollkommen normales Leben zu Bruch gegangen war und sich alles, was er für wahr gehalten hatte, als Lüge herausstellte.

An diesem Tag war Oliver in ein leeres Haus zurückgekommen, war die Treppe hinaufgegangen und weiter auf den Dachboden ... und dann war die ganze Welt für ihn zusammengebrochen.

Zoes Stimme erklang. *Ich muss einen Fluchtweg haben ... Sonst raste ich irgendwie aus, wenn ich keine Fluchtmöglichkeit sehe.*

Es gab nichts, was Oliver mehr Angst machte als eine Frau, die verzweifelt nach einer Fluchtmöglichkeit suchte.

15

Das leise Vibrieren ihres Handys riss Zoe aus einem überraschend tiefen Schlaf, dem ein Sekundenbruchteil der Orientierungslosigkeit folgte. Wo war sie?

Dann erinnerte sie sich an vergangene Nacht. Die ungläubig aufgerissenen Augen, die heruntergeklappten Kinnladen, die verwirrten Fragen und schließlich das leise Klicken der Tür, als Tessa hinaus ins Morgengrauen gegangen war. Zoe hatte sich ins Gästezimmer zurückgezogen, um zu schlafen.

Irgendwo im Haus schrie ein Baby und helle Frauenstimmen antworteten – Jocelyn und Lacey, die sanft und leise auf Elijah einredeten.

Wieder vibrierte das Handy, und sie griff danach; sie sehnte sich nach Neuigkeiten von Pasha und – fast ebenso stark – nach einem Anruf von Tessa.

Olivers tiefe Stimme begrüßte sie mit einem schlichten »Hey«, was ausreichte, um einen Schwarm wilder Kolibris in ihrem Bauch aufzuscheuchen.

»Selber hey. Gibt es etwas Neues?«

»Ich habe gerade mit dem Krankenhaus gesprochen – Pasha geht es ganz gut.«

Zoe blickte gen Himmel und bedankte sich bei der Macht, die das Universum lenkte – wer oder was auch immer das sein mochte. »Soll ich gleich kommen und sie abholen?«

»Sie werden sie heute Morgen noch entlassen, und ich würde sie gern direkt in unsere Klinik bringen. Sie kann dort rund um die Uhr betreut werden und wird in guten Händen sein. Wir müssen noch eine ganze Reihe von Untersuchungen machen, bevor wir tatsächlich eine Gentherapie durchführen können. Ich möchte noch heute damit anfangen.«

Seine Kompetenz und seine Zuversicht legten sich auf sie wie die fluffige Daunendecke, unter der sie sich zusammengerollt hatte.

»Was ist mit Evan?«, fragte sie. Lustig, dass er in ihrer persönlichen Logistik bereits eine Rolle spielte.

»Da muss ich mir noch etwas überlegen.«

»Ich bin noch bei Lacey. Bring ihn doch her, Ashley kann auf ihn aufpassen.«

»Perfekt. Wir sind gleich da. Brauchst du etwas?«

»Nur dich.« Die Worte waren heraus, noch bevor ihre schlaftrunkenen Gehirnzellen sich einmischen und sie aufhalten konnten.

Er antwortete nicht sofort, was eine kleine Welle der Hitze und der Nervosität durch ihre Brust schwappen ließ, während sie wartete.

»Ich bringe das wieder in Ordnung, Zoe«, flüsterte er schließlich.

Sie schloss die Augen und ließ sich mit einem verträumten Lächeln auf ihr Kissen sinken. »Ah, der Mann, der alles in Ordnung bringen kann.«

»Wir werden sehen, okay?«

Der Türknauf des Gästezimmers drehte sich, und ganz, ganz langsam ging die Tür einen Spaltbreit auf, ohne dass zu erkennen war, wer sich dahinter verbarg. *Bitte, lass es Tessa sein. Bitte, lass es ...*

Eine Hand, die eine Kaffeetasse hielt, wurde durch den Türspalt geschoben. »Ich komme in Frieden.«

Tessa. Vor Erleichterung wäre sie fast vergangen.

»Hey, ich muss jetzt Schluss machen, Doc.« Sie beendete das Gespräch, legte das Handy beiseite und holte tief Luft. »Zwei Stück Zucker, extra Kaffeesahne und kein Arsen?«

»Arsen ist im Garten gerade ausgegangen«, erwiderte Tessa jenseits der Tür.

»Dann darfst du hereinkommen.«

Tessa trat ein, ihre rehbraunen Augen wirkten viel sanfter als vergangene Nacht. »Kann ich mein Verhalten mit einem Frühstück wiedergutmachen?«

»Oh, Tess«, seufzte Zoe. »Du brauchst dich nicht zu entschuldigen. Ich müsste mich eigentlich bei dir ...«

»Nein.« Tessa winkte mit ihrer freien Hand ab und kam näher. »Ich habe den Überblick verloren, wie viele Male du dich letzte Nacht entschuldigt hast. Es lag aber mindestens im dreistelligen Bereich.«

Zoe nahm die Tasse und klopfte neben sich aufs Bett. »Ich spüre schon, wie eine weitere Entschuldigung in mir aufsteigt.«

»Trink lieber.«

Das tat sie; die warme Flüssigkeit besänftigte ihre Kehle und verströmte dringend erforderliche Energie in ihren Adern. »Wo sind Joss und Lacey?«

»Was glaubst du wohl?«

Stirnrunzelnd dachte sie einen Moment darüber nach. »Stehen vor der Tür und lauschen?«

Sofort erschienen sie und brachten Zoe damit so sehr zum Lachen, dass sie fast ihren Kaffee verschüttet hätte. Elijah zappelte in Laceys Armen.

»Leute, Leute«, sagte Zoe kopfschüttelnd, während sie vorsichtig ihre Tasse abstellte. »Ich finde es toll, wie berechenbar ihr seid.« Sie streckte die Arme aus. »Lasst mich mal an dem Winzling schnuppern.«

Lacey entsprach ihrem Wunsch, setzte sich auf die Bettkante und reichte Zoe das Baby. Jocelyn kam auf die andere Seite, und dann waren alle drei auf dem Bett und umringten Zoe und das Baby.

»Sieh mal einer an, da versammeln wir uns an einem Sonntagmorgen alle auf einem Bett und bereiten den Samstagabend auf«, sagte Jocelyn. »Das erinnert mich an die Zeit im Wohnheim.«

»Außer dass ich keinen Kater habe«, sagte Zoe, während sie das winzige Bündel in ihren Armen knuddelte. »Und damals hatten wir keine süßen klitzekleinen Babys.«

»Glaub mir, heute Nacht um eins, drei, halb fünf und sechs Uhr achtzehn war er gar nicht so süß«, sagte Lacey.

Zoe blickte auf. »Es war nicht allein das Verdienst des Kindes, dass dein Schlaf heute Nacht nachhaltig gestört wurde. Das war alles mein Werk.«

Elijah gab einen leisen, schaudernden Seufzer von sich und sie benutzten es alle als Ausrede, ihn ohne ein Wort zu sagen anzustarren. Das Gespräch von vergangener Nacht war offenbar noch nicht vorbei.

»Wir haben über dich gesprochen, Zoe«, sagte Jocelyn schließlich.

»Das glaube ich gern«, erwiderte Zoe. »Ich habe euch Klatsch und Tratsch für die kommenden Jahre geliefert.«

Lacey sah sie entrüstet an. »Wir tratschen nicht übereinander.«

Zoe zog eine Augenbraue nach oben. »Ihr flüstert hinter meinem Rücken über mich. Wo ist der Unterschied?«

»Der Unterschied«, sagte Jocelyn, »besteht darin, dass man über Fremde tratscht oder über Leute, die man nicht leiden kann oder über jemanden, der nicht …«

»Der nicht zur Familie gehört«, half Tessa aus und legte ihre Hand auf Zoes. »Denn ob du es willst oder nicht – wir sind deine Familie.«

Shit. Gleich würde sie anfangen zu heulen. Schließlich sah sie Tessa an, während sie in ihrem Gehirn, in dem schlagfertige Antworten für ein ganzes Leben abgespeichert waren, nach einer solchen suchte. Aber sie fand nichts. »Danke«, stieß sie mit brechender Stimme hervor. »Und es tut mir so …«

»Nicht.« Tessa drückte ihre Hand. »Wir wissen, dass es dir leidtut.«

»Und ich weiß, dass ihr gekränkt seid, weil ich euch all die Jahre angelogen habe. Ich hoffe, dass ihr mir mit der Zeit vergeben und vergessen könnt.«

»Zoe, wir haben dich lieb«, versicherte ihr Lacey. »Das weißt du doch, oder?«

Zoe nickte, ihre Kehle schnürte sich zusammen.

»Weißt du, was das bedeutet?«, fragte Jocelyn.

Manchmal fragte sie sich das. Aber nicht jetzt. Nicht in diesem Augenblick, in dem sie von Freundschaft fürs Leben umgeben war. »Heißt das, ihr verzeiht mir?«

»Das haben wir schon getan, bevor du aufgewacht bist«, sagte Lacey.

Zoe versuchte zu lächeln, doch ihre Lippen bebten. »Ihr wart schon immer sehr produktiv, während ich geschlafen habe.«

»Du machst dir ja keine Vorstellung«, sagte Jocelyn. »Ich habe bereits eine Liste mit all den Dingen aufgestellt, die du in Bezug auf dieses Problem angehen musst – und zwar auf persönlicher, beruflicher und emotionaler Ebene.«

Zoe lächelte. »Die ewige Lebensberaterin, was, Joss?«

»Und ich habe die Telefonnummern von drei Anwälten herausgesucht«, fügte Lacey hinzu. »Und zwar gleich drüben in Naples, damit du sie bald treffen kannst.«

»Oh, danke.« *Glaube ich.*

»Und ich habe ein ganzes Tütchen voll Kräuter gesammelt«, sagte Tessa und griff in ihre Tasche. »Ich habe eine Kompresse aus Kurkuma und Mädesüß hergestellt, damit deine verquollenen Augen wieder auf Normalgröße schrumpfen, aber du musst versprechen, heute keine weiteren Tränen zu vergießen.«

Doch Zoe brach dieses Versprechen bereits, überwältigt von

den drei Freundinnen, die sie mehr liebten, als irgendeine Familie es vermocht hätte. »Leutchen ...« Tränen ließen ihre Sicht verschwimmen, und sie versuchte zu lachen. »Tut mir leid.« Sie blinzelte, und eine Träne rollte direkt auf Elijahs Wange.

»Oh, Mann«, sagte Jocelyn und wischte sie weg. »Pasha würde jetzt sagen, dass es an seiner Hochzeit regnen wird oder so.«

»Apropos Pasha«, sagte Tessa. »Was gibt es Neues?«

Bevor Zoe antworten konnte, klingelte es an der Tür. »Es geht ihr gut, und das ist Oliver. Er bringt Evan hierher, und wir bringen Pasha in die IDEA-Klinik, wo alles in die Wege geleitet wird, um sie auf die Gentherapie vorzubereiten.«

»Ich lasse sie herein«, sagte Lacey und griff nach dem Baby. »Du ziehst dich jetzt besser an.«

»Ich hole dir meine Liste«, fügte Jocelyn hinzu und folgte Lacey zur Tür.

»Danke.« Zoe rührte sich für einen langen Moment nicht; sie blickte Tessa an und wartete darauf, dass sie auch etwas in diese Richtung sagen würde. Doch Tessa sagte kein Wort; irgendetwas beunruhigte sie.

»Was ist, Tess? Ich weiß, dass du eine Weile brauchen wirst, um ...«

»Nein.« Sie schüttelte den Kopf. »Das ist es nicht. Ich will ... es tut mir leid, Zoe.«

»Es gibt nichts, wofür du dich entschuldigen müsstest.«

»Doch.« Sie ergriff Zoes Hand. »Es tut mir leid, was ich über Pflegekinder gesagt habe.«

»Ach, das.« Ja, Tess schuldete ihr wohl doch eine Entschuldigung für diese Kommentare. »Du wusstest es ja nicht.«

»Ich hätte sensibler sein sollen.«

»Ich hätte ehrlich sein sollen, von daher sind wir quitt.«

Aus dem Wohnzimmer hörten sie Olivers Baritonlachen, und Zoes Augen weiteten sich. Sie warf die Decke zurück und sprang aus dem Bett.

»Du magst ihn, nicht wahr?«, fragte Tessa.

Sie zuckte mit den Schultern, doch Tessa packte Zoe am Zipfel ihres T-Shirts und hielt sie fest. »Hey. Keine Geheimnisse mehr, Zoe Tamarin.«

Zoe wandte sich langsam um und wollte schon kontern, aber sie unterdrückte diesen Impuls. »Ich mag ihn nicht nur, Tess, es ist viel mehr. Und das jagt mir eine Heidenangst ein.«

»Warum? Er ist großartig, Zoe. Er ist klug, hinreißend, charmant und zeugt offensichtlich überwältigende Babys.«

Zoe lachte. »Ja, vom gesellschaftlichen und reproduktiven Aspekt her ist er eine zehn.«

»Wo liegt dann das Problem?«

Zoe schüttelte den Kopf und befreite ihr T-Shirt. »Ich kann nicht, Tess.«

»Du kannst was nicht? Du kannst es mir nicht sagen? Das Risiko nicht eingehen? Lange genug mit Umziehen aufhören, um eine Bindung einzugehen? Wir arbeiten alle zusammen an all diesen Punkten, Zoe, und dann wirst du in der Lage sein zu …«

»Ich kann das nicht … dieses ganze langfristige, dauerhafte, Happy-End-Ding.«

»Auch Ehe genannt.«

Zoe tat das Wort mit einem Schulterzucken ab. »Wie auch immer du es nennen willst.«

Tessa schnaubte. »So wird es in der Regel genannt.«

»Was für einen Namen du ihm auch immer verpasst, Tess, ich weiß nicht, wie das geht.«

»Was?«

»Ich habe nicht … ich habe noch nie … ich habe keine verdammte Ahnung, wie die Regeln dafür lauten«, brachte sie endlich heraus.

»Es ist kein Kartenspiel, Zoe. Es gibt keine Regeln oder Gewinner und Verlierer.«

Echt nicht? »Da bin ich anderer Meinung. Lacey ist eine Gewinnerin.«

»Dann bin ich eine Verliererin.«

Zoe schloss die Augen und verfluchte sich selbst dafür, den Schmerz in Tessas Stimme verursacht zu haben. »Sieh mal«, sagte sie. »Die meisten Leute können das nicht verstehen, aber ich hatte niemals *Eltern,* Tessa. Ich habe in beschissenen Pflegefamilien gelebt und den Rest meines Lebens mit einer verrückten alten Dame verbracht, die bereit war, jedes Mal umzuziehen, wenn die Frau in der Bücherei nach dem Ausweis gefragt hat, wenn wir ein Buch ausleihen wollten.«

»Und das hindert dich daran?« Tessa klang perplex, und Zoe konnte ihr das nicht übel nehmen.

»Nichts hindert mich daran. Glaub mir, ich tue mein Äußerstes, um den Mann ins Bett zu kriegen.«

»Nur ins Bett?«

»Na ja, ich habe es mit dem Swimmingpool versucht, aber er ist da sehr konservativ.«

»*Zoe.*« Tessa legte anderthalb Jahrzehnte bitterer Verärgerung in die beiden Silben von Zoes Namen. »Du weißt, dass es keine Zukunft gibt und trotzdem willst du Sex mit ihm?«

Zoe hielt ihr ihr Handgelenk hin. »Pulsschlag, vorhanden.« Sie berührte ihren Unterbauch. »Körperteile, weiblich.« Dann ihre Stirn. »Hirnanhangdrüse, in Betrieb. Ja, ich will Sex mit ihm.«

Tessa starrte sie nur an.

»Was? Hast du noch nie nur zum Spaß gebumst, Tessa? Muss es *immer* gleich um ein Baby gehen?« Sie hörte, wie ihre Stimme zutiefst aggressiv und fies wurde. Gott, warum mussten Tessa und sie immer streiten? »Sex ist normal. Es ist natürlich, es ist ...«

»Eine Flucht.«

Zoe schloss die Augen und wandte sich ab; sie ging ins Bad,

so schnell sie konnte – aber nur weil sie nicht genug Tempo aufbringen konnte, um zu *rennen*.

Am Ende eines langen Tages, an dem Pasha eine endlose Reihe von Tests und Untersuchungen über sich hatte ergehen lassen müssen, hatten Oliver und sein Team fast alles, was sie für eine genaue Diagnose brauchten, eine zweite und eine dritte Meinung und eine endgültige Entscheidung in Bezug auf die Behandlung.

Für ihre Fahrt über den Damm zurück nach Mimosa Key hatten sie das Verdeck von Zoes Jeep geöffnet, und der Wind pfiff so laut, dass sie keine Chance hatten, sich zu unterhalten. Oliver hatte Evan die Erlaubnis erteilt, zum Abendessen bei Lacey zu bleiben und anschließend mit Ashley und Clay einen Spätfilm im Kino anzuschauen, deshalb fuhren er und Zoe in einvernehmlichem Schweigen.

Das Geräusch der Reifen auf der Metallbrücke und das Gefühl, dass es wirklich Hoffnung für Pasha gab, verliehen Zoe Frieden und hätten fast dafür gesorgt, dass sie eingeschlafen wäre, doch Oliver legte die Hand auf ihr Bein und weckte sie dadurch, als sie Mimosa Key erreichten.

»Wie wäre es mit Abendessen?«, schlug er vor.

Sie stöhnte leise. »Ich will nicht in ein Restaurant gehen. Lass uns etwas holen.«

»Was steht zur Wahl?«

Sie dachte nach. »Schlechte Burger aus dem Toasted Pelican, klebrige Enchilladas aus dem South of the Border oder ein paar dieser leckeren Hotdogs, von denen man nicht weiß, ob sie überhaupt echtes Fleisch enthalten, und die Charity für teures Geld im Super Min verkauft.«

»Der Super Min ist der Gemischtwarenladen?« Er bremste an der Ecke. »Wie wäre es, wenn wir einfach Tiefkühlpizza und Bier holen?«

»Himmlisch. Kann ich hier warten?«

»Klar. Bin gleich wieder da.«

Bevor sie etwas erwidern konnte, kletterte er aus dem Wagen. Beinahe sofort schloss Zoe die Augen und driftete ab an einen friedlichen Ort, zu erschöpft, um an irgendetwas zu denken außer an ihr Bedürfnis zu …

»Miss Tamarin?«

Sie fuhr zusammen, blinzelte in das dämmrige Licht und sah ein vage bekanntes Gesicht. Dann richtete sie sich kerzengerade auf, als ihr klar wurde, wer das war. »Deputy Garrison.«

Er nickte und trat näher. »Ich hatte gehofft, heute von Ihnen zu hören.«

Ach ja. Sie schuldete ihm einen Anruf und Informationen. »Es ist Sonntag«, sagte sie schnell. »Ich dachte, Sie hätten heute frei.«

»Ich habe ein wenig über Ihre Tante nachgeforscht.«

Oh, das verhieß nichts Gutes.

»Wie geht es ihr heute? Wie ich gehört habe, wurde sie aus dem Krankenhaus entlassen.«

Mist. Mist. *Mist.* Er hatte sie total auf dem Kieker. Jeder alte Instinkt kam wieder aus der Versenkung; Zoe fragte sich, wo zum Teufel sie die Notfalltasche abgestellt hatten.

Lauf, Zoe …

Nein. Nicht mehr. Zumindest nicht heute Abend. Und bestimmt brauchte sie einem Polizeibeamten keinerlei Auskunft zu geben, bevor sie einen der Rechtsanwälte gesprochen hatte, die Lacey für sie ausfindig gemacht hatte.

»Sie ist in einer Klinik in Naples, wo sie eine Spezialbehandlung für Speiseröhrenkrebs bekommt«, erklärte Zoe. »Es wird also noch eine Woche oder länger dauern, bis Sie mit ihr sprechen können.«

»Es war schwierig, sie in irgendeiner Datenbank zu finden.«

Zoe setzte sich in ihrem Sitz auf, sie war wieder vollkommen wach. Was sollte sie darauf erwidern? Und sie *hatte* ihm Pashas richtigen Namen gegeben, deshalb war es nur eine Frage der Zeit, bis er herausfände ...

»Ich habe sieben US-Bürger gefunden, die Patricia Hobarth heißen und die von der allgemeinen Beschreibung und vom Alter her passen. Sie sind alle im Altersheim, pflegebedürftig oder tot.«

Sie wäre dann wohl die tote.

Zoe fuhr sich mit den Fingern durch das Haar und sagte keinen Ton. Sie war zu alldem noch nicht bereit. Nicht jetzt, auf diesem Parkplatz. Nicht, wenn sie so müde war, nicht wenn sie so ... noch nicht.

»Die Tote war sogar zur Fahndung ausgeschrieben.«

Fuck! »Was Sie nicht sagen.«

»Wie es scheint, war sie in eine Sache mit einem verschwundenen Kind verwickelt.«

Zoe ließ ihren Blick zum Eingang des Gemischtwarenladens schweifen und betete stumm, dass Oliver herauskäme und sie rettete. Aber wenn er das täte, würde er dem Sheriff wohl alles brühwarm erzählen, weil es ja *das Richtige* war.

Vielleicht war es das ja, aber sie konnte es noch nicht. Sie würde es tun, wenn Pasha wieder bei Kräften, gesund und geheilt wäre und Zoe einen Anwalt an ihrer Seite hätte. Jetzt saß sie schweigend da.

»Aber sie wurde von diesem Mord freigesprochen«, fügte er hinzu.

Was? Mord? »Dann handelt es sich nicht um meine Tante«, sagte sie.

»Oh, natürlich nicht«, erwiderte er und wurde ein wenig rot. »Ich habe wohl eine Schwäche für ungeklärte Kriminalfälle und habe mich zu sehr ins Lesen vertieft. Rufen Sie mich aber auf jeden Fall an, wenn sie wieder da ist, damit wir den Papierkrieg erledigen können, okay?«

»Das mache ich.« Erleichterung überkam sie, als er davonging. Dann überkam sie ein plötzlicher Ausbruch von Wohlwollen. »Ach, und … Deputy.« Als er sich umdrehte, schenkte sie ihm ein aufrichtiges Lächeln. »Bitte, sagen Sie Gloria noch mal Danke dafür, dass sie geholfen hat, als Pasha zusammengebrochen ist. Das war sehr nett von ihr.«

Seine Schultern sackten ein wenig nach unten. »Das würde ich ja, aber …« Er stieß den Atem aus und blickte zum Laden. »Wir sind momentan nicht zusammen.«

»Oh, tut mir leid, das zu hören.«

Er kam geradewegs wieder zurück zum Wagen, und sie verfluchte sich insgeheim selbst dafür, dass sie ihn nicht hatte gehen lassen, bevor Oliver herauskäme und ein volles Geständnis ablegte. »Wo wir schon von Tanten reden«, sagte er und deutete mit dem Daumen über seine Schulter. »Wenn Einmischung eine olympische Disziplin wäre, würde Charity die Goldmedaille gewinnen.«

Zoe nickte mitfühlend. »Ich habe schon gehört, dass sie … zu allem eine Meinung hat.«

Er lachte. »Das können Sie laut sagen. Von daher müssen Sie sich wohl selbst bei Gloria bedanken, wenn Sie sie im Casa Blanca treffen.«

»Das werde ich. Ich hoffe, Sie kriegen das wieder hin.« Sie winkte ihm verhalten zu. »Wir telefonieren dann noch.«

Er verabschiedete sich mit einem Nicken und ging zu seinem Streifenwagen, der auf der anderen Seite des Parkplatzes stand. Als er an der Supermarkttür vorbeiging, kam gerade Oliver heraus und wäre fast mit ihm zusammengestoßen.

Zoe hielt den Atem an, als sich die beiden Männer begrüßten. Ihre Finger krallten sich in den Ledersitz, bis sich ihre Nägel in das Material gruben. *Bitte, Oliver, lehn dich nicht zu weit aus dem Fenster.* Tu nicht das Richtige, nicht jetzt.

Kurz darauf ging Oliver weiter, und Zoe ließ sich erleichtert in den Sitz sinken. Als er einstieg und sich umdrehte, um die Tüten hinten zu verstauen, umfasste sie sein Gesicht und zog ihn zu sich, um ihn zu küssen.

»Womit habe ich das denn verdient?«, fragte er.

»Mit ...« Oh, sie war zu müde, um es ihm zu erklären. »Nur so.«

Er lächelte. »Du dachtest, ich würde es ihm sagen, nicht wahr?«

»Ja.«

Er beugte sich vor und küsste sie. »Ich habe jetzt, was? Drei oder vier Stunden mit dir allein? Dachtest du wirklich, die will ich damit verbringen, mich vom einheimischen Sheriff vernehmen zu lassen?«

»Wie möchtest du sie denn verbringen?«

Er schob die Hand unter ihrem Haar durch und neigte ihr Gesicht, um sie noch einmal zu küssen. »So.«

16

In einer perfekten Welt würde Zoe aus der Dusche ins Gästezimmer kommen, wo Oliver nackt im Bett läge und auf sie wartete.

Trotz des vielversprechenden Kusses auf dem Parkplatz des Super Min war dies jedoch leider keine perfekte Welt. Aber beinahe. Lacey hatte das Badezimmer des Ferienhauses mit Geißblatt-Bodybutter ausgestattet, die Zoe jetzt großzügig auftrug. Und Oliver hatte – äußerst vorausschauend – eine bequem aussehende OP-Hose und ein altes, verwaschenes T-Shirt mit dem Logo des Chicagoland-Laufs für sie bereitgelegt, damit sie sich umziehen konnte.

Sie wäre aber auch gern nur in ein Badetuch und ein Lächeln gehüllt die Treppe hinuntergetanzt. Denn … das hatte er doch bestimmt mit diesem Kuss gemeint, oder?

Das Warten war vorbei, der Kampf beendet? Leichter, lebhafter, leicht verrückter Sex zog am Horizont auf?

Denn wenn er reden wollte, verdammt noch mal, dann wäre sie raus. Sie wollte nicht reden oder denken oder die Situation analysieren. Sie wollte keine medizinischen Probleme betrachten oder die Erfolgschancen abwägen. Sie wollte nicht die Vergangenheit aufwärmen oder sich Fantasien über die Zukunft hingeben.

Gott, das wollte sie *wirklich* nicht.

Sie wollte einfach nur die süßeste, schnellste, herrlichste Flucht, die sie finden konnte … in Olivers Arme. In Olivers Bett.

Sie zog sich das T-Shirt über den Kopf und ließ es geschehen, dass ihr Haar es an den Schultern durchweichte – sie hatte es nur kurz frottiert. Dann schlüpfte sie in die OP-Hose, zog das Band am Bund so weit es ging zu – die Hose hing ihr immer noch tief um die Hüften – und warf einen raschen Blick in den Spiegel. Gut. Dann ...

Sie schaute noch einmal hin.

Okay, vielleicht doch nicht so gut. Sie strich mit dem Finger über die leicht violetten Ringe unter ihren Augen, eine Farbe, die man gut und gerne als Schlafmangel-Indigo bezeichnen konnte. Durch die Kompresse waren zwar ihre Tränensäcke verschwunden, aber ihre Wangen waren blass, und das Weiße in ihren Augen sah aus wie eine Landkarte, auf der die Straßen in einem hübschen Rotton eingezeichnet waren.

Vielleicht sollte sie doch nur in ein Badetuch gehüllt nach unten gehen, um ihn abzulenken. Denn wer wollte sich schon etwas völlig Lädiertes ins Bett holen?

Oliver Bradbury – er würde es tun.

Zum ersten Mal traf die Stimme genau ins Schwarze. Dieser Kuss hatte Sex verkündet, und sie folgte dem Ruf der Sirenen.

Sie tapste nach unten und entdeckte Oliver, der mit nacktem Oberkörper in einer Cargo-Hose tief in Gedanken versunken auf der Terrasse saß. In der Hand hielt er eine Bierflasche, sein Blick war auf den silbrigen Himmel gerichtet, während die Dämmerung rasch hereinbrach, weil die Sonne bereits untergegangen war.

Sie trat nach draußen, aber er rührte sich nicht.

»Hey.«

Beim Klang ihrer Stimme drehte er sich zu ihr um und sah sie todernst an. »Hey.«

»Alles in Ordnung? Ist alles okay?«

Er nickte, dann ließ er seinen Blick über sie schweifen. »Verdammt, an dir sieht sogar eine OP-Hose gut aus.«

»Gefällt es dir?« Sie hob das T-Shirt, um ihren Bauch zu zeigen, der völlig entblößt war, weil die Hose gerade mal bis über das Schambein reichte. Genau dort starrte er hin, und Hitze durchflutete sie.

Zum Glück würde sie jetzt nicht wieder abgewiesen werden.

»Ich nehme gern einen Schluck, danke.« Sie ging auf ihn zu und nahm ihm das Bier aus der Hand. »Ist die Pizza schon im Ofen?«

»Jou.«

»Ich liebe es, wenn du kochst.« Sie nahm einen langen, tiefen Schluck aus der Flasche, das bittere Gebräu rann kalt durch ihre trockene Kehle. Als sie fertig war, hielt sie mit einem durchtriebenen Lächeln die halbleere Flasche hoch, schüttelte den Inhalt und spähte in die Flasche. »Bestimmt willst du jetzt, dass ich aus dem Bierschaum lese wie Pasha.«

»Wenn das nur funktionieren würde.«

Sie zog einen Stuhl hervor, setzte sich und legte ihm die Füße auf den Schoß. »Du glaubst nicht, dass Pasha Dinge sehen kann?«

»Keine Sekunde lang.« Sofort schlang er seine Hände um ihre Füße. »Sie verfügt über Intuition, und sie versteht Menschen, wie du schon sagtest.« Lange, starke Finger bemächtigten sich ihrer Größe-siebenunddreißig-Füße, strichen mit dem Daumen über das Fußgewölbe, sandten Schauer durch ihren Körper und ein Prickeln über ihre Wirbelsäule.

»Dann glaubst du also, dass sie nicht nur eine Kidnapperin sondern auch noch eine Scharlatanin ist? Nun, Gott sei Dank ist sie wenigstens keine Mörderin, wie dieser dumme Sheriff versucht hat anzudeuten.«

Er starrte auf das Logo auf ihrem T-Shirt, das halb nass war und an ihrer Haut klebte. »Was?«

Fast hätte sie gelacht, dem Gefühl des Sieges so nah. Unter ihrem Fuß spürte sie, wie sich sein Penis bewegte und anschwoll, und eine weitere Woge der Hitze und der Zufriedenheit überkam sie. Endlich.

»Fußmassage, bitte.«

Aber seine Hände hielten still. »Was hat der Sheriff gesagt?«

»Nichts.« *Berühren, bitte. Nicht quatschen.*

»Sie wird wegen Mordes gesucht?«

»Gott, nein.« Zum Glück fing er wieder an zu massieren, seine Knöchel bohrten sich unten in ihren Fuß und trafen eine süße Stelle in ihrem Gehirn. Perfekt.

»Was hat er gesagt?«, wollte Oliver wissen.

»Er hat in Datenbanken nach Patricia Hobarth gesucht und eine gefunden, die in einen Mord verwickelt war, aber sie ist ... oh, bitte, hör nicht auf damit. Tatsächlich ...« Sie schloss die Augen und ließ den Kopf nach hinten fallen. »Steck deine Finger zwischen meine Zehen, Oliver.«

»Ich liebe es, wenn du schmutzige Sachen sagst.«

»Und lutsche daran.«

Er hob ihren Fuß zu seinem Mund und sie lachte leise, öffnete aber nicht die Augen. Als nichts passierte, zappelte sie ein wenig herum. »Sie sind sauber.«

Er legte die Hand um ihre Ferse, streichelte wieder ihre Haut und strich mit dem Finger über ihren kleinen Zeh. »Wer lackiert denn seine Zehen schon aquamarinblau?«

»Mädchen.« Wieder rutschte sie ein wenig herum. »Wirst du jetzt daran lutschen oder nicht?«

»Und danach?«

»Danach arbeitest du dich nach Norden vor, Großer.« Sie zupfte an ihrer OP-Hose und enthüllte ein türkisfarbenes Fußkettchen.

Ganz langsam senkte er ihren Fuß und schwieg.

Ooh, echt jetzt, Oliver? Sie hob den Kopf und blickte ihn unter den Wimpern hervor an. »Verstößt Zehenlutschen gegen die Kein-Sex-Regeln?«

»Ich habe nicht ...« Er verstummte. »Ja, ganz genau.«

Entrüstet stieß sie den Atem aus, dann riss sie ihre Füße weg und stand abrupt auf. »Ich bin am Verhungern.« Sie schnappte sich die Bierflasche und ging in die Küche, während ihr bereits mehrere Optionen durch den Kopf gingen. Durch die Haustür, durch die Garage. Es gab jede Menge Fluchtwege.

Aber sie blieb mitten in der Küche stehen und wartete darauf, seine Schritte zu hören, wartete darauf, dass er käme, sie schnappte und sie küsste, um ihr zu sagen, dass er nur Spaß gemacht hätte, und dann würde er sie einfach abschleppen ...

Stille.

Sie drehte sich um und sah, dass er sich nicht gerührt hatte. Er starrte noch immer zum Himmel hinauf, sein Rücken war sehr gerade und gehörte offensichtlich einem Mann, der sich mit sich selbst im Krieg befand.

Nun, sie wollte nicht Opfer dieser Schlacht werden. Sie sog zischend die Luft ein, denn sie hatte gerade ihre eigenen Schlachten zu schlagen. Sie wollte nicht weglaufen, verdammt. Sie *wollte* ihn nicht verlassen.

Er wollte sie nicht. Niemand wollte sie. Der einzige Mensch, der sie je wirklich gewollt hatte, lag jetzt vollgepumpt mit Beruhigungsmitteln in einer Klinik im Sterben.

Wieder blickte sie zu ihm hinaus.

Er hatte sich immer noch nicht gerührt, sondern saß wie eine verdammte Statue da ... und starrte vor sich hin. Woran dachte er gerade? Was empfand er?

Er will dich nicht. Könnte er das noch deutlicher zum Ausdruck bringen?

Mit einem leisen Grunzen stellte Zoe die Flasche auf die Theke und spürte etwas Altes, Vertrautes, Heißes in ihrem Bauch, ein Druck, der sich anfühlte, als würde er sie gleich zum Explodieren bringen oder sich zumindest in Form eines Urschreis manifestieren.

Sie unterdrückte es, verließ die Küche und ging durch das

Wohnzimmer; dann stand sie vor der Haustür, die Hand auf dem Türknauf.

Konnte sie nicht bleiben? Konnte sie ihm nicht von alldem Schmerz erzählen, der in ihr hochkam und drohte, sie zu ersticken? Oder noch besser – konnte sie sich nicht einfach in Sex und Schlaf verlieren und alles vergessen?

Nein.

Sie drehte den Knauf, öffnete die Tür – und seine Hand landete wie eine Schraubzwinge auf ihrer Schulter.

»Wohin zum Teufel willst du?«

»Nach Hause.«

»Du hast keines.«

Sie schloss die Augen unter der Wucht seiner Worte. »Oh, das war tief unter der Gürtellinie, Mann.«

»Warum?«

Sie schüttelte den Kopf. »Du kennst mich überhaupt nicht, oder?«

»Was soll das heißen?«

»Es heißt, dass du keine Ahnung hast, was mir wichtig ist, und damit meine ich nicht Sex.« Sie starrte geradeaus zur Tür, während sie sprach. »Hast du irgendeine Ahnung, wie sehr ich mich nach einem Zuhause sehne? Nach einem Ort, an dem man Wurzeln schlagen kann, an dem man bleiben, wachsen und bis zu seinem Tod leben kann?«

»Warum besorgst du dir dann keines?«

Sie schluckte leise. »Ich gehe jetzt.«

»Du läufst jetzt nicht wieder davon, Zoe.«

Oh doch, das tat sie. Sie hatte sich von ihm losgerissen und trat auf die Veranda hinaus, aber da griff er nach ihrem T-Shirt, zerrte sie geradewegs zurück ins Haus und wirbelte sie herum. Als sie ihn anblickte, war sie völlig bestürzt.

Seine Augen waren so rot wie ihre, und, gütiger Himmel … »Weinst du etwa?«

Er blinzelte, und tatsächlich waren da Tränen. »Du läufst nicht wieder weg, Zoe«, wiederholte er; die Worte klangen eher wie ein Mantra als eine Forderung.

»Was ist los mit dir?«

Er schob die Tür mit einer Hand zu, mit der anderen hielt er Zoe immer noch fest. »Du läufst nicht ...«

Sie legte ihm die Hand auf den Mund. »Schon kapiert. Was ist los mit dir, Oliver? Warum weinst du?«

»Tue ich gar nicht«, log er; er schluckte einen Kloß im Hals hinunter, der mindestens Basketballgröße haben musste. »Ich habe so die Nase voll davon, dass du mich immer verlässt.« Mit beiden Händen auf ihrer Schulter drückte er sie gegen die Tür. Das geschnitzte Mahagoni drückte sich in ihre Knochen.

»Nun, und ich habe so die Nase voll davon, dass du mich dauernd zurückweist.«

Wieder holte er Luft, Frust und Wut strömten in Wellen von ihm aus, die so dicht waren, dass sie seinen Kummer praktisch schmecken konnte. »Zoe, ich ...« Er legte ihr die Hand auf die Stirn, sein Griff um den nassen Stoff ihres T-Shirts wurde fester. »Verlass mich nicht.«

»Ich komme mir vor, als würde ich mich einem Mann an den Hals werfen, der mich nicht haben will.«

»Ich will dich.« Er drückte seinen ganzen Körper an ihren und unterstrich diese Aussage mit einer mächtigen, harten Erektion. »Siehst du?«

Ihre Hüften, diese kleinen Verräter, wiegten sich an ihm. »Du willst mich nicht aus den richtigen Motiven, Oliver. Ich kann fühlen, dass du ein menschliches Männchen bist und ich ein nasses T-Shirt anhabe. Das bedeutet nicht, dass du *mich* willst.«

»Was soll ich deiner Meinung nach jetzt sagen?« Er zog sie ein wenig höher, sodass ihr Schritt an seinem Penis lag, und verbarg sein Gesicht an ihrem Hals.

»Ich will, dass du …« Sie verlor den Kampf und schloss die Finger um seine Arme, rutschte nach oben an seine Schultern und ritt noch einmal auf seinem Steifen – nur um des schieren Kicks willen, den dies durch ihren Körper sandte. »Dass du Ja sagst.«

Er grunzte, legte die Hand um ihre Brust und streichelte sie.

»Sag es, Oliver.«

Er ließ die Hand unter ihr T-Shirt gleiten, umfasste ihr Fleisch, zupfte an ihrem Nippel.

»Sag es.« Sag einfach *Ja*.

Er stieß ein Geräusch aus, das halb Lachen, halb Klagelaut war; seine andere Hand lag jetzt auf ihrer Hüfte, zog an ihrer Hose und strich über ihren Hintern nach unten.

»Sag es, verdammt noch mal.«

Er ließ die Hand wieder nach oben wandern und benutzte dann beide Hände, um die Hose mit dem Kordelzug nach unten zu schieben, bis sie sich um ihre Fußknöchel bauschte. Seine Augen waren immer noch feucht, doch gleichzeitig waren sie auch dunkel vor Erregung; sein Kiefer war zusammengepresst, seine Nasenflügel bebten, während er den Verschluss seiner Shorts löste und sie fallen ließ. Seine Erektion drängte nach vorne, zog ihren Blick auf sich, pulsierte; ein Tropfen Sperma glitzerte darauf.

Das war ein Ja, aber irgendwie auch wieder nicht.

»Oliver.« Ihre Lippen formten seinen Namen, aber sie war unfähig, ihre Stimme zu finden oder es auch nur eine Sekunde länger auszuhalten. »Bitte, sag es.«

Er senkte sein Gesicht zu ihrem herunter und schloss die Augen, während er seinen Mund auf ihre Lippen presste; ihr wurde ganz schwindlig vor Verlangen und Begierde.

»Sag es«, murmelte sie in seinen Kuss.

»Ich liebe dich.«

17

Mit drei gefährlichen, schwindelerregenden Worten verlor Oliver den Kampf. Die Gefühle siegten. Das Verlangen siegte. Das Risiko siegte. *Zoe siegte.*

Gesunder Menschenverstand, Selbstschutz und jegliche Hoffnung, nicht verletzt zu werden, fielen wie ein Kartenhaus in einer Sturmböe in sich zusammen. Alles brach mit einem einzigen Geständnis, drei Worten, die neun Jahre lang nichts an Wahrheit eingebüßt hatten, zusammen.

Er liebte sie.

Das Geständnis erschütterte Oliver, aber er konnte die Wahrheit darin nicht leugnen, als er Zoe auf das Bett legte und sich über sie kniete. Ihr T-Shirt war nach oben gerutscht und entblößte ihren Körper, ihre Hüften und den süßen Streifen dunkelblonder Haare zwischen ihren Beinen; bei dem Duft nach Blumen, Zitrusfrüchten und Frau wurde ihm der Mund wässrig.

Gütiger Himmel, er konnte den Blick einfach nicht abwenden; seine Finger sehnten sich danach, sie überall zu berühren.

»Du hast mich früher schon gesehen, Oliver.«

»Allerdings.«

»Warum starrst du dann so?«

»Ich versuche, mich zu entscheiden, wo ich anfange. Oben oder unten.«

Sie stützte sich auf die Ellbogen, sandfarbene Locken fielen wie ein Wasserfall über die noch immer feuchten Schultern ihres T-Shirts. »In der Mitte.«

Sein Penis pulsierte zwischen ihnen, zu hart und zu empfindlich für ein richtiges Vorspiel. Viel zu begierig darauf, wieder dorthin zurückzukehren, wo er am liebsten war ... in Zoe. So weit es ging, sich mit allem, was er hatte, auf sie zu stürzen, sie nicht weglaufen zu lassen.

»Dann die Mitte.« Er senkte den Kopf zu ihrem Nabel und ließ die Zunge in die kostbare Vertiefung gleiten. Sofort fuhr sie ihm mit den Fingern in die Haare; ihre Hüften hoben sich und luden ihn nach weiter unten ein.

Er bedeckte ihren Bauch mit Küssen, ließ seine Zunge über dieses Haarbüschel schnellen, küsste ihre Schenkel. Dann küsste er sich wieder zurück nach oben zu ihren Brüsten; dabei schob er das T-Shirt nach oben, um jeden Zentimeter von ihr zu enthüllen; er saugte an ihrer einen Brustwarze, während er die andere liebkoste.

»Du hast wieder die Zehen ausgelassen.«

»Ich will deine Zehen nicht«, sagte er schroff und leckte ihren Nippel, bis der sich unter seiner Zunge aufstellte. »Ich will dich.«

Sie stöhnte leise und griff nach unten, um sein steifes Glied zu streicheln und zwischen ihre Schenkel zu schieben. Ihre Finger waren heiß und stark, sie bewegten sich sicher und flink, als sie ihn auf dieselbe Weise, wie sie es immer getan hatte, bearbeitete.

»Kondom«, murmelte sie.

»Nachttisch«, antwortete er und griff hinüber, um die Schublade zu öffnen.

»Lacey hat an alles gedacht.«

»Ich habe daran gedacht.« Er erhob sich von ihr, um das mit Folie verschlossene Päckchen herauszuholen.

»Wann?«

»Am Einzugstag.« Er riss es mit den Zähnen auf. »Nach dem Pool. Na ja, nach der zweiten kalten Dusche nach dem Pool.«

Sie nahm ihm das Päckchen aus der Hand. »Ich mache das«, sagte sie. »Ich will dich befummeln.«

»Nette Abwechslung, sich einmal nicht selbst zu befummeln.«

Sie schloss ihre Hände um ihn und blickte zu ihm auf. »Du nimmst die Sache oft selbst in die Hand, oder? Ich dachte, du warst all die Jahre verheiratet.«

Er schnaubte.

»Das ist heiß«, sagte sie, während sie einmal hart und schnell die Hände zusammendrückte; er sog die Luft ein.

»Was?«

»Sich vorzustellen, wie du dir einen herunterholst.«

»Du hast deinen Vibrator, ich habe meine Faust.«

Sie streichelte ihn wieder, dieses Mal ganz langsam, und starrte seinen Schwanz an; ihr Mund war völlig entspannt und nichts, was er je gesehen hatte, war so sexy.

»Dusche oder Bett?«, fragte sie.

»Beides. Du?«

Sie lächelte. »Ich mag es in der Badewanne. Aber ab und zu auch allein im Auto, wenn ich auf einer langen Fahrt bin.«

Fast wäre er in ihrer Hand gekommen. »Du machst es dir beim Autofahren?«

Sie machte große Augen. »Ich weiß, ich weiß. Es gibt kein Verbrechen, das ich *nicht* begehen würde.«

Er wollte lachen, aber sie unterstrich ihre Bemerkung, indem sie noch einmal zudrückte, während sie mit der anderen Hand seine Hoden umfasste. Glühende Funken stoben durch seinen Körper und ein paar Liter Blut eilten herbei, um die Flammen zu löschen. Er wurde größer in ihrer Hand, begierig darauf, nach drinnen zu gelangen, aber nicht gewillt, diese ... diese Intimität zu beenden.

»Woran denkst du, Zoe?« Seine Stimme war kaum ein Flüstern, da Reden viel zu viel Energie verbrauchte, die er aufbringen musste, um zu verhindern, dass er sich direkt in ihre Hand ergoss.

»Ich glaube ...« Sie beugte sich zu ihm und zog ihn näher zu ihrem Mund. »Zu jener Zeit ...« Sie ließ ihre Zunge über die nasse Spitze schnellen. »Haben wir es auf der Treppe zu deinem Apartment getrieben.«

Er grunzte, als sie ihren Mund über ihn stülpte, die Erinnerung daran, wie er um drei Uhr morgens auf den Stufen aus Hartholz in sie eingedrungen war, gehörte noch immer zu den erotischsten, verrücktesten fünf Minuten seines ganzen Lebens.

»Ja, das glaube ich auch«, gestand er.

Sie hob den Kopf und blickte zu ihm auf. »Wir haben gut zusammengepasst, Oliver.«

»Wir *passen* gut zusammen«, sagte er und griff nach dem Päckchen, das sie aufs Bett gelegt hatte. »Ich zeige es dir.«

Zum Glück widersprach sie nicht, sondern zog ein Kondom heraus, stülpte es auf seine Eichel und rollte es dann so quälend langsam nach unten, dass er glaubte, weinen zu müssen. Dann legte sie sich zurück, spreizte die Beine und warf ihm schweigend einen einladenden Blick zu.

Er sammelte seine Kräfte, schwelgte in jeder einzelnen Bewegung, in jedem einzelnen Muskel ihres Körpers, während sie ihn hereinließ, und in ihrem leisen Seufzer der Zufriedenheit, als er sie ausfüllte. Ihre Blicke trafen sich, als er begann, sich schneller zu bewegen, ihre Augen schlossen sich flatternd, als die Gefühle sie übermannten.

Alles war neu für ihn. Der Winkel ihres Gesichtes, als sie den Kopf drehte, die Form ihrer Brüste, die sich mit ihrem Körper bewegten, und der intensive, feste Druck ihres Körpers um ihn. Alles neu, brandneu.

Abrupt hörte sie auf, sich zu bewegen, und griff nach seinem Gesicht. »Ich habe dich gerade angelogen.«

Er wurde ein wenig langsamer, was in seinen Eiern zu einem kleinen Aufstand führte. »Was?«

»Ich denke gar nicht an die Zeit auf der Treppe.«

Er zwang sich, sich zu konzentrieren, sich nicht mehr zu bewegen, und sah sie an. »Woran denkst du dann?«

»Ich denke gar nicht. Wenn ich zu viel über dich nachdenke, fange ich an zu weinen.« Eine einzelne Träne rollte aus ihrem Augenwinkel. »Deshalb denke ich an nichts. Ich ... fliehe. Ich laufe in Gedanken weg.«

Er senkte seinen Körper und nahm ihre schmale Gestalt in die Arme. »Geh jetzt nicht weg, Zoe. Bleib hier, genau hier. Bei mir. Geh nirgendwohin.«

Sie nickte und biss sich auf die Lippen, während er wieder anfing, in sie zu stoßen. Er tauchte immer tiefer und schneller in sie ein, bis er endlich das letzte bisschen Selbstbeherrschung fahren ließ und sie so nah und so fest hielt, wie er nur konnte, bevor er sich vollständig in sie ergoss.

Kurz darauf verlor auch sie die Kontrolle und erbebte unter ihm; sie murmelte dabei seinen Namen, biss sich auf die Lippen und gab dann einem Orgasmus nach, der um ihn herum pulsierte. Sofort zog sie ihn an sich, schlang ihm die Arme um den Hals und klammerte sich an ihn, als wollte sie ihn nie wieder loslassen.

Sie blieben so, bis er aus ihr herausglitt und sich der Schweißfilm auf ihrer Haut unter der Klimaanlage abgekühlt hatte. Für zehn Minuten, die er für die perfektesten seines Lebens hielt, bewegte Zoe freiwillig keinen einzigen Muskel. Sie atmete ruhig, und ihr Herzschlag verlangsamte sich auf eine gleichmäßige, normale Geschwindigkeit. Doch darüber hinaus ... rührte sich nichts.

Bis das schrille Piepsen des Backofens sie daran erinnerte, dass das Abendessen fertig war.

Erst dann wälzte er sich langsam auf die Seite, und sie bewegte sich – aber nur um ihm mit ihrem Bein eine Falle zu stellen.

»Lass es verbrennen«, sagte sie. »Ich kann nicht aufstehen.«

»So lange hast du noch nie stillgehalten«, flüsterte er.

Er spürte ihr Lächeln an seiner Wange, die an ihrer lag. »Ein magischer Orgasmus.«

»Besser als mit hundert Sachen auf dem Highway?«

»Hundertdreißig.«

»Bitte, sag mir, dass das gelogen ist.«

Sie lachte leise, und er rückte ein wenig beiseite, kümmerte sich um sein Kondom und zog dann die leichte Decke, die am Fußende des Bettes lag, nach oben, um sie zuzudecken. »Bleiben Sie, wo Sie sind. Wir liefern.«

»Echt jetzt?« Sie wälzte sich herum wie eine zufriedene Katze, während er im Badezimmer vorbeiging, sich wusch und sich ein Paar Boxershorts schnappte. In der Küche stellte er ein Tablett mit Pizza und Bier zusammen. Als er zurückkam, rechnete er schon fast damit, ein leeres Bett vorzufinden, aber sie hatte sich nicht gerührt, außer dass sie ihr T-Shirt ausgezogen und auf den Boden geworfen hatte.

Er stellte das Tablett auf dem Bett ab, reichte ihr eine Flasche Bier und setzte sich im Schneidersitz neben sie, während sie sich aufrichtete. Die Decke fiel herunter und enthüllte die süßen Kurven ihrer Brüste, während sie die Flasche hob, um ihm zuzuprosten. »Auf die Masturbation.«

Fast hätte er sich verschluckt. »Auf ihr Ende, meinst du wohl.«

»Vorerst.«

Mit einem leisen Grunzen ließ er die Flasche sinken. »Siehst du dich schon nach einer Ausswegstrategie um, Zoe?«

»Ich decke nur meine Grundbedürfnisse ab.«

»Vielleicht solltest du lieber deine Brüste abdecken, damit ich sie nicht mehr dauernd anstarren muss und endlich mit dem Essen anfangen kann.«

Sie grinste und tat natürlich genau das Gegenteil, indem sie die Schultern nach hinten drückte, damit ihre Brüste hervortraten, die vom Herummachen noch immer ganz rosa waren und so rund, süß und weich.

»Betrachte sie als visuelle Unterstützung, wenn du wieder allein bist.«

Er hob seinen Blick zu ihrem Gesicht. »Warum sollte ich wieder allein sein?«

Sie antwortete nicht. Stattdessen nahm sie ein Stück Pizza und hob es an ihre Lippen. »Musst du unsere Post-Sex-Pizzaparty unbedingt in ein Gespräch über Bindungen verwandeln?«

Himmel ja, das musste er. »Was hast du gegen Bindungen?«

Sie nahm einen Bissen, kaute und zuckte mit den Achseln. »Was hast du gegen Masturbieren?«

»Es ist einsam, deprimierend und hinterher geht es dir schlechter als vorher.«

»Dann machst du etwas falsch.«

»Zoe!« Er knallte sein Bier auf den Nachttisch. »Warum tust du das?«

»Warum tust *du* das?«, fragte sie weit ruhiger als er. Als er nicht antwortete, zupfte sie ein Stückchen Käse vom Pizzabelag und zog es in die Länge; dann öffnete sie den Mund wie ein Vogel seinen Schnabel und fütterte sich selbst.

»Weil wir gerade ...«

Sie hob die Hand, an ihrer Lippe hing ein Käsefaden und in ihren Augen loderte Feuer. »Nein, haben wir nicht.«

»Wie würdest du es verdammt noch mal dann nennen?«

»Ich nenne es ...« – sie zog eine Augenbraue nach oben – »... Vögeln.«

Mit einem angewiderten Seufzer ließ er beide Hände sinken. »Warum musst du das tun?«

»Oliv...«

»Warum musst du immer so tough, so witzig, so knallhart sein und diese verdammte Mauer um dich errichten?« Zähneknirschend stieß er die Worte hervor und kämpfte gegen den Zorn an, der in ihm aufstieg.

Sie sah ihn an und nickte fast unmerklich.

»Was?«, wollte er wissen.

»Sie hat recht.«

»Wer?«

»Pasha. Sie hat recht in Bezug auf dich, wenn sie sagt, dass du eine Menge Wut mit dir herumschleppst. Auf wen bist du wütend? Auf mich? Ich habe gerade die Beine breit gemacht und dir *alles* gegeben, Oliver Bradbury. Du hast die Mauer niedergerissen und bist *in mich eingedrungen.*« Sie setzte sich ein wenig auf und machte die Augen schmal. »Das ist alles, was ich wollte. Nimm es, oder *lass* es.«

Jedes Wort stieß ihn weiter von ihr weg. Jedes Wort erinnerte ihn daran, dass, wann immer er einer Frau vertraut hatte, sie sich dieses Vertrauens nicht als würdig erwiesen hatte. Zoe stellte da keine Ausnahme dar.

»Sag mir einfach, warum«, forderte er.

»Ich kenne es nicht anders.« Ihr Tonfall war flapsig, was ihn mehr auf die Palme brachte als das, was sie eigentlich gesagt hatte.

»Was? Als wir zusammen waren, haben wir einfach nur ›gevögelt‹? Ist das so, Zoe? Das bezeichnet man dann aber nicht als Beziehung.«

Sie legte den Kopf schief. »Jetzt streiten wir wohl.«

»Kannst du es nicht mal von meinem Standpunkt aus betrachten?«

»Kannst du dich nicht mal wie ein normaler Kerl verhalten, der Sex will ohne Haken und Ösen?«

Er schob seinen Pappteller von sich und sprang praktisch vom Bett. »Kann ich nicht«, sagte er. »Ich kann es nicht einfach … tun. Und ich weiß nicht, warum oder wie du das kannst.« Er erstarrte und sah sie an. »Vertraust du mir nicht? Ist es das?«

»Ich vertraue dir«, sagte sie leise und blickte auf das Essen hinunter, als könnte sie die Intensität seines Blickes nicht ertragen. »Ich bin diejenige, der ich nicht traue.«

Er atmete geräuschvoll aus. Nun, da waren sie schon zwei, die ihr nicht trauten.

»Ich habe keinen Hunger mehr.« Er ging ins Bad, schloss die Tür und drehte die Dusche auf.

Vielleicht würde sie ja hereinkommen und sie würden ... dieses ganze Chaos einfach abwaschen. Hey, man darf ja wohl so einfältig sein und hoffen, oder?

Er blieb in der Dusche, bis er den Warmwasservorrat im Tank verbraucht hatte und das Wasser eiskalt wurde. Und natürlich war sie nicht nachgekommen.

Trotzdem ließ er das Wasser auf seinen Rücken, dann auf sein Gesicht prasseln. Er schloss die Augen und versuchte, sich Zoe vorzustellen ... Zoe auf der Treppe seines Apartments.

Doch als er sich diese Stufen vorstellte, verwandelten sie sich plötzlich in eine andere Holztreppe. Sie führte weiter und weiter hinauf, das Haus war still und leer ... nur die Schritte eines Kindes waren auf den Stufen zu hören.

Bis hinauf zum Dachboden im zweiten Stock.

Er stieß so heftig die Glastür der Duschkabine auf, dass er sie fast herausgerissen hätte, und trat heraus, ohne sich die Mühe zu machen, die Brause abzustellen. Er musste es ihr sagen. Sie musste es wissen.

»Zoe!« Er riss die Tür auf und blinzelte ins Licht. Sie hatte das Zimmer makellos hinterlassen. Das Bett war gemacht. Pizza und Bier waren verschwunden.

Nur seine OP-Hose war noch geblieben, sie lag auf dem Boden, die Hosenbeine zu einem Herz geformt.

Hatte sie sie mit Absicht so drapiert?

Er blieb einen Augenblick stehen und lauschte, aber natürlich war sie gegangen. Er hatte die Schlacht verloren ... und sie auch.

18

Pasha streckte die Hand aus, um nach Matthew zu greifen, doch gerade als sich ihre Finger um seine schmalen Schultern schließen wollten, war er wie vom Erdboden verschluckt. Dann tauchte er wieder auf, doch dieses Mal war er anders. Statt Matthew war es Evan.

Hinter ihm flackerte ein Mondregenbogen am Himmel.

Wahre Liebe wird zurückkehren.

Die wahre Liebe einer Mutter zu ihrem Sohn?

»Miss Pasha, Zeit aufzuwachen, meine Liebe.«

Sie erschrak über die Stimme, dann blieb sie ganz ruhig im Bett liegen; es war dämmrig im Zimmer außer einem kleinen grünen Licht an irgendetwas Elektronischem in der Ferne. Irgendwo brummte eine Maschine, ein leises, einschläferndes Geräusch.

»Ich weiß, dass es noch früh ist und dass Sie von den Beruhigungsmitteln ein wenig benebelt sind.«

Die Stimme der Krankenschwester riss Pasha aus ihren Träumen, aber Wanda war so lieb und sprach so leise, dass es sie nicht störte. Ihre starke Hand landete auf Pashas Schulter und fühlte sich tröstlich und sicher an.

»Wir müssen jetzt einen Knochenscan durchführen, meine Liebe.«

»Mmm.« Pasha driftete ab. Wie spät war es? Morgen? Abend? Sie hatte den Überblick verloren. Nur Schlafen und Träume. Träume von Matthew.

Und Evan. Dem süßen kleinen Jungen, der den Willen zu leben wieder in ihr geweckt hatte.

»Die Medikamente machen Sie müde, nicht wahr?«

»Eigentlich nicht. Ich bin nur ...« Was war das für ein Gefühl? So fremd und unvertraut. Sie war ... »Glücklich.«

Das war es. Sie war glücklich. Wie seltsam das doch war. Sie schlug noch immer nicht die Augen auf, aus Angst, das Glück könnte wie eine Seifenblase davonschweben.

»Medikamente können das auch auslösen«, sagte Wanda und gluckste; Pasha stellte sich das schöne, schokoladenbraune Gesicht der Krankenschwester vor, auf dem sich ein herrliches Lächeln ausbreitete. Sie hatte wunderbare Zähne und ein so warmes, natürliches Lächeln, das dafür sorgte, dass es Pasha gut ging. *Alles* löste bei Pasha Wohlbefinden aus.

»Sehr glücklich.« Das musste Evans Einfluss sein. Eine andere Erklärung gab es nicht.

»Nun, das ist schön, Miss Pasha. Nicht allzu viele Menschen in dieser Situation sind glücklich.«

»Nicht allzu viele Menschen bekommen, was ich bekommen habe.« Eine zweite Chance ... mit Evan.

»Die T-Zellen-Therapie? Das kann man wohl sagen. Es gibt Hunderte von Patienten, die sich von Dr. Bradbury und Dr. Mahesh behandeln lassen wollen. Wenn man auf die Warteliste gelangt, ist es, als würde einem ein Wunder widerfahren.«

Nein, Evan war, als würde einem ein Wunder widerfahren. Ein acht Jahre altes Wunder und eine weitere Gelegenheit, einen kleinen Jungen zu lieben.

Sie öffnete kaum die Augen, während sie über den Flur in ein anderes Zimmer geschoben und auf einen Tisch gelegt wurde. Trotzdem schmälerte dies nicht das Glücksgefühl, das sie empfand.

»Halten Sie jetzt ganz still, Miss Pasha«, sagte die Krankenschwester und verstärkte ihren Griff ein klein wenig. »Ich brauche Sie genau in der richtigen Position, bevor ich mit dem Scan anfange.«

Pasha versuchte, jeden einzelnen Muskel in ihrem Körper absolut reglos zu halten, aber einer von ihnen weigerte sich mitzuspielen. »Ist es okay, wenn ich lächle, Wanda?«

Ein weiteres leises Glucksen. »Also, das hat mich ja noch nie jemand vor einem Scan gefragt. Ich glaube, es ist in Ordnung, wenn Sie lächeln.«

Und so tat sie es.

»Wissen Sie, Miss Pasha, Sie sind eine echte Inspirationsquelle für mich.«

»Bin ich das?«

»Absolut. Eine positive Einstellung ist das machtvollste Mittel, das Sie zu dieser Partie mitbringen können.« Die Krankenschwester brachte Pasha auf der Liege in Position und tätschelte ihr den Arm. »Liegt das an all diesem Hokuspokus, den sie mir neulich erzählt haben? Als Sie sich das Eis in Ihrem Wasserglas angeschaut und gesagt haben, dass diese beiden Eiswürfel zwei Menschen darstellten, die dazu bestimmt waren, zusammen zu sein, und sich jetzt gefunden hätten?«

Pasha nickte. »Das ist richtig, Wanda. Sie haben ein gutes Gedächtnis.«

»So etwas vergisst man nicht so einfach. Lächeln Sie deshalb? Moment – ich werde jetzt Ihren Kopf ein klein wenig anheben, meine Liebe.«

Als sich Wandas starke Hände unter Pashas Nacken schoben, wurde diese von einem warmen, vertrauensvollen Gefühl überrollt. Sie mochte Wanda. Sie mochte gerade jeden; tatsächlich war sie seit Jahren nicht mehr so glücklich gewesen.

Und nicht weil sie endlich sterben würde, damit ihr Liebling, Zoe, frei wäre. Sondern weil …

»Sie werden in den nächsten paar Tagen eine vollständige Bluttransfusion bekommen, und ich hoffe, dass Sie die auch mit einem Lächeln angehen werden.«

»Oh, das weiß man nie. Vielleicht lächle ich ja tatsächlich.«

Verdammt, vielleicht würde sie bis dahin auch lachen. Vielleicht würde sie lachen und lieben und überglücklich sein zu leben. »Ich habe vor nichts mehr Angst.«

Die Krankenschwester neigte den Kopf und sagte: »Lassen Sie mich raten. Sie lieben Jesus?«

»Nun …« Sie war noch nie besonders religiös gewesen, von daher nein. Natürlich konnte sie jetzt lügen. Es wäre bestimmt nicht das erste Mal in ihrem Leben. »Er ist ganz in Ordnung.«

»Menschen, die an Gott glauben, sind nämlich normalerweise diejenigen, die während diesem Teil der Prozedur ruhig bleiben.«

»Es ist nicht Jesus, der mich so glücklich macht«, erwiderte Pasha.

»Ihre Familie?«

»Nicht direkt. Ich meine, die meisten meiner Angehörigen sind tot.«

Wanda nickte wissend. »Dann glauben Sie also, dass Sie jemanden, den Sie lieben, wiedersehen werden, falls der schlimmste Fall eintritt und Dr. Bradbury scheitert, nicht wahr? Wer ist da oben? Ihr Mann?«

Pasha blickte geradewegs in Wandas vertrauensvolle Augen, sie war immer noch so in Trance, dass sie glaubte, auf einer Wolke zu schweben; zum ersten Mal seit sehr, sehr langer Zeit brodelte ihr nicht vor Angst das Blut in den Adern. Stattdessen verspürte sie Frieden und war sich aller Dinge sicher. So friedlich, so losgelöst, und dennoch so glücklich.

»Mein Sohn«, krächzte sie. »Mein Sohn, Matthew Hobarth, ist dort oben.«

Wanda schloss die Augen und seufzte. »Oh, meine Liebe. Ihr Sohn. Ich sage immer, ein Kind zu verlieren ist das Schlimmste, was einem passieren kann. Gott weiß, wie vielen zutiefst unglücklichen Eltern ich hier schon begegnet bin.«

»Es tut weh«, stimmte Pasha zu.

»Ich schiebe Ihre Schulter jetzt ein wenig nach links. Wie alt war Ihr Sohn, als Sie ihn verloren haben, Miss Pasha?«

»Siebeneinhalb.«

Wanda schnappte leise nach Luft. »Oh, Gott. So jung. Es tut mir sehr, sehr leid, das zu hören.« Sanft tätschelte sie Pashas Schulter. »War es Krebs?«

Langsam holte Pasha tief Luft, antwortete jedoch nicht.

»Ich hoffe, Sie haben schöne Erinnerungen an ihn«, sagte Wanda leise.

»Das habe ich. Ich denke daran, wie er lachte, wie er an unserem letzten gemeinsamen Tag auf einen Baum kletterte, wie er zur Belohnung einen Schokomilch-Bart bekam, wie er jubelte, wenn er beim Kartenspielen gewann, wie er ein Puzzle zu Ende machte. Nein, nein, das ist nicht Matthew.« Sie spürte, wie sich ihre Augenbrauen zusammenzogen, aber ehrlich gesagt strengte sie das momentan schon viel zu sehr an. »Das war Evan«, führte sie ihren Gedanken zu Ende.

»Evan? Sie meinen Dr. Bradburys kleinen Sohn? Das ist schon so einer, nicht wahr?«

»Oh ja. Er ist bezaubernd. Er erinnert mich an Matthew.«

»Das ist schön. Evan ist so klug wie sein Daddy und …« Wanda lachte leise. »Überhaupt nicht wie seine Mutter. Was gut ist.«

Pasha mochte zwar etwas benebelt sein, aber nicht so sehr, dass sie sich diese Gelegenheit entgehen lassen würde. »Warum hat er sie dann geheiratet?«

Wanda sah aus, als würde sie die Frage überraschen. »Ich kenne mich zwar gewiss nicht aus mit Dr. Bradburys Angelegenheiten«, sagte sie. »Aber der Vater seiner Exfrau ist ein hohes Tier in Medizinerkreisen. Das wissen Sie aber nicht von mir, Miss Pasha.«

Pasha lächelte. »Und Sie wissen das mit meinem Sohn nicht von mir«, flüsterte sie. »Ich habe so meine Geheimnisse, wissen Sie?«

»Das glaube ich gern«, erwiderte sie mit einem komplizenhaften Lachen. »Jetzt müssen Sie mal ganz stillhalten, meine Liebe, denn dieser lange Metallarm wird gleich über Ihren ganzen Körper wandern und Ihre Knochen scannen. Wenn Sie sich bewegen, müssen wir das Ganze noch mal machen.«

»Okay.«

»Möchten Sie noch irgendetwas loswerden, bevor wir anfangen?«, fragte Wanda. »Sie wissen schon – ein weiteres Lächeln, ein rasches Gebet, noch mehr Geheimnisse?«

»Ein Geheimnis habe ich noch«, sagte sie; inzwischen war sie noch erschöpfter als vorhin beim Aufwachen. »Eins noch«, murmelte sie.

»Dann schießen Sie mal los. Ihr Geheimnis ist bei mir in guten Händen, meine Liebe.«

Der Nebel hüllte sie wieder ein, dieses eingelullte Gefühl, in dem kein Platz war für Schmerz, Sorgen, Probleme, Geheimnisse. Keine Geheimnisse. »Ich heiße eigentlich gar nicht Pasha«, flüsterte sie.

»Aha?« In Wandas Stimme lag ein leises Lächeln, als würde ihr dieses Geheimnis gefallen. »Wie denn dann?«

»Patricia.«

Wieder tätschelte sie diese starke Hand. »Pasha passt viel besser zu Ihnen. Es ist ein großartiger Spitzname.«

»Es ist kein Spitzname«, sagte sie. Dann ging irgendetwas in ihrem Gehirn in Stücke, wie ein Ast, der von einem toten Baum abbrach, der gestutzt werden musste. »Und mein kleiner Junge ist nicht an Krebs gestorben.«

Wandas Hand an Pashas Schulter hielt inne. »Ach wirklich.« Sie klang, als würde sie nach den richtigen Worten suchen. Aber was konnte man da schon sagen? »Was ist mit ihm passiert?«

»Er wurde getötet.« Sie wollte, dass dieser vertrocknete alte Ast für immer verschwand.

»Das heißt ...«

»Ermordet.«

Wandas Hand hob sich, als sie leise nach Luft schnappte. »Oh, mein Gott, Pasha. Das ist schrecklich. Das tut mir so leid für Sie.«

»Es war schrecklich.« Aber jetzt hatte sie Evan, und er war ihr genauso lieb und teuer wie ihr Sohn.

»Denken Sie nicht daran«, sagte Wanda. »Denken Sie an diesen kleinen Jungen, der auf Bäume klettert und Schokomilch trinkt. Und halten Sie bitte für mich still, meine Teure. Hier kommt der Arm.«

Pasha driftete ab, wieder war sie sich vage des Summens bewusst, in ihrem Kopf und ihrem Herzen.

Als Zoe in der Klinik ankam, war sie darauf gefasst, Oliver zu sehen, aber eine sehr viel jüngere Version seiner selbst begrüßte sie, als sie in Pashas Zimmer kam.

»Hallo, Evan«, sagte sie, als er aufblickte. »Dich hätte ich hier nicht erwartet.«

»Mein Dad wollte dich nicht fragen, ob du auf mich aufpassen kannst. Er ging davon aus, dass du heute hier sein möchtest.«

Gewissensbisse nagten ein wenig an Zoe. Sie hatte angeboten, auf Evan aufzupassen, und war dann wieder mal verschwunden. Allerdings hatte Oliver sie auch den ganzen Morgen nicht angerufen. Was für ein Eiertanz!

»Weißt du, wo Pasha ist?«

»Die Krankenschwester hat gesagt, dass sie Untersuchungen durchführen würden und dann wieder hierher zurückkämen.« Er griff in seine hintere Hosentasche und zog ein Kartendeck heraus. »Willst du Rat Screws spielen, bis sie wieder da ist?«

Das war ehrlich gesagt das Letzte, was sie jetzt wollte. »Gern. Wo ist dein Dad?«

»Er hat heute Meetings, glaube ich.«

Sie setzte sich ihm gegenüber an den kleinen runden Tisch am Fenster und betrachtete das Gesicht, das so sehr demjenigen ähnelte, das Zoe die ganze Nacht in ihren Träumen heimgesucht hatte. »Wird er heute noch hierherkommen?«

Evan nickte und fing an, mit den Füßen zu scharren und sie dabei zu mustern.

»Was ist?«, fragte sie nach einem Moment des Unbehagens.

»Du und mein Dad kennt euch also schon lange, was?«

Wow. Damit hatte sie nicht gerechnet. »Schon sehr lange.«

»Schon bevor er Mum kennengelernt hat.«

Eigentlich nachher. »Mehr oder weniger.« Sie deutete auf die Karten. »Teilst du jetzt mal die Karten aus, Cowboy?«

»Ich zähle sie gerade.«

»Mit deinen Daumen?«

Er nickte, dann teilte er das Deck und reichte ihr die Hälfte der Karten. »Ich kann mir auch merken, in welcher Reihenfolge sie liegen, deshalb weiß ich auch, welche Karte als Nächstes kommt, wenn du einmal durch deine Karten durch bist.«

Ihr Kiefer klappte herunter. »In Las Vegas wärst du sehr wertvoll, weißt du?«

»Das hat deine Tante Pasha auch gesagt.«

Zoe schnaubte. »Das glaube ich gern.«

»Ich mag sie. Außer wenn sie mich Matthew nennt.«

»Tut sie das?« Zoe schüttelte den Kopf. »Sie erfindet gern Namen für andere Leute. Du darfst anfangen.«

Er legte eine Karte, und Zoe konterte mit einem König. Dann knallte er weitere drei Karten auf den Tisch, von denen die letzte ein Bube war, sodass Zoe eine ablegen musste. Eine Sieben.

»Autsch.« Sie tat, als hätte man auf sie geschossen. »Du bekommst den Buben.«

»So gewinnt man dieses Spiel«, verkündete Evan, während er den Stapel einsackte.

»Klar.«

»Kann ich dich etwas fragen, Zoe?« Seine Augen waren so groß, sein Blick so tiefgründig, dass es ihr fast das Herz zerriss. Was wollte er wissen? Etwas über seinen Vater? Über ihre Vergangenheit? Sie holte tief Luft und war darauf gefasst, die Wahrheit mindestens zu beschönigen, wenn nicht gar rundheraus zu lügen, um dieses Kind zu schützen. »Klar, was willst du wissen?«

»Es ist nur so – es fällt irgendwie aus dem Rahmen, dich das zu fragen.«

»Aus dem Rahmen zu fallen ist meine Spezialität. Schieß los.«

Er beugte sich vor. »Würdest du meinen Dad überreden, dass ich einen Hund bekomme?«

»Höre ich da Evan?«, ertönte Pashas Stimme auf dem Flur, wodurch Zoe die Antwort erspart blieb.

»Hi, Pasha.« Evan sprang vom Tisch auf, er strahlte über das ganze Gesicht. Als die Krankenschwester sie hereinrollte, zeichnete sich das gleiche Strahlen auch auf Pashas Gesicht ab.

Ein vollkommen ungebetener Gedanke schoss Zoe durch den Kopf: Was, wenn sie wirklich das ganze Problem lösen *konnten*? Wenn Pasha leben und frei sein würde, konnte Zoe vielleicht aufhören wegzulaufen und Evan könnte bei ihnen bleiben und sie würden alle vier in einem großen Haus zusammenleben. Für immer. Vielleicht konnten sie ein weiteres Kind bekommen und sich diesen Hund zulegen, den Evan sich wünschte.

Ein Schmerz, der so greifbar war wie der, über den Pasha klagte, griff so heftig nach ihrer Brust, dass es ihr den Atem verschlug. Sie hatte kein Recht, solche Fantasien zu haben, die wie ein März…

»Zoe, geht es dir gut, Liebes?« Stirnrunzelnd sah Pasha sie aus ihrem Rollstuhl an. »Du siehst schlimmer aus, als ich mich fühle.«

»Oh, es geht mir gut.« Rasch stand sie auf, um Pasha zur Begrüßung einen Kuss zu geben. »Es ist nur so, dass ich …«, *tö-*

richte Träume habe, »… so froh bin, dich so strahlend und putzmunter zu sehen.«

»Ich weiß nicht, wie ich aussehe, aber sie sagten, dass ich für heute alle Untersuchungen hinter mir habe und mich jetzt ausruhen kann.« Sie wandte sich an Evan und legte ihm die Hand ans Gesicht. »Wie schön, dich zu sehen, Kleiner.«

Er lächelte schüchtern. »Hi, Pasha.«

»Oh, ich weiß, du bist nicht klein«, neckte sie ihn. »Und ich sehe, dass du die Karten für uns mitgebracht hast.«

Die Krankenschwester kam nach vorne und stellte sich vor den Rollstuhl. »Sie werden wohl eher nicht Kartenspielen, Miss Pasha. Dr. Bradbury hat strikte Anweisungen gegeben, dass Sie heute ruhen sollen, da morgen die Therapie beginnt und Sie ausgeschlafen sein müssen.«

Pashas Schultern sackten nach unten wie bei einem enttäuschten Kind. »Jetzt sofort?«

»Na ja, wir bringen Sie jetzt erst mal ins Bett und dann sehen wir weiter.«

Die Krankenschwester, Wanda, schaffte Pasha mit Leichtigkeit ins Bett und strich die Decken glatt. Die beiden hatten offenbar schon eine gute Beziehung zueinander aufgebaut. Zum zweiten Mal innerhalb weniger Minuten wurde Zoe von Zufriedenheit und Hoffnung überwältigt.

»Danke«, sagte Zoe zu der Schwester, als diese fertig war. »Ich verspreche, dass wir sie nicht mehr lang wach halten werden.«

Wanda machte eine Kopfbewegung zum Flur hin und bedeutete Zoe mit einem Blick, mit hinauszukommen, damit sie sich unterhalten konnten. Evan machte es sich auf dem Stuhl neben dem Bett bequem, und Zoe tätschelte ihre Tante noch einmal an der Schulter.

»Ein einziges Spiel«, sagte sie streng. »Und es wird nicht geflucht. Von keinem von euch.«

Beide bedachten sie mit einem falschen Lächeln, und keiner von ihnen war gewillt, ihr etwas zu versprechen, von dem sie wussten, dass sie es nicht halten würden. Sie verdrehte die Augen und folgte Wanda hinaus auf den Flur.

»Sie braucht wirklich Schlaf«, sagte die Krankenschwester. »Morgen bekommt sie eine vollständige Transfusion und das wird sie wirklich erschöpfen.«

»Ich verspreche, dass wir in ein paar Minuten verschwinden.« Sie schaute sich im Flur um, unsicher, was sie mit Evan anfangen sollte. »Ist Dr. Bradbury hier?«

»Er schaut sich gerade die Ergebnisse des Knochen-Scans an«, sagte sie. »Und ich kann Ihnen schon mal sagen, dass die Untersuchung hervorragende Neuigkeiten ergeben hat.«

»Wirklich?«

Sie nickte, in ihren dunklen Augen tanzten Funken. »Es ist noch inoffiziell, aber ich kann Ihnen sagen, dass der Krebs laut Scan noch nicht in die Knochen vorgedrungen ist.«

»Bestand diese Gefahr denn?«

»Diese Gefahr besteht immer. In diesem Fall ist das gut, weil sie sich dann auf die weichen Gewebe konzentrieren können. Ich weiß, dass noch Onkologen von außerhalb hinzugezogen wurden, aber angenommen, sie sehen das auch so, wird hier morgen eine T-Zellen-Transfusion stattfinden.« Sie griff nach Zoes Arm. »Das ist für uns alle ein historischer Augenblick und sehr aufregend. Vielen Dank, dass Sie uns diese Chance geben.«

Zoe ergriff die Hand der Krankenschwester. »Danke, dass Sie so nett zu ihr sind und dafür sorgen, dass sie sich wohlfühlt. Das hat alles so viel leichter gemacht.«

»Oh, ich habe gar nicht viel getan«, sagte Wanda. »Sie hat eine wirklich gute Einstellung.«

Gelächter drang aus dem Zimmer und erinnerte Zoe daran, dass Evan viel zu Pashas Gesinnungswandel beigetragen hatte.

»Man darf nicht unterschätzen, wie wichtig das ist«, fuhr die Krankenschwester fort. »Vor allem nach dem, was sie durchgemacht hat, ist das verständlich.«

Hatte Pasha dieser Krankenschwester erzählt, was sie durchgemacht hatte? Unmöglich. »Sie meinen, dass sie neulich nachts zusammengebrochen ist und in die Notaufnahme gebracht werden musste?«

»Sie hat mir alles erzählt.«

»Alles?«

Wanda winkte ab. »Seien Sie nicht schockiert, aber die Menschen erzählen mir die ganze Zeit irgendwelche Dinge. Ich glaube, das liegt an der Kombination aus einem dunklen Untersuchungsraum und dem Lorazepam. Das Zeug wirkt wie ein Wahrheitsserum. Deshalb war es wenig überraschend, dass sie ihren Sohn erwähnte.«

»Ihren *Sohn*?« Zoe musste sicherstellen, dass sie richtig gehört hatte.

»Nun, ich nehme an, er wäre ihr Onkel gewesen, wenn sie Ihre Großtante ist.«

Aber sie ist nicht meine Großtante. »Mein ... Onkel?«

»Sie sagte, er wäre gestorben, als er sieben war, deshalb haben Sie ihn natürlich nie kennengelernt, aber ach, was für eine Tragödie. Kein Wunder, dass sie manchmal mit allem abschließen und bei ihm sein will, aber heute schien sie ganz glücklich darüber zu sein, dass sie am Leben ist.«

Zoe hatte keine Ahnung, wovon die Krankenschwester redete. »Er ist gestorben, als er sieben war?«, fragte sie.

Wanda sah sie mit großen Augen an. »Und wie schrecklich, dass er ermordet wurde.«

Ermordet? Eine Sekunde lang fühlte es sich so an, als würde die ganze Welt davongleiten und Zoe zurücklassen. Alles, was sie noch hörte, waren die Worte des Sheriffs.

Aber sie wurde von diesem Mord freigesprochen.

Er hatte eine andere Patricia Hobarth gemeint. *Oder?* Etwas floss eiskalt durch ihre Adern.

»Sehen Sie mich nicht so verstört an, meine Liebe. Die Medikamente schwemmen alle Leichen im Keller nach oben.« Wanda tätschelte ihr den Arm. »Wirklich, machen Sie sich keine Sorgen. Geheimnisse sind bei mir gut aufgehoben. Ich werde sie auch nicht daran erinnern, dass sie mir verraten hat, dass ihr wirklicher Name Patricia ist.«

Das Glück und die Hoffnung, die sich in ihrer Brust angesammelt hatten, sickerten aus ihr heraus – es war völlig tollkühn gewesen, dies überhaupt zuzulassen.

»Zoe, da bist du ja.«

Sie drehte sich um und sah Oliver auf sich zukommen; von hinten beleuchtete ihn helles Morgenlicht, das durch ein Fenster hereinströmte, sodass sie nur seine maskuline Silhouette erkennen konnte. Ein weiterer Schwindelanfall drohte, aber dieser war eher ursprünglicher und weiblicher Natur, ausgelöst durch seine breiten Schultern und seinen entschlossenen Gang.

»Hey.« Das war alles, was sie herausbrachte angesichts der Dinge, die gerade auf sie einstürmten.

Er streckte die Hand nach ihr aus und warf ihr ein kleines, verstohlenes Lächeln zu. Hatte er ihr verziehen, dass sie gestern Abend einfach so verschwunden war? Himmel, hatte sie sich ihren kleinen Wutausbruch selbst verziehen? Jedenfalls hatte sie die ganze Nacht dafür gebüßt.

Seinem Gesichtsausdruck nach hatte er überhaupt nichts büßen müssen.

»Bestimmt hat dir Wanda die guten Neuigkeiten schon mitgeteilt.«

Wanda lachte beim Weggehen. »Ich bin wirklich miserabel darin, Geheimnisse für mich zu behalten.«

Würde sie dann die Neuigkeiten über … *Pashas Sohn* … weiterverbreiten?

»Sobald die Berichte der Onkologen vorliegen, werden wir als Nächstes die Transfusion durchführen.« Oliver berührte sie an der Schulter. »Alles okay?«

»Ja«, brachte sie mühsam hervor und lächelte gezwungen. »Ich … es tut mir wirklich leid«, sagte sie plötzlich. »Ich hätte nicht weggehen sollen.«

Er legte seinen Kopf schief, ein seltener Ausdruck der Unsicherheit auf seinem Gesicht – zumindest in dieser Umgebung selten, wo er in jeder Hinsicht immer völlig souverän wirkte.

»Ich habe durchgedreht«, gestand sie, bevor er antworten konnte. »Es war wirklich heftig und ich …«

Evan trat auf den Flur hinaus und unterbrach ihre Unterhaltung. »Sie ist eingeschlafen!«, verkündete er wie am Boden zerstört.

»Genau das haben wir gewollt, mein Sohn«, sagte Oliver zu ihm. »Ich habe ihr ein Mittel gegeben, damit sie sich heute ausruht. Morgen wird der größte Tag ihres Lebens sein.« Er wandte sich zu Zoe um, ein Funken Wärme in seinen Augen. »Der erste Tag vom Rest ihres Lebens, hoffe ich.«

»Was soll ich jetzt machen, Dad?«

Zoe wusste, was *sie* jetzt machen wollte. Im Internet nach … der Wahrheit forschen.

»Nun, du könntest hier herumhängen oder …« Oliver warf Zoe einen flehenden Blick zu.

Sie riss sich zusammen und blickte auf den kleinen Jungen hinunter. Den, den Pasha *Matthew* nannte. Sie *musste* mehr über das erfahren, was diese Krankenschwester ihr erzählt hatte.

»Weißt du was?«, sagte Oliver plötzlich. »Ich habe Pasha zuliebe für heute alles verschoben und für morgen ist alles vorbereitet.« Er legte den Arm um Zoe und griff nach Evans Hand. »Lasst uns etwas gemeinsam unternehmen.«

Oh, der Fantasie-Ballon blies sich wieder auf, verdammt noch mal.

»Was denn zum Beispiel, Dad?«

»Was ihr wollt«, erwiderte Oliver.

Evan blickte mit einer so eindeutigen Sehnsucht zu Zoe auf, dass sie praktisch hören konnte, wie er ihr seine Bitte zubellte. *Sag ihm, dass ich einen Hund will!*

Zoe wich zurück und schüttelte den Kopf. »Zieht ihr zwei mal los und macht euch einen Vater-Sohn-Tag. Ich muss ... ein paar Dinge erledigen.«

Enttäuschung flackerte in Olivers Augen auf. Natürlich glaubte er, sie würde wieder weglaufen, abhauen, bevor alles zu stabil und beständig wurde.

Aber das stimmte nicht. Trotzdem konnte sie es ihm nicht sagen. Nicht bevor sie mehr wusste.

»Geht schon mal.« Sie entfernte sich von ihnen und ging auf die Tür zu. »Ich flüstere Pasha nur noch schnell einen Abschiedsgruß zu.« Sie floh, ehe einer von ihnen widersprechen konnte, und schlüpfte in das Zimmer, in dem Pasha schlief.

Sie zögerte einen Moment, dann trat sie ans Bett und betrachtete das friedliche Gesicht einer Frau, von der sie geglaubt hatte, dass sie sie kannte.

Pasha war nicht fähig, einen Mord zu begehen, darauf würde Zoe Gift nehmen.

Aber würde Zoe andererseits nicht auch auf alles andere, was Pasha gesagt und getan hatte, Gift nehmen? Hatte sie nicht zugelassen, dass diese Frau alle Entscheidungen getroffen, jede Bewegung diktiert und auf einem Leben voller Lügen bestanden hatte?

Hatte Pasha alles für Zoe aufgegeben oder hatte Zoe alles für Pasha aufgegeben? *Alles.*

Das Märchen. Die Familie. Die Liebe zu einem guten Mann. *Alles.*

Und was *tat* sie da eigentlich gerade? Oliver bot ihr das alles ein zweites Mal an. Und ihre Antwort? Weglaufen natürlich.

Vielleicht glaubte sie wegzulaufen, um diese neue Falte auszubügeln – was immer es war, wie auch immer es sich auf sie beide auswirkte –, aber sie rannte davon.

Verdammt. Wann würde sie endlich damit aufhören? Wann würde sie endlich auf etwas Wunderbares *zu*laufen, anstatt immer *weg*zulaufen?

Mit einem letzten Blick auf Pasha wirbelte Zoe herum und rannte zur Tür. Im Flur sah sie sich um und entdeckte die gleiche Silhouette, nur dass dieses Mal direkt daneben eine viel kleinere ging.

»Oliver! Evan!«

Beide drehten sich um.

»Wartet auf mich!«

19

Oliver hörte, wie er zischend den Atem durch die Zähne einsog, als er sich umdrehte und sah, wie Zoe den Klinikflur entlanggerannt kam, die Augen glänzend und funkelnd.

»Hund«, sagte sie ein wenig atemlos.

»Was?«

»Ja! Wir holen uns einen Hund!« Evan hopste geräuschvoll auf und ab.

Oliver öffnete den Mund, um zu protestieren, doch als Zoe ihre schmalen Finger in seine Hand schob und an ihm zog, wurde jegliche Chance, Nein zu sagen, im Keim erstickt.

»Wir holen uns einen Hund?« Er wiederholte Evans Bemerkung, nur ein bisschen weniger enthusiastisch.

Zoe antwortete nicht, sondern fischte ihre Schlüssel aus der Tasche. »Wir nehmen meinen Jeep, damit wir Platz haben für eine Kiste und die ganzen Sachen und …« Sie blickte Evan an. »… einen schönen großen Köter.«

Wieder hüpfte Evan auf und ab, und endlich fand Oliver seinen gesunden Menschenverstand wieder. »Oha, einen Moment noch.« Er schüttelte heftig den Kopf. »Nicht so schnell.«

»Dad!«

Zoe blickte von einem zum anderen und heftete ihren Blick dann auf Oliver. »Okay, wo genau liegt das Problem in Bezug auf einen Hund?«

»Wer kümmert sich um ihn?«

»Ich!«, rief Evan.

Oliver verdrehte die Augen. »Was wird aus dem Hund, wenn du im Herbst nach Chicago zurückkehrst?«

»Ich nehme ihn mit.«

Oh, das würde bei Adele großen Anklang finden. »Uh, deine Mutter ist kein Fan von Hunden.«

»Sie wird meinen Hund *lieben*.«

»Aber nicht sein Pipi auf ihren weißen Teppichen.«

Evan kicherte. »Wir werden dafür sorgen, dass er stubenrein ist, bevor ich zurückkehre.«

»Glaubst du, wir dürfen in der Ferienwohnung einen Hund halten?«, fragte Oliver.

»Ja, Miss Lacey hat mir schon gesagt, dass das geht.« Evan sah geradezu selbstgefällig aus.

»Einen Hund zu haben bedeutet, Verantwortung zu übernehmen, Evan. Er ist kein Plüschtier, sondern ein lebendiges, atmendes Wesen, das Aufmerksamkeit, Liebe und Hingabe braucht ...« Er hob seinen Blick zu Zoe und plötzlich schnürte es ihm die Brust zu. »Das ist eine schrecklich große Verpflichtung, der sich manche Menschen überhaupt nicht gewachsen sehen.«

Zoe zuckte ein wenig zusammen, als sie diesen nicht allzu subtilen Seitenhieb abbekam.

»Ich schaffe das, Dad.« Evan drückte Olivers andere Hand. »Ich verspreche, für ihn zu sorgen, mit ihm Gassi zu gehen, ihn zu füttern, alles zu tun, ihn zu lieben. Und er kann bei mir im Zimmer schlafen. Das verspreche ich. Bitte, Dad. Bitte?«

Zoe lächelte. »Wie kann man zu diesem Gesicht Nein sagen?«

Evan wusste, dass er gewonnen hatte und trug noch dicker auf, indem er sein bezauberndstes Lächeln aufsetzte.

Shit. »Du kannst deine Meinung dann nicht mehr ändern, Ev«, sagte er. »Du kannst ihn nicht wieder zurückbringen, wenn sich herausstellt, dass es dir zu viel ist.«

Er hob die rechte Hand, ein Sinnbild der Feierlichkeit. »Ich schwöre es, Dad. Ich schwöre es dir.«

Oliver stieß einen Seufzer aus und suchte nach etwas, was er dem entgegenhalten konnte. Aber nichts fiel ihm ein.

»Also gut, dann«, sagte Zoe und scrollte durch ihr Handy. »Dann suchen wir mal nach dem einheimischen Tierheim.«

Dieses Mal war Evan derjenige, der erstarrte. »Ich will einen Welpen.«

»Nun, sie haben dort auch Welpen. Manchmal.«

Er runzelte die Stirn und suchte bei seinem Dad Unterstützung. »Willst du nicht auch einen Welpen?«

»Ich glaube, ich habe mich in Bezug auf dieses Thema klar ausgedrückt. Und es ist dein Hund, deshalb kannst du dir holen, was immer du willst.«

»Oliver!« Zoes Augen wurden groß. »Da gibt es Rettungshunde, die ein Zuhause suchen.«

Doch Evan machte einen Schritt nach vorne und trat für sich selbst ein. »Zoe, ich will einen Welpen. Es gibt eine Tierhandlung in dem Einkaufszentrum, das etwa zehn Minuten von hier entfernt ist. Ich habe es bereits gegoogelt.«

»Das war ja klar«, sagte sie. »Und du hast recht, es ist dein Hund. Schauen wir mal, was sie da so haben.«

Eine halbe Stunde später standen die drei vor einer Trennwand aus Glas und betrachteten etwa fünfzehn Welpen unterschiedlicher Gestalt und Rasse, die in ihren kleinen Käfigen schliefen, fraßen und absolut niedlich aussahen.

Zoe lehnte sich an das Glas und beobachtete, wie Evan auf und ab ging, jeden Hund kritisch ins Auge fasste und vollkommen in sein Auswahlverfahren vertieft war. Oliver ließ seinen Sohn los und stellte sich neben sie.

»Also, was hat dich deine Meinung ändern lassen?«, fragte er.

Sie zuckte mit den Achseln. »Pasha hat geschlafen, und ich hatte nichts anderes vor.«

»Ich meine gestern Abend, als du verschwunden bist.«

»Weißt du … mir ist das Ganze zu brenzlig geworden.«

Er nahm ihr Kinn und neigte ihr Gesicht zu sich; einen Moment lang verlor er sich in ihren einladend grünen Augen. »Die

Dinge werden nun mal hin und wieder brenzlig im Leben. Du kannst nicht immer …«

»Ich kann mich nicht entscheiden!« Evan tauchte vor ihnen auf. »Mir gefällt der Yorkshire Terrier, aber das ist kein besonders großer Hund.«

»Klein ist gut«, sagte Oliver.

»Aber da ist auch noch dieses flauschige weiße Ding.«

»American Eskimo.« Zoe nickte. »Auch ein hübscher Hund.«

Evan seufzte. »Den mag ich auch.« Er zeigte auf einen schwarzweißen Rat Terrier, der tief und fest schlief und weit friedlicher aussah, als er in wachem Zustand wahrscheinlich war.

»Rat Terrier? Klingt, als würde er eventuell ungebetene Gäste nach Hause bringen«, überlegte Oliver. »Aber such dir ruhig den Hund aus, der dir am meisten zusagt.«

Nachdenklich trat Evan wieder an die Glasscheibe und ließ sie wieder allein.

»Wo warst du stehen geblieben?«, fragte Zoe.

»Ich sagte gerade, dass du nicht hättest gehen sollen.«

»Es war Zeit.«

Auf wessen Uhr? »Ich will, dass du die Nacht bei mir verbringst.«

Sie deutete auf die Hunde. »Das Haus wird voll sein.«

»Ich will, dass du neben mir liegst, wenn ich schlafe, Zoe.«

Sie rückte ein wenig weg, als würde sie allein von dieser Vorstellung Platzangst bekommen. »Nicht heute. Du hast morgen einen wichtigen Tag.«

»Wir sind alle vorbereitet, auch Pasha.«

Als er den Namen ihrer Tante erwähnte, huschte ein Schatten über Zoes Gesicht. Sofort entfernte sie sich und gesellte sich zu Evan. »Hast du den kleinen Dackel da gesehen?«

»Ja, der ist auch süß.« Er legte die Hände auf das Glas und schüttelte den Kopf. »Ich kann mich nicht entscheiden.«

Oliver stellte sich hinter die beiden, der Impuls, ihnen schützend die Hand auf die Schulter zu legen, war überraschend stark. Doch Zoe hätte sich darunter weggeduckt und wäre davongelaufen.

»Hör mal, Evan, der Mann, dem der Laden gehört, hat jede Menge Informationen über jeden der Hunde, zum Beispiel wie groß er wird und wie sein Charakter ist. Warum lassen wir uns nicht eine Kopie davon geben und nehmen sie mit zum Mittagessen, dann hast du eine bessere Vorstellung, bevor du dich entscheidest.«

Zoe drehte sich um und lächelte. »Eine Idee, die typisch Oliver ist.«

»Logisch und vernünftig«, stimmte er zu. »Was sagst du dazu, Evan?«

Er zögerte, seine Aufmerksamkeit huschte von einem Hund zum anderen; er war eindeutig überfordert mit dieser Hunde-Entscheidung. »Okay. Ich habe Hunger.«

Die Unfähigkeit, sich für eine Rasse zu entscheiden, hing in dem kleinen Imbissrestaurant über dem Mittagessen und lenkte Evan so ab, dass er kaum etwas von seinem Burger aß. Er saß neben Zoe in der Nische und brütete bekümmert über der Liste aus der Tierhandlung.

Zoe stellte ihm Fragen und half dem Jungen, sich auf das Wichtigste zu konzentrieren, während Oliver die Verbindung, die zwischen den beiden entstanden war, genoss und sich über ihre Witze freute und den Anblick seines Sohnes neben der Frau, die Oliver ...

Nein. Was er empfand, spielte keine Rolle. Er konnte Zoe ab sofort bis zu seinem letzten Atemzug lieben – und vielleicht würde es sogar so kommen –, aber würde das ausreichen, um eine Frau wie sie festzuhalten? Ganz egal, unter welchen Umständen? Wie oft würde er aus dem Badezimmer kommen und ein leeres Bett vorfinden? Von der Arbeit in ein leeres Haus zurückkehren?

Zoe schob das Blatt Papier von Evan weg. »Hör auf, so angestrengt nachzudenken, Junge. Iss deinen Burger und denk an etwas anderes, dann wird die richtige Antwort von selbst kommen. Du auch, Dad.« Sie blinzelte Oliver an, offenbar war ihr bewusst, dass er dem Gespräch gar nicht gefolgt war.

»Machst du das immer so? An etwas anderes denken, wenn du ein Problem hast?«, fragte Evan.

Nein, sie läuft davon.

Zoe zuckte mit den Schultern. »Nein, aber du bist nicht ich. Du bist viel klüger, hast im Moment viel zu viele Informationen und hörst nicht mehr auf dein Bauchgefühl. Außerdem spielt das keine Rolle.« Sie nahm einen Zwiebelring und zeigte damit auf ihn. »Du wirst diesen Hund lieben, ganz egal, welchen du nimmst.«

»Hast du einen Hund?«, fragte er.

Sie schüttelte den Kopf und tauchte den Zwiebelring in Ketchup. »Ich ziehe zu oft um.«

Ungefähr dauernd. Oliver schluckte die Bemerkung mit Eistee hinunter.

»Hattest du einen, als du noch klein warst?«, fragte Evan.

Sie schüttelte den Kopf, dann hielt sie inne, als würde sie das noch mal überdenken. »Tatsächlich gab es an einem Ort einen Beagle …« Zoes Stimme wurde leiser, während sie sich wieder fasste. Sie wechselte einen Blick mit Oliver.

Sie hatte ihm bereits erzählt, dass sie mit ihren Freundinnen wieder ins Reine gekommen war. Würde sie diese Aufrichtigkeit jetzt auch auf andere ausweiten? Auf Evan? Oliver saß reglos da, während er abwartete, ob er es herausfinden würde.

»An einem Ort? Soll das heißen, du erinnerst dich nicht mehr?«, fragte Evan.

Zoe legte den Zwiebelring weg, ohne ihn zu essen, und wischte sich die Finger ab, sodass ein paar Brösel auf ihren Teller fielen. »Ich …« Mit gesenktem Blick holte sie langsam Luft. »Ich habe an vielen verschiedenen Orten gewohnt.«

»Sind deine Eltern oft umgezogen?«, fragte er.

Oliver hielt sein Sandwich vor sich in der Luft, beobachtete, wartete und fragte sich, was in Zoes Kopf vor sich ging. Sie erwiderte seinen Blick immer noch nicht.

»Meine Eltern …« Sie schluckte. »Ich habe eigentlich gar keine Eltern.«

Evan blickte auf und wollte schon widersprechen, doch dann wurde seine Miene weich. »Tante Pasha hat dich aufgezogen, nicht wahr?«

Da war er, ihr üblicher Ausweg. Oliver wartete nur noch darauf, dass sie ihre Chance ergriff, über das Leben bei ihrer Zigeuner-Tante scherzte und erwähnte, dass ihre Eltern bei einem Autounfall gestorben waren, als sie zehn war.

Im Grunde wartete er darauf, dass sie seinen Sohn anlog.

»Ja, sie hat mich aufgezogen«, sagte Zoe. »Davor habe ich in Pflegefamilien gelebt.«

In Olivers Brust regte sich etwas.

»Dann warst du also ein Waisenkind?«, fragte Evan.

Zoe nickte. »Ja, Zoe, das kleine Waisenkind.« Aber der Scherz klang nicht echt. Und Oliver spürte, wie sie ihr Unbehagen in Wellen verströmte. Oliver wollte eingreifen, ihr helfen, das Thema wechseln – irgendetwas unternehmen, um den Schmerz aus ihren Augen zu vertreiben, aber irgendetwas hielt ihn davon ab.

Dieses Geständnis musste Zoe machen, und es blieb ihm nur, sie dafür zu lieben.

»Wie ist das so gewesen?«, fragte Evan behutsam, als wüsste er, dass es unhöflich war, jemanden über sein Dasein als Waise auszufragen.

Zoe versuchte, lässig mit der Schulter zu zucken, aber die Schulter blieb oben und ihr Gesichtsausdruck änderte sich von dem einer Frau, die gleich einen Witz machen würde, zu … zu einem Gesicht, das er so selten zu sehen bekam. Ihre Augen, die normalerweise von einem heiteren Lächeln glitzerten, waren groß und traurig.

»Es war beschissen«, sagte sie leise. »Ich hoffe, du hast nichts dagegen, dass ich dieses Wort vor deinem Sohn verwende.«

»Er hat schon schlimmere benutzt.«

»Viel schlimmere«, stimmte Evan zu, doch seine Aufmerksamkeit war von Zoe gefesselt. »Wie kommt es, dass dich niemand adoptiert hat?«

Ihre Schultern sackten langsam nach unten. »Ich wurde zu alt, die meisten Leute wollen Babys.«

»Aber du bist so lustig.«

Sie stieß ihn mit dem Ellbogen an. »Genau wie die Hunde im Tierheim, die du nicht in Betracht ziehen willst.«

Evans Gesichtsausdruck veränderte sich, als die Botschaft bei ihm angekommen war. »In wie vielen Häusern hast du gewohnt?«, fragte er.

Oliver griff ein, um sie zu retten. »Hey, das ist zu persönlich, Ev, deshalb ...«

»Schon gut.« Sie winkte ab, als wollte sie nicht nur die beiden, sondern auch sich selbst davon überzeugen. »Wirklich, ich bin jetzt so weit ... es ist okay.« Sie lehnte sich zurück und nahm sich kurz Zeit, um sich wieder zu fassen, dann sagte sie: »Nach fünfzehn Familien habe ich den Überblick verloren. In manchen Familien war ich nur für ein paar Wochen, in anderen länger. Ich wusste nie, wann der Anruf kommen würde, in dem mir mitgeteilt wurde, dass ich weiterziehen musste. Und deshalb war ich auch nicht so richtig nett zu den Leuten, denn ich glaubte, ich würde mich dann ...« Sie schloss die Augen.

»Zoe, du brauchst nicht ...«

Sie ergriff die Hand, die Oliver ihr hinstreckte. »Ich will aber. Ich will es ihm erzählen.« Sie lächelte. »Aber danke.«

»Zoe erzählt das nicht vielen Leuten, Evan«, sagte er leise.

»Aber ich erzähle es ihm jetzt.« Sie ließ Olivers Hand los und wandte sich an Evan. »Der schwierigste Teil war, dass ich mich nirgendwo gemütlich einrichten wollte. Wenn ich das Gefühl hatte, etwas würde mir gehören – etwa mein Schrank, meine Schublade, mein Bett oder meine Familie –, dann tauchte garantiert eine alte Schachtel an der Tür auf und sagte mir, dass ich von hier fort müsste.«

Evan schwieg gebannt. Und Oliver hätte am liebsten auf eine Wand eingedroschen. Wie kam es, dass er diesen Aspekt ihres Lebens noch nie betrachtet hatte?

Sie hatte behauptet, sie hätte stets vom letzten schrecklichen Zuhause weggewollt, und er hatte dies als Grund für ihr Davonlaufen akzeptiert. Aber der Grund lag noch tiefer. Zu bleiben – *irgendwo* zu bleiben – bedeutete, verletzt zu werden.

»Wie du dir also vorstellen kannst«, sagte sie und rang darum, ihren sonstigen leichten Tonfall aufrechtzuhalten, was ihr nicht gelang, »ist es schon immer leichter für mich gewesen, mich nicht an jemanden zu hängen.« Ihr Blick huschte zu Oliver und war so aufrichtig, dass es ihm einen Stich versetzte. »Wenn ich also den Schrank, die Schublade oder das Bett, die ich so mochte, zurücklassen musste, vermisste ich sie auf diese Weise nicht allzu schrecklich.«

Natürlich. Das ergab vollkommen Sinn. Nun musste er sich nur noch überlegen, wie er sie davon überzeugen konnte, dass das mit ihm nicht passieren würde. Und darauf vertrauen, dass sie ihn liebte und nicht weglief.

War das überhaupt möglich bei einer Frau, die so verletzt war wie Zoe?

»Aber dann bist du zu Tante Pasha gekommen«, sagte Evan und klang dabei wie ein Kind, das entschlossen war, sein Happy End zu bekommen. »Und es war, als hätte dich jemand mit nach Hause genommen, was?«

Zoe schüttelte den Kopf. »Nicht wirklich, aber es war auf jeden Fall besser.« Sie griff über den Tisch nach Olivers Hand, als würde sie begreifen, dass ihre Botschaft jetzt erst in seinem Schädel angekommen war.

Evan zog sein Handy heraus.

»Was machst du?«, fragte Oliver.

»Googeln.«

»Pflegefamilien?« Zoe lächelte. »Du willst alles über alles wissen, nicht wahr, kleiner Einstein?«

Er drückte auf ein paar Tasten und scrollte auf dem Display nach unten. »Ich suche das nächste Tierheim.« Sein Finger hielt inne und er blickte zu ihr auf. »Bestimmt können wir einen Hund finden, der ein richtiges Zuhause braucht.«

»Ganz sicher.« Zoe strahlte Oliver an, in ihren Augen schimmerten Tränen. »Mission erfüllt.«

Zoe beendete diesen nahezu perfekten Tag, indem sie sich einen Wodka-Tonic mixte, der überwiegend Wodka und nur einen Hauch Tonic enthielt. Damit setzte sie sich auf ihr Bett und klappte den Laptop auf. Oliver hatte sie nach dem Abendessen förmlich angebettelt zu bleiben, und sie war stark in Versuchung gewesen, aber der Sirenengesang des Internets war stärker gewesen.

Sie musste mehr herausfinden.

Ihre Finger berührten die Tasten, zum Tippen bereit. *Patricia Hobarth … Corpus Christi … Matthew Hobarth.*

Matthew Hobarth? Hieß er so überhaupt? Woher sollte Zoe das wissen? Denn der einzige Mensch, den sie liebte, dem sie vertraute und auf den sie sich in jeder Hinsicht verließ, hatte *versäumt, es ihr zu sagen.*

Wie kam das? Wie konnte es sein, dass Pasha einen Sohn hatte und Zoe niemals davon erzählt hatte?

Das glühende Gefühl des Verrats durchzuckte sie, und das war heute nicht das erste Mal. Es war ihr gelungen, vor ihrem Herzenskummer davonzulaufen und Zuflucht bei etwas Besserem zu suchen – trotz der aufrichtigen Geständnisse beim Mittagessen.

Sie war es leid, die Wahrheit über ihr Leben zu verbergen. Pasha jedoch offenbar nicht.

Hatte Pasha Zoe all die Jahre angelogen? Hatte sie ihr aus Angst oder Schuldgefühlen etwas verheimlicht? Gott, bitte nicht. Nicht das.

Sie musste es wissen.

Dennoch konnte sie die Worte nicht tippen. Stattdessen nahm sie einen langen, tiefen Schluck von ihrem Wodka, der herb auf ihrer Zunge schmeckte. Der zweite Schluck war ein wenig besser, aber sie fühlte sich noch immer nicht betäubt genug, um diese Suche in Angriff zu nehmen.

Was immer passiert war – *wenn* es überhaupt passiert war –, hatte sich vor dreißig Jahren zugetragen. Vielleicht stand gar nichts darüber im Internet.

Das gab ihr die Kraft, mit dem Klicken anzufangen. Sie schloss die Augen, als die Links aufgingen, und betete, dass dies Fehlinformationen waren, nichts als ein Zufall, dass der Sheriff und die Krankenschwester dasselbe Wort benutzt hatten: *Mord*.

Schließlich öffnete sie die Augen und las den ersten Link, der erst vor ein paar Monaten eingestellt worden war.

Polizei nimmt die Ermittlungen im Mordfall Matthew Hobarth von 1965 wieder auf.

Mist. *Mist.*

Sie nippte wieder an ihrem Getränk, stellte das Glas mit einem dumpfen Geräusch zurück auf den Tisch und starrte die Worte an. Sie fuhr zusammen, als ein Klopfen an der Bungalowtür sie aus den Sechzigerjahren riss und sie wieder im Hier und Jetzt landen ließ.

Sie sprang vom Bett, nahm ihre fünf Sinne zusammen und lauschte auf das nächste Klopfen.

Was, wenn es der Sheriff war?

Eine alte, vertraute Angst kroch ihr den Rücken hinauf. *Die Tasche schnappen, zur Hintertür hinausgehen, verstecken, bis die Luft rein ist, und dann davonlaufen.*

Aber Zoe brauchte nicht davonzulaufen. Sie nahm das Glas, um den letzten Schluck hinunterzukippen, aber sie trank ihn dann doch nicht, sondern nahm das Glas mit zur Tür.

»Zoe, bist du zu Hause?«

Tessa. Die Erleichterung setzte Zoe so schwer zu wie der Wodka, als sie tief ausatmete. Tessa war besser als der Sheriff. Besser als sonst irgendjemand im Moment.

Zoe riss die Tür auf. »Tess.«

»Wo bist du den ganzen Tag gewesen?«

»Mit Oliver und Evan unterwegs. Wir haben einen Hund ausgesucht. Eine entzückende Promenadenmischung mit einem Herz aus Gold und Pfoten so groß wie Basketbälle.«

»Echt? Und du bist nicht bei ihnen, um zu helfen, ihn stubenrein zu bekommen?«

Sie brachte ein Lächeln zustande. »Sie dürfen ihn erst in achtundvierzig Stunden mit nach Hause nehmen. Tierheimvorschriften.«

Tessa sah Zoe forschend an. »Alles okay?«

Nein, nichts war okay. Zoe packte Tessa am Arm und zog sie herein. »Ich brauche deine Hilfe.«

Als sie im Haus waren, nahm Tessa Zoe den Drink aus der Hand und nippte daran. »Boah. Hast du je was von Mischen gehört?«

»Völlig überbewertet. Komm hierher, du musst etwas lesen.«

»Bist du schon zu betrunken, um zu lesen?«

»Ich bin nicht betrunken«, schoss Zoe zurück; ihre Stimme brach. »Ich bin …« Was war sie, außer schockiert, am Boden zerstört und bestürzt? *Verletzt.* Sie war zutiefst verletzt. »Es geht um Pasha.«

Tessa streckte die Hand nach ihr aus. »Was ist passiert?« Die

Frage klang angsterfüllt und voller Schrecken. »Ist alles in Ordnung mit ihr?«

»Ich weiß nicht«, sagte Zoe niedergeschlagen.

»Hat sie einen Rückfall erlitten? Ist die Behandlung noch immer auf morgen angesetzt? Was ist denn los?«

»Alles. Nichts. Ich weiß es nicht. Ich weiß nur, dass ich es nicht ertragen kann, das allein zu tun.«

»Was allein zu tun?«

»Die Wahrheit herausfinden.«

Tessa nahm Zoe praktisch in ihre Arme und tätschelte ihr so zärtlich und verständnisvoll den Rücken, wie es Zoe noch nie zuvor erlebt hatte. »Hey.« Sie umarmte sie. »Wir sind gut in so was, und das weißt du. Was immer es ist, sag mir die Wahrheit. Ich werde kein Urteil fällen, das verspreche ich.«

Die Worte waren wie Balsam und beflügelten sie ungemein. »Ich weiß nicht, was die Wahrheit ist. Das ist das Problem.«

»Dann lass es uns gemeinsam herausfinden. Können wir das?«

»Vielleicht.« Sie reichte Tessa das Glas. »Mixe mir doch bitte noch so einen Wodka-mit-Wodka und schenk dir auch eine Kleinigkeit ein. Du wirst es brauchen. Wir treffen uns in meinem Zimmer.«

Eine Stunde später hatte noch keine von ihnen ihr Getränk ausgetrunken. Aber Tessa hatte jedes einzelne Wort, das sie gefunden hatten, laut vorgelesen. Es war zwar nicht viel gewesen, hatte aber ausgereicht, sie beide in fassungsloses Schweigen verfallen zu lassen.

Der siebenjährige Matthew Hobarth war im Garten seines Zuhauses in Pennsylvania erstochen worden.

Das allein reichte schon aus, dass sich Zoe fast übergeben hätte.

Der Vater des Kindes, Harry Hobarth, der Besitzer einer sehr erfolgreichen Autohauskette, die überall im Bundesstaat Filialen hatte, war auf einer Automobilmesse in Philadelphia gewesen, als Matthew getötet wurde. Seine Mutter Patricia, eine Hausfrau, war die einzige wirklich Verdächtige. Der Leichnam war am Rand des Grundstücks gefunden worden, und als die Ermittler nach Spuren suchten, waren sie auf Kratzer am Arm der Mutter aufmerksam geworden. Sie hatte behauptet, dass sie an diesem Tag zusammen auf einen Baum geklettert waren; das Kind wies ähnliche Kratzer auf. Und sie hatte einen Lügendetektortest nicht bestanden, doch das wurde vor Gericht nicht als Beweis zugelassen.

Der Prozess endete damit, dass die Jury zu keinem Mehrheitsurteil gelangen konnte und der Richter den Prozess wegen Verfahrensfehler für gescheitert erklärte.

Mit jeder neuen Tatsache, die Tessa vorlas, rollte sich Zoe mehr zu einer Kugel zusammen; sie schlang die Arme um ihr Kissen, schloss die Augen und versuchte, diese inakzeptablen Neuigkeiten zu akzeptieren.

In einem Bericht im Anzeiger der *Pittsburgh Post* von vor etwa fünf Jahren, in dem es um ungelöste Kriminalfälle in der Umgebung ging, hatte ein Reporter herausgefunden, dass sich Harry Hobarth von seiner Frau hatte scheiden lassen und erneut geheiratet hatte; Patricia Hobarth war fortgezogen. Eine Durchsuchung von Todesanzeigen hatte ergeben, dass sie 1988 in Lubbock, Texas, eines natürlichen Todes gestorben war – das war das Jahr, in dem Zoe und Pasha mit ihrer fünfundzwanzig Jahre dauernden Flucht vor dem Gesetz begonnen hatten.

Der Fall wurde jetzt aufgrund neuer Beweise noch einmal aufgerollt.

»Alles okay?«, fragte Tessa und streichelte Zoes Arm.

Sie nickte, ließ ihre brennenden Augen jedoch fest geschlossen.

»Was möchtest du tun?«

»Sie anschreien. Sie fragen, warum sie mir das nie erzählt

hat.« Lag das daran, dass sie schuldig war? War das überhaupt möglich? »Sie hat nicht einen Funken Gewalttätigkeit an sich.«

»Zoe, du glaubst doch nicht etwa, dass sie das getan hat, oder?«

Glaubte sie das? »Nein, das glaube ich nicht, aber warum hat sie es mir nicht gesagt? Warum war sie all die Jahre auf der Flucht, warum hat sie sich versteckt und vorgetäuscht, sie wäre tot?«

Stirnrunzelnd legte Tessa den Kopf schief. »Du weißt, warum. Weil sie dich im Grunde gekidnappt hat und selbst jetzt noch dafür angeklagt werden könnte. Sie hat dich geschützt.«

»Hat sie das?« Zoe stützte sich auf. »Oder hat sie sich selbst geschützt?«

»Es war ein Prozess mit Verfahrensfehlern.«

»Die Jury ist zu keinem Mehrheitsurteil gelangt. Das ist kein eindeutiges ›nicht schuldig‹.« Jedes Wort, das sie sagte, tat weh. Die bloße Vorstellung, dass Pasha einem Kind etwas zuleide tun könnte, war mehr als nur undenkbar. »Aber warum hat sie so ein Geheimnis daraus gemacht?«

Tessa sah sie vielsagend an. »Sagt die Königin der Geheimniskrämer.«

»Ich hatte meine Gründe.«

»Die hatte sie auch, Zoe, und ehrlich gesagt bin ich irgendwie schockiert darüber, dass du überhaupt in Betracht ziehst, dass sie zu so etwas fähig sein könnte. Wahrscheinlich fürchtet sie sich nur davor, noch einmal fälschlich beschuldigt zu werden.«

Gewissensbisse schlichen sich in Zoes Herz. Nein, sie schlichen sich nicht hinein, sie trampelten geradewegs darüber hinweg. »Ich weiß, dass sie es nicht getan hat«, sagte Zoe, und die Wahrheit, die darin lag, war so mächtig, dass sie darüber ganz erschüttert war. »Ich weiß ganz sicher, dass sie nicht schuldig ist. Aber ich bin wütend auf sie. Ich bin verletzt, enttäuscht, unglücklich und ... fühle mich betrogen.« Letzteres setzte sich bei ihr fest, sie nickte und ließ das Gefühl in ihrem Inneren sacken. »Sie hat mich um eine Chance mit Oliver betrogen.«

»Sie hat gedacht, dass sie das Richtige für dich tut, oder?«

Zoe blickte auf den Bildschirm, auf dem der letzte Artikel noch immer zu sehen war, aber sie konnte sich nicht dazu bewegen, sich vorzubeugen und jedes verdammte Wort selbst zu lesen. »Was steht da noch mal über das Wiederaufrollen des Falls?«

Tessa überflog die Worte. »Sie haben jetzt die DNA des Mörders, damals hatten sie dafür nicht die technischen Mittel. Aber sie hat in keiner Datenbank zu irgendjemandem gepasst.«

»Und natürlich«, sagte Zoe leise, »ist Patricia Hobarth, die Verdächtige Nummer eins, tot.«

»Nur, dass sie gar nicht tot ist.«

»Und ich würde meine Hand dafür ins Feuer legen, dass sie unschuldig ist.«

»Du hättest bestimmt haufenweise DNA, um ...«

Sie zu verraten. »Stopp.« Zoe stieß den Atem aus und ließ sich auf das Kissen zurückfallen, um an die Decke zu starren. »Wo wir gerade von Verrat sprachen.«

»Wenn sie unschuldig ist, dann würdest du ihr damit helfen. Und vielleicht könntest du wegen des Vorwurfs der Entführung noch verhandeln, weil sie sich freiwillig gestellt hat.«

»Außer dass sie sich nicht freiwillig gestellt hätte, sondern ich sie hätte auffliegen lassen.« Zoes Körper spannte sich an wie eine Feder, kalter Schweiß brach ihr aus.

Konnte sie das tun? Konnte sie daran überhaupt denken?

»Warum sprichst du nicht mit Oliver darüber?«, sagte Tessa. »Du vertraust ihm doch.«

Zoe warf ihr einen Blick zu. »Ich habe letzte Nacht mit ihm geschlafen.«

»Das wolltest du doch, oder?« Als Zoe nicht antwortete, beugte sich Tessa vor. »Wie war es?«

»Ich kann nicht glauben, dass du das Erdbeben nicht gespürt hast.«

»Als ihr gewaltige, simultane Orgasmen hattet?«

Zoe lächelte, aber ihre Augen schwammen bereits in Tränen. »Als ich weggelaufen bin, als er mal eine Minute nicht aufgepasst hat.«

»Oh, Zoe.« Tessa umarmte sie erneut wie eine Bärenmutter. »Herzchen, du bist eine solche Katastrophe.«

Zoe gab sich ihren Tränen, der Umarmung und der köstlichen Überdosis an Bemutterung hin und ließ zu, dass ihr Tessa über die Haare strich. So schön das auch war – es war nicht das, was sie brauchte. Sie brauchte jemand anderen.

Zum zweiten Mal an diesem Tag wäre Zoe am liebsten gerannt. Aber nicht *davon*gerannt. Sondern zu jemandem *hin*gerannt.

»Was hast du vor?«, fragte Tessa.

Zoe drehte sich ein wenig, um zu ihrer Freundin aufzublicken. »Ich werde mit Oliver reden.«

»Reden?« Tessa sah sie zweifelnd an.

»Danach.«

»Nach einem weiteren gleichzeitigen Orgasmus?«

»Das oder vielleicht nach morgen«, sagte Zoe. »Wir haben heute die Meinungen der anderen Onkologen eingeholt, und alles ist vorbereitet, um morgen früh die Transfusion und die Gentherapie durchzuführen. Ich finde, ich sollte warten und noch mehr recherchieren. Vielleicht … mit dem Sheriff sprechen.«

Tessa umarmte sie wieder. »Falls ich mitkommen soll, bin ich gern bereit.«

»Was ich brauche, ist …«

»Sag es mir, Zoe.«

»Oliver.« Sie formte seinen Namen mit den Lippen.

»Siehst du? So schwer war das doch nicht.« Tessa kniff sie in die Wange. »Hab deinen Spaß und bleib bei ihm.«

Zoes Augen quollen heraus. »Für immer?«

Tessa lachte. »Ich meinte heute Nacht, aber hey, wer weiß?«

20

Olivers Haustür ging auf, noch bevor Zoe überhaupt angeklopft hatte, und sie fragte sich, was erotischer war: der Anblick seiner nackten Brust über der weichen blauen OP-Hose oder sein absolut nicht überraschter Gesichtsausdruck, als er sie sah.

»Du hast mich wohl schon erwartet.«

»Hoffen kann man ja mal«, sagte er leise.

»Du stehst also Wache an der Tür?«

Er lächelte. »Ich war oben und habe nach Evan gesehen, da habe ich dich den Pfad herunterkommen sehen. Normalerweise nimmst du Abkürzungen und kletterst über Zäune, wenn du zu Besuch kommst.«

Sie lächelte. »Ich habe mit Tessa einen Cocktail getrunken, deshalb habe ich mich nicht getraut zu klettern.« Sie blickte über seine Schulter. »Schläft Evan?«

Er nickte, dann berührte er ihr Gesicht mit seinen zärtlichen, geschickten Fingern. »Alles okay?«

»Ja«, sagte sie vage; das Bedürfnis, ihm alles zu erzählen, was sie gerade in Erfahrung gebracht hatte, quälte sie. Er würde natürlich Informationen verlangen, die Artikel sehen wollen und Pasha vielleicht – und das war das Schlimmsten von allem – für schuldig halten.

Wie würde sich das auf die heikle Gentherapie auswirken, die er am nächsten Tag durchführen würde, um das Leben dieser Frau zu retten?

Er beugte sich zu ihr. »Kommst du herein?«

Sie zögerte, blickte ihn an und atmete die Mischung aus salziger Luft und dem Geruch nach Seife ein, den der Mann verströmte, der gerade frisch aus der Dusche gekommen war. »Ich denke schon«, sagte sie.

»Du denkst schon?«, lachte er leise, während er die Hände zu ihren Handgelenken gleiten ließ.

»Ich bin nicht nur hergekommen, um Sex zu haben«, sagte sie und wusste nicht so recht, warum es so wichtig für sie war, dass er das wusste.

Noch immer lächelnd zog er sie in das Ferienhaus. »Das ist in Ordnung. Wir bieten hier den vollen Service. Was soll es denn sein? Essen, Trinken, Swimmingpool, Dusche oder Kuscheln auf der Couch, wo du alles loswerden kannst, was deinen Pulsschlag so sprunghaft macht?«

Sie verdrehte die Augen. »Suche Trost bei einem Arzt und du bekommst eine Diagnose.«

Sein Gesicht wurde weich, während er die Tür schloss und sie zu dem dick gepolsterten Sofa führte. »Bist du hergekommen, weil du Trost suchst, Zoe?«

Ein unerwarteter Kloß bildete sich in ihrem Hals. »Ja«, gestand sie. »Deshalb bin ich gekommen. Trost und Zärtlichkeiten, ohne dass jemand Fragen stellt.« Mit einem hoffnungsvollen Lächeln blickte sie zu ihm auf. »Kriegt man hier so etwas?«

»Noch besser: Man bekommt es sogar, ohne eine Gebühr zu entrichten.« Er drückte sie sanft auf die Sofakissen hinunter und lehnte ihren Rücken an die Armlehne. Dann setzte er sich ans andere Ende, hob ihre Füße in seinen Schoß und streifte ihr dann die Flipflops ab und ließ sie auf den Boden fallen. »Irgendwie kehre ich immer wieder zu deinen Füßen zurück.«

Sie lächelte, schloss die Augen, während er ihr eine zärtliche Fußmassage verpasste, und gab sich ganz der Macht seiner Hände hin.

»Machst du dir Sorgen wegen morgen?«, fragte er. »Denkst du an Pasha?«

Selbstverständlich dachte sie an Pasha. »Natürlich. Ich kann kaum an etwas anderes denken.«

Er drückte ihren Fuß. »Sie ist in besten Händen. Unser Team ist hervorragend und gut vorbereitet. Ich bin inzwischen hundertprozentig davon überzeugt, dass es das Richtige ist.«

Seine Zuversicht war so beruhigend wie seine Berührung. »Wie lang dauert es, bis wir wissen, ob die Therapie angeschlagen hat?«

»Wenn es nicht geklappt hat, werden wir es schon Stunden später wissen – vielleicht betrachten wir es besser erst mal von dieser Seite. Falls es zu einer Vergiftung oder Entzündung der schlechten Zellen kommt, in die wir injizieren, erfahren wir das innerhalb von Stunden. Bestimmte Symptome geben uns dann Alarmzeichen.«

»Was macht ihr dann?«

»Aufhören und die Therapie rückgängig machen, aber ...« Seine Finger hielten inne und er wartete, bis sie die Augen aufschlug, um seinen Satz zu beenden. »Dann kann es zu spät sein.«

»Ich bin mir des Risikos bewusst und Pasha ebenfalls.«

»Gut. Aber denk daran, die Behandlung kann ihr das Leben retten und vielen anderen auch.« Seine Stimme wurde angespannt, sein Griff noch fester.

»Deshalb ist es so wichtig, nicht wahr?«, fragte sie.

»Nein, Zoe. Es ist wichtig, weil uns deine Tante, die du liebst, ihr Leben anvertraut hat.«

Schuldbewusst schluckte sie. Ja, sie liebte Pasha. Nichts würde sich je daran ändern. Aber sollte Oliver wissen, was Zoe inzwischen wusste? Würde es eine Rolle spielen? Wäre es richtig oder falsch, es ihm am Vorabend dieses wichtigen Ereignisses zu sagen? Ihre Unentschlossenheit lastete schwer auf ihrer Brust.

»Aber«, fuhr er fort, »ich werde nicht lügen und behaupten, dass dies nicht wahnsinnig wichtig wäre und möglicherweise meine Karriere entscheidend beeinflussen wird; außerdem ist dies zweifellos der Grund, weshalb ich meine Stellung am Mount Mercy aufgegeben und eine Praxis in Naples aufgemacht habe, um mit Raj zusammenzuarbeiten.«

Die Leidenschaft seiner Worte hing im Raum und war so attraktiv und kraftvoll wie jede Sprache der Liebe. Sie musterte ihn unter ihren Wimpern hervor und das Herz ging ihr so sehr über, dass der aufmerksame Arzt bestimmt allein dadurch, dass er ihre Füße hielt, die physischen Reaktionen spüren konnte.

»Du liebst das, was du tust«, sagte sie, unfähig, die schiere Bewunderung – und vielleicht ein wenig Neid – aus ihrer Stimme herauszuhalten.

»Ja«, bestätigte er. »Leben zu retten und Medizin zu praktizieren – vor allem solche, die das Potenzial für große und wichtige Veränderungen birgt – sind die Gründe, weshalb ich Arzt geworden bin, und definitiv auch die Gründe, weshalb ich in die Onkologie gegangen bin.«

Eine Geschichte über seine Großmutter tauchte aus den Tiefen ihres Gedächtnisses auf. »Ich dachte, du hast dich für Onkologie entschieden, weil deine Großmutter an Brustkrebs gestorben ist, als du auf dem College warst.«

Er nickte langsam, sein Gesichtsausdruck ein wenig abwesend. »So war es.«

Sie setzte sich ein wenig auf. »Das klingt, als würde mehr dahinterstecken.«

»Es ... steckt immer mehr dahinter.« Er atmete tief ein; beim Ausatmen ließ er ihre Füße los, rutschte zu ihr nach oben und bedeckte ihren Körper mit seinem, während er sich neben sie legte.

»Fertig mit der tröstenden Fußmassage?«

»Ich will zu einer tröstenden Ganzkörpermassage übergehen.« Er drückte sie an seine Brust und schlang sein Bein um ihres, um sie sicher auf dem Sofa zu halten.

»Sollten wir das nicht lieber hinter verschlossenen Türen tun? Da oben schläft ein Achtjähriger.«

»Das werden wir.« Er strich ihre Haare zurück und legte dabei ihren Kopf ein wenig schief, sodass sie sich direkt in die Augen sahen. »Ich will dir etwas erzählen. Es ist ernst und wichtig, und ich will nicht, dass uns das, was ... was passiert, wenn wir in die Nähe eines Bettes geraten, außer Gefecht setzt.«

Sie spannte sich ein wenig an und wartete darauf, dass er zu Ende sprach.

»Zoe, ich will keine Geheimnisse oder sonst irgendetwas haben, was deine Gefühle mir gegenüber verändern könnte – oder auch nicht.«

Ihr Bauch zog sich vor Schuldgefühlen zusammen – sie war diejenige auf diesem Sofa, die ein Geheimnis hatte – und dieser Schmerz vermischte sich mit ihrer brennenden Neugier. »Etwas in Bezug auf deine Ehe?«, riet sie.

Er schüttelte den Kopf. »Viel früher.«

»Davor war ... ich.«

»Noch früher.«

Sie versuchte sich aufzusetzen, aber er hielt sie dort fest, wo er sie haben wollte – Herz an Herz, Gesicht an Gesicht. »Ich will dir von der ersten Frau erzählen, die mir wehgetan hat.«

Sie blinzelte ihn an. Als sie ein Paar gewesen waren, hatten sie über ihre früheren Geliebten gesprochen; sie wusste alles über Adele Townshend und sogar über ein paar Mädchen vom College. »Deine erste Liebe?« Sie hatte sich vorgegaukelt, dass *sie* seine erste Liebe gewesen wäre.

»Die erste Liebe eines jeden Jungen, nehme ich an.«

»Deine Mutter?«

Er nickte und sie kramte in den Tiefen ihres Gedächtnisses nach Informationen. Alles, was sie wusste, war, dass seine Mutter jung gestorben war und dass ihn sein Vater und seine Großmutter aufgezogen hatten und ... das war's dann auch.

»Ist sie auch an Krebs gestorben, Oliver?« Vielleicht hatte ihn eigentlich dieser Tod auf seinen Lebensweg gebracht – ein Junge, der Leben retten wollte, weil er das eine, das am wichtigsten für ihn war, verloren hatte.

Aber warum hätte er ihr das nicht erzählen sollen?

Und warum zeichnete sich auf seinem Gesicht jetzt nichts als Schmerz ab?

Er streichelte ihre Wange, strich ein imaginäres Haar beiseite und blickte an ihr vorbei, während er sich sichtlich sammelte. »Als ich ein wenig älter als Evan war und nicht annähernd so klug wie er, möchte ich hinzufügen, starb meine Mutter.«

Mitgefühl überwältigte sie. »Das muss schwer für dich gewesen sein. Was ist passiert?«

»Sie …« Er schloss die Augen. »Ich kam eines Tages von der Schule zurück, und es war so still im Haus.«

Nun war es sein Herz, das hämmerte, und sein Körper, der sich anspannte. Sie streichelte über seinen nackten Arm auf die Art und Weise, wie Tessa vorhin sie gestreichelt hatte. Beruhigend, wohltuend und tröstlich.

»Es war auffallend still«, sagte er. »Meine Mutter war nicht berufstätig. Sie war Hausfrau und hielt meinem Vater bei seiner Karriere als Ingenieur den Rücken frei. Wenn ich von der Schule zurückkam, lief immer Musik. Meistens Rock n' Roll der frühen Achtziger, aber eigentlich alles. Sie tanzte in irgendeinem verrückten Outfit dazu, stellte ein Theaterstück für die Nachbarskinder zusammen, organisierte einen Garagenverkauf oder plante eine Party. Sie war der Typ, mit dem man immer Spaß hatte.«

»Ich mag sie bereits jetzt«, sagte Zoe mit einem verhaltenen Lächeln.

Seine Augen verengten sich. »Du hättest sie gemocht …« Er schüttelte den Kopf. »Du bist ihr sehr ähnlich, Zoe.«

Irgendetwas sagte ihr, dass das kein Kompliment war.

»Sie stand im Zentrum der Aufmerksamkeit, machte immer Witze, nahm nie etwas ernst, erfüllte ihr Leben und unser Haus mit ...«

»Freude?«

Er verlagerte seinen Blick und sah sie an. »Falscher Freude.«

Einen Moment lang verschlug es ihr die Sprache. Dann fragte sie: »Wie das?«

»Damit meine ich, wenn man ...« Er schlang eine Strähne ihres Haares um seinen Finger, spannte sie wie eine Feder. »... die Welt davon überzeugt, dass man glücklich ist; man lacht und scherzt und singt, aber innerlich ist man zutiefst ... verletzt.«

Das Wort versetzte ihr einen Stich, der direkt ins Herz traf. Verletzt klang vertraut.

»Was ist mit ihr geschehen, Oliver? Sag es mir.«

»Ich ging nach oben.« Er hielt inne und rang um Fassung. »Sie war nicht in ihrem Zimmer oder sonst wo. Dann ging ich in den zweiten Stock hinauf. Wir wohnten in einem alten georgianischen Haus außerhalb von Wilmington. Es musste noch eine Menge Arbeit hineingesteckt werden, und eigentlich war das genau das, was meine Mutter tun sollte – Bauunternehmer und Schreiner anheuern, weil mein Dad fünfzig, sechzig oder noch mehr Stunden bei DuPont arbeitete.« Er nahm sich einen Augenblick Zeit, um Luft zu holen, und Zoe merkte, dass ihre Herzen im gleichen Takt schlugen – viel zu schnell.

»Im zweiten Stock war sie auch nicht, deshalb musste ich nach oben in die Kuppel hinaufgehen. Sie bildete den oberen Abschluss des alten Hauses, das man bestimmt großartig hätte restaurieren können, aber meine Mutter war zu ... abgelenkt.«

»Was ist passiert, Oliver?« Sie brachte kaum ein Flüstern heraus, wie ein Kind, das einer unheimlichen Geschichte lauscht und weiß, dass direkt hinter der Ecke etwas furchtbar Schreckliches lauert.

»Ich habe sie gefunden.« Er schloss die Augen und biss sich auf die Lippen. »Sie hat sich erhängt.«

Zoe sog tief die Luft ein, vom Schock überwältigt. Eine glückliche, lebensfrohe, musikliebende, leicht ablenkbare junge Frau hatte sich umgebracht.

Und ihr neun Jahre alter Sohn hatte sie gefunden.

»Warum?«

Er zuckte mit den Achseln. »Das haben wir nie herausgefunden. Keine Notiz, kein Abschiedsbrief, keine verborgenen Geheimnisse, kein Tagebuch, kein Schließfach, keine Freunde, die auf uns zukamen, keine labile Veranlagung, nichts. Aber es war Selbstmord, und sie war eindeutig eine mit Problemen belastete, depressive Frau gewesen, die sich hinter einer Fassade von Fröhlichkeit versteckt hatte. Es musste einen Grund gegeben haben, aber er entzog sich jeder Logik. *Sie* entzog sich jeder Logik.«

Zoe starrte ihn an, schluckte das Ganze und, oh, Mann, war das trostlos.

»Wow, das tut mir leid. Ich mag mir gar nicht vorstellen, wie schwer das für dich gewesen sein muss«, sagte sie, während sie ihm die Hand auf die Wange legte und ihn zwang, sie anzusehen.

»Es war schrecklich«, bestätigte er. »Es hat mich für immer geprägt.«

»Inwiefern?«

»Ich glaube, ich habe genug Psychologie studiert, um zu wissen, warum ich das Bedürfnis habe, Beschädigtes wieder heil zu machen.« Er warf ihr ein flüchtiges Lächeln zu. »Ich habe die folgenden fünf oder mehr Jahre damit verbracht, mich zu fragen, ob ich meine Mutter hätte heil machen können.«

»Nicht, wenn du nicht gewusst hast, dass etwas mit ihr nicht stimmte«, sagte sie. »Nicht, wenn niemand wusste, wie sie sich fühlte.«

Er antwortete nicht, sondern spielte weiter mit einer ihrer Locken, sein Blick schweifte ins Leere, während er zweifellos die Erinnerung und deren Nachbeben noch einmal heraufbeschwor.

»Du glaubst, dass ich wie sie bin, nicht wahr?«, flüsterte sie leise.

Sein Blick fokussierte sich wieder und er sah ihr direkt in die Augen. »In mancher Hinsicht ja. In anderer nein.«

In mancher Hinsicht. »Du glaubst, meine Neigung wegzulaufen sei einfach nur eine andere Art, dem Leben zu entfliehen, wenn es schwierig wird.«

Er antwortete nicht. Das brauchte er auch nicht.

Oliver war so leicht ums Herz wie seit Jahren nicht mehr. Obwohl sie sich in eine bequemere Position auf der Couch gewälzt hatten und Zoe jetzt mehr oder weniger auf ihm lag und ihm die Luft abdrückte, fühlte er sich innerlich überaus beschwingt.

Zoe jedoch nicht. Sie hatte eine Million Fragen, und er tat sein Bestes, um sie zu beantworten; er hielt sich zurück, die Entscheidung seiner Mutter zu verurteilen, und überzeugte Zoe davon, dass die Familie gelernt hatte, mit einer völlig unerklärlichen Narbe zu leben, weil seine Mutter keine Botschaft und keinen Hinweis darauf, dass sie unglücklich gewesen war, hinterlassen hatte.

»Aber du lebst nicht damit«, sagte Zoe. »Es verfolgt dich immer noch. Ich wette, das ist auch der Grund für deine Höhenangst.«

»Das ist jetzt vielleicht ein wenig weit hergeholt, aber okay«, stimmte er zu. »Ich weiß, dass ich deshalb nicht gern in ein leeres Haus zurückkomme. Nichts davon bedeutet aber, dass ich mich von diesem Vorfall bestimmen lasse.«

»Du hast gesagt, es hätte eine nachhaltige Wirkung bei dir hinterlassen.«

»Aber keine, die mich bestimmt. Das lasse ich nicht zu.« Er zog sie so nah er konnte an sich, aber diese Bewegung hatte nichts Sexuelles an sich. Er wollte, dass sie begriff, wie wichtig seine nächsten Worte waren. »Ich lasse nicht zu, dass es uns bestimmt.«

Erschauernd atmete sie aus. »Es gibt kein uns, Oliver.«

»Es könnte aber eines geben. Du weißt, was ich empfinde. Ich liebe …«

Sie bewegte sich nach oben, in ihren dunkelgrünen Augen blitzte es warnend auf. »Sag es nicht, Oliver.«

»Warum nicht?«

»Ich kann es nicht erwidern.«

»Das konntest du noch nie«, sagte er mit einem trockenen Lachen. »Nicht einmal, als ich versuchte, es dir beizubringen, erinnerst du dich?« Er setzte sich neben ihr auf und umfasste ihr Gesicht mit seinen Händen. »Ich …«, er knabberte an ihrer Unterlippe, »liebe …«, er saugte die Lippe in seinen Mund und wollte so schnell wie möglich das letzte Wort sagen, aber eigentlich wollte er sie schmecken, »dich.«

Erstaunlicherweise hielt sie ihn nicht davon ab oder zuckte zurück. Stattdessen küsste sie ihn, öffnete den Mund dabei, die Zunge süß und schlüpfrig, und legte ihm die Hände um den Nacken.

»Zoe?«, fragte er, als sie den Kuss endlich unterbrachen.

»Ich kann nicht, Oliver.«

Sie konnte es noch nie. Hatte es nie gekonnt. Und jetzt wusste er auch, warum. Sie hatte Angst, dass ihr der Boden unter den Füßen weggezogen würde, und zwar in dem Moment, in dem sie das Risiko einging, den Fuß daraufzusetzen. Sie brauchte Zeit. »Wirst du die Nacht mit mir verbringen?«

Sie antwortete nicht sofort und er spürte förmlich, wie sie nach Ausreden suchte.

»Wir werden nur schlafen, das schwöre ich.«

»Ich habe keine Kleider für morgen dabei und ich muss duschen und …«

Er stand auf und zog sie mit sich. »Hör mal, geh in mein Zimmer, nimm eine Dusche und geh ins Bett. Ich gehe rüber zu deinem Bungalow und hole dir frische Klamotten und was immer du brauchst. Wir stehen morgen ganz früh auf, bevor Evan überhaupt aufwacht, dann wird er glauben, du wärst eben erst angekommen.«

Sie sah ihn forschend an, dann nickte sie mit einem letzten resignierten Seufzer. »Ich gebe mich geschlagen.«

»Das ist keine Schlacht, Liebling.« Er strich ihr über die Wange. »Ich werde dich die ganze Nacht in den Armen halten, und wenn du aufwachst und mich ansiehst, sagst du die ersten Worte, die dir durch den Kopf schießen, und sie werden die ungeschminkte Wahrheit enthalten.«

Sie lächelte. »Du klingst wie Pasha mit ihren Zeichen und Wundern.«

»Nun geh schon.« Er schob sie in Richtung Schlafzimmer. »Gib mir deinen Schlüssel und sag mir, was du brauchst.«

»Der Schlüssel ist unter der Fußmatte vor der Haustür. Etwas Sauberes, das so aussieht, als würde ich es tragen. Vergiss die Unterwäsche nicht. Und meine Zahnbürste.«

Er küsste sie auf die Stirn. »Bin gleich wieder da.«

Unsicher wich sie zurück. »Machst du dir keine Sorgen, dass du zurückkommst und ich bin nicht mehr da?«

»Überhaupt nicht.«

Sie boxte ihn zum Spaß. »Sieh mal einer an. Ein großer Durchbruch für Doktor B.«

»Jetzt bist du an der Reihe. Geh duschen und *bleib*. Die ganze Nacht. Kannst du das tun, Zoe? Für mich?«

»Kann ich.« Sie beugte sich vor, um ihn auf die Wange zu küssen. »Das kann ich für dich tun, Doc. Vertrau mir.«

Er sah ihr nach, als sie zur Schlafzimmertür ging, und als sie

sie öffnete, drehte sie sich um, und ein herzzerreißendes Lächeln umspielte ihre Lippen. »Irgendwie ... schon. Weißt du? Ja. Und zwar schon immer.«

Nun, wenn das mal kein Durchbruch war. Für Zoes Verhältnisse. Er lächelte zurück. »Ich weiß.«

Er wartete, bis sie in seinem Schlafzimmer verschwunden war, dann ging er aus dem Haus, joggte den Strandpfad des Casa Blanca entlang und durchquerte die Gärten, um zu der kleinen Sackgasse zu gelangen, an der die Bungalows standen, wo Zoe wohnte. Er ging um ihren Jeep herum, der vorne geparkt war, fand ohne Probleme den Schlüssel und betrat den dunklen Wohnbereich. Er schaltete eine Lampe ein und schaute sich um, während sich seine Augen an die Helligkeit gewöhnten; dann ging er in den Flur und schaltete auch dort Licht ein.

Auf beiden Seiten waren Türen, die zu kleinen Schlafzimmern führten. Das auf der rechten Seite war kleiner und enthielt ein Einzelbett und eine fast leere Kommode. Das war wohl Pashas Zimmer. Als er sich dem anderen Zimmer zuwenden wollte, erregte etwas auf der Kommode seine Aufmerksamkeit. Es war weiß, viereckig und trug einen vertrauten schwarzen Schriftzug.

Alles in ihm erstarrte und eisige Fassungslosigkeit schoss ihm durch die Adern.

Ganz langsam drehte er sich um, das Blut in seinem Kopf pulsierte so heftig, dass er förmlich hören konnte, wie sich mit jeder Sekunde, die verstrich, sein Herzschlag beschleunigte. Als könnte er den Anblick nicht ertragen, sah er auf eine heruntergefallene Vase mit ein paar verwelkten Blumen hinunter, das Wasser war längst verdunstet.

Aber er wusste, was er gesehen hatte. Er wusste es.

Er ließ seinen Blick seitlich an der Kommode hinaufwandern und ließ zu, dass er sich erneut auf einen mit der Zeit vergilbten Briefumschlag mit vertrauter schwarzer Schrift heftete.

»*Fuck.*« Er starrte ihn so intensiv an, als wollte er nicht wahrhaben, dass er mehr war als nur eine Ausgeburt seiner Fantasie.

Aber er war real. Dreidimensional, neun Jahre alt und so rappelvoll mit Liebe und Verheißung, dass er – in den richtigen Händen – vielleicht das Leben aller verändert hätte.

Wenn er je in diese Hände gelangt wäre.

Er nahm den Brief und erinnerte sich vage an den Postmitarbeiter, der den Kopf geschüttelt und zu Oliver gesagt hatte, nein, das Postfach sei geschlossen worden, ohne dass eine Adresse zum Weiterleiten angegeben worden wäre. Als er den Brief umdrehte, sah er, dass er nie geöffnet worden war.

Es war ein kleiner Trost zu wissen, dass ihn nie jemand gelesen hatte. Es war nicht so, dass Pasha Zoe seine Herzensergüsse vorgelesen hätte, aber sie hatte ihn aufbewahrt. Oder?

Er blickte sich im Zimmer um und stellte sich ihre letzten Momente vor, bevor sie weggelaufen war, in der Hoffnung zu sterben. Sie musste den Brief als Erklärung oder Entschuldigung dagelassen haben. Oder weil sie wusste, dass sie wieder zusammenkämen und dass alles, was in diesem Brief stand, noch mal gesagt würde, von Angesicht zu Angesicht.

Himmel, die Hälfte davon würde er gleich heute Nacht sagen.

Zoe konnte nicht in Pashas Zimmer gewesen sein, deshalb hatte sie den Brief nie gesehen. Was würde sie empfinden, wenn sie ihn läse? Wut? Frust? Sorge, er könnte morgen seinen Job nicht ordentlich erledigen, aus Rache gegen die Frau, die – willkürlich oder nicht – ihre Zukunft bestimmt hatte?

Denn er glaubte aus tiefstem Herzen, dass Zoe zu ihm zurückgekehrt wäre, wenn sie diesen Brief gelesen hätte, und zwar bevor er Adele überhaupt geheiratet hätte.

Hatte Pasha das gewusst?

Wieder untersuchte er die Versiegelung, aber er war ehrlich gesagt kein Experte, wenn es darum ging, etwas unter Wasserdampf zu öffnen und wieder zu verschließen; vielleicht hatte sie den Brief ja doch gelesen.

Er stopfte den Brief in die Seitentasche seiner alten OP-Hose und ging in Zoes Zimmer, um zu holen, weshalb er gekommen war. Seine Hände bebten vor Wut, als er eine Schublade aufzog, ein Durcheinander aus pastellfarbener Seide vorfand und einen Stringtanga mit Punkten und einen lilafarbenen BH herauszog.

Morgen bebten seine Hände hoffentlich nicht, dachte er reumütig. Nicht, wenn er das Leben der Frau retten wollte, die seines ruiniert hatte.

Er schob den Gedanken beiseite, riss die nächste Schublade auf, schnappte sich ein marineblaues Tanktop und warf alles auf das Bett neben einen aufgeklappten Laptop. Dann wandte er sich dem Schrank zu, durchforstete eine endlose Reihe langer Röcke und überlegte, welchen Zoe wohl wollte.

Hinter ihm erwachte der Laptop zum Leben, wahrscheinlich hatten ihn die Kleider gestreift. Er sollte ihn abschalten und nicht auf Stand-by lassen, dachte er und nahm den weißen Rock, von dem er sich erinnerte, dass sie ihn in seinem Büro getragen hatte. Er war knittrig und weich und ein wenig durchsichtig.

Der Brief in seiner Tasche schien zu brennen, als er die Kleider einsammelte. Was würde er zu ihr sagen? Würde er ihn ihr heute Abend geben? Morgen früh? Sollte er warten, bis sie ihm sagte, dass sie ihn liebte? Sie war so kurz davor.

Vielleicht nach der Behandlung, wenn Pasha geheilt wäre.

Wann war der beste Zeitpunkt, Zoe zu eröffnen, dass ihre geliebte Tante …

Der Computer leuchtete auf, die schwarzen Buchstaben einer großen Schlagzeile füllten den Bildschirm aus. Wo war der Ausschaltknopf? Er suchte auf der Tastatur und versuchte, die Taste zum Herunterfahren mit dem kleinen Finger zu erreichen, weil er den Rock und die Unterwäsche in der Hand hatte.

In dem Moment, als er darauf drückte, fiel sein Blick auf den Bildschirm.

Polizei rollt ungeklärten Mord an einem Siebenjährigen wieder auf.

Stirnrunzelnd las er das kleiner Gedruckte darunter.

Neuer DNA-Nachweis entdeckt, aber Hauptverdächtige Patricia Hobarth, die aufgrund von Verfahrensfehlern freigesprochen wurde, ist inzwischen tot.

Eine ganz neue Welle der Gefühle schwappte mit solcher Wucht über ihn hinweg, dass er sich auf das Bett fallen ließ. Der Bildschirm flackerte und wurde dann blau.

Nein, nein. Er musste es wissen. Er drückte auf irgendwelche Tasten, seine Hände waren noch immer so verdammt zittrig, während er verzweifelt versuchte, den Artikel noch mal aufzurufen, aber der Bildschirm wurde dunkel.

Für einen langen Moment saß er da und starrte ihn an.

Er konnte das Gerät einschalten, den Internetbrowser finden und der elektronischen Spur folgen, um den Artikel zu Ende zu lesen, aber musste das sein? Wusste er nicht bereits genug?

Der Grund, weshalb Pasha auf der Flucht war. Der Grund, weshalb sie Zoes Glück ihrer eigenen Sicherheit geopfert hatte. Der Grund, weshalb sie ihrer Nichte nie diesen Liebesbrief gegeben hatte.

Nicht ihrer Nichte – irgendeiner Streunerin, die sie aufgelesen hatte und die ihr nun wahrscheinlich dabei helfen sollte, ihre Identität zu wechseln, wenn sie für tot erklärt wurde.

All diese Fakten sprudelten aus seinem logisch denkenden Gehirn und plumpsten in seinen Magen.

Der Brief machte ihn wahnsinnig. Die Neuigkeiten bereiteten ihm Übelkeit. Aber die Tatsache, dass Zoe darüber Bescheid gewusst hatte, als sie trostsuchend vor seiner Tür gestanden hatte, ihm aber nicht genug vertraut hatte, um es ihm zu erzählen ... das tat höllisch weh.

Endlich stemmte er sich vom Bett hoch und schnappte sich die Kleidung.

Glaubte sie, dass er nicht sein Allerbestes geben würde, um Pasha zu retten, wenn er dies wüsste? Wenn das so war, dann kannte sie ihn wirklich überhaupt nicht. Und er kannte sie nicht.

Irgendwie ... schon. Und zwar schon immer.

Das mochte wohl dem »Ich liebe dich«, das er hören wollte, näherkommen als alles, was er je von ihr gehört hatte. Und es war so bedeutungslos wie der Sex, den sie gleich haben würden.

Und alles, was sie heute Abend gesagt oder getan hatte, war ebenfalls bedeutungslos. Sie lief davon und versteckte ... alles. Wie konnte er eine solche Frau je lieben?

Auf dem Weg nach draußen warf er den Brief zurück auf die Kommode, auf der er ihn gefunden hatte.

21

Zoe schlüpfte nackt zwischen die Laken und nahm sich vor, Lacey ein Kompliment für die feine ägyptische Baumwolle zu machen, die sie ausgesucht hatte. Seufzend wälzte sie sich auf Olivers Kissen und atmete seinen würzigen Duft ein, der dort von der vorherigen Nacht hängen geblieben war. Sie war begierig darauf, das Original zu riechen, wenn er zurückkam.

Und die Originalversion zu sagen. Nicht nur darauf *anzuspielen*.

Und wenn sie schon dabei war, musste sie mit allem ins Reine kommen. Sie würde ihm sagen, was sie entdeckt hatte und wie fest sie daran glaubte, dass Pasha unschuldig war. Während er die Behandlung durchführte, die Pasha das Leben retten sollte, würde sich Zoe mit dem Sheriff treffen, die Fakten durchsprechen, um Hilfe bitten und dafür sorgen, dass Pasha einen DNA-Nachweis abgeben konnte. Das würde ein langes, zermürbendes rechtliches Verfahren werden, was durch die Verbrechen, die Pasha *tatsächlich* begangen hatte, noch komplizierter würde. Aber wenn sie am Leben bleiben und gesund werden würde, konnten sie und Zoe dagegen ankommen. Leben konnten gerettet und danach verändert werden.

Oliver würde Ersteres erledigen, sie selbst den Rest, und zwar ohne ein einziges Mal davonzulaufen. Das würde ihm gefallen. Sie würden die Dinge gemeinsam in Ordnung bringen.

Sie hörte, wie sich die Haustür öffnete und schloss, und sie spannte sich vor Vorfreude an, bereit, willig und genau dort, wo er sie haben wollte, wenn er nach Hause kam. Zweifellos hatte er erwartet, dass sie einen auf Zoe machen würde und …

»Dad?«

Verdammt. Evan war aufgewacht.

»Hey, mein Sohn. Was machst du hier unten?«

Sie standen direkt vor der Tür, so nah, dass Zoe den Wortwechsel vollständig mitbekam.

»Ich kann nicht schlafen.«

Okay, kein Sex heute. Aber das war in Ordnung. Sie rührte sich nicht und war vollkommen still, während sie darauf wartete, dass Evan wieder nach oben ginge.

»Geh schon mal vor«, sagte Oliver. »Ich komme gleich nach oben, um dich wieder zuzudecken.«

»Kann ich einfach wieder bei dir schlafen, Dad? Ich bin auch wirklich leise.«

Boah.

»Nein, das ist keine gute Idee, mein Sohn.«

»Dad, bitte, ich bin so aufgeregt wegen des Hundes, dass ich nicht schlafen kann und total nervös bin.«

»Das gibt sich schon wieder.«

Zoe hörte die Anspannung in Olivers Stimme und wollte nicht, dass er in dieser Zwickmühle steckte. Sie wälzte sich aus dem Bett und ging auf Zehenspitzen zum Bad.

»Dad, ich habe Angst, dass ich mich nicht richtig um ihn kümmere oder dass ihm etwas zustößt oder dass Mom ihn hasst oder …« Die Litanei aus Evans Ängsten wurde ausgeblendet, als sie das Badezimmer betrat und leise die Tür hinter sich schloss; sie schnappte sich die Klamotten, die sie getragen hatte, als sie hierhergekommen war.

Was jetzt? Sie konnte hier wohl schwerlich rauskommen, ohne gesehen zu werden.

Sie öffnete die Tür einen Spalt und lauschte. Evans Stimme war zu einem leisen Heulen angeschwollen, und sie hörte, wie er schniefend seine Tränen unterdrückte.

»Nur eine Sekunde, Junge. Warte hier.« Oliver kam ins

Schlafzimmer, und Zoe schob die Badezimmertür ein wenig weiter auf.

»Pssst.«

Er blickte sich um und entdeckte sie. Er deutete über seine Schulter zum Wohnzimmer hin und zuckte mit den Schultern, als wollte er sagen: »Ich kann nichts dafür.«

»Soll ich gehen?«, flüsterte sie.

Einen Moment lang sah er sie an, und selbst in dem dämmrigen Licht erkannte sie etwas in seiner Miene, das schwer zu deuten und verwirrend war. Er sah eher traurig aus als belustigt über diese leicht komödienhafte Situation. Nein, er sah aus wie ein Mann, der von weit mehr enttäuscht war als von der Tatsache, dass die nächtlichen Probleme seines Kindes seine Pläne durchkreuzten.

»Ja«, sagte er nur – ein Wort wie ein Eiszapfen. »Du solltest gehen.«

Zoe blinzelte ihn an, weil sie nicht glauben konnte, was sie da hörte. Nur weil Evan wach war? »Oh, okay.« Sie trat in den Shorts und dem T-Shirt, die sie schon den ganzen Tag getragen hatte, aus dem Badezimmer, das Haar in den Spitzen noch nass von der Dusche; kalte Wassertropfen rannen von dort über ihre Arme.

Er rührte sich nicht, sondern starrte sie an, sein Blick war so ... hart.

»Dad, kann ich bitte hereinkommen?«

»Ich gehe über die Terrasse und klettere über den Zaun«, sagte sie.

Er schüttelte den Kopf. »Ich bringe ihn nach oben, dann kannst du gehen.«

Sein Gesicht, seine Worte waren irgendwie merkwürdig. Etwas stimmte nicht. »Was ist los?«

Er sagte nichts, sondern starrte sie nur an.

»Oliver, was ist los?«

Er schüttelte den Kopf, fast so, als hätte es ihm die Sprache verschlagen.

Sie runzelte die Stirn, trat näher und hoffte inbrünstig, dass er sie an sich ziehen und küssen würde, dass er ihr zuflüstern würde, sie solle warten, damit sie sich die ganze lange Nacht in den Armen halten würden, weil sie sich das beide wünschten und so sehr brauchten.

Doch sein Gesichtsausdruck war hart und eisig.

»Dad!«

»Was ist los?«, fragte sie.

»Daddy!«

»Ich komme, Evan.« Er trat einen Schritt zurück, sein Gesicht blass, wütend und verletzt. Das war er also – zutiefst verletzt. »Du gehst jetzt besser, Zoe.«

Rückwärts ging er aus dem Zimmer und ließ sie in ungläubiger Erstarrung zurück. Sie rührte sich erst wieder, als sie seine Schritte auf der Treppe hörte und seine Stimme allmählich verklang, während er seinen Sohn zurück ins Bett brachte.

Wie betäubt starrte sie auf die Tür. Wollte Oliver wirklich, dass sie ging? Nach all der Zeit, in der er versucht hatte, sie zum *Bleiben* zu bewegen?

Sie lauschte auf die Stimme und die üblichen mentalen Instruktionen, aber in ihrem Kopf war es so still wie in einem schwebenden Ballon. Sie wollte heute Nacht nicht weglaufen. Sie wollte *bleiben* und ihm alles sagen, ganz egal, was er morgen zu tun hatte. Sie wollte …

Du gehst jetzt besser.

Bei der Erinnerung an seinen Befehl ging sie leise durch das Ferienhaus, öffnete und schloss die Haustür, ohne ein Geräusch von sich zu geben, außer dem leisen Schlucken, mit dem sie ihre Tränen unterdrückte.

Die Luft war warm und klar und das Letzte, was Zoe jetzt tun wollte, war, in diesen Bungalow zurückzukehren und sich zutiefst einsam zu fühlen. Anstatt über den Pfad zu gehen und sich durch die Gärten zu schlagen, ging sie hinunter ans Wasser, angezogen von dem in Mondlicht getauchten Golf von Mexiko und dem kühlen Sand der Barefoot Bay.

Sie schleuderte ihre Flipflops von sich und ging über den Strand, atmete die salzige Luft ein und zählte die Sterne, die sich zu vervielfachen schienen, je länger sie zum Himmel hinaufblickte.

Der Mond sah aus, als wäre er genau in der Hälfte durchgeschnitten, und war hell genug, um auf den Stühlen und Tischen auf der Poolterrasse des Hauptgebäudes des Casa Blanca Schatten und glitzernde Lichter zu werfen. Die waren neu, dachte sie, denn das Restaurant war noch nicht eröffnet und Elijahs Ankunft hatte Laceys Bemühungen, die Umgebung des Pools zu gestalten, verzögert.

Vielleicht konnte sie sich dort hinsetzen und ihre Wunden lecken.

Als sie noch etwa sechs Meter von den Tischen entfernt war, hörte Zoe eine Stimme.

War hier draußen jemand? Oben bei den Tischen?

Ihr Herz schlug schneller und plötzlich wurde ihr klar, wie verletzlich sie war trotz der Sicherheit der Barefoot Bay und der Security auf dem Resort. Aber irgendjemand war eindeutig hier draußen.

Aus dem unfertigen Terrassenrestaurant hörte sie den tiefen Tenor eines Mannes und etwas leiser die hellere Stimme einer Frau.

»Das kannst du nicht machen!« Die Stimme der Frau wurde von der Golfbrise herübergetragen, ihr Schrei klang so ernst, dass Zoe ihre Schritte beschleunigte und auf die Terrasse zuging, wobei sie den Kopf schief legte, um besser zu hören. Wenn die Diskussion friedfertig wäre, würde sie davonschleichen, ohne sich zu zeigen. Aber wenn jemand zu Schaden käme …

In der Nähe eines Seiteneingangs trat sie in den Schatten und verlangsamte ihren Schritt, als sie die Frau schluchzen hörte.

»Was soll ich bloß anfangen, wenn du weggehst? Ich will nicht ohne dich leben.«

Oh, ein Streit unter Liebenden. *Willkommen im Club, Lady.*

»Du musst dich entscheiden, was dir wichtig ist, Glo.«

Glo … wenn das also Gloria Vail war, eine Angestellte des Wellnessbereichs, dann musste der Mann – heilige Sch… Das musste Sheriff Slade Garrison sein.

Zoe verhielt sich jetzt ganz ruhig, sie versteckte sich hinter einer niedrigen Mauer in der Nähe des Seiteneingangs, von wo aus sie die Stimmen auf der Terrasse hören konnte.

»Meine Familie ist mir wichtig und du bist mir auch wichtig«, erwiderte Gloria. »Aber …«

»Aber was?« Slade hob vor Frustration die Stimme und erregte noch mehr Mitgefühl bei Zoe. Stand die Barefoot Bay heute unter einem schlechten Stern?

Sie blickte sich nach einem Fluchtweg um. In diesem Moment schabte ein Stuhl über die Fliesen; Slade stand auf und ging zum Geländer, um über das Wasser zu schauen, wodurch es für Zoe unmöglich wurde, sich unbemerkt davonzuschleichen. Sie musste im Schatten verharren und durfte sich nicht rühren.

»Ich weiß, was in deinem Kopf vorgeht, Gloria. Du glaubst, dass Charity recht hat.«

»Nein«, erwiderte sie. »Eigentlich … nicht.«

Oh, doch, das tat sie. Worüber auch immer sie sich stritten, Glo war mit Charity einer Meinung; auch der Letzte hätte das an dieser Reaktion ablesen können.

Slade ganz bestimmt, denn er drehte sich um, und selbst in dem gedämpften Licht konnte Zoe den verletzten Blick erkennen, den er Gloria zuwarf. »Nun, dann habe ich Neuigkeiten für dich, Glo. Das wird sich ändern.«

»Was wird sich ändern?«

»Meine Karriere.«

Jetzt stand auch Gloria auf, wodurch es für Zoe noch schwerer wurde, sich zu rühren. Sie wollte wirklich nicht dabei ertappt werden, wie sie diese Unterhaltung belauschte. Konnten sie nicht nach drinnen gehen oder am Strand entlangspazieren?

»Was gibt es da?«, fragte Gloria und trat neben ihn.

Zoe konnte ihre Silhouette vor dem Mondlicht sehen. Sie hatten die Gesichter einander zugewandt und beugten sich zueinander, als könnten sie der Anziehung nicht widerstehen. Warum stritten Menschen, die sich liebten, dauernd miteinander, fragte sie sich und verlor sich für einen Augenblick in dem Bild des gut aussehenden jungen Deputy und der Friseurin, die ihn liebte.

»Ich werde so eine gute Partie abgeben. Du wirst schon noch sehen.«

Er *war* eine gute Partie, hätte Zoe am liebsten gerufen. Gut aussehend, geachtet – und er hatte eine große Knarre. Was wollte Gloria mehr? Oder was wollte Charity, die alte Vogelscheuche?

»Keine Strafzettel für überhöhte Geschwindigkeit oder abgelaufene Nummernschilder mehr«, sagte er.

»Nimm die Versetzung nicht an«, flehte Gloria. »In Orlando zu arbeiten ist bestimmt gefährlich. Und es ist so weit weg.«

»Zur Hölle, ich wollte ja den Job in Naples, aber was ich vorzuweisen habe, reicht ihnen nicht. Obwohl ...«

»Obwohl was?«

Er antwortete nicht sofort. »Hör mal, ich kann dir keine Details verraten, weil es eine große Sache ist, aber ich glaube wirklich, dass ich da an einem Fall dran bin, der meine Karriere maßgeblich verändern könnte.«

»Oh, mein Gott, was ist es?«

»Ich kann ich es dir erst sagen, wenn ich mich mit ... jemandem getroffen habe«, sagte Slade.

»Slade, du musst es mir sagen!«

Ja, das musst du, dachte Zoe, die jetzt ganz gefesselt war von dieser Unterhaltung.

»Es ist ein ungelöster Fall. Ein Mord.«

Eine ganz, ganz böse Vorahnung kroch Zoe den Rücken hinauf. Da war dieses Wort wieder. Mord.

Gloria schnappte nach Luft. »Ein Mord auf Mimosa Key?«

»Nicht hier. Er ist vor Jahren in Pennsylvania geschehen.«

Oh, Gott. Oh, *Gott*. Zoe schwankte ein wenig und musste sich an der Mauer festhalten.

»Was hat das denn mit dir und deinem Zuständigkeitsbereich zu tun?«

Zoe trat vorsichtig einen Schritt näher und betete um eine andere Antwort als die, von der sie schon wusste, dass sie sie zu hören bekommen würde.

»Ich kann dir nicht sagen, wer, was oder wie, Glo, deshalb frag nicht. Aber ich kann dir sagen, dass jemand, der jahrelang unter falschem Namen gelebt hat und von Ort zu Ort gezogen ist, darin verwickelt ist und jetzt genau hier in Mimosa Bay wohnt.«

Zoe biss sich auf die Lippen, um jegliches Geräusch zu unterdrücken. Sie lehnte sich an die Mauer, um sich davon abzuhalten hinzulaufen und mehr Informationen zu fordern. Oder ein für alle Mal wegzulaufen.

Aber wenn er sie sähe, wäre er derjenige, der mehr wissen wollte.

»Wage es nicht, zu irgendjemandem ein Wort davon zu sagen, Glo. Vor allem nicht zu Charity.«

»Ach, Slade, was würde das schon ändern?« Glorias Stimme hob sich um ein paar Intervalle, und Zoe wusste, dass sie das Gespräch jetzt von dem Mord weglenken und wieder auf ihre Liebe zu sprechen kommen würde. *Noch nicht, Glo. Ich brauche mehr Informationen, bevor ich morgen hingehe und mit ihm rede.*

»Es ändert alles«, beharrte er. »Wenn ich diesen Mordfall lösen kann, kann ich in Naples befördert werden. Das bedeutet mehr Geld, bessere Fälle und ich würde weiterhin hier leben können. Dann müssen wir unbedingt heiraten, Gloria.« Seine Stimme brach ein wenig, während er sie an sich zog. »Das müssen wir.«

Gloria schlang ihm die Arme um den Hals. »Lacey hat gesagt, dass wir ihre erste Hochzeit im Casa Blanca sein könnten und dass sie unsere Fotos dann für ihren neuen ›Hochzeitsreiseziel‹-Prospekt verwenden würde. Wir bräuchten auch nichts dafür zu bezahlen. Außer den Unkosten.«

»Liebling, vertrau mir einfach.« Er zog sie an sich und küsste sie.

Oh, biiitte. Wir haben hier zuerst einen Mord zu diskutieren. Wie viel wusste er? Was wollte er unternehmen? Würden sie Pasha verhaften oder nur vernehmen? »Wenn ich diesen Fall lösen kann – und ich glaube, dass ich das kann –, dann werden wir Mr und Mrs Slade Garrison sein.«

Gloria seufzte hörbar und sie küssten sich geräuschvoll.

Zoe hatte genug gehört und wollte ganz sicher nicht noch länger hier herumlungern und sich die ganze Fummelsession mit ansehen. Sie bückte sich und hob eine Muschel auf, dann holte sie aus und schleuderte sie auf die andere Seite der Terrasse.

Bei dem Geräusch stoben sie auseinander und schauten demonstrativ in entgegengesetzte Richtungen.

»Was war das?«, fragte Gloria.

Slade überquerte die Terrasse und hielt eine Hand nach hinten, um Gloria zurückzuhalten. So beschützend, so liebevoll.

Kurz darauf winkte er sie näher und sie verschwanden beide außer Sicht; bestimmt würden sie herumfummeln, die Nacht zusammen verbringen, Zukunftspläne schmieden. Er brauchte nur noch … eine Mörderin zu finden.

Die gleich drüben in Naples in einer Klinik lag.

Nein. Nein! Sei still! Sie hielt sich tatsächlich mit beiden Händen die Ohren zu, um die Stimme in ihrem Kopf zum Schweigen zu bringen.

Sie durfte nicht zulassen, dass sie auch nur einen Moment daran dachte. Sobald sie mit Pasha darüber reden konnte, würde sie es tun.

Als sie sich sicher war, wieder allein zu sein, glitt Zoe an der Mauer hinunter und ließ sich mit dem Hintern voran in den Sand fallen; sie hasste sich dafür, dass sie in Bezug auf Pasha das Undenkbare überhaupt dachte.

Pasha hatte sie beschützt. *Oder hatte Pasha sich selbst geschützt?*

Ganz gleich was es kostete – Zoe würde die Wahrheit herausfinden.

22

»Hast du Evan mitgebracht?« Pashas erste Frage – noch bevor sie überhaupt Guten Morgen, Hallo oder Grundgütiger, was für ein großer Tag sagte – ließ Zoe im Türrahmen des schwach beleuchteten Zimmers zögern.

»Er ist bei Tessa. Ich bin extra früh gekommen, um dich noch vor deiner Transfusion zu sehen.«

»Oh, ich wollte mich von ihm verabschieden.«

»Verabschieden?« Zoe trat an die Seite des Bettes und betrachtete Pashas blasses Gesicht, das durch die Schläuche, die aus ihrer Nase kamen und ihr dabei helfen sollten, ohne Hustenanfälle zu atmen, noch dramatischer wirkte. »Wo willst du hin?«

»Du weißt schon – nur für den Fall, dass.«

»Für den Fall, dass was?« Zoe dämpfte die Schärfe in ihrer Frage. Jetzt war die Zeit, ihr einfach nur alles Gute zu wünschen, sonst nichts. Es würde noch Stunden, Tage und – wie sie hoffte – Jahre geben, um die Wahrheit über ihre Vergangenheit herauszufinden. Minuten vor einem lebensrettenden Eingriff war nicht der richtige Zeitpunkt. »Alles wird gut.«

Pasha ließ die Augenlider zufallen, dann schlug sie sie wieder auf und richtete ihren Blick auf Zoe.

»Haben sie dir noch mehr Beruhigungsmittel gegeben?«, fragte Zoe.

»Mmm. Ich glaube schon. Mir ist ganz schummrig.« Sie versuchte zu lächeln. »Wilde Träume habe ich auch.«

»Oooh. Die liebst du ja.« Zoe zog die leichte Decke ein wenig nach oben über Pashas Schultern, die wie die eines Kindes aussahen. »Irgendwelche guten Zeichen entdeckt?«

»Nur Matthew.«

Oh, mein Gott. Matthew. »Echt? Wer ist das?« Ihr Puls schlug wie ein Vorschlaghammer, während sie auf die Antwort wartete.

»Mein süßer kleiner Junge.« Pasha drehte den Kopf von einer Seite zur anderen, als würde sie jemanden suchen. »Es war, als wäre er hier gewesen.«

»War er aber nicht.« *Was ist mit ihm geschehen, Pasha?* Die Frage lag Zoe auf der Zunge, aber es gelang ihr, sie zu unterdrücken. Aber bestimmt wäre es gut, wenn sie etwas Konkretes mit zum Sheriff nehmen könnte.

»Du hast also von diesem kleinen Jungen geträumt?«, fragte sie.

»Ja, aber dann hat er sich in dich verwandelt. Als du ungefähr zehn oder elf warst und ich dir dieses grün-weiß getupfte Rüschenoberteil gekauft habe. Erinnerst du dich noch daran?«

An jeden einzelnen Faden. »Ich liebte dieses Oberteil.«

»Du hast so hübsch darin ausgesehen, Zoe. Deine Augen waren grün wie Gras, und die Rüschen wippten beim Gehen ein wenig. Du hast mir immer ... vertraut.«

»Ja, das habe ich.« Ihre Stimme war flach; Pasha schlug die Augen auf und blinzelte, bis sie vorübergehend klar wurden.

»In meinem Traum standest du auf einer Bühne und hast vor Hunderten von Leuten gesungen.«

»Das ist kein Traum, sondern ein Albtraum. Du weißt genau, dass ich nicht singen kann.«

»Aber in meinem Traum konntest du es. Du weißt, was das bedeutet?«

»Zu viele Beruhigungsmittel?«

»Das deine Stimme laut und klar erklingen wird.«

Zoe öffnete den Mund, um zu antworten, dann schloss sie ihn wieder. Ja, ihre Stimme *würde* ertönen – und zwar beim Sheriff.

»Und was du sagst, wird wahr sein, Zoe, ganz egal, was die Leute sagen.«

»Bist du …« *Wirklich unschuldig?* »… sicher?«

Eine knotige Hand kroch ein wenig bebend unter der Decke hervor. Gott, Pasha war alt. Vierundachtzig hatte sie bei einer der medizinischen Untersuchungen endlich zugegeben – ein Alter, das in einem der Artikel, die Zoe gestern Abend online gelesen hatte, bestätigt worden war.

»Du glaubst nicht an meine Zeichen, oder?«, fragte Pasha. »Du sprichst nur darüber, um mich bei Laune zu halten, nicht wahr?«

Zoe zog mehrere verschiedene Antworten in Erwägung. »Ja. Ich glaube nicht an Zeichen.« Und mit einem Lächeln fügte sie hinzu: »Da hast du es. Jetzt habe ich schon damit angefangen, die Wahrheit erklingen zu lassen, nicht wahr? Irgendein Körnchen Wahrheit steckt also doch immer in deinen Prophezeiungen.«

Pasha tätschelte Zoe die Hand. »Hör mir zu, Kind. Falls ich nicht zurückkomme von dort, wo ich hingehe – hör mir zu.«

Zoe war ganz still. »Ich höre dir zu«, flüsterte sie.

»Ich hatte einen sehr guten Grund für alles, was ich getan habe.«

Zweifel und Hoffnung schlugen ihr gleichzeitig auf den Magen. »Für alles?«, fragte sie nach.

»Wenn du ihn finden kannst, wirst du die Wahrheit kennenlernen.«

Oh, Gott. Was bedeutete das? »Wen finden, Pasha?«

»Matthew.«

Er ist tot, hätte Zoe am liebsten gebrüllt. Wie konnte sie ihn finden? Es lag natürlich an den Medikamenten. Die Beruhigungsmittel machten sie so verwirrt. Das war nicht der Zeitpunkt für ein wie auch immer geartetes ernstes Gespräch.

»Sei einfach stark, Pash…«

»Aber lass es ihn nicht wissen.« Ihre Hand zitterte jetzt so stark, und sie hatte trotz ihrer Sauerstoffschläuche Mühe, zu atmen. »Niemals. Versprichst du mir das?«

Zoe schüttelte den Kopf. »Komm schon, du musst dich beruhig…«

»Guten Morgen, Pasha.« Olivers Stimme ließ sie beide aufschrecken und brachte Zoe dazu, herumzuwirbeln und ihn anzusehen.

Boah, Pokerface. Jeder Gesichtszug verharrte in einer strengen, ausdruckslosen Starre, und er sah nicht annähernd so unausgeschlafen aus, wie Zoe sich fühlte.

»Guten Morgen«, erwiderte Zoe und tätschelte geistesabwesend Pashas Hand, als könnte sie auf diese Weise sie beide beruhigen und von dem Abgrund wegholen, an dem sie entlangschwankten.

»Es kann losgehen.« Er nickte Zoe zu. »Du kannst jetzt gehen.«

Sie blinzelte überrascht und verkniff sich einen Kommentar über angemessenes Verhalten an einem Krankenbett. Aber es war nicht der richtige Zeitpunkt für Scherze. Das Leben einer Frau stand auf dem Spiel. Für ihre Probleme war momentan kein Platz in diesem Zimmer.

Pasha griff nach Zoes Hand und war sich der ganzen Dynamik gar nicht bewusst. »Zoe, denk daran. Matthew.«

Olivers Augen blitzten kurz auf, so schnell, dass es jedem anderen entgangen wäre. Nicht Zoe. Sie kannte jede Nuance seines Mienenspiels und …

Heilige, heilige Sch… Er *wusste* es.

»Wir sind hier, Dr. Bradbury.« Zwei Krankenschwestern kamen ins Zimmer geeilt. »Dr. Mahesh ist so weit im Behandlungsraum.«

Zoe spürte, wie ihr das Blut aus dem Kopf wich.

»Dann bereiten wir sie mal vor«, sagte er.

Eine Sekunde lang konnte sich Zoe nicht rühren, jede Zelle ihres Körpers hätte am liebsten geschrien. Er konnte unmöglich wissen, wer Matthew war, oder?

Doch stattdessen beugte sie sich über Pashas Bett und drückte ihre Lippen auf weiche, vertraute Wangen. Sie kannte diese Frau, oder? Zoe kannte sie und sie liebte sie, komme, was da wolle.

»Zeig es ihnen, Tiger«, flüsterte sie Pasha ins Ohr. »Ich liebe dich.«

Als sie sich wieder aufrichtete, fing sie Olivers schnellen, dunklen Blick auf, bevor er sich abwandte und mit einer der Krankenschwestern redete; die andere Krankenschwester legte ihre Hand auf Zoes Arm. »Machen Sie sich keine Sorgen, meine Liebe. Wir werden uns gut um sie kümmern.«

Zoe wandte sich zu Pasha um, aber Oliver versperrte ihr die Sicht.

»Zoe!«, rief Pasha. »Finde Matthew! Dann wirst du es wissen, dann wirst du alles verstehen! Finde Matthew, dann bist du in Sicherheit.«

Oliver drehte sich um und blickte Zoe über die Schulter hinweg an, sein Gesicht sagte alles.

Er wusste es, und er glaubte, dass die Frau, deren Leben jetzt in seiner Hand lag, das Leben eines Kindes ausgelöscht hatte – eines Kindes, das seinem eigenen sehr ähnlich war.

Würde Oliver Bradbury, der Mann, der stets das Richtige tat, auch jetzt das Richtige tun?

Sie musste ihm vertrauen.

Und sie musste *Matthew finden.*

Die Außenstelle des Lee-County-Sheriffbüros auf Mimosa Key lag an der Center Street, ein wenig versteckt zwischen einem Blumengeschäft mit dem höchst eigenartigen Namen Bud's Buds und einem winzigen Teehaus, vor dem drei Tische unter ein paar Eichen standen. Zoe parkte einen halben Block davon entfernt und blieb ganz still im Wagen sitzen. Die Morgensonne brannte schon so, dass sich die Ledersitze des verdeckfreien

Jeeps aufwärmten und sich Zoes Beine anfühlten, als würden sie am Fahrersitz festkleben.

Vielleicht war es aber auch der pure Horror, der sie auf ihrem Sitz gefangen hielt.

Denn sie saß in der Falle. Obwohl sie sich selbst eigentlich für einen freien Geist hielt, war Zoe Tamarin, alias Bridget Lessington, so gebunden und gefesselt, wie eine Frau nur sein konnte. Diese Erkenntnis schmerzte in ihrer Brust, als hätte sich ein großer, dicker Elefant daraufgesetzt und würde sie erdrücken.

Ein Elefant namens Matthew Hobarth.

Ein kleiner Junge, der gestorben war, noch bevor Zoe auf die Welt gekommen war, hatte Zoe irgendwie erbarmungslos an sich gebunden und gefangen genommen.

Sie ließ ihren Kopf nach hinten sinken und blickte in den Himmel Floridas hinauf, der wolkenlos und von einem tiefen Blau war und eine Art Sirenengesang auf ihren Geist ausübte. Wenn weglaufen nicht genug war, verspürte Zoe den Wunsch, wegzufliegen. In diese Gondel steigen, mit einem leisen, rebellischen Schrei die Sandsäcke abwerfen und von dieser Erde abheben, um an einen stillen, sicheren Ort zu gelangen.

Sie fühlte sich wie ein Süchtiger, der für den nächsten Schuss bereit wäre zu töten. Alles in ihr wollte dieser Situation entfliehen. Aber das würde bedeuten, Oliver zu verlassen. Und Evan. Und Lacey, Tessa, Jocelyn. Und Pasha. Barefoot Bay und …

Wie war das passiert? Wie war diese kleine Insel zu einer anderen Art von Zufluchtsstätte geworden – mit Freundinnen und Glück, mit Familie und … Liebe?

Sie schloss die Augen und dachte an Oliver, aber anstatt ihn zu sehen, wie er lächelte oder lachte oder sie mit diesem Hauch von Ehrfurcht in den Augen ansah, konnte sie nur seinen letzten Gesichtsausdruck heraufbeschwören.

Der, der ihr mitgeteilt hatte, dass er verletzt war, weil sie es ihm nicht gesagt hatte.

Auf der Fahrt von Naples zurück nach Mimosa Key war sie dahintergekommen, was passiert war. Er hatte ihren Computerbildschirm gesehen; er wusste jetzt, dass seine Patientin mehr als nur die »Entführung« eines Pflegekindes auf dem Kerbholz hatte. Zoe war zu ihm gekommen, um »Trost« zu finden, und hatte sich seine eigene Geschichte angehört, aber nicht ein einziges Mal gesagt, dass sie ihm auch etwas zu sagen hätte.

Kein Wunder, dass er sie hinausgeworfen hatte.

Und heute Morgen war natürlich keine Zeit gewesen, alles zu erklären oder miteinander zu reden – nicht, wenige Minuten bevor er mit Pashas Transfusion und ihrer Behandlung anfangen würde. Sie versuchte zu schlucken, aber ihre Kehle war staubtrocken. Vielleicht würde sie an einem der Außentische einen Eistee trinken, sich einen stillen Moment gönnen, ein wenig ... Verspätung.

Zum Beispiel eine Verspätung, die den ganzen Nachmittag und bis morgen dauern würde. Steig aus, Zoe, bevor du dich zu etwas Dummem hinreißen lässt.

»Halt die Klappe«, murmelte sie der anonymen, verhassten Stimme zu, die aus ihrem Inneren schrie. Diese Stimme hatte nie recht! Sie stieß die Tür auf und kletterte aus dem Wagen, ihre Sandalen landeten krachend auf dem Pflaster. Oh, Gott im Himmel, sie wollte das nicht tun. Sie wollte nicht in dieses kleine Büro gehen, sich vor den Sheriff hinsetzen und eine Frau verraten, die wie eine Mutter zu ihr gewesen war.

Finde Matthew.

Nun war die Stimme nicht mehr anonym; es war Pashas. Was hatte sie damit gemeint? War es eine Art undurchsichtige Botschaft?

Nein! Es waren die umherschweifenden Gedanken einer alten, kranken Frau, in deren Innerem Krebs und dunkle Geheimnisse ihre Blüten trieben.

Geheimnisse ... wie Mord.

Nein! Zoe legte beide Hände an die Schläfen, als wollte sie die Stimme aus ihrem Schädel herausquetschen. Pasha hatte kein Kind ermordet; Zoe wusste das so sicher wie ihren eigenen Namen.

Außer dass du dich kaum noch an deinen eigenen Namen erinnerst.

»Urgh«, grunzte sie laut und zögerte, weil ein Auto vorbeifuhr, den Blick auf das Gebäude weiter hinten an der Straße gerichtet.

Was, wenn der Sheriff nicht da wäre? Er war viel unterwegs. Die Hälfte der Zeit war er drüben beim Super Min und lauerte Gloria Vail auf, die oft noch eine zweite Schicht für ihre Tante Charity arbeitete. Sie blickte zum Gemischtwarenladen hinüber und verlor eine Minischlacht. Sie sehnte sich geradezu nach etwas Kaltem zum Trinken.

Das war gar keine so schlechte Verzögerungstaktik, oder? Eine kalte Limo an einem glühend heißen Tag?

Ja, der Gemischtwarenladen rief nach ihr.

Sie flitzte über die Straße, ihr dünnes Baumwollkleid wirbelte um ihre Knöchel, während sie auf dieses sehr viel angenehmere Ziel geradezu zutänzelte. Drinnen läutete eine kleine Glocke und erregte die Aufmerksamkeit der Super-Min-Besitzerin Charity Grambling, der erstklassigsten Schnüfflerin am Ort.

Zoe begegnete dieser Frau zwar nicht zum ersten Mal, aber normalerweise hielt sie sich von Charitys Radar fern.

»Ach, Sie sind doch die kleine Harpyie des Doktors«, verkündete Charity als Begrüßung.

Zoe erstarrte und sah stirnrunzelnd die ältere Frau an, die ihr Brillengestell aus Schildpatt auf der Nase zurechtrückte, als müsste sie einfach mal genauer hinsehen.

»Wie bitte?«

»Ich habe Sie mit ihm gesehen«, erklärte Charity und musterte Zoe langsam von oben bis unten. »Er sieht ausgesprochen gut aus.«

»Aber was zum Teufel bedeutet Harpyie?«, fragte Zoe. Die Frau, die versucht hatte zu verhindern, dass das Casa Blanca je gebaut würde, jagte ihr so gar keine Angst ein. »Außer fantastisch, knackig und fabelhaft natürlich?«

Charity lächelte nicht, sondern war immer noch damit beschäftigt, Zoe zu taxieren. »Er hat einen Sohn, wissen Sie?«

»Muss wohl an dieser krass hohen Spermienzahl liegen.« Sie ging nach hinten, den Blick auf die Kühlschränke voller Cola geheftet. Und sie würde keine Diät-Cola nehmen, verdammt.

»Ich dachte, er würde vielleicht mit meiner Nichte Gloria ausgehen.«

Zoe öffnete den Kühlschrank und blickte Charity durch das Milchglas an. »Geht sie nicht mit dem Sheriff?« *Dem Sheriff, vor dem ich genau in dem Moment stehen und ein Geständnis ablegen sollte.*

»Nicht mehr.«

»Sie werden wieder zusammenkommen.« Sie schnappte sich eine Dose und schloss den Kühlschrank wieder. »Und Sie werden auch noch einlenken und ihn mögen.«

Charity gab ein missbilligendes Geräusch von sich, das man wahrscheinlich noch auf ihrem Grabstein eingravieren würde, und legte die Hand auf die Kasse. »Eigentlich ist er ja gar nicht so übel«, sagte sie.

Wir werden noch sehen, wie übel er ist – wird er Pasha verhaften, bevor oder nachdem sie aus der Klinik entlassen wird? Zoe lächelte. »Ich wette, Sie mögen ihn mehr, als Sie zugeben. Sie machen nur gern Ärger.«

»Ja klar doch.« Sie drückte auf eine Taste und grinste zurück. »Gern Ärger machen, meine ich. Jedenfalls hat er vielleicht bald die Chance, einen großen Fall zu übernehmen.«

Sie haben ja keine Ahnung, Lady.

»Er war heute Morgen schon hier, hat versucht, mir die Füße zu küssen, und mir Sachen erzählt, die er mir bestimmt gar nicht erzählen darf.«

»Und die Sie natürlich gleich weitererzählen werden.«

Charity entblößte ihre alternden Zähne. »Natürlich.«

Gut zu wissen, dass der Sheriff die Klappe nicht halten konnte. Bei Einbruch der Dunkelheit würde Charity bestimmt Zoes tiefste, dunkelste Geheimnisse kennen. Sie schob eine Fünf-Dollar-Note über die Theke und öffnete die Cola-Dose, das Knistern der Kohlensäure verlockte Zoe dazu, noch bevor sie ihr Wechselgeld bekam, einen Schluck zu trinken.

Aber das Wechselgeld kam nicht, denn Charity erhob ihren knochigen Hintern vom Hocker, blickte nach links und rechts, als würde sich die CIA hinter dem Zeitschriftenregal verbergen, und flüsterte: »Solche Sachen kommen in Mimosa Key nicht so oft vor.«

Zoe zuckte mit den Schultern, nahm einen großen, eiskalten Schluck …

»Das FBI ist hier.«

… und prustete Cola über den gesamten Ladentisch.

Charity machte einen Satz nach hinten. »Ach du liebe …«

»Das FBI?« Das waren die drei furchteinflößendsten Buchstaben der englischen Sprache. Sie war mit der Angst vor ihnen aufgewachsen und hatte sie sich als dunkel gekleidete Kidnapper-Jäger mit spitzen Zähnen und Knopfaugen vorgestellt, die ganz versessen darauf waren, alle alten Damen, die sich je ein Pflegekind geschnappt hatten – egal aus welchem Grund –, aufzustöbern.

Charitys Mundwinkel bogen sich angesichts der Cola-Spritzer auf der Theke nach unten. »Sie können in Gang zwei Papiertaschentücher kaufen.«

Zoe stellte die Dose ab. »Behalten Sie das Wechselgeld.

Und die Cola.« Wenn sie jetzt hinausrennen würde, würde das schuldbewusst wirken. Als wüsste sie genau, wo sich der Mörder versteckt. Noch bevor Zoe den Parkplatz verließe, würde Charity am Telefon hängen. Das FBI würde sie mit Blaulicht und heulenden Sirenen verfolgen und ihr die Anklagen nur so um die Ohren schleudern.

Sie war bereit, sich dem örtlichen Sheriff zu stellen – nun ja, einigermaßen bereit zumindest –, weil sie seine Schwächen kannte. Aber das *FBI?* Nein. Das war, als würde man geradewegs in die Hölle marschieren, um dem Teufel entgegenzutreten.

Ihr Herz hämmerte so laut, dass sie nicht hörte, was Charity sagte; sie sah nur, dass sich ihre Lippen bewegten. Sie erinnerte sich nicht mehr daran, wie man atmete, dachte oder einen Witz machte, mit dem sie aus dieser Situation wieder herauskäme.

Sie konnte nur weglaufen. Und das tat sie.

23

Als die Transfusion und die Gentherapiebehandlung um drei Uhr abgeschlossen waren, stürzten Oliver und Raj schweigend in den Konferenzraum; sie hatten gerade Überträger in Pashas Zellen injiziert und ihre Reaktion darauf überwacht.

Raj ging im Konferenzraum auf und ab, er vibrierte wie eine überspannte Saite. »Ich glaube, wir haben es geschafft, Oliver. Sie hat so gut darauf reagiert, am Ende sogar besser, als ich erwartet hatte.«

Oliver nickte, er war noch immer zu sehr in Gedanken, um zu sprechen.

»Ich glaube, wir haben alles, was wir brauchen, um diesen Fall dem Nationalen Gesundheitsinstitut vorzulegen«, fügte Raj hinzu.

Der Prozess, mit dem Testprotokoll so weit zu kommen und mit den Nationalen Gesundheitsbehörden zusammenzuarbeiten, war lang und beschwerlich gewesen. Aber jedes Hindernis, das ihnen die Regierungsbehörde in den Weg gelegt hatte, hätte sich gelohnt, wenn sie durch die Arbeit, die sie geleistet hatten, Pashas Leben – und das vieler, vieler anderer – würden retten können.

»Sieh mal, wir haben drei Hauptrisikofaktoren«, fuhr Raj fort, weil er das Gefühl hatte, Oliver davon überzeugen zu müssen, dass sie erfolgreich gewesen waren. »Einer davon betrifft die Reproduktion, was bei einer über achtzigjährigen Frau absolut keine Rolle mehr spielt. Einer besteht in der Infektion gesunder Zellen, was wir innerhalb der nächsten Stunden herausfinden werden. Und einer ist die Überexpression«, sagte er und verwendete dabei den Begriff, der bedeutete, dass eine Entzündung hervorgerufen wurde. »Und das ist bei den internationalen Fällen oder anderen Untersuchungen, die ich mir angeschaut habe, nicht ein einziges Mal passiert.«

Oliver nickte und trank aus seinem Wasserglas.

Raj hörte auf, hin- und herzugehen, und blieb vor seinem Kollegen stehen. »Und dann besteht da noch das Risiko, dass es zu persönlich für dich werden könnte.«

»Das ist bei allen Patienten so, Raj. Das ist meine Schwäche.«

»Und deine größte Stärke. Aber wenn du die Patientin kennst und dir etwas an ihr liegt …«

»Mir liegt an jedem Patienten etwas.«

»Sie gehört praktisch zur Familie.«

Oliver schüttelte den Kopf. »Nein, tut sie nicht.«

»Sie ist die Tante der Frau, die du liebst.« Als er Olivers Blick sah, winkte Raj ab. »Das kannst du nicht abstreiten. Ich ersticke praktisch, wenn ihr zwei zusammen in einem Raum seid.«

»Dann sind wir schon zu zweit, was das Ersticken angeht.«

Raj ließ sich auf einen Stuhl fallen. »Was zum Teufel soll das heißen?«

Es hieß, dass er keine Luft bekam, weil er sie so sehr brauchte, vermisste, haben wollte – und er war wütend, weil sie ihm nicht genug vertraute, um ihm alles zu sagen. »Es bedeutet, dass Liebe, wenn man es so nennen will, erstickend sein kann.«

»Aber auch lebensverändernd.«

»Sagt der eingefleischte Junggeselle.«

Raj hatte den Anstand, zu grinsen. »Hey, ich will gar nicht, dass sich mein Leben ändert. Du hingegen …«

»Ich will auch nicht, dass sich mein Leben ändert.«

»Nein?«

Doch. Natürlich wollte er das. »Ehrlich gesagt«, sagte Oliver seufzend, »kann diese Frau nicht so lange an ein und demselben Ort bleiben, bis sich irgendetwas ändert.«

Raj runzelte die Stirn. »Wo ist Zoe überhaupt? Sollte sie nicht hier sein und mit uns feiern?«

»Genau das meine ich.« Oliver hatte viermal versucht, sie anzurufen, als sie fertig waren, aber jedes Mal ging nur die Mailbox ran. Er hatte mit Tessa telefoniert, die sich einverstanden erklärt hatte, heute auf Evan aufzupassen. Tessa hatte mit Zoe SMS ausgetauscht, hatte aber keine Ahnung, wo sie steckte.

Frustriert stemmte er sich vom Tisch hoch und ging zur Tür. »Wie schon gesagt, neigt sie dazu zu verschwinden.«

»Wo willst du hin?«

»Nach der Patientin schauen.«

»Sieh zu, dass es nicht zu persönlich wird, Oliver«, warnte ihn Raj. »Stress ist kontraproduktiv.«

Oliver warf Raj beim Hinausgehen einen finsteren Blick zu. Dachte er etwa, dass Oliver das nicht klar wäre?

Im Krankenzimmer war es dämmrig, und Pasha hatte die Augen geschlossen, aber er ließ sich nicht davon täuschen. Trotzdem bewegte er sich leise, überprüfte die Monitore, betrachtete aber vor allem ihr Gesicht.

Ihr ausdrucksloses, stilles und sehr lebendiges Gesicht.

Gott, er wollte das Leben dieser Frau retten, auch wenn er vermutete, dass sie nicht mehr allzu viele Jahre vor sich hätte. Trotzdem – wenn sie fünfundachtzig, achtundachtzig oder sogar neunzig erreichen würde, hätte er ihr ein Geschenk gemacht.

Was würde sie damit anfangen? Hoffentlich erklären, weshalb sie diesen Brief neun Jahre lang versteckt gehalten und ihn dann als eine Art Erklärung oder einen Akt des guten Willens hinterlassen hatte.

Ihre Lider flatterten, dann schlug sie ganz langsam die Augen auf und heftete ihren Blick auf ihn.

»Hallo, Pasha«, sagte er leise.

»Eigentlich heiße ich Patricia.«

Entweder erweckten die Medikamente den Wunsch in ihr,

ehrlich zu sein, oder es lag daran, dass ihr bewusst war, dass sie hätte sterben können. Wie auch immer. Er trat langsam an ihr Bett. »Ich weiß«, sagte er einfach.

»Und Zoe heißt Bridget.«

Er nickte. »Das weiß ich auch.«

»Ich weiß, dass du das weißt. Ich erinnere mich an alles.«

War sie klar genug, um sich daran zu erinnern, warum sie den Brief versteckt hatte, den er geschrieben hatte und der ihr aus irgendwelchen Gründen nachgeschickt worden war? Denn das würde er verdammt gerne wissen. Und warum hatte sie beschlossen, ihn jetzt herauszuholen? Und wenn sie schon dabei war, sich zu erinnern – was war wirklich mit ihrem Sohn passiert?

Aber nicht jetzt. Der Arzt in ihm wusste, dass es fatale Folgen haben könnte, wenn er diese Fragen ausgerechnet jetzt stellte.

Stattdessen hob Oliver behutsam ihre Hand, um ihren Puls zu fühlen. »Du brauchst dich jetzt an gar nichts zu erinnern, Pasha. Ich will, dass du schläfst. Je mehr du schläfst, desto mehr werden sich deine Zellen vermehren und wieder gesund werden.«

Sie sah ihn zweifelnd an. »Wenn es so leicht ist, warum bekommt dann nicht jeder, der Krebs hat, diese Behandlung?«

»Eines Tages wird sie vielleicht jeder bekommen, dank Pionieren wie dir. Hast du irgendwelche Schmerzen?«, fragte er.

»Nein. Doch. Herzschmerzen.«

»Tut dir die Brust weh?«

»Mein Herz. Das ist ein Unterschied. Eigentlich tut es weh, weil ich glaube, dass es gebrochen sein könnte.«

»Nein, nein, Pasha«, beruhigte er sie. »Nicht emotional werden. Nicht jetzt.«

Sie riss die Augen auf. »Wann dann?«

»Wenn du gesund genug bist und das Ganze als rauschender Erfolg über die Bühne gegangen ist, dann kannst du und Zoe …«

»Wo ist Zoe?«

Er wünschte, das wüsste er, verdammt. »Sie ist noch nicht wieder zurück.«

»Dann sind wir allein?«

»Das sind wir, Pasha, aber ich will nicht, dass dein Blutdruck steigt oder dein Puls schneller wird, deshalb gebe ich dir jetzt ein Beruhigungsm…«

»Ich will nicht mehr schlafen.«

»Du musst aber. Schlaf ist ein fast so wichtiger Bestandteil der Behandlung wie die Gentherapie selbst. Ich bereite eine Infusion für dich vor …«

»Ich wusste immer, dass du der Richtige für sie bist.«

Warum hatte sie ihre Chancen dann zerstört, indem sie diesen Brief versteckte? Er verkniff sich die Frage und legte die Hand auf ihre schmächtige Schulter. »Nicht jetzt, Pasha.«

Sie blickte zu ihm auf. »Was, wenn ich sterbe?«

»Ich glaube nicht, dass das passieren wird«, sagte er mit aufrichtiger Zuversicht. »Ich glaube, du wirst am Leben bleiben und ein gutes Leben führen.«

»Der einzige Weg für mich, ein gutes Leben zu führen, ist zu wissen, dass du und Zoe zusammen seid.«

Er presste die Lippen zusammen und wandte sich dem Schrank zu, in dem die Infusionsbeutel aufbewahrt wurden.

»Du weißt, dass ich recht habe«, sagte sie. »Ihr solltet zusammen sein.«

»Wie es scheint, gibt es immer Hindernisse, die uns trennen.«

Zum Beispiel dich.

»Hat sie den Brief schon gefunden?«

Verdammt. Er hatte den Tag nicht damit verbracht, die Grenzen der modernen Medizin auszuweiten, nur um sie dann wegen Aufregungen, die er hätte vermeiden können, scheitern zu sehen. Er antwortete nicht, sondern unterschrieb die Formulare, während er den Code eintippte, durch den der Schrank gesichert war.

»Ist sie böse auf mich?

Ich bin böse auf dich. »Wir waren zu sehr auf den heutigen Tag konzentriert. So wie das sein soll«, fügte er mit einem strengen Blick über die Schulter hinzu.

»Doktor ... Oliver ... ich muss dir etwas sagen.« In ihren dunklen Augen leuchtete Verzweiflung auf. »Hinter dieser Geschichte steckt so viel mehr, als du verstehst. Hinter meinem Leben, meiner Vergangenheit ...«

Der Herzmonitor fing an zu piepsen. »Nicht jetzt, Pasha. Du musst es mir sagen, wenn es dir besser geht.« Er befestigte das Beruhigungsmittel am bereits vorhandenen Infusionsbeutel und ließ die Öffnung einrasten, um sie mit dem Port zu verbinden.

»Was, wenn ich sterbe?«

»Wenn du stirbst, wird Zoe dies das Herz brechen, deshalb empfehle ich dir zu schlafen.«

»Aber dieses ... Kind ... mein Kind ...«

Die Infusion fing an zu tropfen und zu wirken. Nichts, was jetzt gesagt wurde, konnte sie noch aufregen; innerhalb von zwei Minuten wäre sie eingeschlafen.

In den nächsten dreißig Sekunden würde dank der Medikamente, die durch ihre Adern flossen, wahrscheinlich jedes Wort, das sie sagte, die absolute, ungeschminkte Wahrheit enthalten. Dann konnte er sie sich genauso gut holen. Es würde jetzt zu keinerlei Stressreaktionen mehr kommen, und sie würde sich nie mehr daran erinnern, was sie ihm gesagt hatte.

»Was ist mit deinem Kind, Pasha?«

»Du musst Matthew finden.«

Langsam atmete er aus. »Ich glaube nicht, dass das noch möglich ist«, sagte er so ruhig, wie er konnte. »Matthew ist tot, oder?«

Ihre Augen weiteten sich – eher weil sie gegen das Bedürfnis ankämpfte, sie zu schließen, als vor Aufregung.

»Finde ihn«, flüsterte sie.

»Wie kann ich das tun?«

Ihre Augenlider flatterten. »All die Jahre musste ich vor ihm weglaufen.«

»Vor der Erinnerung an ihn oder davor, was ... mit ihm geschehen ist?«

»Vor ... dem ... Mörder. Vor Matthew.«

Oliver erschrak über diese Worte, doch Pasha tat genau das Gegenteil und sank in einen tiefen Schlummer, vollkommen reglos und vollkommen still.

»Dr. Bradbury!« Auf dem Flur ertönte Wandas Stimme, die einen untypischen Hauch von Panik enthielt. Ein wenig atemlos blieb sie an der Tür stehen.

»Was ist los?«

»Ich konnte sie loswerden, aber ...« Sie schüttelte den Kopf. »Leicht war es nicht.«

»Sie? Wen? Wovon reden Sie?«

»Der Sheriff war hier, mit einem FBI-Agenten. Sie wollten Miss Tamarin mitnehmen.«

»Mitnehmen?«

»Sie wird in Zusammenhang mit einem Mord gesucht, Doktor.«

Dem Mord an Matthew ... aber gerade eben hatte sie gesagt, er sei der Mörder. Irgendjemand, der Matthew heißt, hatte Matthew umgebracht. Hatte sie das so gemeint? Und vor *ihm* war sie all die Jahre auf der Flucht gewesen?

Er warf einen Blick auf die schlafende Frau. Sein Herz zog sich zusammen bei dem Versuch, die Puzzleteilchen mit derselben Leichtigkeit zusammenzusetzen wie sein brillanter Sohn. Irgendetwas fehlte, irgendjemand namens Matthew. Würde Zoe wissen, von wem Pasha da gesprochen hatte? Wüssten es der Sheriff und der FBI-Agent, die gerade fortgeschickt worden waren?

Irgendjemand wusste es, und Oliver war entschlossen, es herauszufinden. Während er aus der Klinik eilte, wurde ihm klar, dass Raj recht hatte. An dieser Patientin lag ihm etwas. Ihm lag etwas an ihr, weil Zoe sie liebte.

Er musste sie innerlich – wie äußerlich – hinkriegen.

»Sie machen das sehr gut.« Der Ballonpilot, ein Charmeur in den Sechzigern namens Syl, hatte Zoe etwa zwanzig Minuten, nachdem sie ihre Flughöhe erreicht hatten, die Navigation des Ballons überlassen.

Seit sie unterwegs waren, was inzwischen seit fast zwei Stunden der Fall war, wartete Zoe schon auf die beglückende, atemberaubende Erleichterung, die eine Ballonfahrt stets mit sich brachte. Aber sie stellte sich einfach nicht ein.

Natürlich genoss sie den Ausflug; sie schwebten über den Intracoastal Waterway und an der Küste entlang, und jetzt konnte sie den fragezeichenförmigen Umriss von Mimosa Key sehen, was sie ein wenig in Aufregung versetzte. »Haben wir Zeit, um über Mimosa zu fliegen?«

»Wenn Sie uns dorthinbringen können.« Er schenkte ihr ein breites, ungezwungenes Lächeln. »Was Sie bestimmt können, denn ich würde sagen, Sie sind die verdammt beste Pilotin, die ich seit langer Zeit gesehen habe.«

Sie lachte. »Ich bin ziemlich gut darin, das will ich nicht leugnen.«

Sie öffnete das Parachute-Ventil, indem sie an der Leine zog, um ein wenig Luft entweichen zu lassen, wodurch der Ballon ein paar Fuß sank, sodass sie eine Brise von Osten ausnutzen konnten.

»Sie können den Wind lesen«, sagte Syl, der mit verschränkten Armen an einem Propan-Ersatztank lehnte und sie beobachtete. »Das kann man nur schwer jemandem beibringen.«

»Das sollte man besser können, wenn man nicht nur nach oben oder unten möchte.«

»Sie machen das ganz instinktiv«, sagte er; in seiner Stimme lag Bewunderung. »Ich habe schon ältere Piloten erlebt, die mit dem Wind kämpften, als wäre es eine Schlacht um Leben und Tod. Und die mussten sich geschlagen geben. Sogar Männer.«

Sie lächelte; über seinen Sexismus und seine Seniorenfeindlichkeit zerbrach sie sich weniger den Kopf als über die rote Linie auf dem Temperaturfühler. Aber das war alles in Ordnung. »Ich verliere andere Schlachten, aber nicht die mit dem Wind. Oh, es geht los.« Die Brise erfasste den Ballon, und er schwebte nach links, dann nach rechts, danach wieder nach links, wobei er Mimosa Key immer näher kam. »Das Knifflige wird sein, uns wieder zurück auf das Festland zu bringen.«

»Ich kann meine Mitarbeiter anrufen, wenn wir landen«, sagte Syl. »Das gehört zu meinem Service.«

»Wenn ich es schaffe, oben an der Barefoot Bay zu landen, könnte ich zu Fuß nach Hause gehen.«

»Sie leben auf Mimosa Key?«

Wieder zog sie an der Leine, fing wie ein Windsurfer eine Brise ein, wobei ihr die Bewegung fast den Atem nahm. Nicht aber ihr schweres Herz.

»Ich lebe dort nur vorübergehend«, sagte sie. Und war das nicht typisch für ihr ganzes Leben?

»Woher kommen Sie?«, fragte er.

Gute Frage, auf die es keine Antwort gab. »Ich lebe in Arizona. Momentan.«

»In Arizona lässt es sich gut Ballon fahren. Arbeiten Sie dort als Ballonpilotin?«

Sie wandte ihr Gesicht der Sonne zu, der Wind nahm all die Hitze weg und hinterließ nur herrliche Wärme auf ihren Wangen. Das war normalerweise der Moment, in dem sie sich frei, unbeschwert und sicher fühlte.

Aber jetzt empfand sie überhaupt nicht so. Sie fühlte sich einsam, hatte Angst und war des Weglaufens so unbeschreiblich überdrüssig. »Ja«, erwiderte sie. »Ich arbeite freiberuflich als Ballonpilotin, wo immer ich gerade wohne.«

»Warum ziehen Sie nicht hierher und arbeiten für mich?«

Zoe hätte über die Ironie seines Vorschlags beinahe gelacht – das war genau das, was Pasha vorgeschlagen hatte, als sie die Anzeige in der Zeitung gelesen hatte. Was, wie Zoe zugeben musste, vielleicht der Grund gewesen war, in Richtung Fort Myers zu fahren, als sie weggelaufen war; dabei hatte sie prüfend in den Himmel geschaut, bis sie ein paarmal einen Blick auf einen hellrot-weißen Ballon erhaschen konnte. Einem Instinkt folgend war sie ihm nachgefahren, bis sie ein offenes Fluggelände erreicht hatte, das Sylver Sky gehörte.

Es hatte ein paar Stunden gedauert, bis sie einen Ballon bekam, aber sie hatte den Besitzer Sylvester McMann kennengelernt, und allein durch die Tatsache, auf einem Flugplatz zu sein, hatte sie sich gleich ein wenig besser gefühlt.

Bevor sie losgeflogen war, hatte sie in der Klinik angerufen. Alles lief gut. Dann hatte sie Tessa eine SMS geschickt, und diese hatte sie darüber informiert, dass Evan seinen Spaß daran hatte, den Tag über mit ihr im Gewächshaus zu arbeiten. Befreit von ihren unmittelbaren Verpflichtungen und gezwungen, ihr Handy auszuschalten, ergriff Zoe die Chance, sich so weit sie konnte vom Sheriff – und dem FBI – zu entfernen. Fürs Erste.

Dann wartete sie auf dieses natürliche Hoch, das nur durch eine gute Flucht zustande kam. Doch mit jedem Meter, den sie in die Höhe stiegen, fühlte sie sich niedergeschlagener.

»Sehen Sie mal, da ist der Damm«, sagte sie und blickte auf die lange Brücke hinunter, die Mimosa Key mit Floridas Festland verband. Von hier oben war die dreizehn Kilometer lange und drei Kilometer breite, bogenförmige Insel noch schöner, ein waldgrünes Refugium, umrahmt von weißen Sandstränden, kleinen Häfen, in denen Boote lagen, und langen Docks, die ringsum wie Tentakel nach dem Meer griffen.

Am nördlichen Ende glitzerte die nach Westen hin gelegene Barefoot Bay wie eine Halskette aus Smaragden und Saphiren.

Während sie über die Nordostseite der Insel schwebten, erhaschte Zoe einen Blick auf die unbebaute Seite der Barefoot Bay, wo es keine Straßen, Häuser oder Menschen gab. In der Nähe der Küste entdeckte sie eine Lichtung, die groß genug zum Landen war.

»Ich könnte uns dort nach unten bringen«, sagte sie.

Syl zog eine Augenbraue nach oben in Richtung Ballon. »Wir könnten genauso gut im Wasser landen. Wagen Sie es bloß nicht.«

»Die Winde vom Strand her sind einigermaßen unberechenbar, aber ich kann es schaffen.«

»Ein falscher Seitenwind und …« Syl beugte sich aus dem Korb und grinste sie dann an, in seinen haselnussbraunen Augen tanzten Funken. »Sie könnten es vielleicht wirklich schaffen.«

Sie stieß den Atem aus. »Was heißt hier *vielleicht?*«

»Also gut, junge Dame, wenn Sie dieses Baby genau auf der Lichtung absetzen, dann zahle ich Ihnen doppelt so viel wie das, was Sie in Arizona verdienen, damit Sie für mich arbeiten.«

Eine seltsame Leichtigkeit erfasste ihre Brust – war *das* die Befreiung, nach der sie sich den ganzen Tag gesehnt hatte? »Das würden Sie wirklich tun?«

»Teufel, ja. Zu mir kommen pro Woche ein Dutzend Kunden, die hierher nach Mimosa oder auf eine der anderen Inseln gebracht werden wollen, und ich hatte noch nie einen Piloten, der so qualifiziert gewesen wäre, dass er hier hätte landen können.«

»Verdammt, Syl, ich liebe Herausforderungen.«

»Na, dann mal los.«

Von Begeisterung beflügelt rang Zoe die folgenden Minuten

mit den Golfwinden und ließ sich ganz von ihrem Instinkt und ihrer Erfahrung leiten, während sie die Ventile einstellte und den Ballon nach oben, nach unten und dann direkt über die Lichtung hinweg dirigierte.

»Woo-hoo!«, rief sie, beschwingt von ihrem Erfolg, während sie ihre Finger selbstbewusst um die Steuerung für die Luftschlitze legte.

Syl hob die Hand. »Nicht übermütig werden!«

Genau in dem Moment brachte ein Windstoß sie von ihrem Kurs ab und riss den Korb nach Westen. Sie reagierte sofort, drehte am Ventil, um mehr Gas in den Ballon zu leiten, damit sie höher stiegen als die Brise – so hoch über die Baumwipfel, dass sie die cremeweißen Dächer des Casa Blanca zwischen Bäumen und Strand erkennen konnte.

»Meiner Freundin gehört das Resort da unten«, sagte sie stolz. »Ihr Mann hat es entworfen.«

»Echt?« Er beugte sich seitlich aus dem Korb, während sie ihre volle Aufmerksamkeit den Brennern widmete. »Ich dachte eigentlich, es würde zu irgendeinem Konzern gehören.«

»Nee, nur ein kleiner Familienbetrieb, aber dafür erstklassig.«

»Glauben Sie, Sie könnten Ihre Freundin dazu bewegen, ein paar von diesen reichen Kunden auch zu mir zu schicken?«

Zoe kämpfte mit einem weiteren Windstoß. »Ist gebongt. Okay, ich versuche das jetzt noch mal.«

»Sieht aus, als hätte man Sie bereits entdeckt.«

Sie drehte sich um und schaute hinunter. Ihr Blick schweifte über das Resort, bis er beim Dach von Bay Laurel und der Einfahrt davor anlangte. Dort standen zwei Männer nebeneinander, und einer von ihnen deutete geradewegs auf den Ballon.

Beim Anblick Olivers, selbst dreihundert Meter unter ihnen, machte ihr Herz einen Sprung. Vielleicht war das aber auch eine Reaktion auf den Mann, mit dem er sich unterhielt. Und das Auto, das in der Einfahrt stand – eine dunkle Limousine, die – wie Pasha sagen würde – nur so nach FBI »schrie«.

»Diese Touristen da bräuchte man sich einfach nur zu schnappen, glauben Sie nicht auch?«, fragte Syl.

Jemand würde geschnappt werden. Und zwar hier oben.

Sie konnte sich nur ausmalen, was Oliver gerade sagte. *Da ist sie. Da ist die Frau, die Sie suchen.*

Hatte er Pasha auch schon verraten?

Sie schluckte den metallischen Geschmack von Verrat hinunter und stieß einen langen Seufzer aus. »Ich kann das nicht.«

»Was?«

Sie trat zurück und deutete mit dem Finger auf Syl. »Machen Sie das. Bringen Sie uns zurück zum Festland und rufen Sie Ihre Mitarbeiter an, damit sie uns abholen. Ich kann auf dieser Insel nicht landen.«

»Aber Sie waren sich doch so sicher.«

»Ich bin mir über nichts und niemand mehr sicher«, gestand sie. »Hauen wir von hier ab.«

»Kommen Sie, Sie schaffen das. Ich will Sie das Ding landen sehen.«

Sie schüttelte den Kopf. »Ich fühle mich heute nicht danach, Syl.« Sie fühlte nicht die Freiheit, die Sicherheit, die Ungebundenheit oder irgendetwas von den Dingen, die sie am Fliegen so liebte.

Sie empfand nur Taubheit.

»Hmm.« Syl trat an die Ventile und machte sich an ihnen zu schaffen. »Für eine Drückebergerin hätte ich Sie nun wirklich nicht gehalten, Miss.«

In ihrer Brust geriet etwas ins Rutschen, fasste dann Fuß und schmerzte. Wovor hatte sie solche Angst? Was immer die Wahrheit war, was immer ihr Preis – sie musste ihr ins Auge sehen. Erst dann hätte sie die Chance auf Liebe, ein Zuhause oder die wirkliche Freiheit, nach der sie all die Jahre gesucht hatte. Sie *musste* das tun.

»Wissen Sie was?«, sagte sie zu Syl, »ich bin keine Drückebergerin. Lassen Sie mich ans Ventil.«

24

Bevor Oliver Zoe finden konnte, tauchte Special Agent Nicholas Fitzgerald im Casa Blanca auf, um nach ihr zu suchen. Die Frau am Empfang schickte ihn zu Bay Laurel, und als er und Oliver sich in der Einfahrt begrüßten, verriet ein leuchtend bunter Fleck am Himmel Oliver genau, wo Zoe war. Der FBI-Agent war allein und erwähnte mit keinem Wort den Sheriff, der bei ihm gewesen war, als sie in der IDEA-Klinik weggeschickt worden waren. Vielleicht hatten sie beschlossen, sich aufzuteilen, sodass der FBI-Mann hierhergekommen war, während der Sheriff Zoe holen sollte.

Als der Agent nach ihr fragte, deutete Oliver auf den Ballon. Sein Bauchgefühl sagte ihm genau, wer in diesem Ballon war beziehungsweise ihn sogar steuerte.

Oliver wusste nicht so recht, was er dem Agenten erzählen sollte, deshalb ließ er den Besuch einfach auf sich zukommen, um ein Gefühl für den Mann zu entwickeln.

Sein Eindruck war nicht durchweg positiv, was auf Fitzgeralds kühler Art beruhte, die während des Gesprächs offenbar wurde und an der sich auch nichts änderte, als Oliver ihn ins Haus bat.

»Ich wollte eigentlich mit Pasha Tamarin persönlich sprechen«, sagte der Agent. »Aber das Personal in Ihrer Klinik hat das nicht erlaubt.«

Oliver machte sich im Geiste eine Notiz, damit er nicht vergaß, Wandas Gehalt zu erhöhen.

Sobald sie im Wohnzimmer Platz genommen hatten, beugte sich der Mann vor und sah Oliver mit ernster Miene an. »Ich weiß nicht, wie detailliert Sie sich mit DNA auskennen, Dr. Bradbury.«

Es gelang Oliver, zu lächeln. »Ich kenne mich ein wenig aus.«

»Ihre Patientin, deren richtiger Name Patricia Hobarth ist, ist mutmaßlich in mehrere Verbrechen verwickelt, wovon das schwerwiegendste der Mord an ihrem Sohn ist.«

»Sie hat es nicht getan.«

Fitzgeralds kristallblaue Augen funkelten. »Vielleicht kennen Sie sich ein wenig mit DNA aus, Doktor, aber zwischen Schuld und Unschuld zu unterscheiden, fällt nun wirklich nicht in Ihren Zuständigkeitsbereich.«

»Vielleicht nicht, aber ihre Gesundheit hat für mich im Moment oberste Priorität. Miss Tama… ähm, Miss Hobarth wurde heute einer extrem heiklen Behandlung unterzogen. Stress könnte den weiteren Verlauf stark beeinträchtigen. Deshalb fällt es in meinen Zuständigkeitsbereich, Sie von ihr fernzuhalten. Ich bin mir sicher, dass sie gerne mit Ihnen redet, wenn sie wieder gesund ist.«

»Sind Sie sich da sicher?« Fitzgerald gab ein ersticktes Geräusch von sich. »Sie hat ihren Namen geändert, falsche Papiere benutzt, ihren eigenen Tod vorgetäuscht, ein Kind entführt und Gott weiß was versucht, um nicht des Mordes angeklagt zu werden.«

»Sie *wurde* des Mordes angeklagt und freigesprochen.« Auch er hatte ein wenig recherchiert, nachdem Zoe gestern Abend gegangen war.

»Sie wurde nicht freigesprochen«, korrigierte ihn der Agent. »Und sie kann auf jeden Fall erneut angeklagt werden. Sie kann den Möglichkeiten der modernen Technik und unserer Fähigkeit, Flüchtige aufzuspüren, nicht länger entfliehen. Offenbar lebt sie deswegen auch in Angst.«

»Vielleicht lebt sie auch in Angst vor etwas ganz anderem«,

gab Oliver zu bedenken. »Zum Beispiel vor einem richtigen Mörder.«

Fitzgerald schüttelte den Kopf und seufzte. »Es hat nie einen anderen ernsthaft Verdächtigen gegeben.«

»Es hat auch nie irgendwelche stichhaltigen Beweise gegeben.«

»Und worauf beruht Ihr Wissen, Doktor?«, wollte Fitzgerald wissen. »Haben Sie mit ihr darüber geredet oder haben Sie alte Zeitungsberichte gelesen?«

Letzteres, aber davon ließ er sich nicht beirren. »Ich werde noch für mindestens eine Woche niemanden an sie heranlassen.«

»Das können wir ganz schnell hinter uns bringen, Dr. Bradbury«, sagte der andere. »Wir brauchen nicht mal mit ihr zu sprechen. Das FBI hat DNA-Nachweise und möchte diese mit Miss Tamarins DNA vergleichen. Wir brauchen Zugang zu ihr, um eine saubere Probe zu erhalten.«

»Sie wollen DNA? Ich habe Ampullen mit ihrem Blut. Sie gehören Ihnen. Darüber hinaus verfüge ich auch über mitochondriale DNA, die Sie – wie Sie herausfinden werden, wenn Sie ein wenig recherchieren – sehr schnell mit Ihren DNA-Proben vergleichen können, wodurch sie zu einem zweifelsfreien Ergebnis gelangen. Und das alles binnen Stunden, statt Wochen.«

Der Agent schüttelte den Kopf. »Wir müssen sicher sein, dass es wirklich ihr Blut ist und nicht eine beliebige Ampulle aus irgendeiner Provinzklinik.«

Zorn wallte in Oliver auf. »Sie dürfen gerne in meine Klinik gehen und die Ampullen untersuchen, die heute bei einer Transfusion entnommen wurden. Sie können an der Tür stehen bleiben und zusehen, wie eine Krankenschwester eine Probe davon für einen DNA-Test holt. Aber Sie dürfen nicht mit Miss Hobarth sprechen.«

»Warum nicht?«, fragte er. »Warum kann ich ihr nicht wenigstens ein paar Fragen stellen?«

»Sie ist vierundachtzig und kämpft um ihr Leben«, sagte Oliver zu ihm. »Und ich möchte hinzufügen, dass sie Hunderten, vielleicht sogar Tausenden von Menschen das Leben retten kann, wenn sie diese Schlacht gewinnt. Aber nicht, wenn sie unter dem Druck dieser Ermittlungen zusammenbricht.«

Fitzgerald lehnte sich zurück, verschränkte die Arme und zeigte sich unnachgiebig. »Ich werde mir einen Haftbefehl besorgen.«

»Sie schläft tief und fest. Sie kann Ihnen gar nichts sagen.«

»Aber ich kann das.«

Beide Männer drehten sich um, als Zoes Stimme erklang. Sie trat um die Wand vor dem Eingang herum und kam ins Wohnzimmer. Ihr Haar war vom Wind zerzaust, ihre Wangen waren gerötet, in ihren Augen schimmerten Tränen oder Angst; sie kam ins Zimmer und schaffte es, den Blickkontakt mit Oliver zu meiden.

Doch er konnte seinen Blick nicht von ihr abwenden.

»Wie bist du so schnell hier heruntergekommen?«, fragte Oliver.

»Ich bin halt gut«, schoss sie zurück; ihre ganze Aufmerksamkeit galt dem FBI-Agenten. »Und der Fahrer hat alle Geschwindigkeitsrekorde zu Lande gebrochen. Ich bin Zoe, ähm ...« Sie streckte die Hand aus, als er aufstand. »Bridget Lessington.«

»Special Agent Nick Fitzgerald.« Der Mann musterte sie so eingehend oben bis unten, dass man hätte wütend werden können, doch Oliver stand langsam auf und wartete, bis sie sich zu Ende vorgestellt hatten, bevor er zu Zoe hinüberging.

Endlich sah sie ihn an, und der Schmerz in ihren Augen traf ihn weit schwerer als Fitzgeralds arrogantes Gehabe. »Wie geht es ihr?«, flüsterte Zoe.

»Es geht ihr gut. Sie schläft und ich möchte, dass das auch so bleibt.« Oliver nickte zu dem anderen Mann hin. »Special Agent Fitzgerald ist da anderer Ansicht.«

»Ich will Ihrer … Freundin nichts zuleide tun, Miss Lessington.«

Als Reaktion auf den Namen schloss sie einen kurzen Moment die Augen. »Bitte, nennen Sie mich Zoe. Und sie ist meine Großtante, auch wenn es kein Papier gibt, auf dem das geschrieben steht. Was wollen Sie von ihr?«

»Ich möchte sie befragen«, sagte Fitzgerald. »Was wissen Sie über den Mord, Miss?«

Sie strich sich die Haare aus dem Gesicht. »Ich wusste bis vor ein paar Tagen gar nicht, dass sie einen Sohn hatte. Sie hat ihn nie erwähnt.«

»Sie haben all diese Jahre zusammengelebt, und sie hat nie erwähnt, dass sie einen Sohn hatte? Finden Sie das nicht seltsam?«

Zoe antwortete nicht, schluckte jedoch schwer.

»Sie hat nie den Prozess erwähnt?«, fragte er.

»Nein.«

»Sie hat nie über ihr Leben in Pennsylvania gesprochen?«

»Selten.«

»Sie hat nie ihre Ehe mit Matthew Harold Hobarth erwähnt?«

»Nicht ein einziges Mal.«

»Sie hat nie …«

Oliver ging dazwischen. »Das reicht.«

Doch Zoe hatte die Augen weit aufgerissen, ihren Mund ebenso. »Wie war noch mal der Name?«

»Hobarth. Matthew Harold, aber er ist auch bekannt als …«

Sie griff nach seinem Arm. »Ist bekannt als? Er ist am *Leben*?«

»Gerade noch so, ja.«

»Haben Sie mit ihm gesprochen?« Zoe und Oliver stellten die Frage wie aus einem Munde, beide gingen einen kleinen Schritt aufeinander zu.

Der FBI-Agent schüttelte den Kopf und brachte die beiden damit zum Schweigen. »Erstens kann er nicht sprechen. Er hat in einem Seniorenheim in der Nähe von Columbus einen Schlaganfall erlitten. Ich war bei ihm, bevor ich hier heruntergekommen bin, aber mein Versuch, mehr Informationen über Patricias Beziehung zu ihrem Sohn von ihm zu erhalten und mir ein besseres Bild von ihrem Motiv machen zu können, war nicht von Erfolg gekrönt. Ehrlich gesagt, wird Harry den nächsten Monat wohl nicht mehr erleben.«

Zoes Augen wurden schmal angesichts dieser Neuigkeiten, doch Oliver trat näher und legte ihr die Hand auf die Schulter, um die Frage zu stellen, die ihm unter den Nägeln brannte. »Haben Sie zufälligerweise eine DNA-Probe *von ihm* genommen, während Sie dort waren?«

»Nein, Dr. Bradbury«, sagte Fitzgerald; wobei er die beschützende Geste registrierte und interessiert die Augenbraue nach oben zog. »Mr Hobarths Alibi ist wasserdicht und war während des Prozesses nie Thema, also fangen Sie erst gar nicht damit an.«

»Ich werde anfangen, womit ich will«, schoss Zoe zurück. »Nämlich damit, nach Ohio zu fliegen und den Namen meiner Tante reinzuwaschen.«

»Miss Lessington, sie ist nicht Ihre Tante.« Alle Wärme war aus den Augen des Mannes gewichen, als er Zoe anblickte. »Und Sie sind keine Ermittlerin. Ich schlage vor, dass Sie voll und ganz mit uns zusammenarbeiten, denn unsere Ermittlungen haben ergeben, dass Sie weit mehr als nur ein ›Opfer‹ in diesem Fall sind.«

Oliver trat vor. »Ich glaube, jetzt wird es Zeit, dass Sie gehen.«

»Warum?«

»Sie hat keinen Rechtsanwalt an ihrer Seite.« Oliver geleitete ihn zur Tür. »Ich rufe in meiner Klinik an, und wenn Sie jetzt gleich dorthingehen, wird man veranlassen, dass Sie die DNA-Probe von Miss Hobarth bekommen. Sie können sie dann prüfen, mitnehmen, testen und mit dem, was auch immer Sie haben, vergleichen.«

»Und dann …«

»Und dann«, schnitt Zoe ihm das Wort ab, »werden Sie ihre Unschuld bestätigt sehen.«

Er warf ihr einen langen Blick zu, dann nickte er. »Das werden wir ja dann sehen.«

Oliver brachte ihn zur Haustür, sah ihm nach, als er wegfuhr, und kehrte dann ins Wohnzimmer zurück, wo Zoe wie verrückt auf den Tasten ihres Handys herumhämmerte.

»Wen rufst du an?«, fragte er.

»Slade Garrison.«

»Den Sheriff? Wie soll er dir denn helfen können?«

Sie lächelte. »Ich glaube, ich kann *ihm* helfen.« Sie hob den Finger und sprach in ihr Handy. »Slade? Zoe Tamarin. Wollen Sie heiraten?«

Und da hätte es Oliver fast umgehauen.

Oliver nickte die ganze Zeit, während Zoe mit Slade sprach, und war offenbar nicht im Mindesten überrascht zu hören, dass sie mit ihm vereinbarte, ihn im Sheriffbüro in Naples zu treffen, damit sie dem jungen Deputy den ganzen Fall ausführlich darlegen konnte.

Als sie auflegte, sahen sich Zoe und Oliver kurz an und sie wartete auf die unvermeidliche Litanei aus Fragen. *Warum hast du mir gestern Abend nicht von ihrem Sohn erzählt? Was verheimlichst du? Ist Pasha eine Mörderin?*

»Ihr Exmann hat das Kind umgebracht«, sagte er stattdessen.

Erleichterung überkam sie. »Woher weißt du das?«

»Sie hat es mir gesagt.«

Sprachlos stand sie da.

»Genau wie sie es dir gesagt hat«, erklärte er. »Sie hat zu mir gesagt, ich solle Matthew finden. Sie meinte nicht den Sohn, sondern den Vater.«

»Sie heißen beide Matthew«, fügte sie hinzu. »Aber in der Zeitung stand M. Harold Hobarth, deshalb ging ich davon aus, dass er bei seinem Mittelnamen gerufen wurde.«

»Wie auch immer er genannt wurde, Zoe, sie ist vor *ihm* weggelaufen, nicht vor dem FBI oder der Polizei.«

Sie stach mit dem Finger in die Luft, jede ihrer Zellen prickelte vor Frustration. »Gott, wenn ich das früher gewusst hätte, wäre ich nicht weggelaufen und hätte den Tag in einem Ballon verbracht.«

Oliver griff nach ihrer Hand. »Hör auf wegzulaufen, Zoe.«

»Das sollte ich mir auf den Arm tätowieren lassen.«

»Besser noch auf dein Herz.« Er zog sie an sich und sah ihr so tief in die Augen, dass sie ganz erschüttert war. »Ich übernehme die Arbeit gern.«

»Du verzeihst mir, dass ich es dir gestern Abend nicht gesagt habe?«

»Ja, aber warum hast du es nicht getan?«

»Die Behandlung war für heute angesetzt und ich dachte ...« Sie verstummte – wie dumm diese Entscheidung gewesen war, wurde ihr vor dem jetzigen Hintergrund überdeutlich bewusst.

»Du dachtest, ich würde es irgendwie vermasseln?« Sie hörte den Schmerz in seiner Stimme.

»Ich habe dich unterschätzt«, sagte sie leise. »Mein Fehler.«

»Schlimm, schlimm.« Er zog sie noch näher an sich und küsste sie auf die Stirn. »Lass uns im Auto weiterreden. Dann kannst du mir auch erzählen, wie es kommt, dass Slade aufgrund dieser Information heiratet. Ich gehe davon aus, dass er nicht dich heiraten wird.«

Sie lächelte nur.

Auf dem Weg nach Naples erzählte sie ihm von dem Gespräch zwischen Slade und Gloria, und sie diskutierten alles, was sie den Zeitungsartikeln über Matthew Harold Hobarth entnommen hatten.

»Er muss wahnsinnig reich sein«, bemerkte Zoe, die sich an eine Information erinnerte, die besagte, dass er sich während des Prozesses auf einer griechischen Yacht aufgehalten haben soll. »Könnte es sein, dass sie ihn all die Jahre erpresst hat und wir deshalb immer Geld hatten? Aber was ist mit seinem ›wasserdichten‹ Alibi?«

»Du hast die Frage mit deiner ersten Bemerkung bereits beantwortet. Wer wahnsinnig reich ist, kann sich Alibis kaufen. Ich bezweifle, dass sie eine Erpresserin ist, aber denk mal daran, wovon deine Tante gesteuert wird.«

Zoe sah aus dem Fenster, ihr Blick folgte dem scharfen Bogen aus weiß schäumendem Kielwasser, den ein Boot beschrieb; als das Boot abrupt seinen Kurs änderte, entstand eine neue Heckwelle, die das Wasser des Intercoastal teilte. Wenn Pasha das sähe, würde sie so etwas sagen wie: *Das ist ein Zeichen, dass unser Weg eine unerwartete Wendung nimmt.* »Sie wird von den Zeichen der Natur gesteuert.«

Oliver warf ihr einen Blick zu. »Sie wird von Angst gesteuert.«

Die Erkenntnis überwältigte Zoe. Er hatte recht. »Sie war auf der Flucht, sie hat sich versteckt, sie hat ihren Namen geändert, ist unter dem Radar abgetaucht, hat sich aus dem Rampenlicht herausgehalten und lebte völlig abgekoppelt.«

»Beschissen, so zu leben, was?«, fragte er.

»Schon kapiert«, räumte sie ein. »Aber warum hat sie Angst vor einem alten Kerl, der einen Schlaganfall hatte?«

»Vor Jahren war er noch nicht alt und – wie du sehr wohl weißt – gehen schlechte Verhaltensmuster so in Fleisch und Blut über, dass sie einem zur Gewohnheit werden.«

»Schon gut, schon gut.« Sie schlug sich mit der Faust gegen

die Brust. »Du hast genau ins Schwarze getroffen.« Doch dann lockerte sie ihre Hand und ließ sie über die Mittelkonsole wandern. »Ich bin so froh, dass du hier bei mir bist«, gestand sie. »Ich würde das nicht gern allein tun müssen.«

»Du brauchst überhaupt nichts allein zu tun, Zoe.«

Sie schloss die Augen und ließ sich von ihren Gefühlen überwältigen, einem Wasserfall aus Dankbarkeit, Hoffnung, Zufriedenheit und ... Liebe. Wow. Das war kein halbherziges Eingeständnis, das sich in ihrem Mund nicht so richtig formen ließ.

Sie *liebte* ihn. Sie liebte diesen Mann.

»Hier ist das Sheriffbüro«, sagte er; er lenkte seinen kleinen Sportwagen auf den Parkplatz und riss sie aus ihren süßen Erkenntnissen. Sie würde es ihm später sagen, schwor sie sich. Bei der nächsten Gelegenheit, die sich bot.

Eine halbe Stunde später saßen Oliver und Zoe in einem hell erleuchteten Konferenzzimmer; sie hielten unter dem Tisch Händchen und saßen in einer vereinten Front Deputy Sheriff Slade Garrison gegenüber.

»Sie haben gelauscht?«, fragte Slade zum dritten Mal und blickte sich um, als könnte es einer seiner Kollegen mitbekommen haben.

»Ich ging am Strand entlang«, sagte Zoe. »Und habe Sie zufällig gehört.«

Er kniff die Augen zusammen. »Was haben Sie gehört?«

»Genug, um zu wissen, dass Sie diesen Fall lösen wollen.« Sie deutete auf den Namen und die Information auf dem Tisch zwischen ihnen. »Gehen Sie rauf nach Ohio und schnappen Sie sich eine Blutprobe von diesem Kerl, bevor er den Löffel abgibt. Ich sage Ihnen das, weil Sie damit Ihren Glorienschein *und* Gloria in einem Aufwasch erhalten werden.«

Fast hätte er über ihren Witz gelächelt, aber er schüttelte den Kopf. »Dazu würde ich ein anderes Sheriffbüro einschalten müssen, und das würde dem FBI nicht gefallen.«

»Sie wollen, dass das FBI diesen Fall löst?«, fragte Zoe.

»Denn dieser Fitzgerald wird Ihnen zuvorkommen«, fügte Oliver hinzu.

»Woher kennen Sie ihn?« Verwirrt runzelte Slade die Stirn. »Wann haben Sie ihn getroffen?«

»Er ist zu dem Ferienhaus gekommen, das ich gemietet habe«, sagte Oliver. »Ohne Sie. Ich glaube, er ist ebenfalls hinter diesem Glorienschein her, und ich bezweifle, dass er ihn mit dem örtlichen Sheriff teilen will.«

Unter dem Tisch drückte Zoe ihm die Hand für diese perfekte Unterstützung.

»Zuerst müssen wir uns mit Patricia Hobarth befassen«, erwiderte Slade. »Wenn sie rehabilitiert ist, können wir uns über andere Leute Gedanken machen, die peripher darin verwickelt sind und wasserdichte Alibis haben.«

»Aber was, wenn Sie dem FBI zuvorkommen?«, fragte Zoe. »Dann wären Sie ein Held.«

»Sie würden einen ungelösten Fall lösen«, fügte Oliver hinzu.

»Gloria wäre so stolz auf Sie.« Zoe kniff die Augen zusammen, um ihren Standpunkt zu unterstreichen. »Charity würde von jetzt bis in alle Ewigkeit darüber reden.«

Er setzte zu einem Lächeln an. »Sie wissen wirklich, wie Sie einem Kerl zusetzen können, was?«

Neben ihr schnaubte Oliver leise. »Sie haben ja keine Ahnung.«

»Sie haben recht«, stimmte Slade schließlich zu. »Ich werde morgen nach Ohio fliegen.«

»Heute Abend«, sagte Zoe. »Der Kerl klopft schon an die Himmelspforte. Lassen Sie sich diese Gelegenheit nicht entgehen.«

»Ich muss das noch mit meinem Vorgesetzten absprechen«, sagte er und stand auf.

Sie verließen das Büro, und Zoe war noch immer von Hoffnung beflügelt, während sie zum Wagen gingen und dann durch Naples fuhren. Sie wartete auf den perfekten Moment. Im Auto? Beim Abendessen? Später im Bett?

»Mist«, murmelte Oliver.

»Was?« Sie folgte seinem Blick und merkte, dass sie sich in der Straße befanden, in der seine Praxis lag, auf dem breiten Boulevard, wo Zoe ihn vor noch nicht allzu langer Zeit aufgesucht und um Hilfe gebeten hatte.

Auf dem Gehweg vor der schwarzen Glastür von Olivers Praxis standen zwei Menschen, die in ein Gespräch vertieft waren, und Zoe erkannte sofort den FBI-Agenten aus Olivers Wohnzimmer und … »Ist das Attila, die Rezeptionistin?«

»Ich fürchte ja.«

»Warum spricht sie mit ihm?«

Bevor Oliver antwortete, händigte die Rothaarige dem Agenten eine Akte aus; dieser nickte und ging zu seiner dunklen FBI-Karre und fuhr davon, ohne sie bemerkt zu haben.

»Komm.« Oliver parkte auf einem reservierten Parkplatz neben dem Gebäude, den Kiefer entschlossen zusammengepresst. Er ging so schnell, dass Zoe praktisch rennen musste, um mit ihm Schritt zu halten.

Als er die Tür öffnete, saß Johanna an ihrem Schreibtisch und kramte in ihrer Tasche. Überrascht fuhr ihr Kopf nach oben, als Oliver hereinkam.

In den Büros war es dunkel, alle hatten wohl schon Feierabend.

»Was haben Sie ihm gegeben?«, fragte Oliver.

Sie antwortete nicht, sondern ließ den Blick aus ihren eisblauen Augen zu Zoe schweifen. »Sie ist in ein Verbrechen verwickelt. Ich hoffe, Sie wissen das.«

»Und Sie sind arbeitslos. Ich hoffe, Sie wissen *das.*« Er hielt ihr die Tür auf. »Sie können jetzt gehen, Johanna.«

Sie zuckte nicht einmal zusammen, sondern schnappte sich nur ihre Tasche und ging an ihnen vorbei, wobei sie einen großen Bogen um Zoe machte, damit sie sich nicht den einen oder anderen kriminellen Erreger einfing.

Als sich die Tür hinter ihr schloss, ließ Oliver zuerst das eine, dann das andere Schloss einrasten.

»Das war längst überfällig«, murmelte er.

»Weißt du, was noch längst überfällig ist?« Zoe schob ihn gegen das Glas und presste ihren Körper an seinen. »Das hier.« Sie stellte sich auf die Zehenspitzen und küsste ihn so leidenschaftlich, wie sie es vermochte, was er ebenso leidenschaftlich erwiderte.

»Dir gefällt wohl, dass ich sie gefeuert habe«, flüsterte er in den Kuss.

»Ich liebe es. Und …« Sie wich ein wenig zurück, um ihm in die Augen zu sehen. »Ich liebe …«

Er zog eine Augenbraue nach oben und wartete.

Aber sie brachte die Worte einfach nicht heraus.

»Och, Zoe«, flüsterte er. »Du musst wirklich mal zum Arzt wegen dieses Problems.« Er neigte den Kopf und küsste sie wieder, langsam und leidenschaftlich.

25

Oliver küsste Zoe, während er quer über den Marmorfußboden ging. Mit einer Hand zog er ihr T-Shirt nach oben, während er mit der anderen die Tür zu den Büros öffnete; im Flur war es sogar noch dunkler als im Warteraum.

»Ich darf das Heiligtum betreten?«, fragte sie. »Ich habe aber keinen Termin.«

Lachend drückte er sie an die Wand und schob seinen Körper an ihren. »Das ist ein Notfall. Der Arzt wird Sie auf jeden Fall sofort untersuchen.«

Sie lächelte in seinen Kuss, legte die Hände flach auf seine Brust und knüllte sein Hemd zusammen, um es aus der Hose zu ziehen. »Ich würde ihn auch gern untersuchen.« Sie attackierte seinen Mund mit ihrem, als würde sie genau wie er danach hungern, ihn zu schmecken. »Jeden Zentimeter von ihm.«

Er führte sie durch den Flur in sein Büro. Dort schloss er die Tür mit einem knackigen, bedeutungsschwangeren Klicken hinter sich ab, auch wenn er sicher war, dass inzwischen alle schon nach Hause gegangen waren.

Mit fragendem Blick schaute sie sich um. »Couch? Wand? Schreibtisch? Oder oben an diesem hübschen Kronleuchter?«

»Ja.«

Lachend gingen sie aufeinander zu und küssten sich, während sie sein Hemd aufknöpfte und die Ärmel zurückschob und er sich den Weg unter ihr Oberteil bahnte, um jeden Zentimeter Haut darunter zu streicheln. Er drückte seine Lippen unter ihren Kiefer, saugte den salzigen Film ein und leckte sich dann zu ihrem Mund vor.

»Such dir dein Gift aus, Doc«, flüsterte sie. »Auf den Boden fallen?«

»Ich weiß etwas Besseres.« Er führte sie durch das Büro, weil er wusste, dass sie das, was auf der anderen Seite war, überraschen würde. »Meine Lieblingspatienten bekommen eine ganz besondere Behandlung.«

Er öffnete die Tür zu einem winzigen Studio-Apartment, das er sich, gleich nachdem er nach Naples gezogen war, eingerichtet hatte. Es war fast dunkel, aber durch die Jalousien fiel das letzte Licht der Dämmerung herein und beleuchtete ein breites Doppelbett.

»Na, na, na.« Zoe schaute sich um, während er sie geradewegs zum Bett führte. »Der Onkel Doktor hat ein geheimes Bettchen.«

»Als ich hierhergezogen bin, habe ich zunächst in diesem Zimmer gewohnt.«

Sie seufzte. »Einsam.«

Das war es gewesen. Und Zoe hatte keine Ahnung, in wie vielen Nächten die Erinnerungen an sie seine einzige Gesellschaft gewesen waren. »Praktisch.«

»Das ist es jetzt«, stimmte sie zu. Sie standen einen Moment lang beisammen, kurz bevor sie sich würden fallen lassen, und Hitze wallte zwischen ihnen auf.

»Mein Problem besteht darin«, flüsterte sie, »dass ich die drei kleinen Worte nicht sagen kann, Doc.«

»Das ist ein Symptom, kein echtes Problem.«

Sie schloss zur Bestätigung die Augen. »Kein Wunder, Sie sind so gefragt. Sie sind so gut darin, Diagnosen aufzustellen.«

»Verdammt richtig. Wir kennen dieses Problem«, sagte er. »Jetzt müssen wir mal herausfinden ...« Er neigte den Kopf und drückte seine Lippen zu einem hauchzarten Kuss auf ihre, wobei er seine Zunge über ihre Lippe schnellen ließ. »Woher das kommt.«

Er übte gerade so viel Druck aus, dass sie den Mund öffnen musste, dann ließ er seine Zunge hineingleiten und schlang sie um ihre. »Deshalb müssen wir eine sehr sorgfältige ...« Er drückte sie sanft hinunter aufs Bett. »Untersuchung durchführen.«

Er stand über ihr und krempelte sich die Ärmel hoch, als gäbe es gleich Arbeit. Sie zog ihn zu sich, knöpfte die letzten Hemdknöpfe auf und drückte mit einem anerkennenden Seufzen die Hände auf seine Brust.

»Seit wann haben Sie dieses Problem?« Er zog ihr Tanktop nach oben, über ihre Brüste und dann über ihren Kopf.

»Seit langer Zeit.«

Er griff um sie herum, öffnete den Verschluss ihres BHs und streifte ihn ihr ab. »Können Sie das etwas präzisieren?«

»Seit *sehr* langer Zeit.«

Lachend nahm er sich ein paar Sekunden Zeit, um den Anblick ihrer Brüste zu genießen, die rosa und rund und von perfekten Brustwarzen gekrönt waren; dann beugte er den Kopf, um an ihrer süßen, salzigen Haut zu saugen.

»Haben Sie je jemandem Ihre Liebe gestanden?«, fragte er.

»Ich habe es versucht. Ich wollte.« Sie hob seinen Kopf ein wenig, damit sie ihm in die Augen sehen konnte. »Ich hätte es fast getan ...«

»Aber Sie konnten nicht.«

Sie schüttelte den Kopf. »Ich weiß auch nicht, warum.«

Ohne etwas zu erwidern, ließ er seine Küsse über ihren Bauch nach unten zu ihrem Rock wandern; während er seine Zunge in ihren Bauchnabel gleiten ließ, öffnete er den Knopf und den Reißverschluss und zog sie aus.

Als sie herrlich nackt war, setzte er sich rittlings auf sie, sein Hemd hing offen an ihm herunter, seine Hose spannte sich über seiner Erektion. Sie griff nach seiner Gürtelschnalle, aber er packte sie an den Handgelenken und schüttelte den Kopf.

»Ich stelle Ihnen immer noch Fragen. *Denken* Sie denn die Worte, die Sie nicht aussprechen können?«

Sie nickte langsam.

»Flüstern Sie sie vor sich hin?«

Sie biss sich auf die Lippe und nickte wieder.

»Wann?«

Sie blickte wieder auf seine Hose hinunter, wodurch er noch härter wurde. »Als … ich … als … du …«

»Als du mit Wild Bill, dem Vibrator, zusammen warst?«

Sie unterdrückte ein Lächeln und blickte zu ihm auf. »Ja.«

»Du kannst also sagen, dass du mich liebst, wenn ich nicht da bin, aber jetzt kannst du es nicht?«

»Ziemlich abgedreht, nicht wahr?«

Er starrte eine ihrer aufgerichteten Nippel an, was mit einem Erschauern quittiert wurde. »Das kann ich in Ordnung bringen.«

»Natürlich kannst du das«, sagte sie lachend; doch sie verstummte, als er ihr einen weiteren Kuss auf den Bauch drückte, sich dann nach unten arbeitete, ihre Hüftknochen küsste und ihre Haut mit seiner Zunge liebkoste; dabei saugte er so an ihr, dass sich ein lustvolles Stöhnen ihrer Brust entrang.

Er hob den Kopf und sah sie durchtrieben an. »Ein Teil des Problems sitzt hier unten.«

»Worin genau besteht dieses Problem wohl?«

»Es ist heiß. Und feucht.«

»Und im Moment tut es auch höllisch weh.«

»Eindeutig etwas, was ich wieder in Ordnung bringen kann.« Langsam ließ er die Zunge über ihr angeschwollenes Fleisch gleiten; instinktiv spreizte sie die Schenkel. Er leckte sie wieder und wieder, verlor sich in Zoes süßen, überraschenden Aromen, spürte, wie ihr Körper unter seiner Hand und seinem Mund in Schwingung geriet, ganz kurz vor dem Orgasmus, was ihn beinahe selbst in einen stürzen ließ.

Sekunden, bevor sie die Kontrolle verlor, bedeckte er ihren Körper wieder von unten nach oben mit Küssen, wobei er über jedem kostbaren Zentimeter verweilte.

»Nun arbeiten wir mal daran ...« Er wandte sich ihren Brüsten zu und presste seinen Mund genau auf ihr Herz. »Hier oben.«

Er drehte den Kopf und hielt das Ohr an ihre Brust. »Also, in meinen Ohren klingt dieses Herz perfekt.«

»Schnell genug schlägt es«, stimmte sie zu.

»Dann muss unser Problem wohl ...« Er kroch an ihrem Körper hinauf, legte die Hände wieder auf ihre Wange und tippte mit dem Zeigefinger an ihre Schläfe. »... hier liegen.«

Was sie beide ohnehin schon wussten.

Sie schloss die Augen und stieß einmal die Hüfte gegen ihn. »Kannst du mich nicht einfach dadurch ...« Noch ein Stoß. »... wieder in Ordnung bringen?«

Nicht gut genug. Er wollte die Worte hören, wollte ihren Mund dabei beobachten, während sie eingestand, was ihm schon seit langer Zeit bewusst war. »Sag einfach die Worte zu mir, Zoe. Sag die Worte, die du im Kopf hast und die du flüsterst, wenn du allein bist. Sag sie mir.«

»Oliver, warum bedeuten dir drei abgedroschene Worte so viel?«

Begriff sie das nicht? »Es geht nicht um die Worte, Zoe. Ich will nur nicht, dass das hier ... bedeutungslos ist.« Darauf kam es ihm an. »Ich habe das so lange Zeit einfach nur mechanisch getan und nichts als die Befriedigung eines natürlichen Bedürfnisses gespürt. Aber mit dir, Zoe, empfinde ich ... alles. Und ich will, dass du es auch empfindest.«

»Das tue ich.«

»Dann ...« Er zog beide Augenbrauen nach oben.

»Ich ... liebe ...« Das Wort blieb ihr in der Kehle stecken. »Ich ... liebe ...« Sie schüttelte den Kopf, die Augen voller

Schmerz. »Oh, Gott, Oliver. Ich weiß nicht, was Liebe ist. Ich habe das nie gesehen, nie gekannt, nie gelebt. Wie kann ich unterscheiden, ob das, was ich für dich empfinde, Lust oder Liebe ist? Woher weiß ich das?«

»Du? Das Mädchen, das in einen Korb steigt, an einem Knopf dreht und sich zutraut zu fliegen? Du weißt, dass das funktioniert, genau wie du weißt, dass du mich liebst. Du hast mich *immer* geliebt.« Er legte die Hände um ihr Gesicht und hielt sie fest. »Zoe, du liebst, wie du atmest. Du brauchst es nicht vorher gesehen oder erlebt zu haben. Du liebst, ohne dich groß anzustrengen.«

»Woher willst du das wissen?«

»Weil ich dich kenne. Und weil ich dich liebe, Zoe.« Er lächelte sie neckisch an, bevor er sich ihr für einen weiteren Kuss näherte. »Siehst du, wie einfach das ist?«

Es war nicht einfach. Es war hart. *Alles* war hart. Olivers Arme. Sein Kuss. Und, oh Gott ... *der* war hart.

Sein Kuss wurde leidenschaftlicher, aber irgendwie blieb er trotzdem so zärtlich und süß, dass es fast wehtat. Er legte sich auf sie, hielt sie fest und küsste sie immer weiter, bis das Zimmer sich ein wenig drehte und jeder Atemzug anstrengend wurde. Bis ihr das Blut feurig durch alle Adern pulsierte und jeder sorgfältig platzierte Mauerstein um ihr Herz einfach herausbrach, herunterfiel und zu Staub wurde.

»Wie fühlt sich das an?«, flüsterte er ihr ins Ohr, während er seine Zunge über ihr Ohrläppchen schnellen ließ.

Als wäre die ganze Welt verzaubert. »Ehrlich ...« Wunderbar. »Als würde ich Hilfe brauchen.«

»Soll ich dir was sagen?«

»Du kannst das wieder in Ordnung bringen?«

»Das ist mein Spezialgebiet.« Er wälzte sich von ihr herunter, schnappte sich ein Kondom, das er in seinem Geldbeutel aufbewahrt haben musste, zog es sich über und legte sich dann wieder auf sie.

»Du bringst gern Dinge in Ordnung«, sagte sie, wobei sie jede Bewegung, die er machte, beobachtete. »Das macht dich an.«

»*Du* machst mich an!«, murmelte er. »Und du redest zu viel.«

»Dann bringst du das wohl besser in Ordnung.«

Das tat er, indem er sie auf den Mund küsste, während er in sie eindrang, ihr den Atem raubte und sein Vorhaben, sie zum Schweigen zu bringen, verdammt gut in die Tat umsetzte. Und sie vergaß darüber auch, *wie* man überhaupt sprach, denn alles, was sie in diesem Augenblick tun konnte, war ... fühlen.

Und das machte ihr Angst. Warum?

Sie schloss die Augen, weil Tränen in ihnen brannten. Alles, was sie fühlen konnte, war Druck ... auf ihren Kopf, auf ihre Ohren. Dunkelheit, Hitze, der Geruch von moderiger Baumwolle und das gedämpfte Geräusch von ...

Ersticken. »Oliver!«

»Ersticken.« Das Wort war kaum mehr als ein Flüstern, aber es schlug in seinem Magen ein wie eine Kanonenkugel. »Davor habe ich Angst.«

Das Gefühl, mit einem Kissen über dem Kopf in der Falle zu sitzen, und die verzweifelte, brennende Panik, weil sie fliehen musste. Die dunklen Nächte im Haus dieser Pflegefamilie, als es keinen Ausweg gab. Als diese Stimme immer und immer wieder dasselbe forderte. Drei Worte, die so anders waren als das, was Oliver hören wollte und hören musste.

Lauf, Zoe, lauf.

Solange sie laufen konnte, konnte sie überleben. Aber wenn sie dieses Mal nicht lief, wenn sie mit Oliver hierbleiben konnte, ganz gleich, was passierte, dann konnte sie die Erinnerungen an dieses Haus, diesen Mann und sogar diese Stimme besiegen.

»Wovor hast du Angst, Zoe?«

»Vor ihm. Dem Pflegevater, vor dem mich Pasha gerettet hat. Ich kann nicht atmen, wenn ich … an ihn denke. Darüber, wie notwendig es war, ihm zu entkommen.« Das Schluchzen, das in ihrer Kehle gefangen war, hätte sie fast erstickt. »Ich zog mir immer das Kissen über den Kopf und versuchte, mich selbst zu ersticken. Das war mein einziger Ausweg.« Bis Pasha ihr einen echten Ausweg geboten hatte.

Oliver hielt sie in den Armen, küsste sie auf die Stirn, auf die Augen, auf den Mund.

»Er ist tot, Zoe. Schon lange, lange tot. Du wirst nicht ersticken, wenn du bleibst.« Er schnappte sich das Kissen und hielt es hoch. »Du bist sicher. Bei mir wirst du immer, immer sicher sein. Du brauchst nicht zu fliehen. Du brauchst dich nicht zu ersticken, nur um dich zu verstecken.«

Er warf das Kissen auf den Boden, wo es mit einem leisen Geräusch landete.

Für einen langen, schweigenden Moment sah sie ihn forschend an, merkte sich jede Linie seines Gesichts, jede Wimper, jede Zelle. Dieser Mann, der vollkommen in ihrem Kopf, ihrem Herzen und ihrem Körper war. Dieser Mann, der so viel Geduld, so viel Zärtlichkeit und so viel Geschick hatte.

Dieser Mann, den sie absolut … »Oliver«, flüsterte sie und berührte sein Gesicht.

»Ja?«

»Ich liebe dich.«

Er lächelte. »Ich weiß.«

»Warum hast du dich dann so angestrengt, um mich dazu zu bringen, es auszusprechen?«

»Damit *du* es weißt.« Ganz langsam fing er wieder an, in sie hineinzustoßen – immer tiefer, weiter, näher, länger. Sie unterbrachen ihren Kuss, ihre Wangen stießen gegeneinander, während die Leidenschaft jedes Mal, wenn er in sie eintauchte, intensiver wurde.

Alle Erstickungsgefühle waren verschwunden. Das hatte er für sie getan! Zoe konnte atmen. Sie konnte ihn halten, seinen Namen rufen, die drei Worte sagen und *atmen*.

Das bedeutete es also zu lieben? Frei zu sein?

Tief in ihrem Inneren tanzten Funken, zwangen sie, sich ihm bei jedem Stoß entgegenzuwölben und sich an seine Arme zu klammern, als würde sie sonst in den Abgrund der Welt fallen.

»Ich muss …« Sie kämpfte mit den Worten, ihre Kehle war seltsam verschlossen und eng. »Ich muss …«

Er verlangsamte seine Bewegungen und sie schlug ungläubig die Augen auf. »Ich *muss*«, beharrte sie.

Trotzdem rührte er sich nicht, hielt ihre Schultern und seine Position in ihr.

»Wollen Sie das nicht in Ordnung bringen, Doc? Ich *muss* kommen.«

»Du musst lieben.«

Sie runzelte die Stirn, biss sich auf die Lippen und wiegte sich an seine reglosen Hüften. »Ich … kann nicht …«

»Du kannst es.« Er fing wieder an, sich zu bewegen, wobei er sie mit sich nahm.

»Ich kann es, Oliver. Ich liebe dich. Ich *liebe* dich.« Alle Muskeln krampften sich gleichzeitig zusammen, krümmten und wanden sich vor köstlicher Lust, flatterten zuerst ein wenig und erlangten dann absolute Befreiung.

Oliver verlor ebenfalls die Kontrolle, er schloss die Augen und knirschte mit den Zähnen, während er sich gehen ließ und noch tiefer und härter in sie hineinstieß. Schließlich stemmte er mit unerwarteter Heftigkeit die Schultern vom Bett und drängte sich in sie, während er kam.

Sie fielen mit hämmernden Herzen aufs Bett, beide völlig atemlos.

Endlich drehte sie den Kopf, um ihn anzuschauen und zu genießen, dass ihr dabei das Herz überging. »Glauben Sie, das ist alles, was notwenig ist, um mich wieder in Ordnung zu bringen?«

»Auf keinen Fall.«

»Nein?«

»Sie brauchen diese ärztliche Behandlung regelmäßig. Möglicherweise jeden Tag. Möglicherweise für immer.«

»Für immer?« Sie wartete darauf, dass Angst und Schrecken nach ihr greifen würden, aber nichts geschah.

»Verlass mich nicht, Zoe. Egal, was passiert, bitte, bleib bei mir. Versprich mir das, Zoe.« Er streichelte ihre Wange. »Versprich es mir.«

»Okay.«

»Okay?« Er stieß ein trockenes Lachen aus. »Was für eine Art von Versprechen ist das denn?«

»Das ist meine Art von …«

Auf dem Fußboden piepte das Handy, es war nicht das leise Klingeln, wie wenn jemand anrief, sondern ein schriller Alarmton, der durch ihren ganzen Kopf gellte.

»Fuck.« Er schoss vom Bett und schnappte sich das Handy; er drückte auf das Display und neigte es so, dass er es lesen konnte. Selbst in der Dunkelheit konnte sie erkennen, dass alles Blut aus seinem Gesicht gewichen war, und sie wusste genau, was das bedeutete.

»Pasha?« Sie setzte sich auf und sammelte hektisch die Laken um sich.

»Sie hatte einen Herzinfarkt.« Er setzte sich bereits in Bewegung, holte sich Kleider, rief jemanden an, bellte Befehle, doch Zoe saß vor Schock stockstreif da.

Sie hatte eben erst gelernt zu lieben. Würde sie jetzt lernen müssen zu verlieren?

26

Dieses eine Mal saß Zoe ganz, ganz still da. Nicht dass es ihr im Wartezimmer nach Herumhopsen zumute gewesen wäre, zumal Jocelyn ihre eine und Tessa ihre andere Hand hielt, während Lacey hinter den dreien stand und die Hände auf Zoes Schultern gelegt hatte.

Es war, als würden sie sie sowohl buchstäblich als auch symbolisch festhalten. War es das, was notwendig war, damit Zoe stillhielt?

Oder war Zoe wegen Pashas Herzinfarkt vor Angst gelähmt?

»Alles wird gut«, flüsterte Lacey.

»Sie ist zu zäh, als dass sie sterben würde«, fügte Jocelyn hinzu.

»Sie ist in den bestmöglichen Händen.« Tessa stieß Zoe ein wenig an. »Das weißt du.«

Mehr als ein Nicken brachte Zoe nicht zustande. Sie schloss die Augen und stellte sich Olivers Hände vor – nicht wie sie sie gerade vorhin überall berührt hatten, sondern wie sie kompetent und professionell heilten. *Bitte, Oliver, mach sie wieder gesund.*

Er war bestürzt gewesen über die Nachricht von ihrem Herzinfarkt. Das war keine Nebenwirkung der Behandlung; es gab keine Verbindung zu ihrem Herzen, und die Untersuchungen vor der Behandlung hatten ergeben, dass ihr Herz kräftig und ihre Arterien gesund waren.

Und doch hatte sie ohne Vorwarnung oder Grund einen schweren Herzinfarkt erlitten und ihr Leben hing am anderen Ende des Flurs an einem seidenen Faden.

Auf der anderen Seite des Wartezimmers bewegte sich Evan unter einer Decke, die eine Krankenschwester gebracht hatte.

»Das kann nicht bequem sein«, sagte Tessa, als sie das Kind musterte. »Vielleicht sollten wir fragen, ob sie uns ein Kissen geben.«

»Denk nicht mal daran«, sagte Lacey drohend. Als alle drei sich umblickten und sie ungläubig ansahen, blieb sie vollkommen ungerührt. »Sorry, aber ein schlafendes Kind rührt man nicht an. Das ist ein Naturgesetz.«

Zoe betrachtete Evans Profil und spürte ein völlig unvertrautes Flattern in der Brust. War es auch ein Naturgesetz, sich in dieses Kind zu verlieben? Denn das hatte sie sich, in Windeseile.

»Was?«, fragte Jocelyn besorgt.

»Ich habe nichts gesagt«, erwiderte Zoe.

»Du hast gestöhnt.«

»Natürlich hat sie gestöhnt«, sprang Tessa ein, während sie Zoes Hand drückte. »Wir halten Wache in einem Krankenhaus. Sie hat Angst.«

»Wache halten?« Zoe hätte sich fast an dem Wort verschluckt. »Tut man das nicht, wenn man darauf wartet, dass jemand stirbt?«

»So nennt man das, wenn man auf etwas wartet, Punkt«, sagte Tessa.

»Genau.« Jocelyn drückte Zoes andere Hand. »Wir warten darauf, dass Oliver mit guten Nachrichten durch diese Tür kommt. Und diesen positiven Gedanken müssen wir festhalten.«

Zoe klappte den Mund auf, um eine Bemerkung über Jocelyns Plattitüden zu machen, schloss ihn dann aber wieder. Sarkasmus hatte in diesem Wartezimmer keinen Platz – nicht unter diesen Freundinnen, die ein warmes Bett, einen lieben Ehemann, einen heißen Liebhaber oder ein Neugeborenes zurückgelassen hatten, um hier bei ihr zu sitzen.

Die Wirkung dieses Opfers schlug wie eine Bombe bei ihr ein. »Gott, ich hab euch lieb, Leute«, sagte sie; peinlicherweise klang dieses Eingeständnis verdächtig nach einem Schluchzen.

Na, *das* war ihr jetzt ja leicht über die Lippen gekommen.

»Wir haben dich auch lieb«, versicherte ihr Lacey.

»Und ihn habe ich irgendwie auch lieb«, fügte Zoe hinzu, den Blick immer noch auf Evan gerichtet. Es war, als hätte Oliver einen Damm gebrochen und *überall* würde Liebe herausströmen. »Er hat sich nicht mal beschwert, als ich ihn aus dem Bett geholt habe. Alles, worum er sich Sorgen machte, war Pasha.« Zuneigung überwältigte sie und schnürte ihr die Kehle zu.

»Er ist ein großartiger Junge«, stimmte Tessa zu. »So lieb und intelligent. Und er ist völlig aus dem Häuschen, weil er diesen Hund bekommt …«

»Der Hund!« Zoe schlug die Hand vor den Mund und richtete sich kerzengerade auf. »Wenn wir diesen Hund heute nicht holen, bekommt ihn vielleicht jemand anderes.«

»Ich kann mit ihm zum Tierheim fahren«, bot Tessa ihr an, doch dann fügte sie hinzu: »Nur dass ich mir dann wahrscheinlich selbst einen Hund hole.«

»Mach das doch«, sagte Jocelyn. »Ein Hund wäre gut für dich.«

Alle schwiegen einen Moment lang, weil die offensichtliche, unausgesprochene und unbequeme Wahrheit über ihnen hing: *Ein Hund war kein Ersatz für ein Baby, nach dem Tessa sich so sehr sehnte.*

»Ich gehe Kaffee holen«, sagte Lacey rasch. »Für mich wird es in naher Zukunft keinen Schlaf mehr geben.«

Zoe ließ den Kopf nach hinten sinken und blickte zu ihrer Freundin auf. »Und mit naher Zukunft meinst du die nächsten siebzehn Jahre.«

»Mindestens.« Lacey tippte Tessa an. »Magst du mitkommen? Bestimmt können wir auch irgendwo einen Bio-Tee für dich auftreiben.«

»Klar.« Langsam stand sie auf. »Was wollt ihr, Mädels?«

»Für mich Kaffee«, sagte Jocelyn.

»Heiße Schokolade«, fügte Zoe hinzu.

Tessa verzog das Gesicht. »Im Ernst?«

Zoe deutete mit dem Kinn auf Evan. »Für ihn. Ich will nichts, aber er wird bald aufwachen.«

Jocelyn und Tessa wechselten einen Blick, und Lacey neigte den Kopf zur Seite und lächelte.

»Was ist?«, fragte Zoe. »Warum schaut ihr mich alle so an?«

»Dich hat es ja schlimm erwischt«, stellte Jocelyn fest.

»Das Mami-Virus hat dich gepackt«, stimmte Tessa zu.

»Das Mami-Virus?« Zoe hätte sich fast verschluckt. »Nur weil ich ein schlechtes Gewissen habe, das Kind aus dem Schlaf gerissen und auf dem Sofa im Krankenhauswartezimmer abgelegt zu haben, und ihm deshalb eine heiße Schokolade schenken möchte? Ist das schon ein Schrei nach Mutterschaft?«

»Ja«, sagte Tessa.

Zoe stach mit dem Zeigefinger in ihre Richtung. »Du projizierst das auf mich. Nennt man das nicht so, Joss? Du hattest doch Psychologie als Hauptfach.«

Tessa schüttelte den Kopf und ging mit Lacey weg, zweifellos um sich über Zoes explodierende Eierstöcke auszulassen.

»Maaann«, murmelte Zoe, während sie die Fußknöchel übereinanderlegte und dann gleich wieder löste. »Sie bringt mich schneller auf die Palme als sonst jemand.«

»Du bist müde, Zoe«, sagte Jocelyn.

»Und ich habe Angst. Und fühle mich elend. Und einsam. Und ...« Sie schloss die Augen. »Egal. Sie kann mich auch auf die Palme bringen, wenn ich ausgeschlafen bin und multiple Orgasmen erlebt habe. Was ...« Sie warf Jocelyn einen Seitenblick zu. »Was der Fall gewesen wäre, wenn Oliver nicht diesen Anruf bekommen hätte.«

»Das ist jetzt das kleinste deiner Probleme.«

»Ach nee.« Zoe seufzte zum ungefähr dreimillionsten Mal, seit sie im Krankenhaus im Norden von Naples angekommen waren. »Wie schaffst du das, Joss?«, fragte sie und meinte damit die vielen Arztbesuche, die sie und Will wegen Jocelyns Vater unternommen hatten, der an Alzheimer litt.

»Er war bisher noch nie in der Notaufnahme oder auf der Intensivstation ... noch nicht.«

»Aber ...«

Jocelyn nickte. »Das kommt natürlich noch. Keine Chance, das Unabwendbare dieser Krankheit zu vermeiden.«

»Wie kommst du damit zurecht?«, fragte Zoe. »Wie schaffst du es, dir das Leben ohne ihn nicht vorzustellen?«

Jocelyn schnaubte leise. »Du erinnerst dich vielleicht daran, dass ich es vor gar nicht allzu langer Zeit *vorgezogen habe*, ohne ihn zu leben. Aber jetzt ...«

»Jetzt nicht mehr, deshalb tut es bestimmt weh, sich Sorgen um ihn zu machen.«

»Ja, tut es. Aber es hilft, Will zu haben.« Ein heiteres Lächeln ließ ihre Augen aufleuchten. »Alles ist anders, seit ich Will habe.«

»Weil er deine Sorgen teilt?«

»Und auch alles andere im Leben.«

»Wow, das klingt gut«, gab Zoe zu.

»Ist das etwas, wonach du dich sehnst?«

So sehr wie nach dem nächsten Atemzug. »Nein, ich ... ja. Klar. Wer sehnt sich nicht danach? Aber das ist nicht die Frage.«

»Was dann?«

»Ich weiß nicht, ob ich diese Art bedingungsloser Liebe zurückgeben kann«, gestand sie. »Ich weiß nicht, ob ich dazu fähig bin. Ich habe mein ganzes Leben damit verbracht, es zu vermeiden. Aber ich glaube, Oliver will es. Er will alles von mir – mein Herz, meine Seele, mein Vertrauen.«

»Und was hält dich davon ab, es ihm zu geben?«

»Ich selbst halte mich davon ab.« Zoe wandte sich ab – das Geständnis war zu freimütig und viel zu aufrichtig für diesen speziellen Moment.

»Wie? Warum?« Jocelyn drehte sich um und versuchte Zoe dazu zu zwingen, ihr in die Augen zu sehen. »Hast du schon eine Liste mit allen Gründen, die infrage kommen, aufgestellt?«

»Ich hänge wohl mit einem Life Coach im Wartezimmer fest.«

»Beantworte die Frage.«

Zoe spielte an einer Kerbe in der Armlehne aus Holzimitat herum und durchlebte noch einmal den unglaublichen Durchbruch, den sie in Olivers Büro gehabt hatte. »Jedes Mal, wenn ich in meinem Leben auch nur in die Nähe einer festen Bindung gekommen bin, flog mir das Ganze um die Ohren. Eine Familie, die ich mochte, oder eine neue Freundin an der Schule und *zack* musste ich umziehen. Später, mit Pasha, hatte ich mich kaum an einem Ort eingelebt und angefangen, Wurzeln zu schlagen – dann war es *zack* schon wieder an der Zeit, weiterzuziehen. Ich verliebte mich, und es passierte das Gleiche.« Sie sah Jocelyn aus tränennassen Augen an. »Warum sollte es dieses Mal anders sein?«

Jocelyn schloss die Hände um Zoes zitternde Finger. »Uns hast du all die Jahre über behalten.«

»Ihr arbeitet daran. Wenn ihr drei mich nicht mit Anrufen und E-Mails bombardieren würdet, hätte ich den Kontakt wahrscheinlich verloren.«

»Und du hattest Pasha.«

Ja, hatte sie. Und jetzt …

»Zoe.«

Sie blinzelte, das Licht wurde von einer großen Gestalt blockiert, die in OP-Kleidung durch die Tür kam. »Oliver.«

Er kauerte sich vor sie hin, sein Gesicht von Kummer gezeichnet.

»Ist sie ...« *Tot?* Zoe konnte sich nicht dazu bringen, das Wort auszusprechen.

Er schüttelte den Kopf. »Sie ist mehr oder weniger stabil.«

»Was bedeutet das?«

»Es bedeutet, dass du sie jetzt sehen kannst.«

Zoe sprang von ihrem Stuhl auf. »Hat sie Schmerzen?«

»Nein.« Er fuhr sich mit der Hand durch die Haare und atmete pure Erschöpfung und Frustration aus. »Aber es war ein schwerer Herzinfarkt, und ihr Herz ist schwach. Die Ironie an dem Ganzen ist, dass sie die Überträger nicht abgestoßen hat. Tatsächlich deuten alle ersten Anzeichen darauf hin, dass die Gentherapie genau so anschlägt, wie sie soll.«

»Oliver, wird sie ...« Sie konnte sich nicht dazu bringen, es zu sagen.

»Ich weiß es nicht.«

Schweigend gingen sie einen langen Flur entlang, so schnell, dass die Zimmer, die Krankenschwestern und die Krankenhausfarben vor Zoes Augen verschwammen. Als sie zu einem Zimmer am Ende der Intensivstation gelangten, blickte die Krankenschwester, die dort saß, auf und begrüßte sie.

»Irgendwelche Veränderungen?«, fragte Oliver.

Sie verneinte durch ein rasches Kopfschütteln.

Er nickte ihr dankend zu und griff nach der Tür. »Geh ruhig hinein, Zoe.«

Aber sie blieb wie erstarrt stehen und sammelte die Gedanken, die ihr durch den Kopf schossen, und die Gefühle, die ihr Herz in Aufruhr versetzten, unfähig, etwas davon lange genug festzuhalten, um zu wissen, was sie zu Pasha sagen sollte, falls dies ihre letzte Begegnung sein sollte.

Konnte es wirklich sein, dass sie sich jetzt zum letzten Mal sähen? Oh, Gott, nicht schon wieder. Nicht schon wieder eine … Trennung. Sie durfte Pasha einfach nicht verlieren.

»Zoe?«

Sie lächelte ihn traurig an. »Ausnahmsweise kann ich mich nicht rühren.«

Er lächelte nicht. Stattdessen verdunkelten sich seine Augen, als würden sie den Schmerz in ihrem Herzen widerspiegeln. »Ich habe alles getan, was möglich war, Zoe. Alles.«

Sie nickte.

»Ich weiß nicht, ob es ausreicht.« Er schluckte schwer. »Du gehst jetzt besser hinein.«

Mit anderen Worten – verabschiede dich von ihr.

»Hey, Tantchen.«

Von irgendwo an diesem dunklen, stillen Ort, an dem sie schlief, konnte Pasha Zoes Stimme hören.

Zoe! Bist du das, meine liebe Kleine?

Aber nichts kam aus ihrem Mund, und kein Muskel in ihrem Körper regte sich. Nicht einmal ihre Augenlider rührten sich. Es war, als wäre sie gefangen, als wäre sie zwar in der Lage, zu hören, zu schmecken, zu denken und zu fühlen, aber als würde ihr Körper nicht kooperieren. Und in ihrer Brust hatte wieder dieses tiefe, langsame Brennen begonnen.

Die Berührung an ihrer Schulter war sanft und vertraut, und sie nahm den Duft des Mädchens wahr, das Pasha in so vieler Hinsicht das Leben gerettet hatte.

»Pasha?« Nah genug, dass Pasha Zoes warmen Kuss auf ihrer Haut spüren konnte, und die Berührung gab ihr gerade so viel Energie, dass sie die Augen aufschlagen konnte.

»Hi«, flüsterte Zoe und ergriff Pashas Hand.

Pasha zwinkerte einmal, weil es ihr leichter fiel, als zu sprechen. Lange Zeit nahm sie den Anblick von Zoes lieben grünen

Augen in sich auf, die ihr immer ein wenig das Gefühl gaben, barfuß durchs Gras zu laufen. Kühl und einladend und absolut lustig.

»Auf die Gefahr hin, das Offensichtliche zu fragen«, sagte Zoe mit einem Lächeln, »wie geht es dir?«

»Mein Herz …« *Schmerzt.*

»Ja, du hattest einen Infarkt. Aber alles wird wieder gut.«

Zoe klang nicht gerade überzeugt, und das wäre sie noch weniger, wenn sie die Schmerzen in Pashas Brust spüren würde.

»Aber ich bin hier bei dir, und Oliver und die Ärzte kümmern sich um dich.«

Oliver. Oh, *Oliver.* »Der Mondregenbogen.« Sie musste es Zoe sagen. »Wahre Liebe … kehrt zurück.«

Zoe schüttelte ein wenig den Kopf, weil sie es nicht verstand. »Evan ist auch da draußen.«

Nein, nicht Evan. Er war nicht die wahre Liebe, auch wenn Pasha sich das am Anfang eingebildet hatte. Es war …

»Und die Mädchen auch. Alle haben sich hier versammelt, weil du uns allen eine *großartige* Großtante bist, Pasha.« Sie achtete darauf, dass ihre Stimme munter und lebhaft klang, so wie sie es immer getan hatte, wenn sie wieder mal im Auto saßen und aus einer weiteren Stadt hinausfuhren und Pasha ängstlich in den Rückspiegel schaute, weil sie … ihn erwartete.

Weil sie damit rechnete, dass er sie verfolgen und ebenfalls umbringen würde.

»Es tut mir leid …«. Pasha stieß die Worte mühsam hervor, doch sie klangen leer und nutzlos. So wie sie klingen sollten.

»Stopp«, sagte Zoe.

Pasha versuchte, Luft zu holen und mehr zu sagen, aber ihre Brust fühlte sich an, als würde ihr jemand Messer ins Herz stoßen, die von Schuld, Selbsthass und Angst geschärft waren, und jeder Stoß war schlimmer als der vorige.

Eine Ewigkeit schien zu vergehen, aber wahrscheinlich war

es nur die Zeit, die Zoe brauchte, um über Pashas Arm und mit den Knöcheln über Pashas alte Finger zu streicheln. Bei der liebevollen Berührung drohte ihr das Herz vollends zu brechen.

»Pasha, ich will, dass du mir zuhörst.« Sie beugte sich nah zu Pashas Ohr, um hineinzuflüstern. »Ich weiß von Matthew.«

Pasha schloss die Augen. »Ich habe ihn nicht ...«

»Ich weiß.« Zoe legte die Hand auf Pashas Herz, die Berührung war irgendwie beruhigend. »Sein Vater hat es getan, nicht wahr?«

Lange Zeit rührte sich Pasha nicht, dann nickte sie – kaum einen Zentimeter – mit dem Kopf.

»Das dachte ich mir«, sagte Zoe. »Wir werden das beweisen, und du wirst von dem Vorwurf freigesprochen. Und ich werde einen Anwalt suchen, der gegen jeden vorgeht, der dich beschuldigt, mich gekidnappt zu haben. Deshalb wird alles gut werden. Zumindest besser.«

»Ich habe ihm nie wehgetan ...« Sie musste die *Wahrheit* erfahren.

»Gott, das weiß ich, Pasha. Ich war nie davon ausgegangen, dass du es getan hast.«

»Nein«, krächzte sie. »Ich hatte solche Angst vor ihm. Vor Matthew ... senior.«

»Warum?«, fragte Zoe. »Wenn du wusstest, dass er ... es getan hat, warum hast du es dann nicht der Polizei gesagt? Doch sicherlich nicht meinetwegen? Es lagen Jahre zwischen dem Prozess und dem Zeitpunkt, an dem du mir begegnet bist.«

»Ich hatte keine Beweise, nur mein Bauchgefühl.« Ihr Herz hämmerte, und sofort fing eine der Maschinen im Raum an zu piepsen.

»Nein, nein«, sagte Zoe mit einem Hauch von Panik in der Stimme. »Bitte, reg dich nicht auf, Pasha. Wir reden später darüber.«

»Nicht später.« Es könnte kein Später mehr geben. »Jetzt.«

Zoe antwortete nicht, und in ihren Augen konnte Pasha sehen, dass es vielleicht tatsächlich kein Später geben würde.

Pasha nahm ihre ganze Kraft zusammen und flüsterte: »Ich habe es ihn nicht tun sehen, aber er war rasend vor Zorn. Er war so wütend auf den Jungen wegen … nichts. Sie rannten hinaus und dann … kam keiner von ihnen zurück. Ich wartete und wartete.«

Vertraute Gefühle stiegen in ihr auf, und ihr Brustkorb fühlte sich an, als würde er vor Schmerz zerspringen, aber sie musste diese Geschichte loswerden. Sie hatte versucht, es der Polizei zu erzählen, aber niemand hatte ihr geglaubt. Oder sie hatten alle ein Stück von diesem riesigen Hobarth-Kuchen abbekommen.

»Er ist davongekommen, ist zu irgendeiner Tagung gefahren und hat Leute bestochen, damit sie aussagten, sie hätten ihn dort gesehen. Die Leute würden alles für diesen Mann tun. Und für Geld.«

»Hast du das deinem Anwalt erzählt? Dem Richter und der Jury bei deinem Prozess?«

»Niemand hat mir geglaubt. Er hatte ein Alibi, und ich war mit meinem Sohn zu Hause gewesen. Und ich hatte Kratzer an den Armen gehabt. Aber ein paar Leute in diesem Gerichtssaal haben mir geglaubt. Genug Leute.«

»Genug, um zu keinem Mehrheitsurteil zu gelangen«, sagte Zoe.

Pasha zwang sich zu einem Nicken. »Aber er wusste, dass ich es wusste. Zuerst ließ er mir jahrelang Geld zukommen, und – Gott helfe mir – ich habe es genommen. Ich hatte keine andere Möglichkeit, meinen Lebensunterhalt zu verdienen, und …«

»Sssh«, flüsterte Zoe. »Schon gut, Pasha. Du brauchst es mir nicht jetzt zu erzählen.«

»Doch, das muss ich.« Sie kannte ihren Körper inzwischen gut genug. Die Zeit lief ihr davon und sie konnte nicht sterben, solange Zoe irgendetwas Schlimmes von ihr dachte. »Er hörte auf, mir Geld zu schicken«, sagte sie, »als ich in Corpus Christi gelebt habe.«

Sie erinnerte sich noch so gut an den Anruf. Seine barsche Stimme, seine finsteren Drohungen. Die Zeiten hatten sich geändert seit dem Mord. Inzwischen konnte man solche Sachen mithilfe von Blutproben nachweisen, und ihr Exmann hatte Angst. Und Menschen, die Angst hatten, taten schreckliche Dinge.

Ein einziges Wort, Patricia, und ich werde dich finden und in Streifen schneiden.

»An dem Tag, an dem du zu mir gekommen bist, Zoe, war ich schon dabei zu packen, um mich aus dem Staub zu machen. Du warst wie … ein Zeichen.« Und ein zusätzlicher Schutz. Sie hatte bereits recherchiert und wusste, wie sie ihre Identität ändern konnte, und er würde niemals nach einer Frau suchen, die ein zehnjähriges Kind im Schlepptau hatte. »Deshalb habe ich dich gekidnappt.«

Zoe hätte sich fast verschluckt bei ihrer Antwort. »Den Teufel hast du.«

Die Maschine piepste ein wenig schneller; Zoe tätschelte weiterhin ihren Arm und schaute besorgt auf den Monitor. »Das spielt alles keine Rolle, Pasha. Er wird gefasst werden, und du wirst frei sein und …«

»Ich werde sterben.«

»Nein! Die Gentherapie hat bereits angeschlagen. Das ist nur ein kleiner Rückschlag.« Zoe beugte sich so weit vor, dass ihre Haare über Pashas Wange strichen, der süße Duft ihres zitronigen Shampoos war wie Balsam für Pashas Schmerzen. »Brauchst du ein Zeichen?«, fragte Zoe. »Ich kann dir ein sehr süßes Geheimnis über Oliver und mich verraten.«

Eine Faust griff nach Pashas Herz. Sie musste ihr Geständnis zu Ende bringen. »Zoe.«

»Pssh. Genug jetzt.«

»Nein. Nicht genug.« Der Brief. Sie war so schockiert gewesen, als er ein Jahr, nachdem Oliver ihn abgeschickt hatte, ankam. Das war ein Zeichen – und zwar ein sehr reales –, das aussagte, dass sie nicht gerade eine Meisterleistung vollbrachte, die Spuren ihrer Flucht von Ort zu Ort zu verwischen. »Es war falsch, ihn dir vorzuenthalten, aber ich hatte Angst, dass du zu ihm zurückkehren würdest und wir gefasst würden.«

Zoe seufzte leise. »Ich weiß nicht, wovon du redest, und ich will, dass du damit aufhörst.«

Die Finger, die sich um ihr Herz geschlossen hatten, drückten ein wenig mehr zu. »Du hast den Brief nicht gefunden?« Sie sah Zoe in die Augen und versuchte, dem Schmerz standzuhalten, wobei dieses unaufhörliche Piepsen immer lauter und schneller wurde.

Zoe blickt bei dem Geräusch panisch um sich, ihr unruhiger Blick huschte zu dem blinkenden Licht. »Pasha, bitte, *bitte*. Nicht weiterreden. Dein Herz.«

»Es bricht.« Bricht entzwei, blutet aus, liegt offen da wegen der egoistischen Entscheidungen, die es getroffen hatte. War es egoistisch, Zoe zu lieben? War es egoistisch gewesen, sie mitzunehmen? War es egoistisch gewesen, den Brief zu behalten?

Ja, ja, das war es. Alles, was sie getan hatte, war egoistisch und durch Angst motiviert gewesen.

Feuer schoss durch ihre Brust, es war schlimmer als alles, was sie je empfunden hatte, und ganz anders als beim letzten Mal. Das hier war irgendwie schärfer und tiefer. Schlimmer.

»Hab keine Angst, Zoe.«

Aber aus den Augen ihres lieben Mädchens sprach schiere Angst.

»Lass ... dich ... nicht ... von ... Angst ... aufhalten.«

»Pasha!« Zoe wich zurück, ihre Stimme war über dem Alarmton kaum zu hören.

»Es tut mir leid.« Sie konnte die Worte nur mit den Lippen formen. »Es tut mir so, so leid.«

»Es braucht dir nicht leidzutun.« Tränen quollen aus Zoes Augen. »Du hast mich vor einem sehr schlechten Mann gerettet.«

»Aber dich von ... einem guten ferngehalten.«

Qualvolle weiße Funken explodierten hinter ihren Augen und alles, jeder Teil ihres Körpers, fühlte sich taub, dunkel und ... weit entfernt an.

»Pasha!«

»Treten Sie zurück, Ma'am.«

»Was ist los? Was passiert?«, rief Zoe.

Und dann schrillte das lauteste Geräusch, das Pasha je gehört hatte, durch ihren Kopf – ein langes, ohrenbetäubendes, endloses Kreischen, das alles übertönte, außer Zoes Stimme, die vor Panik lauter geworden war, ihren Namen rief, um Hilfe bat.

»Code Blue! Code Blue!«

Pasha wusste nicht, was ein Code Blue war, aber irgendetwas sagte ihr, dass es ein sehr, sehr schlechtes Zeichen war.

Zoes Stimme drang jetzt wie aus weiter Ferne zu ihr, ein wilder, verzweifelter, schriller Schrei ... nein, das war der Alarm. Der Herz-Alarm. Der Todes-Alarm.

Ihre Zeit war gekommen.

»Pasha, bitte, ich liebe dich. Nicht ...«

»Sie müssen jetzt gehen, Ma'am. *Sofort.*«

»Nein! Tante Pasha!«

Ein letztes Mal zwang sich Pasha, die Augen zu öffnen; suchend blickte sie sich um, bis ihr Blick auf das Kind fiel, das sie wie ihr eigenes liebte. Zoe. *Zoe.*

»Wir werden dich Zoe nennen«, flüsterte Pasha. »Das bedeutet ›neues Leben‹.«

Doch Zoes Gesicht verblasste in einem weichen weißen Licht und verschwand aus Pashas Blickfeld.

27

Zoe rannte so schnell und so weit weg, wie sie nur konnte – über einen Parkplatz, eine Straße entlang, in eine Gasse, über eine weitere Straße, bis sie schließlich an einen öffentlichen Strand irgendwo in Naples gelangte.

Dort eilte sie eine verwitterte Treppe hinunter – ihre Füße trommelten auf das Holz –, bis sie endlich den Sand erreichte. Sie ließ sich an einen Pfosten unter einem Bootssteg sinken und ließ die Schluchzer, die sie unterdrückt hatte, los.

Sie weinte, bis ihre Augen trocken waren und ihre Atemzüge nur noch bebende Seufzer. Dennoch rührte sie sich nicht, betrachtete Spaziergänger, lauschte der Brandung, dem Geräusch von Schritten über ihr, dem klagenden Schrei einer Möwe.

Gute Arbeit, Zoe. Du bist entkommen. Und was jetzt?

Schuldgefühle drückten sie nieder, schlugen ihr auf Magen und Herz, bis sie grün und blau waren. Sie hätte bleiben sollen. Sie hatte es versucht, hatte mit den anderen gewartet, zitternd und weinend. Und dann war – genau wie Jocelyn es vorausgesagt hatte – Oliver durch diese Tür gekommen, um die Nachricht zu überbringen.

Nur dass es nicht die Nachricht gewesen war, die Jocelyn versprochen hatte.

Schmerz hatte sich mit Zorn vermischt, der gedroht hatte hochzukochen, während Zoe versucht hatte, das Inakzeptable zu akzeptieren. Fast hätte sie mit Schuldzuweisungen um sich geworfen – Worte, die Oliver nicht verdient hatte, die ihr trauerndes Herz aber dennoch irgendwo loswerden wollte. Deshalb tat sie das Einzige, was sie konnte. Sie rannte los.

Sie konnte dem Leben ohne Pasha nicht entgegentreten, konnte sich ein Leben ohne Pasha überhaupt nicht *vorstellen*. Sie waren so lange ein Team gewesen – sie beide gegen den Rest der Welt.

Und jetzt hatte die Welt sie ihr weggenommen. Wieder einmal stand Zoe in der Kälte – allein, ungebunden, unsicher, wohin sie als Nächstes gehen sollte.

Sie trat so heftig gegen den Sand, dass ihr Flipflop durch die Luft flog und im Sonnenschein landete. Auf gar keinen Fall würde sie sich bewegen, um ihn zu holen. Auf gar keinen Fall würde sie aus diesem Schatten heraustreten, der sie schützte und verbarg. Auf keinen Fall würde sie ...

Oliver.

Sie schlug die Hand vor den Mund, während sie den Mann anstarrte, der von hinten von der Sonne angestrahlt wurde – eine Silhouette, die sie überall wiedererkennen würde. Er trug immer noch den grünen OP-Kittel, den er im Krankenhaus angehabt hatte. Er hielt sich das Handy ans Ohr, während er den Strand entlangging und überall Ausschau hielt.

»Keine Spur von ihr.« Seine Stimme wurde vom Sand zurückgeworfen und traf sie bis ins Mark.

Oh Gott, wahrscheinlich suchten alle nach ihr. Sie konnte sich nicht hier verstecken, als ... als würde sie versuchen, dem Schmerz davonzulaufen. Denn sie *konnte* dem Schmerz nicht davonlaufen.

Sie räusperte sich und stand auf, gerade als Oliver sich umdrehte und den Kopf einzog, um in den Schatten zu blinzeln. Sie trat unter dem Bootssteg hervor, die plötzliche Sonne brannte wie Feuer auf ihrer Haut.

»Ich habe sie«, sagte er ins Handy, dann ließ er es in seine Tasche fallen und sah sie an.

Obwohl ihr Herz gebrochen, wund und ramponiert war, fing es dennoch an, gegen ihren Brustkorb zu hämmern, als er ein paar Schritte auf sie zukam. Ja, sie liebte diesen Mann. Liebte ihn von ganzem Herzen ... deshalb konnte sie das Unvermeidliche nicht ertragen.

»Du bist weggelaufen«, sagte er.

»Schockierend, was?« Sie wich zurück, die Sonne war zu heiß, der Schatten hinter ihr zu verlockend. Sie zwang sich dazu, sich nicht mehr zu bewegen.

»Zoe, ich ...« Er hob die Hände und ließ sie dann an seinen Seiten herunterfallen. »Du hast keine Ahnung, wie leid mir das tut.«

»Nicht so leid wie mir.«

Er zuckte unter dem direkten Schlag zusammen, aber die Verletzung verschaffte ihr keine Befriedigung.

»Ich schwöre dir, dass keiner der beiden Infarkte mit der Behandlung zusammenhing, aber obwohl ich das weiß, fühle ich mich wie ein kompletter ... Versager.« Seine Stimme brach ein wenig, sodass sie am liebsten zu ihm gegangen wäre.

»Ich weiß.« Sie wusste das; es half nicht, den Schmerz zu lindern, aber sie wollte den Kummer, der ihm ins Gesicht geschrieben stand, nicht noch vergrößern, indem sie die Schuld dorthin schob, wo sie nicht hingehörte.

»Es gab nichts, was wir noch hätten tun können. Wir haben alles versucht, aber ihr Herz wollte einfach nicht ...« Seine Stimme wurde von der Brandung der nächsten Welle hinter ihm übertönt. Er blickte auf, sah über ihre Schulter und über den Bootssteg hinaus. »Deine Freundinnen sind da.«

Sie drehte sich um und sah Jocelyn und Lacey, die über die Straße marschiert kamen wie eine kleine Kavallerie, die zu ihrer Rettung eilte.

Direkt hinter ihnen marschierte ein Mann, den Zoe sofort als den FBI-Agenten erkannte. »Und sie haben noch jemanden mitgebracht«, sagte sie.

»Ich habe bereits mit ihm gesprochen«, sagte Oliver. »Der

vorläufige mitochondriale DNA-Test ist zurückgekommen und sie ist entlastet. Ich nehme an, das will er dir persönlich mitteilen.«

Zoe wäre fast nach hinten getaumelt. »Pasha hat das um … was, um Stunden verpasst?«

»Sie wusste doch, dass sie nicht schuldig war, Zoe. Sie ist mit einem reinen Gewissen gestorben.«

»Sie hat … gesagt, dass es ihr leidtut.« Sie blinzelte zu ihm auf, die Sonne schien so hell, dass ihr Tränen in die Augen stiegen. Vielleicht hatte das aber auch andere Gründe. »Sie sagte, es täte ihr leid, dass sie mich von einem guten Mann ferngehalten hat. Damit hat sie dich gemeint.«

Sein Blick flackerte, und er öffnete den Mund, als wollte er etwas sagen, doch dann hielt er inne.

»Was ist?«, fragte sie.

Er schüttelte den Kopf. »Darüber werden wir nicht so einfach hinwegkommen, oder?«

Ihr Herz sank in unermessliche Tiefen. »Ich weiß es nicht.« Würde sie ihm je etwas verzeihen, was wahrscheinlich sowieso passiert wäre? Konnte sie seine Hand halten, ohne diesen heilenden Fingern vorzuwerfen, dass sie nicht geheilt hatten, was sie versprochen hatten zu heilen? Pasha … und sie.

Keiner von beiden war jetzt besser dran. Pasha war tot und Zoe war weggelaufen. Keine von ihnen war *in Ordnung gebracht*. »Und ich kann anscheinend nicht an Ort und Stelle bleiben und der Wahrheit ins Auge sehen, deshalb kann man uns beiden Vorwürfe machen.«

In der Nähe kreischte eine Möwe, und ein paar Kinder kamen die Stufen zum Bootssteg heruntergerannt; sie lachten und kickten einen Fußball vor sich her.

Für alle anderen ging das Leben weiter, dachte Zoe bitter. Für sie würde es auch weitergehen müssen. Ohne Pasha. Und ohne Oliver.

»Zoe.« Er war so nah, dass sie den Schweißfilm auf seiner Stirn und den abgrundtiefen Kummer in seinen Augen sehen konnte. »Ich will nicht ...« Er fuhr sich mit den Fingern ins Haar und strich sie nach hinten; dabei gab er ein resigniertes Geräusch von sich.

»Hör mal.« Sie holte langsam Luft, weil sie wusste, dass sie ihm die Wahrheit sagen musste. »Ich will nicht noch mehr Versprechen geben, die ich nicht halten kann.«

Er zog die Augenbrauen zusammen. »Was willst du damit sagen?

»Ich kann nicht«, gestand sie und weinte leise. »Ich kann ... das ... nicht.«

Der Schmerz in seinem Gesicht wich etwas anderem – purer Enttäuschung und Fassungslosigkeit. »Du vertraust mir nicht?«

Sie schlug die Hände vor den Mund, als könnte sie dadurch die Worte zurückhalten, aber das ging nicht. Sie mussten gesagt werden. »Ich vertraue *mir* nicht. Ich traue meiner Vorgeschichte, meinem Leben nicht.«

»Ändere die Geschichte«, beharrte er. »Bring dein Leben in Ordnung.«

»Es ist so viel einfacher für dich ...«

»Nein, ist es nicht, Zoe!« Er schloss den Abstand zwischen ihnen, legte ihr die Hände auf die Schultern, als könnte er sie auf dem Sand festnageln und sie dazu zwingen, das Ganze durch seine Augen zu betrachten. »Ich habe auch Menschen verloren. Meine Mutter, meine Ehe und dich. Wie es aussieht sogar zweimal«, fügte er mit einem trockenen Lachen hinzu. »Nichts ist unvermeidlich. Du brauchst nicht davon auszugehen, dass das Schlimmste passieren wird.«

Sie schloss die Augen, und alles, was sie sehen konnte, war Pashas bleiches Gesicht, ihre verblassten Augen, ihre letzten Worte. *Wir werden dich Zoe nennen. Das bedeutet ›neues Leben‹.*

Wann zum Teufel würde sie so etwas endlich bekommen? »Ich dachte, du würdest mich in Ordnung bringen«, flüsterte sie.

»Das dachte ich auch.« Ganz langsam öffnete er seine Finger und hob die Hände, seine Handflächen schwebten über ihren Schultern, berührten sie aber nicht, als würden sie loslassen, um zu sehen, ob sie … weglaufen würde. »Vor langer Zeit hast du eine Ballonfahrt mit mir gemacht. Weißt du noch?«

Sie sah ihn finster an. »Du weißt genau, dass ich das noch weiß.«

»Weißt du noch, weshalb du mich mit nach da oben genommen hast?«

Um ihm die Wahrheit zu sagen. »Ich wollte dir von meinem Leben erzählen.«

»Du hast mich mit nach oben genommen, damit ich mich meinen Ängsten stelle. Das hast du damals gesagt.«

Der Moment stieg wieder in ihrer Erinnerung auf; sie hatten in seinem Wagen gesessen, er mit verbundenen Augen. Sie nickte, als es ihr wieder einfiel.

»Ich habe mich mit meinen Ängsten konfrontiert, Zoe. Jetzt wird es Zeit, dass du dich den deinen stellst.«

Sie holte Luft, bereit, einen weiteren Pfeil abzuschießen, aber sie hatte keinen mehr. Er hatte recht.

»Wenn du das tust«, sagte er leise und trat einen weiteren Schritt zurück, als Laceys Stimme, die Zoes Namen rief, zu ihnen herüberwehte, »dann hoffe ich, dass du daran denkst, dass ich dich liebe.«

»Das weiß ich.«

Er streckte die Hand aus und fuhr mit dem Daumen an ihrem Kiefer entlang. »Ich wünschte, das wäre genug.«

Sie seufzte. »Ich auch.«

Doch nach einer weiteren Berührung seines Daumens ging er weg und ließ Zoe fröstelnd in der brennenden Sonne zurück.

Am nächsten Morgen wachte Oliver später als sonst auf; sein Mund war trocken, sein Magen leer, und er hatte das Gefühl, etwas tun zu müssen, aber ihm fiel nicht mehr ein, was das war.

Ach ja, das Leben einer Frau retten.

Das sengende Gefühl, versagt zu haben, schoss durch seine Adern. Fuck. *Fuck.*

War das alles? Nein, er musste auch über den Verlust der einzigen Frau, die er je geliebt hatte, hinwegkommen – zum zweiten Mal.

Eine andere Art von Schmerz erfasste ihn – das dumpfe Gefühl der Niederlage. Zoe. Dieses Lachen, diese Liebe. Diese Zoe.

Sonst noch was? Ja. Er musste sich mit Raj und dem Team treffen und versuchen herauszufinden, ob sie irgendetwas hätten anders machen können.

Was für eine Katastrophe. Nichts war richtig in seinem Leben. Außer *Evan.*

Er blinzelte in die Morgensonne und lauschte nach Lebenszeichen in dem kleinen Ferienhaus. Aber es war alles still. Er schnappte sich ein paar Shorts und trat aus seinem Zimmer; dann suchte er das Erdgeschoss nach Hinweisen ab, dass Evan schon unterwegs gewesen war, fand aber keine verräterischen Cornflakes-Krümel auf dem Tisch, kein halb ausgetrunkenes Glas Saft in der Spüle.

Oliver ging zur Treppe und war schon halb oben, als ihn die absolute Stille erstarren ließ. Kein leises Summen eines Fernsehers, keine digitale Melodie eines Computerspiels, kein Laut.

Eine alte Furcht drückte ihn nieder. Eine Furcht, die so mächtig war, dass er fast rückwärts die Treppe hinuntergefallen wäre. Er gab dem Gefühl genau zwei Herzschläge lang nach, dann schüttelte er es buchstäblich ab und sprang mit einem gewaltigen Satz die drei letzten Stufen hinauf.

»Evan.« Er stürzte durch die Tür und erstarrte beim Anblick eines leeren, nicht gemachten Bettes.

Das Geräusch einer fernen Stimme am Strand erregte seine Aufmerksamkeit, es war eine Kinderstimme, eine glückliche Kinderstimme. Er zog die Jalousien nach oben und spähte auf den Sand hinaus; dann stöhnte er leise vor Erleichterung, als er Evan sah, der in vollem Tempo über den Strand rannte, gefolgt von einem sehr großen Hund.

Was zum Teufel …?

Oliver zögerte nicht; er war die Treppe hinunter und zur Haustür hinaus gerannt, noch bevor er verdaut hatte, dass sich Evan so leise aus dem Haus hatte schleichen können, dass er nicht davon aufgewacht war.

»Dad! Komm her und sieh dir unseren neuen Hund an!« Evan raste auf ihn zu und konnte dabei kaum mit dem riesigen Hund mithalten, den Oliver für eine Art Retriever hielt; es war eindeutig nicht derselbe Hund, den sie neulich reserviert, aber wegen Pashas Tod nie abgeholt hatten.

»Evan, bist du einfach weggegangen, ohne mich vorher aufzuwecken?«

»Tut mir leid, Dad, aber das Kerlchen hier hat vor unserer Tür gebellt. Hast du ihn nicht gehört?«

Der Hund kam vor Oliver zum Stehen, und sah ihn aus seinen treuherzigen braunen Augen vertrauensvoll an, während er leise hechelnd gehorsam »Sitz« machte. »Nein, ich habe gar nichts gehört.«

»Können wir ihn behalten, Dad?«

»Ich bin mir sicher, dass er jemandem gehört.« Oliver suchte mit Blicken den verlassenen Strand ab und entdeckte in der Ferne ein Paar, das er als die Reisespezialistin und ihren Mann identifizierte, die in einem der anderen Ferienhäuser wohnten, aber sonst niemanden.

»Er hat kein Halsband«, sagte Evan, als wäre der Hund dadurch vogelfrei. »Ich glaube, Pasha hat ihn mir vom Himmel aus geschickt.«

Oliver richtete sich kerzengerade auf und sah seinen Sohn an. »Fang gar nicht erst an davon zu träumen, dass wir ihn behalten können, Evan. Wir holen dir einen Hund, sobald das Tierheim heute Morgen aufmacht. Wenn der Hund im Tierheim schon weg ist, dann überlassen sie uns bestimmt einen anderen, das verspreche ich.«

»Sie hat mir aber diesen hier geschickt.«

»Evan, bitte, sei nicht …«

»Sie hat zu mir gesagt, dass sie dafür sorgen würde, dass ich einen Hund bekomme, und wenn es das Letzte wäre, was sie täte.« Er grub seine Finger in das dichte hellbraune Fell. »Vielleicht war es das Letzte.«

Oliver legte die Hand auf Evans Schulter, und der Hund bellte, während er beide mit der Schnauze anstieß. Oliver war nicht der Einzige, der sich leidtat, und Zoe war ganz bestimmt nicht die Einzige, die um Pasha trauerte. Daran musste er denken.

»Das ist ein schöner Gedanke, mein Junge, und es klingt ganz nach etwas, was Pasha tun würde; aber für den Fall, dass dieses Kerlchen jemandem gehört, möchte ich, dass du dein Herz nicht zu sehr an ihn hängst.«

»Sie hat gesagt, dass ich meinen Hund erkennen würde, wenn ich ihn finde, weil wir einen ganz besonderen Draht zueinander hätten. Sieh mal, Dad. Sitz, Junge.«

Der Hund blieb, wo er war.

»Siehst du?« Er grinste. »Und jetzt schau dir das mal an: Sprich!«

Der Hund bellte zweimal, woraufhin Evan aufgeregt lachte.

»Aber Ev…«

»Lach mal!«

»Hunde können nicht …«

Der Hund stellte sich auf die Hinterbeine, blickte zum Himmel hinauf und stieß das grässlichste Heulen aus, das Oliver je gehört hatte.

Evan kreischte ebenso laut vor Lachen. »Wer außer Tante Pasha könnte schon einen Hund finden, der so etwas kann?«

Unwillkürlich gluckste Oliver ebenfalls. Der Hund war umwerfend niedlich und offensichtlich gut erzogen. Wieder blickte er sich um, überzeugt davon, dass sein Besitzer hier irgendwo zu finden sein würde, aber die einzige Person, die er sah, war Clay Walker, der auf seinem elektrischen Golfwagen auf ihn zukam.

»Er wird wissen, wem der Hund gehört«, sagte Oliver, während er Clay bedeutete anzuhalten. Als dieser seiner Bitte nachkam, trottete Oliver zu ihm hinüber. »Irgendeine Ahnung, wem der Bursche da gehört, Clay?«

Clay kletterte aus dem Wagen, schüttelte Oliver die Hand und musterte den Hund. »Keiner von unseren derzeitigen Gästen hat einen Hund, und vom Personal gehört er auch niemandem.« Der Hund ging geradewegs zu Clay, machte wieder »Sitz« und bettelte förmlich darum, gestreichelt zu werden. »Freundlich ist er ja.«

»Darf ich ihn behalten?«, fragte Evan.

Die beiden Männer wechselten einen Blick.

»Könntest du im Resort herumfragen?«, bat Oliver Clay. »Und ich erkundige mich im Ort, ob irgendjemand einen Hund vermisst.«

»Können wir ihn behalten, wenn nicht?«, fragte Evan.

»Wir werden seinen Besitzer bestimmt finden, mein Junge.«

»Bis dahin gehört er mir. Wälz dich auf den Rücken, Junge!«

Der Hund gehorchte und lag sofort auf dem Rücken.

Clay lachte leise. »Uh, ich glaube nicht, dass das ein Junge ist, Kleiner.«

Evans Unterkiefer klappte vor Überraschung herunter, dann zuckte er mit den Schultern. »Wie auch immer. Vielleicht wollte

Pasha, dass ich ein Mädchen bekomme. Lauf, Mädchen!« Evan rannte davon, und der Hund folgte ihm.

»Er glaubt, dass Pasha es irgendwie geschafft hat, ihm einen Hund zu schicken«, erklärte Oliver. »Ich will nicht, dass er enttäuscht ist, wenn wir den Besitzer finden. Sobald wir herausfinden, wem er gehört, muss ich unbedingt mit Evan zum Tierheim fahren.«

Clay nickte verständnisvoll. »Hey, tut mir wirklich leid wegen Pasha.«

»Ja, das war hart.«

»Sie gibt dir nicht die Schuld daran, das weißt du, oder?« Als Oliver ihn überrascht ansah, fügte Clay hinzu: »Zoe hat die Nacht bei uns verbracht.«

Ach, dort hatte sie also Trost gefunden, als er sie nicht trösten konnte. Er unterdrückte den Knoten, der sich bei diesem Gedanken meldete und der sich die ganze Nacht lang in seinem Magen zusammengezogen hatte.

»Zoe weiß, dass der Herzinfarkt in keinem Zusammenhang mit der Behandlung stand«, stimmte Oliver zu. »Aber es wäre nur verständlich, wenn sie jemandem die Schuld daran gibt.«

»Tut sie aber nicht. Sie ist natürlich traurig, aber so viele Dinge, was die Vergangenheit ihrer Tante betrifft, haben sich nun geklärt. Wir warten auf Neuigkeiten von Slade Garrison, der momentan oben in Ohio ist.« Clay drehte sich um und beobachtete, wie Evan und der Hund über den Strand tobten. »Als ich gehört habe, wie sie gestern Abend in Erinnerungen an ihre Tante schwelgte, ist mir etwas klar geworden, was mir nie zuvor bewusst gewesen war.«

Oliver wartete ab und fragte sich, welcher der vielen, vielen überraschenden Züge, die Zoe an sich hatte, dem anderen Mann aufgefallen war. Ihre Fähigkeit, zu lieben? Ihr im Grunde fröhliches Wesen? Ihr unerschütterlicher Glaube daran, dass alles irgendwie gut werden würde?

Denn das waren nur einige der vielen Dinge an Zoe, die Oliver ...

Nein. Er *musste* aufhören, sie zu lieben. Aber das wäre, als würde man vom Wind verlangen, dass er aufhörte zu wehen, von der Sonne, dass sie aufhörte zu scheinen, und von Oliver, dass er aufhörte zu atmen.

»Für einen Menschen, der sich anscheinend nie irgendwo richtig niedergelassen hat, ist sie bemerkenswert geerdet«, sagte Clay.

»Ja.« Vielleicht fühlte sich Oliver deshalb in seinem eigenen Leben so unstet ohne sie.

»Tatsächlich hat sie ein paar großartige Ideen für das Resort«, fuhr Clay fort. »Die vier waren fast die ganze Nacht auf und haben Pläne geschmiedet.«

Pläne, wo sie als Nächstes leben würde, wohin sie gehen würde, wohin ihre Stimmung sie führen würde, zweifellos. Doch dann kamen ihm Zweifel und er musste nachfragen. »Was für Pläne?«

»Das Hochzeitspaket, das Lacey für das Resort anbieten will. Zoe hatte ein paar brillante Ideen, und wenn wir nur ein paar davon umsetzen können, könnte das Casa Blanca zu einem der beliebtesten Urlaubsresorts werden, die Hochzeiten ausrichten. Ich wusste nicht einmal, dass es so etwas gibt«, fügte er lachend hinzu. »Und dorthin bin ich gerade auf dem Weg.«

»Zu einer Hochzeit?«

»Zu einer Versammlung. Offenbar steht ein ganzes Paket aus Grundstücken da oben an der Ostseite der Barefoot Bay zum Verkauf, und ich will sehen, ob wir nicht einen Teil davon für unser Resort erwerben können. Aber wir können wohl nicht das Ganze abgreifen. Ich hoffe, dass jemand ein paar Morgen davon nimmt und Lacey und ich den Rest kaufen können, um zu expandieren. Wenn diese Hochzeitsidee zur Umsetzung kommt, werden wir mehr Zimmer brauchen, um größere Hochzeitsgesellschaften unterbringen zu können und …« Clay machte eine entschuldigende Handbewegung. »Himmel, tut mir leid, Doc. Du hast heute genug um die Ohren. Ich sage dir Bescheid, wenn ich herausgefunden habe, wem der Hund gehört.«

»Danke, Clay. Viel Glück auf der Versammlung.«

Clay legte Oliver die Hand auf die Schulter. »Viel Glück mit Zoe.«

Oliver wich zurück. »Ich glaube nicht, dass Glück bei uns etwas ausrichten kann, Mann. »Es ist einfach zu viel …« *Falsch.* »… in Bewegung.«

Clay nickte. »Hey, das weiß man nie. Es sind schon seltsamere Dinge passiert, und ich bin der lebende Beweis dafür. Wenn man über Zoe eines sagen kann, dann das, dass sie völlig unberechenbar ist.«

Aber konnte sich Oliver wieder an diese Hoffnung klammern? Oder sollte er einfach mit seinem Leben weitermachen? Und sein Leben war …

»Dad, ich habe ihr beigebracht, Pfoten zu schütteln!«

Sein Leben war Evan. *Genau wie beim letzten Mal.*

»Häng dich nicht zu sehr an sie«, sagte Oliver und ging auf seinen Sohn zu. »Ich will nicht, dass es dir das Herz bricht, wenn … sie weg ist.«

Doch Evan lachte. »Sie wird nirgendwohin gehen.«

Dann würde Evan es wohl auf die harte Tour lernen müssen, nahm Oliver an. Genau wie er selbst.

28

Am Morgen von Pashas Beisetzungsgottesdienst kleidete sich Zoe in Weiß. Denn sie fühlte sich so leicht wie seit Tagen nicht mehr, und draußen hatte es gefühlte Trillionen Grad Celsius.

Außerdem würde Pasha auf Weiß bestehen. Kein Schwarz, keine Tränen, kein Kummer, keine Reue. Oh, in Zoes Herz klaffte ein Loch, das stand außer Frage. Eigentlich sogar mehrere. Aber sie stopfte diese Löcher mit Hoffnung, damit sie nicht mehr bluteten, und das schien momentan auszureichen.

Der Tod war endgültig und traurig, aber absolut unvermeidlich. Ganz egal, wie sehr Zoe versucht hatte, die unabwendbaren Folgen von Krebs und hohem Alter abzuwenden, ganz egal, wie sehr sie um zusätzliche Stunden und Tage gebettelt und gefeilscht hatte, ganz egal, wie sehr sie gewollt hatte, dass Oliver in Pashas Leben Gott spielte – nichts konnte verhindern, was vorherbestimmt gewesen war.

Sie lernte gerade, dies zu akzeptieren, und sie hatte es jeden Tag geschafft, für ein paar Stunden nicht zu weinen. Stattdessen fand sie Trost in bestimmten Melodien des Windes, dem Anblick eines Schmetterlings und sogar einer willkürlichen Anordnung von Teeblättern. Pasha war überall, zumindest die Erinnerungen an sie, und Zoe würde für immer mit ihr verbunden sein.

Aber ihr Leben müsste weitergehen, auch wenn es jetzt anders sein würde.

Letzte Nacht hatte Zoe endlich wieder in ihrem eigenen Bungalow geschlafen und versucht, die kleine Wohnung als ihr »Zuhause« zu betrachten. Konnte das funktionieren? Lacey hatte gesagt, dass sie dauerhaft dort wohnen konnte, falls Zoe wirklich beschließen sollte, nach Mimosa Key zu ziehen, für Sylvester Skies zu arbeiten und dabei zu helfen, die Geschäftsidee umzusetzen, das Resort als Location für Hochzeiten attraktiv zu machen.

Doch tief in ihrem Inneren hatte Zoe noch gar nichts beschlossen. Zuerst würde sie sich mit ihren Freundinnen am Strand treffen und das Leben einer Frau feiern, die bei ihnen allen Spuren hinterlassen hatte. Danach wollte sie entscheiden, ob sie bleiben würde oder nicht.

Sie hatte noch nie zuvor die Gelegenheit gehabt, dies selbst zu entscheiden, und das war mehr als nur ein bisschen aufregend. Es machte sie ganz schwindlig.

Sie lauschte und rechnete damit, dass die Stimme in ihrem Kopf ihr ein, zwei Befehle zubellen würde, aber sie war diese Woche ungewöhnlich still.

Zoe trat einen Schritt vom Spiegel zurück, betrachtete ihr dezentes Strandkleid und plusterte sich ein wenig die Haare auf. Vielleicht war das zu dezent. Das war immerhin *Pashas* Trauerfeier. Das schrie förmlich nach extravaganten Silberohrringen.

Automatisch ging sie zur Tür und hätte fast nach Pasha gerufen, um sie darum zu bitten, ihr ein Paar Kreolen zu leihen. Ein inzwischen vertrauter Schmerz zog in ihrer Brust. Das würde sie vermissen: die tägliche Gesellschaft ihrer allerbesten Freundin. Tränen stiegen in ihr auf, aber sie blinzelte sie weg.

Zoe hatte noch andere Freundinnen, und die wollten, dass sie auf Dauer hierblieb. Zum ersten Mal in ihrem Leben zog Zoe dies in Erwägung, aber es brachte auch Komplikationen mit sich.

Komplikationen namens Oliver.

Er hatte sie natürlich in Ruhe gelassen, und das hatte sie auch von ihm erwartet.

Aber was jetzt?

Er hatte klargestellt, dass seine Tür offen war, aber hatte sie auch das, was es brauchte, hindurchzugehen? Der Schmerz, Pasha zu verlieren, war noch so frisch, dass allein die Vorstellung, sich wieder an einen Menschen zu binden, den sie letztendlich womöglich verlieren würde, sie davon abhielt, auch nur an Oliver zu denken.

Zuerst mussten sie diese Trauerfeierlichkeiten für Pasha hinter sich bringen. Pasha würde wollen, dass sie dabei gut aussäh, und dazu brauchte sie diese riesigen Ohrringe, die Pasha so geliebt hatte.

Sie schluckte ihre Verzagtheit hinunter und ging über den Flur zu Pashas Zimmer. Sie betrat es zum ersten Mal, seit Pasha gestorben war. Eigentlich zum ersten Mal, seit Pasha weggelaufen und im Krankenhaus gelandet war.

Nun, irgendwann musste sie ja mal hier hereinkommen, oder? Sie konnte es nicht ewig aufschieben.

Der leichte Duft von Puder hing in der unheimlichen Stille, die ihr so ungewohnt vorkam. Zoe stand vollkommen reglos neben dem Bett und wartete darauf, dass sie fröstelte, einen Stich in ihrem Herzen empfand oder einen Lufthauch auf ihrer Haut verspürte.

Aber es hielten sich keine Geister in diesem Zimmer auf. Keine Geister von Wahrsagerinnen. Keine Pasha. Zoe wollte gerade die Augen schließen, weil eine Welle der Trauer sie erfasste, aber genau da fiel ihr Blick auf einen Umschlag.

Zoe sah das rechteckige Stück Papier auf der Kommode stirnrunzelnd an; er war halb unter Pashas Schmuckkästchen gerutscht, als hätte ihn jemand dorthin geworfen. Hatte Pasha einen Abschiedsbrief hinterlassen?

Jetzt fröstelte Zoe *und* empfand einen Stich im Herzen.

Der Brief lag mit der Vorderseite nach unten, und Zoe fürchtete sich davor, ihn umzudrehen und Pashas charakteristische, nach rechts geneigte Handschrift zu sehen. Ein Brief würde sie ganz sicher zum Weinen bringen. Ein rührseliges Schreiben von Pasha würde all diese heiligen Schwüre, den Tod zu akzeptieren, stark zu sein und nach vorne zu schauen, wegfegen. So etwas würde bestimmt all diese Löcher in ihrem Herzen noch weiter aufreißen, und vor allem heute wollte sie, dass diese Löcher fest verschlossen waren.

Da fiel ihr auf, dass das Papier bereits vom Alter vergilbt war und an den Ecken weich, als wären sie schon seit langer Zeit eingeknickt.

Sie nahm den Umschlag, drehte ihn um und starrte die Vorderseite an, starrte auf eine Handschrift, die sie nicht erwartet hatte; der Brief war an *Miss Zoe Tamarin* adressiert.

Gütiger Himmel, nein.

Oben links in der Ecke – oh, *nein*.

Zoes Knie gaben nach und zwangen sie, zurückzuweichen und sich auf das Bett fallen zu lassen. Den Brief hielt sie in ihren bebenden Händen.

Ich habe dort trotzdem einen Brief hinterlassen. Ich habe dem Mistkerl fünfzig Mäuse gegeben, aber ich habe gesehen, wie er den Brief in den Papierkorb geworfen hat, als ich wegging. Ich wollte dir sagen ...

Das war Olivers Brief. Wie lange hatte Pasha ihn schon gehabt? Die Antwort lieferte natürlich der Poststempel. Neun Jahre.

Warum? *Warum?*

Die Antwort darauf war mit Pasha gestorben. Ein neues Gefühl keimte in ihr auf, rau und spröde. Zorn. Zoe strich mit dem Finger über die Rückseite des Briefes und war sich sicher, dass er noch original verschlossen war. Niemand hatte diesen Brief je gelesen.

Eine weitere Welle des Zorns überwältigte sie, und diese war anders als das, was sie empfunden hatte, als sie durchmachte, was Jocelyn als die Stadien der Trauer bezeichnete. Das hier war schierer Zorn in all seiner Pracht und Herrlichkeit.

»Wie konntest du es wagen!«, schrie sie und knallte den Brief auf das Bett. »Wie konntest du es wagen, ihn mir nicht zu geben?«

Dann erinnerte sich Zoe wieder an Pashas kryptische Worte im Krankenhaus, als in den letzten chaotischen Sekunden ihres Lebens die Alarmglocken geschrillt hatten.

Es war falsch, ihn dir vorzuenthalten, aber ich hatte Angst, dass du zu ihm zurückkehren würdest und wir gefasst würden.

Ja, Pasha, es *war* falsch.

Wieder einmal hatte Angst Pasha zurückgehalten. Und Pashas Angst hatte verhindert, dass Zoe erfuhr, was Oliver in diesem Brief geschrieben hatte. Und Angst hielt Zoe … von allem ab, was sie wollte.

Lass … dich … nicht … von … Angst … aufhalten.

Zoe richtete sich kerzengerade auf, als eine Stimme ertönte. Es war das erste Mal seit Tagen, dass sie sie hörte.

Es war keine unbekannte Stimme; es war Pashas. Eine sanfte, trällernde, liebe Stimme, durch die sich Zoe normalerweise besser fühlte. Diese Stimme sagte ihr, dass sie nicht dieselben Fehler wie Pasha machen sollte. Diese Stimme sagte ihr, dass sie durch die Tür gehen sollte, die Oliver geöffnet hatte, und dass sie keine Angst vor dem haben sollte, was das Leben für sie bereithielt.

Lass dich nicht von Angst aufhalten.

Der Zorn wich leiser Dankbarkeit. Pasha hatte getan, was Pasha für richtig gehalten hatte. Aber Zoe musste nicht ebenfalls mit diesen Handschellen leben.

Zoe nahm den Brief und drückte ihn an ihr Herz, danach an ihre Lippen.

Sie stand auf und ließ den Umschlag in ihre Rocktasche gleiten, weil sie ihn sich für später aufheben wollte.

Weniger als eine Stunde später hatten sich etwa ein Dutzend Menschen auf der Strandterrasse des Casa Blanca versammelt, wo Clay und Lacey Stühle für die Trauerfeier aufgestellt hatten. Zoes Freundinnen waren da, zusammen mit ein paar Leuten aus dem Ort und vom Personal, die Pasha kennengelernt hatten, während sie in Barefoot Bay gelebt hatte. Das Ganze war so intim wie eine kleine Familienfeier.

Zoe war mitten unter ihnen, begrüßte Gäste, nahm Beileidsbekundungen entgegen und hörte aufmerksam zu, wenn Leute über skurrile kleine Begebenheiten mit Pasha berichteten oder ihre Wesenszüge beschrieben.

»Sie hat aus den Shampooblasen gelesen, als ich ihr die Haare gemacht habe«, sagte Gloria Vail, die neben ihrer Cousine Grace und ihrer Tante Charity stand, die aussah, als hielte sie Ausschau nach jemandem, der etwas tat, was sie kritisieren könnte. »Sie sagte, ich hätte die wahre Liebe gefunden.«

»Du hast auch die wahre Liebe gefunden«, sagte Zoe. »Slades ganzes Gesicht hat es ausgestrahlt, als ich ihn neulich gesehen habe.«

Gloria strahlte. »Wie können wir dir je danken, Zoe? Den Fall abzuschließen, indem er den Beweis geliefert hat, dass Matthew Hobarth senior seinen Sohn ermordet hat, war das Beste, was ihm in seiner ganzen Karriere widerfahren ist. Er ist gerade in Naples und spricht mit seinem neuen Chef.« Gloria lächelte und strich sich mit einer nervösen Handbewegung die dunklen Haare zurück. »Er freut sich so über seine Beförderung und die Versetzung in das Büro in Naples.«

»Das sollte er auch«, sagte Zoe. »Dank ihm haben wir nicht nur die DNA-Probe, die das FBI brauchte, sondern auch ein Geständnis.«

Charity, die neben Gloria stand, schnaubte. »Es ist ja nicht so, dass Slade es dank modernster Verhörmethoden aus dem Kerl herausgekriegt hat.«

Gloria schloss die Augen und rang um Geduld. »Es spielt keine Rolle, *wie* er es geschafft hat, Tante Charity. Nur, *dass* er es geschafft hat.«

»Auf dem Sterbebett des Mannes, während er die Sterbesakramente entgegengenommen hat.« Charity verdrehte die Augen. »Ich bitte dich.«

»Ich bin ihm unendlich dankbar«, sagte Zoe rasch und zog Gloria liebevoll an sich. Slade hatte nicht nur die DNA-Probe besorgt, durch die bewiesen werden konnte, dass Pasha unschuldig und ihr Exmann schuldig war. Er hatte auch das FBI davon überzeugt, sämtliche Anklagen gegen Zoe fallen zu lassen, der man zur Last gelegt hatte, einer Kidnapperin geholfen und falsche Papiere verwendet zu haben. Sie war jetzt ein unbeschriebenes Blatt. Bei diesem Gedanken umarmte sie Gloria gleich noch einmal. »Dein Freund ist ein Held.«

»Das weiß ich«, sagte Gloria und warf ihrer Tante einen finsteren Blick zu. »Ich könnte gar nicht stolzer auf ihn sein.«

Tessa gab Zoe von der anderen Seite der Terrasse her ein Zeichen. »Bist du bereit?«, formte sie mit den Lippen.

Zoe nickte und ging zu dem Geländer, das auf den Golf hinausging. Tessa drückte auf eine Taste, die das Soundsystem in Gang setzte, und die ersten Takte einer alten rumänischen Volksweise erklangen durch die Lautsprecher. Als sich alle gesetzt hatten, blieb Zoe stehen und begann mit ihrer kurzen Rede.

»Pasha würde euch allen sagen, dass der wolkenlose Himmel heute ein Zeichen darstellt.« Sie ließ den Blick über die wenigen Gäste schweifen und zuerst bei Tessa, dann bei Jocelyn und Will verweilen, zwischen denen Jocelyns Vater saß. Zuletzt blickte sie zu Ashley, die neben Lacey und Clay Platz genommen hatte und den kleinen Elijah in den Armen schaukelte.

Zoe trug heute zwar die einzige »Angehörige«, die sie je hatte, zu Grabe, aber das bedeutete nicht, dass sie keine Familie hatte … oder kein Zuhause.

»Sie würde sagen, das bedeutet, dass sie so geradewegs gen ...« Genau da betrat Oliver zusammen mit Evan die Terrasse. »...gen Himmel segeln kann«, schloss sie den Satz.

Die Welt blieb stehen. Die Zeit, ihr Herz, ihr Atem. Unwillkürlich starrte sie ihn an, sog den Anblick in sich auf, den sie in den letzten Tagen so sehr vermisst hatte.

Er erwiderte ihren Blick, aber seine einzige Bewegung bestand darin, seinem Sohn die Hand auf die Schulter zu legen, was Zoe daran erinnerte, dass Evan Pasha auch liebgehabt hatte und bestimmt ebenfalls am Boden zerstört war.

»Heute wollen wir Pashas Asche in das Wasser der Barefoot Bay streuen, und während die Gezeiten sie auf eine Art und Weise von Ort zu Ort tragen werden, die ihr gefallen würde, hoffe ich, dass ein Teil von ihr für immer in unseren Herzen bleibt.«

Wieder ließ sie ihren Blick verstohlen zu Oliver schweifen, und die Frage in seinen Augen war leicht zu lesen.

Pasha wird für immer bleiben, aber wirst du das auch?

Irgendwie riss sie sich zusammen und schaffte es durch den Rest der Trauerfeier. Sie trat beiseite, während ihre Freundinnen ein paar Worte über Pasha sagten. Dann ging Zoe Arm in Arm mit ihren drei besten Freundinnen zum Strand hinunter, um Pasha Lebewohl zu sagen. Die Asche wurde vom Wind davongetragen und landete auf dem Wasser; dort breitete sie sich langsam aus, um auf Pashas nächste Reise zu gehen.

Danach fühlte sich Zoe bereit, Oliver gegenüberzutreten, aber er war verschwunden.

Das scharfe, unerwartete Gefühl der Enttäuschung war so mächtig wie der Schmerz, den sie empfunden hatte, als sie die Asche ins Meer geworfen hatte.

»Alles okay?«, fragte Tessa.

»Bereit, zum Mittagessen zu gehen?« Lacey ergriff ihre Hand

und zog sie auf das Resort zu. »Wir weihen die neue Küche ein.«

»Ich möchte ein wenig spazieren gehen«, sagte sie. »Könnt ihr mit den anderen vorgehen und schon mal anfangen? Ich brauche ein paar Minuten für mich allein.«

Sie umarmten sie verständnisvoll und gingen dann; Zoe drehte sich zu dem privaten Strand um, der fast eine Meile lang war und sich in einem Bogen vor ihr erstreckte. Die Einsamkeit lockte, und sie schleuderte ihre Schuhe von sich; ihr rascher Gang ging schon bald in Rennen über. Der Golfwind peitschte ihr Gesicht und trocknete ihre Tränen, noch bevor sie vergossen wurden.

Tränen, die nicht Pasha, sondern Oliver galten.

Natürlich war er gegangen. Sie hatte klargemacht, dass sie sich selbst und ihrer lausigen Geschichte nicht über den Weg traute, dass sie den Schmerz des Verlustes nicht ertragen konnte, dass sie nie erfahren hatte, was wahre Liebe war – woher sollte sie dann wissen, wie sie ein solch märchenhaftes Leben überhaupt führen sollte?

Sie hatte ihn mit Ausreden überschüttet und ebenfalls verloren.

Sie warf einen Blick über ihre Schulter. Sie war jetzt eine gute halbe Meile vom Resort entfernt und vollkommen allein. Endlich ließ sie sich in den Sand fallen und zog den Brief aus der Tasche.

Was wäre geschehen, wenn sie diesen Brief bekommen hätte, gleich nachdem Oliver ihn geschickt hatte? Konnte es sein, dass er ihr etwas geschrieben hatte, was ihr Leben verändert hätte? Sie steckte den Finger in den alten Briefumschlag und riss ihn auf.

»Liebe Zoe.«

Beim Klang von Olivers Stimme fuhr sie herum und schnappte nach Luft.

»Das sind die ersten Worte.«

Unfähig zu sprechen beobachtete sie, wie er sich näherte; er schwieg, bis er sich neben sie setzte.

»Willst du den Rest auch hören?«

»Ich dachte, ich würde ihn selbst lesen.«

»Das kannst du tun, aber ich kann dir auch sagen, was darin steht.« Er streckte die Hand aus und wartete.

Zögernd reichte sie ihm den Brief. »Lies ihn mir vor.«

»Nicht nötig. Ich weiß noch genau, was ich geschrieben habe.«

»Ehrlich? Jedes Wort?«

»Jedes Wort.« Er hielt ihn gegen die Sonne, als würde er versuchen, hindurchzusehen oder ihn den Göttern der unglücklichen Liebenden als Opfer darbieten.

»Liebe Zoe«, sagte er wieder.

Sie lächelte. »So weit waren wir schon.«

Er legte zwei Finger auf die Mitte des Umschlags und holte Luft. »Stell dir nur den Schock und die Trauer vor, als ich entdeckte, dass du weggegangen bist.«

Einen Moment lang war sie sich nicht sicher, ob er den Brief zitierte oder mit ihr redete. Doch bevor sie fragen konnte, riss er den Umschlag ... in der Mitte durch.

»Was machst du ...?«

»Ich habe geweint wie ein dummes Kind«, sagte er, während er zum Horizont blickte. »Ich saß einfach in diesem Wohnzimmer, in dem wir einmal Strip Egyptian Rat Screws gespielt hatten und du geschummelt hast ...«

»Hab ich nicht!«

»Sodass ich zehn Minuten lang mit nichts anderem als Socken bekleidet spielen musste.«

Ein kleines Lachen blieb ihr im Hals stecken. »Das waren gute zehn Minuten«, flüsterte sie. »Ich war die gesamte Runde über in Führung.«

Er drehte die beiden rechteckigen Papierstücke seitwärts und riss sie wieder in der Mitte durch. »Willst du den Rest hören?«

»Wenn ich wirklich den Brief höre. Ansonsten ...« Sie blickte auf die zerrissenen Seiten. »Werde ich nie erfahren, was darin stand.«

»Das ist genau das, was darin stand«, versicherte er ihr. Dann räusperte er sich, um weiter zu zitieren. »Nachdem mir klar geworden war, dass du nicht mehr zurückkommen würdest, fing ich an, nach dir zu suchen. Eine Suche, von der ich bezweifle, dass sie je enden wird.«

Das Geräusch von zerreißendem Papier – und von brechenden Herzen – unterstrich diesen Satz. Nein. Jetzt würde sie nie erfahren, was in dem Brief gestanden hatte.

»Und?«

Wieder holte er Luft und blickte weiterhin aufs Wasser hinaus. »Zoe, ich will, dass du weißt, dass ich eine Entscheidung treffen werde, die mein Leben verändert, wenn du nicht zu mir zurückkommst. Eine Entscheidung, die du weder verstehen noch gutheißen wirst. Aber ich weiß, dass es die richtige Entscheidung ist, zumindest hoffe ich das.«

»Die Entscheidung, Adele zu heiraten und Evan ein Vater zu sein?«, fragte sie.

Er nickte.

»Es war die richtige Entscheidung«, flüsterte sie.

»Ich treffe diese Entscheidung im vollen Bewusstsein der Tatsache, dass ich dich im Moment und wahrscheinlich für immer liebe.« Er hatte den Brief inzwischen in kleine Fetzen gerissen und seine Finger ruhten jetzt. »Und ich glaube, dass du mich auch liebst, auch wenn du es nie gesagt hast.«

»Ich habe dich geliebt.« *Das tue ich immer noch.*

»Und auch wenn alle gegen uns sind und alles gegen uns spricht ...« Er drehte den Kopf, um sie anzuschauen. »Wir sind dazu bestimmt, zusammen zu sein.«

»Das sind wir.« Die Worte kamen als raues Flüstern heraus, unterbrochen von einem Schluchzen.

»Für immer.« Ein letztes Mal riss er das, was von dem Brief übrig war, entzwei, die Stücke waren inzwischen keine drei Zentimeter groß. »Wenn dir dein Herz also jemals sagt, dass du zu mir zurückkehren sollst, Zoe, dann werde ich, was immer notwendig ist, an meinem Leben ändern, um dich zum größten, besten und wunderbarsten Teil davon zu machen.«

War das Olivers Brief von damals oder Olivers Herz von heute, das da zu ihr sprach? Sie fragte nicht, denn sie hatte sich in seinen Augen verloren.

»Viele Dinge werden sich in unserem Leben ändern«, fuhr er fort, »aber eines nie. Ich werde Fehler machen, die ich nicht mehr in Ordnung bringen kann, und du ebenso, aber trotz allem werde ich dich lieben, Zoe Tamarin. Ich liebe dich jetzt und für immer. Wenn es irgendwie möglich ist, dass du dein Leben mit mir verbringst, dann will ich, dass du weißt, dass ich ganz der Deine bin. Für immer.«

»Für immer?«

»In Liebe, Oliver.«

Er öffnete die Hand und unzählige winzige Fetzen Papier flatterten im Wind davon, wie diese Asche, die sie vorhin freigelassen hatte. Zoe griff nach einem davon, blickte auf das weiße Rechteck hinunter und die drei Worte, die darauf standen:

... eine Entscheidung treffen werde, die mein Leben verändert.

Und ein anderes flatterte neben ihren Fuß; darauf stand *komm zu mir zurück.*

»Du hast das also nicht erfunden? Das stand tatsächlich in dem Brief?«

»Ja.«

»Warum hast du mich ihn nicht lesen lassen?«

»Weil ich es dir sagen wollte.«

Sie beobachtete, wie einer der Papierfetzen von einer Brise erfasst und davongetragen wurde, so wie sie selbst gern davonschwebte. »Warum durfte ich ihn nicht behalten?«

»Er ist Vergangenheit, Liebling.« Er berührte ihr Kinn und drehte ihr Gesicht zu seinem. »Du kannst nicht die Gefangene deiner Vergangenheit sein, wenn es an der Zeit ist, nach vorne zu schauen und ein neues Leben anzufangen.«

Neues Leben. »Deshalb hat mir Pasha den Namen Zoe verpasst. Er bedeutet neues Leben.«

Er beugte sich vor, um sie zu küssen. »Zoe Bradbury. Weißt du, was das bedeutet?«

Ein kleiner Schauer überlief ihre Kopfhaut und tanzte dann bis hinunter zu ihren Zehen. »Es bedeutet neues Leben … an der Seite des Mannes, den ich liebe.«

Er küsste sie so zärtlich, dass wieder Tränen in ihr aufstiegen.

»War das alles, was in dem Brief stand?«, fragte sie.

»PS.« Er legte seine Hände um ihr Gesicht. »Ich habe ein wenig Land an der Barefoot Bay gekauft und werde dort ein Haus bauen. Willst du mich heiraten und es für immer zu unserem Zuhause machen?«

Für immer unser Zuhause.

Schauer überliefen ihre Haut und Gewissheit ihr Herz. Sie schloss die Augen, als sein Mund den ihren berührte. »Ja.« Dann unterbrachen sie den Kuss und sie suchte in seinem Gesicht nach der Wahrheit. »Hat das wirklich alles in dem Brief gestanden?«

Er drückte sie sanft auf den Sand hinunter und blockierte mit einem weiteren Kuss die Sonne. »Jedes Wort, abgesehen vom PS.«

»Das war der beste Brief, den ich nie gelesen habe.«

»Und du bist die beste Frau, die ich anscheinend nie festnageln konnte.«

»Das machst du aber gerade schon sehr gut.«

Er lächelte zufrieden und küsste sie erneut. »Möchtest du vielleicht aufstehen und die gute Nachricht mit allen deinen Freundinnen teilen?«

»Weißt du, was ich jetzt will?« Sie streichelte seine Wange und zog ihn zu sich.

»Hmm?«

»Ich möchte genau hier bleiben. Ich möchte … bleiben.«

Epilog

Vier Monate später

»Hiermit erkläre ich euch zu Mann und Frau.«

Zoe wandte sich an Oliver und holte tief Luft. »Bist du bereit für das hier, Doc?«, flüsterte sie über das laute Jubeln der Menge hinweg.

»Aber so was von bereit.«

»Noch ein Kuss!«, brüllte jemand aus der Menge.

»Bist du sicher?«, fragte Zoe. »Noch kannst du aussteigen, sogar jetzt noch. Ich kann das auch allein, wenn es sein muss.«

»Allein? Keine Chance. Ich bin voll und ganz dabei, Zoe.«

»Manchmal kann man schon ein wenig Angst bekommen.«

Er schüttelte den Kopf. »Da mache ich mir überhaupt keine Sorgen.«

»Wir könnten in Turbulenzen geraten.«

Er zuckte mit den Achseln. »Ein paar Böen stören mich nicht.«

»Bist du bereit, dich deinen Ängsten zu stellen?«

Er beugte sich vor und drückte ihr einen Kuss auf die Lippen. »Erinnerst du dich noch an unser Motto?«

»Lass dich nicht von Angst aufhalten«, erwiderte sie.

»Daher bin ich bereit.«

»Dann sind wir startklar.« Sie grinste ihn an, strich sich eine Haarlocke nach hinten, die ihr von einer Golfbrise ins Gesicht geweht worden war, die weit stärker war als gewöhnlich und ihr vor Augen führte, wie turbulent dieser Flug werden würde. Sie blickte über ihre Schulter hinweg zu der Menge, die noch immer klatschte und nach Küssen verlangte. »Du hast noch etwa fünf Sekunden, um deine Meinung zu ändern.«

»Zoe, hör auf, dir über mich Gedanken zu machen, und bring dieses Ding zum Fliegen.« Er hievte einen Sandsack hoch und ließ ihn neben dem Korb fallen; ein dünner Schweißfilm hatte sich auf seinem Gesicht gebildet, weil er sich so angestrengt hatte, den schneeweißen Ballon, der am Strand der Barefoot Bay angepflockt war, mit Luft zu füllen. »Lacey möchte eine Million Fotos für die Broschüre, und auf ihnen sollen ein Bräutigam und eine Braut abgebildet sein, die glauben, dass ihnen der Flug ihres Lebens bevorsteht. Mach dir also keine Sorgen um mich.«

»Eigentlich mache ich mir mehr Sorgen wegen des Windes«, sagte sie. »Wir sind jetzt schon bei sieben Knoten, was bedeutet, dass es eine raue Fahrt wird.«

Sie hatte ihren neuen Ballon erst ein paarmal in der Luft gehabt, seit sie ihn gekauft und angefangen hatte, Passagiere für das Sylver Skies und das Casa Blanca zu transportieren. Alle Fahrten waren glatt verlaufen, einschließlich der kleinen Jungfernfahrt, auf die sie Jocelyn und Will nach ihrer kleinen Hochzeitsfeier am Strand mitgenommen hatte. Aber die Winde, die heute wehten, würden eine Herausforderung für den besten aller Piloten darstellen.

Als lauter Jubel am Strand ertönte, drehten sie sich beide um und sahen, wie sich die Menge aus etwa sechzig Leuten teilte, um Gloria und Slade durchzulassen. Die frisch Vermählten winkten, küssten sich und kamen dann lachend über den Strand, wobei die untergehende Sonne einen traumhaften Hintergrund aus Orange, Blau, Pfirsich und Violett bildete.

Das sollte ein perfekter Flug werden ... abgesehen von dem verdammten Wind.

Die Fotografen flankierten das Paar, während es sich küsste und barfuß durch den Sand lief. Einer der Fotografen machte Aufnahmen für Glorias Album, doch der andere fotografierte ausschließlich für das Casa-Blanca-Hochzeits-Paket, das Lacey, Zoe, Jocelyn und Tessa in den letzten vier Monaten entworfen hatten.

»Sieh dir diese Szene an«, sagte Tessa; sie trug ein Tablett mit Vorspeisen, die für das junge Paar, den Trauzeugen und die Trauzeugin bestimmt waren, wenn sie erst einmal in der Luft wären. »Weißt du, wenn wir mit dieser Idee einen Durchbruch erzielen, wäre das Casa Blanca über Jahre hinweg mit kleinen, aber feinen Hochzeiten ausgebucht.«

»Erst mal müssen wir mit diesem Ballon hier einen Durchbruch erzielen«, sagte Zoe.

»Du schaffst das«, sagte Oliver rasch, seine Hand auf ihrem Rücken. »Es sei denn, du fühlst dich nicht gut dabei.«

»Mir geht es gut«, sagte sie schnell und entfernte sich ein wenig, damit Tessa ihre Unterhaltung nicht mitbekäme. »Ich konzentriere mich.«

Die Boden-Crew hielt den meterhohen Ballon und den erstklassigen Korb, der bis zu zehn Leute aufnehmen konnte, fest. Was bei diesem starken Wind eine beachtliche Leistung war.

Zoe drehte sich zu dem Picknicktisch um, der etwa sechs Meter entfernt stand; dort tippte ihr kleiner Lieblingswettergott gerade auf einem Tablet-Computer herum, hielt dann seinen digitalen Windmesser gen Himmel und maß Windgeschwindigkeit, Windrichtung und Luftfeuchtigkeit.

»Was hast du für mich, Evan?«, schrie sie.

Er blickte im selben Moment auf wie Mondregenbogen, der Hund, den er am Strand gefunden und auf den nie jemand Anspruch erhoben hatte. Sie lächelte und war noch immer derselben Meinung wie Evan, dass der Hund Pashas Abschiedsgeschenk gewesen war.

Mondregenbogen war nicht der einzige dauerhafte Neuzugang an der Barefoot Bay. Nachdem Evan einen Monat lang wieder zurück in Chicago gewesen war, hatte er seine Eltern angefleht, die Sorgerechtsregelung dahingehend zu ändern, dass er überwiegend bei Oliver leben konnte. Adeles überraschende Einwilligung hatte zu den Highlights der letzten paar Monate gehört. Zusammen mit ...

Zoe blickte auf ihren neuerdings hervorstehenden Bauch hinunter. Sie würden es schon bald verkünden müssen. Das Geheimnis ließe sich nicht mehr lang unter fließenden Röcken und Rüschenoberteilen verbergen.

Evan unterbrach ihre Gedanken, indem er mit einem seiner Instrumente herumfuchtelte. »Flieg nach Osten, Zoe. Über dem Golf gibt es Böen.«

»Das habe ich auch vor, Junge. Vergiss nicht, die Windgeschwindigkeiten und Luftfeuchtigkeitswerte per SMS an deinen Dad zu schicken, und komm mit der Crew nach, wenn wir einen Landeplatz gefunden haben, okay?«

Tessa trat zu ihnen und zog die Weste ihres feschen weißen Smokings glatt, den sie als offizielle Flugbegleiterin trug. »Showtime, Leute!«

Gloria und Slade erreichten den Ballon mit einigen Hochzeitsgästen im Schlepptau, die sie hektisch umarmten und ihnen gratulierten. Als Gloria die Röcke ihres fließenden weißen Kleides gerafft hatte, nahm Slade sie in die Arme, um sie in die Gondel zu heben; jede seiner Bewegungen wurde von Kameras eingefangen.

Tessa begrüßte sie und wies dem Brautpaar, der Trauzeugin, dem Trauzeugen und den beiden Kameraleuten einen sicheren Platz zu, während Zoe ihren Pflichten als Pilotin nachging.

Die Crew dirigierte die übrigen Gäste vom Ballon weg, und über die Menge hinweg konnte Zoe Lacey und Clay sehen, die wie stolze Eltern aussahen und ihr mit erhobenen Daumen zuwinkten.

Als alle bereit waren, betätigte Zoe einen der Brenner, um den Ballon zum Glühen zu bringen – das goldene Licht erleuchtete den »brautkleidweißen« Ballon so hell wie die untergehende Sonne hinter ihnen.

Alle machten »ooh« und »aah«, als die Crew die Leinen losmachte und aus den Lautsprechern des Casa Blanca »Love Lifts Us Up« ertönte. Zoe summte, das befriedigende Zischen ihres Brennerventils übertönte den kitschigen, aber irgendwie süßen Liedtext.

Sie schwebten hinauf in die wilde blaue Ferne. Und verdammt, wild wurde das Ganze.

Die Gondel schwankte, aber sie schwebten gleichmäßig über das glitzernde blaugrüne Wasser und den weißen Sand der Barefoot Bay.

»Viel Glück!«

»Gute Fahrt!«

»Alles Gute für euch!«

Die Jubelrufe gellten durch die Luft, während sich Zoe auf den schwierigsten Teil ihres Flugs konzentrierte. Ein weiterer mächtiger Windstoß riss sie ostwärts, und die Passagiere schnappten laut nach Luft – alle, außer dem Mann neben ihr.

Zoe warf Oliver einen verstohlenen Blick zu. Doch der sah absolut stoisch aus. Er zwinkerte ihr zu, was ihr einen Kick verlieh, der alles in den Schatten stellte, was sie je auf einer Ballonfahrt erlebt hatte.

Auf vierhundertfünfzig Metern stellte sie den Hauptbrenner ab, und das laute Zischen verstummte. Plötzliche Stille hüllte sie ein, die fast augenblicklich durch die atemlose Begeisterung der Fluggäste erfüllt wurde.

Oliver schlang von hinten die Arme um sie, und sie ließ ihren Kopf an seine Schulter sinken. »Alle Achtung, du bist aber ein gelassener Passagier«, sagte sie.

»Ich bin in guten Händen.«

»Ich auch. In sehr, sehr guten Händen.«

Er drückte sie ein wenig. »Wie macht sich das Kleine?«

»Psst«, sagte sie und warf einen Blick zu Tessa hinüber. Sie schenkte gerade Champagner ein, aber in dieser Stille wurde der Klang weit getragen.

»Komm schon, Zoe, wir sagen es ihr. Sie ist deine Freundin und sie wird sich für uns freuen.«

»Ich weiß, aber ... das Einzige, was sie mehr hasst als Geheimnisse, ist, wenn ihre besten Freundinnen schwanger werden.«

»Sie wird außer sich sein, wenn du ihr wieder etwas verheimlichst.«

»Ich kann es ihr nicht jetzt sagen.«

»Du liebst es doch, deine Geheimnisse hoch am Himmel preiszugeben«, flüsterte er.

Er hatte recht. Sie konnte keine Minute mehr warten. Gab es einen besseren Ort als hier oben in den Wolken, von der Sonne gewärmt und – *Boah!*

Ein weiterer unerwarteter Windstoß erfasste den Korb, sodass alle ein wenig seitwärtsschwankten.

Oliver riss die Augen auf. »Ist das normal?«

Es gelang ihr zu lächeln und zu nicken, dann ging sie hinüber zu den Passagieren, um sich zu vergewissern, dass sie nicht beunruhigt waren. Oliver war ebenfalls nicht beunruhigt; er beugte sich seitlich aus dem Korb und blickte hinunter auf die Ostseite der Barefoot Bay.

»Sieh dir dieses Fundament an«, sagte er. »Das Haus wird einfach wunderbar werden.«

Sie trat an den Rand des Korbes, um die Anfänge ihres neuen Zuhauses zu betrachten. Der Landstrich wurde von Hunderten winziger Hügel und Inseln gesäumt und war von schmalen, flachen Kanälen durchzogen. »Dieses Haus wird ein Zuhause werden«, sagte sie leise. »Unser Zuhause.«

»Du, ich, unsere Kinder, unsere Hunde, unser ganzes Leben.«

»Kinder? Plural?« Tessa stand zu Zoes Überraschung direkt neben ihnen.

Einen Moment lang sagte keine von beiden etwas, während Zoes Magen – und das Kind in ihrem Bauch – ein wenig absackten, als Zoe Tessas Gesichtsausdruck sah.

»Ich wollte es dir sagen.«

»Echt?« Tessa zog die Augenbrauen nach oben. »Ich dachte schon, du wartest, bis die Wehen einsetzen und die Entbindung bevorsteht.«

»Du weißt es?«

Sie verdrehte die Augen. »Du scheinst ja auf Geheimnisse zu stehen, aber dein Verlobter kriegt schon seit zwei Monaten das Grinsen nicht mehr aus dem Gesicht.«

»Sie wollte, dass ich damit warte, es allen zu erzählen.«

Tessa winkte ab. »Du bist aus dem Schneider. Evan hat sich verplappert.«

»Evan weiß es?«

»Ihr zwei seid echt schlecht darin, Geheimnisse zu wahren.« Sie beugte sich vor und drückte die Wange an Zoes. »Glückwunsch, meine Liebe. Ich freue mich für dich.«

»Echt?«

»Echt. Ich liebe Babys.« Sie grinste. »Ich werde selber eins bekommen.«

»*Was?*«, fragten Zoe und Oliver wie aus einem Munde.

Tessa lachte. »Ich führe Gespräche mit Leihmüttern.«

»Eine Leihmutter?«, fragte Zoe. »Was ist mit einem Vater?«

»Er ist auf dem Weg.«

Der Korb schwankte im Wind, sodass sich Zoe an seinem Rand festhalten musste. »Wann kommt er? Wer ist es?«

Tessa legte den Kopf schief. »Das weiß ich noch nicht. Aber Pasha hat mir vor langer Zeit gesagt, dass er nach dem nächsten Blue Moon kommen wird.«

»Bist du sicher, dass sie nicht gerade ein Blue Moon *intus* hatte?«, fragte Zoe.

»Und aus dem Bierschaum gelesen hat?«, witzelte Oliver.

»Reißt nur eure Witze darüber, aber viele ihrer Prophezeiungen haben sich bewahrheitet, und ihr beide seid der beste Beweis dafür.«

Der Korb neigte sich nach links, dann nach rechts, woraufhin die Hochzeitsgesellschaft einen weiteren Juchzer ausstieß.

»Auf die Liebe!«, rief der Trauzeuge. Champagnergläser schossen nach oben, Kristall klirrte.

»Auf die Liebe!«

Zoe blickte zu Oliver auf. »Auf die Liebe.«

Er küsste sie. »Auf die Liebe.«

Tessa lächelte. »Auf den nächsten Blue Moon.« Sie nahm die Champagnerflasche und bahnte sich ihren Weg zu den Passagieren, um die leeren Gläser zu füllen.

Zoe wandte sich an Oliver. »Was denkst du?«

»Ich denke, dass du die schönste Frau der Welt bist und ich der glücklichste Mensch auf Erden. Und ich habe nicht einmal Angst, obwohl wir praktisch mitten im Nichts hängen und nur von Luft gehalten werden.«

Sie lachte. »Ich meinte wegen Tessa.«

Er legte den Kopf schief und dachte darüber nach. »Ich denke, dass Pasha wahrscheinlich gesagt hat, dass Liebe selten ist und nur alle Jubeljahre – wenn ein Blue Moon am Himmel erscheint – vorkommt.«

»Du glaubst nicht, dass ihre Prophezeiungen wahr werden?«

»Nein.«

»Nun, ich für meinen Teil werde mir die Männer genau ansehen, die von jetzt an mit Tessa in Kontakt kommen.«

Er zog sie an sich. »Hey, der einzige Mann, den du dir genau ansehen solltest, steht genau vor dir.«

Sie stellte sich auf Zehenspitzen und küsste ihn noch einmal. »Das tue ich.«

»Und nicht nur alle Jubeljahre, an einem Blue Moon. Für immer.«

»Und ewig.«

»Versprichst du es?«, fragte er. »Dass du mich für immer und ewig lieben und niemals verlassen wirst?«

Sie wartete einen Moment lang auf eine Stimme in ihrem Kopf, die ihr sagte, was zu tun war.

Lauf, Zoe, lauf.

Doch alles, was sie hörte, war süße, glückselige Stille. »Ich verspreche es.«

Im Januar 2016 geht es romantisch und
herzerwärmend weiter.

Leseprobe

ROXANNE ST. CLAIRE
Barfuß am Meer

»Ich könnte auch einfach zu einem Typen hingehen und ihn um Sperma *bitten.*« Tessa nahm ihre Flasche, wie um ihre Bemerkung mit einem Schluck kalten Biers zu unterstreichen, hielt aber mitten in ihrer Bewegung inne, als sie die Reaktion in der Nische bemerkte. »Leute, das war ein Witz.«

Neben ihr zuckte Jocelyn nachdenklich mit den Schultern und beugte sich vor, um über den Lärm der Meute im Toasted Pelican hinweg ihre Meinung abzugeben. »Man weiß ja nie. Sie lieben es, dieses Zeug abzugeben.«

»Absolut«, stimmte ihr Lacey auf der anderen Seite des Tisches zu, ihre topasfarbenen Augen leuchteten vor Begeisterung anstatt vor Humor. »Wenn du deinen Spender kennst, brauchst du dich nicht mit Spekulationen herumzuschlagen. Du bekommst, was du siehst, nicht wie bei einem anonymen Spender.«

»Sperrrrrma.« Zoe verzog angewidert das Gesicht, ihr Blick schweifte über den Betrieb an der Bar. »Könnte die Lebenskraft eines Mannes keinen verlockenderen Namen haben? So etwas wie ›Schokolade‹ oder ›Cabernet‹?«

»›Baby-Saft‹?«, schlug Jocelyn vor.

»›Flüssiges Gold‹«, fügte Lacey hinzu.

»›Protein-Smoothie der Natur‹«, sagte Tessa trocken.

Das brachte Zoe zum Lachen, aber sie nahm den Blick nicht von der Menge. »Du denkst wohl immer gesund, was, Tess?«

Tessa schwenkte ihre Bierflasche, um das Thema zu wechseln und zu beweisen, dass selbst sie hin und wieder einen Fehltritt in Bezug auf gesunde Lebensführung beging.

»Lass uns zum Hauptproblem zurückkehren, Lace«, sagte sie. »Weshalb ich euch alle heute Abend aus dem Resort gelockt habe, um darüber zu reden. In ein paar Wochen ist Thanksgiving, das Casa Blanca ist immer ausgebuchter und wir haben noch immer nicht den richtigen Chefkoch gefunden. Über Spender werden wir uns nach den Feiertagen Gedanken machen. Das ist unsere erste richtige Saison und …«

»Tess.« Lacey streckte die Hand über den Tisch. »Du hast so lange dafür gebraucht, eine Leihmutter zu finden, die deinen hohen Ansprüchen genügt. Wenn du nicht schnell handelst, schnappt sie sich jemand anderes.«

»Ich habe meine Eizellenspende schon«, hob Tessa zu ihrer Verteidigung die Stimme.

»Tut mir leid, Liebes.« Zoe riss ihre Aufmerksamkeit von der Bar los, hob ihre Wasserflasche und schüttelte sie. »Dieser Reagenzglascocktail prickelt einfach nicht, wenn man nicht den richtigen Mixer hat.«

»Iiih, Reagenzglas klingt so klinisch«, stöhnte Jocelyn. »Ich finde immer noch, du solltest es auf die altmodische Art und Weise versuchen.«

Natürlich dachten alle, dass sie das tun sollte. Ihre besten Freundinnen fielen jeden Abend zusammen mit dem Mann, den sie liebten, ins Bett. Lacey hatte ein Baby und bei Zoe würde es in sechs Monaten so weit sein. Und Jocelyn wäre zweifellos die Nächste.

»Hört mal, ich habe es zehn Jahre lang mit meinem Exmann auf die altmodische Art und Weise versucht.« Tessa bemühte sich, die Bitterkeit in ihrer Stimme zu unterdrücken, aber das klappte wohl nicht so ganz. »Und wie ihr wisst, ist er inzwischen zweifacher Vater. Und ich bin ...« *Allein.* »Offenbar nicht in der Lage, auf traditionelle Art schwanger zu werden.«

»Aber Joss hat recht«, beharrte Lacey. »Vielleicht war deine Unfruchtbarkeit Billys Schuld.«

Tessa legte den Kopf schief und bedachte sie mit einem Sei-realistisch-Blick. »Sag das mal seinen *zwei* Kindern.«

»Es kann sehr wohl vorkommen, dass man für bestimmte Spermatypen nicht empfänglich ist«, beharrte Jocelyn. »Da geht es um Säure und PH-Ausgleich oder so.«

»Bitte.« Tessa gebot dem Gespräch mit der flachen Hand Einhalt. »Billy und ich waren Experten auf dem Gebiet der Unfruchtbarkeit. Ich glaube, dieses Gesprächsthema war das Einzige, was uns so lange zusammengehalten hat. Als wir aufhörten, es zu versuchen, brach unsere Ehe auseinander.«

Zoe gab ein zynisches Geräusch von sich. »Ja, und es hatte überhaupt nichts damit zu tun, dass er eine zweiundzwanzigjährige Yogalehrerin gebohnert hat.«

Na ja, so war das. Tessa studierte den Mond auf ihrem Bier-Etikett, doch Jocelyn stieß sie an. »Tess, du musst Geschichte *machen,* anstatt sie verändern zu wollen.«

»Ah, da spricht die Lebensberaterin.«

»Die Lebensberaterin hat recht«, sagte Lacey. »Wann hattest du zum letzten Mal ein Date? Wann hast du zum letzten Mal einem Typen eine Chance gegeben? Wann hast du zum letzten Mal auch nur daran gedacht, mit einem *Kerl* anstatt einem *Reagenzglas* intim zu werden?«

Sie lächelte. »Ihr wisst, dass ich die Dinge gern in einer bestimmten Reihenfolge angehe.«

»Seit wann?«, fragten die anderen wie aus einem Munde.

»Seit ich herausgefunden habe, dass Billy mehr als nur den Platten Hund mit der Fruchtbarkeitsgöttin gemacht hat. Also seit mindestens drei Jahren.«

Sie zogen alle gleichermaßen mitleidige Gesichter, und Lacey beugte sich vor und drückte Tessas Hände noch fester. »Sieh uns drei an. Wir sind der lebende Beweis dafür, dass Liebe passieren kann, wenn man es am wenigsten erwartet.«

Tessa blickte zur Decke hinauf, seufzte und nahm ihre ganze Geduld zusammen. Sie missgönnte ihnen ihr Glück nicht, nicht mal ein klitzekleines bisschen. Aber tagaus, tagein all diese *Liebe* vor Augen zu haben, war nicht leicht. Ganz zu schweigen davon, dass demnächst damit begonnen werden sollte, das Casa Blanca als Hochzeits-Location anzupreisen und die Gäste dann ebenfalls völlig verliebt sein würden.

»Wir wollen doch nur, dass du glücklich bist«, sagte Jocelyn.

»Und schwanger«, fügte Lacey hinzu.

Der Lärm, mit dem die Einheimischen von Mimosa Key Dampf abließen, konkurrierte mit einem alten Tom-Petty-Lied aus der Jukebox, aber nichts davon war laut genug, um Tessas wohlmeinende Freundinnen zu übertönen. Oder die Wahrheit.

»Ich glaube nicht, dass der Typ existiert, der mich glücklich *oder* schwanger machen kann«, gestand sie schließlich.

Lacey schüttelte den Kopf. »Das kannst du nicht wissen. Vielleicht ist gleich um die Ecke jemand ganz Besonderes.«

»Jemand ganz Besonderes *ist* gleich um die Ecke«, flüsterte Zoe und deutete quer durch den Raum. »Denn wenn der Mann dort drüben dich schon nicht glücklich oder schwanger machen kann, dann kann er dich wenigstens dazu bringen, um Gnade zu winseln. Wahrscheinlich sogar mehrmals pro Nacht.«

Jocelyn beugte sich aus der Nische, um in die Menge zu schauen. »*Boah.* Ist das ein *Skorpion*, was da auf seinen Hals tätowiert ist?«

»Hübsch.« Tessa nahm einen tiefen Schluck.

Lacey stand auf, um über ihre Köpfe hinwegzuschauen. »Du meinst diesen Typen mit den langen Haaren und … wow. Das nenne ich Bizeps. Und Trizeps. Und ...« Sie kniff die Augen zusammen. »Alles-zeps.« Langsam ließ sie sich wieder auf ihren Platz sinken. »Apropos Fruchtbarkeitsgötter ...« Sie stieß eine trägen Pfiff aus. »Das ist mal ein krasser Sexgott – heiß und Furcht einflößend.«

Tessa verdrehte wieder die Augen.

»Großartig, denn das sind genau die Top-Qualitäten, die ich von einem Samenspender erwarte.«

Jocelyn sah noch einmal genau hin, dann wandte sie sich wieder der Nische zu, die Augen weit aufgerissen, als hätte sie etwas völlig Unaussprechliches gesehen. »Er sieht auf jeden Fall aus, als würde er einen sehr potenten ... Protein-Smoothie abgeben.«

Zoes Lächeln flackerte. »Und, oh, wow, ich glaube, er ist ...«

»Genug«, gebot Tessa Einhalt. »Es ist mir egal, und wenn er wie Chris Hemsworths Zwillingsbruder aussieht.«

»Irgendwie tut er das sogar«, sagte Zoe.

Tessa seufzte. Sie konnten nichts dafür; sie wussten nicht, wie schwer es war, in ihrer Lage zu sein. »Leute, das war nur ein Scherz, okay? Ich werde nicht zu ihm rübergehen und sagen ...«

»Das brauchst du auch nicht«, sagte Zoe leise.

Tessa schloss die Augen und hob die Bierflasche. »Hey, Furcht einflößender Sexgott mit langem Haar und tödlichen Tattoos, kannst du mich mit deinem potenten flüssigen Gold vollpumpen?«

Stille. Totenstille.

Langsam schlug Tessa die Augen auf. Sie spürte die Präsenz eher, als dass sie sie aus den Augenwinkeln sah. Etwas Großes. Etwas Heißes. Etwas Furcht einflößendes und ...

»Flüssiges Gold. Ist das ein einheimisches Bier?«

Oh. *Sexgott* war wirklich irgendwie untertrieben.

Ians Erfahrung nach hielten sie die Bestaussehende normalerweise nicht so versteckt. Normalerweise benutzten Weibchen die wahren Schönheiten als Köder. Aber dieses Mädchen hatte sich nicht die geringste Mühe gegeben, ihn auszuchecken. Und das machte die Biertrinkerin mit dem hübschen Gesicht, die nur so danach schrie, dass er handelte, noch attraktiver.

Die Blonde, die ihn schon seit zehn Minuten anstarrte, war nicht sein Typ. Die mit den wilden roten Locken trug einen schimmernden goldenen Ehering und die andere war ein bisschen zu konservativ für seinen Geschmack.

Aber die Sahneschnitte in der Ecke war genau richtig, sie sah ihn mit großen Augen an, die die gleiche Farbe hatten wie die bernsteinfarbene Bierflasche, die sie jetzt langsam zurück auf den Tisch stellte. Sie hatte kaum Make-up aufgetragen, deshalb konnte Ian leicht erkennen, dass sich ihre milchweiße Haut rosa färbte, als sie sich einen Herzschlag zu lang, um beiläufig zu sein, in die Augen sahen.

»Bier ist eine gute Wahl in einer Kneipe wie dieser«, sagte er, während er die Eiswürfel in seinem Whiskyglas klirren ließ. »Der Scotch schmeckt wie verwässerte Pisse.«

Überraschung flackerte in ihren Augen auf. Wegen des Schimpfworts oder war das Pisswasser etwa so stark, dass es seinen Akzent hervorhob? Nach all diesen Jahren sollte er es besser wissen und nicht den Fehler machen, seine britische Herkunft preiszugeben.

»Wie heißt das Bier noch mal?«, fragte er.

»Das war ... ein Scherz«, sagte sie so leise, dass er sie über den Lärm der Bar kaum hören konnte. »Es geht mir ... gut.«

»Klar doch.«

Die anderen drei reagierten sofort.

»Wir müssen eben mal auf die Toilette«, sagte eine von ihnen und rutschte aus der Nische, um ihm Platz zu machen. »Kommst du, Zoe?«

Die Blonde ließ sich ebenfalls aus der Nische gleiten. »Wir besorgen noch eine Runde Getränke.« Sie drehte sich zu der Verheirateten um und warf ihr einen Blick zu, der so subtil wie ein Baseballschläger war. »Los komm, Lacey.«

»Oh. Ja.« Sie nickte und zog ebenso wenig subtil die Augenbrauen nach oben, während sie die Frau in der Ecke ansah. »Halt die Nische für uns besetzt, Tessa. Bei uns dauert es bestimmt eine Weile.«

»Wir werden sie mit unserem Leben verteidigen.« Ian ließ sich geradewegs auf den freien Platz neben seinem rehäugigen Opfer gleiten, wodurch Tessa in der Falle saß. Ein Hauch von etwas Blumigem, Reinem stieg ihm in die Nase.

»Tessa? Hübsch. Ist das die Kurzform von etwas?«

Endlich warf sie ihm einen Seitenblick zu, lange Wimpern flankierten diesen argwöhnischen Blick, den er seit ein paar Jahren hervorrief. Wenn die Tattoos oder das totale Desinteresse an einem Haarschnitt sie nicht abschreckte, dann schaffte das spätestens das Motorrad, das draußen vor der Tür parkte.

»Nur Tessa«, sagte sie, während ihre Freundinnen lachend und schwatzend an der Bar verschwanden.

»Nur Tessa«, wiederholte er. Nicht weil er witzig sein wollte, sondern weil er sich morgen früh, wenn er in ihrer Wohnung seine Jeans auf dem Boden suchte, noch daran erinnern wollte. *»Apartment«, du Dummkopf, nicht »Wohnung«.*

»Ich heiße John, übrigens.«

Sie deutete ein Lächeln an. »Hallo John Übrigens.«

Süß. »John Brown.«

»Das klingt falsch.«

Weil es falsch ist. »Also, erzähl mir etwas von dir, Tessa, außer der Tatsache, dass du …« Er drehte die Bierflasche und las das Etikett. »Belgian White Wheat Ale magst.« Die verdammten Amerikaner würden alles kaufen, von dem sie glaubten, es käme aus Europa.

»Mein Lieblingsbier ist Blue Moon ...« Sie wich zurück. »Blue Moon«, sagte sie leise, ihr ganzes Gesicht leuchtete auf eine Art und Weise, die sie innerhalb einer Sekunde von gut aussehend in atemberaubend verwandelte. »Vielleicht hat Tante Pasha das gemeint.«

»Wer ist Tante Pasha?«

In ihren Augen funkelte es geheimnisvoll. »Eine verstorbene, großartige ... Wahrsagerin.«

Er rückte näher, presste seinen Schenkel gegen ihren, was sie mit einem abermaligen süßen Erröten quittierte. »Hat sie Ärger in ihrer Kristallkugel aufziehen sehen?«

»Sie sah ... etwas.«

»Was immer sie gesehen hat – ich hoffe, es wird heute Abend passieren.« Er musterte sie eingehend von oben bis unten und brachte die Luft zwischen ihnen zum Knistern, während er ihre gebräunten Arme, ihre sommersprossige Haut und die anziehenden Kurven ihrer Brüste unter dem schlichten weißen T-Shirt bewunderte. Sie bemühte sich nicht allzu sehr, Aufmerksamkeit zu erhalten, und das gefiel ihm. Es erinnerte ihn an ...

Nicht daran denken.

»Wohnst du auf Mimosa Key?«, fragte sie.

»Im Moment ja.« Seit einem Monat, seit er Singapur verlassen hatte, fuhr er durch Florida und hatte schließlich den Weg über die Brücke auf diese praktischerweise sehr abgelegene Insel gefunden. Er hatte im erstbesten Motel eingecheckt und sich gleich danach aufgemacht, um die Betäubungsmittel seiner Wahl zu finden: billigen Scotch und eine willige Frau. Das Erste hatte er gefunden, und mit ein wenig Glück saß das Zweite direkt vor ihm. »Und du?«

»Ich wohne in dem Resort oben an der Barefoot Bay«, sagte sie.

»Du *wohnst* in einem Resort?«

»Ich bin für den Garten dort verantwortlich.«

Das erklärte die von der Sonne verwöhnte Haut und die wohlgeformten Schultern.

»Was machst du beruflich?«, fragte sie.

»Ich bin für gar nichts verantwortlich«, gab er zu. »Ich laufe nur weg.«

»Wovor?« Sie sah ihn neugierig an, und er verfluchte sich wieder selbst. Was war heute Abend los mit ihm? Der Scotch war wohl noch nicht genug verwässert.

Statt zu antworten, legte er den Arm um die Rückenlehne der Nische und ließ dabei zu, dass seine Finger ihre Schulter streiften, woraufhin sich auf ihrem Arm rasch eine Gänsehaut bildete.

»Du bist hübsch«, sagte er und freute sich, dass sein Standardsatz dieses Mal tatsächlich zutraf. Auf eine schlichte, liebe, vollkommen authentische Art war sie sehr hübsch. Noch etwas, was ihn an ...

»Du hast meine Frage nicht beantwortet.«

Weil ich immer noch total am Arsch bin. »Du bist so hübsch, dass ich ganz vergessen habe, was du gefragt hast.«

Sie unterdrückte ein Lächeln und schüttelte entrüstet den Kopf.

»Was willst du wissen, hübsche Tessa?« Nicht dass er ihr je etwas erzählen würde.

»Warum hast du dir ein tödliches Insekt auf den Hals tätowieren lassen?«

Er legte den Kopf schief, damit sie es gut sehen konnte, und erinnerte sich an diese unsäglich finstere Nacht, als er sich in einem Höllenloch in der Nähe der Balestier Road hatte tätowieren lassen.

»Hast du Todessehnsucht oder so?«

»Oder so.« Er kippte den Rest seines Scotchs hinunter. Mist, er konzentrierte sich mit seinem Small Talk wohl besser auf sie, sonst würde sein Überlebensinstinkt dafür sorgen, dass der

Reißverschluss heute Abend zu blieb und er allein nach Hause ging. »Was ist mit dir?«

»Mit mir? Nun, ich habe keine Todessehnsucht.«

Er sah sie verstohlen an und verlor sich einen Moment lang in der Aufrichtigkeit ihrer Augen. Verdammt, manchmal war Small Talk einfach nicht genug. Vielleicht waren diese Plaudereien ein notweniges Übel, bevor man eine Frau flachlegen konnte, aber für einen kurzen Augenblick sehnte sich Ian nach ... *mehr*.

Mehr Informationen, mehr Enthüllungen, mehr als eine Schnecke zu bumsen, um den Schmerz für kurze Zeit zu betäuben.

Doch John Brown konnte nicht mehr haben. Und das sollte Ian Browning besser nicht vergessen.

»Wonach sehnst du dich denn dann?«, fragte er; sein Mund ignorierte offenbar die Warnungen seines Gehirns.

»Willst du die Wahrheit wissen?« Sie ließ den Kopf nach hinten sinken, ihr Haar streifte dabei seinen Arm.

Nicht, wenn sie im Gegenzug auch die Wahrheit wissen wollte. »Klar.«

»Tatsache ist, dass ich mich nach einem Mann sehne.«

Er flocht seine Finger in ihre seidigen Locken und drehte zärtlich ihr Gesicht zu seinem. »Sieht so aus, als hättest du einen gefunden.«

»Aber ich will etwas ... Bestimmtes.« Er konnte die goldenen Sprenkel in ihren Augen sehen ... und noch sehr viel mehr. Güte. Verständnis. *Wahrheit*. Lauter Dinge, die er nie würde zurückgeben können.

»Was immer dein Herz begehrt, Einfach-nur-Tessa. Heute Nacht gehöre ich dir allein.« Er wich ein wenig zurück. »Keine weiteren Versprechungen.« *So* ehrlich konnte er immerhin sein.

Er hätte schwören können, dass sie ein wenig lachte, als er sich zu ihr beugte. »Eigentlich ist das perfekt.«

Er ließ seine Lippen die ihren streifen, schmeckte einen

Hauch von Bier und etwas Warmes und Hoffnungsvolles. Sorry, aber er war nicht ihr Hoffnungsträger – ganz und gar nicht. Was immer die hübsche Tessa von ihm wollte – sie würde es niemals von ihm bekommen.

Doch wenn sie das herausfände, würde er schon längst über alle Berge sein.

Danksagung

Ein ganz großes Dankeschön an die Menschen, deren Namen nicht auf dem Cover dieses Buches stehen, denen aber Anerkennung und Liebe für alles gebührt, was sie getan haben, um meine Geschichten zum Leben zu erwecken!

Zuerst möchte ich den Leserinnen und Lesern danken, die mich dazu inspirieren, mein Herzblut in jede einzelne Seite fließen zu lassen. Denn aufgrund der sozialen Netzwerke, die unsere Welt verbinden, habe ich das Gefühl, so viele von euch zu kennen! Ich freue mich über jeden Brief, jeden Kommentar auf Facebook und jeden Tweet. Mein Dank gilt allen, die die Gelegenheit ergriffen haben, Barefoot Bay zu besuchen und sich zu verlieben. Danke euch allen!

Was die Recherchen angeht, gilt mein besonderer Dank Dr. Aris Sastre, der zu der Zeit, als ich dieses Buch geschrieben habe, als Oberarzt an der Mayo Clinic in Jacksonville tätig war; gleichzeitig ist er mein geliebter Schwiegerneffe (gibt es so etwas überhaupt?) und ein brillanter, talentierter Arzt, der sehr großzügig mit seiner Zeit umgegangen ist, wenn es darum ging, Tante Rockis medizinische Fragen zu beantworten.

Zusätzliche Hilfe bei den Recherchen erhielt ich von Sgt. Adrian Youngblood aus dem Sheriffbüro von Semiole County und von Captain Jeff A. Thompson von Thompson Aire Hot Air Balloon Rides; beide haben meine Fragen beantwortet und mir tiefe Einblicke verschafft (wer mal über Orlando schweben möchte, sollte sich an Thompson wenden!).

Mein Verlagsteam bei Grand Central ist in jedem Stadium des Arbeitsprozesses großartig – allen voran meine unermüdliche Lektorin Amy Pierpont, die auf jeder Seite meiner Bücher unauslöschliche Spuren hinterlassen hat. Die detailorientierte, herzensgute Assistentin Lauren Plude hält mich auf Kurs und sorgt dafür, dass ich Fristen einhalte. Der überaus großzügige Verlagsleiter Bob Castillo schenkt Geduld und Seiten, wann immer ich das brauche. Und ein großes Dankeschön auch an die Grafikabteilung, die diesem Buch das Cover meiner Träume verliehen hat!

Herzlichen Dank auch an die Literaturagentin Robin Rue, die mit ihrem Rat, ihrem Humor, ihrer Ausgeglichenheit und ihrem gesunden Menschenverstand (nicht unbedingt in dieser Reihenfolge) nie weiter als einen Klick oder einen Anruf entfernt ist.

Danken möchte ich auch meinen »Schreibgefährtinnen« Kresley Cole, Leigh Duncan, Louisa Edwards, Kristen Painter, Lara Santiago und Gena Showalter – sie sind die *allerbesten* besten Freundinnen. Die Unterstützung und Motivation, die ich beim Schreiben dieses Buches durch sie erfahren habe, sind in der langen Geschichte unserer Freundschaft beispiellos.

Dank gilt außerdem meinem geliebten Mann Rich und unseren beiden Superstar-Teenagern Dante und Mia, die mich in Ruhe lassen, wenn ich schreiben muss (oder es zumindest versuchen), und die mir zeigen, wie sehr sie mich lieben, auch wenn ich dauernd über das Buch rede. Diese drei (und die Hunde!) lehren mich Bescheidenheit und bedeuten mir alles.

Schließlich und endlich möchte ich mich noch bei meinem guten, liebevollen Vater bedanken, der mir immer dann, wenn ich es am meisten brauchte, Worte und Weisheit sandte. Ich kann mich nicht erinnern, je bei einem Buch so viel um Hilfe gebetet zu haben wie bei diesem – und er hat jedes meiner Gebete erhört.

Ruthie Knox
Bis ans Ende der Welt und zurück
Roman

Die romantischste Radtour aller Zeiten!

Tom ist vollkommen überrumpelt, als seine Schwester ihm verkündet, dass sie ihm für seine geplante Radtour durch die USA einen Reisegefährten organisiert hat. Fest entschlossen, die ganze Sache abzublasen, fährt er zu dem vereinbarten Treffpunkt. Doch dort muss er feststellen, dass seine Begleitung nicht, wie erwartet, ein Mann ist, sondern weiblich – und noch dazu äußerst attraktiv! Tom kann die junge Frau auf keinen Fall sich selbst überlassen, und so machen sich die beiden doch gemeinsam auf den Weg …

»Dieser Roman hat alles, was eine Liebesgeschichte braucht!« *Carly Phillips*

320 Seiten, kartoniert mit Klappe
€ 9,99 [D]
ISBN 978-3-8025-9304-8

www.egmont-lyx.de